DIE PENDELPIRATEN

MARTIN M. HUBER

DIE PENDELPIRATEN

DAS SCHICKSAL VON PENDOLUMIUM 2

SATIRE

Bibliografische Information der Deutschen Nationalbibliothek:
Die Deutsche Nationalbibliothek verzeichnet diese Publikation in der Deutschen
Nationalbibliografie; detaillierte bibliografische Daten
sind im Internet über dnb.dnb.de abrufbar.

Verlag: BoD · Books on Demand GmbH, In de Tarpen 42, 22848 Norderstedt,
bod@bod.de

Druck: Libri Plureos GmbH, Friedensallee 273, 22763 Hamburg

ISBN: 978-3-7693-8398-0

INHALT

VORWORT

An all jene, die das offene Ende aus dem ersten Buch der Reihe »Das Schicksal von Pendolumium« verflucht haben: Ich hoffe, ihr habt euch noch ein paar Flüche aufgespart. Der zweite Teil der Reihe führt nämlich nicht unmittelbar die Geschehnisse von »Der Unglücksritter« fort. Stattdessen erlebt ihr ein anderes Abenteuer, an einem anderen Ort auf Pendolumium, das euch wieder auf eine spannende und lustige Reise mitnimmt. Und doch tragen diese Erlebnisse dazu bei, das Schicksal von Pendolumium weiter zu formen und zu bestimmen. Ich hoffe, ihr habt auch mit dem zweiten Teil »Die Pendelpiraten« viel Spaß.

Mein Dank gilt wieder all jenen, die an den verschiedensten Stadien der Entstehung dieses Buches beteiligt waren, insbesondere Magda, Christian und Daniel, die sich erneut zum Probelesen zur Verfügung gestellt haben. Ebenso meiner Lektorin Perrine, die mir nebenbei auch gleich eine Grammatikauffrischung verpasst hat. Nur gemeinsam entsteht aus guten Ideen auch ein gutes Buch.

1 - PROLOG

Xoratak blickte hinab in die trübe, zähe Flüssigkeit, dem für das Volk der Ixe'Dirab so wertvollen Inhalt im Teich des Basiswissens. Nachdem er nach Tak'Me'Hak, der Hauptstadt seines Volkes gereist war, hatte er sich heimlich und unerkannt Zugang zum Gewölbe unter dem Palast des Obersten Ignoranten verschafft. Hier lag der Teich in völliger Abgeschiedenheit, denn abgesehen vom Herrscher selbst war nur wenigen erlaubt, sich ihm zu nähern. Der ovale, mit Sandstein ausgekleidete Raum war dürftig mit schwach glühenden Glaslampen erhellt, da nur selten Notwendigkeit bestand, für längere Zeit zu verweilen oder ihn überhaupt aufzusuchen. Eine dieser Notwendigkeiten bestand darin, dem Teich genetisches Basismaterial für ein neues Gelege zu entnehmen. Eine weitere, wenn Blut des Obersten Ignoranten dem Teich hinzugefügt wurde, das neues, seinem Geist entsprungenes Wissen in sich barg. Dieses Wissen verband sich durch seine genetische Beigabe mit dem restlichen Wissen im Teich, um zukünftigen Generationen zur Verfügung zu stehen. Die dicke gelbe Flüssigkeit in dem runden Becken bewegte sich nicht, still lag sie da und wartete. Auf ihn, Xoratak, und auf sein Wissen. Er war nur noch ein Schatten seiner selbst, seit er vor rund einem Annular gezwungen worden war, als Ignorant von Xi'Hota'Nak abzudanken. Doch entstand nicht nur Schlechtes daraus, es hatte ihm Gelegenheit gegeben, weiteres Wissen anzuhäufen. Wissen über die Welt und vor allem über Randium und seine Beschaffenheit.

Langsam hob er die Hand, um die gläserne Phiole mit dem rot leuchtenden Pulver darin zu betrachten. Es entstammte einem kleinen Klumpen besagten metallischen Materials, der in ein Amulett eingefasst gewesen war. Ein dummer Mensch hatte ihn besessen, der womöglich nicht einmal gewusst hatte, was er da um den Hals trug. Der Mensch war fort, vielleicht tot, vielleicht Schlimmeres. Doch das Amulett hatte Xoratak für sich behalten, denn der Klumpen hatte aus aktiviertem Randium bestanden. Kaltes Randium war schwarz, härter als Stahl, und für alle vorstellbaren Werkzeuge und Waffen hervorragend geeignet. Da es jedoch nur im westlichen Randgebirge auf Sandazaar gefunden und abgebaut werden konnte, war es selten und begehrt, vor allem bei den Cragolock. Doch wenn es mit unglaublicher Hitze aktiviert wurde, färbte es sich rot und offenbarte noch andere Kräfte. Xoratak hatte sie sanft gespürt, als er den Klumpen das erste Mal berührt hatte. Stärker, als er ihn zerschlagen hatte. Es durfte ein magischer Schutz auf dem Amulett gelegen sein, da die Kräfte davor unterdrückt worden waren, wie ein dumpfes Gefühl von Macht, doch stets außerhalb seiner Reichweite. Mit dem Zerschlagen des Klumpens war auch der Schutz zum größten Teil verschwunden und in Xorataks Geist hatte sich Wissen eingenistet. Wie eine hintergründige Wesenheit, die ihm Informationen zuflüsterte. Er verstand den Ursprung dieses Wissens nicht, doch da es sich in seinem Geist gebildet hatte, entsprach das der Eivolution. Kein Wahrer konnte ihm vorwerfen, es sich unrechtmäßig über eine fremde Person angeeignet zu haben. Und dieses Wissen hatte ihm eine Idee in den Kopf gepflanzt.

Xoratak öffnete die Phiole und schüttete den Inhalt vorsichtig in das Becken, vermied dabei, auch nur das kleinste Staubkörnchen durch einen Lufthauch zu vergeuden. Zu wertvoll war das Pulver und zusätzlich wollte er keine Spuren hinterlassen, die untersucht werden konnten. Das Pulver verteilte sich im Teich, breitete sich aus wie die Stacheln eines Fächerskorpions und verband sich mit der zähen Flüssigkeit. Zufrieden beobachtete Xoratak, wie ein unscheinbarer roter Schimmer im Becken zu glimmen begann, nur mit Mühe wahrnehmbar im sanften Licht der Glaslampen. Die nächste Generation von Ixe'Dirab würde mit diesem veränderten Material geboren werden. Sie würden nicht verstehen, was dieses neue Wissen in ihnen zu bedeuten hatte. Selbst der Oberste Ignorant nicht. Und dann würde er, Xoratak, kommen und sie erleuchten. Sie würden ihn brauchen, sein Wissen über diese unheimliche Kraft. Er lächelte kalt. Ja, er würde es ihnen erklären, doch nur zum Preis, ihn wieder zum Obersten Ignoranten zu erheben. Und dann würden sie es alle verstehen.

2 - DIE FLAUTILUS

Der Hinweis

Aye Kapitän.«

Kapitän Kupferbarts Blick wanderte nach unten, umrundete dabei seinen Bauch. »Danke«, murmelte er unverständlich und rückte seine dunkelbraune Kniehose zurecht. Daraufhin verließ er mit selbstbewussten Schritten seine Kajüte und betrat das schwankende Deck der Flautilus. Porky, sein Schultertier, mühte sich hinterher. Er hatte es wohl zu sehr lieb, denn Flugmeerschweine sollten dem Namen gemäß eigentlich fliegen können. Stattdessen krabbelte das rundliche Tierchen unbeholfen über den Boden und krallte sich nach einem tollpatschigen Sprung an seinem langen, rotbraunen Ledermantel fest. Dann schleppte es sich seinen Rücken hoch und flatterte dabei wirkungslos mit den Flügeln. Schwer hechelnd erreichte es einige Zeit später seine Schulter, wo es die Krallen in seinen Mantel bohrte und augenblicklich in einen tiefen Schlaf verfiel. Zum Glück für sein Schultertier war Kupferbart ein voluminöser Mann, so stand Porky eine ausreichende Fläche zur Verfügung, um nicht im Schlaf hinunterzufallen. Porky war nicht mehr der Jüngste, doch sein kupferfarbenes Fell passte perfekt zu seinen eigenen, üppig auf dem Kopf und im Gesicht sprießenden Haaren. Es machte den Anschein, als hätte er sich seinen langen Bart über die Schulter geworfen.

»Was haben wir?«, fragte Kupferbart seinen Quartiermeister.

»Einen fetten Schoner, Steuerbord voraus. Ist von Metedon aus Richtung Zentralika aufgebrochen und dümpelt jetzt mit meeresschneckenhaftem Tempo dahin«, entgegnete Brenden und zeigte in die entsprechende Richtung.

Kupferbart nickte. »Um diese Zeit des Annulars gegen die Strömung zu fahren ist auch nicht gerade besonders klug.« Dann hob er den Kopf. »Irgendwelche Soldaten oder Waffen an Bord?«, rief er nach oben zum Ausguck.

»Bisher keine zu erkennen, Kapitän«, antwortete Maladin von oben herab.

»Na dann, holen wir uns die Prise«, sagte Kupferbart und rieb sich geschäftig die Hände. »Hisst den wütenden Piraten.«

Die schwarze Flagge wurde hochgezogen. Auf ihr war ein in weißer Farbe aufgemaltes, rudimentäres Gesicht mit einem Dreispitz auf dem Kopf abgebildet: zwei Augen, eines davon mit einer Augenklappe versehen. Zornige Augenbrauen senkten sich darüber, der Mund war in einem Halbkreis nach unten gezogen. Der wütende Pirat – das Erkennungszeichen der Pendelpiraten, die von einem Meer zum anderen segelten, um überall dort Beute zu machen, wo sich ihnen die Gelegenheit dazu bot.

»Alle Segel setzen, wir holen sie uns, ehe ein mögliches Begleitschiff bemerkt, dass ihnen ein Kahn abhandengekommen ist!«, rief der Kapitän seiner Mannschaft mit begierigem Grinsen zu. Die Besatzung der Flautilus leistete dem Befehl mit ebenbürtigem Grinsen folge. Die Reling wurde besetzt, die Enterspeere klar gemacht und zwei Mann kletterten mit Armbrüsten in die Wanten, während das Schiff Fahrt aufnahm. Kupferbart begab sich zum Vorderdeck und beobachtete von dort aus, wie sich der Abstand zum Schiff vor ihnen mit großem Tempo verringerte.

»Sie haben uns entdeckt!«, rief Maladin im Ausguck.

Kupferbart sah es auch. Das eben noch festgezurrte Vorsegel des anderen Schiffes rollte langsam aus und blähte sich im Wind. Er schätzte mit geübtem Blick die Entfernung zum Schiff ab, dann nickte er knapp. »Zu spät, wir haben sie gleich.«

Der Bug der Flautilus pflügte durch die Wellen, die Gischt spritzte hoch und Kupferbart genoss den feuchten Wind im Gesicht, während die Sonne von oben herabbrannte. So kurz vor einer Kaperung fühlte er sich so lebendig wie zu keiner anderen Gelegenheit. Das Blut rauschte, die Sinne waren geschärft und die Vorfreude auf das, was sie erbeuten würden, war überwältigend. Porky auf seiner Schulter entfuhr dagegen nur ein verärgertes Grunzen, da ihn Wasserspritzer am Ohr erwischt hatten, das jetzt wild zuckte.

Kurze Zeit später war die Flautilus nahe genug, um die ersten ängstlichen Gesichter an Deck ihrer Beute auszumachen. Kupferbart lächelte böse. »Zeit, ordentlich Lärm zu machen!«, rief er der Mannschaft zu. »Wenn sich schon vorher alle in die Hosen machen, kommt keiner auf dumme Gedanken, sobald wir sie geentert haben.«

Seine Mannschaft verwandelte sich mit einem Schlag in einen ohrenbetäubend schreienden Haufen Krieger. Bedrohliche, teils unflätige Rufe wurden ausgestoßen, mit Säbeln wurde gerasselt. Einige hatten ihre Gesichter mit schwarzen Streifen beschmiert, um noch schrecklicher zu erscheinen.

»Enterspeere!«, rief Kupferbart, nachdem sich die Flautilus neben den Schoner gesetzt hatte. Speere, an denen Seile befestigt waren, flogen von fest montierten Speerwerfern abgefeuert in Richtung des Schoners. Krachend durchbrachen sie die seitlichen Planken und verkeilten sich, nachdem beim Zurückziehen die eisernen Flügel an den Spitzen ausklappten.

»Ziehen!«, befahl Kupferbart.

Die Mannschaft zog und kurbelte und die beiden Schiffe bewegten sich knarrend und ächzend aufeinander zu. Als sie nahe genug beieinander waren, warf die Entermannschaft ihre Enterhaken und schwang hinüber zum Schoner. Ein weiterer Trupp legte Holzplanken aus und stürmte vorwärts. Weit mussten sie nicht stürmen, denn schon nach wenigen Schritten standen sie mitten am Deck des Schoners und sahen sich um, während ihre wütenden Schreie langsam verklangen. Die gegnerische Mannschaft kauerte wie ängstliche Seehasen am Boden und leistete nicht mal einen Hauch von Gegenwehr.

Kapitän Kupferbart stapfte über die Planke und betrat kurz darauf das Deck. Er drehte seinen Kopf in alle Richtungen, mit bedrohlichem Funkeln in den Augen. »Wer ist hier der Kapitän?«, brüllte er mit einer Stimme, die klar machen sollte, dass er eine Antwort erwartete.

»Ich.« Ein vierschrötiger Mann tauchte auf, der ihm zuvor nicht aufgefallen war. Er war einen halben Kopf größer als Kupferbart, seine nackten Arme trugen Verzierungen und sein Kopf war kahl rasiert. Selbstbewusst baute er sich vor Kupferbart auf. »Ich bin Kapitän Bronson und ich werde mein Schiff nicht kampflos aufg… Umpff.«

Der Knauf von Kapitän Kupferbarts Säbel landete mit einem

dumpfen Aufprall im Gesicht von Bronson, der wie ein gefällter Mast zu Boden ging. Für einen angespannten Moment herrschte Stille.

»Er wollte einen Kampf. Ihr habt es doch alle gehört, oder?«, fragte Kupferbart und kniff seine Augen zusammen.

»Eindeutig, Kapitän«, antwortete Brenden und nickte ihm grinsend zu.

»Er wollte dich gerade hinterrücks von vorne angreifen, doch du bist ihm zuvorgekommen«, bestätigte ein anderer Pirat und machte ein absolut überzeugtes Gesicht.

»Gut.« Kupferbart nickte zufrieden. »Da das jetzt geklärt ist, hätte ich gerne die Ladeliste.« Er starrte die noch weiter geschrumpfte Mannschaft des Schoners an. »Und zwar schnell.«

»Nichts?« Kupferbart schnaubte wütend, während er seinen Quartiermeister anstarrte. Diese Information war nicht das, was er nach einer erfolgreichen Kaperung hören wollte.

»Nichts Brauchbares zumindest. Nur Proviant, ein paar hässliche Gegenstände … und ein Passagier.« Brenden zuckte entschuldigend mit den Schultern.

»Ein einziger Passagier? Was soll das denn für einer sein, der gleich ein ganzes Schiff anheuert?«, fragte der Kapitän. In ihm keimte die Hoffnung auf, dass ihnen ein wohlhabender Fahrgast in die Hände gefallen war, bestenfalls ein Adeliger, für den man Lösegeld verlangen konnte.

»Hat seinen Namen nicht genannt, nur, dass er Grabologe ist und von einem reichen Auftraggeber finanziert wird.«

»Er plündert Gräber?«

»Nein, er gräbt Löcher in den Boden, um altertümliches Zeug zu finden. Hat irgendwas im wilden Land gesucht.«

»Graben die Cragolock nicht schon genug auf Metedon herum, dass jetzt auch noch so ein Grabologe daherkommen muss?«, schüttelte Kupferbart verständnislos den Kopf. »Hat er wenigstens was Wertvolles bei seinen Grabungen gefunden?«

Brenden zuckte abermals mit den Schultern. »Will er nicht sagen, scheint ein sturer Kerl zu sein. Ich glaube, der könnte ein Fall für …«

Kupferbart nickte bedächtig, doch setzte er gleich darauf einen mitfühlenden Blick auf. »Ja, das hat er sich wohl selbst zuzuschreiben. Bringen wir ihn zu Instania.«

»Wie lange ist er jetzt schon da drin?«, fragte Kupferbart einige Zeit später, nachdem sie wieder auf das Deck der Flautilus zurückgekehrt waren. Dem Schoner hatte er erlaubt, weiterzusegeln, da das bisschen Beute nicht mal die Bezeichnung Kaperung verdiente. Ein paar Männer hatten sich jetzt zu ihm gesellt und warteten darauf, dass sich die Tür zur Kajüte von Instania öffnete.

»Ne halbe Stunde vielleicht«, antwortete Dirty Hairy neben ihm, ein grummeliger kleiner Mann mit graubraunen, dreckigen Haaren und wahrscheinlich dreckigem Gesicht. Wegen der vielen zotteligen Haare überall an seinem Kopf konnte man jedoch nur wenig Haut darunter durchscheinen sehen. Und was sich dem Auge darbot, war schrumpelig und verkrustet.

»Scheint ein harter Knochen zu sein, so lange halten die wenigsten durch.« Dirty hakte seine Daumen in den Ledergurt ein, der seine grauschwarze Hose aus dickem Leder oben hielt und zugleich seiner Axt Halt bot.

Der Kapitän wusste, Dirty hätte die Informationen auf andere, schmerzhaftere Weise aus dem Gefangenen herausgeholt. So oder so, Kupferbart nickte und bewunderte den Gefangenen im Stillen. Instania für längere Zeit standzuhalten war beileibe nicht einfach.

Unvermittelt öffnete sich die Tür der Kajüte. »Hii!«

Instania, seine Folterknechtin, oder Foltermagd, oder Folterin, oder einfach nur Instania. Dann begann sie zu reden: »Ich hab mit dem Mann gesprochen, voll der nette Typ. War anfangs ein bisschen still, aber das macht nichts. Ich hatte so viel zu erzählen und er hat so aufmerksam zugehört, die ganze Zeit. Hat so getan, als würde er die Fesseln gar nicht bemerken. Total höflich, so was findet man nicht oft ...«

Kapitän Kupferbart schweifte ab. Instania war im Grunde ein hübsches, strohblondes Ding, zierlich in der Gestalt, ein unbekümmertes Gesicht mit freundlichen Augen. Sie bemalte sie mit einem Kohlestift oder dergleichen, was einen intensiven Blick erzeugte. Dass sie ihre

Kleidung rosa färbte, konnte er ja noch halbwegs verstehen, immerhin war sie eine junge Frau. Dass sie dasselbe auch mit ihren Lippen machte, hingegen schon weniger. Sie schmierte eine Paste aus Krabbensaft, Algen und öligem Zeug drauf, was einen glänzenden rosa Schimmer um ihren Mund herum erzeugte. Möglicherweise war das auch als Warnhinweis zu verstehen, denn das wahrhaftige Grauen entwich ihrem Mund. In dem Moment, in dem sie ihn öffnete. Der Kapitän hörte wieder kurz hin.

»… und dann hab ich ihm erzählt, wie ich auf diesen Jungen getroffen bin, voll süß, aber so schüchtern. Ich hatte ihm natürlich sofort schöne Augen gemacht, aber er hat nur …«

Kupferbart erinnerte sich an den Moment, als er das erste Mal auf sie getroffen war. Es war in Pendropolis gewesen, in der Dunklen Gasse. Ein verzweifelter Mann kam auf ihn zugelaufen und hatte etwas von einer Frau geschwafelt, die Verfolger oder ein Gefolge – er konnte sich nicht mehr recht erinnern – suchte und ihn seit einer geschlagenen Stunde verfolgte. Er hatte nicht kapiert, was der Mann von ihm wollte, doch als er Kupferbart seine Geldbörse in die Hand gedrückt hatte, war er sofort bereit gewesen, zu helfen. Und dann war Instania aufgetaucht. Er hatte nicht lange gebraucht, um ihre ungewöhnliche Begabung zu erkennen: Jeder noch so schweigsame oder hartgesottene Kerl war nach kurzer Zeit bereit, ihr alles zu verraten, nur damit sie für einen Moment die Klappe hielt. An jenem Abend hatte Kupferbart eine volle Geldbörse und ein neues Besatzungsmitglied gewonnen. Er konzentrierte sich wieder und startete einen weiteren Versuch.

»… dann hat er gesagt, er sucht nach einem Schlüssel für einen Schatz. Ich hab ihn nicht genau verstanden, er hat sich ein bisschen schwer mit dem Reden getan, aber lieb, wie er ist, hat er trotzdem …«

»Schatz?«, unterbrach Kupferbart das wortgewaltige Dauerfeuer Instanias. Es war ein mutiges Unterfangen, doch als Kapitän stand ihm dieses Recht zu.

Instania glotzte ihn verwirrt an, sie schien den Faden verloren zu haben.

»Du hast was von einem Schatz gesagt«, wiederholte Kupferbart langsam.

»Ach, das, ja genau, das hat er mir erzählt. Er hat mir auch den Namen vom Schatz gesagt, aber dabei furchtbar gestottert. Also hab ich alles auf Zetteln aufgeschrieben. Hier.« Sie drückte ihm mit fröhlichem Grinsen einen Stapel Zettel in die Hand.

»Äh.« Der Kapitän starrte verzagt nach unten. Auf jedem Zettel stand ein Buchstabe. »Und in welcher Reihenfolge hat er die Buchstaben gesagt?«, ergänzte er mit wenig hoffnungsvollem Blick.

Instania zuckte mit den Schultern. »Das habe ich vergessen, ich habe mir aber jeden Buchstaben notiert, jedes Mal, wenn er ihn gesagt hat, und ich bin mir sicher, ich habe keinen vergessen. Es war irgendwas mit El … El … und das hier hat er mir auch noch gegeben.«

Kupferbart nahm den Gegenstand entgegen und betrachtete ihn von allen Seiten. Es war ein Stück Metall, eindeutig zerbrochen, mit mystischen Symbolen darauf, soweit er bestimmen konnte.

»Ich glaube, meine Arbeit hier ist getan, ich hab noch so viel zu erledigen, wenn du mich entschuldigen würdest? Aber vorher, bitte lächeln«, sagte Instania fröhlich und machte ihr Fingerrechteck. Auch das war etwas, das Kupferbart nicht verstand. Sie meinte einmal, sie wolle damit den Moment festhalten wie in einem Bild und könne sich alles besser merken, wenn sie einen Rahmen darum herumsetzte. Dann warf sie sich ihren blonden Zopf über die Schulter und schlenderte trällernd davon, während die Mannschaft mit hastigen Schritten von ihr wegwich, aus Angst, Opfer einer Wortsalve zu werden.

Kupferbart blickte abermals auf den Gegenstand und die Zettel in der Hand. Bei dem wenigen Sinnvollen, das Instania erzählt hatte, war ein Verdacht in ihm aufgekeimt. Er ging seine Schlussfolgerungen noch mal im Geiste durch, dann hockte er sich hin und legte die Zettel auf den Boden. Der Kapitän schob sie hin und her, über- und untereinander im Versuch, sie in der richtigen Reihenfolge anzuordnen. Er benötigte trotz der Menge an Zetteln nur wenige Momente, denn mit jedem Zettel wuchs seine Überzeugung, zu wissen, welcher Name sich ihm offenbaren würde. Am Ende hatte er alle Zettel aufgebraucht und es lag säuberlich in fünf Reihen aufgeschlichtet jedes Mal derselbe Name vor ihm. Der Kapitän atmete tief durch, stand auf und blickte sich um, sah in jedes einzelne Gesicht. »Meine Freunde, wir nehmen Kurs auf die Pirateninsel. Das, was wir hier haben, ist ein Teil eines Schlüssels. Ein Schlüssel, der ein Schloss öffnet, und zwar zum legendären Schatz des Piraten El Materen.«

3 - DIE PIRATENVERSAMMLUNG

Die Pirateninsel

Die Reise zur Pirateninsel dauerte nur wenige Tage, da die Flautilus bereits den südlichen Teil des Roten Meeres unsicher gemacht hatte. Blobos und Wavolon, die Götter des Windes und des Meeres, waren ihnen gewogen, und so war es eine angenehme Reise ohne Zwischenfälle. Kapitän Kupferbart stand die meiste Zeit über an der Reling und dachte nach, während er den Wellen und den Meeresfischen zusah, die sich dann und wann an der Wasseroberfläche zeigten. Er hatte eine Meeresmöwen-Sendung losgeschickt, um ihren bedeutsamen Fund anzukündigen. Es war ein altes Piratengesetz, dass eine Versammlung der Piratenkapitäne einzuberufen war, sobald ein Hinweis zum Schatz gefunden wurde. Nun, es war kein echtes Gesetz, Piraten machten sich nichts aus Gesetzen. Es handelte sich vielmehr um eine Empfehlung, deren Einhaltung mit der freundlichen Androhung von Harpunen, Speeren und Säbeln Nachdruck verliehen wurde. Vor längerer Zeit hatte ein Piratenkapitän versucht, die Entdeckung eines Kartenteils geheim zu halten, Kurzbart hatte sein Name gelautet. Als die anderen Kapitäne es herausfanden, war sein Schiff bei nächstbester Gelegenheit in die Zange genommen und mit Mann und Maus versenkt worden. Inzwischen jedoch leisteten nur wenige dem Aufruf noch Folge, da ein weiterer Fetzen der geheimnisvollen Karte die wenigsten Kapitäne interessierte. Kupferbart war gespannt, wie viele diesmal erscheinen würden. Mit Sicherheit mehr als sonst, da dieses Mal in der Nachricht an die Kapitäne ein Schlüsselteil erwähnt wurde.

El Materen. Ein legendärer Piratenkapitän, um den sich viel Seemannsgarn rankte. So soll er vor mittlerweile knapp hundert Annularen den größten Schatz aller Zeiten entdeckt haben. Da er jedoch nicht gewillt gewesen war, dem damaligen Piratenkönig seinen ihm zustehenden Anteil abzugeben, hatte er den Fund geheim gehalten.

Er versteckte und versperrte ihn an einem unbekannten Ort, zerschmetterte den Schlüssel in fünf Bruchstücke und zerriss die Karte zum Versteck in zahllose Einzelteile. Das Wissen über den Schatz kam unvermeidlich eines Tages ans Licht, da kaum ein Pirat einen Münzwurf weit vertrauenswürdig ist, so auch die Mannschaft von El Materen nicht. Vor allem, da er sie nach dem Fund entlassen und mit einem mageren Lohn abgespeist hatte. Danach soll er eine andere Gruppe angeheuert haben, um den Schatz zu verstecken. Dieser hatte El Materen augenscheinlich verschwiegen, wer er war und wobei sie ihm geholfen hatten, denn man hatte niemanden mehr aufspüren können, der sich an diese Tat erinnern konnte. Unter Umständen hatte er nach getaner Arbeit einfach die gesamte Gruppe umgebracht, das war nicht unmöglich. Auf jeden Fall war El Materen nach seiner Ergreifung auch unter grausamster Folter nicht zu brechen gewesen, kein Wort über den Schatz entwich seinem Mund. So lauteten zumindest die Geschichten.

Kupferbart schmunzelte. Wäre Instania damals schon geboren und im Dienst von Piraten gewesen, hätte sie ihm mit Sicherheit alles entlocken können, selbst seine Lieblingsspeise. Doch der Schatz und sein Fundort blieben ein Mysterium, und seit damals war es das glorreiche Ansinnen aller Pendelpiraten, ihn wiederzuentdecken. Einige Schnipsel der zerrissenen Karte waren bereits gefunden worden, doch ein Bruchstück des Schlüssels aufzuspüren war noch niemandem geglückt. Bis jetzt. Mit seinen Fingern befühlte Kupferbart das Teil, das er jetzt sicher in seiner Manteltasche verwahrte. Nicht, dass er seiner eigenen Mannschaft misstrauen würde. Er und Brenden hatten jeden Einzelnen handverlesen und es war eine eingeschworene Truppe, wohl die einzige Ausnahme unter den Pendelpiraten. Doch er fühlte sich besser, wenn er das Teil in seiner Nähe wusste.

Kupferbarts Blick schweifte nach Süden, wo die Pirateninsel schon bald hinter den Wellen in der Ferne auftauchen musste, und er dachte an die Piratenversammlung. Dort würde er seinem zweitschlimmsten Erzfeind begegnen. Kapitän Silberbart. Ein arroganter und hinterhältiger Drecksack, der sich damit brüstete, vor keiner Galeone, keinem Kriegsschiff zurückzuweichen und jedes Schiff zu kapern, das eine einträgliche Prise versprach. Der Erfolg gab ihm leider recht, wie Kupferbart missmutig zugeben musste. Die Wellenbrecher, der waffenstarrende Dreimaster Silberbarts, zusammen mit der darauf dienenden, blutrünstigen Mannschaft waren in der Tat jedem Kriegsschiff ebenbürtig. Als Gallionsfigur zierte die Wellenbrecher ein brüllender Affenkopf, ähnlich dem kleinen Äffchen, das Silberbart als sein Schultertier besaß.

Mit raschem Blick begutachtete Kupferbart sein eigenes Schiff. Die Flautilus … nun, sie war immerhin seetauglich und schnell. Die Mannschaft hielt sie gut in Schuss, doch als betagter, zweimastiger Schoner besaß sie weder einen großen Frachtraum noch bot sie viel Platz für eine mannstarke Besatzung. Die Gallionsfigur war vor langer Zeit abgebrochen und nie mehr ersetzt worden. Eine einfache, schnörkellose Harpune ragte nun vorne zum Bug hinaus. Er hatte die Flautilus bei einem Kartenspiel gewonnen, seitdem mussten mittlerweile um die fünfzehn Annulare vergangen sein. Ein paar Verbesserungen waren an ihr angebracht worden, um für die Besonderheiten der pendolumischen Gewässer gewappnet zu sein. Die Insel, auf der er damals gelebt hatte, war ein beliebter Treffpunkt für Gauner und Halunken, eine erste Mannschaft aufzutreiben hatte daher keine Mühe bereitet. Und das Geschäft war einträglich. Die Länder und Völker von Pendolumium kümmerten sich kaum darum, was auf den zwei Weltmeeren vor sich ging. Gelegentlich heuerte ein Händler ein Begleitschiff an oder mehrere taten sich zusammen, um einen ganzen Strafkonvoi zu finanzieren, der auf Piratenjagd ging. Den einen oder anderen Piratenkapitän erledigten sie damit samt Schiff auch immer wieder mal erfolgreich, doch den meisten waren die Informationen schon davor zugetragen worden und so hielten sie sich in dieser Zeit bedeckt. Kupferbart selbst war vor langer Zeit auch an Bord eines solchen Piratenjägers gelandet und ins Gefängnis geworfen worden. Doch die Umstände, unter denen er erwischt worden war, hatten nichts mit Unachtsamkeit oder Nachlässigkeit zu tun gehabt …

»Land in Sicht!«, rief Maladin vom Aussichtskorb herunter und unterbrach seine Gedanken.

Kupferbart warf noch einen letzten Blick nach Süden, wo er immer noch nichts als Wasser ausmachen konnte, dann löste er sich von der Reling. Er rückte seinen Mantel zurecht und bereitete sich im Geiste vor, auch wenn die Insel noch ein ganzes Stück entfernt lag. »Na dann wollen wir mal, die Königin wartet.«

Die Pirateninsel. Man hatte ihr keinen anderen Namen gegeben, um übereifrige Kartenzeichner nicht in Versuchung zu führen, sie auf einer Karte zu vermerken. Piraten blieben gerne unter sich, und wenn Besucher sich mal dorthin verirrten, wurden sie entweder angeheuert oder gekielholt. Dazu hatte man ein abfallend verlaufendes Seil zwischen den hohen Klippen gespannt, die um die Bucht herum emporragten und den Hafen vor neugierigen Blicken verbargen. Kupferbart blickte hoch und seine Augen suchten unter dem bewölkten Himmel das dicke Seil, das es den Piraten ermöglichte, Menschen selbst auf einer Insel kielzuholen.

Als sie in den Hafen einfuhren, waren die Anleger schon halb voll mit weiteren Piratenschiffen, was Kupferbart überraschte. Seine Nachricht konnte nicht lange vor ihm eingetroffen sein. Offensichtlich hatten sich schon einige Kapitäne mit ihren Schiffen in der Nähe befunden, um ihre Prisen zu verhökern oder der Mannschaft mit einem Landgang ein paar Tage Ablenkung zu verschaffen. Ablenkung war dabei das richtige Wort, denn Ruhe fand kaum jemand auf der Pirateninsel. Hier wurde jeder Tag mit Rum, Frauen und gutem Essen gefeiert.

»Anker werfen!«, rief der Kapitän, als es Zeit dafür wurde. »Wir werden hier ein paar Tage bleiben. Brenden?«

»Ja, Kapitän?«

Kupferbart drehte sich zum Quartiermeister um. »Lass ein Boot klarmachen. Hol Maladin und Dirty, sie werden mich zur Königin begleiten. Der Rest der Mannschaft hat Landgang. Kümmere dich drum, dass nicht gleich alle auf einmal loshetzen, und lass die Vorräte auffüllen!«, befahl der Kapitän und Brenden machte sich sogleich an die Arbeit. Der braunhaarige Bursche, er zählte um die dreißig Annulare, war ein guter Quartiermeister. Pflichtbewusst, treu, und die Mannschaft mochte ihn. Kupferbart wusste, er konnte sich auf ihn verlassen.

Dann wanderten seine Gedanken wieder zum Schlüsselteil in der Manteltasche. Er befühlte es mit den Fingern und holte es schließlich hervor. »Der Schatz von El Materen«, murmelte er ehrfürchtig, während er das Bruchstück von allen Seiten betrachtete. Nie hätte er gedacht, dass ein Teil des Schlüssels entdeckt werden würde. Und dann noch ausgerechnet von ihm. Staunend schüttelte er den Kopf. »Da brat mir mal einer einen Storch.«

»Im Ganzen mit Füllung oder in Scheiben geschnitten?«, meldete sich Maladin plötzlich hinter ihm.

»Was zum …« Kupferbart drehte sich erschrocken um. Dann rollte er mit den Augen. »Ach, hab ich vergessen, dein Dschinn-Ding«, seufzte Kupferbart.

»Genau, Kapitän. Entschuldigung, hab dich gehört«, sagte Maladin und verschränkte seine Hände unsicher grinsend hinter dem Rücken.

Der Kapitän winkte ab. »Ja, macht nichts. Warum passiert das schnell noch mal?«

»Meine Urgroßmutter hat vor einem Dschinn einen Wunsch falsch formuliert«, erklärte Maladin. »Daraufhin war sie mit meinem Großvater schwanger. Und als Achtel-Dschinn erfülle ich Wünsche, die von Leuten unbewusst und ohne nachzudenken ausgesprochen werden.«

»Genau, das war es«, nickte Kupferbart und griff sich an den Kopf. Wenn man Maladin ansah, schimmerte seine dunkle Haut bei richtigem Licht tatsächlich ein wenig blau. Ansonsten war er mit seiner ärmellosen Lederkluft, die vorne zusammengeschnürt war, und der ledernen Hose ein ganzer Pirat. Zumindest optisch. Kämpfen hingegen zählte nicht gerade zu Maladins Stärken, weswegen er die meiste Zeit über den Ausguck besetzte.

»Also?« Maladin trat verlegen nach einem unsichtbaren Stein.

»Was?«, fragte der Kapitän verwirrt und riss sich von seinen Gedanken los.

»Im Ganzen oder aufgeschnitten? Der Vogel liegt schon in der Kombüse«, erklärte der Achtel-Dschinn kleinlaut und zuckte mit den Schultern.

»Ach so. Brate ihn und verteil ihn in Scheiben geschnitten dann unter der Mannschaft. Ich esse keine Tiere mit Flügeln, Porky schaut mich dabei immer so vorwurfsvoll an«, sagte Kupferbart und verlagerte sein Schultertier auf die andere Schulter, da die eine langsam taub wurde. Porky quittierte die Schlafstörung mit einem unzufriedenen Grunzen, ein Auge dabei halb geöffnet. »Aber beeil dich, in einer Stunde machen wir uns auf den Weg. Oder überlass das am besten gleich jemand anderem. Brenden ist auch ein guter Koch.« Maladin, der sich schon auf den Weg nach unten gemacht hatte, sah noch einmal entschuldigend über die Schulter. »Der Wunsch wurde ausgesprochen, also muss ich ihn auch erfüllen.« Danach verschwand er unter Deck. Kupferbart brummte nur, während er kopfschüttelnd auf die Öffnung im Boden blickte, wo der Achtel-Dschinn verschwunden war.

Am späteren Nachmittag betraten sie Maluga, die Piratenstadt. Die Bezeichnung Stadt war streng genommen übertrieben, doch hatte sich im Laufe der Annulare eine beträchtliche Anzahl an Gebäuden angesammelt. Mangels Stadtverwaltung, die ein geregeltes Wachstum überwacht hätte, ragten die Häuser kreuz und quer auf dem sanft ansteigenden Hügel in die Höhe. Spelunken, Tavernen, Absteigen und Hurenhäuser dominierten den Anblick, doch auch Handelshäuser, ein paar Wohngebäude und Handwerksbetriebe gab es zu sehen. Schmieden, Zimmerer, Segelflicker und andere Gewerbe waren auf die Bedürfnisse der Pendelpiraten und ihrer Schiffe ausgelegt worden. Die Gebäude selbst waren aus Holz und Stein gebaut. Zur Errichtung wurde genommen, was zur Verfügung stand. Ob Handelsgut oder Treibgut war dabei unerheblich, solange es in Boden, Wand oder Dach verbaut werden konnte. Der Stadt wäre Unrecht getan, wenn man sie als schäbig bezeichnete, da auf ein Mindestmaß an Sauberkeit geachtet wurde. Eine bauliche Meisterleistung war sie jedoch mit Sicherheit nicht.

Als Kupferbart und seine Begleiter durch die Gassen zum Hügel hinauf wanderten, mussten sie sich durch die stinkende und schmutzige Menge hindurchzwängen. Die Gassen der Stadt waren verwinkelt und schmal und nicht dafür gedacht, so viele Schiffsmannschaften auf einmal zu beherbergen. Und es würde noch enger werden, sollten noch weitere Kapitäne dem Ruf folgen, was nicht auszuschließen war.

»Wenn das so weitergeht, wird die Mannschaft sich bei den Huren anstellen müssen«, brummte Dirty Hairy, während er vor Kupferbart und Maladin einen dicht gedrängten Haufen Piraten wegschob, um den Weg frei zu machen. Seine bullige Gestalt eignete sich perfekt als Pflug, und seine geballte Kraft tat ein Übriges, damit sein Geschiebe von der Menge höchstens mit einem Grunzen oder leisem Knurren kommentiert wurde. Niemand legte sich freiwillig mit einem Kerl an, der nur seinen Ellbogen benötigte, um ausgewachsene Männer ein paar Fuß zu versetzen. Das zornige Grunzen Porkys dagegen, der sich von den vielen Menschen bedrängt fühlte, rief nur überraschte oder belustigte Blicke hervor und ließ niemanden zurückweichen. Kupferbart jedoch ignorierte die Reaktion der Leute auf sein Schultertier. Ohne Porky verließ er nur äußerst selten das Schiff, unbedacht der Reaktion anderer Menschen.

»Noch schlimmer wäre es, wenn der Rum in den Spelunken zur Neige gehen würde«, meinte Maladin mit sorgenvoller Stimme hinter Kupferbart. »Dann werden die Männer zu ungemütlichen Gesellen.«

»Unwahrscheinlich«, sagte Kupferbart bestimmt. »Wenn es eines gibt, das auf Maluga niemals zur Neige geht, dann ist es der Rum. Wirst du gleich sehen, wenn wir weiter oben sind.«

Maladin war noch nicht lange bei der Mannschaft, deswegen wusste er um die Besonderheiten von Maluga nicht Bescheid. Kupferbart hingegen war schon oft genug hier gewesen, um sich in- und außerhalb der Stadt mit geschlossenen Augen orientieren zu können. Er besaß sogar ein Häuschen ein Stück weit von Maluga entfernt. Es lag oben an einer Klippe und bot einen hübschen Überblick über die Bucht und das Innere der Insel.

Ihr Ziel war die Spitze des Hügels, an dessen Hang sich die Stadt schmiegte. Dort oben ragte ein eindrucksvolles Gebäude empor. Es war die Residenz der amtierenden Piratenkönigin, ein Gebäude, das mehr einer Festung gleichkam. Und was die Hügelspitze dazu noch bot, war ein wundervoller Ausblick auf die Insel.

»Oh«, machte Maladin, als sie oben angekommen waren.

»Genau«, sagte Kupferbart grinsend und ließ seine Augen schweifen.

»Mmhm«, brummte Dirty und leckte sich über die Lippen.

Das ganze Hinterland der Insel war eine einzige Zuckerrohrplantage. Feld um Feld tanzten die im Wind sanft wogenden Halme in jeder Senke, auf jeder Erhebung. Dazwischen standen ein paar Lagerhallen, zu denen die geschäftigen Arbeiter ihre Ernte brachten. In der Nähe des Forts der Königin waren dampfende Rumbrennereien zu sehen, wo die Stängel in wohlschmeckende Flüssigkeit umgewandelt wurden.

»Und das Praktische ist«, erklärte Kupferbart, »die Pflanzen wachsen das ganze Annular über. Die halbkreisförmige Bucht auf der Ostseite der Insel dient als Rückhaltebecken für das Wasser, wenn die östliche Pendelwende naht. Ein Piratenkönig, Braunbart hieß er, soweit ich weiß, hatte vor langer Zeit ein paar Cragolock auf die Insel geholt und sie beauftragt, ein ausgeklügeltes Bewässerungssystem auf der ganzen Insel zu graben. ›Der Rum auf dieser Insel geht nie zur Neige.‹ So lautet der Leitspruch jedes Piratenkönigs.«

»Der Traum eines jeden Piraten«, schwärmte Dirty mit glasigen Augen.

Kupferbart nickte, ließ die beiden noch kurz den Anblick genießen, dann machten sie sich auf den Weg zur Festung. Es war nur ein kurzer Fußmarsch auf dem ausgetretenen, breiten Pfad bis zum Eingang.

»Warum sieht das Tor aus wie ein riesiger Totenkopf?«, wunderte sich Maladin, der seinen Kopf staunend umher schwenkte, als sie beinahe ihr Ziel erreicht hatten.

Der Kapitän zuckte mit den Schultern. »Keine Ahnung, soll wohl bedrohlich auf Besucher wirken.«

»Kann mich nicht erinnern, jemals ein Skelett auf dem Meer gesehen zu haben«, ergänzte Dirty Hairy. »Höchstens mal aufgedunsene Leichen, wenn eine Kaperung blutig verlaufen ist. Knochen haben die praktische Angewohnheit, sich im salzigen Wasser aufzulösen.«

Kupferbart nickte nur, und als sie vor dem Tor standen, grüßten ihn die beiden Torwächter, die ihn erkannten.

»Die Königin wartet schon drinnen, Kapitän«, sagte einer. »Sie will dich sofort sehen, aber alleine.«

Kupferbart drehte sich zu seinen Begleitern um. »Ihr braucht nicht zu warten, geht in die Stadt und vergnügt euch. Ich bin mir sicher, der größte Teil der Mannschaft wird schon bei der ersten Runde Rum sitzen.«

Maladin und Dirty grinsten sich an und waren verschwunden, ehe Kupferbart einen Fuß durch das Tor gesetzt hatte.

»Ah, Kapitän Kupferbart. Ich freue mich, dich wieder einmal als Gast auf meiner Insel begrüßen zu dürfen«, eröffnete Kapitänin Damenbart, die Piratenkönigin mit ihrem schleppenden Akzent. Damenbart hatte, wie es die Tradition für Piratenkapitäne verlangte, tatsächlich einen unscheinbaren Flaum am Kinn. Jedoch war er auf ihrer olivenfarbenen Haut nur schwer auszumachen, bestenfalls ein im Fackellicht schimmernder Hauch. Sie zeigte ihn gerne jedem, der sich dafür interessierte, doch den meisten, die gefragt hatten, stießen im Anschluss merkwürdige und schmerzhafte Unfälle zu. Keiner der Leidtragenden kam danach auf die Idee, Damenbart die Schuld dafür zu geben, schon um der eigenen Gesundheit willen.

»Königin Damenbart«, grüßte Kupferbart die Piratenkönigin freundlich, die es sich in ihren Privatgemächern auf einem weichen Stuhl bequem gemacht hatte. Es brannten genug Leuchter im elegant mit dunklen, verschnörkelten Möbelstücken ausgestalteten Raum, um die Begegnung als offiziell und nicht romantisch zu bezeichnen. Auch wenn Kupferbart keine derartigen Gefühle für Damenbart hegte, war sie trotzdem immer noch eine schöne Frau, und das mit knapp sechzig Annularen. Das lange schwarzrote Gewand schmiegte sich an ihre weiblichen Rundungen, wie der Kapitän zu bemerken nicht umhinkam.

Sie kannten sich bereits lange. Schon aus der Zeit, bevor Damenbart den Thron von ihrem Vorgänger übernommen hatte. Sie war schon damals eine gefürchtete und respektierte Seeräuberin gewesen und hatte ihm viel über die Piraterie beigebracht, während er auf ihrem Schiff gedient hatte. Das war vor vielen Annularen gewesen, noch bevor er die Flautilus gewonnen hatte, und auch vor seinem Gefängnisaufenthalt.

»Wie ich sehe, hast du es nicht über dich gebracht, meinen Rat zu befolgen und Porky auf Diät zu setzen«, sagte Damenbart mit einem schelmischen Lächeln im Gesicht, während sie sein Schultertier musterte.

»Ich habe es versucht«, wand sich Kupferbart. »Aber du weißt doch, wenn Porky einen mit diesen Augen ansieht, kann man ihm kein Leckerli abschlagen.«

»Kann er die Augen denn überhaupt noch aufschlagen? Seine Lider sehen genauso speckig aus wie der Rest von ihm.« Damenbart brachte sich kopfschüttelnd in eine aufrechte Position auf ihrem mit dunklen Kissen dekorierten Stuhl.

Ein beleidigtes Grunzen ertönte als Antwort von Kupferbarts Schulter.

»Sag so was nicht, Porky mag es nicht, wenn man so über ihn redet«, erklärte Kupferbart schmollend und kraulte Porky unter seinem Kinn. Seine Finger verschwanden dabei zur Gänze zwischen Porkys Speckfalten.

Die Königin winkte ab. »Wie auch immer.« Darauf beugte sie sich neugierig vor. »Und jetzt zeig mir das Stück, das du gefunden hast, ja?«

Kupferbart zog das Schlüsselteil aus seiner Manteltasche und übergab es ihr.

Damenbart betrachtete es aufmerksam von allen Seiten und schürzte dabei die Lippen. Dann nickte sie wissend. »Ah, ja«, sagte sie mit ihrer rauchigen Stimme, »genau so wurde es beschrieben. Wie es scheint, hast du tatsächlich das gefunden, wofür du es gehalten hast.« Sie sah ihn eindringlich an. »Gibt es sonst noch Informationen darüber oder über den Finder?«

Der Kapitän dachte nach. »Nichts Besonderes. Ein Grabologe hat es entdeckt und er war anscheinend beauftragt worden, danach zu suchen. Doch ob er tatsächlich wusste, was und wo er suchen musste oder es zufällig fand, konnten wir nicht herausfinden. Denkbar, dass er einfach nur zufällig in der richtigen Gegend Löcher in den Boden gebuddelt hat.«

Damenbart fixierte ihn mit ihren Blicken, während sie grübelte. »Beauftragt … hm … ich kann mir nicht vorstellen, dass irgendjemand aus reinem Zufall genau an der Stelle gräbt, wo die Schlüsselteile versteckt wurden. Da muss mehr dahinterstecken.«

Kupferbart zuckte mit den Schultern. »Mehr war aus dem Kerl nicht herauszukriegen. Instania ist bei so was sehr gründlich. Besser gesagt, ihre Opfer sind bei ihr äußerst gesprächsbereit, um die Folter schnellstmöglich zu beenden.« Er verzog mitfühlend das Gesicht.

Damenbarts Blick wandte sich ein Stück weit ab und richtete sich auf etwas weit hinter ihm, während sie nachdachte. Gleich darauf kehrten ihre Augen zu Kupferbart zurück und sie lächelte freundlich. »Danke für das Schlüsselteil. Auch wenn du nicht mehr in Erfahrung bringen konntest, gibt es noch so einiges darüber zu berichten. Doch dazu musst du die Versammlung abwarten. Es wird noch einige Tage dauern, bis alle Kapitäne eintreffen. Sei so lange mit deiner Mannschaft Gast auf meiner Insel. Ich würde mich freuen, wenn du heute mit mir zusammen das Abendmahl einnehmen würdest, dann können wir über alte Zeiten sprechen. Und sag deiner Mannschaft, die ersten drei Runden gehen auf mich.«

Kupferbart erwiderte ihr Lächeln, bedankte sich und verließ den Raum. »Die ersten drei Runden …« Er hatte vor geschätzt anderthalb Stunden das Schiff verlassen, daher bezweifelte er, es rechtzeitig vor der dritten Runde in die Taverne zu schaffen.

Einige Tage später war der letzte Kapitän eingetroffen, was bedeutete, dass die Versammlung am nächsten Tag noch vor der Mittagssonne stattfinden würde. Kupferbart nahm dies zum Anlass und machte sich mit Porky auf seiner Schulter ein letztes Mal von seinem Haus oben an der Klippe auf in die Taverne. Dort lungerte der größte Teil seiner Mannschaft gemeinsam mit anderen Piraten herum, die seit Tagen tranken, sangen, tranken, kotzten und dann wieder tranken und sangen. Reihenfolge und Anzahl der Wiederholungen hingen meist von Alter und Dienstzeit der Freibeuter ab. Als Kupferbart kurz nach Sonnenuntergang die sporadisch von Laternen beleuchteten und mit betrunkenen Seemännern gefüllten Gassen hinter sich gebracht hatte, öffnete er die Tür zur Taverne. Lauter Gesang quoll ihm wie eine dichte Nebelwand entgegen, zusammen mit dem Geruch von gebratenem Fleisch, würzigem Qualm und verschüttetem Rum.

»Jo ho Piraten …«

»Und ne Buddel voll Rum …«

»Ja lebt denn die alte Mast-Myrte noch …«

Kupferbart schaute sich kurz um, entdeckte seine Männer und begab sich zum großen, hölzernen Tisch, der von Fett und Rum klebrig glänzte. Er zog einen leeren Stuhl heran, setzte sich und blickte zufrieden in die Runde. Seine Jungs hatten Spaß, und das war wichtig, denn niemand wusste, wie lange es dauern würde, bis sie das nächste Mal auf der Pirateninsel Halt machten. Er sah dem Treiben im verqualmten und halbdunklen Raum eine Weile zu, beobachtete einige Männer, die zusammen sangen und schunkelten und andere, die sich wegen einem verschütteten Krug Rum prügelten. Nachdem eine weitere Runde spendiert wurde, waren alle wieder Freunde und sangen zusammen. Kämpfe mit scharfen Waffen waren auf der Pirateninsel nicht erlaubt. Das war der Piratenfrieden, der hier herrschte und von der Piratenkönigin – notfalls mit Gewalt – durchgesetzt wurde. Kupferbarts Gedanken blendeten den Lärm um ihn herum nach einiger Zeit aus und er fragte sich, was bei der morgigen Versammlung wohl besprochen werden würde. Maluga war schon ziemlich überlaufen, viele Kapitäne waren dem Aufruf gefolgt. Nicht alle, doch bedeutend mehr als üblicherweise beim Fund eines Kartenteils. Kein Wunder, denn bisher war noch kein Schlüsselteil gefunden worden. Viele Kapitäne wollten offenbar wissen, wie so ein Teil überhaupt aussah.

»Das letzte Schiff ist eingetroffen, Kapitän«, raunte Dirty neben ihm und riss Kupferbart aus seinen Gedanken.

»Ja«, brummte Kupferbart und seine Miene verdüsterte sich bei diesem unerquicklichen Gedanken.

»Du weißt, wer es ist, oder?«

»Ja«, brummte er abermals, diesmal grimmiger.

»Wann hast du ihn das letzte Mal gesehen?«, ließ Dirty nicht locker.

»Auf jeden Fall ist es nicht lang genug her«, antwortete Kupferbart und versuchte nebenher, einen Ausweg aus Dirtys hartnäckiger Fragerei zu finden. Wenn Dirty sich etwas in den Kopf gesetzt hatte, so war er stur wie ein Bulle, der ein rotes Tuch erblickt hatte. Er rannte schnurgerade darauf los, selbst, wenn hinter dem Tuch eine dicke Wand stand. Auch Warnungen, Hinweistafeln und selbst Fangnetze konnten die Wand danach nicht mehr vor einer Konfrontation mit Dirtys Kopf bewahren.

»Willst wohl nicht darüber reden, was?« Dirtys unschuldige Miene wurde durch das hämische Grinsen ein wenig beeinträchtigt.

Kupferbart wusste, ein Nein als Antwort würde ihn kein bisschen stören. »Wie kommst du bloß darauf?«, fragte der Kapitän stattdessen mit sarkastischem Unterton und zog eine Braue hoch.

»Weiß ich auch nicht«, antwortete Dirty grinsend. »Da wir das jetzt geklärt haben, also was war da …?«

Die laut krachende Tavernentür erlöste Kupferbart kurzzeitig von Dirtys Fragerei, doch als er gewahr wurde, wer da eintrat, wurde die Situation nur noch schlimmer und er stöhnte innerlich auf.

Kapitän Silberbart stand breitbeinig in der Tür und seine Augen schweiften abschätzig über die Anwesenden. Sein silbrig gefärbter Bart schimmerte selbst in dem schwachen Licht der Taverne in einem bemerkenswerten Glanz. Silberbarts Schultertier, ein Silberkopfäffchen, ahmte seinen Besitzer nach und blickte mit bösartigen Augen in die Menge. Es wurde still im Raum, das Gelächter und der Gesang verklangen und alle Köpfe drehten sich zur Tür. Jeder kannte den Kapitän der Wellenbrecher und seinen Ruf als erfolgreicher und unerbittlicher Piratenkapitän. Und viele, selbst Piraten von anderen Schiffen, wussten um die Feindschaft zwischen ihm und Kupferbart.

Silberbart setzte einen Fuß in die Taverne und sein Blick fiel auf Kupferbart. Ein süffisantes Grinsen erschien in seinem Gesicht. »Aha, sieh mal einer an, wer da nur herumsitzt und säuft, während fleißige Piraten ihren Lebensunterhalt auf See verdienen, damit die Pirateninsel in Wohlstand erblühen kann.« Das Silberkopfäffchen kreischte, als würde es Kupferbart auslachen.

Viele Köpfe drehten sich und die Blicke richteten sich nun auf Kupferbart, der die Lippen über diese Anmaßung zusammenpresste. Ihm war bewusst, Silberbart suchte die Konfrontation, wo immer er die Gelegenheit dazu fand. Auch wenn Kämpfe nicht erlaubt waren, war es Kupferbart nicht möglich, eine derartige Beleidigung auf sich sitzen zu lassen. Seine Ehre stand auf dem Spiel. Langsam erhob er sich, stapfte auf Silberbart, seinen zweitschlimmsten Erzfeind, zu und pflanzte sich unmittelbar vor ihm auf. Nase an Nase, Bauch an Bauch standen sie unverrückbar da und starrten sich gegenseitig nieder. Die

Spannung im Raum verdichtete sich spürbar, wurde erdrückend. Porky quiekte verängstigt, als das Äffchen ihn anfauchte und seine spitzen kleinen Zähne zeigte. Der Moment schien sich ewig hinzuziehen, dann knurrte Kupferbart leise: »Ganz schön nah.«

»Zieh doch den Bauch ein«, gab Silberbart abfällig mit gesenkter Stimme zurück.

»Zieh du doch den Bauch ein.«

»Hättest du wohl gerne.«

»Klar hätte ich das gerne.«

Weitere unangenehme Momente vergingen, bis Kupferbart peinlich berührt einen Schritt zurückwich. Porky grunzte erleichtert.

Silberbart lachte verächtlich. »Wieder mal ein Rückzieher, habs nicht anders erwartet.«

Kupferbart schnaubte. Es war ihm zuwider, seinem Erzfeind diesen Sieg zu gönnen, doch war er nicht wegen eines Kampfes auf die Pirateninsel gekommen. Nicht dieses Mal. »Du weißt, warum wir alle hier sind«, war daher alles, was er zu sagen hatte.

Silberbart winkte ab. »Faule Ausreden, wie immer. Sie hätten dich gar nie aus dem Loch rauslassen sollen, in das sie dich reingesteckt haben.«

In Kupferbart brodelte es, seine Hände zitterten vor Wut. Lange war es her, doch nichts davon hatte er vergessen. Die Erinnerung hatte sich in seinem Hinterkopf eingenistet wie ein Blutegel, saugte an seinen Nerven, bis sie blank dalagen. »Es war deine Schuld, dass ich dort überhaupt gelandet bin.« Sein Gesicht brannte vor Zorn.

»Pah, ein echter Pirat hätte sich gar nicht erst erwischen lassen«, gab Silberbart spottend zurück und provozierte ihn damit noch weiter.

Das Fass war übergelaufen, Kupferbarts Hand zuckte zu seinem Säbel. Silberbart grinste ihn hämisch an, während er die Bewegung verfolgte. Kämpfe vom Zaun zu brechen war verboten, doch verteidigen durfte sich jeder, sein Erzfeind konnte daher nur als Sieger vom Platz gehen. Vor allem, da Kupferbart jetzt am Äffchen vorbeiblickend einige der Schläger aus Silberbarts Mannschaft entdeckte, die sich vor der Taverne postiert hatten. Doch war das in diesem Moment nicht von Belang. Wenn er flink genug wäre … Bevor er den Säbel aus der Halterung ziehen konnte, packte ihn eine Hand am Arm.

»Das ist es nicht wert«, sagte Dirty leise hinter ihm.

Kupferbart knurrte, riss seinen Arm los und blickte sich mit zusammengekniffenen Augenbrauen um. Die Piraten in der Taverne schauten nervös in ihre Becher, einige beschämt zu Boden oder einfach nur umher, doch keiner erwiderte seinen Blick. Er wandte sich wieder Silberbart zu und bedachte ihn mit einem Blick, der ihn in ein Häufchen Asche hätte verwandeln sollen. Leider gelang es nicht. Kupferbart schnaubte noch einmal, rempelte seinen Erzfeind von der Tür weg und bahnte sich einen Weg durch Silberbarts Schläger nach draußen. Höhnisches Gelächter begleitete seine Schritte, die ihn in die nächste Taverne führten, wo er vorhatte, sich ordentlich zu betrinken.

Die Versammlung

Am nächsten Tag hatte sich Kupferbart so weit beruhigt, um ohne Mordgedanken nach dem mühsam hinuntergewürgten Morgenmahl zur Versammlung aufbrechen zu können. Begegnungen mit Silberbart endeten immer auf diese Weise, das hätte er wissen müssen, doch wurde es von Mal zu Mal schwieriger, sich im Zaum zu halten. Eines Tages würde dieser Kampf ausgefochten werden, doch nicht an diesem Tag. Heute stand die Versammlung auf dem Plan und damit die angedeuteten Verlautbarungen der Königin zum Schatz von El Materen.

Brenden, Dirty Hairy und Maladin begleiteten ihn zur Festung, doch keiner sprach ein Wort. Sie verspürten wohl seine Aufgewühltheit und wollten ihm keinen Anlass für im Zorn gesprochene Worte geben. Der Zutritt zum Versammlungsraum war ihnen jedoch nicht gestattet, nur den Kapitänen wurde von den Wachen Einlass gewährt.

»Lass dich nicht provozieren«, war Dirtys einziger Kommentar, ein vorsorglicher Rat. Kupferbart brummte nur und ließ seine Truppe im Gang vor der Versammlungshalle stehen. Ein überflüssiger Rat, er wusste selbst, dass er sich dort drin beherrschen musste, im Beisein der Königin.

Die Halle verströmte eine angenehm bedrohliche Stimmung, bemerkte Kupferbart, unmittelbar nachdem er sie betreten hatte.

Totenköpfe schienen Damenbarts Lieblingsziergegenstände zu sein, überall waren sie aufgestellt und Kerzen hineingesteckt worden. An den Wänden waren Totenkopfkandelaber platziert worden und von der Decke hing ein Totenkopfkronleuchter über dem runden, mahagonifarbenen Versammlungstisch. Unter den Piraten gab es keine Ränge und die amtierende Königin selbst würde nicht am Tisch sitzen, sondern auf dem Thron, der ein Stück weit entfernt davon stand. Er war ein schwerer Stuhl aus Aboradeem-Schwarzholz, dessen Beine in Totenköpfen steckten. Die oben abgerundete Rückenlehne war mit Schnitzereien von Säbeln, Knochen und Totenköpfen verziert. An der Wand hinter dem Thron hing ein Bilderrahmen, der ein zerrissenes Bild darstellte: die Kartenteile, die bisher gefunden worden waren. Nach dem, was man bisher erkennen konnte, stellten sie die gesamte Karte von Pendolumium dar, auch wenn noch viele Teile fehlten. Alle hofften, dass eines Tages das Teil mit dem großen X darauf gefunden werden würde, doch hielt es sich weiterhin hartnäckig versteckt.

Da er sich schon lange nicht mehr in diesem Raum befunden hatte und die anderen Kapitäne noch nicht eingetroffen waren, drehte Kupferbart mit dem schlafenden Porky auf seiner Schulter eine Runde. Einige Miniaturschiffe in Flaschen standen auf den altmodischen Regalen. Nachbildungen der berühmtesten Piratenschiffe. Da manche Piratenkapitäne erst mit ihrem fulminanten Ende Berühmtheit erlangten, war die Detailtreue der Modelle stark zu hinterfragen. Sie schienen erst nach vielen aufgebauschten Erzählungen entstanden zu sein, einige der Schiffe sahen mit ihren gewaltigen Aufbauten nicht mal seetauglich aus.

Säbel hingen an den Wänden, von berüchtigten Pendelpiraten oder deren berühmten Gegnern. Er sah den eleganten Säbel von Schwurbelbart, der sich ein legendäres Duell mit James Shook, dem Kapitän einer Kriegsgaleone aus Sheagranor, geliefert hatte. An anderer Stelle hing die scharfe Klinge von Stutzbart, dem nachgesagt wurde, seinen Bart regelmäßig mit seinem eigenen Säbel geschnitten zu haben. Er brachte den Rundgang am Modell eines Schiffes zu Ende, das aussah, als wäre es durch einen Riss aus der Geisterwelt in die reale gesegelt, um die Schiffe auf den Weltmeeren heimzusuchen. Der Kapitän des

Schiffes war unbekannt, doch Geisterschiffe waren oft erzähltes Seemannsgarn. Daraufhin setzte er sich auf einen der gepolsterten Stühle
am Tisch, weit weg von dem Platz, den Silberbart üblicherweise ein-
zunehmen pflegte. Und dann wartete er.

Der Reihe nach trafen die Kapitäne ein, während Kupferbart gemütlich mit den Füßen auf dem Tisch in seinem Stuhl lehnte. Als Erstes
kam Rotbart, danach folgten Gelbbart, Blaubart und Weißbart. Sie
setzten sich und legten die Füße auf den Tisch, es war schließlich eine
Piratenversammlung. Es folgten Vogelbart und Baumbart. Die beiden
lebten in Synergie und hatten einen Vogel als gemeinsames Schultertier. Das Tier lebte in einem Ast, der in Baumbarts Bart eingeflochten
war, und ernährte sich aus Vogelbarts Bart. Vogelbart war in Wahrheit eine Frau und der Bart war unecht, doch tat das der Tradition
genüge. Danach kamen Vollbart und Flaumbart. Flaumbart war erst
ein Knirps und besaß – bis auf ein dunkles Haar am Kinn, das aus
einem Muttermal hervorspross – keine weitere Behaarung in seinem
Gesicht. Daher trug er hinter vorgehaltener Hand auch die Spitznamen Milchbart oder Keinbart. Doch der Kleine war bösartig bis aufs
Blut. Jeder, der es wagte, ihn in Hörweite bei einem seiner Spitznamen
zu nennen, fühlte bei erstbester Gelegenheit seinen kleinen Säbel im
Bauch stecken. Es war auch unklug, ihn auf seinen mit Entendaunen
gefüllten Schwimmreifen anzusprechen, den er mangels Schwimm-
fähigkeiten immer um die Hüfte gegürtet trug. Flaumbart besaß kein
Schultertier. Seine Besatzung hatte ein paar Mal versucht, ihm eines
zu schenken, doch der gemeine kleine Junge hatte jedes so lange gequält, bis es elendiglich verendete.
   Sie alle setzten sich hin und legten die Füße auf den Tisch. Flaumbart hatte dabei Mühe und musste sich auf den Schwimmreifen setzen,
um mit den Füßen bis zur Tischkante zu gelangen. Daraufhin ließ er
seinen fiesen Blick durch den Raum wandern, ob jemand es wagte, zu
lachen. Niemand lachte. Als Letztes schritt Silberbart durch die Tür
und Kupferbarts Augen wurden zu Schlitzen. Wie üblich stolzierte
sein Erzfeind durch den Raum und erwartete die Aufmerksamkeit
aller Anwesenden. Beim Anblick Kupferbarts grinste er hämisch

und setzte eine herablassende Miene auf. Kupferbart schnaubte, doch enthielt er sich weiterer Gefühlsregungen. Er rief sich Dirtys Rat und seine eigenen Vorsätze in Erinnerung und gedachte, beides zu beherzigen.

»Schön, dass ihr alle auf mich gewartet habt«, verkündete Silberbart grinsend in die Runde und erntete dafür einige böse Blicke. Aufgrund seiner arroganten und herablassenden Art war er bei den wenigsten Kapitänen beliebt, außer bei Flaumbart, der ihn als eine Art Vorbild betrachtete.

»Nicht auf dich«, knurrte Kupferbart herausfordernd. Porky zuckte beim Klang seiner Stimme mit einem Bein, doch schlief er weiter.

»Ach, willst du etwa die Unterhaltung von gestern fortführen? Ich bin jederzeit bereit.«

Ihre Blicke trafen sich und ein weiteres Starr-Duell bahnte sich an. Bevor Kupferbart seine Vorsätze über Bord werfen und sich erheben konnte, öffnete sich eine verborgene Tür an einem im Schatten gelegenen Wandstück und Damenbart, die Königin, trat ein.

»Kein Streit auf meiner Insel«, sagte sie im Befehlston, und selbst Silberbart beugte sich murrend der Königin und setzte sich auf den letzten freien Stuhl. Kupferbart mutmaßte, dass die Königin bereits einige Zeit hinter der Wand gelauscht hatte, denn wie hätte sie sonst wissen sollen, was im Raum vor sich ging?

Sie bewegte sich gemessenen Schrittes auf ihren Thron zu, setzte sich elegant und schaute allen Anwesenden lange ins Gesicht. Freundliches Lächeln und so manches ehrerbietige Nicken war die Antwort der Piratenkapitäne. Selbst Silberbart neigte respektvoll sein Haupt.

Nachdem die Königin ihren Rundblick beendet hatte, lächelte sie. »Ich freue mich, dass so viele meiner Aufforderung nachgekommen sind und sich die Mühe gemacht haben, auf meine kleine Insel zu kommen. Ich hoffe, ihr und eure Mannschaften haben sich gut unterhalten?«

»Der Rum geht nie zur Neige!«, rief Blaubart begeistert und offensichtlich immer noch oder schon wieder betrunken. Sein Schultertier, ein Blauspecht, kippte dabei fast vornüber, womöglich ebenfalls betrunken. Es hieß, er benutzte den Vogel, um Rumfässer anzustechen, und der Specht ließ sich dazu begeistert zweckentfremden, der erste Schluck ging immer auf ihn.

»So ist es.« Damenbart nickte zustimmend. »Der Rum auf dieser Insel geht nie zur Neige. Doch das ist nicht der Grund, warum ich euch zu mir gerufen habe.« Sie deutete mit der Hand nach hinten auf die Karte. »Wie ihr wisst, ranken sich viele Legenden um den berüchtigten Piratenkapitän El Materen, auch bekannt als Leuchtbart. Und um seinen legendären Schatz.«

Alle brummten einhellig.

»Dass es nicht nur Legenden sind, beweisen die Fundstücke, die über viele Annulare hinweg immer wieder aufgetaucht sind. Sei es durch Kaperungen, sei es durch zufällige Funde, die an mit einem X markierten Orten gemacht wurden. Einige Piratenkapitäne haben ihr ganzes Leben der Suche nach den Teilen gewidmet. Offensichtlich erfolglos, wie ihr seht, es existieren noch viele dunkle Flecken.«

Daraufhin hielt Damenbart kurz inne und beugte sich bedeutungsvoll nach vorne. »Doch was bisher noch niemandem gelungen war, ist, ein Teil des Schlüssels zu finden, der den Schatz öffnen soll. Bis heute.«

Ihr Blick wanderte zu Kupferbart, jener der anderen Kapitäne ebenfalls. Stolz setzte er sich aufrechter hin, ohne dabei die Füße vom Tisch zu nehmen.

»Das war sicher nur reines Glück«, zerstörte Silberbart mit einer bösartigen Bemerkung den Augenblick. »Wahrscheinlich hat er ihn in irgendeiner Spelunke beim Kartenspielen gewonnen und nicht bei einer Kaperung auf hoher See.«

Ein bohrender Blick von Damenbart ließ ihn seine restlichen Gedanken für sich behalten, doch die gewünschte Wirkung war bereits erzielt. Kupferbarts Kopf färbte sich rot wie nach fünf durchzechten Nächten.

»Es ist unerheblich, wie das Schlüsselteil in unsere Hände gelangt ist«, erklärte die Königin mit Nachdruck und starrte Silberbart dabei noch einmal eindringlich an, um weitere provozierende Unterbrechungen im Keim zu ersticken. »Wichtig ist, dass wir nun wissen, wie die Schlüsselteile aussehen, was bislang niemand hatte herausfinden können. Und bedeutsam ist, was auf diese Entdeckung folgen muss.«

Sie lehnte sich wieder zurück und ließ die Kapitäne gespannt warten.

»Eine Runde Rum für alle?«, fragte Blaubart hoffnungsvoll in die Stille.

»Warum nur eine, ich wär für zwei«, meinte Rotbart und erhöhte den Einsatz.

»So viel Rum, wie jeder tragen kann«, sagte Weißbart und legte damit alle Karten auf den Tisch.

Weißbart war ein merkwürdiger Piratenkapitän, dessen Schultertier, eine weiße Beutelmaus, nur selten aus seinem Bart hervorblickte. Der alte Pirat besaß die Angewohnheit, Schiffe zu kapern und die schönsten Teile der Beute als Geschenke zu verpacken. Daraufhin übergab er den Kindern auf dem nächsten Schiff, das er kaperte, die Geschenke zusammen mit einem grimmigen »harr harr harr«. Waren keine Kinder an Bord, versenkte er das Schiff und kaperte ein weiteres. Da Weißbart schon viele Annulare auf den Meeren unterwegs war, hatte sich diese Angewohnheit herumgesprochen, und so segelten auf vielen Schiffen Kinder mit. Die meisten mussten als Schiffsjungen und -mädchen in der Kombüse arbeiten, doch bei der Aussicht auf Geschenke nahmen sie das gerne in Kauf.

Damenbart lächelte und schüttelte den Kopf. »Ja, es wird Rum geben, aber später. Und danach liegt Arbeit vor euch.«

Ein unbehagliches Raunen ging durch den Raum, auch Kupferbart verzog den Mund. Piraterie war eine Sache, die Spaß machte, doch wenn sie mit Arbeit gleichgesetzt wurde …

»Arbeit, die sich am Ende lohnen wird«, fügte Damenbart hinzu. Ein interessiertes Murmeln ersetzte das unruhige Raunen. Dann sprach sie weiter: »Es gibt ein Geheimnis, das von Piratenkönig zu König zu Königin weitergegeben wird. Ein Geheimnis betreffend den Schatz von El Materen.«

Ein Geheimnis? Kupferbart spitzte die Ohren, und auch die übrigen Kapitäne hörten aufmerksam zu, wie er feststellte.

»Das Kartenteil mit dem X wurde bereits gefunden.«

Verblüffte Gesichter zeigten sich als Ergebnis dieser Offenbarung. Kupferbart schaute mit zusammengekniffenen Augen auf die Karte hinter dem Thron. Hatte er das Teil etwa bei seiner Inspektion übersehen? Doch nein, er war sicher, es hatte sich nicht auf der Karte befunden. Mit gerunzelter Stirn wandte er sich wieder der Königin zu.

»Und warum hat sich dann noch keiner den Schatz unter den Nagel gerissen?«, fragte Vogelbart berechtigterweise.

»Weil mehr als nur der Standort benötigt wird. Es erfordert ebenso den Schlüssel«, erklärte Damenbart und hob belehrend einen Finger. Ihre goldenen Armreifen rasselten dabei.

»Jedes Schloss kann aufgebrochen werden, scheiß auf den Schlüssel«, sagte Silberbart entschlossen. »Sag uns, wo der Schatz liegt, und dann bekommt ihn derjenige, der ihn als Erstes erreicht.« Er schaute Kupferbart an. »Oder am lebendigsten«, fügte er grinsend hinzu. Sein Äffchen gab einen verrückten Schrei von sich, der Porky aus dem Schlaf riss. Gemurmel brandete hoch wie brechende Wellen an einer felsigen Küste. Die Kapitäne begannen wild untereinander zu diskutieren.

»Dieses Schloss nicht!« Damenbarts Stimme tönte mit derartiger Autorität durch den Raum, sodass umgehend wieder Ruhe einkehrte. Gemäßigter fügte sie hinzu: »Es ist magisch versiegelt und nur mit dem richtigen Schlüssel kann der Zauber gebrochen werden, so lautet die Überlieferung. Heutzutage gibt es keine ausreichend mächtigen Zauberer mehr, die in der Lage wären, den Zauber zu bannen, falls jemand Derartiges im Sinn haben sollte. Darum benötigt ihr den Schlüssel.«

Enttäuschte Wortmeldungen verließen leise einige gekräuselte Lippen. Kupferbart hatte schon vermutet, dass es nicht so einfach werden würde, daher war er weniger überrascht über dieses Hindernis.

»Ich werde euch nicht befehlen, auf die Suche nach den Teilen zu gehen, denn Piraten lassen sich nichts befehlen«, fuhr Damenbart fort und ein Lächeln umspielte ihren Mund. »Doch ich werde euch die Suche versüßen, denn es ist an der Zeit, dass der Schatz gefunden wird.«

Wieder entstand eine angespannte und aufmerksame Stille.

»Mit einer Runde Rum für alle?«, wagte Blaubart zaghaft einen weiteren Versuch.

»Nein, besser. Und sag jetzt nicht zwei Runden Rum.« Auf Damenbarts strengen Blick hin ließ Blaubart die bereits erhobene Hand eingeschüchtert wieder sinken.

»Nein«, fuhr sie mit ruhiger Stimme fort. »Demjenigen, der es schafft, alle Teile des Schlüssels zu finden und damit zu mir kommt, dem werde ich den Fundort des Schatzes verraten. Und demjenigen, der er schafft, den Schatz zu heben und mit ihm zur Pirateninsel zurückzukehren …« Sie machte eine die Spannung steigernde Pause, diesmal offenbar sicher, keine Frage nach einer Runde Rum gestellt zu bekommen, »… demjenigen überlasse ich den Thron, meine Krone und damit die Herrschaft über alle Pendelpiraten.«

Erregtes Gemurmel erhob sich im Raum, begleitet von teils unsicheren, teils gierigen Blicken. Damenbart war seit über zwei Dekannularen die Königin der Piraten, einige der jüngeren Kapitäne kannten überhaupt keine andere Regentschaft. Wenn sie den Thron einem anderem überließ, konnte und würde das zu Veränderungen führen. Doch war sie immer eine gute Königin gewesen, und was – oder besser gefragt wer – würde danach kommen?

Kupferbart musterte die anwesenden Kapitäne. Vor allem der Blick von Silberbart gefiel ihm so gar nicht. »Warum willst du den Thron aufgeben?«, fragte er daher, da ihm der Gedanke an Silberbart als neuer Piratenkönig einen kalten Schauer wie eine Sturzflut über den Rücken jagte.

Damenbart lächelte. »Ich bin nicht mehr die Jüngste und ich vermisse das Meer. Als Königin musste ich stets auf der Insel verweilen und mich um alle Belange der Pendelpiraten kümmern. Doch ich möchte wieder zur See fahren und auf See sterben, nicht in einem bequemen Bett, umgeben von trockenen Mauern.«

Kupferbart sah viele Köpfe verständnisvoll nicken und auch ihm leuchtete diese Sehnsucht ein. Es kam nichts über ein nasses Grab, das einer ruhmreichen Seeschlacht folgte. Vielleicht würde auch sein Säbel eines Tages in dieser Halle hängen. Und wenn genügend Geschichten auf übertriebene Weise ausgeschmückt wurden, womöglich sogar eine beeindruckende Miniatur der Flautilus.

»Noch etwas.« Damenbarts Stimme ließ das Gemurmel verstummen und die Köpfe wieder in ihre Richtung drehen. Ein strenger Blick zu Blaubart ließ ihn den Mund tonlos schließen. »Der Fund des ersten Schlüsselteils mag ein Zufall gewesen sein, doch zu den übrigen gibt es einen Hinweis. Auch dieser ist ein Geheimnis, der von den Piratenkönigen und -königinnen weitergegeben wurde.«

Alle lauschten gespannt, so auch Kupferbart. Nach der Offenbarung des Wissens um den Standort des Schatzes jetzt auch noch ein Hinweis auf die Schlüsselteile? Damit würde der Schatz in greifbare Nähe rücken und die Suche beträchtlich verkürzt werden. Wenn die nächste Offenbarung auf ein großes X hinzeigte, wäre das der perfekte Hinweis, fand er und grinste voller Vorfreude.

»Der Hinweis lautet ...«, verkündete Damenbart und sah in die Augen aller Kapitäne, die sich der Reihe nach angespannt vorbeugten, »... die ganze Welt ist ein X.«

»Verdammt!«, entfuhr es Kupferbart.

»Das soll ein Hinweis sein?«, blaffte Silberbart verächtlich. »Sollen wir etwa die ganze Welt absuchen? So ein Schwachsinn, die Teile könnten damit ja überall sein.«

»Ich habe nicht gesagt, dass es einfach werden würde. Doch nun wisst ihr alles, was es zu wissen gibt. Die Versammlung ist damit beendet. Jedem steht es frei, auf meiner Insel zu verweilen oder sich sofort auf die Suche zu machen. Kapitän Kupferbart?«

Kupferbart hob den Kopf.

»Hier hast du dein Teil aus dem Wilden Land zurück. Du hast es gefunden, also steht es dir zu.«

Kupferbart spürte die brennenden Blicke der übrigen Kapitäne auf seinem Rücken, als er zur Königin schritt und das Teil wieder an sich nahm. Sie lächelte ihn an, während ihm nur ein verzagtes Grinsen gelang.

»Ich muss ... äh ... meine Schwiegermutter kielholen gehen«, sagte Baumbart plötzlich hinter ihm. Als er sich umdrehte, sah er noch, wie Baumbart Vogelbart an der Hand packte und sie aus dem Raum zerrte.

»Ich muss ... meinen Schankwirt kielholen gehen«, erklärte Blaubart und wankte ebenfalls aus dem Raum.

»Ich muss meinen Onkel kielholen gehen«, sagte Flaumbart mit einem hinterhältigen Gesichtsausdruck, während er sich aufmachte. Kupferbart war sicher, diese Worte waren nicht nur so dahingesagt.

»Ich muss ... ihr wisst schon«, vermeldete auch Weißbart und verließ den Raum.

Vollbart, Rotbart und Gelbbart waren in eine Unterhaltung vertieft und schienen nicht daran interessiert zu sein, sich der Schatzsuche in nächster Zeit anschließen zu wollen. Übrig blieb nur noch Silberbart, der immer noch mit seinen Füßen auf dem Tisch dahockte und Kupferbart auf verschlagene Weise angrinste. »Geh nur, ich hab keine Eile«, verkündete er selbstsicher. »Ich werde dich sowieso früher oder später erwischen, bis dahin kannst du mir ja die Arbeit abnehmen und Schlüsselteile suchen gehen.« Der Silberkopfaffe auf seiner Schulter kreischte vergnügt und schlug einen Purzelbaum in der Luft.

»Das werden wir noch sehen«, knurrte Kupferbart, doch sein Gefühl gab ihm nervös zu verstehen, dass Silberbart nicht übertrieb. »Königin«, sagte er an Damenbart gewandt und verbeugte sich höflich, sie quittierte die Geste mit einem freundlichen Nicken. Darauf machte sich Kupferbart schleunigst auf den Weg, ohne sich noch einmal nach Silberbart umzudrehen.

Draußen im Gang stieß er auf seine ungeduldig wartende Truppe.

»Ist was passiert, dass es die Kapitäne so eilig hatten?«, fragte Brenden beunruhigt, doch lag Neugierde in seinen Augen.

»Das kann man wohl sagen«, erwiderte Kupferbart missmutig. »Und der Grund dafür wird euch nicht gefallen, daher schlage ich vor, wir verlieren keine Zeit und beeilen uns noch mehr als die anderen. Wir sollten die Insel schleunigst verlassen.«

»Wir müssen erst mal die Mannschaft zusammentrommeln, die hat sich über die ganze Stadt verteilt«, warf Dirty ein, während sie das Fort verließen und den Weg nach Maluga hinuntereilten.

»Worauf wartet ihr dann noch? Geht und sucht sie! Wer zu spät kommt, wird zurückgelassen!«, befahl der Kapitän ungeduldig. Nach einem Blick in Dirtys grinsendes Gesicht ergänzte er: »Und solltest du derjenige sein, der Instania als Erster findet, wirst du auch ihr die Nachricht überbringen!«

Das Grinsen Dirtys verzog sich wieder in seinen dichten struppigen Bart. »Mhm«, brummte er nur enttäuscht.

»Und wann erfahren wir den Grund für all die Hektik?« Maladin starrte ihn mit hochgezogenen Brauen an.

»Je länger ihr hier rumlungert, anstatt die Mannschaft zusammen-zurufen, desto länger wird es dauern«, antwortete Kupferbart unge-duldig. Er konnte es nicht mehr erwarten, seinen Fuß wieder auf die Flautilus zu setzen. Das Schlüsselteil in seiner Manteltasche fühlte sich immer schwerer an, als wollte es ihn an der Flucht hindern. »Los jetzt«, warf er ihnen zu und deutete seiner Truppe, sich auf den Weg zu machen. Daraufhin trennten sie sich, er selbst marschierte ohne Umwege zum Hafen und in Richtung seines Schiffes. »Warum muss gerade ich das erste Teil finden?«, murmelte der Kapitän verdrossen vor sich hin, während er durch die Stadt eilte und jeden mit miss-trauischen Blicken musterte. Wer wusste schon, wie schnell sich die Information über den Schlüssel zum Schatz von El Materen herum-gesprochen hatte? Er musste sich auf jeden Fall beeilen.

Auf zur Schatzjagd

Sobald der letzte Pirat die Gangway überquert hatte, verließ die Flau-tilus das Dock in Richtung Meer. Es hatte zum Glück nicht lange gedauert, alle Mannschaftsmitglieder an Bord zu bekommen, inner-halb einer Stunde befand sich Kupferbarts gesamte Crew auf dem Schiff. Am Heck stehend blickte er nun zum Hafen und zählte die Schiffe. Es schienen noch alle da zu sein, also hatten sie es wohl tat-sächlich geschafft, als Erste wieder von der Pirateninsel abzulegen. In solchen Momenten war der Kapitän froh, nur eine kleine Mann-schaft unter seinem Befehl zu haben. Der Vorteil darin lag, nicht lange suchen zu müssen, um jeden in den zahlreichen Tavernen und Hu-renhäusern zu finden. Die übrigen Kapitäne mussten da wohl erheb-lich längere Laufwege hinter sich bringen, bevor sie ablegen konnten.

»Welchen Kurs, Kapitän?«, fragte Brenden, der am Ruder stand, nachdem sie die versteckte Bucht hinter sich gelassen hatten.

»Hm, erst mal nach Norden. Hauptsache weg von hier!«, befahl Kupferbart und strich sich grübelnd über den Bart, während er den genauen Wortlaut des Hinweises von Damenbart in Gedanken re-flektierte. Wenn die ganze Welt ein X war, dann konnten die Teile tatsächlich überall sein, wie er Silberbart widerwillig zustimmen musste. Unter Umständen bedeutete es jedoch etwas gänzlich anderes. Er brummte. Um das Geheimnis zu entschlüsseln, würde er Hilfe benötigen.

»Versammlung in meiner Kajüte!«, rief Kupferbart an die in der Nähe stehenden Anwesenden an Deck gerichtet. »Brenden, Dirty, Maladin, ihr kommt mit.«

»Und wer soll das Schiff steuern?« Brenden schaute ihn mit gerunzelter Stirn an.

»Hm«, machte der Kapitän, doch schnell kam ihm eine Idee. »Holt den selbstfahrenden Steuermann.«

»Wirklich, Kapitän?«, fragte Brenden und sein Gesicht zeigte eine Mischung aus Zweifel und Besorgnis. »Du weißt schon, der … äh … funktioniert nicht mehr richtig.«

»Geradeaus nach Norden zu segeln wird er noch zustande bringen«, erklärte Kupferbart mit größtmöglicher Entschlossenheit und befahl: »Holt Nelon Mast!«

Zwei seiner Männer stiegen die Treppe hinunter in den Schiffsbauch und kamen alsbald mit Nelon Mast in ihrer Mitte zurück. Er war ein gealterter Pirat, wie man ihn in Geschichten beschreiben würde. Dürr, mit wenigen weißen Haarbüscheln am Kopf und noch weniger am Kinn, einem Holzbein, da er das echte an einen Hai verloren hatte, und einem Haken anstelle der linken Hand. Der Hai war hungrig gewesen. Ein paar hässliche Zahnstümpfe ragten aus seinem dauernd grinsenden Mund. Nelon hatte sich die Haibisse nicht einfach so gefallen lassen und selbst kräftig zugelangt, weswegen er überhaupt erst überlebt hatte. Warum er die Augenklappe trug, hatte er nie erzählt, möglicherweise war sie nur dazu da, um das Bild zu vervollständigen.

»Harr, harr«, machte Nelon Mast und blickte dabei mit trüben Augen in Richtung Dirty.

»Passen dir etwa meine Haare nicht?« Dirty machte einen wütenden Schritt auf Nelon zu. »Ich werd dir meine Meinung gleich mit der Faust …«

»Lass ihn, Dirty«, beschwichtigte ihn Kupferbart. »Du weißt doch, da oben ist bei ihm keine Intelligenz mehr drin, zu viel Rum.«

»Mhm«, brummte Dirty und blickte finster drein, doch beließ er es dabei.

Nelon Mast wurde zum Ruder geleitet und ein Matrose stellte eine hölzerne Kiste hin, auf der er Platz nehmen konnte. Dann schob ein Helfer sein Holzbein durch das Steuerrad und befestigte es an der Halterung. Die Hakenhand wurde ebenfalls am Steuerrad eingehakt.

»Selbstfahrender Steuermann ist montiert«, meldete Brenden und grinste schief.

Kupferbart nickte. »Gut, gut.« Er ging zu Nelon Mast, beugte sich zu ihm hin und hob die Stimme. »Also dann, steuere Richtung Norden.«

»Harr?«, sagte Nelon.

Kupferbart ruckte hoch und blinzelte. »Was soll das heißen, kein Ziel gefunden ... nach Norden, hab ich gesagt.«

»Harr?«, wiederholte Nelon.

»Was ist so unklar an ›nach Norden‹?« Kupferbart schnaubte. »Na schön, dann steuere ... mal überlegen ... Quantaquos an.«

»Harr?«

Kupferbart fluchte. »Baraqueña, in Quantaquos, genau genug?«

»Harr.«

»Na endlich.« Kupferbart atmete durch und beruhigte sich wieder. »Also los jetzt, ab in meine Kajüte, wir haben etwas zu besprechen.« Bevor er selbst losmarschierte, warf er noch einen letzten besorgten Blick nach Süden. Keine Segel von Verfolgern in Sicht, also blieb ihnen zumindest etwas Zeit.

»Quantaquos?«, fragte Maladin, nachdem sie sich in der Kajüte versammelt hatten. »Von dort soll doch El Materen stammen, nicht?«

Es war recht eng im Raum, da die Kajüte des Kapitäns nicht dafür ausgelegt war, so viele Personen zu beherbergen. Kupferbart waren in seinem Leben nie Annehmlichkeiten beschieden gewesen, daher war auch seine Unterkunft auf dem Schiff nur karg eingerichtet. Ein Klappbett an der Wand, zwei Stühle und ein Schrank für seine Kleidung genügten ihm. Nur auf den großen und edlen Tisch aus Aboradeem-Schwarzholz war er stolz. Er hatte ihn bei einer Kaperung in der Kapitänskajüte des überfallenen Schiffes entdeckt und mitgehen lassen. An diesem Tisch fanden meist die Lagebesprechungen statt, sofern es mal etwas zu besprechen gab. Wie jetzt gerade, weshalb sich die Teilnehmer um den Tisch herum aufgestellt hatten. Da das kleine verschmierte Bullauge nur unzureichend Tageslicht hereinfallen ließ, hing eine baumelnde und flackernde Sturmlaterne über dem Tisch. Sie spendete genug Helligkeit, um alle neugierigen Gesichter in Licht zu tauchen.

»Ja, soll«, antwortete der Kapitän auf die Frage Maladins. »Geschichten gibt es genug, die sich um ihn ranken. So gut wie alles, was man über ihn weiß, stammt aus Geschichten und Seemannsgarn. Selbst der Zeitraum, in dem er die Meere befahren haben soll, wird nur aus den Geschichten abgeleitet, doch leider nicht genau.«

»Vor ungefähr siebzig Annularen soll er samt Schiff verschwunden sein«, meinte Dirty bedächtig. »Kurz nachdem er aus seiner Folterkammer entkommen und abgehauen ist.«

»Und ich habe gehört, das ist schon hundertzehn Annulare her«, sagte Brenden mit gerunzelter Stirn. »Er soll das Schiff ganz alleine ohne Mannschaft klar gemacht haben und damit aufs Meer hinaus gesegelt sein.«

»Ja, irgendetwas dazwischen wird es wohl sein«, gab Kupferbart beiden recht und wiegte bedächtig seinen Kopf. »Doch seine Existenz scheint unbestritten, denn nun sind wir auf der Jagd nach seinem Schatz.«

»Den Schatz von El Materen?«, fragte Brenden und hob die Brauen. »Das ist doch eine aussichtslose Sache, mit der schon ein paar Kapitäne ihr Leben vergeudet haben.« Er schüttelte den Kopf. »Ich weiß nicht, was die Mannschaft davon halten wird.«

»Die Piratenkönige haben anscheinend Geheimnisse«, erklärte Kupferbart missmutig. »Und wir hatten mit unserem Fund das … Glück, die Königin zu ermuntern, sie mit allen Kapitänen zu teilen.« Er zog das Schlüsselteil aus der Tasche und legte es auf den Tisch. »Das ist ein Teil des Schlüssels zum Schatz von El Materen, von dessen Fundort alle Piratenkönige schon immer gewusst haben.«

»Sie haben es gewusst?« Dirty riss fassungslos die Augen auf.

»Warum hat ihn dann nicht schon längst einer gehoben? Ich meine, sie waren doch Piraten!«

»Weil der Schlüssel notwendig ist. Anscheinend ist der Schatz magisch versiegelt.«

»Pah, Magie«, murmelte Dirty abfällig und kratzte sich die Nase. Er schien sich rasch wieder gefangen zu haben. »Nutzloses Zeug.«

»Und nichtsdestotrotz hinderlich, wenn sie einem im Wege steht«, sagte Kupferbart und blickte grimmig auf das Teil. »Daher wird der Schlüssel benötigt. Das zweite Geheimnis, das Damenbart offenbarte, war ein Hinweis zum Aufenthaltsort der Schüsselteile.« Er sah in die erwartungsvollen Gesichter seiner Mannschaft. »Der Hinweis lautet: Die ganze Welt ist ein X.«

»Häh?« Dirty kratzte sich verwirrt am Kopf.

»Genau«, brummte Kupferbart. »Es ist ein Rätsel, das schnellstens zu entschlüsseln unsere Aufgabe ist. Es gibt eine Belohnung für den Kapitän, der alle Schlüsselteile findet.«

»Alle?« Maladin wirkte grüblerisch. »Aber wir besitzen doch bereits eines. Das heißt, wenn die anderen Kapitäne alle Teile haben wollen …« Seine Augen wurden groß und er sprach nicht weiter.

Kupferbart nickte. »Jetzt versteht ihr die Eile. Das ist nicht nur eine Schatzsuche, das ist eine Jagd. Nicht alle Kapitäne haben gewirkt, als wollten sie daran teilnehmen, aber es sind genug, und alle wollen unser Schlüsselteil. Manche früher, manche später.«

»Macht Silberbart auch mit?«, fragte Brenden und Kupferbart entging der sorgenvolle Unterton in der Stimme nicht.

»Noch nicht«, knurrte der Kapitän. »Doch es wird der Tag kommen, an dem wir ihm begegnen werden. Und dann seien uns Blobos und Wavolon gnädig.« Kupferbart betete nicht oft zu den Göttern des Windes und des Meeres, doch bei einer Begegnung mit Silberbart auf hoher See würden sie jegliche Unterstützung benötigen, die zur Verfügung stand. »Aber jetzt konzentrieren wir uns erst mal auf die Schlüsselteile. Hat jemand eine Idee, was der Hinweis bedeuten könnte?«

Die Stirnen der Anwesenden legten sich in Falten, während sie konzentriert das Schlüsselteil anstarrten. Dirtys Denkvorgänge äußerten sich in geräuschvollem Gemurmel, dem ein gelegentliches »Hm« und »Mhm« zu entnehmen war.

»Wenn die ganze Welt ein X ist«, sagte Brenden und tippte sich dabei mit dem Finger auf die Lippen, »dann sollten wir uns erst mal eine Weltkarte ansehen.«

»Gute Idee.« Kupferbart holte eine Karte von Pendolumium aus seinem Kartenständer, schob das Schlüsselteil beiseite und entrollte das Pergament auf dem Tisch. Es war eine eher rudimentäre Karte, doch zeigte sie alle Kontinente, Meere, Reiche der verschiedensten Völker Pendolumiums sowie einige Hauptstädte. Die Meere und bekannten Inseln waren detaillierter eingezeichnet, da diese Teile der Welt für Piraten nun mal die wichtigsten waren. Alle Köpfe beugten sich vor und studierten die Karte mit nachdenklichen Mienen.

»Ich seh keine Landmassen oder Inseln, die nach einem X aussehen«, vermeldete Dirty nach einer Weile.

»Das wird wahrscheinlich auch nicht gemeint sein«, meinte Maladin, während seine Augen hin und her über die Karte flogen.

»Mal angenommen«, sagte Kupferbart gedehnt und schmatzte mit den Lippen, »jemand würde ein X über die Karte legen. Die Linien des X würden an den Ecken der Welt beginnen. Was wäre dann am Kreuzungspunkt?«

Brenden holte einen Bindfaden aus einer Tasche seines vom Wetter gezeichneten Ledermantels, nahm an der Karte Maß und schnitt zwei gleich lange Stücke Schnur mit seinem Entermesser ab. Dann legte er sie über die Karte und drückte einen Finger auf den Punkt, wo sich die Schnüre kreuzten. »Da, das muss eindeutig Pendropolis sein!«, rief er erfreut aus.

»Mitten auf Zentralika?« Dirtys Stimme klang zweifelnd. »Was macht ein Piratenkapitän mitten auf dem Kontinent und dann auch noch in der größten Stadt der Welt?«

»Und wie passt das mit dem Teil zusammen, das wir bereits haben? Es wurde doch im Wilden Land gefunden?«, fragte Maladin mit gerunzelter Stirn. »Ein Teil an einem der entlegensten Orte Metedons und das zweite in einem dicht besiedelten Gebiet. Ich seh da keinen logischen Zusammenhang.«

Kupferbart winkte ab. »Darüber können wir uns später Gedanken machen«, sagte er und beendete die Diskussion. »Ich würde sagen, unser nächstes Ziel liegt auf der Hand, und dem Anschein nach befinden wir uns bereits auf dem richtigen Kurs.« Darauf verzog er den Mund. »Doch zur Sicherheit sollte jemand nach dem selbstfahrenden Steuermann schauen, ich vertraue nicht so recht darauf, dass er uns tatsächlich auf Kurs hält.«

»Aye Kapitän«, vermeldete Brenden schmunzelnd und verließ die Kajüte.

»Ich steige wieder in den Ausguck und halte Ausschau nach Verfolgern.« Maladin nickte andeutungsweise und verschwand ebenfalls.

Nur Dirty blieb noch in der Kajüte. »Jetzt mal ehrlich, Kapitän«, sagte er und starrte Kupferbart durchdringend an, als sie alleine waren. »Jagen wir nur deshalb einem mysteriösen Schatz nach, weil wir schon ein Schlüsselteil haben und wegen der anderen Schatzjäger gar nicht anders können? Wenn Silberbart uns kriegt, ist sowieso alles dahin.« Er setzte ein schiefes Grinsen auf. »Oder gibts da noch einen Grund? Wir sind doch bisher ganz passabel mit den Kaperungen ausgekommen, auch ohne dabei einen riesigen Schatz zu entdecken. Hättest ja einfach dein Teil hinschmeißen können und wir wären in Ruhe gelassen worden. Unmengen an Zeit mit einer Schatzsuche zu verschwenden, passt irgendwie nicht zu dir.«

Kupferbart sah Dirty an und seine Augen funkelten dabei. »Es gibt noch einen Bonus für denjenigen Kapitän, der den Schatz findet«, sagte er und seine Lippen formten ein fieses Grinsen. »Er wird zum nächsten Piratenkönig ernannt.«

Dirty machte ein erstauntes Gesicht. »Du, ein König?« Nachdem er die Überraschung überwunden hatte, lachte er lauthals auf. »Kann ich mir gar nicht vorstellen. Du liebst doch das Meer, warum solltest du auf der Pirateninsel hocken und herumadmins…, admist…, administrieren wollen? Das klingt doch langweilig.«

Kupferbart drehte sich zum kleinen Bullauge in seiner Kajüte und wandte Dirty den Rücken zu. »Darum geht es mir nicht. Doch wenn ich König bin, habe ich auch die Befehlsgewalt über alle Piratenkapitäne. Auch über Silberbart …« Obschon das verdreckte Bullauge keinen weiten Blick aufs Meer erlaubte, formten sich doch verlockende Bilder der Zukunft vor seinem inneren Auge.

»Ich verstehe«, sagte Dirty hinter ihm und klang auch so. »Rache schmeckt am besten, wenn sie langsam gekocht wird. In Touralin haben sie sogar ein Wort dafür, hab ich gehört. Hoffen wir mal, dass es sich am Ende auch für uns anderen auszahlen wird.«

»Das wird es«, sagte Kupferbart und drehte sich lächelnd zu Dirty um. »Immerhin wartet am Ende der Reise ein Schatz auf uns.«

Mehrere Tage später tauchte im Westen schemenhaft die Küste von Quantaquos auf. Die Landmasse zeichnete einen steilen Küstenverlauf, sodass das Hinterland von Quantaquos vom Meer aus nicht auszumachen war. Doch je näher sie Baraqueña kamen – der Hauptstadt des an der Ostküste Zentralikas gelegenen freien Staates – desto mehr flachte die Steilküste ab. Bis hin zur Mündung vom Langwasser, einem der vier Flüsse, die Zentralika quer von einem Ende zum anderen durchschnitten und als beliebte Handelsrouten stark befahren waren. Baraqueña lag direkt an der Mündung, was bedeutete, dass sie in der Stadt einen Zwischenstopp einlegen mussten. Flaggen von Piratenschiffen hatten sie bislang nicht in ihrem Kielwasser erspäht, daher sorgte sich Kupferbart nur wenig um die kurze, doch notwendige Unterbrechung ihrer Reise. Es war letztendlich möglich, dass die übrigen Piratenkapitäne andere Routen einschlugen oder nichts mit dem Hinweis anzufangen wussten. Kupferbart hoffte auf Letzteres.

Die Sicht war an diesem wolkenlosen Tag besonders klar und Kupferbart meinte, Seevögel hoch über dem Wasser vor der Küste schweben zu sehen, die ihre Nester wohl in Küstennähe errichtet hatten. Auch erste größere Gebäude der Stadt tauchten langsam in der Ferne auf, daher rief er seiner Mannschaft zu: »Hisst den freundlichen Piraten, wir wollen uns unauffällig verhalten!«

»Aye Kapitän.«

Die schwarze Flagge wurde eingeholt und stattdessen eine gelbe Fahne hochgezogen. Darauf war mit schwarzen Pinselstrichen ein freundlich lächelndes Gesicht aufgemalt. Die Augenklappe des wütenden Piraten war nur noch angedeutet, der Dreispitz wich einer

Matrosenkappe. Es war der Hinweis für alle Schiffe, dass sie nicht in räuberischer Absicht unterwegs waren.

Nur kurze Zeit später liefen sie den Hafen von Baraqueña an. Da die nach Westen rauschende Flut erst vor wenigen Dekanden über das Rote Meer geschwappt war, enthielt der Fluss genug Wasser, um die Docks direkt am Hafen ansteuern zu können. Was sie auch machen würden, doch zuvor mussten Vorbereitungen getroffen werden.

Der Kapitän drehte den Kopf, suchte nach Brenden und fand ihn sogleich. »Falls irgendwelche Schmuggelware herumliegt, versteckt sie in den Geheimlagern!«, befahl Kupferbart genervt, da er mit der leidigen Prozedur vertraut war, die ihnen bevorstand.

»Außer Proviant ist nichts Illegales geladen, wir können die Zollkontrolle in aller Ruhe aussitzen«, erklärte Brenden, was ihn zumindest ansatzweise beruhigte.

»Verdammte Zollämter«, brummte der Kapitän in seinen Bart hinein. Dirty neben ihm nickte nur und brummte mit ähnlich mangelhafter Begeisterung. Jede Stadt, die an den großen Flüssen lag, witterte das große Geschäft im Einheben von Zöllen von allen Schiffen, die anlegen oder einfach nur passieren wollten. Baraqueña bildete da keine Ausnahme, und da sie direkt am Meer errichtet war, entging ihr kein Schiff, das die Route über den Langwasser wählte. Pendelpiraten benutzten Tricks, wenn sie Schmuggelware durch Zentralika verschiffen wollten. Geheime Verstecke an der Küste, wo die Ladung von Bord geholt, ein Stück weit ins Landesinnere gebracht und dort wieder aufgeladen wurde. Auf dem Kontinent selbst gab es danach genug schmale Flussarme, um die Fracht mit Ruderbooten an den Städten vorbeizuschmuggeln. Doch ohne gefährliche Ladung konnte die Flautilus sich diese Mühen ersparen.

Sie näherten sich einem der vielen freien Docks an. Ein Großteil der Handelsschiffe reiste zusammen mit der Flut oder der nachfolgenden Strömung nach Osten, um Zeit zu gewinnen, und danach ging es meist eine Weile ruhiger zu, bevor wieder Händler auf dem Seeweg eintrafen. Kaum hatten sie angelegt, winkte ihnen auch schon einer der Zöllner vom Dock aus zu und verlangte Zutritt zur Flautilus. Einige Wachen standen mit Armbrüsten und Speeren an den Docks, was den Anspruch des Zöllners unterstrich. Ansonsten war nicht viel los am Hafen, nur wenige Dockarbeiter trugen Kisten von einem Ort zum anderen. In den Gassen, die zwischen den gedrungenen weißen Häusern mit den rot schimmernden Dächern hindurch in Richtung Stadtmitte führten, streunten nur hungrige Straßenköter, doch keine Menschen.

Widerwillig vollführte Kupferbart eine knappe Handbewegung und die Gangway wurde ausgefahren, um den Zöllner an Bord zu lassen. Dieser betrat zusammen mit einem mit Schreibzeug beladenen Assistenten die Flautilus, und sein gelangweiltes Gesicht verdeutlichte, dass er bevorzugt hätte, woanders zu sein als hier an Bord.

»Ich nehme an, ihr kennt das Prozedere?«, fragte er ohne Umschweife in einer Tonlage, die Kupferbarts Vermutung bestätigte.

»Ja.« Der Kapitän nickte kurz angebunden. Seine Stimme verströmte ebenso wenig Begeisterung wie die seines Gegenübers. Dirty, der immer noch neben ihm stand, brummte nur wiederholt.

Der Zöllner brachte ein halbes Nicken zustande, die zweite Hälfte schien das Schiff längst wieder verlassen zu haben. »Gut, gut, dann können wir das Ganze schnell hinter uns bringen. Also, irgendwelche Waren zu verzollen?«

Kupferbart schüttelte den Kopf. »Gar nichts.«

»Nichts?« Die Miene des Zöllners wurde misstrauisch. Erst musterte er Dirty, daraufhin legte er den Kopf in den Nacken, registrierte mit schiefer Nase die Flagge und runzelte die Stirn. »Gar nichts? Ihr macht mit eurem Schiff nur einen gemütlichen Ausflug und habt nichts geladen, das ihr gewinnbringend verkaufen wollt?«

»So ist es«, bestätigte Kupferbart und versuchte ehrlich dreinzuschauen, was ihm als Pirat durchaus schwerfiel. Selbst wenn es dieses Mal obendrein den Tatsachen entsprach. »Nichts geladen, nichts zu verzollen. Wir wollen nur weiter ins Landesinnere segeln, ein paar … Geschäfte tätigen.«

»Hm.« Der Zöllner kniff die Augen zusammen. »Keine Erze oder Edelmetalle? Keine Kulturgüter? Keine Lebensmittel? Keine …«, sein Blick fiel auf Porky, »… Nutztiere?«

Dirty schien den Blick bemerkt zu haben. »Sieht das Vieh aus, als wäre es zu irgendwas nütze?«, warf er ein und rollte mit den Augen. »Der schläft doch nur den ganzen Tag.«

Porky, der ein bemerkenswertes Gespür besaß, zu erkennen, wenn über ihn gesprochen wurde, gab nur ein beleidigtes Grunzen von sich, ohne die Augen zu öffnen.

Kupferbart starrte Dirty an. »Porky *ist* nützlich«, entrüstete er sich und verteidigte sein Schultertier vehement. »Eines Tages werdet ihr das noch alle sehen.«

»Da haben wir es ja«, unterbrach der Zöllner die Diskussion mit einem Fingerschnippen. »Ein Nutztier. Zusammen mit der Liegegebühr und der Verschwendung meiner Zeit macht das … hm, drei Silberstücke. Sagen wir fünf, denn ich bin sicher, ihr wollt sogleich noch mehr meiner Zeit verschwenden.«

»Fünf?« Kupferbarts Kopf zuckte zum Zöllner, während er die Augen aufriss. Gleich darauf warf er einen bösen Seitenblick in Richtung Dirty. »Nur weil wir anlegen mussten und ich ein Schultertier bei mir habe? Du bist doch irre.«

Der Zöllner lächelte mit einer Genugtuung, die den Zorn in Kupferbart nur noch mehr anfachte. »Zeit ist nun mal Geld, und je länger ich mich mit dir und deiner Mannschaft abgeben muss, desto mehr Geld verliere ich. Ich will noch zum Stier-Ringkampf.«

»Stier-Ringkampf?« Dirty, der eben noch verdrossen geknurrt hatte, zeigte sich auf einen Schlag sichtlich interessiert.

Der Zöllner wandte sich verdutzt Dirty zu. »Kennst du denn unsere Gebräuche nicht?« Er verdrehte die Augen. »Also gut. Bei einem Stier-Ringkampf tritt ein Lucha-Torero in einer von dicken Holzwänden umgebenen Arena gegen einen Stier an. Der Lucha gewinnt, wenn er es schafft, den Stier zu Boden zu bringen und ihn unten zu halten, bis der Arenarichter bis drei gezählt hat.«

»Ein … Lutscher tritt gegen einen Stier an?« Dirty legte zweifelnd die Stirn kraus. »Ich bezweifle, dass ein Lutscher eine Chance gegen einen ausgewachsenen Stier hat. Klingt eher so, als lägen seine Stärken in, sagen wir, anderen Bereichen. Oder setzt man ihm nur Jungtiere vor?«

»Ein Lucha!«, berichtigte ihn der Zöllner erbost. »Das sind

außerordentlich begabte Athleten, kräftig und flink zugleich. Sie tragen bunte Masken und einen roten Umhang, um den Stier zu reizen. Heute tritt einer der Besten an, sein Name lautet Nomegusta. Ich habe vor, auf ihn zu wetten, dazu müsste ich allerdings in die Stadt hinein … ihr versteht den Hinweis?«

»Gewinnt so ein … Lucha oft?«, fragte Dirty mit leuchtenden Augen und ignorierte – möglicherweise vorsätzlich – die Eile, die der Zöllner versuchte, an den Tag zu legen.

»Nomegusta gewinnt so gut wie immer. Und dann wird der Stier – ein ausgewachsener natürlich – auf einen Spieß gesteckt und für das große Fest am Abend gebraten.« Der Zöllner blickte in Richtung Stadtmitte, wo im Hintergrund leise Geräusche einer erschrockenen Menge zu hören waren.

»Und wenn der Stier gewinnt?«, fragte Kupferbart vorsichtig. Die Geräusche klangen nicht so, als würde der Held der Arena in diesem Moment die Oberhand haben. Unter Umständen zeichnete sich aber auch der herausgeforderte Stier durch hohe Beliebtheitswerte aus. Oder hatte ordentlich Fleisch auf den Rippen, die der Lucha gerade zu brechen versuchte und damit das Abendessen verhunzte.

»Dann erhält der Stier eine üppige Mahlzeit, bevor er auf den Spieß gesteckt wird. Das Festmahl findet in jedem Fall statt.«

Ein Zupfen am Ärmel veranlasste den Kapitän, sich Dirty zuzuwenden.

»Können wir dort hingehen?«, fragte der haarige Mann, als er seine Aufmerksamkeit hatte. »Das klingt nach einer Menge Spaß.« Seine Augen blickten flehentlich und sein Mund zeigte ein erwartungsvolles Grinsen.

Es erinnerte Kupferbart an Porky, wenn ihn der Hunger übermannte, was beinahe stündlich der Fall war. Doch in diesem Fall schüttelte er den Kopf. »Wir haben keine Zeit, wir müssen … zu den Geschäften«, erklärte er und schielte in Richtung des Zöllners.

»Genug geredet«, sagte dieser und stampfte ungeduldig mit dem Fuß auf. »Jede weitere Frage kostet ein zusätzliches Silberstück. Zahlt und geht eurer Wege.«

Brummelnd holte der Kapitän seinen Geldbeutel hervor und bezahlte den Zöllner.

Der drehte sich daraufhin ohne ein weiteres Wort um und verließ das Schiff mit eiligen Schritten, dicht gefolgt von seinem Assistenten, der unterwegs versuchte, etwas in sein Buch zu kritzeln.

»Beim nächsten Mal aber, ja?«, fragte Dirty schmollend, während Kupferbart noch missmutig dem Zöllner, genauer gesagt seinem davoneilenden Geld, hinterherblickte.

»Ja, beim nächsten Mal«, antwortete Kupferbart abwesend. Daraufhin drehte er sich um und rief: »Gangway einholen und danach legen wir schnellstens ab, es liegt noch eine weite Strecke vor uns!«

Die Reise durch Elosundra, bei der sie weiterhin dem Langwasser entlangsegelten, währte nur wenige Tage, und der Aufenthalt in der Zollstadt war ebenso von kurzer Dauer. Dieses Mal gelang es Kupferbart, den Zöllner zu überzeugen, keine zollpflichtige Ladung an Bord zu haben. Unter anderem deshalb, weil er Dirty verboten hatte, auch nur ein einziges Wort zu verlieren, und schon gar nicht über Porky.

Kurz danach näherten sie sich der Flussgabelung in den Kreuzwasser, ein nicht so mächtiger, doch für Schiffe immer noch ausreichend breiter und tiefer Fluss, der Richtung Südwesten nach Pendropolis führte. Doch direkt an der Gabelung mussten sie noch in Duskamere haltmachen, der Hauptstadt von Drakmor. Die Stadt war über das ganze Annular hinweg in eine trübe, undurchsichtige Nebelsuppe getaucht. Dies verdammte die Bewohner dazu, in einem allgegenwärtigen Dämmerlicht leben zu müssen, das nicht willens schien, die Stadt jemals der prallen Sonne preiszugeben. Wenn man es genau nahm, war ganz Drakmor aufgrund der vielen Sümpfe von Nebel verhüllt wie ein Attentäter der Assassinengilde. Das war einer der Gründe, warum Kupferbart schon viele mysteriöse Geschichten über dieses Land gehört hatte. Die wenigsten davon hatte er geglaubt. Tatsache war jedoch, dass der Herrscher, ein reicher Adeliger, der in einem Schloss weit abseits der Hauptstadt wohnte, ein merkwürdiger Typ war. Es hieß, er veranstaltete jede Nacht ein rauschendes Fest in seinem Schloss und schlummerte tagsüber aus diesem Grund immerfort.

Böse Zungen behaupteten, er vertrug das Tageslicht nicht, das ihm einen schrecklichen Ausschlag bescherte. Andere wiederum flüsterten, der Herrscher wäre ein Geschöpf der Nacht, das im Sonnenlicht zu Asche verbrennen würde. Kupferbart dagegen beschlich der Verdacht, dass ein ordentlicher Kater der Grund für die Lichtempfindlichkeit dieses Adeligen war, wenn er die Nächte ohne Unterlass durchfeierte.

Und jetzt, kurz nachdem sie im nebelverhangenen Hafen an einem freien Dock angelegt hatten, stand ein Zöllner von Duskamere vor ihm. Ein kleiner, schmieriger Kerl in einem abgetragenen und verblichenen schwarzen Anzug, der ihn einschmeichelnd anlächelte.

»Irgendwelche Waren zu verzollen?«, fragte der Mann mit einer aalglatten Stimme, die den Kapitän trotz des Lächelns frösteln ließ. »Vielleicht berauschende Substanzen, tödliche oder nicht tödliche Gifte?«

»Äh, nein«, antwortete Kupferbart. »Nichts Ungewöhnliches an Bord.« Den Rum unter Deck zählte er nicht zu den berauschenden Substanzen, für Pendelpiraten war er ein Grundnahrungsmittel.

»Benötigt Ihr eventuell berauschende Substanzen, tödliche oder nicht tödliche Gifte?« Das Lächeln des Zöllners wurde breiter. »Erst gestern erreichte eine frische Lieferung aus dem Landesinneren die Stadt. Alles sehr wirkungsvoll.« Der Gesichtsausdruck des Mannes ließ Kupferbart vermuten, dass er einiges davon schon ausprobiert hatte, jedoch nicht an sich selbst.

»Äh, danke, wir sind bestens versorgt«, antwortete Kupferbart nervös. »Ich meine, mit den üblichen Dingen, die Menschen so brauchen.«

»Wir hätten auch noch diverse Tränke im Angebot, hervorragend geeignet zur Ausübung der schwarzen Künste«, ließ der Zöllner und offensichtliche Handelsvertreter nicht locker.

Instania schlenderte in diesem Moment vorbei und schien ein paar Sprachfetzen der Unterhaltung mitbekommen zu haben. »Schwarze Künste?«, fragte sie und hob den Kopf. »Wartet kurz.« Sie kramte in ihrer Umhängetasche herum, deren rosa Farbton nur einen Hauch milder wirkte als der ihrer Kleidung. Darin bewahrte sie ihre Folterinstrumente, oder – wie Instania es nannte – ihr Make-up, auf. Nach scheinbar ergebnisloser Suche runzelte sie die Stirn und sah den

Zöllner an. »Habt Ihr vielleicht schwarzen Lidschatten?«, fragte sie fröhlich. »Ich steh auf diese tollen, dunklen Ränder um die Augen.«

Der Zöllner blinzelte ein paar Mal, doch brachte er seine Verwirrung rasch wieder unter Kontrolle. »Nun …«, er schürzte die Lippen, »es wäre schwarzer Nachtschatten im Angebot. Ein Trank davon, gebraut aus unreifen Beeren, verursacht ebenfalls dunkle Ränder um die Augen. Über kurz oder lang, versteht sich.« Er lächelte abermals und Kupferbart verspürte einen kalten Lufthauch.

»Ein Trank?«, rief Instania begeistert. »Das klingt ja super, dann muss ich die Farbe nicht mehr die ganze Zeit über mit einem Pinsel im Gesicht auftragen. Ich nehme …«

»Nein, wir brauchen nichts«, mischte sich der Kapitän schleunigst ein, um absehbares Unheil zu verhindern. »Doch vielen Dank für das Angebot.« Er verscheuchte Instania mit einer Handbewegung, die ein langes Gesicht zog, bevor sie sich schmollend davonmachte.

»Wie schade, vielleicht beim nächsten Mal.« Der enttäuschte Unterton in der Stimme des Zöllners tat dem schmierigen Lächeln keinen Abbruch.

Kupferbart überkam das beklemmende Gefühl, dass der Zöllner anderen Menschen nur selten zweimal begegnete. Zumindest nicht lebend …

Die Formalitäten waren alsbald erledigt und kurz darauf waren sie wieder unterwegs in Richtung Südwesten, den Kreuzwasser entlang. Die eingetrübte Sicht klarte schon nach kurzer Zeit auf und die grüne Landschaft Pendropolons kam zum Vorschein.

Kupferbart richtete seinen Blick nach Süden und sagte zu Brenden, der gerade an Deck trat: »Nächster Halt Pendropolis. Ich bin gespannt, was wir dort finden werden.«

Brenden blieb stehen und verzog den Mund. »*Wenn* wir etwas finden«, meinte er skeptisch. »Pendropolis ist eine große Stadt.«

»Ach, das werden wir sicher. Wir sind Pendelpiraten, wenn es etwas Wertvolles zu finden gibt, dann finden wir es auch«, entgegnete Kupferbart zuversichtlich und verbarg gekonnt seine eigenen Zweifel. Als Brenden seiner Wege ging, gestattete sich der Kapitän in einem unbeobachteten Moment, die Stirn in Falten zu legen, während er an ihre bevorstehende Suche dachte. Pendropolis war tatsächlich eine große Stadt ...

4 - PENDROPOLIS

Suche nach Spuren

Pendropolis. Das Herz von Pendolumium, und dies nicht nur, weil es genau in der Mitte lag. Hier waren alle wichtigen Verwaltungsgebäude, Handels- und Handwerkergilden der freien Staaten angesiedelt. So unabhängig und selbstverwaltend die freien Staaten auch agierten, die wichtigsten Entscheidungen wurden in Pendropolis getroffen, wo der Sitz des Rates der Zwölf beheimatet war.

Das Flussbett des Kreuzwasser, dem sie nach Südwesten folgten, führte die Flautilus durch einen riesigen Torbogen innerhalb der Stadtmauer in die Stadt hinein. Die schweren Eisenketten oben am Torbogen mit den großen Ankern an den Enden waren alle aufgerollt, sodass Schiffe ungehindert passieren konnten. Es handelte sich um eine alte Vorrichtung, mit der die Verteidiger den Wasserweg bei einem Angriff versperren konnten, doch waren die Ketten schon seit Ewigkeiten nicht mehr heruntergelassen worden. Kupferbart mutmaßte, dass der Mechanismus in Wahrheit seit Langem beschädigt und unbrauchbar vor sich hin rostete. Vielleicht würde eines Tages einer dieser Anker aufgrund einer durchgerosteten Kette mitten auf einem unglückseligen Schiff landen. Er zuckte vorsichtig mit den Schultern, um Porky nicht zu wecken. Solange es nicht gerade die Flautilus traf, war ihm das egal. Im besten Fall würde das Schiff die Wellenbrecher sein, mit Silberbart genau unter dem herabfallenden Anker ... Kupferbart musste bei diesem Gedanken grinsen.

Der Flussweg bot einen wundervollen Blick auf die riesige Stadt. Einige Biegungen des Flusses hatte man künstlich begradigt, damit der Schiffsverkehr in der Stadt effizienter ablaufen konnte. An den Promenaden entlang der gemauerten Ufer tummelten sich an diesem sonnigen Tag dicht gedrängte Menschenmassen vor den drei- bis vierstöckigen Fachwerkhäusern. Einige Menschen waren da, um einzukaufen, andere, um einfach nur den Schiffen zuzuschauen, die an den unzähligen Docks an beiden Seiten des Flusses anlegten und Waren aus aller Welt entluden. Die Flautilus erregte dabei mit ihren ungewöhnlichen Tretbeibooten die Aufmerksamkeit größerer Teile der schaulustigen Menge. Bunte, beschilderte Einkaufsstraßen und lärmende Handwerkssstraßen führten kreuz und quer tiefer in die Stadt, wobei die Handwerker und Geschäfte in Hafennähe dem Mittelstand als Einkaufsmöglichkeit dienten. Die edelsten und teuersten Geschäfte fanden sich dagegen in der Nähe des Stadtzentrums.

Kupferbart mochte die Stadt nicht. Es war hier entschieden zu viel los, um ungehindert krumme Geschäfte abzuwickeln oder gar einen Überfall auf ein Schiff zu wagen. Ihn beschlich das Gefühl, die Stadt roch sogar geschäftig. Es gab auf Zentralika einige Flusspiraten, die kleine Kutter überfielen, doch hielten sie sich mehr schlecht als recht über Wasser, und das Gebiet um Pendropolis herum mieden sie alle. Zumindest zierte die Stadt eine Dunkle Gasse für zwielichtige Gestalten, doch selbst diese war geradezu protzig ausstaffiert und lieferte nicht annähernd das, was ihr Name versprach. Die Geschäfte waren überteuert und die ortsansässigen Ganoven dort unterschieden sich äußerlich kaum von Edelleuten. Vielleicht steckten auch einfach nur in allen Edelleuten ehemalige Ganoven, die mit ihren erfolgreichen Gaunereien an Reichtum gelangt waren, überlegte Kupferbart.

Er rümpfte die Nase ob dieser Überlegungen, darauf drehte er sich um. »Suchen wir uns ein abgelegenes Dock, an dem kein derartiger Auflauf herrscht«, sagte er zu Brenden. »Falls so eines überhaupt in Pendropolis zu finden ist.«

Sie mussten tatsächlich eine ganze Weile nach Südwesten fahren, bis sie ein passendes Dock weit außerhalb der Stadtmitte erspähten. Kurz nachdem sie angelegt hatten, stellte Kupferbart einen Landungstrupp bestehend aus Dirty, Maladin und Instania zusammen, während Brenden an Bord blieb, um das Schiff und die Mannschaft zu überwachen.

»Viel Glück bei der Suche!«, rief ihnen Brenden hinterher, als sie die Planken überquerten und an Land gingen.

»Glück, ha«, entgegnete Kupferbart grimmig, ohne sich umzudrehen, und tastete nach dem Schlüsselteil in seiner Tasche. Dann betraten sie die Stadt.

»Und wohin jetzt?«, fragte Dirty missmutig, nachdem sie einige Schritte in eine schmale Straße hineinmarschiert waren. Ihn schienen Städte ebenso anzuwidern wie Kupferbart. Hier waren zum Glück weniger Menschen unterwegs, da sie als Erstes eine Straße mit Wohnhäusern und nur wenigen Geschäften ausgesucht hatten.

»Ich weiß einen tollen Ort, wo man einkaufen kann«, antwortete Instania mit leuchtenden Augen. »Dort findet man alles, was zum Überleben benötigt wird: Kleider, Hüte, Schuhe, Farbe fürs Gesicht …«

»Wir sind nicht zum Einkaufen hier«, unterbrach sie Kupferbart, um weitere Aufzählungen von nutzlosem Zeug zu verhindern. »Wir suchen nach einem winzigen Schlüsselteil in einer riesigen Stadt. Hat jemand eine Idee?«

Maladin, der sich mit großen Augen umsah und die unzähligen mehrstöckigen Gebäude ringsherum bestaunte, viele davon mit kunstvoll angebrachten Holzverzierungen, sagte: »Ist die ganze Stadt mit solch großen Häusern verbaut? Wie soll man denn da etwas finden? Hier können wir uns höchstens verlaufen.«

»Warst wohl noch nie in Pendropolis, was?«, fragte Dirty und Maladin verneinte. »Dann müsstest du mal die Bauten rings um den Platz der Übereinkunft sehen. Dort haben sie den Rat der Zwölf, die Sitze der Gilden und andere Hütten hingestellt, gegen die das hier nur einfache Holzbuden sind.«

»Der Platz der Übereinkunft?«, fragte Maladin neugierig.

»Wo der Holzkrieg vor Hunderten von Annularen beendet wurde«, erklärte Kupferbart. »Der hat genau hier auf diesem Boden stattgefunden. Man sagt, Pendropolis sei um den Platz herum gebaut worden, an dem Sheagranor und die freien Staaten Frieden geschlossen haben. Genau in der Mitte …« Er redete nicht weiter, stattdessen zog er die Brauen hoch.

»In der Mitte«, sagte Dirty grinsend.

»Tja, dann haben wir wohl zumindest einen Anhaltspunkt«, sagte der Kapitän. »Los gehts. Wir werden eine Zeit lang durch diesen Häuserwald wandern müssen. Bleibt zusammen und versucht euch nicht zu verirren.«

So dauerte es dann auch eine Weile, bis sie den Platz der Übereinkunft erreicht hatten. Jedoch war nicht das Verirren in den Häuserschluchten ihr größtes Problem gewesen, sondern Instania davon abzuhalten, wie eine Verrückte in jeden Laden hineinzustürmen, um die ausgestellten Waren zu bestaunen. Kupferbart war für einen kurzen Moment in Versuchung geraten, ihr die Augen zuzuhalten und sie wie eine Gefangene durch die Stadt zu treiben. Widerwillig hatte er jedoch davon Abstand genommen, diese Maßnahme hätte mit Sicherheit zu viel Aufmerksamkeit erregt. Dazu noch war er nicht sicher, ob er das schwarze Zeug, das sich Instania um die Augen malte, jemals wieder von seinen Fingern abwaschen können würde.

Schlussendlich erreichten sie den gesuchten Platz und schritten auf die Mitte zu. Maladins Augen liefen Gefahr, aus den Höhlen zu fallen, dermaßen weit hatte er sie bei dem Anblick aufgerissen, der sich ihnen bot. Kupferbart war schon einige wenige Male in Pendropolis gewesen, dennoch erstaunten die Bauwerke auch ihn immer wieder aufs Neue. Die Handwerkskunst, die nötig gewesen sein musste, um solche Ungetüme von Gebäuden zu errichten, suchte ihresgleichen. Sechs- bis achtgeschossige Gebäude wuchsen um den Platz herum in den Himmel, an deren Fassaden sich Fensterreihe um Fensterreihe drapierte. Steinerne und marmorne Säulen und Schnörkel verzierten die Außenwände, und wo Platz war, hatte man Statuen angebracht. Alles wirkte pompös und überladen. Der gepflasterte Platz selbst, in dessen Mitte eine schmale, schätzungsweise zwanzig Fuß hohe Marmorsäule in den Himmel ragte, war voller Menschen, die – wie sie selbst – die Gebäude bestaunten oder auf eines davon zuliefen, um gleich danach darin zu verschwinden.

»Gong!«, machte unvermittelt eine große Glocke hoch über ihnen, was ein paar Tauben auf den Dächern aufschreckte, die wild flatternd emporstoben.

Maladin zuckte ebenfalls zusammen. »Was war das?«

»Die Glocke vom Tempel der Gebetswandler«, erklärte Kupferbart und zeigte auf ein Gebäude mit einem hohen Turm auf dem Dach, an dessen Ende sich die überdachte, kupferne Glocke befand. Runde Buntglasfenster und seltsame Figuren zierten die Fassade des

Gebäudes. Wirkten die anderen Bauten schon überladen, fand man an diesem keine einzige freie Fläche mehr an der Außenseite des Gebäudes. »Mit dem Glockenschlag werden die gesammelten Gebete an die Götter geschickt. Der Ton soll sie weit in die Welt hinaustragen, oder wo auch immer die Götter der freien Staaten herumzulungern pflegen.«

Maladins Gesicht zeigte an, dass mehr Erklärung vonnöten war.

»In den freien Staaten gibt es unzählige Götter«, begann Kupferbart. »Du findest für so gut wie alles, was du dir nur vorstellen kannst, einen passenden Gott. Götter wie den *Gott der ovalen Steine, gegen die man versehentlich tritt*, oder den *Gott der Wörter, die einem gerade nicht einfallen, wenn man sie braucht*. Für die bekannteren von ihnen hat man eine Statue auf dem Gebäude errichtet, deshalb die vielen Figuren. Entstanden ist der Kult der Gebetswandler vor langer Zeit, als ein paar findige Leute eines Tages die Not der Menschen erkannt haben, ihre Gebete an die richtigen Götter zu adressieren. Sie boten sich an, die Gebete für die Menschen so zu formulieren, dass sie auch tatsächlich bei dem Gott landeten, zu dem man beten wollte. Es bringt ja nichts, zum *Gott der ovalen Steine, gegen die man versehentlich tritt* zu beten, wenn die eigenen Zehen andauernd gegen scharfkantige Steine stoßen. Für ihre Dienste verlangen sie natürlich eine Gebühr, die wohl nicht so gering ist, wie man sieht. Jeder Gläubige, der es sich leisten kann, wendet sich an die Gebetswandler.«

»Es soll ein nettes Unterhaltungsprogramm in ihren Tempeln geben«, kommentierte Dirty die Erzählung, während er das Gebäude betrachtete.

»Und so schöne Musik«, sprach Instania bewundernd und war im nächsten Moment losgelaufen, direkt auf den Tempel zu.

»Arrghh«, stöhnte Kupferbart und klatschte sich die Hand vors Gesicht. »Ihr nach, wir sollten uns hier nicht verlieren.«

Kopfschüttelnd eilten sie Instania hinterher, bis sie den Tempel erreicht hatten.

Die Tempeltür stand offen, was ihnen einen guten Blick ins Innere ermöglichte, das ebenso opulent mit marmornen und kupfernen Statuen ausgestaltet war wie die Außenwände. Der Glaube der freien

Staaten bot Bildhauern eine schier unerschöpfliche Einkommensquelle. Egal, was für Figuren und Gestalten ihrer Fantasie entsprangen, es fand sich dazu immer eine passende Gottheit. Im hinteren Bereich des Tempels stand eine Gruppe Sänger, deren chorale Laute die Halle erfüllten. Priester in langen weißen Roben mit goldenen Streifen darauf gingen erhaben umher und kredenzten den auf den Holzbänken wartenden Menschen Brot und Wein.

»Klingt das nicht schön?«, fragte Instania undeutlich, die ihnen mit Brot in der Hand – und Brot im Mund – entgegenkam.

»Ich finde, das klingt deprimierend«, antwortete Maladin, der sich zum ersten Mal in einem derartigen Bauwerk befinden musste.

Porky auf Kupferbarts Schulter regte sich und gab leise, grunzende Laute von sich. Es klang, als versuchte er, in den Chor mit einzustimmen.

»Die Menschen, die hier sitzen, kommen meist auch aus Verzweiflung oder weil sie irgendwas wollen«, erklärte der Kapitän. »Und je verzweifelter sie sind, desto mehr sind sie bereit zu investieren, um ihre Situation zu ändern. Daher die Musik, sie soll die Leute in die richtige Geberstimmung bringen.«

»Ganz schön fiese Methoden«, brummte Dirty leise, da gerade ein Priester an ihnen andächtig vorbeischwebte. Er nahm sich ein Glas Wein und trank es in einem Zug aus. »Wenigstens der Wein schmeckt«, sagte er und unterdrückte ein Rülpsen.

»Es gibt auch noch wandernde Gebetswandler, die von Dorf zu Dorf ziehen, doch die sind weniger erfolgreich, hab ich gehört«, erzählte Kupferbart weiter.

»Ja, die meisten von denen beten zum *Gott der Arschtritte, die man kriegt, wenn man aus einem Dorf gejagt wird*«, sagte Dirty kichernd.

»Stimmt«, bestätigte Kupferbart. »Die Menschen am Land halten nicht viel von den Göttern, sie kümmern sich selbst um ihre Angelegenheiten und Probleme. Glaube ist nur was für Leute mit Geld, und davon gibts in den Städten genügend. Apropos genügend: Wir haben jetzt genügend Zeit verschwendet, suchen wir nach dem Teil. Ich schlage vor, wir schauen uns mal die Säule in der Mitte des Platzes an.«

Sie verließen den Tempel wieder und zwängten sich durch die Menge, bis sie die Säule erreichten.

»Steht da was Nützliches drauf?«, fragte Dirty, der kein Interesse daran zu haben schien, selbst die Inschriften zu lesen, und nur einen abfälligen Blick darauf warf.

Maladin ging um die Säule herum und begutachtete die eingemeißelten Worte. »Hier steht geschrieben: ›An dieser Stelle wurde nach langem und blutigem Kampf das glorreiche Abkommen zwischen den freien Staaten, Sheagranor und dem grünen Imperium geschlossen, das Zentralika auf ewig Frieden bringen solle.‹«

»Stimmt«, sagte Dirty und nickte. »Die Grünlinge waren damals ja auch dabei.«

Der Achtel-Dschinn besah sich darauf die andere Seite der Säule. »Und da steht: ›Zur Erinnerung an die unzähligen Gefallenen der letzten Schlacht des Holzkrieges. Mögen sie hier in Frieden ruhen.‹«

»Wir stehen auf einem Friedhof?«, fragte Instania plötzlich erschrocken und begann herumzutänzeln, als würde sie auf glühenden Kohlen stehen.

»Keine Sorge«, sagte Dirty schelmisch. »Bei den dicken Pflastersteinen hier benötigen die Toten eine Weile, bis sie sich durchgegraben haben.«

Diese Antwort beruhigte Instania keineswegs – im Gegenteil. Ihr sorgenvoller Blick wanderte über den Boden, offenbar auf der Suche nach einer spontan aus dem Boden wachsenden Hand.

»Kein Hinweis auf El Materen, Piraten oder einen Schatz?«, fragte Kupferbart an Maladin gerichtet, der seine Runde um die Säule abschloss.

»Ich finde nichts mehr«, verneinte dieser.

»Sieht sonst jemand was? Vielleicht eine Inschrift auf den Pflastersteinen?«

Sie wanderten mit gesenkten Häuptern um die Säule herum, drängten dabei gelegentlich herumstehende Passanten zur Seite, doch nach einer Weile schüttelten alle ergebnislos den Kopf.

»Hm«, machte der Kapitän griesgrämig. Der naheliegendste Verdacht, die Mitte der Stadt, die auch die Mitte Pendolumiums war, brachte sie nicht weiter. Aber was hatte er auch erwartet? Ein hübsches X auf dem Boden, in das er nur ein Loch zu schlagen brauchte? Selbst mit diesem merkwürdigen und vagen Hinweis von Damenbart würde die Suche gelinde gesagt schwierig werden. Vielleicht würde die Suche ihr ganzes Leben dauern, bis sie am Ende alle unverrichteter Dinge in einem kalten, feuchten Grab liegen würden. »Grab ... hm«, sprach er seine Gedanken laut aus und musterte forschend den Boden.

»Was ist, Kapitän? Glaubst du jetzt auch schon daran, dass die Toten auferstehen werden?«, fragte Dirty höhnisch, der sich zu ihm gesellt hatte.

Der Kapitän kratzte sich am Bart. »Daran, dass sie auferstehen natürlich nicht, aber dass sie irgendwo herumliegen ... Was ist unter diesem Platz?«

»Keine Ahnung.« Dirty zuckte mit den Schultern. »Würde aber wohl Aufmerksamkeit erregen, wenn wir hier zu graben beginnen.« Er grinste schief.

Darauf schnippte Kupferbart mit den Fingern. »Vielleicht war der Hinweis von Instania gar nicht mal so schlecht.«

»Natürlich nicht, es ist schließlich meine Aufgabe, Informationen zu beschaffen«, verkündete Instania selbstsicher, die gerade dahergelaufen kam. Dann kniff sie die Augen zusammen. »Welcher Hinweis?«

Der Kapitän tat die Frage mit einer Handbewegung ab. »Folgt mir«, sagte er zu seinem Trupp. »Wir benötigen einen Pendohistoriker.«

Nachdem sie sich eine Weile durch die Menschenmenge durchgedrängt und durchgefragt hatten, standen sie am Ende vor dem Haus des Pendohistorikers, das in einer schmalen und spärlich belebten Seitengasse stand. Passend zu seinem Beruf schien auch das Bauwerk aus früheren Zeiten zu stammen, gleichwohl war es gut erhalten. Nur an einigen Balken und eingravierten Mustern erkannte auch das ungeschulte Auge, dass an der Fassade nachgebessert worden war. Kupferbart wies seine Begleiter an, sich im Hintergrund zu halten, klopfte an und öffnete die Holztür, in der ein kleines, gläsernes Rundfenster eingelassen war. Sie war nicht verschlossen. Im Inneren roch die Luft ebenso verstaubt und zerknittert wie die unzähligen Bücher und Schriftrollen, die auf Regalen unterschiedlichster Höhe und stellenweise auch am Boden verteilt zu finden waren. Einige dicke Wälzer lagen aufgeschlagen herum, als wäre jemand während des Lesens eingeschlafen, ohne das Buch zuzuklappen und wieder ordnungsgemäß an seinen Platz im Regal zurückzustellen.

»Besuch, wie nett«, erklang von irgendwo aus dem hinteren, dürftig beleuchteten Bereich des Raumes eine höfliche Stimme. Einer der Schriftrollenhaufen bewegte sich, und daraus hervor trat ein älterer Herr in einer eleganten braunen Aufmachung. Eine dicke Brille lag auf seiner Nase, über deren Rand hinweg er sie anstarrte. »Ungewöhnlicher Besuch, möchte ich meinen«, fügte er hinzu, während er sie von oben bis unten musterte und seine Augen kurz an Porky haften blieben.

»Guten Tag«, sagte Kupferbart etwas verlegen. Ihm war inmitten so vieler niedergeschriebener Worte nicht ganz wohl zumute. Und Menschen, die vermeintlich mehr Wissen besaßen als er, waren ihm ohnedies suspekt, denn sie ließen sich nicht so einfach übers Ohr hauen. »Wir suchen nach einem Pendohistoriker.«

»Und gefunden habt ihr einen«, entgegnete der Mann freundlich. »Wie kann ich helfen?«

»Stehen wir auf einem Friedhof?«, platzte Instania geradewegs mit großen Augen heraus. Vorsichtig trat sie mit ihren Absätzen gegen den Boden, als könnte jeden Moment etwas darunter hervorbrechen.

Der Kapitän warf ihr einen verärgerten Blick zu, dann wandte er sich wieder an den alten Mann. »Wir ... äh ... möchten nur gerne wissen, ob es unter Pendropolis versteckte Räume, Katakomben oder Ähnliches gibt. Reine Neugierde«, ergänzte Kupferbart und grinste unschuldig. Er wollte nicht zu viel über ihre Beweggründe verraten, denn er hatte das Gefühl, der alte Mann war dazu in der Lage, ihr wahres Wesen ohne Weiteres zu durchschauen. Piraten, die sich nach versteckten Räumen in einer Stadt erkundigten, gerieten rasch ins unerwünschte Interesse der Stadtwachen.

»Nun.« Der alte Mann lächelte freundlich, doch zugleich unverbindlich. »Der Friedhof liegt gleich außerhalb der Stadt, dort gibt es auch einige Kryptas und weitläufige Katakomben mit Grabkammern, in denen Knochen und Urnen aufbewahrt werden.«

»Reichen diese Gänge denn sehr weit in die Stadt hinein?«, fragte Kupferbart so beiläufig wie möglich. »Möglichweise bis in die Gegend des Platzes der Übereinkunft?«

Der Blick des Mannes wurde misstrauisch. »Seid ihr Grabräuber?«, fragte er direkt heraus.

Alle schüttelten energisch den Kopf. »Nein, natürlich nicht.« Kupferbart hob abwehrend die Hände. »Wir möchten nur mehr über ... äh, den Untergrund dort wissen. Wir planen, ein Haus in Platznähe zu kaufen und wollen sichergehen, dass es auch auf stabilem Boden steht und nicht über Höhlen oder ... Katakomben.« Er zeigte auf Instania und flüsterte dem Mann zu: »Meine Tochter hier ist ein wenig abergläubisch.«

Instania, die weiterhin damit beschäftigt war, den Fußboden im ganzen Raum abzuklopfen, überhörte seine Anmerkung.

Der Mann runzelte die Stirn, beobachtete Instania und nickte dann. »Ich verstehe«, sagte er mit verständnisvollem Blick. »Ich habe auch so eine Enkelin. Nicht einfach, diese Jugend heutzutage.« Dann senkte er die Stimme, damit Instania nichts mitbekam. »Ich will Eure Tochter nicht beunruhigen, aber wenn man es genau betrachtet, steht Pendropolis tatsächlich auf riesigen, weitverzweigten Katakomben. Diese werden allerdings schon lange nicht mehr benutzt, nur noch die beiden oberen Ebenen sind frei zugänglich.«

»Und es gibt keine Möglichkeit, da hineinzugelangen?«, fragte Kupferbart, und da der Blick des alten Mannes wieder misstrauische Züge annahm, ergänzte er rasch: »Oder hinaus. Meine Tochter glaubt an wandelnde Tote, da möchte ich verständlicherweise ganz sichergehen, um sie nicht belügen zu müssen.«

»Wandelnde Tote?«, fragte der alte Mann etwas lauter und hob überrascht seine Brauen.

Instania zuckte erschrocken zusammen. »Wo?«

Der Kapitän verdrehte die Augen, dann beschwichtigte er sie mit beruhigenden Worten. »Schon gut, hier sind keine.«

Dirty sah ihn an und schüttelte den Kopf, Maladin verkniff sich ein Lachen.

Der Pendohistoriker nickte abermals, diesmal begleitet von einem mitleidigen Blick. »Genau wie meine Enkelin.« Dann senkte er erneut die Stimme. »Wenn es noch Eingänge oder Ausgänge gibt, müsste der Totengräber Bescheid wissen. Er ist alt und schon seit ewigen Zeiten auf dem Friedhof zugange. Bis vor geschätzten fünfzig Annularen wurden berühmte und wohlhabende Persönlichkeiten in den hinteren Bereichen bestattet oder auch Gedenkstätten zu ihren Ehren errichtet, wenn es keine Überreste zum Bestatten gab. Zumeist mit wertvollen Grabbeigaben, daher auch mein Misstrauen Euren Fragen gegenüber.«

»Keine Sorge«, beruhigte ihn Kupferbart, während er schon über ihre nächsten Schritte nachdachte. »Wir holen uns unser Gold nur von den Lebenden.« Als der alte Mann entsetzt die Augen aufriss, fügte er rasch hinzu: »Wir sind, äh, Zöllner.«

»Ah ja, ich verstehe«, sagte der alte Mann erleichtert. »Warum mit dem Ausplündern von Körpern warten, bis die Menschen tot sind, wenn man es schon bei den Lebenden machen kann.«

Mit einem zustimmenden Nicken bedankte sich Kupferbart, worauf er sich auf den Weg zur Tür machte und seinen Begleitern zuwinkte, ihm zu folgen. Ihre nächste Station würde der Friedhof sein.

Der Friedhof

»Erst laufen wir über einen unterirdischen Friedhof und jetzt wollen wir auch noch einen überirdischen besuchen?«, jammerte Instania, als sie in Richtung Stadtrand marschierten.

Der Kapitän trieb seine Truppe durch Pendropolis und damit zur Eile an, denn die Sonne würde sich bald verdunkeln und er plante nicht damit, in der Stadt zu nächtigen. Kupferbart seufzte zum wiederholten Male und antwortete: »Wir müssen unter die Stadt und der einzige Weg scheint über den Friedhof zu führen. Außerdem hast du gehört, was der alte Mann gesagt hat, berühmte Persönlichkeiten wurden tief in den Katakomben begraben. El Materen war eine solche Persönlichkeit, zumindest in Piratenkreisen, und mit Glück finden wir dort sein Grab oder wenigstens eine Gedenkstätte. Zudem war er verdammt reich, gut möglich, dass er ein paar Münzen hat springen lassen, um sich dort zu verewigen.«

»Ich will trotzdem nicht auf einen Friedhof, das ist unheimlich«, klagte Instania, doch der Kapitän hörte schon nicht mehr hin.

Sie stapften zusammen mit einer Kolonne an Karren durch das südwestliche Stadttor. Die Dämmerung setzte inzwischen langsam ein und die Bauern, welche ihre Waren tagsüber in der Stadt an den Mann brachten, machten sich wieder auf den Heimweg. Den leeren Ladeflächen nach zu urteilen, mussten sie wohl erfolgreich gewesen sein. Kupferbart sah, wie Dirtys Augen abschätzend an einigen Geldbörsen hängen blieben, und deutete ihm unauffällig, die Bauern in Ruhe zu lassen. Die Suche nach dem Schlüsselteil war so schon schwierig genug, da fehlte noch, die Stadtwache dabei an ihren Fersen heften zu haben.

Als sie den weitläufigen Friedhof erreichten, war das Sonnenlicht bereits verschwunden. Einige Gräber leuchteten im unheimlichen Flackern von Wachskerzen, die zum Gedenken an die dort ruhenden Toten platziert worden waren.

»Brr«, vermeldete Instania und schüttelte sich, während sie sich vorsichtig umsah.

»Buh!«, stieß Dirty hinter ihr laut hervor und Instania machte einen Satz nach vorne. Dann drehte sie sich wütend um und streckte einen drohenden Finger direkt vor Dirtys Nase. »Du …«, knurrte sie und bedachte ihn mit einem bösen Blick.

Dirty Hairy liebte es, Instania zu necken, wie Kupferbart wusste und auch dieses Mal an seinem breiten Grinsen erkennen konnte. Sie aus der Fassung zu bringen war jedoch kein schwieriges Unterfangen. Instania lebte dergestalt in ihrer eigenen Welt, dass jede Störung von außen sie rasch aus dem Konzept brachte. Sie musste wohlbehütet in einem gut betuchten Haushalt aufgewachsen sein, anders konnte Kupferbart es sich nicht erklären, wie man dermaßen sorglos durchs Leben schlendern konnte und dabei am Leben blieb. Unter Umständen hatte sie es ihm sogar beizeiten erzählt, doch hatte er es offenbar nicht geschafft, seine Aufmerksamkeit lange genug aufrechtzuerhalten.

Maladin dagegen wirkte erleichtert, die überfüllten Straßen wieder hinter sich lassen zu können.

»Du magst wohl keine Städte?«, fragte ihn Kupferbart, als sie über den Friedhof wanderten und dabei nach dem Totengräber Ausschau hielten.

»Ich halte mich lieber fern von belebten Gegenden«, antwortete Maladin und warf einen Blick über die Schulter zurück zur Stadt, die bereits ein Stück hinter ihnen lag. »Dort ist die Gefahr groß, einen unbedarft ausgesprochenen Wunsch mitzubekommen, wodurch mein Dschinn-Ding ausgelöst wird. Ist schon ein, zwei Mal passiert, waren keine guten Wünsche.« Er grinste schief.

»Kann ich verstehen«, sagte Kupferbart und nickte. »Dein Dschinn-Ding kann manchmal durchaus unheimlich sein, überrascht einen immer wieder aufs Neue.«

»Genau, unheimlich ist es hier«, mischte sich Instania ein, die wie üblich nicht richtig zugehört hatte, sich dennoch bemüßigt fühlte, mitzureden.

»Ich seh da vorne jemanden«, sagte Dirty und kniff die Augen zusammen. »Könnte der Totengräber sein.«

Sie beendeten das Gespräch und näherten sich der Gestalt, die mit einem langen, über den Kopf gezogenen schwarzen Umhang und einer Sense inmitten einer Reihe Gräber stand. Sie schien sie noch nicht bemerkt zu haben, da der Rücken ihnen zugewandt blieb.

»Heda!«, rief Kupferbart und sprang unmittelbar darauf geistesgegenwärtig zurück, als sich die Gestalt schwungvoll umdrehte und dabei die Sense kreisen ließ. Porky quiekte erschrocken und krallte sich fester in seine Schulter.

»Was zum …«, keuchte die Gestalt und fluchte heftig, als sie die Gruppe sah. »Seid ihr verrückt? Sich einem Mann mit einer Sense auf einem Friedhof von hinten zu nähern?« Ein wütender Blick streifte Kupferbart.

Der Kapitän hatte sich von seinem Schrecken rasch erholt und musterte den Mann. Zerzaustes graues Haar kam unter der Kapuze, die bei der Drehung nach hinten geflogen war, zum Vorschein. Das runzelige Gesicht des alten Mannes wirkte mürrisch, doch lebhaft. »Was stehst du hier auch herum und fuchtelst mit einer Waffe durch die Gegend?«, antwortete der Kapitän genauso verärgert.

»Na, weil es hier spukt, warum sonst? Oder glaubst du etwa, ich will das Unkraut jäten?« Er rollte mit den Augen und spuckte auf ein Grab.

»Oh oh oh«, zitterte Instania und drehte ihren Kopf in alle Richtungen.

»Es spukt hier?« Maladin wirkte nach dieser Offenbarung nicht minder besorgt.

»Nicht hier oben, aber unten, tief in den Katakomben«, erklärte der Mann mit ernster Stimme und unheilvollem Blick.

Kupferbart spitzte sofort die Ohren. »In den Katakomben? Erzähl mir davon.«

»Warum sollte ich, geht euch nichts an.« Der Mann wandte sich knurrend ab.

»Wir sind …, äh, Geisterjäger«, sagte Kupferbart, als ihm eine Idee durch den Kopf schoss. »Wir könnten dir vielleicht helfen.«

»Wir sind … mhhmm?« Mehr Worte brachte Instania nicht zustande, da Dirtys Hand auf ihrem Mund landete. Sie verdrehte kurz ihre Augen, um ihn böse anzustarren, bevor die Angst wieder überhandnahm.

Der Mann drehte sich zu ihnen um und hob die Brauen. »Ihr seid was? Geisterjäger? So was machen doch normalerweise nur die Roten Ritter. Monster und Geister jagen, meine ich.«

»Ja«, sagte Kupferbart gedehnt und überlegte rasch. »Wir … sind Anwärter bei den Roten Rittern. Das ist unsere Aufnahmeprüfung. Unser erstes Projekt, sozusagen.«

Der Mann begutachtete sie von oben bis unten. »Die nehmen heutzutage auch schon alles, was an ihre Tür klopft«, murmelte er dann enttäuscht. »Haben sie euch geschickt? Ich hab vor Ewigkeiten nach einem Roten verlangt, aber nie ist einer aufgetaucht. Vielleicht hat die Stadtverwaltung meine Anfrage auch einfach nur verschlampt.«

Kupferbart lächelte nur und nickte dem Mann aufmunternd zu.

»Hm, na gut«, sagte der und begann zu erzählen. »Ich bin hier der Totengräber, wie man ja sieht. Meistens pflege ich die Gräber hier oben, und hin und wieder muss ich auch mal runter in die Katakomben, ein paar Gebeine hinuntertragen, wenn es hier oben zu eng wird. Vor ein paar Dekanden war ich im hinteren Bereich der dritten Ebene unterwegs, um ein paar reiche Gräber zu pl… zu pflegen. Auf einmal hörte ich merkwürdige Geräusche. Ich ging und schaute nach, hätten ja Grabräuber sein können, diese miesen Halunken. Klauen einfach die Wertsachen, die ich …, ähm, beschützen soll. Nur war es kein Grabräuber. Was ich gesehen habe, war ein unheimliches Leuchten hinter einer Ecke und dann Geräusche …« Er schauderte und sein Blick schweifte ängstlich in die Vergangenheit.

»Was für Geräusche?«, fragte Dirty, dessen Hand noch immer auf Instanias Mund gepresst war.

»Furchtbare«, antwortete der Totengräber mit düsterer Stimme.

»Mhm mhm«, sagte Instania und hob einen Finger.

»Stimmt was nicht mit ihr?« Der Mann kniff misstrauisch die Augen zusammen, während er die Folterfrau der Flautilus beäugte.

»Das kannst du laut sagen«, brummte Dirty und erntete dafür einen weiteren zornigen Blick von Instania.

»Sie ist …, äh, sehr empfänglich für Geister«, erklärte Kupferbart ausweichend und seine Augen zuckten hin und her. »Ihre Stimme kann mächtig auf den Geist gehen, ich meine, machtvoll auf Geister wirken. Das sollten wir uns für die Katakomben aufsparen.«

»Ich verstehe, eine Art Geisterbeschwörerin.« Der Totengräber nickte beeindruckt. Dann fuhr er fort. »Diese Geräusche, sie waren auf keinen Fall menschlich. Ein Stöhnen, ein Schlurfen, ein Knurren. Ich habe keine Ahnung, was für eine Bestie diese Geräusche zu verursachen vermag.« Er beugte sich nach vorn und senkte verschwörerisch seine Stimme. »Doch ich habe die Vermutung, es ist die Flair Bitch.«

»Wer?«, fragte Maladin und hob die Brauen.

»Die Flair Bitch«, wiederholte der Totengräber. »Kennt ihr die Geschichte nicht?«

Nachdem ihm kollektives Kopfschütteln antwortete, erzählte der Totengräber die Geschichte.

»Wisst ihr, vor vielen Annularen gab es in Pendropolis eine Frau, deren sagenhafte Schönheit und Anmut in aller Munde war. Immer perfekt herausgeputzt und wohlgekleidet schmolz jeder Mann bei ihrem Anblick dahin. Selbst von Weitem strahlte ihre Eleganz wie ein Stern, der vom Himmel gefallen war und nun durch die Straßen wandelte. Selbst die Frauen, so neidisch sie auch auf sie sein mochten, konnten nicht umhin zu sagen, dass sie einfach … Flair hatte. Die Frau wusste um ihre Wirkung und war den Männern, vor allem den wohlhabenden, nicht abgeneigt. Je reichlicher man sie beschenkte, desto mehr Chancen hatte man auf ihre … Gunst, wenn ihr versteht. Neider und solche, die verschmäht wurden, nannten sie bald – in Anspielung auf ihre sheagrische Herkunft – die Flair Bitch. Mit der Zeit wurden die Spielchen, die sie mit den Männern trieb, immer ausgefallener, die Orte, an denen sie sich mit ihnen traf, immer verrückter. Irgendwann schien sie die Katakomben als ihren Lieblingsort entdeckt zu haben. Wenn die Leute sie mit einem Verehrer dorthin verschwinden sahen, wussten alle Bescheid. Worauf jedoch zu jener Zeit niemand geachtet hatte, war, ob sie zusammen mit den Verehrern die Katakomben auch wieder verließ. Lange Zeit fiel niemandem etwas auf, bis eines Tages ein völlig abgezehrter und verängstigter Mann aus dem Eingang gekrochen kam und erzählte, was ihm dort zugestoßen war.«

Er hielt einen kurzen Moment inne und blickte in ihre Gesichter.

Kupferbart tat es ihm gleich und sah durchweg konzentrierte Mienen.

»Was?«, fragte Maladin mit großen Augen, der die Anspannung nicht mehr aushielt.

Der Totengräber grinste, dann setzte er wieder sein Erzählergesicht auf. »Ja, was – das haben sich alle gefragt. Abscheuliche Dinge waren es, sofern die Erzählungen stimmten. Der Mann konnte sich gar nicht richtig erinnern, wie er überhaupt in die Katakomben hineingekommen war. Er wusste nur, er war einer Frau mit magischer Ausstrahlung gefolgt, die ihn mit durchdringendem Blick angesehen hatte und dem er nicht widerstehen konnte. Erst tief in den Eingeweiden der Stadt kam er wieder zu sich, als die Flair Bitch für einen kurzen Moment verschwand, vielleicht durch irgendetwas abgelenkt. Rund um ihn herum sah er abgenagte Knochen und Skelette herumliegen. Menschliche Skelette. Als er hörte, wie sich ihre Schritte wieder näherten, überkam ihn die Verzweiflung. Er wusste nicht, was er tun sollte, doch war er geistesgegenwärtig genug gewesen, zu wissen, dass er ihr nicht in die Augen sehen durfte. Also wandte er sein Gesicht einer Ecke des

Raumes zu und schloss die Augen. Als die Flair Bitch den Raum betrat, besäuselte sie ihn, sich doch umzudrehen. Da er nicht gehorchte, wurde sie immer zorniger, schrie und riss an seinen Schultern. Doch er blieb standhaft und nach einer schrecklich langen Zeit ließ sie endlich von ihm ab und verschwand in den Tunneln. Als er sicher war, dass die Flair Bitch nicht mehr in der Nähe herumwanderte, verließ er seine schützende Ecke und machte sich auf die Suche nach dem Ausgang. Aus Angst, ihr bei einer Biegung in einem der Tunnel über den Weg zu laufen, heftete er seinen Blick die ganze Zeit über auf den Boden und wagte kein einziges Mal aufzusehen. Er benötigte Tage, bis es ihm schlussendlich gelang, den Ausgang zu finden. Währenddessen meinte er immer wieder, die Flair Bitch um eine Ecke herum oder hinter ihm kichern und fluchen zu hören. Erst nachdem man den Mann aufgefunden hatte, wurden die Leute gewahr, dass in der Stadt schon seit einigen Annularen viele Männer auf unerklärliche Weise verschwunden waren.«

Er verstummte und alle starrten den Totengräber mit offenen Mündern an. Bis auf Instania, doch selbst ihren zugehaltenen Lippen entkam nur ein gelegentliches »Mhm«. Im Falle Instanias kam das Sprachlosigkeit so nahe wie nur irgend möglich, dachte sich Kupferbart.

»Wie lange ist das inzwischen her?«, fragte Dirty in die Stille hinein. »Hat man nach der Flair Bitch gesucht?«

Der Totengräber nickte. »Ein paar mutige Männer sind kurz danach mit Fackeln und Heugabeln bewaffnet in die Katakomben gestiegen, doch fanden sie weder die Skelette noch die Flair Bitch. Tagelang hielt man Wache am Eingang, ob sie sich zeigen würde, doch seit jener Zeit hat man sie niemals wieder gesehen.« Er lachte sarkastisch. »Allzu viel Flair dürfte die Bitch heutzutage nicht mehr haben, sofern sie noch lebt. Das alles muss schon fünfzig Annulare oder so her sein.«

»Wenn man seit so langer Zeit nichts mehr von ihr gehört oder gesehen hat, warum glaubst du, dass es die Flair Bitch ist?«, fragte Kupferbart mit zusammengekniffenen Augen. »Es könnte doch auch etwas anderes sein. Ein verletzter und hungriger Straßenköter zum Beispiel.«

»Ich weiß, wie Hunde klingen, und wenn da etwas Monströses hinuntergelaufen wäre, hätte ich es bemerkt, meine Hütte ist gleich da drüben«, antwortete der Totengräber missmutig und zeigte in die entsprechende Richtung. »Ich versperre den Abgang jeden Abend und andere Ausgänge gibt es nicht, also was sollte es sonst sein?«

»Das werden wir herausfinden, dazu sind wir ja hier«, log Kupferbart, ohne mit der Wimper zu zucken. Dann wandte er sich seinem Trupp zu. »Ab jetzt in die Katakomben. Gehen wir das ... äh ... Flair-Bitch-Projekt an.«

Die Begeisterung hielt sich in Grenzen, und nachdem der Totengräber ihnen die Schlüssel überlassen hatte, machten sie sich auf. Dirty musste Instania dabei anschieben, die sich mit Händen und Füßen dagegen wehrte, sich dem Abgang zu nähern. Kurz danach erreichten sie das Tor zu den Katakomben. Kupferbart sperrte es auf und öffnete einen rostigen und quietschenden Türflügel, daraufhin blickte er hinunter in das Halbdunkel des Abstiegs zu den unterirdischen Gängen und überlegte kurz, ob es das Ganze wirklich wert war. Dann befühlte er wieder das Schlüsselteil in seiner Tasche und kam zu der Erkenntnis, es musste sein. Für den Schatz.

In den Katakomben

»Wollen wir wirklich nach der Flair Bitch suchen?«, fragte Maladin nervös, nachdem sie mit knirschenden Schritten durch die zweite Ebene der Katakomben wanderten. Die Gänge waren schmal, doch dank der an den Kreuzungen aufgehängten Laternen gut beleuchtet. Auch wenn Kupferbart auf die Aussicht, die das Licht offenbarte, verzichten hätte können. Überall an den Wänden waren Grabnischen hineingeschlagen worden, in denen Behälter standen. Gelegentlich hatte man auch einfach nur einen Haufen Knochen hineingesteckt. Einige Nischen mit Knochenhaufen, die nicht nur von einem einzigen Menschen stammen konnten, mussten so etwas wie Familiengräber darstellen. Billig aussehende, zum Teil zerbrochene Grabbeigaben schmückten die Nischen aus. Streng genommen verdiente die Umgebung die Bezeichnung unheimlich nicht, angemessener dagegen klangen düster oder schlimmstenfalls beklemmend. Zumindest die Luft roch so modrig, wie man es von unterirdischen Gräbern erwarten würde.

»Natürlich nicht«, antwortete der Kapitän daher Maladin ohne Sorge. »Ich bezweifle, dass es sie wirklich gibt. Wahrscheinlich ist es nur ein Ammenmärchen, das über die Annulare hinweg immer fantastischer und schrecklicher ausgestaltet wurde. Und, Dirty?«

»Hm?«, brummte dieser hinter ihm, bevor er sich umdrehte.

»Du kannst jetzt die Hand von Instanias Mund nehmen.«

»Aber es ist gerade so schön ruhig«, sagte Dirty und grinste wie ein kleiner Junge, der bei einem Streich erwischt worden war. Doch gab er nach und nahm seine Hand zurück.

»Du bösartiger Kerl, was fällt dir ein …«, begann Instania umgehend und versuchte, den unzähligen angestauten Wörtern gleichzeitig Luft zu verschaffen.

»Psst«, kam ihr Kupferbart dazwischen und legte einen Finger an den Mund. »Die Flair Bitch könnte dich hören.«

Instania riss die Augen auf. »Oh«, sagte sie noch, danach bewegten sich ihre Lippen geräuschlos weiter. Sie schien die Geschichte über die Flair Bitch für bare Münze zu halten, was der allgemeinen Geräuschkulisse sehr zuträglich war.

Sie fanden den versperrten Abgang zur dritten Ebene im hinteren Bereich und Kupferbart sperrte das schwere, eiserne Schloss mit dem Schlüssel des Totengräbers auf. Eine Zeit lang standen sie unschlüssig da und blickten in die schwarze Öffnung vor ihnen.

»Und dort unten sollen wir ein kleines Schlüsselteilchen finden?« Der Zweifel in Dirtys Stimme war unüberhörbar.

»Wir müssen«, antwortete Kupferbart bestimmt. Zumindest er musste daran glauben, wenn es die Mannschaft nicht tat. »Holt euch ein paar der Laternen, wir werden sie benötigen. Sobald wir unten sind, teilen wir uns auf, dann können wir in kurzer Zeit ein größeres Gebiet absuchen. Maladin geht mit mir, Dirty geht mit Instania.«

»Warum ich?«, fragte Dirty verzweifelt. Instania verdrehte nur die

Augen, sagte aber nichts und warf besorgte Blicke in die zur Seite wegführenden Gänge neben ihnen.

»Weil ihr euch so gut versteht«, entgegnete Kupferbart mit einem hämischen Grinsen. »Du kannst ja kaum die Hände von ihr lassen.«

Dirtys Blick hätte einen Riesen in die Knie gezwungen, doch der Kapitän kannte ihn zu lange und zu gut. Daher prallte er an ihm ab wie die Gischt vom Schiffsbug.

»Aber pass auf, wenn ein Mann und eine Frau da hinunter gehen, kehrt üblicherweise nur die Frau zurück«, setzte Maladin grinsend einen drauf. Die ungeteilte Aufmerksamkeit von Dirtys Blick wischte sein Grinsen umgehend wieder aus dem Gesicht. Maladin war noch nicht lange Teil der Mannschaft, er benötigte noch Übung im Umgang mit Dirty.

»Schluss jetzt«, unterbrach Kupferbart das Geplänkel. »Wenn ich alles richtig im Kopf habe, liegt die Stadtmitte geradeaus vor uns. Doch es wird ein weiter und dunkler Weg sein. Macht Zeichen an die Wände, um euch nicht zu verirren. In drei Stunden treffen wir uns wieder an diesem Ort.« Dann setzte er seinen Fuß auf die Treppe und schritt in die düstere Ungewissheit vor ihnen.

Sie wanderten durch die engen, dunklen und stickigen Gänge der dritten Ebene. Abgesehen von den Lichtverhältnissen gab diese mit den unzähligen Grabnischen auf den ersten Blick kein anderes Bild ab als die oberen beiden. Doch alles wirkte älter, verstaubter. Selbst der Boden klang anders beim Drüberschreiten. Es knirschte zwar weiterhin bei jedem Schritt, doch nicht wie Kies, sondern mehr wie vertrocknete Käfer und sonstige abgestorbene Dinge. Biegungen, Kreuzungen und Abzweigungen erschwerten zusätzlich die Orientierung, doch Kupferbart war ein erfahrener Seemann und verließ sich auf seine Instinkte. Auf dem Weg bemerkte der Kapitän eine Veränderung in den Grabnischen, die er gelegentlich mit seiner Laterne beleuchtete. Erst zeigten sich – wie in den oberen Ebenen – billige, hölzerne und tönerne Gegenstände und Grabbeigaben. Doch je tiefer sie vordrangen, desto kunstvoller schienen die Grabstätten ausgestaltet worden zu sein. Aus den einfachen Tongegenständen und hölzernen Zeichen wurde mit der Zeit steinerner und eiserner Zierrat. Dieser wiederum wurde ein paar Gänge später durch marmorne Blöcke mit Verzierungen ersetzt. Aus den oftmals unleserlichen und verwitterten Namen wurden mehrzeilige Verse, die kunstvoll eingraviert worden waren. Der Staub lag in einer dicken Schicht in den Nischen und bedeckte vieles wie ein graues Grabtuch. Doch an einigen Stellen bemerkte Kupferbart darin auch dunkle Flecken, an denen sich vor nicht allzu langer Zeit noch Gegenstände befunden haben mussten. Der Totengräber hatte hier offensichtlich Inventur gemacht und viele wertvolle Grabbeigaben an einem sicheren, für ihn vorteilhafteren Platz untergebracht.

»Wir kommen dem Reichenviertel näher«, meinte Kupferbart, während er sich weiter umsah.

Maladin hinter ihm brummte nur. »Wie sollen wir hier bloß etwas finden?«, fragte er wenig zuversichtlich und blieb vor einer Nische mit einer Steinsäule stehen, deren Inschrift er zu entziffern versuchte. Er pustete darauf und ein staubiger Nebel wolkte ihm aus der Nische entgegen.

Porky, der im Halbschlaf dahingeträumt hatte, schnüffelte und nieste kräftig, daraufhin grunzte er verärgert. Kupferbart blieb ebenfalls stehen, beruhigte sein Schultertier und drehte sich um. »Leuchtbart war nicht nur ein erfolgreicher, sondern auch ein eitler Pirat«, sagte er. »Falls er sich hier ein Andenken gesetzt hat, wird es mit Sicherheit prunkvoll sein.«

»Und geplündert«, merkte Maladin an und zeigte auf ein paar Kerben, die in einer steinernen Platte mit einer blassen Inschrift darauf zu sehen waren. Etwas, vielleicht Edelsteine, hatte sich dort befunden und war herausgebrochen worden.

Kupferbart grinste nur und kraulte Porky hinter dem Ohr. »Leuchtbart war ein Pirat. Sollte jemand versucht haben, sein Andenken zu plündern, wird er dabei zumindest eine Hand, vielleicht noch mehr verloren haben. Fallen gehören zum guten Ton bei Pendelpiraten.«

Sie gingen langsam weiter und begannen, alle Inschriften auf dem Weg zu inspizieren. Kupferbart hatte das Gefühl, dass sie ihrem Ziel immer näher kamen. Wenn es Hinweise auf El Materen in den Katakomben gab, dann hier. Doch noch ein weiteres Gefühl beschlich ihn.

Er lauschte und versuchte, Geräusche auszumachen. Ihm war, als hätte er etwas gehört, hinter ihnen, allerdings nicht die unmenschlichen Geräusche aus den Erzählungen des Totengräbers. Doch er vernahm nichts weiter als die gleichmäßigen Atemzüge Porkys, der wieder weggedämmert war, also marschierten sie weiter. Es konnte sich ja auch um Dirty und Instania handeln, die womöglich in der Nähe herumwanderten und dabei ihren Weg gekreuzt hatten. Beim Gedanken an die beiden musste Kupferbart grinsen. Wie es ihnen wohl zusammen ergehen mochte?

Instanias Füße tappten hinter Dirty her, während sie mit mulmigem Gefühl die Grabnischen und Grabsäulen betrachtete. Ihr Kopf malte sich die schrecklichsten Szenarien aus, die ihnen hier unten widerfahren konnten in dieser furchtbaren Dunkelheit. Ihre Lippen bewegten sich dabei lautlos von selbst. Sie verzichtete auf ihr Fingerrechteck, da sie auf keinen Fall vorhatte, den Anblick der gruseligen Katakomben im Gedächtnis zu behalten. Dirty vor ihr knurrte hin und wieder, wenn sie an eine Kreuzung gelangten und er überlegte, welche Richtung sie einschlagen sollten, war ansonsten aber still.

Mit der Zeit wurde die Umgebung etwas angenehmer. Zwar nicht, was die Lichtverhältnisse betraf, dafür wurden die Grabstätten hübscher. Instanias Stimmung hellte sich dadurch sogleich trotz der Dunkelheit auf. »Hübsche Verzierungen«, sagte sie laut, um wieder ein Gefühl in die Ohren zu bekommen, die von der Stille schon ganz taub waren.

»Mhm«, brummte Dirty. »Das müssen die Gräber der Reichen sein, nur leider ohne den wertvollen Tand.« Er hob eine Vase und eine danebenstehende Statue auf, betrachtete beide kurz, dann warf er sie weg.

»Oh, das da vorne ist aber hübsch«, sagte Instania und zeigte auf ein besonders auffällig geschmücktes Grab, das vom Licht ihrer Laterne beschienen wurde. Sie gingen darauf zu und Instania las die Inschrift. »Zum Andenken an den berühmten Entdecker Jeremiah Shortsight. Auf dass er auch nach seinem Tode noch viele unbekannte Orte entdecken möge, die den Lebenden vorenthalten bleiben.«

»Shortsight? Von dem hab ich gehört. War ein ordentlicher Säufer, schien ganz in Ordnung gewesen zu sein«, sagte Dirty und sah sich in der Grabnische um. Dann nahm er die schmale Urne, die auf einem Sockel stand und schüttelte sie. Er runzelte die Stirn und öffnete das Gefäß. »Hier begraben ist er nicht, sondern auf Metedon. So viel weiß ich über ihn.« Dirty schnüffelte an der Urne und hob überrascht die Brauen. Dann setzte er die Urne an den Mund und trank sie leer.

»Bäh«, sagte Instania angewidert. »Hast du gerade einen Toten ausgetrunken?«

Dirty verdrehte die Augen. »Da war kein Toter drin, nur ein Andenken an ihn. Und was für eines.« Er seufzte glücklich. »Damit hat sich die Suche schon mal bezahlt gemacht«, sagte er grinsend.

Instania schüttelte nur den Kopf, dann marschierten sie weiter.

Kupferbart und Maladin suchten jedes einzelne Grab und jede einzelne Inschrift auf einen Hinweis nach El Materen ab, doch ohne Erfolg. Der Kapitän wurde langsam nervös, die Zeit schritt unerbittlich dahin und sie konnten bislang noch kein Ergebnis vorweisen. Langsam drängten sich Zweifel auf, ob sie tatsächlich der richtigen Spur folgten. Das Schlüsselteil konnte ebenso gut irgendwo in der Stadt versteckt sein, am Flusshafen, in einem der Gebäude oder schon lange gefunden und weggeschlossen worden sein.

Maladin dagegen zeigte offensichtlichen Spaß daran, die Andachtsstätten zu erforschen. Interessiert las er die vielen Inschriften, manche auch laut. »Hier ruht Ratsmitglied Tobarus Mendor. Verstorben an einer Meinungsverschiedenheit mit einem Vertreter von Shan Lon.«

»Kann vorkommen, den Shan Lonern geht Ehre über alles«, sagte Kupferbart und besah sich die nächste Inschrift. »Zum Gedenken an Richterin Konstania Phleg. Erstickt am Richterhammer beim Verkünden des Urteilsspruches über ein Mitglied der Assassinengilde.«

Maladin nickte. »Mit denen sollte man sich besser nicht anlegen.« Er ging zur nächsten Grabnische. »Hier liegen die Überreste von Vladi Budinov. Eines natürlichen Todes verstorben durch Fenstersturz aus dem vierten Stock.«

Kupferbart brummte. »Soll die zweithäufigste Todesursache in Drakmor sein, gemeinsam mit starkem Blutverlust.«

Maladin hob die Brauen. »Ich wusste gar nicht, dass es dort so viele hohe Gebäude gibt.«

»Gibt es auch nicht, es sind immer dieselben.«

So ging es eine Zeit lang weiter, ihre Laternen beleuchteten jede Nische, doch fanden sie nichts. Kupferbart wollte sich gerade zu Maladin umdrehen, um ihm seinen Entschluss mitzuteilen, umzukehren, da entdeckte er die Umrisse eines Gegenstandes in einer Nische vor ihnen. Und diese Umrisse, die das Laternenlicht gestreift hatte, kamen ihm bekannt vor.

»Da vorne«, sagte er zu Maladin. »Möglicherweise haben die Plünderer oder der Totengräber was Interessantes übersehen.« Sie näherten sich der Nische, und als Kupferbart seine Laterne hob, um sie besser auszuleuchten, sah er es. »Bei Blobos und Wavolon«, entfuhr es ihm. »Ich glaube, wir haben es gefunden.« In der Grabnische lagen auf einer Steinplatte Gegenstände, die darauf hindeuteten, dass es sich um die Gedenkstätte eines Pendelpiraten handeln musste. Das von Holzwürmern durchlöcherte kleine Schiff aus Hartholz, das in einer der Einbuchtungen an den Seitenwänden stand, hatte er bereits aus der Distanz erkannt. Dazu waren da noch eine halb entrollte zerfetzte Flagge des wütenden Piraten sowie ein verrosteter Säbel. Für sich genommen alles nichts Besonderes, doch Kupferbarts Blick war auf das gerichtet, was sich an der rechteckigen Rückwand der Nische in einem von einem Metallgitter geschützten Hohlraum befand.

»Sind das … Rubine?«, fragte Maladin erstaunt und beugte sich vor, um mehr zu sehen.

»Sieht so aus«, antwortete der Kapitän aufgeregt. »El Materen war nicht umsonst als Leuchtbart bekannt. Er soll sich Edelsteine in seinen Bart geflochten haben, die funkelten, wenn Licht auf sie traf. Rubine sollen dabei seine Lieblingssteine gewesen sein.« Er versuchte, mit seinen Fingern durch das Gitter zu greifen, um an die unregelmäßig angeordneten Steine zu gelangen, doch ohne Erfolg. Die Öffnung war zu tief, um ranzukommen.

»Mist. Kommst du an die Steine ran?«, fragte er Maladin und trat zur Seite, doch auch der Achtel-Dschinn schaffte es mit seinen schmalen Händen nicht, einen der Steine zu berühren.

Der Kapitän strich sich über den Bart und überlegte. Dann überkam ihn eine Idee und er schielte zu Maladin hinüber. »Ich wünschte, ich würde zu den Rubinen gelangen«, sagte er so beiläufig wie nur möglich. Er überlegte, als Ergänzung zu pfeifen, um noch unbeteiligter zu wirken.

»So funktioniert das nicht, Kapitän«, sagte Maladin und grinste schief. »Nur unbewusste Wünsche. Mein Dschinn-Ding weiß, wenn man es auszutricksen probiert.«

Kupferbart verzog den Mund. »Einen Versuch war es wert,« brummte er, dann besah er sich wieder die Öffnung in der Nische und kniff die Augen zusammen. »Ein Schlüsselteil sehe ich da drin aber nicht. Wer weiß, ob das wirklich Leuchtbarts Gedenkstätte ist. Es sind nicht mal ordentliche Fallen zu sehen.« Doch bevor er sich geschlagen abwenden konnte, nahm seine piratentypische Gier überhand und er sagte: »Diese Rubine will ich dennoch haben.« Er dachte nach, dann zog er seinen Dolch aus dem Mantel hervor und steckte ihn durch das Gitter. Mit der Spitze gelangte er an einen der Steine und versuchte, den Rubin aus der Fassung herauszupulen. »Die sitzen richtig fest«, schnaufte er und fummelte weiter herum. Die Dolchspitze schrammte über den Stein und plötzlich gab dieser nach und senkte sich in die Wand. Ein Geräusch erklang wie das eines einrastenden Metallstiftes. Kupferbart glotzte nur einen Wimpernschlag auf den Rubin, bevor er mit einem Ruck die Hand aus der Nische zog.

»Ich glaube, wir haben die Falle gefunden«, sagte er angespannt und betrachte die Grabnische nochmals mit vorsichtigem Blick, dieses Mal eingehender. Es ließ sich jedoch nichts entdecken, das auf einen tödlichen Mechanismus hinwies.

»Das scheinen Druckknöpfe zu sein«, meinte Maladin nachdenklich, während er die vergitterte Wand betrachtete. »Nur … gibt es vielleicht eine bestimmte Reihenfolge, in der wir sie drücken müssen?«

»Wenn ich das bloß wüsste«, antwortete Kupferbart. Er besah sich das Muster, in dem die Steine in die Wand eingelassen waren. »Hm, fünf Steine, annähernd zu einem liegenden X angeordnet.«

»Ob das die Fundorte der Schlüsselteile darstellen soll?«, fragte Maladin.

Kupferbart nickte bedächtig. »Mag sein. Doch die Anordnung sagt mir nichts. Kannst du irgendwo Hinweise entdecken?«

Maladin suchte mit seinen Augen die Nische ab, dann schüttelte er den Kopf. »Nein, es ist nichts in die Wand eingeritzt, das auf ein Muster hindeuten würde. Doch der erste scheint gepasst zu haben, es ist nichts passiert.«

»Darauf würde ich mich nicht verlassen«, entgegnete Kupferbart zweifelnd. »Es existieren unterschiedlichste Varianten von Piratenfallen. Sie kann jederzeit losgehen, selbst wenn der erste Versuch so aussieht, als wäre er korrekt gewesen.« Er nahm sich den rostigen Säbel. »Ich will meine Hand nicht da drin haben, wenn ich die Steine drücke«, erklärte er vielsagend. Der Kapitän steckte die schmale Klinge durch das Gitter und mit der Säbelspitze drückte er einen weiteren Stein in die Wand. Nichts geschah, außer dem mechanischen Klicken. »So weit, so gut«, sagte er zufrieden, dann setzte er zum dritten Versuch an. Plötzlich senkte sich ein schweres Metallstück mit einer scharf geschliffenen Kante vor dem Gitter nach unten und zerbrach den Säbel mühelos in unzählige Teile. Krachend landeten sie auf dem Boden der Nische und Kupferbart zuckte erschrocken zurück. Als er aufsah, waren die Rubine wieder in den ursprünglichen Zustand zurückgekehrt.

»Das war es wohl nicht«, sagte er missmutig. »Eine verzögerte Falle, richtig fies.«

»Aber jetzt wurde sie ja ausgelöst, damit kann nichts mehr geschehen, oder?«, fragte Maladin hoffnungsvoll und sah auf die Metallplatte, die im Stein steckte und sich nicht mehr rührte.

Kupferbart sah ihn an. »Bist du sicher? Kannst es gerne versuchen.« Er grinste verschlagen.

»Äh.« Maladin wich seinem Blick aus.

»Eben. Der Säbel ist hinüber. Jetzt brauchen wir etwas anderes, mit dem wir die Knöpfe erreichen.«

Sie durchsuchten die danebenliegenden Nischen, doch fanden sie nichts, was ihnen bei ihrem Vorhaben von Nutzen sein konnte.

Schließlich seufzte Kupferbart. »Also schön, dann probieren wir es eben mit meinem Säbel.« Er zog ihn aus der Halterung und betrachtete ihn. Den Säbel besaß er schon lange, er war ein Geschenk von Damenbart gewesen, als er zum Kapitän ernannt wurde. Nach einem letzten Blick auf seine Waffe steckte er sie durch das Gitter und versuchte es erneut. Der erste Stein schien auf Anhieb der richtige gewesen zu sein, doch beim zweiten blieb ihm nichts übrig, als zu raten. Er versuchte einen der oberen und zog den Säbel ruckartig zurück. Nach dem Klickgeräusch wartete er angespannt, länger als der Fallenmechanismus zuvor benötigte. Der zweite Stein schien zu passen. Er atmete aus und setzte die Säbelspitze auf den dritten Stein. In dem Moment, in dem der Stein versank, schnellte eine weitere Klinge aus der Wand hervor, diesmal von der Seite. Der Säbel wurde dem Kapitän aus der Hand gerissen und zersplitterte zwischen Wand und Klinge.

»Was zum …«, fluchte Kupferbart. Dann blickte er trübselig auf seinen zerstörten Säbel. »Er war ein Geschenk«, murmelte er traurig.

»Und was jetzt?«, fragte Maladin und verzog die Nase.

Kupferbart schaute auf und sah ihn eindringlich an. »Sind Dschinns nicht die Herren über das Glück?«, fragte er mit einem Blick, der Maladin einen Schritt zurückweichen ließ.

»Ich fürchte, dieser Teil ist bei der Vererbung verloren gegangen«, antwortete Maladin unsicher und grinste schief.

Doch Kupferbart setzte ein einnehmendes Gesicht auf, klopfte Maladin auf die Schulter und sagte jovial: »Ach was. Ich hab es zweimal probiert, jetzt darfst du ran. Wird schon schief gehen.«

»Genau das macht mir ja Sorgen«, entgegnete Maladin verzagt, doch der Kapitän schob ihn trotz des spürbaren Widerstands zur Nische hin.

»Von zweien wissen wir, beim dritten wissen wir zumindest, welcher der letzten drei es nicht ist. Die Chancen stehen fünfzig zu fünfzig«, erklärte Kupferbart und nickte Maladin aufmunternd zu. »Hier, mein Dolch, damit gelangst du mühelos hinein. Du hast schmälere Hände als ich.«

»Und wenn die nächste Klinge genauso weit draußen vorbeisaust wie die zuvor?«

»Du hast auch schnellere Hände. Na los, mach schon.« Kupferbart bedeutete ihm ungeduldig, anzufangen.

Maladin sah sehr unglücklich aus, doch Kupferbart setzte auf das Glück eines Dschinns. Er hatte zumindest aus Geschichten gehört, dass sie Menschen Glück bringen sollen. Ob das Glück auch auf sie selbst abstrahlte, war ihm nicht bekannt, doch hoffte er es inbrünstig. Maladin überlegte hin und her, mal zeigte die Spitze des Dolches zum einen, dann zum anderen Stein.

»Probier einfach einen aus«, ermutigte ihn Kupferbart.

Maladin setzte an, drückte den Dolch mit einem kurzen Stoß hinein und machte einen flotten Satz nach hinten. Es klickte, doch sonst passierte nichts.

Kupferbart klatschte in die Hände. »Ha, gute Wahl. Einmal noch richtig raten und wir sind drin.«

Maladin sah ihn mit einem Hundeblick an, doch Kupferbart ließ sich nicht erweichen und schob ihn zurück zur Nische.

Der Achtel-Dschinn begann das Spiel mit der Dolchspitze von Neuem.

Währenddessen ließ sich Kupferbart die bisherige Reihenfolge durch seinen Kopf gehen. Er konnte sich keinen Reim darauf machen, was sie darstellen sollte, sie wirkte willkürlich. Vielleicht eine Route? Die Reihenfolge, wie der Schlüssel zusammengesetzt werden musste? Er holte das Schlüsselteil heraus und betrachtete es konzentriert.

In der Zwischenzeit schien Maladin eine Wahl getroffen zu haben. Er setzte den Dolch an und wollte schon den Rubin hineindrücken, da rief Kupferbart unvermittelt: »Nein! Der andere.«

Maladin stoppte die Bewegung gerade noch rechtzeitig und drehte sich um. »Sicher?«

Der Kapitän wackelte mit dem Kopf. »So ziemlich.«

Der Achtel-Dschinn seufzte laut, dann setzte er den Dolch an und drückte. Nichts geschah, bis auf das obligatorische Klicken. Nach einem Moment bangen Wartens atmeten beide erleichtert aus. Dann drückte Maladin den letzten Knopf. Beinahe zur selben Zeit, als sich der Rubin in die Einkerbung senkte, begann es, in der Grabnische zu rumpeln. Staub rieselte aus den Ritzen und das Metallgitter versank wie von unsichtbarer Hand niedergedrückt langsam im Boden. Der Weg zu den Rubinen war frei und Kupferbart machte einen Schritt darauf zu. Plötzlich bewegte sich auch die Steinplatte, in der die Rubine eingelassen waren, ein Stück zurück und fiel in den Hohlraum dahinter.

»Die Rubine!«, rief Kupferbart, doch seine Sorge hielt nicht lange an, denn sogleich richtete sich sein Blick auf den Gegenstand, den die Platte freigegeben hatte.

»Das Schlüsselteil«, raunte Maladin und betrachtete den kleinen Gegenstand, der in der dunklen Öffnung auf einem Podest zum Vorschein kam.

Kupferbart nickte erleichtert. »Holen wir es uns und dann raus hier«, sagte er und sah sich nervös um. Er war nun so gut wie sicher, Geräusche gehört zu haben. Nach einem vergeblichen Versuch Maladins, die in den Hohlraum gefallene Steinplatte mit den Fingern zu erreichen, machten sie sich wieder auf den Weg zurück zu den oberen Ebenen.

Instania und Dirty Hairy erkundeten einen weiteren Gang nach Hinweisen auf El Materen. Instania las alle Texte vor, während Dirty die Gegenstände begutachtete, die den Gräbern beigelegt worden waren, und sie dann aufgrund ihrer Wertlosigkeit achtlos wegwarf. Dirty wurde immer ungeduldiger, fand Instania, er zappelte herum und hatte es immer eiliger, voranzukommen. Irgendwann drehte er sich zu ihr um und sagte: »Warte hier, ich bin gleich zurück.« Bevor sie etwas erwidern konnte, war er schon um eine Ecke gebogen und verschwunden.

Instania wartete eine Weile, doch es dauerte nicht lange, bis sie es mit der Angst zu tun bekam. Dieser rücksichtslose Kerl hatte sie einfach in den Katakomben allein gelassen, allein mit all den Toten, allein mit ... sie drehte sich um. War da ein Geräusch gewesen? Es klang wie ... sie erinnerte sich an die Worte des Totengräbers, so gut es ging. Kalte Schauer liefen ihr über den Rücken, machten an der Hüfte kehrt und schlugen in ihren Haaransätzen ein Lager auf. Sie hielt es nicht mehr aus und begann behutsam, sich vorwärtszubewegen.

»Dirty?«, hauchte sie angstvoll. Keine Antwort. »Dirty?«, sagte sie lauter, doch wieder keine Antwort. Sie beschleunigte ihre Schritte, begann zu laufen, denn sie fühlte, etwas war hinter ihr her. Sie floh durch die Gänge, wechselte ohne Plan die Richtung, dachte gar nicht daran, irgendwelche Markierungen zu setzen. »Dirty, wo bist du?«, rief sie verzweifelt. Ihre Augen füllten sich mit Tränen, die Umgebung vor ihr verschwamm zusehends. Rotz lief ihr aus der Nase, nahm ihr die Luft zum Atmen. Sie wusste längst nicht mehr, wo sie war, doch sie wusste, sie musste weiterlaufen. »Es tut mir leid, Dirty, wenn ich dir auf die Nerven gegangen bin!«, rief sie mit zittriger Stimme in die Dunkelheit. »Es tut mir leid, wenn ich allen auf die Nerven gegangen bin.« Die Tränen rannen ihr übers Gesicht und sie wischte sie mit dem Handrücken weg. Ihre Gesichtsbemalung begann zu zerlaufen, doch war ihr das in diesem Moment egal. Sie rannte um unzählige Ecken, die ihr begegneten, und bog dabei immer in dieselbe Richtung ab, um sich nicht noch weiter zu verirren. Mit einem Mal sah sie Licht in der Dunkelheit vor ihr, das aus einer Kammer strömte. Zuerst blieb sie vor Sorge abrupt stehen, doch dann bewegte sie sich vorsichtig darauf zu, betrat die Kammer. Und dann sah sie ihn. »Dirty?« Ihre Stimme klang unsicher und leise. Dirty stand in einer Ecke, mit dem Gesicht zur Wand, seine Laterne lag am Boden. Er reagierte nicht. »Dirty?«, fragte sie wieder, diesmal verzweifelter. Er bewegte sich nicht, gab keinen Laut von sich. Die Worte des Totengräbers kamen ihr in den Sinn. »Nicht der Flair Bitch in die Augen sehen«, flüsterte sie. »Sie ist hier, oder? Dirty? Sag was. Dirty!« Die letzten Worte schrie sie geradezu heraus.

»Bei Blobos und Wavolon, kann man hier nicht mal in Ruhe pinkeln?«, knurrte Dirty und drehte sich zu ihr um. Dann riss er seine Augen auf.

Instanias Herz pochte wie wild, ihre Beine wollten ihr den Dienst verweigern. »Sie steht hinter mir, oder? Die Flair Bitch steht hinter mir.«

Dirty kniff die Augen zusammen. »Hm«, brummte er. »Geh einen Schritt zur Seite.«

Sie machte einen Schritt zur Seite.

»Auf die andere Seite.«

Sie ging auf die andere Seite.

»Jetzt hock dich hin.«

Sie hockte sich hin.

»Jetzt mach einen Handstand und …«, weiter kam er nicht, denn er brach in hemmungsloses Gelächter aus.

Instania blinzelte ein paar Mal, dann zog sie wütend die Brauen zusammen. »Oh, du gemeiner Kerl, du veralberst mich doch nur«, schimpfte sie und wischte sich die Tränen aus den Augen. Dann fasste sie sich wieder, drehte sich jedoch zur Sicherheit um und blickte in den Gang hinter sich. Nein, da war nichts, keine Spur von der Flair Bitch. Oder? Nein, nichts. Oder? Sie wandte sich Dirty zu. »Wir gehen sofort zurück, aber diesmal geh ich vorne, damit du mir nicht mehr davonläufst. Und ich werde ganz genau darauf achten, immer deine Schritte hinter mir zu hören, hast du verstanden?«

»Meinetwegen«, brummte Dirty und zuckte gleichmütig mit den Schultern. »Hier finden wir sowieso nichts.«

Damit machten sie sich auf den Rückweg. Instanias Blick war nach vorne gerichtet, doch ihre Ohren ließen Dirty nicht aus den Augen. Oder aus den Ohren. Sie schüttelte den Kopf. Egal, Hauptsache, sie vernahm seine Schritte und nichts anderes in diesen unheimlichen und düsteren Gängen.

Der Weg zurück

Kupferbart und Maladin hatten schon ein gutes Stück des Weges in der dritten Ebene hinter sich gebracht, dabei immer den Markierungen folgend, die sie gesetzt hatten. Der Kapitän konnte es immer noch nicht glauben. Es war ihnen tatsächlich gelungen, den zweiten Teil des Schlüssels zu finden. Grenzenlose Freude darüber wollte dennoch nicht in ihm aufkommen. Die vermeintlichen Geräusche, die er vernommen hatte, bereiteten ihm dafür zu viele Sorgen. An die Flair Bitch konnte und wollte er nicht glauben, doch etwas war hier in diesen Gängen – zusammen mit ihnen.

»Still«, sagte er plötzlich und bedeutete Maladin, stehen zu bleiben. »Hast du das gehört?« Er drehte sich zu ihm hin.

Maladin spitzte die Ohren, doch nach einer Weile schüttelte er den Kopf.

»Mir war, als …«

Porky rührte sich auf seiner Schulter, gab ein leises Grunzen von sich. Seine innere Unruhe schien sich auf sein Schultertier zu übertragen.

»Ruhig, mein Kleiner, ich pass schon auf dich auf«, beruhigte ihn Kupferbart mit sanfter Stimme. Daraufhin lauschte er abermals und runzelte die Stirn. Da war doch etwas, oder? Es klang wie … Mit einem Mal machte Porky einen Satz von seiner Schulter, landete unbeholfen auf dem Boden und lief – sofern man bei einem Flugmeerschwein dieses Umfangs von Laufen reden konnte – um die Ecke vor ihnen.

»Wo willst du hin?«, rief ihm Kupferbart hinterher. »Bleib stehen!« Er rannte los, dicht gefolgt von Maladin.

Das kleine Tierchen war überraschend flink auf den Beinen, flitzte derart behände um die Ecken, dass Kupferbart nur noch den gekringelten Schwanz seines Schultertieres zu sehen bekam. Und während sie Porky verfolgten, wurde das Geräusch, das der Kapitän wiederholt vernommen hatte, immer klarer. Es handelte sich um … Vogelgezwitscher.

»Porky!«, rief Kupferbart in die Dunkelheit. Ein fernes Grunzen antwortete, das sich plötzlich in ein erschrockenes Quieken verwandelte. Etwas war geschehen. Kupferbart wurde schneller, rannte dem Geräusch nach, bog um eine Ecke … und erstarrte. Vor ihm auf dem Boden hockte ein verängstigter Porky und über ihm …

»Ah, Kupferbart, haben wir dich endlich gefunden.« Vogelbart und Baumbart befanden sich im Gang vor ihnen und versperrten den Weg. Vogelbart kauerte am Boden und hielt Porky fest. Der kleine Vogel, ihr gemeinsames Schultertier, guckte aus einem Astloch in Baumbarts Bart und zwitscherte frech.

»Und sieh nur, wer uns zugelaufen ist, dein süßes Schultertier. Du willst es doch sicher wieder zurückhaben … verdammt, ist der schwer.« Vogelbart scheiterte beim Versuch, Porky hochzuheben, daher blieb sie am Boden hocken und holte einen Dolch hervor.

»Lass Porky in Ruhe«, knurrte Kupferbart und griff an seine Hüfte.

Doch der Säbel, der sich dort befinden sollte, lag in viele Teile zersprungen am Boden vor El Materens Gedenkstätte. Mit dem Dolch hatte es keinen Sinn, in die Offensive zu gehen, und von Maladin wusste er, dass der keine Waffen bei sich trug, er war nicht gerade eine Kämpfernatur.

»Wir sind euch von der Stadt bis zum Friedhof gefolgt und haben euer Gespräch mit dem Totengräber belauscht«, sagte Baumbart mit seiner tiefen Stimme, die auch ohne Nachdruck bedrohlich klang. »Anscheinend hatten wir dieselbe Vermutung, was den Standort eines Schlüsselteils angeht. Und, hattet ihr Erfolg?« Sein Lächeln ließ vermuten, dass er die Antwort bereits kannte.

»Geht dich nichts an«, antwortete Kupferbart ausweichend, dem in diesem Moment nichts Schlagfertigeres einfiel. Besorgt beobachtete er sein zitterndes Schultertier, das von Vogelbart auf den Boden gedrückt wurde, während sie ihm den Dolch an die Kehle hielt. Im Geiste begann er alle Optionen durchzugehen, die ihm in der derzeitigen Situation zur Verfügung standen. Keine davon wirkte vielversprechend. Porky oder die Schlüsselteile, darauf würde die Entscheidung wohl hinauslaufen. Vogelbart und Baumbart waren ehrenhafte Piraten, soweit man das von Pendelpiraten behaupten konnte. Wenn er einen Handel mit ihnen einging, würden sie ihr Wort halten.

»Oh, ich glaube doch«, redete Baumbart weiter. »Die Schlüsselteile gehen uns alle etwas an, denn ihr Besitz entscheidet über den nächsten Piratenkönig. Wenn du sie uns gibst, bekommst du dein Schultertier unbeschadet zurück, das verspreche ich dir.« Er schaute Kupferbart abschätzend an.

»Willst du das wirklich tun?«, fragte Maladin zweifelnd mit leiser Stimme an Kupferbart gewandt. »Die Schlüsselteile gegen Porky eintauschen? Es steht viel auf dem Spiel.«

»Ja, Porky steht auf dem Spiel«, murrte Kupferbart und blickte in die verängstigten Augen Porkys. Er seufzte und sagte zu Baumbart: »Na schön, ihr könnt die Teile haben. Aber wehe, Porky wird auch nur ein Haar gekrümmt.«

Baumbart nickte zum Einverständnis. Vogelbart versuchte ein zweites Mal, Porky hochzuheben, scheiterte aber erneut kläglich. »So, wie du ihn überfütterst, wirst du ihn wohl bald selbst auf dem Gewissen haben«, meinte sie kopfschüttelnd.

»Du kannst mir mal den Buckel runterrutschen«, knurrte Kupferbart geistesabwesend, während er in seinem Mantel nach den Teilen kramte. Plötzlich hörte er ein leises *Plopp* und als er aufblickte, war Vogelbart verschwunden. Auf einmal spürte der Kapitän etwas seinen Rücken entlanggleiten und mit einem »Aua!« hinter sich auf den Boden aufschlagen.

»Entschuldigung«, sagte Maladin kleinlaut.

Kupferbart reagierte sofort. Geistesgegenwärtig drehte er sich um, zog Vogelbart hoch und nahm sie in den Würgegriff. »Gut gemacht, Maladin«, sagte er in Richtung des Achtel-Dschinns schielend. »Und jetzt drehen wir den Spieß um«, erklärte er Baumbart und grinste hämisch. Porky, von Vogelbarts Umklammerung befreit, kam behäbig angetrottet und versteckte sich grunzend und schnüffelnd hinter seinen Beinen.

»Tu Vogelbart nichts!«, rief Baumbart erschrocken und hob seine Hände.

Kupferbart genügte das als Signal, dass er nichts Dummes oder gar Leichtsinniges plante. »Werd ich nicht«, knurrte er bestimmt. »Im Gegenteil, ich werde sie sogar freilassen, sobald ich deine Schritte nicht mehr höre.« Er deutete Baumbart mit seinem Kopf, zu verschwinden. »Hau ab und wenn ich sicher bin, dass du weit genug weg bist, kann Vogelbart gehen. Aber keine Tricks.« Als Zeichen des guten Willens lockerte er seinen Griff um Vogelbart ein wenig.

Baumbart kniff seine Augen zusammen und starrte ihn misstrauisch an.

Kupferbart erwiderte den Blick entschlossen.

Das wortlose Blickduell dauerte nicht lange, denn Baumbart sah rasch ein, dass er verloren hatte, und gab sich geschlagen. »Ich gehe«, erklärte er nur und verschwand nach einem letzten Blick über die Schulter in der Dunkelheit.

Sie warteten eine Weile, in der sich Vogelbart immer wieder unter Kupferbarts Griff wand und unentwegt deftige Flüche ausstieß, die einer Piratenkapitänin alle Ehre machten. Als die Echos der Schritte verklungen waren, verlangte Kupferbart von Vogelbart, einen Moment still zu sein. Dann fragte er Maladin: »Hörst du noch was?«

Maladin lauschte konzentriert, bevor er den Kopf schüttelte. »Nein. Scheint sich tatsächlich vom Acker gemacht zu haben.«

Kupferbart stieß Vogelbart von sich und sagte: »Jetzt bist du dran, verschwinde. Am besten in Richtung Ausgang, du hast ja gehört, was der Totengräber gesagt hat. Die Flair Bitch geht hier um.«

Vogelbart warf ihm noch einen hasserfüllten Blick zu, bevor sie sich davonmachte – in dieselbe Richtung, in die auch Baumbart verschwunden war.

Dirty marschierte hinter Instania her, während sie sich stetig auf den Ausgang zubewegten. Von den Markierungen, die sie an den Wänden gesetzt hatten, hielt sie nicht viel. Immer wieder musste er ihren eingeschlagenen Weg berichtigen. Das eine oder andere Mal blieb sie erschrocken stehen, da sie vermeintliche Geräusche gehört hatte, doch Dirty vernahm nichts davon und schüttelte wiederholt seinen Kopf. So kamen sie dem Ausgang der dritten Ebene mit jeder Abzweigung näher. Abermals stoppte Instania vor einer Kreuzung und lauschte in die Dunkelheit, doch dieses Mal hörte auch Dirty etwas.

»Schritte«, knurrte er und bereitete sich auf eine Konfrontation vor. Er legte seine Hand auf die Axt und wartete angespannt. Was auch immer sich da nähern mochte, würde bald unfreiwillig Bekanntschaft mit seiner Waffe schließen.

Instania drückte sich an die Wand und starrte mit weit aufgerissenen Augen in die Richtung, aus der sie die Geräusche vernahmen.

Die Schritte kamen näher und plötzlich schoss ein großer bärtiger Mann um die Ecke. Er erstarrte und glotzte Instania an. »Die Flair Bitch!«, kreischte er unvermittelt panisch, nackte Angst stand ihm ins Gesicht geschrieben. Die Schockstarre währte jedoch nur einen Augenblick, dann riss er seinen Körper herum und rannte davon.

Instania drehte sich erschrocken um und starrte an Dirty vorbei in den Gang hinter ihnen. Dann runzelte sie die Stirn. »Da ist doch niemand außer uns.« Sie schürzte nachdenklich die Lippen, darauf wanderten ihre Brauen nach oben. »Hat der Kerl etwa mich als Flair Bitch bezeichnet?«

Dirty sah in Instanias fragendes Gesicht und schmunzelte. »Scheint so«, gab er trocken zurück.

Sie starrte einen Moment lang verwirrt ins Nichts, worauf sich ihre Miene alsbald aufhellte. »Oh«, sagte sie. »Meinte er etwa, dass ich … Flair habe?«

Dirty rollte mit den Augen, klatschte sich die Hand vor die Stirn, schnaufte durch und antwortete nur: »Gehen wir einfach weiter.«

Kupferbart wartete mit Maladin direkt vor dem Abstieg zur dritten Ebene der Katakomben auf Instania und Dirty. Nach einer Weile bemerkte er den nachdenklichen Blick Maladins, den er Porky zuwarf. Falls sein Schultertier es mitbekam, ließ es sich zumindest nichts anmerken, friedlich grunzend träumte das Flugmeerschwein vor sich hin.

»Was ist?«, fragte Kupferbart argwöhnisch und kreiste vorsichtig die Schulter, auf der Porky schlief.

»Vielleicht solltest du Porky wirklich auf Diät setzen. So kugelrund, wie der ist, kann das nicht gesund sein. Für ihn und für dich«, sagte Maladin und blickte Kupferbart belehrend an.

»Sein Gewicht hat ihm vorhin das Leben gerettet«, verteidigte der Kapitän sein Schultertier. »Es macht ihn entführungsresistent.«

»Und dich macht es krumm.«

Kupferbart knurrte nur und rollte wieder seine Schulter.

»Drei oder vier Mahlzeiten weniger würden schon genügen, denke ich. Damit wäre euch beiden geholfen«, ließ Maladin nicht locker.

»Mhm«, brummte Kupferbart und nickte langsam. »Auf drei oder vier Mahlzeiten in der Dekande könnte Porky wohl verzichten.«

»Ich meinte pro Tag.«

Kupferbart kniff seine Brauen zusammen und starrte ihn böse an. Daraufhin wandte er sich demonstrativ ab, doch ließ es sich nicht vermeiden, Maladins grinsendes Gesicht aus den Augenwinkeln zu bemerken. Kurz darauf tauchten auch Dirty und Instania auf.

»Was ist denn mit deinem Gesicht?«, rief Maladin erstaunt beim Anblick Instanias aus, doch Dirty legte seinen Zeigefinger auf den

Mund und der Achtel-Dschinn verstummte mit einem Schmunzeln, während Instania ihn fragend anblickte.

Kupferbart musterte erst seine Folterfrau bevor er Dirty anstarrte und daraufhin den Kopf schüttelte. »Gehen wir nach oben, ich bin nicht gerade versessen darauf, eine weitere unheimliche Begegnung hier unten zu erleben.«

Nur wenig später traten sie in die mondbeschienene Nacht hinaus, wo der Totengräber ein Stück vom Eingang entfernt mit einer Laterne auf sie wartete. Sie schritten auf ihn zu, und als er ihrer gewahr wurde, drehte er sich um.

Auf einen Schlag wurde er ganz bleich. »Ihr habt die Flair Bitch tatsächlich gefangen«, raunte er heiser und glotzte Instania dabei fassungslos an.

Instania klimperte verzückt mit ihren Wimpern und zwirbelte geschmeichelt eine Haarsträhne durch ihre Finger.

»Ja«, erklärte Dirty flüsternd und zog den Totengräber ein Stück zur Seite, damit Instania ihn nicht hören konnte. »Die Flair Bitch hat von unserer Freundin Besitz ergriffen.«

»Ich verstehe«, flüsterte der Totengräber zurück. »Haltet sie fest, dann schlage ich ihr mit meiner Sense den Kopf ab.«

Kupferbart, der das Gespräch mitbekommen hatte, schritt schnell dazwischen und hob abwehrend die Hände. »Nein«, sagte er, überlegte kurz und senkte die Stimme. »Wir nehmen sie mit und treiben ihr an einem sicheren Ort den Geist aus, damit er dort für immer gefangen bleibt.«

Der Totengräber gaffte ihn einen Moment lang an, bevor er anerkennend nickte. »Ihr seid wahrhaft fähige Geisterjäger. Die Roten Ritter können sich glücklich schätzen, wenn ihr ihnen beitretet.«

»Werden wir ihnen ausrichten, wenn wir sie sehen«, murmelte Kupferbart und gab der Mannschaft Zeichen, abzurücken. Er verabschiedete sich noch mit einem Händedruck vom dankbaren Totengräber und verließ gemeinsam mit seiner Truppe den Friedhof.

Nachdem sie wieder den Weg in Richtung Stadt entlangwanderten, meinte der Kapitän zu seinen Begleitern: »Ich muss morgen noch mal einen Abstecher in die Stadt machen, da ich mir einen neuen Säbel besorgen muss. Und jetzt sollten wir Instania einen Waschzuber besorgen, bevor wir das Schiff betreten. Einige Matrosen sind abergläubisch.« Er blickte vielsagend in die Runde.

»Was brauche ich?«, fragte Instania verwirrt und starrte alle nacheinander an.

Dirty grinste sie an. Die Vorfreude, sie aufklären zu dürfen, stand ihm ins Gesicht geschrieben. »Du solltest deinen Kopf mal ins Wasser tauchen, deine Farben sind übers ganze Gesicht verschmiert. Damit siehst du aus wie ein Schreckgespenst.«

Baumbart rannte durch die Gänge und war schon längst zur schrecklichen Erkenntnis gekommen, die Orientierung verloren zu haben. Er war ein gestandener Mann und hatte in seinem Leben schon viel erlebt und viele Dinge gesehen. Doch die Begegnung mit diesem grässlichen Wesen, das nur die Flair Bitch aus den Erzählungen des Totengräbers gewesen sein konnte, hatte ihn völlig die Fassung verlieren lassen. Geistergeschichten, die betrunken in der Taverne erzählt wurden, gehörten bei Pendelpiraten zum guten Ton, doch selbst in eine hineinzugeraten, war zu viel des Guten. Die Dunkelheit in den Katakomben zerrte an seinen Nerven, seine Laterne flackerte und spendete nur noch einen schwachen Lichtstrahl. Bald würde sie vollends erloschen sein und ihn der beängstigenden Schwärze preisgeben. Baumbart wagte es nicht, aus vollem Hals nach Vogelbart zu rufen, um nicht die Aufmerksamkeit dieser Kreatur auf sich zu lenken. Seinen Blick hielt er beständig auf den Boden gerichtet, um der Flair Bitch nicht ins Antlitz zu starren, sollte er ihr abermals begegnen. Beim nächsten Mal würde sie ihn mit Sicherheit verzaubern, wenn sie das Opfer, das sie bei sich mitgeführt hatte, erst mal umgebracht hatte.

Immer tiefer lief er in die Katakomben hinein, immer zerfallener wirkten die Grabnischen, an denen er vorbeikam. Nach unzähligen weiteren Ecken meinte er plötzlich, ein schwaches Glimmen vor sich im Gang zu sehen. Der Ausgang? Vielleicht auch Vogelbart, die nach ihm suchte. Ein Hoffnungsschimmer regte sich in ihm und Baumbart bewegte sich vorsichtig darauf zu. Die Hoffnung schwand umgehend wieder, denn es war kein Licht von Laternen. Es war ... ein rötliches Glühen. Angst und Neugierde stritten in ihm, und die Neugierde gewann. Vielleicht war er hier unten auf einen unentdeckten Schatz gestoßen? Das wäre ein außerordentlich glücklicher Zufall, doch Piraten wie er liebten die Schatzsuche. Noch eine Abzweigung und er würde zu Gesicht bekommen, was da vorne auf ihn wartete. Baumbart blieb stehen und lauschte. Die Geräusche, die vom Ort des Lichtscheins zu ihm herüberdrangen, beängstigten ihn. Ein Schatz machte keine röchelnden und keuchenden Atemzüge. Doch es gab kein Zurück mehr, er musste wissen, was da vorne lauerte. Er zog seinen Säbel, obschon er nicht erwartete, dass dieser ihm gegen ein übernatürliches Wesen viel nützen würde. Noch ein paar weitere Schritte, dann bog Baumbart um die Ecke und erstarrte. Sein Schrei hallte durch die dunklen Gänge der Katakomben, bevor er abrupt endete.

Am nächsten Tag stand Kupferbart an Deck und begutachtete seinen neuen Säbel, während die Mannschaft die Flautilus zum Ablegen bereitmachte. Es war ein Säbel aus der Schmiede von Mattori Mando, einem der berühmtesten Schmiedemeister von Shan Lon. Einige seiner besten Erzeugnisse waren Teil von blutigen Geschichten, in denen die Schwerter – aus Rache geschwungen – unzählige Leiber wie Butter durchschnitten hatten. Der Säbel hatte ihn viele Goldstücke gekostet, doch Kupferbart fand, dass er jede Münze wert war. Sollte er eines Tages wieder auf Silberbart treffen ...

»Alles bereit, Kapitän«, sagte Brenden und stellte sich neben ihn. »Wohin soll es gehen?«

Kupferbart riss sich von seinem Säbel los und überlegte. »Ich habe da einen Verdacht, wo das nächste Schlüsselteil zu finden sein könnte.« Er blickte Brenden an. »Es ist nur eine Vermutung, doch sollte sie zutreffen, so liegt auch der Weg zu den übrigen Teilen klar vor uns.«

»Welcher Kurs?«, fragte Brenden neugierig und grinste.

Kupferbart sah auf den Fluss hinaus, der sie aus der Stadt führen würde und nickte bedächtig. »Nach Süden, zum Stillwasser. Und dann Richtung Westen, nach Sandazaar. Statten wir den Ixe'Dirab einen Besuch ab.«

Waynesguard sah sich im Konferenzsaal des Rates der Zwölf um. Vertreter aller Länder der freien Staaten waren anwesend, von einigen auch zwei oder drei, was ihn nicht weiter verwunderte. Das Angebot von König Shargor, das zu überbringen Waynesguard nach Pendropolis verschlagen hatte, war zu verlockend, um nicht vernommen zu werden. Er blickte gütig lächelnd in das Gesicht eines jeden Vertreters, die alle auf ihren eleganten, gepolsterten Bänken aus Aboradeem-Schwarzholz saßen und heftig miteinander diskutierten. Das Licht des Tages schien durch die hohen Buntglasfenster in den marmorierten Raum und würde ihn bald in ein warmes, farbiges Spektrum tauchen, wenn die Abendröte einsetzte. Das Podium, auf dem er Stellung bezogen hatte, war in der Mitte der in einem Halbrund aufgestellten Bänke platziert. Dies gestattete ihm, alle Vertreter zu beobachten, ohne seinen Kopf zu sehr drehen zu müssen. Die Gesten der Anwesenden waren intensiv, doch keinesfalls ablehnend. Aus dem Gemurmel auf den Bänken vermochte er nichts herauszuhören, doch er war sicher, dass sich nur wenige misstrauische Meinungsaustäusche darunter befanden. Die Mehrheit wirkte begierig, das Angebot anzunehmen.

Waynesguard hatte vom König persönlich den Auftrag erhalten, nach Pendropolis zu reisen und den freien Staaten sein Angebot zu unterbreiten. Seine diskrete und effektive Arbeit in Midringham war dem König nicht entgangen, mit der Waynesguard sein Vertrauen gewonnen hatte.

Er sah, wie ein dunkelhäutiger Vertreter von Wantane, gewandet in einen traditionellen Umhang in Rot, Gold und Blau, seine Tafel hob, mit der er Sprecherlaubnis begehrte. Der Vorsitzende der freien Staaten, der in diesem Annular aus Paraltea stammte, dem nordwestlich gelegenen Staat, gewährte sie ihm. Paraltea, das an das Herzogtum Sud Apsbean und damit an Sheagranor angrenzte, pflegte schon immer gute Handelsbeziehungen mit dem Königreich, was Waynesguard durchaus zugutekam. Er hatte im Vorfeld mit dem Vorsitzenden das Angebot besprochen, der es mit Wohlwollen aufgenommen hatte. Doch nun richtete Waynesguard seine Aufmerksamkeit auf den Vertreter von Wantane.

»Das Angebot von König Shargor klingt verlockend«, begann der dunkelhäutige Mann in der Allgemeinsprache, die mit einem schweren Akzent unterlegt war. »Doch warum sollte er das Wissen Sheagranors über landwirtschaftliche Belange so freimütig teilen und sogar Experten in die freien Staaten zu schicken bereit sein, ohne etwas davon zu haben? Ich vermag kaum zu glauben, dass das Königreich derart uneigennützig agiert und sich selbst seiner wirtschaftlichen Vorteile berauben würde. Es muss einen Haken geben.«

Waynesguard lächelte, natürlich hatte er mit diesem Einwand gerechnet. »Ich kann Eure Bedenken verstehen, verehrter Abgesandter, und Ihr habt recht, Sheagranor erwartet sich dafür selbstverständlich Gegenleistungen.«

»Aha«, posaunte einer der zwei Vertreter von Karisteon heraus, das an der Ostküste der freien Staaten lag. Eine harsche Geste des Vorsitzenden stellte ihn jedoch sofort wieder ruhig.

Waynesguard breitete die Arme aus. »Keine Sorge, meine verehrten Abgesandten, die erwähnten Gegenleistungen stellen keineswegs unerhörte Forderungen dar. Im Gegenteil, sie werden den Handel zwischen dem Königreich und den freien Staaten sogar noch intensivieren.« Er ließ einen vertrauensvollen, ja, nahezu wohlwollenden Blick über die Abgesandten schweifen, bevor er ausholte. »Das Königreich ist spezialisiert im Bereich der Landwirtschaft, vornehmlich der Viehzucht, wie allen Anwesenden bekannt sein dürfte. Die weitläufige, sanfte grüne Landschaft prädestiniert das Königreich geradezu zu solch einer wirtschaftlichen Ausrichtung. Doch im Gegenzug erweisen sich andere Gewerbe und Handwerksberufe aufgrund mangelnder Ressourcen und auch mangelnder Expertise als gering ausgeprägt. Zu gering. König Shargor strebt danach, dies zu ändern, um seinem Volk ein breiteres Spektrum an Entwicklungsmöglichkeiten feilbieten zu können. Mit dieser Tatsache hat sich der König intensiv auseinandergesetzt und ist zum Entschluss gekommen, dies nur mit Hilfe der freien Staaten bewerkstelligen zu können.« Waynesguard senkte die Augenlider und ließ einen Hauch von Demut in seiner Stimme mitschwingen. Schmeicheleien wirkten bei ranghohen Vertretern stets, wie er nach einem Blick in die Runde mit Genugtuung feststellen konnte.

Dann fuhr er fort: »Und aus diesem Grund hat sich König Shargor bereit erklärt, das Wissen des Königreichs den freien Staaten darzubieten, um ihre Produktion im landwirtschaftlichen Bereich zu modernisieren und zu erhöhen. Im Gegenzug – und hier kommt der sogenannte Haken, wie es der ehrenwerte Abgesandte auszudrücken pflegte – erwartet sich der König bessere Handelsverträge.« Ein Raunen und darauffolgendes Gemurmel schwappte über die Anwesenden, denn nun wandte sich die Diskussion dem Wesentlichen zu. Geld. Waynesguard hob eine Hand, um die Aufmerksamkeit wieder auf sich zu lenken. »Es geht um bestimmte Ressourcen, die benötigt werden, um dem Königreich zu ermöglichen, die mangelhaft ausgeprägten Gewerbe zu stärken. Eine Liste wurde dem Vorsitzenden bereits übergeben, und keine Sorge, sie erweist sich nicht als ausufernd lang.« Er lächelte wissend, um aufkommende Sorgen über Handelsnachteile zu besänftigen. »Ich vermute, einige der Anwesenden werden bereits zu kalkulieren begonnen haben, ob sich dieser Handel denn für ihr Land rechnet. Doch ich kann garantieren, dass jeder einzelne Staat davon profitieren wird. Es geht nicht nur um vorteilhaftere Preise, sondern auch um eine Steigerung des Handelsvolumens. Und wenn die verehrten Abgesandten die Vorteile aus dem erhaltenen Wissen für den eigenen Landwirtschaftssektor hinzurechnen, werden alle Staaten eine positive Bilanz zu ziehen vermögen. Davon bin ich überzeugt.« Abermals breitete Waynesguard seine Arme aus und ließ den Blick über die Anwesenden schweifen. »Zusammengefasst bedeutet das Angebot von König Shargor mehr Handel, mehr Unabhängigkeit und mehr Wachstum für ganz Zentralika. Ich bin zuversichtlich, dass die ehrenwerten Abgesandten in ihrer anschließenden Beratung zu demselben Schluss kommen und eine weise Entscheidung betreffend das Angebot beschließen werden. Auf ein gesundes Wachstum für alle.« Er lächelte und beendete seine Ausführungen. Daraufhin verließ er das Podium und wandte sich der großen Doppeltür zu. Die Vertreter der freien Staaten sollten ruhig eine Weile miteinander diskutieren. In Waynesguard regte sich kein Zweifel daran, das Ergebnis der Abstimmung bereits zu erahnen. Denn er war zuversichtlich, dass König Shargors Plan schon bald Früchte tragen würde.

5 - BEI DEN IXE'DIRAB

Nach Sandazaar

Pekputpuk saß angespannt auf dem erhabenen Thron in seinem großen, runden Thronsaal voller Säulen und Statuen und betrachtete seit mittlerweile fünf Tagen den Gegenstand auf dem Pult vor sich. Einige Diener befanden sich in seiner Nähe und Wachen waren an den drei Ausgängen postiert, doch niemand wagte es, einen Laut von sich zu geben. Pekputpuk benötige absolute Stille für seine Anstrengungen, denn er hatte eine schwierige Entscheidung vor sich. Als Oberster Ignorant der Ixe'Dirab war es seine Aufgabe, ja, seine Pflicht, zu beurteilen. Denn nur sein Urteil war würdig, in den Teich des Basiswissens aufgenommen zu werden und unwiderruflich für alle Zeit in den Köpfen seines Volkes verankert zu sein. Mit seinem Blut, das ihm jede Dekande abgenommen und dem Teich hinzugefügt wurde. Er betrachtete die Formen des Gegenstands, die Verzierungen, die Zeichen darauf. Es war eine schwierige Entscheidung.

Eine Tür öffnete sich krachend und Pekputpuk zuckte hoch.

»Oberster Ignorant!«, rief Nilukwek, sein persönlicher Wahrer der Ignoranz, schon von Weitem und kam auf ihn zugelaufen.

»Was ist? Siehst du nicht, dass ich beschäftigt bin? Es geht um die Zukunft unseres Volkes«, sagte Pekputpuk verärgert und starrte den Wahrer an, als er vor ihm zum Stehen kam.

Nilukwek warf einen raschen Blick auf den Gegenstand, bevor er aufgeregt weitersprach: »Das ist fürwahr möglich, doch ich kann es Euch nicht sagen, Ihr müsst es mit eigenen Augen sehen und ein Urteil darüber fällen. Bitte begleitet mich umgehend zu den Gelegehallen.«

Pekputpuk zeigte ein finsteres Gesicht und warf noch mal einen Blick auf den Gegenstand, bevor er seufzte. »Also schön. Doch wehe, es ist nicht wichtig. Träger, bringt mich zu den Gelegehallen.« Sein Körper war für Denkvorgänge geformt worden, körperliche Tätigkeiten hatten für ihn absolut keine Priorität, das überließ er dem niederen Volk.

Die vier schlanken Träger, die verteilt um seinen runden Elfenbein-Thron mit der ebenfalls runden Einbuchtung standen, in der er saß, hoben ihn mitsamt dem Thron an den kurzen Stangen hoch. Schwankend setzte sich die Prozession in Bewegung.

Als sie am Gegenstand auf dem Podest vorbeimarschierten, warf Pekputpuk einen letzten Blick darauf. Seine Augen weiteten sich. »Stopp! Sofort!«, rief er und die Träger gehorchten augenblicklich. Er beugte sich zur Seite, was die zwei dortigen Träger mit leisem Stöhnen kommentierten, und starrte den Gegenstand an. Seine volkstypisch blauen Augen verengten sich, dann nickte er zufrieden und traf eine weitere folgenschwere Entscheidung für die Zukunft der Ixe'Dirab: »Diese Vase ist hässlich.«

Kurze Zeit später betraten sie die Gelegehalle in Tak'Me'Hak, die nur wenige Straßen vom Palast des Obersten Ignoranten entfernt lag. Es war ein großes Gebäude, das aus mehreren runden, verbundenen Kuppeln bestand. Unter jeder der auf künstlichem Wege hell erleuchteten Kuppeln, in denen eine glühende Hitze herrschte, standen unzählige kleine, dünne Bettchen Reihe um Reihe aufgestellt. Jede Kuppel war einer Brüterin zugeordnet, wodurch die Brut- und Wachstumszyklen koordiniert und kontrolliert abliefen. Alles war geregelt, genau so, wie es die Eivolution verlangte.

»Was soll ich mir ansehen?«, fragte Pekputpuk schnaufend, der vom vielen Hin- und Herwanken vollkommen erschöpft war. Seine Träger unter ihm gaben keinen Laut von sich, was von ihrer tragenden Rolle jedoch auch erwartet wurde.

»Die Jungen hier, seht sie Euch an«, erklärte Nilukwek aufgeregt und zeigte auf die erste Reihe der Bettchen, in denen winzige Ixe'Dirab-Kinder von mattweißer Hautfarbe lagen. Ihre Gliedmaßen waren erst in geringem Maße ausgeprägt, die Gesichtszüge nur schemenhaft auszumachen.

Doch etwas erregte blitzartig Pekputpuks Aufmerksamkeit, als er in eines der Bettchen hineinblickte und ihm ein Kind mit merkwürdig ruhigem und wachsamem Blick entgegenglotzte. »Ihre Augen«, verkündete er erstaunt.

»Genau, ihre Augen«, bestätigte Nilukwek seine gewonnene Erkenntnis.

Er wollte keine vorschnellen Urteile fällen, was eine Katastrophe für sein Volk nach sich ziehen konnte, doch in diesem Fall schien der Sachverhalt eindeutig zu sein. »Sie ... sind rot.«

»Erst vermuteten wir, eine Brüterin hätte eine seltsame Art von Krankheit, und wollten das Gelege bereits im Frühstadium entsorgen, doch bei den Kindern einer weiteren Brüterin trat dasselbe Phänomen auf.«

Pekputpuk blickte verärgert vom Bettchen auf. »Und warum kommst du damit erst jetzt zu mir? Diese Kinder müssen schon um die zehn Dekanden alt sein. Eine derartige Absonderlichkeit hätte doch früher auffallen müssen«, schimpfte er und warf einen bösen Blick hinab auf den Wahrer.

Doch Nilukwek nahm die Anschuldigungen nicht an. »Eine weitere Besonderheit, Eure allerhöchste Ignoranz. Seht auf die Tafel am Bett«, sagte er nur mit sorgenvoller Miene.

Der Oberste Ignorant senkte seinen Blick und betrachtete die Tafel, die den Namen der Brüterin, letzten Entnahmezeitpunkt des genetischen Materials und Zeitpunkt des Schlüpfens angab. »Das Schlüpfen war ... vor einer Dekande«, stellte er verwirrt fest. Sein Mund blieb offen stehen, als ob mehr Worte vorhatten, herauszuströmen, sich jedoch unterwegs verirrten. Das alles war ausgesprochen absonderlich und bedenklich. Auf mehr Informationen als diese Hinweise seiner Untergebenen durfte er als Oberster Ignorant nicht hoffen, fremdes Wissen war ihm nicht erlaubt, sich zu eigen zu machen. Nach einem Blick ins Gesicht des Wahrers kam er jedoch zum Schluss, dass auch niemand mehr darüber zu wissen schien. Pekputpuk dachte lange nach, die Träger unter ihm begannen mit der Zeit, sich unruhig zu bewegen, was er mit einem verärgerten Schnauben quittierte. Schlussendlich schürzte er die schmalen Lippen. Wenn es nicht an den Brüterinnen lag ... »Bringt mich zum Teich des Basiswissens!«, befahl er den Trägern, und nur einer von ihnen erlaubte sich ein kurzes Aufstöhnen.

Am Teich angekommen, der sich unter dem Palast befand, hieß Pekputpuk die Träger an, den Thron zu Boden zu lassen, da ihn vom Geschwanke eine aufziehende Übelkeit zu plagen begann. Nilukwek war ihm hierher gefolgt und gemeinsam starrten sie nun auf den Teich. Er konnte auf den ersten Blick nichts Ungewöhnliches entdecken, außer einer störenden Glaslampe, die in einer Ecke auf der anderen Seite des Teiches ohne ersichtlichen Grund schwach flackerte. »Entfernt diese Lampe, diese Unruhe stört mich beim Nachdenken«, gebot er harsch, und einer der Träger lief rasch hin, nahm sie aus der Halterung und brachte sie aus dem Raum. Dann sah er es. Dort, in der jetzt abgedunkelten Ecke war es nicht so dunkel, wie es hätte sein sollen.

»Was ist mit dem Teich los?«, fragte er bestürzt und in der Hoffnung, dass niemand antwortete.

Der Wahrer sah ihn von der Seite her an. »Nun, ich denke, dies herauszufinden wird Eure Aufgabe als Oberster Ignorant sein«, antwortete er tonlos.

Pekputpuk starrte ihn böse an, doch der Wahrer sagte die Wahrheit. Er war der Oberste Ignorant und das war sein Teich des Basiswissens. Nur, wo sollte er anfangen? Dieses Phänomen war noch niemals zuvor einem Obersten Ignoranten begegnet, es gab kein Vorwissen. Pekputpuk hatte keine Anhaltspunkte, nicht den leisesten Schimmer, abgesehen von diesem da vorne, dem zaghaften roten Schimmer, der aus dem Teich drang.

Die Flautilus verließ einige Tage, nachdem sie in Pendropolis abgelegt hatte, den Kreuzwasser und segelte nun den Stillwasser entlang nach Westen. Der Zollaufenthalt in Braemina, der Hauptstadt von Kalumbria, verlief reibungslos und vor allem kostengünstig. Sie hatten in Pendropolis ein Fass Trockenfleisch besorgt, von dem ein paar große Stücke zufällig in eine Kiste gefallen waren, die sie dem Zöllner überreichten. Erst nach mehrfachem Drängen und intensivem Augenzwinkern erinnerte sich der Zöllner, dass es seine eigene Kiste war, und gut gelaunt verließ er die Flautilus, ohne Liegegebühr zu kassieren.

Zwei Tage später stand Kupferbart breitbeinig an der Reling und sah nach unten, beobachtete die Männer, die in einem der beiden

Tretbeiboote saßen und Tempo machten. Die Tretbeiboote, auf jeder Seite eines, bestanden aus einem ausgehöhlten, ausklappbaren Baumstamm, auf der Vorderseite wie der Schiffsbug zugespitzt. Ein Schaufelrad am hinteren Ende wurde mit Pedalen über Riemen und Zahnräder angetrieben. Die Vorrichtung war unkonventionell, doch war es der Mannschaft allemal lieber als den ganzen Tag auf Ruderbänken zu sitzen. Einige murrten zwar gelegentlich, doch mussten sie jetzt, da die westliche Pendelwende nahte, gegen die Strömung anfahren, weshalb die Beinarbeit unerlässlich war. Überdies war in jedem Tretbeiboot ein Fass Rum gelagert, sodass sich die meisten Piraten freiwillig meldeten.

Der Kapitän beobachtete den Waldrand, der an Backbord an ihnen vorbeizog – die Grenze zum grünen Imperium. Der Stillwasser trug seinen Namen nicht ohne Grund. Im Osten und Westen Zentralikas, bevor man die beiden Meere erreichte, musste jedes Schiff knapp an der Baumgrenze vorbei, die das Reich des grünen Imperiums vom Rest des Kontinents abgrenzte. Die unheimliche, nicht mit Blicken zu durchdringende Dunkelheit machte den Seeleuten Angst, denn besorgniserregende Geschichten über das Reich und die Aboradeem wurden erzählt. So soll kein Mensch, der das Reich betreten hatte, ob willentlich oder unbeabsichtigt, jemals wieder daraus zurückgekehrt sein. Niemand wusste, was für grauenhafte Dinge in diesem Wald geschahen. Daher herrschte üblicherweise eine bedrückende Stille auf den Schiffen, bis sie daran vorbei waren, was dem Fluss seinen Namen gab. Nun, auf allen anderen Schiffen zumindest, denn diese anderen Schiffe hatten nicht Instania an Bord. Ein weiterer Grund, warum die meisten Männer es bevorzugten, in den Tretbeibooten zu sitzen.

Brenden, der bisher das Schiff gesteuert hatte und nun eine wohlverdiente Pause einlegte, trat an seine Seite. Er stemmte seine Unterarme auf das polierte Holz der Reling und starrte wie Kupferbart auf die grüne Wand. »Wir nehmen eine ganz schön lange Reise und auch so manche Gefahr auf uns, um diesen ominösen Schatz zu finden«, sagte er nach einer Weile.

Kupferbart nickte, dann klimperte er mit seiner Manteltasche, in der sich die zwei Schlüsselteile befanden. »Der Erfolg gibt uns recht, wie du hörst«, grinste er. »Und wenn ich recht habe mit meiner Vermutung, wo die Teile liegen, dann steht uns nur noch eine weitere Weltdurchquerung bevor. Danach geht es ab zur Pirateninsel, um von Damenbart den Fundort des Schatzes zu erfahren. Und danach sind wir alle reich.«

Brenden lachte auf. »Ja, reich ... und mächtig.« Er schielte ihn schelmisch grinsend an. »Du und Piratenkönig. Wenn ich das noch erlebe, lass ich mehr als nur eine Runde für die Mannschaft springen.« Er stieß Kupferbart mit dem Ellbogen an.

Der Kapitän hob belehrend einen Finger. »Aber gib nicht deinen ganzen Anteil für die Mannschaft aus. Wenn es so weit ist, besitzt jeder einzelne genug Gold, um sich ordentlich und dekandenlang volllaufen zu lassen. Und noch mehr.« Dann drehte er sich zu Brenden hin. »Was hast du eigentlich mit deinem Anteil vor? Ich meine, abgesehen davon, der Mannschaft Runden zu spendieren.« Er grinste.

Brenden blickte in den Wald und scheinbar durch ihn hindurch. »Weißt du, da gibt es so ein Mädchen auf Secrookla. Wir kennen uns schon, seit wir klein waren. Hab ihr immer den Hof gemacht, erst spielerisch, dann wurde es ernster. Ich hab ihr versprochen, eines Tages reich zu werden und sie von der Insel herunterzuholen. Ein schönes Leben in einem hübschen Haus, vielleicht mit einem Diener oder so.« Er lächelte und schien in Gedanken versunken, dann verzog er den Mund. »Wir haben uns in den letzten Annularen nicht oft gesehen, nur bei den Gelegenheiten, wenn die Flautilus mal an der Insel angelegt hat. Beim letzten Mal war sie zumindest noch alleinstehend und meinte, sie würde auf mich warten. Doch seit damals ist ein weiteres Annular vergangen ...« Er schaute Kupferbart an. »Wenn wir den Schatz tatsächlich finden sollten, dann reise ich ohne Umwege nach Secrookla und hole sie von dort weg.«

»Wenn sie dann noch zu haben ist«, murmelte Kupferbart erst nachdenklich, bevor er Brenden angrinste und ihm freundschaftlich den Ellbogen in die Seite stieß. »Klar wird sie das sein, bist ja schließlich ein anständiger Kerl. Ich meine, abgesehen davon, dass du ein ruchloser Pendelpirat bist.«

Sie lachten, dann stieg Brenden die Treppen hinab unter Deck, um sich ein wenig auszuruhen.

Als Kupferbart wieder allein an der Reling stand, wandte er seinen Blick erst zurück zum Wald, bevor er ihn nachdenklich zum Gewässer unter sich senkte. Die Reise nach Sandazaar würde noch zwei oder drei Dekanden dauern, je nach Wind und Ausdauer in den Oberschenkeln, schätzte Kupferbart ab. Genug Zeit, um sich wieder seinem schlimmsten Erzfeind zu widmen, wenn sie erst mal auf hoher See waren. Der Kapitän knirschte mit den Zähnen, sobald er an ihn dachte: Mofo Dynn, der weiße Aal. Hunderte Fliegen hatte er in die Tiefe gezogen, unzählige Würmer brutal entzweigerissen. Seemeilen an Angelschnüren hatte ihn dieses Biest schon gekostet und sein Maul musste inzwischen über und über mit metallenen Haken verunstaltet sein. Eine Narbe zierte seinen Rücken, nachdem Kupferbart ihn bei einer Begegnung um Haaresbreite mit einer Harpune erlegt hätte. Doch dem Vieh gelang irgendwie die Flucht und sann seither auf Rache. Zumindest hatte der Kapitän das Gefühl, dass dem so war. Silberbart, seinem zweitschlimmsten Erzfeind, konnte er so gut es ging aus dem Weg gehen, doch Mofo Dynn war eine stete Bedrohung. Immer da, sobald er auf das Meer hinaus segelte. Jedes Mal, wenn er eine Angel auswarf, war ihm, als würde er kurz einen weißen, glatten Rücken im Meer auftauchen sehen. Sobald er nach einer Harpune griff, war er auch schon wieder weg, meist zusammen mit seinem Köder oder gleich der ganzen Angel. Doch eines Tages, da gab es für Kupferbart keinen Zweifel, würde er ihn erledigen und der Triumph über den weißen Aal würde ihm gehören. Der Kapitän blickte zur Angel neben sich, eine Sonderanfertigung von Huntsman & Lockhead. Er hatte sich zur Sicherheit gleich fünf davon besorgt, es konnte schließlich viel passieren. »Ja, eines Tages«, sagte er sich und lächelte voll selbstzufriedener Genugtuung in seinen Bart hinein.

»Hafen voraus!«, rief Maladin vom Krähennest herab.

»Mhm«, brummte Kupferbart nur an die Reling gelehnt. Die Sicht war an diesem nur leicht bewölkten Tag klar und der Wind eine schlaffe Brise, was bedeutete, es dauerte noch eine ganze Weile, bis sie einlaufen würden. Doch Kupferbart konnte es kaum erwarten, er war froh darüber, das Meer endlich wieder eine Zeit lang nicht sehen zu müssen. Auf dem Weg nach Tak'Me'Hak, der Hauptstadt der Ixe'Dirab, hatte er zwei Angelruten verloren. Er hätte die Hand dafür ins Maul eines Sägezahnhais gelegt, dass dieser Bastard von Mofo Dynn dahintersteckte.

Brenden schlenderte auf ihn zu und klopfte ihm auf die Schulter. »Kopf hoch, Kapitän, eines Tages wirst du ihn erwischen und dann gibt es Aalauflauf für die ganze Mannschaft«, sagte er hämisch grinsend.

»Du kannst mich mal am Ar...«, knurrte Kupferbart und unterbrach sich sofort. Er schaute hoch zu Maladin, doch der hatte zum Glück nichts mitbekommen.

Brenden zwinkerte ihm zu, dann wurde er ernst. »Das Reich der Dirabs ist riesig, wie willst du da so ein kleines Ding wie ein Schlüsselteil finden?«

Kupferbart zuckte mit den Schultern. »Weiß noch nicht. Diese Typen haben ja ihr Wissensding am Laufen. Was der oberste Herrscher weiß, wissen auch alle anderen. Wenn wir unauffällig vorgehen und vorsichtig rumfragen, vage Andeutungen zum Schlüsselteil oder El Materen machen, lässt vielleicht einer von ihnen etwas fallen. Dann kämen wir der Sache schon mal näher.«

Brenden nickte. »Ist zumindest ein Plan. Wen wirst du mitnehmen?«

Der Kapitän überlegte. »Dirty auf jeden Fall. Maladin bleibt hier. Wenn sein Dschinn-Ding dort losgeht, sammeln die Dirabs ihn vielleicht noch ein, damit der Oberste Ignorant sich eine Meinung bilden kann. Wir wollen jedoch nicht auffallen, bisher hatten wir ein gutes Einvernehmen mit den langen Weißen.«

»Ja, sie stellen keine Fragen, wenn man Beute oder Schmuggelgut verkaufen will. Praktische Sache, diese Ignoranz.« Dann kratzte sich Brenden am Kinn. »Instania würde ich auch mitnehmen. Es ist immerhin ihre Aufgabe, Dinge herauszufinden.«

Kupferbart schürzte die Lippen, dann wackelte er mit dem Kopf. »Falls die Dirabs überhaupt Notiz von ihr nehmen«, meinte er nachdenklich. »In dieser Sache hat deren Ignoranz anderen Völkern gegenüber auch wieder Nachteile. Wenn sie keinen Nutzen für sich selbst erkennen, ist nichts aus ihnen rauszukriegen.«

»Zumindest einen Nutzen hätte es, wenn du Instania mitnimmst«, sagte Brenden und blickte ihn unschuldig an. »Die Mannschaft wäre dir sehr dankbar.«

Kupferbart zog die Brauen zusammen und starrte Brenden an, doch gab er schlussendlich nach. Sein Quartiermeister marschierte auf seinen Befehl hin los, um dem Landungstrupp Bescheid zu geben. Eine ganze Weile später legte die Flautilus an einem Dock im Hafen von Tak'Me'Hak an, in dem ausreichend Wassertiefe vorherrschte, um nicht die Meeresdocks verwenden zu müssen. Als alle bereit waren, verließ die kleine Gruppe das Schiff, um die Hauptstadt der Ixe'Dirab in Augenschein zu nehmen.

Tak'Me'Hak

»Was jetzt?«, fragte Dirty, als sie am Hafen herumstanden und die Stadt betrachteten. Wie alle Städte der Ixe'Dirab war auch Tak'Me'Hak auf dieselbe Weise aufgebaut. Kleine rundliche Gebäude am Rand, die in Richtung Stadtmitte immer größer und eiförmiger wurden. Die Handwerker, Läden und öffentlichen Gebäude waren mit verschiedenfarbigen Mustern markiert, damit sowohl die Besucher der Stadt als auch die Ixe'Dirab selbst wussten, wo sie hineindurften und wo sie gefälligst draußen zu bleiben hatten. Gerade Straßenzüge führten allesamt in Richtung Stadtmitte. Im Gegensatz zu den anderen Dirab-Städten war der Sitz des Herrschers im Zentrum der Stadt jedoch nicht vielfarbig verziert, sondern funkelte aus reinem Gold. An Reichtum mangelte es den Dirabs nicht, denn die Cragolock arbeiteten umsonst in ihren Minen und verlangten dafür nur einen Teil des Randiums, das sie dort fanden. Alles andere behielten die Ixe'Dirab für sich. Es war einiges los am Hafen, der auch einen der Hauptumschlagplätze für den Handel mit dem großen dünngliedrigen Volk darstellte. Allerorts wurden Schiffe be- und entladen, Kisten aufgeladen und in die Stadt oder von dort zum Hafen gebracht. Die meisten Leute hier waren Hafenarbeiter der Ixe'Dirab, dazwischen gab es aber auch einige Menschen zu sehen. Meist Händler sowie die Mannschaften der Schiffe. Die Ixe'Dirab waren kein Seefahrervolk, daher besaßen sie keine eigenen Schiffe und überließen den Transport der Güter über den Seeweg den Menschen.

Kupferbart sah sich um. »Am besten nimmt sich jeder eine Straße vor und wir treffen uns in der Stadtmitte«, sagte er. »Und vergesst nicht: wie wir es besprochen haben, nur Andeutungen, mehr zuhören als selber reden. Wir wollen herausfinden, ob die Dirabs etwas über den Schatz oder das Schlüsselteil gehört haben, sie aber nicht darauf stoßen. Das gilt auch für dich.« Kupferbarts Blick fixierte Instania.

Es dauerte einen Augenblick, bis diese sich angesprochen fühlte. »Was, ich? Ich höre immer zu, das ist schließlich meine Aufgabe, wie du sehr wohl weißt«, sagte sie anklagend, einen belehrenden Finger rechtschaffen erhoben. »Aber ich muss dabei auch reden, sonst wissen die Leute ja nicht, was ich von ihnen will. So mache ich das doch auch sonst immer. Ich meine …«

»Sprich einfach etwas leiser«, unterbrach sie Kupferbart. »Das sollte genügen. Hoffe ich.« Den letzten Teil verschluckte er beinahe, um seine Zweifel nicht offenkundig darzulegen.

»Hmpf«, machte Instania beleidigt, wobei daraus nicht hervorging, ob sie alles verstanden hatte oder einfach nur beleidigt darüber war, nicht ihrer exzessiven Mitteilsamkeit frönen zu dürfen. Schlussendlich nickte sie aber und murmelte einige Worte, die er nicht verstand, wohl zum Beweis, dass sie auch leise sprechen konnte.

Der Kapitän seufzte und wandte sich an Dirty, der ihn schadenfroh angrinste. Kupferbart zog die Augenbrauen zusammen. »Brechen wir auf« war alles, was er noch zu sagen hatte. Danach marschierten sie getrennt voneinander los, jeder in Richtung einer der geraden Straßen, die alle zum goldenen Ei hinführten.

Kupferbart wanderte durch die Menge, die sich in der von ihm gewählten Straße Richtung Stadtmitte anstaute. Stoffhändler und exotisch riechende Lebensmittelläden säumten links und rechts den Weg, wo er sich nach den Waren und nebenbei unauffällig nach besonderen Funden erkundigte. Einem Souvenirhändler beschrieb er andeutungsweise ein Schlüsselteil und gab vor, es handele sich um ein Erinnerungsstück, das er unlängst in einer anderen Dirab-Stadt gesehen hatte. Von einem Eisenwarenhändler wollte er nach kurzem Vorgeplänkel herauskitzeln, ob die Cragolock nicht auch hin und wieder besondere Fundstücke ausgruben, die in die Städte gebracht wurden. Doch wo er auch hinging, wen er auch fragte, niemand hatte die leiseste Ahnung, wovon er sprach, oder kümmerte sich sonderlich darum. Münzen brachten bei den Dirabs nichts, um ihre Neugierde zu wecken, davon hatten sie genug. Es schien so, als wäre ein Schlüsselteil niemals ein Teil ihres … wie nannten sie es gleich … Teichs des Basiswissens geworden. Kupferbart seufzte und dachte nach, wie viel Sinn diese zeitaufwendige Fragerei damit noch ergab. Wenn diese Dirabs hier nicht Bescheid wussten, würde es in den übrigen Straßen genauso verlaufen, denn sie teilten sich ihr Grundwissen ja. Und nicht nur hier, sondern auch in den anderen Städten. Den Südwesten von Sandazaar vollständig abzugrasen, hatte er keinesfalls vor. Am ehesten war ihnen noch bei den Cragolock in den Minen ein Erfolg beschieden. Doch das würde eine lange Reise tief ins Gebiet der Ixe'Dirab bedeuten. Und wenn sie dort ankamen, war er nicht sicher, ob sie denn die Erlaubnis erhalten würden, die Minen zu betreten oder auch nur in ihre Nähe zu gelangen. Randium war ein wertvolles Metall und weder die Ixe'Dirab noch die Cragolock gaben es gerne und vor allem freiwillig her und beschützten es mit allen Mitteln. Kupferbart verzog den Mund, dann umspielte ein Lächeln seine Lippen. Wenigstens war damit die Aussicht für die übrigen Pendelpiraten, den Schlüssel zusammenzusetzen, genauso gering wie für ihn. Und vor allem bestand damit nicht die Gefahr, dass Silberbart sich jemals als Piratenkönig ausrufen konnte. Er verließ den Sandsteingut-Laden, in den er gerade einen Blick hineingeworfen hatte und wanderte Richtung Stadtmitte, um sich mit den anderen zu treffen. Er war gelinde gespannt darauf, ob ihre Suche erfolgreicher verlief, denn er bezweifelte es sehr.

Als er auf dem großen Platz ankam, blieb Kupferbart stehen und sah sich um. Der Platz war mit Säulen und Statuen des dirab'schen

Vogelgottes gepflastert und an einigen Stellen waren kleine grüne Oasen mit schmalblättrigen Büschen und palmenartigen Bäumen geschaffen worden. Die Lage am Meer verschaffte der Stadt die Möglichkeit, sich das ganze Annular über mit Wasser versorgen zu können. Eine Seltenheit auf Sandazaar. Kupferbarts Augen schweiften suchend über die Ansammlungen von Dirabs und die wenigen Menschen, doch Dirty konnte er nicht dort entdecken, wo seine Straße endete. Dann drehte er seinen Kopf in die andere Richtung, um nach Instania zu sehen, und stockte bei dem Anblick. Dort, wo die Straße, die seine Foltermeisterin genommen hatte, in den großen Platz mündete, kauerte eine große Anzahl an Dirabs im Kreis auf dem Boden und in ihrer Mitte stand … Instania. Fast wirkte es, als würden die Dirabs sie anbeten. Mit erstauntem Blick beobachtete er, wie sie ihre Oberkörper andächtig hoben und senkten und dabei die Hände auf dem Boden ausbreiteten.

Kupferbart stöhnte verzweifelt auf, bevor er sich in Bewegung setzte. Was hatte Instania diesmal wieder angestellt? Vorsichtig näherte er sich der Menge, schlich sich behutsam durch die am Boden liegenden Dirabs, darauf bedacht, auf keine Hände oder Körper zu treten, und erreichte schließlich Instania. Verwirrt und glücklich zugleich drehte sie sich im Kreis und bestaunte die am Boden kauernden Dirabs, bis sie Kupferbart entdeckte und ihre Aufmerksamkeit auf ihn richtete.

»Was hast du ihnen erzählt?«, fragte er sie leise, doch eindringlich, um das religiös anmutende Gemurmel der Dirabs nicht zu stören.

»Ich hab keine Ahnung«, begann Instania, und ein ehrfürchtiges Raunen ging durch die Menge. Wie es ihrer Natur entsprach, war es damit nicht getan. »Ich bin vollkommen unauffällig und nur leise vor mich hinredend durch die Gassen gegangen, wie du befohlen hast. Ein paar Einkäufe musste ich dann doch machen, sie haben so hübsche Dinge hier. Außerdem war ich noch nie in einer Stadt der Ixe'Dirab, also hab ich alles begutachtet, ein paar Bilder mit meinem Fingerrechteck gemacht und alles kommentiert, aber leise. Wie du befohlen hast.«

»Ja, ja«, unterbrach sie Kupferbart wie üblich, wenn er auch mal zu Wort kommen wollte. »Aber warum beten die Dirabs dich an? Das muss doch irgendeinen Grund haben, sollte man meinen.«

»Sie haben einfach angefangen, hinter mir herzulaufen«, erklärte Instania schulterzuckend. »Erst bin ich schneller gegangen, doch sie sind es auch. Darauf bin ich langsamer gegangen und sie haben dasselbe getan. Ich wollte zwar schon immer Leute haben, die mir folgen, nur ist mir das dann doch zu unheimlich geworden. Ich hab mit ihnen geredet und geredet – erst leise, wie du befohlen hast, schließlich musste ich aber doch lauter werden, sonst hätten sie mich ja nicht verstanden. Nur hat das noch mehr von ihnen angelockt. Ich hab versucht, ihnen zu erklären, dass ich nicht verstehe, was sie von mir wollen. Ich habe mein bisschen Wissen über die Ixe'Dirab genommen und ihnen erklärt, was ich über ihr Volk weiß. Auf einmal sind alle zu Boden gesunken und haben mit ihrem Singsang angefangen. Ich weiß auch nicht.«

Ein weiteres Raunen schwappte bei ihren letzten Worten wie eine Welle über die Menge. Kupferbart zog die Augenbrauen zusammen. Weder Instanias wortreiche Erklärung noch das Verhalten der Dirabs ergaben für ihn Sinn. Da er sich keinen Reim darauf machen konnte, beschloss er, dem Gemurmel zu lauschen, das die kniende Menge von sich gab. Er konzentrierte sich, dann blinzelte er und schüttelte den Kopf. Er versuchte es nochmals und wieder schüttelte er den Kopf. Seine Brauen wanderten nach oben. Es gab keinen Zweifel, die Wortbrocken in Allgemeinsprache, die er zwischen der unverständlichen knacksenden Sprache der Dirabs aus dem Singsang heraushörte, waren immer noch dieselben. Es klang nach Sätzen wie »Meisterin der Ignoranz« oder »Gesegnet sei die Unwissende.«

»Bei Blobos und Wavolon«, fluchte der Kapitän.

»Was ist?« Instania sah ihn verwirrt an.

Kupferbart schüttelte den Kopf. »Nichts. Du scheinst besser in ihre Kultur zu passen, als du weißt.« Er brummte resigniert.

»Oh«, machte Instania und wirkte plötzlich sehr glücklich. »Ich hab schon immer gewusst, dass ich ein großes Verständnis für fremde Kulturen habe. Weißt du, man kann so viele Bilder für seine Erinnerungen machen, wenn …«

»Ja, ja«, unterbrach sie Kupferbart. »Doch jetzt sollten wir uns unauffällig verdrücken, sofern das überhaupt noch möglich ist. Wir wollten nicht auffallen, schon vergessen? Und das hier ist gerade das genaue Gegenteil davon.« Er machte eine ausschweifende Geste über die kniende und liegende Menge.

Instania zog erst einen Schmollmund, zuckte dann aber mit den Schultern und folgte ihm dichtauf, während er vorsichtig den Kreis der betenden Dirabs verließ. Die meisten von ihnen drehten ihre Körper, um Instania weiter im Blick zu behalten, doch machte keiner der langen Weißen Anstalten, ihr zu folgen. Nach einigen Schritten auf ein freies Stück des Platzes schien die größte Gefahr gebannt, daher wandte sich Kupferbart erleichtert Instania zu und sagte: »Gut, und jetzt gehen wir langsam und unauffällig …«

»Mir scheint, diese Menschen hier haben eine außerordentliche Erregung der Öffentlichkeit verursacht«, verkündete jemand von der Seite her. Kupferbart zuckte kurz zusammen, bevor er sich in Richtung der Stimme drehte, wo er einen ungewöhnlich dünnen Ixe'Dirab zusammen mit einigen bewaffneten Wachen erblickte. Die Wachen waren in den typischen seltsamen Einteilern gekleidet, der dünne Dirab jedoch trug einen in Blau gehaltenen Mantel mit dünnen goldenen Streifen darauf.

Der Kapitän seufzte, denn er wusste, auffällig dünne Dirabs waren zumeist Beamte im Dienste der Ignoranturbehörde. »Nicht mit Absicht.« Er versuchte ruhig und besonnen zu klingen und hob dabei beschwichtigend seine Hände. »Wir entschuldigen uns dafür und machen uns gleich auf den Weg …«

»Keine Entschuldigung, keine Erklärungen«, schnitt ihm der Dirab das Wort ab. »Einfach mitkommen.«

Kupferbart verzog missmutig das Gesicht und unterdrückte den Wunsch, die Fäuste zu ballen. Dann bedeutete er Instania, der Anweisung des Dirabs Folge zu leisten. Dank der Wachen, die hinter sie getreten waren und sie nun mit ihren langen, weißen Speeren in Richtung des Palastes schoben, mangelte es ihnen dabei auch an echten Alternativen.

Die Gruppe marschierte gerade auf das goldene Ei in der Mitte zu, als Dirty sich schnaufend zu ihnen gesellte. »Bin gleich losgelaufen, als ich gesehen hab, dass die Dirabs euch mitnehmen wollen«, erklärte er atemlos. »Was hat Instania diesmal angestellt?«

Der Kapitän wunderte sich nicht, wie Dirty sofort die richtigen Schlüsse ziehen konnte. »Nichts Besonderes«, brummte er. »Sie war einfach nur ganz sie selbst.«

Und so schritten sie gemeinsam auf die hoch aufragende, goldene und kunstvoll ziselierte Doppeltür zu, den Eingang zum Herrschersitz. Kurz zuckte Kupferbarts Kopf zu einem Haus am Rande des Platzes, als er dort im Augenwinkel einen vermummten Dirab erblickte, der in ihre Richtung zu starren schien. Der Größe nach musste es auf jeden Fall einer von den langen Weißen sein, doch die Bekleidung war für das Volk ungewöhnlich. Bevor er sich weitere Gedanken darüber machen konnte, wurde die Doppeltür aufgestoßen und sie betraten das Gebäude.

Der weitläufige, runde Raum, zu dem sie mit sachten Stößen der stumpfen Speerenden hingeleitet worden waren, musste genau in der Mitte des riesigen Gebäudes liegen, mutmaßte Kupferbart nach einem Blick an die kuppelförmige Decke. Wie die Außenseite verströmte sie auch innen mit dem goldenen Glanz einen unerhört protzigen Eindruck. Unzählige zackige Fenster bedeckten die Kuppel in unregelmäßiger Anordnung an allen Stellen, sodass es aussah wie ein Sternenhimmel, den man auch tagsüber bestaunen konnte. Die geraden Wände des Raumes waren weiß bemalt und mit verschiedensten goldenen Mustern, Linien und vogelartigen Figurendarstellungen versehen. Eine weißgoldene Säulenreihe verlief ringsum an der Wand entlang, nur in der Mitte des Raumes blieb genügend Platz, um hunderte Personen unterzubringen. Die Wachen stellten sie dort ohne Erklärung ab und begaben sich daraufhin zu den Säulen, an denen sie zusammen mit weiteren Aufpassern reihum Stellung bezogen. Somit stand Kupferbart nun mit seiner Truppe unweit des großen Thrones mit der ausufernden Sitzmulde, auf dem wohl der Oberste Ignorant zu sitzen pflegte. Kupferbart war froh darüber, dass der Herrscher der Ixe'Dirab gerade nicht zugegen war, denn das hätte schlimm für sie enden können. Der Oberste Ignorant war, soweit er gehört hatte, nicht gerade beschlussfreudig, es hätten Tage, wenn nicht Dekanden verstreichen können, bis er ein Urteil über sie gefällt hätte. Und darüber, wie das Urteil der Ixe'Dirab ausgefallen wäre, die Fremden gegenüber nicht sonderlich aufgeschlossen waren, wollte er gar nicht nachdenken.

Porky auf Kupferbarts Schulter schmatzte träge und grunzte verärgert, ihn schien der helle Raum bei seinem wohlverdienten Schläfchen zu stören. Seit Kupferbart ihn weniger fütterte – dies jedoch sicher nicht wegen diverser Anspielungen irgendwelcher ahnungsloser Personen – schien er noch träger zu sein. Bewegungen kosteten Kraft, und weniger zu essen bedeutete weniger Energie.

»Was wollen die von uns?«, knurrte Dirty und sah sich im Raum um, mit besonderem Fokus auf die herumstehenden Wachen.

»Keine Ahnung«, antwortete Kupferbart ehrlich und folgte den Blicken Dirtys, um ihre Bewachung genauer unter die Lupe zu nehmen. Die Dirabs wirkten abwesend, geradezu desinteressiert, doch alle hatten ihre knöchernen Speere fest umklammert. Die Waffen hatten sie ihnen zwar nicht abgenommen, doch der Kapitän bezweifelte, dass ein Fluchtversuch vor diesen langbeinigen Wesen von Erfolg gekrönt sein würde. Daher blieb ihnen nichts anderes übrig, als abzuwarten, was als Nächstes geschah.

»Was für ein wunderhübscher Raum«, vermeldete Instania staunend und drehte sich mit großen Augen im Kreis.

»Auf den Anblick hätte ich verzichten können«, murrte Dirty in ihre Richtung. »Was auch immer du …«

Er wurde vom Geräusch einer sich öffnenden Tür unterbrochen. Der dünne Dirab mit dem blauen Mantel, der sie auf dem Platz angesprochen hatte, war über eine Seitentür in den Raum getreten und bewegte sich erhaben auf sie zu.

»Hört mal, wir wollen keinen Ärger …«, begann Kupferbart, doch eine Handbewegung des Dirabs ließ ihn verstummen.

»Ich bin Nilukwek, der höchste Wahrer der Ignoranz der Ixe'Dirab«, stellte er sich mit vornehmer Stimme vor. »Meine Aufgabe ist es, über die Ignoranz des Obersten Ignoranten zu wachen. Und die … Menschen hier«, der Dirab verzog beim Anblick Dirtys das Gesicht, »haben keinen Ärger mit uns«, redete er weiter.

Es klang weniger abfällig, als Kupferbart bei einer Person solchen Ranges vermutet hätte.

Daraufhin musterte Nilukwek Instania interessiert. »Der Grund, warum man sie hergeführt hat, ist die Dame hier. Sie scheint etwas Besonderes zu sein.«

Instania glotzte den Dirab an, dann schaute sie erst hinter sich, bevor sie sich mit fragendem Blick an Kupferbart wandte: »Meint der mich?«

»Ja, die reden so«, murmelte Kupferbart ihr aus dem Mundwinkel zu und unterdrückte den Drang, die Augen zu verdrehen.

»So ist es, ich meine sie, die Dame«, bestätigte auch der Wahrer, ohne Instania aus den Augen zu lassen. »Mein Volk hat es sofort erkannt, als sie die Straßen durchschritt. Ihr Geist ist rein.«

»Genau, rein und wieder raus, nichts bleibt hängen«, kommentierte Dirty und kicherte leise.

Instania warf ihm daraufhin einen bösen Blick zu.

Nilukwek überging die Spöttelei und nickte bedächtig. »Seine Wortwahl ist merkwürdig, doch besitzt sie im rechten Licht betrachtet einen wahren Kern. Ein unbefleckter Geist ist unglaublich kostbar und sehr selten, vor allem bei Menschen, die einem anderen … nennen wir es Entwicklungspfad unterliegen als die Ixe'Dirab.« Dann begann er im Raum auf und ab zu schreiten, sein langer Mantel schleifte dabei über den Boden. »Es gibt derzeit einige … ungewöhnliche Begebenheiten in Bezug auf unsere Brüterinnen, die uns zwingen, Alternativen abzuwägen. Nichts, was Außenstehende betreffen oder auch nur interessieren sollte, es ist eine Angelegenheit der Ixe'Dirab.« Abrupt blieb er stehen und starrte Instania wieder an. »Doch ist es für uns unumgänglich, Gelegenheiten zu erkennen und zu nutzen, wenn sie sich darbieten, selbst wenn sie von außerhalb kommen.« Sein Blick wurde durchdringend. »Wir benötigen frische Brüterinnen und sie scheint geeignet zu sein.«

Instania starrte zurück. »Hä? Ich soll was ausbrüten?«

Kupferbart trat einen Schritt vor. »Ich glaube nicht, dass …«, begann er, doch schnitt ihm die Hand des Wahrers abermals das Wort ab.

»Die Menschen haben diesbezüglich kein Mitspracherecht. Es ist eine Angelegenheit der Ixe'Dirab, und wenn die Notwendigkeit an einer menschlichen Brüterin besteht, so werden wir sie uns nehmen.« Ein Wink seiner Hand ließ die umstehenden Wachen ihre Positionen verlassen und langsam näher rücken.

Kupferbart wurde blass und regte sich nicht, doch Dirty holte seine Axt hervor. »Wenn ihr weißen Bohnenstangen Instania wollt, dann müsst ihr erst an mir vorbei«, stieß er knurrend hervor und stellte sich beschützend vor sie.

»Das sollte kein Problem sein«, meinte Nilukwek nur und machte eine wegwerfende Geste.

Die Wachen kamen unterdessen immer näher.

Der Kapitän wusste, ein Kampf wäre aussichtslos, und dachte angestrengt nach, wie sie sich aus dieser Situation herauswinden konnten. Die Wachen hatten sie schon beinahe erreicht, während Kupferbarts Augen und Gedanken gleichermaßen wild umhersprangen, auf der Suche nach dem rettenden Einfall. Der ihm plötzlich kam. So hoffte er zumindest. »Wartet!«, rief er und hob die Hände.

Nilukwek hätte wohl eine Braue gehoben, wenn er denn über eine verfügt hätte, stattdessen öffnete er nur ein Auge ein wenig mehr als das andere. »Was will er?« Eine knappe Handbewegung ließ die Wachen, schon fast in Reichweite von Dirtys Axt, in ihrer Bewegung innehalten.

»Wir sind Piraten«, eröffnete Kupferbart mit fester Stimme. »Wie Ihr ja unzweifelhaft erkennen dürftet.« Er zeigte auf Porky, der wach genug war, um die Bewegung zu erhaschen und nach seinem Finger zu schnappen. Offensichtlich glaubte er, es wäre Zeit für eine Mahlzeit. Rasch zog der Kapitän seinen Finger weg, damit sein Schultertier ihm nicht den Auftritt vermasselte. Er wollte bedrohlich und bestimmt wirken und nicht an einem angeknabberten und schmerzenden Finger saugen müssen.

Dann sprach er weiter: »Wenn Ihr einem von uns etwas antut, dann legt Ihr Euch mit allen Pendelpiraten an. Ixe'Dirab besitzen keine Schiffe und ein Großteil des Warenverkehrs läuft über Händler, die an Euren Häfen anlegen. Was glaubt Ihr, wird geschehen, wenn Ihr die gesamte Piratenflotte gegen die Ixe'Dirab aufbringt? Meint Ihr, auch nur ein Händler würde es noch wagen, mit Eurem Volk Handel zu treiben, wenn er von Piratenschiffen gejagt wird, sobald er auch nur in die Nähe Eurer Häfen kommt?« Er lächelte selbstsicher und versuchte keine Miene zu verziehen, während Nilukwek ihn nachdenklich musterte.

Quälend lange Momente vergingen, bis der Wahrer schließlich unmerklich nickte. »Jaa …«, sagte er dann gedehnt, während er seinen Blick wieder zu Instania schweifen ließ. »Es würde wohl nicht auf gedachte Weise funktionieren, sie wäre nicht in der Lage, umgehend ein ausreichend großes Gelege hervorzubringen. Sie entsprechend vorzubereiten, würde Annulare dauern, und diese Zeit steht uns nicht zur Verfügung, befürchte ich.« Ein unscheinbarer Wink seinerseits veranlasste die Wachen, sich wieder auf ihre Positionen zurückzubegeben.

Der Kapitän atmete innerlich tief durch, während er äußerlich versuchte, gelassen zu bleiben. Gesichter von Ixe'Dirab waren schwer zu deuten, da ihre Gesichtszüge nicht sonderlich ausgeprägt waren, doch Kupferbart war sicher, dass dieser Dirab hier gerade intensiv nachdachte. Er setzte daher ein verständnisvolles und verhandlungsbereites Gesicht auf. »Aus Euren Andeutungen höre ich heraus, dass die Ixe'Dirab ein Problem haben, für das Ihr im Moment keine Lösung findet«, begann er und ließ sich diesmal nicht von der Handbewegung stoppen. »Und Instania hier scheint Teil einer möglichen Antwort darauf zu sein. Sie ist jedoch auch ein Teil meiner Mannschaft und kein Handelsgut, das ihr Euch ohne Weiteres einverleiben könnt.«

Die Augen Nilukweks wurden schmal, aber der Kapitän fuhr umgehend fort: »Doch wie alle Menschen sind wir am Handel mit den Ixe'Dirab interessiert, daher bin ich zuversichtlich, wir werden uns ohne Streit oder … Kampf«, er blickte zu Dirty, der nach einer beschwichtigenden Geste von Kupferbart die Axt widerwillig schnaubend wegsteckte, »auf die eine oder andere Weise einig werden. Niemand will, dass wegen einer vermeidbaren Meinungsverschiedenheit Blut vergossen wird.« Er bewegte sich unscheinbar einen Schritt auf Instania zu, um handlungsbereit in ihrer Reichweite zu sein, falls Nilukwek nicht gewillt war, darauf einzugehen.

Der Wahrer musterte Kupferbart einen gefühlt ewig währenden Moment, bevor er seine schmalen Lippen nachdenklich schürzte. »Blut vergießen«, wiederholte er bedächtig die Worte des Kapitäns und legte den Kopf schief. »Ja, unter Umständen erachten sich ihre Gene als ausreichend.«

Instania, die der ganzen Unterhaltung bisher mit vergleichsweise unbedarftem Gesichtsausdruck gefolgt war, runzelte nun die Stirn. »Meine was?«

Doch Nilukwek achtete nicht auf sie, sondern blieb auf Kupferbart fixiert. »Sind die Menschen bereit, mir ein wenig Blut der Dame zu überlassen? Nicht viel, nur einen kleinen Tropfen. Benennen wir es einfach als … Handelsgut.«

»Worum geht es da gerade?«, fragte Instania nervös und stieß den Kapitän in die Seite, doch er ließ sich in diesem wichtigen Moment nicht ablenken und hielt seinen Blick auf den Wahrer geheftet.

Nilukwek schien sich tatsächlich damit zufriedenzugeben und Instania nicht mehr für die Ixe'Dirab vereinnahmen zu wollen, also nickte Kupferbart knapp. »Einen Tropfen.«

Der Wahrer lächelte und fummelte einen unscheinbaren Moment lang in seinem Mantel herum. Dann trat er vor Instania und streckte ihr die Hand entgegen. »Wir danken ihr für die Kooperation und die Bereitschaft, einen wertvollen Beitrag für die Kultur und Zukunft der Ixe'Dirab zu leisten.«

»Hä?«, fragte Instania verwirrt, die noch immer keinen blassen Schimmer hatte, was vor sich ging. Doch ihre Hand schien die Situation zu erfassen, wanderte wie von selbst nach oben und schüttelte jene von Nilukwek. »Au!«, rief sie plötzlich überrascht und zuckte zurück. »Was war das denn?«

Kupferbart bemerkte, wie der Wahrer eine kleine Nadel, die er aus seinem Mantel geholt haben musste, wieder darunter verschwinden ließ.

»Nicht wichtig, sie möge es gleich wieder vergessen«, antwortete Nilukwek unbestimmt und wandte sich von ihr ab.

»Auftrag erfüllt«, murmelte Dirty so leise, dass nur Kupferbart es hören konnte, und schickte Instania ein breites Grinsen entgegen.

Kupferbart überlegte, ob er ihr später jemals die Geschichte erklären sollte oder ob es besser war, sie einfach im Dunkeln zu lassen. Die eigenen – wie nannte es der Wahrer – Gene im Besitz der Dirabs zu wissen, war wahrlich kein erbaulicher Gedanke. Vielleicht beherrschten sie so etwas wie Blutmagie und züchteten eine Armee von Instanias … Der Kapitän schüttelte sich bei dieser Vorstellung.

Nilukwek, der ihnen für einen Moment den Rücken zugekehrt hatte, drehte sich wieder um und Kupferbart sah die Zufriedenheit in seinem Blick. Mit einem überraschend freundlichen Lächeln sah er den Kapitän an. »Nachdem das nun erledigt ist …«, sagte er zu Kupferbart, »… die Menschen haben ihren Teil des Handels erfüllt. Was genau fordern sie im Gegenzug vom Volk der Ixe'Dirab?«

Kupferbart erklärte Nilukwek mit vielen Umschreibungen ihr Anliegen, der daraufhin einige Augenblicke verwirrt dreinblickte, bevor er sich erneut abwandte. Diesmal, um nachzudenken. Der Kapitän unterdrückte krampfhaft ein verzweifeltes Aufstöhnen. Konnte ihnen selbst der höchste Wahrer nicht bei der Suche helfen? War diese ganze Aktion etwa umsonst gewesen? Seine Freude über die gelungene Finte mit der angedrohten Hafenblockade durch eine Piratenflotte schmolz wieder dahin. Ihm war klar gewesen, dass sich Pendelpiraten nicht viel aus anderen Piraten machten. Selbst wenn Damenbart den Befehl zur Blockade der Häfen der Dirabstädte gegeben hätte, wären die anderen Kapitäne nicht gezwungen gewesen, dabei mitzumachen. Das war einer der Nachteile, wenn es keine Gesetze für Piraten gab. Den seeräuberischen Haufen zusammenzuhalten war beileibe nicht einfach. Bei diesen Gedanken kam Kupferbart die Überlegung, ob die Ahnungslosigkeit der Ixe'Dirab über das Schlüsselteil nicht am Ende doch zu seinem eigenen Vorteil war. Ohne Schlüssel kein Schatz, und ohne Schatz würde er niemals zum Piratenkönig ausgerufen werden und sich um solche Dinge scheren müssen.

Wie um seine Überlegungen zu unterstreichen, drehte sich Nilukwek in diesem Moment um und hob einen Finger. »Es gibt kein Wissen über das von den Menschen begehrte Metallstück im Teich des Basiswissens. Doch es gibt einen Ort, an dem die Menschen möglicherweise in der Lage sind, zu diesem Wissen zu gelangen.« Er wandte sich zur Seitentür, durch die er den Raum betreten hatte, und marschierte erhabenen Schrittes los. »Mögen die Menschen mir folgen.«

Das Archiv des unbekannten Wissens

Kupferbart betrachtete die große geschlossene Tür, die von zwei Wachen mit langen, blank polierten Knochenspeeren bewacht wurde. Dirty und Instania taten es ihm gleich, während Nilukwek sie seinerseits beobachtete. Die eingravierten goldenen Muster auf der goldenen Tür waren rätselhaft und verwirrend, daher versuchte Kupferbart gar nicht erst, einen tieferen Sinn dahinter zu verstehen. Die Tür lag innerhalb des Herrscherpalastes und durfte bei den wenigen Türen und Abzweigungen, die sie passieren mussten, um hierher zu gelangen, in der Nähe des Thronsaales liegen.

Unterwegs hatte Instania einen merkwürdigen Blick auf Dirty geworfen und ihn gefragt: »Sag mal, hast du mich da vorhin im großen Saal tatsächlich beschützen wollen?«

Doch Dirty hatte nur mit auf den Boden geheftetem Blick abgewunken, ein paar unverständliche Worte gemurmelt und schließlich geantwortet: »Natürlich nicht, das war nur … ich hatte keinen Bock darauf, dass der Kapitän mir die Aufgabe überträgt, Gefangene zu befragen, wenn die Dirabs dich festgenommen hätten. Das hatte überhaupt nichts mit dir zu tun.«

Der verlegene Blick Dirtys und Instanias zusammengekniffene Augen hatten Kupferbart schmunzeln lassen. Auch wenn der haarige kleine Mann es niemals zugeben würde, er mochte Instania wie eine kleine Schwester und wäre wohl todunglücklich, wenn sie eines Tages nicht mehr an Bord der Flautilus wäre.

Der Weg vom Saal bis hierher war von Wachen gesäumt gewesen, an jeder Tür und in jedem Gang standen bewaffnete Dirabs herum und sahen sie halb gelangweilt, halb misstrauisch an. Dafür, dass ihnen außer Dirabs keine anderen Wesen im Herrscherpalast begegnet waren, fand Kupferbart derartige Sicherheitsvorkehrungen übertrieben. Und er bezweifelte, dass der Palast extra wegen ihnen in erhöhte Alarmbereitschaft versetzt worden war. Sie waren zwar Piraten, doch hoffnungslos in der Unterzahl. Möglicherweise hatte es ja irgendetwas mit diesem Problem der Dirabs zu tun, überlegte er stirnrunzelnd.

»Sofern ich das Anliegen der Menschen verstanden habe, scheint dies wohl der einzige Ort zu sein, wo ein derartiger Gegenstand zu finden sein könnte«, erklärte Nilukwek gerade und zeigte auf die Tür, was den Kapitän aus seinen Gedanken zurückholte.

»Und was ist das für ein Ort?«, fragte Dirty misstrauisch und betrachtete die Tür von oben bis unten.

Der Kapitän wiederum machte sich keine Sorgen, dass Nilukwek sie hintergehen wollte und in diesem Raum einzusperren plante. Die Dirabs mochte man zwar als arrogant und überheblich bezeichnen, Verschlagenheit gehörte jedoch nicht zu ihren Charakterzügen. Wenn sie etwas von jemandem wollten, gaben sie es demjenigen geradeheraus zu verstehen.

Der Wahrer zögerte mit einer Antwort, bevor er sich doch eine Erklärung abringen ließ. »Wie die Menschen vielleicht wissen mögen, beinhaltet der Teich des Basiswissens das zentrale Wissen, mit dem alle Ixe'Dirab das Licht der Welt erblicken, bevor sie weiteres erforderliches Wissen für ihre zukünftige Laufbahn erwerben. Nur dem Obersten Ignoranten ist es erlaubt, dieses Wissen zu erweitern. Daher werden alle Dinge, die noch nicht Teil des Basiswissens sind, dem Herrscher vorgelegt, um darüber ein Urteil zu fällen. Eine Beurteilung kann Tage oder länger dauern und viele Dinge harren noch ihrer Begutachtung. Der Herrscher ist ununterbrochen am Werke und gibt dabei sein Möglichstes.« Nilukwek stockte und schien nach den richtigen Worten zu suchen. »So unfehlbar die Urteile des Herrschers auch sind, kann es in seltenen Fällen geschehen, dass sich ein Gegenstand trotz intensiver Betrachtung einer Beurteilung entzieht, sein Wesen nicht preisgibt. Und diese Gegenstände werden hier im *Archiv des unbekannten Wissens* aufbewahrt.« Seine Handfläche glitt über die goldenen Gravuren in der Tür. »Der Gegenstand, den die Menschen suchen, ist nicht Teil des Basiswissens, sollte er also jemals durch die Hände der Ixe'Dirab gewandert sein, so wird er sich hinter dieser Tür befinden.«

Der Kapitän vernahm die Worte und Hoffnung stieg in ihm auf, die sich in einem breiten Grinsen entlud. Wenn dort drinnen jeder Gegenstand lag, den die Dirabs in ihrem Reich gefunden oder sonst wo aufgetrieben hatten, war dies wohl der perfekte Platz, um nach dem Schlüsselteil zu suchen. Und möglicherweise gab es noch weitere wertvolle Dinge zu finden …

Nilukwek, der seine Gedanken offensichtlich erriet, starrte ihn auf bedrohliche Weise an. »Keinem Menschen wurde bislang der Zutritt erlaubt, diesen Menschen hier ist es nur gestattet, da ein Handel abgeschlossen wurde. Und die Menschen sollten es nicht wagen, einen anderen Gegenstand als den gesuchten aus dem Raum zu entwenden. Die Strafe wäre schrecklich, ihre schmalen Spitzen würden gewaltsam entfernt werden.«

»Die schmalen Spitzen?« Instania runzelte die Stirn und musterte Kupferbart und Dirty von oben bis unten. »Meint er etwa eure …?«

Der Kapitän gebot ihr zu schweigen. »Ich verstehe.« Er nickte Nilukwek zum Zeichen des Einverständnisses zu und hob beschwichtigend die Hände. »Wir werden unsere Untersuchungen auf nichts anderes richten als auf das Stück, das ich beschrieben habe.«

Der Wahrer musterte ihn streng, dann nickte er knapp und mit einer Handbewegung von ihm zogen die zwei Wachen die Türflügel auf. Kupferbart und seine beiden Begleiter betraten den Raum.

»Bei Blobos und Wavolon«, raunte Dirty halb staunend, halb verzweifelt. »Da drin sollen wir das Teil finden?«

Kupferbart vernahm das Geräusch der sich hinter ihm schließenden Tür nur am Rande, sein verzagter Blick war auf den gewaltigen Haufen vor ihm geheftet. Er hatte auf einen kleinen Raum mit hübschen Regalen an den Wänden gehofft, in denen fein säuberlich aufgereiht die unbeugsamen Gegenstände ruhten, die nicht vom obersten Herrscher beurteilt werden wollten. Stattdessen stand er mit Dirty und Instania in einem halbrunden Raum, der genug Platz geboten hätte, um selbst die Flautilus mit aufgestellten Masten unterzubringen. Doch statt seines Schiffes war da dieser riesige Haufen von achtlos übereinandergeworfenem Zeug unterschiedlichster Größe und noch unterschiedlicherem Aussehen. Nilukwek hatte ihnen den ganzen Tag Zeit gegeben, nach dem Teil zu suchen, doch sank Kupferbarts Hoffnung nach diesem Anblick rapide. Er sah hoch zu einem der gezackten Fenster an den Wänden. Die Sonne schien noch hell, es musste früher

Nachmittag sein, doch hätte eine ganze Dekande nicht ausgereicht, um jeden Gegenstand aus diesem Haufen zu untersuchen.

»Was solls«, seufzte der Kapitän schicksalsergeben und zuckte mit den Schultern. »Machen wir uns an die Arbeit.«

Instania marschierte als Erste los und zog einen Gegenstand aus dem unteren Bereich. Unmittelbar darauf machte sie einen Satz nach hinten. Der vollgekramte Hang des Berges aus Gegenständen geriet ins Rutschen und einer Schlammlawine gleich schossen bekannte und unbekannte Gegenstände in Richtung Boden. Nachdem sie sich vom Schreck erholt hatte, erklärte sie mit spitzbübischem Grinsen: »Hm, scheint wohl Männerarbeit zu sein, diesen Haufen in seine Bestandteile zu zerlegen. Ich mache mir inzwischen ein Bild und lass mir alles durch den Kopf gehen.« Sie hob ihre Hände und machte ihr Fingerrechteck.

»Passt sicher eine Menge von dem Zeug rein«, kommentierte Dirty und grinste sie gehässig an. Instania starrte böse zurück und schnaubte verächtlich, dann drehte sie sich um und ihr Haarzopf peitschte bestrafend nach hinten.

»Streiten bringt uns nicht weiter«, schimpfte Kupferbart und warf den Gegenstand, den er zuvor aufgehoben hatte, wieder weg. »Untersucht so viele Stücke wie möglich. Wenns sein muss, werfen wir den ganzen Haufen um. Irgendwo da drin ist das Schlüsselteil, ich weiß es.« Seine Stimme klang zuversichtlicher, als er erwartet hätte.

Dann machten sie sich an die Arbeit. Gegenstände wurden hochgehoben und an die Wände des Raumes geworfen. Bei einigen, die dem Anschein nach für mehr Spaß und Abwechslung im Schlafgemach sorgen sollten, entschlüpfte Dirty ein anrüchiges »He he he«. Kupferbart fand es auffällig, wie oft Dirty gerade über solche Dinge stolperte, doch enthielt er sich eines Kommentars. Jeder Gegenstand, der aus dem Haufen entfernt wurde, war einer weniger, der den Weg zu ihrem Ziel blockierte. Wieder warf Kupferbart ein Teil gegen die Wand – es musste sich um einen extravaganten Mehrfachflaschenöffner handeln. Einige der Gegenstände zerbrachen, doch scherte es ihn nicht weiter. Sie durften lediglich nichts mitnehmen und solange alles hierblieb …

»Was ist denn das?«, fragte Instania nach einer Weile und hielt eine aufgeklappte Tasche in Händen. Darin konnte Kupferbart ein paar Pfeile stecken sehen. »Es-Ähm?«, las sie vor.

Kupferbart lief schleunigst zu ihr hin und riss ihr die Tasche aus der Hand. »Das ist nichts für dich, und nicht das, was wir suchen«, erklärte er knapp, klappte die Tasche zu und warf sie auf den Haufen an der Wand.

»Ich frag mich, ob die Pfeile bei den Dirabs überhaupt funktionieren«, gluckste Dirty. »Wenn sie dort keine Öffnung finden, wo sie eigentlich rein …«

»Ja, ja, schon gut, sucht weiter«, beendete Kupferbart die Diskussion, um keine tiefergehenden Fragen zum Verwendungszweck der magischen Pfeile aufkommen zu lassen.

Eine Weile später kramte er einen kupfernen Gegenstand aus dem Haufen, der wie eine abstrakte Version eines kleinen Vogels aussah. Ein kleines Rädchen an der Seite des Podests, auf dem er stand, schien sich bewegen zu lassen. Der Kapitän drehte vorsichtig daran, und als er das Rädchen losließ, fing der Vogel an, sich unbeholfen und ruckartig zu bewegen, und gab dabei merkwürdige Geräusche von sich. Er bewunderte das kleine Kunstwerk noch, als Porky sich auf seiner Schulter zu regen begann und aufgeregt grunzte. Sofort warf er den Vogel weg. »Nein, Porky, das ist nichts für dich.« Porky grunzte ein weiteres Mal, diesmal entspannter und schlief wieder ein. Daraufhin widmete sich Kupferbart wieder dem Haufen.

So vergingen die Stunden und das durch die Fenster dringende Licht verblasste langsam.

»Verdammt«, fluchte Kupferbart. »Wir haben nicht mehr viel Zeit. Und Lampen haben sie uns auch keine gegeben, es wird immer dunkler hier drin.«

»Ich mag auch nicht mehr«, seufzte Instania und setzte sich auf einen Haufen an der Wand.

»Bei mir gehts noch«, murmelte Dirty und konzentrierte seinen Blick auf den immer noch viel zu großen Berg in der Mitte des Raums. »Ich glaub, da drin glitzert was.«

Kupferbart sah hin, konnte aber nichts erkennen. »Wir dürfen nichts mitnehmen außer dem Schlüsselteil, schon vergessen?«, brummte der Kapitän.

Dirty grinste hinterlistig. »Ich wills mir nur mal ansehen«, erklärte er dann mit einem Blick, der kein Wässerchen trüben konnte, bevor er zu wühlen begann. Der Berg war zum Glück ausreichend geschrumpft, sodass seine Bemühungen keine Gegenstandslawine mehr auslösten. Nach einer Weile schnaubte Dirty, blickte hoch und kletterte auf den Berg. Er versuchte, sich von oben nach unten zu graben, um an das Objekt seiner Begierde heranzukommen. Gegenstände flogen dabei in alle Richtungen davon.

»He, pass auf, wo du hinwirfst«, empörte sich Instania, nachdem ein merkwürdig geformter Teller knapp über ihren Kopf hinwegflog und an der Wand zersplitterte.

»Tschuldigung«, sagte Dirty und zuckte mit den Schultern, sein verhaltenes Grinsen ließ jedoch auf mangelnde Ernsthaftigkeit schließen. Er wühlte weiter, bis er endlich eine schwarze, hölzerne Schatulle in Händen hielt. »Wusst ichs doch!«, rief er triumphierend aus und zeigte auf den Rubin am Deckel der Schachtel. Mit unschuldigem Blick erklärte er: »Was wäre, wenn die Schachtel hierbliebe, der Stein aber zufällig rausfallen und sich in meine Tasche verirren würde? Ich hätte nicht mal absichtlich was aus dem Raum entfernt, es wäre einfach Schicksal.«

Kupferbart starrte genervt an die Decke. »Nichts mitnehmen bedeutet nichts mitnehmen. Willst du deine … schmale Spitze verlieren?«

»Ich hab keine schmale Spitze«, entgegnete Dirty schmollend. »Bei mir ist alles …«

»Was ist da auf der Schachtel drauf?«, fragte Instania, während sie nähertrat und im inzwischen dunkel gewordenen Raum die Augen zusammenkniff.

Auch Kupferbart musste sich anstrengen, um zu registrieren, dass auf der Schachtel Muster eingraviert waren. Welche es waren, entzog sich aufgrund der Dunkelheit seiner Untersuchung.

Dirty sah sich die Seiten der Schatulle genauer an, drehte sie im kaum noch vorhandenen Licht. »Ach, das ist nichts, nur irgendwelche … Moment mal …«

Da wurde die Tür aufgestoßen und Licht vom beleuchteten Gang drang in den Raum. Kupferbart drehte sich um. Die Umrisse von drei Dirabs waren deutlich im Lichtschein auszumachen.

»Die Zeit ist um«, verkündete Nilukwek, der zwischen den zwei Wachen stand. »Wenn sie den gesuchten Gegenstand gefunden haben, dann meinen Glückwunsch. Wenn nicht, dann ist es nicht mein Problem.«

»Wir haben aber …«, begann Kupferbart, doch die obligatorische Hand des Wahrers brachte ihn wie üblich zum Schweigen.

»Die Zeit ist um. Der Handel lautete, einen Tag für die Suche nach dem Gegenstand. Der Tag ist um.« Er hieß sie, den Raum zu verlassen, und missmutig leistete Kupferbart dem Befehl Folge, seine Begleiter trabten dichtauf hinterher. Als sie sich wieder im Gang befanden, schob Nilukwek seinen Kopf nach vorne, als wollte er sie mit seinen Augen von oben bis unten filzen. »Einen Gegenstand.«

»Den da. Der ist es!«, rief Dirty und zeigte auf die Schatulle, die er aus dem Raum mitgenommen hatte. Kupferbart warf ihm einen unzufriedenen Blick zu, doch Dirty zuckte nur mit den Schultern. »Besser als gar nichts«, flüsterte er ihm zu und der Kapitän fand sich rasch damit ab. Was blieb ihm auch anderes übrig, die Ixe'Dirab mit leeren Händen zu verlassen, wäre eine noch größere Niederlage gewesen. Er sah Nilukwek an und gab mit einer Kopfbewegung zu verstehen, dass er dieser Entscheidung zustimmte.

Der Wahrer betrachtete die Schatulle eine Weile schweigend. »Sieht mir nicht nach dem beschriebenen Gegenstand aus«, meinte er dann und sah Kupferbart misstrauisch an.

Er blickte unschuldig zurück. »Wir haben es eben nicht besser gewusst.«

Nilukwek verzog seinen kleinen Mund. »Nun denn, so sei es«, sagte er schließlich und hob sein unscheinbares Kinn. »Der Handel ist beendet. Die Menschen können gehen.« Eine ungeduldig winkende Hand verlieh seinen Worten Nachdruck.

Kupferbart schritt mit herabhängendem Kopf den Wachen durch die Gänge hinterher, gefolgt von Dirty und Instania. Er war enttäuscht vom Ergebnis ihrer Bemühungen. Eine schwarze Schachtel mit einem Rubin darauf? Nicht viel, wenn er bedachte, dass sie den ganzen Weg nach Sandazaar auf sich genommen hatten, um ein Schlüsselteil zu einem gewaltigen Schatz zu finden. Der Kapitän überlegte, was sie als Nächstes machen sollten. Einen Einbruch in der Nacht? Es wäre nicht unmöglich, sich von außen einen Zugang zum Raum zu verschaffen. Sofern sie herausfanden, welche der Öffnungen zum Archiv gehörte, denn alle Fenster sahen gleich aus mit ihrem zackenförmigen Muster. Und danach müssten sie, ungesehen und ohne Lärm zu verursachen, die Gegenstände untersuchen. Es wäre ein waghalsiges Unterfangen, und wenn sie erwischt würden … Er wollte sich gar nicht ausmalen, was die Dirabs mit der schmalen Spitze gemeint haben mochten.

Solche Gedanken mit sich tragend wanderte er mit seinen Begleitern im Schlepptau auf den Ausgang zu. Ein sanfter weißer Schimmer begleitete sie, der aus Kugeln herausdrang, die auf an den Wänden befestigten Halterungen lagen. Schlussendlich fanden sie sich auf dem großen Platz vor dem Palast wieder, wo sie die Wachen stehen ließen, umkehrten und die Flügel der Doppeltür zuwarfen. Leuchtende Säulen verströmten auch hier im Freien eine angenehme Helligkeit, was die inzwischen hereingebrochene Nacht weniger düster erscheinen ließ. Der Palast funkelte matt im Schein der Säulen. Doch die Straßen, die vom Platz wegführten, waren alle in Dunkelheit gehüllt.

Kupferbart besah sich enttäuscht das Äußere des Palastes und suchte nach Fensteröffnungen. »Ich war mir sicher, wir schaffen es, das Schlüsselteil rechtzeitig zu finden«, brummte er und biss sich auf die Lippen.

»Vielleicht haben wir das ja«, entgegnete Dirty, der ein verschmitztes Grinsen aufsetzte, als Kupferbart überrascht zu ihm herumfuhr. »Schau dir mal die Schatulle an.« Er überreichte sie dem Kapitän.

Kupferbart entdeckte trotz ausreichender Lichtverhältnisse zuerst nichts. Es war eine gewöhnliche, schwarze Schatulle, auf deren Deckel ein Rubin eingelassen war. Ungewöhnlich war dabei, dass der Rubin sich nicht mittig befand, sondern etwas davon versetzt. Dann ließ er die Schatulle in seinen Händen rotieren und fein gravierte Muster kamen im brechenden Licht zum Vorschein. Er kippte die Schatulle hin und her und versuchte, das Muster zu erkennen. »Bei Blobos und Wavolon«, raunte er schließlich erstaunt.

»Siehst du es auch?«, erkundigte sich Dirty grinsend.

»Was ist das drauf?«, wollte Instania wissen und reckte ihren Hals, um einen besseren Blick auf die Schatulle zu erhaschen.

»Da drauf«, sagte Kupferbart triumphierend und hob die Schatulle, »ist ein wütender Pirat eingraviert, mit einem roten Rubin auf der Augenklappe.«

»Aha …?«, sagte Instania gedehnt und schaute ihn mit großen Augen an.

Kupferbart seufzte und rollte mit den Augen. »Das war ein Markenzeichen von Leuchtbart, also von El Materen. Er trug Rubine in seinem Bart und auf seiner Augenklappe war auch einer eingelassen, heißt es.«

Anzeichen von langsam durchbrechendem Verständnis tauchten in Instanias Gesicht auf, also fuhr Kupferbart fort. »Das bedeutet, diese Schatulle hat Leuchtbart gehört. Und wenn sie El Materen gehörte, dann …«, er sprach nicht weiter, sondern blickte erwartungsvoll auf die Schatulle. Vorsichtig untersuchte er den Verschluss, der jedoch keine offensichtlichen oder versteckten Fallen zu enthalten schien. Mit behutsamen Fingergriffen klappte er ihn daher hoch und achtete dabei auf verdächtige Geräusche in der Schatulle. Nichts, gut. Dann öffnete er den Deckel ebenso bedächtig. Er schwenkte nach hinten und darunter kam etwas zum Vorschein, worauf Kupferbart inbrünstig gehofft hatte. Ein Teil des Schlüssels zum Schatz.

»Ha!«, rief Kupferbart freudig aus. Dann zuckte er zusammen und sah sich um, da sein Ausruf weit über den Platz gehallt war. Doch zu dieser späten Stunde ließ sich keiner der Dirabs blicken, sie waren keine Wesen der Nacht. Er sah seine Begleiter an. »Wir haben das, weswegen wir hergekommen sind.« Und an Dirty gerichtet meinte er lachend: »Deine guten Augen – oder deine Gier – haben sich für uns offensichtlich bezahlt gemacht.«

»Beides zu gleichen Teilen«, erklärte Dirty schelmisch grinsend, dann kniff er seine Augen zusammen. »Aber der Rubin gehört mir, ich hab ihn schließlich gefunden.«

Ein erwartungsvoller Blick traf Kupferbart, der gut gelaunt einwilligte und Dirty die Schatulle überreichte. Den Schlüssel ließ er in seine Manteltasche fallen, wo er auch die anderen Teile aufbewahrte. Der Klang von aufeinandertreffendem Metall ließ ihn ein zufriedenes

Seufzen ausstoßen. Porky antwortete im Schlaf mit einem leisen Grunzen.

Dirty hatte inzwischen ein Messer hervorgeholt und pulte damit den Rubin aus dem Deckel, dann überreichte er die Schatulle Instania. »Hier, für dich, da drin kannst du deine Folterinstrumente aufbewahren.«

Instania starrte erst misstrauisch auf die Schatulle, dann auf Dirty. »Danke«, sagte sie betont langsam und nahm das Geschenk vorsichtig entgegen.

»Keine Sorge, ist nichts Böses drin«, grinste Dirty sie an. »Das bin ich dir schuldig, du lieferst mir oft genug Gelegenheiten zum Lachen.«

»Mhm«, brummte Instania, sagte jedoch nichts weiter.

Kupferbart deutete in Richtung Hafen. »Jetzt sollten wir aber verschwinden, wir wollen die Gastfreundlichkeit der Dirabs nicht überstrapazieren.«

Also machten sie sich auf, verließen den beleuchteten Platz und betraten eine der dunklen Straßen. Die Stände der Händler standen noch zusammen mit den Waren auf beiden Seiten der Straße herum, ansonsten war jedoch niemand zu sehen. Vorsichtig bahnten sie sich einen Weg durch das Gewirr, um in der Dunkelheit nichts umzuwerfen und sich damit womöglich weiteren Ärger mit den Dirabs einzuhandeln.

»Die könnten ruhig eins von den Lichtern vom Platz auch in den Straßen aufstellen«, murrte Dirty und stieg über einen dunklen Fleck am Boden, der sich als geflochtener Korb herausstellte.

»Autsch, ja genau!«, rief Instania und hielt ihren Fuß, den sie sich am Stützpfahl eines Standes gestoßen hatte. »In den Seitengassen haben sie schließlich auch Lichter aufgehängt.«

»Was haben sie?« Kupferbart blieb stehen und warf einen Blick in eine der kleinen Gassen hinein, die als Querverbindung zwischen den Straßen dienten. Er schluckte und starrte in die Dunkelheit, die nicht ganz so dunkel war, wie er erwartet oder erhofft hatte. Kleine, rote Punkte, immer zwei zusammenstehend, glühten in der Finsternis. Er streckte die Hände aus, damit seine Begleiter hinter ihm ebenfalls stehen blieben. »Nicht bewegen«, flüsterte der Kapitän ihnen nervös zu.

Gemeinsam starrten sie auf die roten Punkte, während Kupferbart es wagte, sich langsam umzudrehen und einen Blick in die gegenüberliegende Gasse zu werfen. Dort konnte er ebenfalls rote Punkte ausmachen. »Verdammt«, murmelte er. Und dann begannen sich die Punkte zu bewegen.

»Das sind keine Lichter«, stieß Dirty mit unheilvoller Stimme aus. »Das sind …«

»Lauft!«, rief Kupferbart und setzte sich mit weiten Schritten in Bewegung. Den Geräuschen nach tat es seine Mannschaft hinter ihm gleich. Aus allen Gassen links und rechts von ihnen tauchten nun die roten Punkte auf, wurden langsam größer. Sie rannten durch die Straße und stießen allen möglichen Kram um, meist begleitet von leisen Flüchen, doch Lärm war im Moment ihre geringste Sorge. Der vermeintlich rettende Hafen lag noch ein gutes Stück entfernt und sowohl Kupferbart als auch Dirty schnauften bereits gehörig. Plötzlich erschienen die Punkte auch unmittelbar vor ihnen auf der Straße und versperrten den Weg. Sie waren umzingelt. Ohne Möglichkeiten auf einen Ausweg blieb ihnen nichts anderes übrig, als stehen zu bleiben. Kupferbart und Dirty zogen kampfbereit ihre Waffen.

»Sollen sie nur kommen«, grummelte Dirty und warf seine Axt in die Luft, um sie elegant mit einer Hand aufzufangen.

Und das taten sie auch, die Punkte kamen langsam näher. Kupferbart konnte nun Umrisse erkennen, die zu den Punkten gehörten. Es waren …

»Kleine Dirabkinder«, brummte Dirty missmutig.

»Ein paar von denen sind größer als du«, brummte Kupferbart zurück. Er blickte zu Instania, die keine Angst zeigte, sondern die unterschiedlich großen Dirabs mit Blicken anhimmelte. »Die sind aber süß«, sagte sie verträumt und machte ihr Fingerrechteck.

»Eher unheimlich, meinst du wohl«, korrigierte sie Dirty und wandte sich grübelnd an Kupferbart. »Wir können doch keine Kinder verprügeln.«

»Zumindest nicht so viele auf einmal«, antwortete der Kapitän und verzog den Mund, während er sich nervös umsah. Auch Porky war aufgewacht, gab ein überraschtes Grunzen von sich und vergrub sein Gesicht in Kupferbarts Haaren.

Doch die Dirabkinder waren nicht nähergetreten. Sie bildeten einen Kreis um sie herum und standen daraufhin bewegungslos da. Starrende, rotleuchtende Augen blickten ihnen von allen Seiten entgegen.

Kupferbart überlegte angestrengt, wie sie aus dieser Situation herauskommen sollten, da bildete sich eine Lücke im Kreis. Ein weiteres rotes Augenpaar, doch höher gelegen als bei den Kindern, kam durch die Lücke. Es war der vermummte Dirab vom großen Platz, der sie beobachtet hatte, wie Kupferbart schlagartig erkannte. Was wollte er bloß von ihnen?

»Seid gegrüßt und habt keine Angst, meine Freunde«, sagte der hochaufragende Dirab mit aalglatter Stimme und warf die Kapuze zurück. Große, rote Augen starrten sie an.

»Mhm«, brummte Kupferbart und fixierte ihn mit misstrauischem Blick.

»Selber Freund«, knurrte Dirty leise neben ihm.

»Hii!«, rief Instania und winkte fröhlich.

»Ich hoffe, meine Kinder haben euch nicht erschreckt«, fuhr der Dirab in freundlichem Tonfall fort, den der Kapitän ihm jedoch nicht abkaufte. Eine unheimliche Konfrontation zu dieser späten Stunde verlief nur selten friedlich. Doch der Dirab sprach in gleicher Tonart weiter: »In der Dunkelheit mögen sie recht furchterregend wirken, nicht wahr? Dabei sind sie doch erst Kinder.« Ein schnarrendes Lachen tönte aus seinem schmalen Mund.

»Denen sollte man mal die Augen auswaschen, die sehen entzündet aus«, sagte Dirty mit vor Sarkasmus triefender Stimme.

Der Dirab blickte ihn von oben herab an und lachte spöttisch. »Nein, so ist es ganz und gar nicht. Sie gehören einer neuen Generation von Ixe'Dirab an. Ihre Augen wurden … geöffnet.« Er trat einen Schritt nach vorne und breitete die Arme aus, Kupferbart wich einen Schritt zurück. »Es scheint, als hätten wir ähnliche Interessen. Ihr seid auf der Suche nach etwas, nicht wahr?« Kurz streifte sein Blick Dirty und Instania, dann blieb er an Kupferbart haften. Eindringlich blickte er dem Kapitän in die Augen, schien sich hindurchbohren zu wollen, um an seine Gedanken zu gelangen.

Doch Kupferbart versuchte sich nichts anmerken zu lassen. »Das glaub ich kaum«, antwortete er beiläufig. »Wir waren nur auf der Suche nach ein paar Andenken, von denen wir dachten, sie hier zu finden. Leider waren wir erfolglos.« Sein Mundwinkel bewegte sich nach oben, doch ein Lächeln wollte ihm nicht gelingen. Diese Situation hier wirkte äußerst befremdlich, er hatte noch nie von Dirabs mit roten Augen gehört, geschweige denn einen gesehen. Waren sie womöglich verhext oder von irgendwas besessen? Er blieb auf der Hut, während der Dirab ihn lange musterte.

Schließlich sprach der große Rotäugige weiter: »Andenken. Soso. Ich verstehe.« Er wandte sich von Kupferbart ab und schien zu grübeln. Mit einer geschmeidigen Bewegung drehte er sich nach einer Weile wieder zu ihm hin und lächelte auf unheimliche Weise. »Nun, dann soll es so sein. Es steht euch allen frei, weiter nach euren *Andenken* zu suchen.« Er machte einen weiteren Schritt nach vorne, doch dieses Mal wich Kupferbart nicht zurück. Kopf an Kopf standen sie sich gegenüber, auch wenn der Kapitän seinen dabei in den Nacken legen musste.

Porky schien die Nähe dieses Wesens zu spüren, denn Kupferbart hörte seinen beschleunigten Atem dicht an seinem Ohr, begleitet von leisen, ängstlichen Grunzgeräuschen.

Der Dirab sprach weiter: »Doch wenn eure Suche dich und deine Mannschaft am Ende zu etwas führt, mit dem ihr nichts anzufangen wisst, so wende dich vertrauensvoll an mich. Ich werde es dir gerne abnehmen, zu einem beträchtlichen Betrag, versteht sich.« Der Dirab lächelte sein schmallippiges Lächeln und trat einen weiten Schritt von ihm weg.

Kupferbart atmete leise aus, nachdem er wieder Platz gewonnen hatte. »Ich werds mir merken«, murmelte er stirnrunzelnd und beobachtete den Dirab weiterhin aufmerksam.

Doch der schien mit dem Ergebnis der Begegnung zufrieden zu sein. »Gut so«, sagte er nur. Er drehte sich um, schritt durch die Lücke zwischen den Dirabkindern und verschwand in der Dunkelheit. Wie auf ein unsichtbares Zeichen hin begannen sich auch die Kinder gleichzeitig zu bewegen. Sie wandten sich wie ein einziges Wesen um und ihre Umrisse verloren sich in der Nacht, während sie lautlos davonhuschten.

»Was war das denn?«, fragte Dirty verwirrt, als sie wieder alleine auf der Straße standen und sich in den Gassen nichts mehr rührte.

Der Kapitän zuckte mit den Schultern, er fühlte sich nicht minder ratlos. »Keine Ahnung, aber ich will hier keinen Augenblick länger bleiben als notwendig. Los, zurück zum Schiff«, antwortete er angespannt, starrte noch einmal in die unbewegten Quergassen und machte sich auf in Richtung Hafen.

Das restliche Stück des Weges brachten sie mit schnellen Schritten hinter sich. Erst als sie wieder auf dem Deck der Flautilus standen, wagte es Kupferbart, erleichtert aufzuatmen. Was auch immer das Problem der Ixe'Dirab war, es durfte wohl mit dieser rotäugigen Brut und dem unheimlichen vermummten Kerl zu tun haben, dachte er, während das Schiff gemächlich ablegte. Mit einem letzten Blick auf die dunkle Stadt mit dem schimmernden goldenen Ei in der Mitte fasste er den Entschluss, den Ixe'Dirab so bald keinen Besuch mehr abzustatten. Sollten sie doch alleine mit ihren Problemen zurechtkommen.

Xoratak sah den Menschen im Schutz der Dunkelheit nach, wie sie sich davonmachten. Die Suche dieser Piraten kam ihm sehr gelegen, es würde seine Bemühungen beschleunigen, da war er sicher. Und dann würde die Zeit der Offenbarung kommen und er sich nicht mehr verstecken und verhüllen müssen. Er konzentrierte sich und konnte die Kinder in der Nacht spüren. Sie eilten wieder zurück zu den Gelege- und Ausbildungshallen, wie er ihnen mit einem Gedanken befohlen hatte. Die Verbindung war schwach, doch war sie definitiv vorhanden. Er konnte sie lenken, konnte ihre Gedanken mit seinen verschmelzen. Ein unerwarteter, aber ebenso erfreulicher Nebeneffekt der Beigabe von aktiviertem Randium in den Teich des Basiswissens. Doch es kostete ihn Kraft, er hatte nur eine kleine Menge aktiviertes Randium besessen und die Körper der Kinder enthielten nur Spuren davon. Er brauchte mehr.

Ein kleiner Stich in seinem Kopf ließ ihn die Augen verärgert zusammenziehen. Ein anderes Bewusstsein kratzte in seinem Gehirn, an seinen Gedanken. Es war jenes, das er von Anfang an gespürt hatte, von dem Moment an, als er das aktivierte Randium mit seinem Körper in Kontakt gebracht hatte. Doch war er lange genug Oberster Ignorant gewesen. Die Fähigkeit, nicht zuzuhören, gehörte zu seinem Leben. Daher drängte er das Bewusstsein mit der Kraft seines Geistes zurück in die hinterste Ecke seines Geistes und lächelte zufrieden. Er hatte die Kontrolle. Über sich, über die Kinder und bald schon über noch viel mehr.

6 - IM LAND DER MENTAUREN

Besuch bei den Mentauren

Die Flautilus segelte, begleitet von einer sanften Brise, das Gelbe Meer hoch nach Norden. Nach dem Fund eines weiteren Schlüsselteils dort, wo Kupferbarts Ahnung sie hingeführt hatte, war ihm klar geworden, wo sie nach den übrigen Teilen suchen mussten.

»Die Ecken der Welt, stimmts?« Brenden stand mit einem Lächeln neben ihm an der Reling und zusammen beobachteten sie die Wellen, die sich rings um sie gemächlich aufbäumten und wieder zusammenfielen. Kupferbart würde es niemals schaffen, sich an diesem Anblick sattzusehen.

Er nickte. »Genau. Die ganze Welt ist ein X. Jeder Endpunkt der Linien und der Kreuzungspunkt in der Mitte markieren einen Fundort.« Er schnaufte vernehmlich, jedoch nicht, um dem ockerfarbenen Sandwal Konkurrenz zu machen, der gerade in einiger Entfernung zur Flautilus die Wellen durchbrach. »El Materen hat es ordentlich übertrieben mit dem Verstreuen der Teile. Die ganze Welt abzuklappern für einen geheimnisumrankten Schatz, von dem wir noch nicht mal wissen, was genau er ist.« Er dachte an die Worte des rotäugigen Dirabs, die ihn nachdenklich gestimmt hatten.

»Ein Schatz ist ein Schatz«, meinte Brenden aufmunternd. »Und wenn es tatsächlich nur irgendwelche Kulturgegenstände von sentimentalem Wert sein sollten, haben wir wenigstens schon einen Käufer dafür.«

Kupferbart, der Brenden von der Begegnung mit dem unheimlichen Dirab berichtet hatte, brummte nur und blickte weiterhin aufs Meer. Der Sandwal hatte abgedreht und schwamm nun in entgegengesetzter Richtung zur Flautilus davon. Wie zum Abschied blies er noch ein paar wässrige, vom Sand gelblich glitzernde Fontänen in die Luft, bevor er aus dem Blickfeld verschwand.

Brendens Abschied dagegen bestand aus einem Schulterklopfer, woraufhin er sich wieder an die Arbeit machte.

Der Kapitän hatte Maladin aufgetragen, ein besonderes Auge auf Flaggen von wütenden Piraten zu werfen, sollten sich diese am Horizont zeigen. Er wunderte sich, dass ihnen außer Baumbart und Vogelbart bisher keine weiteren Piratenkapitäne über den Weg gelaufen waren. Entweder hatten sie das Rätsel noch nicht entschlüsselt, was er bezweifelte, oder sie hatten eine andere Reihenfolge gewählt, nach den Teilen zu suchen, worauf er hoffte. Wenn auch nur eines der Teile in die Hände eines anderen Kapitäns gelangte, würde es sowieso früher oder später zu einer Konfrontation kommen. Doch diese wollte er so weit wie möglich in die Zukunft schieben.

Nachdem ihm der Sandwal abhandengekommen war, wählte er als nächstes Ziel seiner Beobachtungen einen Schwarm Pfeilfische, die neben der Flautilus einherschwammen. Dann und wann schossen sie mit sagenhafter Geschwindigkeit aus dem Wasser, um gleich darauf senkrecht einzutauchen und kleinere Fische tief unter der Meeresoberfläche präzise aufzuspießen. Er hatte gehört, dass einige dieser acht Fuß langen Fische auch schon im Deck von Schiffen stecken geblieben waren. Von zwei Erlebnissen war ihm berichtet worden, bei denen ein unglückseliger Matrose umgekommen war, als der Fisch ihn von oben herab durchbohrt hatte. Porky öffnete gelegentlich seine Augen, um die Entfernung zu den Fischen abzuschätzen, doch waren sie wohl zu weit weg, um für ihn von weiterem Interesse zu sein. Leise grunzend schlief er jedes Mal wieder ein.

Kupferbarts Gedanken kehrten nach dieser vorübergehenden Ablenkung wieder zurück zu den Piratenkapitänen und an eine dritte Möglichkeit, warum sie noch nicht mehreren von ihnen begegnet waren. Diese behagte ihm am allerwenigsten. »Was, wenn sie gar nicht nach den Teilen suchen, sondern eine Falle stellen, um mir die Teile einfach mit Gewalt zu entreißen?«, fragte er besorgt einen Pfeilfisch, der sich knapp neben der Flautilus aus dem Wasser geschraubt hatte und vor dem Bug anmutig wieder im Meer versank. Doch der Fisch hatte keine Antwort für ihn zurückgelassen, daher blieb er mit seinen Sorgen allein.

Die Fahrt nach Norden dauerte viele Tage. Sie segelten knapp außerhalb der Sichtweite der Küste von Sandazaar, durchquerten unterwegs die Meerenge, die nach der kürzlich eingetroffenen Flut ausreichend Wasser führte, um von Schiffen ungehindert befahren werden zu können. Die Flautilus war ein leichtes Schiff und hatte wenig Tiefgang, damit blieb die Meerenge für sie die meiste Zeit im Annular passierbar. So manche Verfolgungsjagd hatte an dieser Stelle schon ihr Ende gefunden. Die Flautilus war dabei sowohl Jägerin als auch Gejagte gewesen. Kupferbarts persönliche Jagd nach Mofo Dynn war weniger von Erfolg gekrönt gewesen. Zwei weitere der Angeln, die er sich in Pendropolis besorgt hatte, waren in die Tiefe gezogen worden. Verfluchtes Biest ...

Der Kapitän sog die Meeresbrise mit tiefen Nasenzügen ein. Nur noch eine Spur von Salz lag in der Luft, da der Meeresspiegel wieder gestiegen war. Vor der Flut war das Salz am intensivsten zu riechen, da die Salzablagerungen am Meeresboden das flache Wasser in eine brackige Brühe verwandelten. Erst mit der Flut wurde genügend Frischwasser beigemengt, um das Salzwasser zu verdünnen und großteils trinkbar zu machen. Erfahrene Seemänner benötigten keinen Kalender oder sonstige Zeitmesser, sie erschnüffelten einfach mit der Nase, welche Zeit im Annular gerade war.

Weiter ging es nach Norden, vorbei an Tra'Dak, einer Hafenstadt unter der Verwaltung der Ixe'Dirab. Sie hatten genug Vorräte und vor allem genug Rum geladen, um ohne Zwischenstopp bis zu ihrem Ziel zu gelangen. Einige Tage später hatten sie die Mündung des Mantoran auch schon erreicht, des nördlichsten Flusses auf Sandazaar, der tief in den Westen führte und um die Zeit der östlichen Pendelwende herum bis zum Randgebirge reichte. Doch würden sie davor nach Norden in den Mantano abbiegen, dem Flusszweig, der sie bis zur Hauptstadt der Mentauren brachte. Wobei die Bezeichnung Hauptstadt übertrieben war, es handelte sich einfach nur um eine größere Ansammlung von Zelten – den typischen Behausungen des Wüstenvolkes – als in den übrigen Siedlungen. Einige solcher Zelte konnte Kupferbart bereits am nicht mehr weit entfernten Ufer vor sich sehen, denn eine dieser Siedlungen der Mentauren befand sich genau an der Flussmündung.

Die paar Dutzend Zelte waren ungeordnet zwischen dem nördlichen Flussufer und dem Strand aufgebaut worden. Mit ungefähr zwei Mann Höhe besaßen sie die Größe von kleinen Hütten. Die Zelte bestanden zur Gänze aus dicken Lederhäuten, über die hellbraune Wollfelle geworfen worden waren. Die Wolle stammte von Wüstenschafen, den genügsamen Nutztieren der Mentauren. Die Tiere hatten mehr Wolle als Fleisch auf den Knochen, trotzdem stellten sie einen unverzichtbaren Teil der Nahrungsversorgung des Wüstenvolkes dar. Die Mentauren waren ein friedliches Volk mit einer stolzen Kultur, dessen ungeachtet überprüften sie alle Schiffe, die vorhatten, ihr Gebiet zu durchqueren.

Da Kupferbart keinen Grund sah, sich mit ihnen anzulegen, warfen sie ein Stück weit von der Flussmündung entfernt den Anker. Dann bestieg er zusammen mit Dirty und Instania, die unbedingt mitwollte, ein Boot und sie ruderten zum Ufer, wo bereits ein Trupp Mentauren auf sie wartete. Einige von ihnen waren mit Pfeil und Bogen sowie Kurzspeeren aus Hartholz bewaffnet. Die Blicke der Mentauren waren aufmerksam, doch freundlicher Natur, daher machte sich der Kapitän keine Sorgen, dass dieses Treffen unglücklich verlaufen könnte. Das Boot legte am sandigen Ufer an und sie stiegen aus, um sich beim Trupp vorzustellen und ihr Anliegen zu erklären.

Der offensichtliche Sprecher der Gruppe von Mentauren und einzige Unbewaffnete kam ihnen ein paar Schritte entgegen und breitete die Arme mit einladender Geste aus. »Seid gegrüßt, meine Freunde, willkommen im Land der …«

Seine Willkommensansprache wurde jäh von Instania unterbrochen. »Meine Güte, hast du aber einen langen Schwanz!«, rief sie verblüfft aus und starrte den Mentauren fasziniert an, genauer gesagt dessen angesprochenen Körperteil. »Darf ich ihn mal anfassen?«

»Äh, wenn du darauf bestehst …«, antwortete der verwirrte Mentaure, doch Instania hatte seine Antwort gar nicht erst abgewartet und war schon bei ihm.

»Der ist aber lang. Und wie er sich bewegt«, sagte sie begeistert und spielte mit dem Schwanz des Mentauren. »Aber ganz schön struppig, möchte ich meinen.«

Kupferbart beobachtete derweilen die Mentauren im Hintergrund, die sichtlich Mühe hatten, ernst zu bleiben.

Der Sprecher wusste nicht so recht, wohin er seinen Blick richten sollte, und kratzte sich verlegen am Kopf. »Äh, ja, das liegt daran, dass ich noch Junggeselle bin, und in letzter Zeit ergab sich keine Gelegenheit zum Bürsten …«

»Willst du von mir gebürstet werden?«, unterbrach ihn Instania aufgeregt. »Ich mach das oft, aber zu zweit macht es einfach mehr Spaß.«

Der Mentaure befreite sich unbeholfen von Instania und bewegte sich zwei Schritte von ihr weg. »Äh, nein danke, dazu hole ich mir lieber professionelle Unterstützung. Wir Mentauren sind an dieser Stelle, äh, sehr empfindlich.«

Kupferbart hörte Dirty neben sich in seinen Bart hineinkichern und auch er selbst konnte sich ein Schmunzeln nicht verkneifen. Mentauren waren im Grunde gebaut wie Menschen, besaßen jedoch ein paar Eigenheiten. Gesicht und Oberkörper waren stark behaart, jedoch nicht viel stärker als bei Männern üblich. Außergewöhnlich am Erscheinungsbild gestalteten sich jedoch die muskulösen und dicht behaarten Beine, die Pferdebeinen ähnelten, die Hufe am Ende inklusive. Und dann war da noch der Pferdeschwanz, der dem männlichen Geschlecht des Volkes hinten buschig herabhing. Mentauren waren in der Lage, außergewöhnlich schnell zu laufen, und sie benutzten den Schwanz sowohl zum Lenken als auch um das Gleichgewicht zu halten. Kupferbart hatte diese Informationen von einem Mentauren, den er mal auf der Pirateninsel in einer Taverne getroffen hatte. Die volkstypische Bekleidung der Mentauren bestand, so wie bei diesen hier, aus einem Lendenschurz aus hellbraunem Leder und aus Lederwesten, die offen oder geschnürt getragen wurden. Ein paar nähten sich auch Stücke von denselben Wollfellen darauf, die sie auch für die Zelte benutzten. Mentaurenkrieger verwendeten obendrein die Schafshörner, um sie auf den Schultern oder als Kopfschmuck zu tragen, damit sie bedrohlicher wirkten.

Instania machte Anstalten, dem Mentauren nachzulaufen und ihn weiter zu belästigen, daher rief Kupferbart ungehalten: »Lass den armen Mann in Ruhe und komm her, wir haben noch einen weiten

Weg vor uns!« Als Belohnung erntete er einen dankbaren Blick des Mentauren, nachdem Instania widerwillig von ihm abließ und zu Kupferbart und Dirty zurückkehrte.

Daraufhin setzte er ein fragendes Gesicht auf: »Wenn ihr zu dieser Zeit hier seid, wollt ihr sicher tiefer ins Gebiet der Mentauren hineinsegeln. Habt ihr vor, beim Wettbewerb zuzusehen?«

Der Kapitän runzelte die Stirn. »Was für ein Wettbewerb?«

»Ach, ihr wisst gar nichts davon?« Der Mentaure machte ein überraschtes Gesicht, nutzte jedoch mit eifrigen Gesten die Gelegenheit, um sie aufzuklären: »Jedes Annular, genau drei Dekanden, nachdem die Flut das Wasser zurückgebracht hat, findet ein Wettbewerb statt, an dem Vertreter aller Mentauren-Stämme teilnehmen. Es gibt drei Disziplinen, abgehalten an zwei Tagen, in denen Stärke, Geschick und Ausdauer geprüft werden. Die Mannschaften bestehen aus je drei Teilnehmern, von denen jeweils einer bei einem Bewerb mitmacht. Diejenige Mannschaft, die in den drei Disziplinen die meisten Punkte ergattert, gewinnt den Wanderpokal.« Der Blick des Mentauren wanderte sehnsüchtig nach Westen. »Es ist ein großartiges Fest«, schwärmte er. »Tausende Mentauren und auch Zuschauer anderer Völker Pendolumiums verfolgen die Wettkämpfe, abends wird gefeiert, gesungen und getrunken, bis der Morgen wieder anbricht.« Er seufzte. »Zu gerne wäre ich wieder dabei, doch dieses Annular wurde ich leider hier zum Dienst eingeteilt. Wisst ihr, letztes Annular war ich einer der Teilnehmer und belegte den dritten Platz beim Bewerb der Ausdauer.«

Der Kapitän spürte, wie Dirty ihn anstupste. »Können wir da zuschauen?«, hörte er Dirtys flehende Stimme von der Seite her. »In Baraqueña war keine Zeit für den Stierringkampf, aber jetzt müssen wir sowieso in diese Richtung.«

Kupferbart verzichtete darauf, in Dirtys Gesicht zu schauen, er konnte es sich auch so bildlich vorstellen. Stattdessen wackelte er nachdenklich mit der Nase, woraufhin er den Mentauren fragte: »Wo findet dieser Wettbewerb denn statt?«

»Ganz im Westen, wo der Mantoran sich im Randgebirge verläuft. Dort ist es kühler als in der Wüste, sodass die Athleten nicht von der Hitze geschwächt werden und alles geben können.«

»Wir müssen aber in die Hauptstadt«, erklärte Kupferbart Dirty, der ihn nach dieser Antwort finster anstarrte.

»Dort werdet ihr kaum jemanden vorfinden«, mischte sich der Mentaure ein. »Wie ich schon sagte, ein Großteil des Mentaurenvolkes wird beim Bewerb sein, alle Stammeshäuptlinge und auch unser König, falls ihr mit ihm sprechen wolltet.«

Der düstere Gesichtsausdruck Dirtys verwandelte sich umgehend in einen belehrenden, dessen Wirkung nur vom angedeuteten Grinsen ein wenig getrübt wurde. »Der Punkt vom X kann genauso gut dort sein, wo der Wettbewerb stattfindet. Und wenn in der Hauptstadt sowieso niemand ist …« Er überließ es Kupferbart, den Gedanken zu Ende zu führen.

Der Kapitän überlegte und sah den Mentauren an, der nur mit den behaarten Achseln zuckte. »Also schön«, gab sich Kupferbart geschlagen. »Dann segeln wir zum Wettbewerb.«

»Ha!«, machte Dirty und grinste bis über beide von Haaren bedeckten Ohren.

»Ein Wettbewerb, wie aufregend«, fügte Instania hinzu und klatsche freudig in die Hände.

»Ja, ja«, brummte der Kapitän nur. »Aber wir sollten schleunigst aufbrechen, bis dorthin ist es ein weiter Weg.«

Und so geschah es auch. Sie verabschiedeten sich von der Gruppe Mentauren, ruderten zurück zur Flautilus und setzten Segel in Richtung westliches Randgebirge.

Die Wette

Die Fahrt auf dem Mantoran dauerte anderthalb langweilige Dekanden. Es gab nichts zu tun, als sich bedeckt zu halten und die karge Aussicht mit den paar Pflänzchen an den Ufern des Flusses zu ertragen, die vorsichtig in die Höhe sprossen. Wenigstens war die berüchtigte Hitze Sandazaars auf dem Fluss nicht so erdrückend, da sie gut Fahrt machten und der Wind sich lindernd auf alle Gesichter legte. Der Fluss gehörte ihnen dabei nicht alleine. Vor ihnen, hinter ihnen und bei mancher Gelegenheit auch neben ihnen, wenn ein schneidiges, kleines Boot sie überholte, waren weitere Reisende unterwegs, offensichtlich mit demselben Ziel. Es waren überwiegend Schiffe der Menschen, meist aus den freien Staaten mit bunten Segeln, einige wenige auch aus Sheagranor mit grünem Segeltuch. Sie erblickten auch drei eiserne Schiffe der Cragolock, die merkwürdige Geräusche von sich gaben und mit einem großen Schaufelrad am Heck betrieben wurden, ähnlich den Tretbeibooten der Flautilus. Von den Cragolock hatte sich Kupferbart die Idee mit dem Schaufelantrieb abgeschaut, jedoch war es ihm unmöglich gewesen, dem kleinen Volk das Geheimnis des selbstständigen Antriebs zu entlocken. Bestimmt war es irgendeine Art von Magie, die nur die Crags beherrschten. Selbst Dirty, der viel über das grabende Volk wusste, konnte keine Erklärung darüber abgeben. Später dann hatte die Flautilus für kurze Zeit mächtig Schlagseite bekommen, als die gesamte Mannschaft an eine Seite des Schiffes geeilt war. Ein Boot der Aboradeem hatte sie überholt, was ein unglaublich seltener und für die meisten Menschen einzigartiger Moment war. Sogar Kupferbart, der seit vielen Annularen auf See unterwegs war, hatte diesen Anblick erst ein einziges Mal erleben dürfen. Das Boot glich einem langen, vorne und hinten abgerundeten Baumstamm, aus dem zwei riesige Blätter ragten, die als Segel dienten. Der Baumstamm hatte keine Öffnungen oder andere Merkmale, die auf unnatürliche Eingriffe hinwiesen. Es zeigte sich kein Aboradeem auf dem Stamm, er glitt einfach so geräuschlos durchs Wasser, als ob er wüsste, wohin er treiben musste. Der Kapitän mutmaßte, dass der Baumstamm innen hohl war und die Passagiere sich dort aufhielten. Doch wie der Baumstamm gelenkt wurde, entzog sich seiner Kenntnis.

Die Flautilus hatte den freundlichen Piraten gehisst, daher mussten sie sich auch so verhalten: kein Entern, kein Plündern. Was das Ganze noch verschlimmerte, war die Tatsache, dass der Rum langsam zur Neige ging. Bis zu ihrem Ziel reichte er noch gerade so, doch danach würde die Mannschaft wohl eine Zeit lang einer Durststrecke ausgesetzt sein, wenn sie keine Handelsmöglichkeiten bei den Mentauren fanden. Brenden hatte Kupferbart die wachsende Sorge in der Mannschaft mitgeteilt, der sich grummelnd bereits die nächsten Schritte überlegte. Ein Piratenschiff ohne Rum an Bord war wie ein Mensch in der Wüste ohne Wasser.

Schließlich erreichten sie an einem Spätnachmittag das vorläufige Ende des Mantoran. Das Wasser war am letzten Tag bedenklich flach geworden. Auf zwei oder drei Sandbänken hatte Kupferbart schon das Knirschen des Schiffsrumpfes unter sich vernommen, der sich einen Weg durch den zum Glück weichen Boden pflügte. Doch jetzt waren sie am Ziel ihrer Reise, und wie es aussah, würde die Flautilus nur für kurze Zeit Gelegenheit bekommen, zu verweilen. Es gab nur zwei Landungsstege, an denen die übrigen Schiffe für einen Moment anlegten und ihre Fracht abluden, bevor sie wendeten und sich wieder nach Osten in Richtung Meer davonmachten.

Nach einem Blick ins Wasser bemerkte Kupferbart, dass die Mentauren während einer Trockenphase den Fluss um die Stege herum ausgehoben haben mussten. An dieser Stelle war das Wasser definitiv tiefer als davor, und vor allem danach, wenn er mit seinen Blicken dem Lauf nach Westen folgte.

Den meisten Schiffen, die anlegten, entstiegen mehr oder minder wohlhabende Leute, die kein Problem damit hatten, sich die weite Reise leisten zu können, um dem Spektakel am westlichen Ende Sandazaars beizuwohnen. Einige entluden auch Waren, die wohl für die Festlichkeiten gedacht waren.

Kupferbart beobachtete das Treiben vor ihnen eine Zeit lang, dann wandte er sich an Brenden und erklärte: »Sieht so aus, als würden nur ein paar von uns hierbleiben und beim Wettbewerb zusehen können.«

»Die üblichen Verdächtigen?«, fragte Brenden und schmunzelte.

»Mhm«, brummte Kupferbart. »Denke schon. Wir sind aber nicht nur zum Gaffen hier. Oberstes Ziel ist, das Schlüsselteil zu finden. Das hier ist ja beinahe die nordwestlichste Ecke der Welt, möglicherweise weiß einer der Mentauren was. Sind ja genug hier, um sich durchzufragen.«

»Und was soll der Rest der Mannschaft in der Zwischenzeit anstellen?«

Kupferbart hatte sich schon Gedanken darüber gemacht. »Der Rum wird knapp. Dreh mit der Flautilus um und hol uns in zwei Tagen wieder ab. Sucht in der Zwischenzeit die Siedlung der Mentauren auf, an der wir vorbeigesegelt sind, möglicherweise handeln die mit Alkohol. Es muss ja nicht immer nur Rum sein, in der Not würde die Mannschaft alles hinunterkippen. Ich informiere mich hier, ob sie bereit sind, ein paar Fässer zu entbehren, aber ich fürchte, nach dem Wettbewerb wird kein Tropfen mehr übrig sein, den wir erwerben könnten.«

Brenden nickte. »Alles klar, Kapitän. Ich hole euch am Tag der Siegesfeier wieder ab. Viel Spaß und benehmt euch«, sagte er zum Abschied grinsend.

Der Kapitän zuckte unschuldig mit den Schultern und grinste zurück, dann war die Flautilus auch schon an der Reihe, am Steg anzulegen. Kurze Zeit später hatte er mit seinem Landungstrupp das Schiff verlassen.

Die Schuhe der Gruppe versanken im heißen Sand in der Nähe des Ufers, während sie der Flautilus hinterherblickten, die in einem knappen Bogen wendete und sich wie befohlen ostwärts begab. Einige kleine Boote schafften Gäste, die zu bequem waren, einen Schritt mehr als notwendig zu machen, weiter nach Westen. Da der Fluss in diese Richtung immer noch so gut wie kein Wasser führte, hingen die Boote an Tauen, die von muskulösen Mentauren gezogen wurden. Kupferbart hingegen wählte den Fußmarsch. Dirty murrte kurz, trottete dann aber, ohne ein weiteres Wort zu verlieren, gemeinsam mit Maladin und Instania hinterher.

»So können wir uns einen besseren Überblick verschaffen, wenn wir uns langsam nähern, anstatt mittendrin im Geschehen zu landen«, erklärte der Kapitän dem Trupp. »Und vergesst nicht, wir sind nicht nur hier, um beim Wettbewerb zuzusehen. Wir brauchen Informationen über das Schlüsselteil. Ich habe keine Ahnung, wo wir mit der Suche beginnen sollen, also müssen wir auf alles ein Auge werfen.«

Und ihren Augen wurde einiges geboten, während sie in westlicher Richtung dahinwanderten. Von überall her aus der Wüste strömten Mentauren, allein oder in Gruppen, in Richtung Randgebirge. Viele schulterten schweres Gepäck auf ihrem Rücken, doch bremste es sie dank ihrer kräftigen Beine nicht aus. Im Gegenteil, die meisten trabten in gemächlichem Laufschritt dahin, während die Pferdeschwänze dabei durch die Luft peitschten. Ob zum Lenken oder um Insekten zu vertreiben, konnte Kupferbart nicht ausmachen. Die weiblichen Mentauren besaßen äußerlich weit mehr Ähnlichkeit mit menschlichen Frauen, erst von den Knien abwärts begann die typische Behaarung und Muskulatur der Mentauren an den Beinen, die ebenfalls in Pferdehufen endeten. Sie waren so wie die Männer in hellbraune Lederkluft gekleidet. Anstelle der Lendenschurze trugen sie jedoch knielange Lederröcke oder ebenso lange Beinkleider.

Der Kapitän blickte zu den gewaltigen zerklüfteten Hängen des Randgebirges, das im Westen ganz nah vor ihnen in den Himmel ragte und sich im Norden und Süden irgendwo in weiter Ferne verlor. Mit jedem Schritt, der sie den Bergen näherbrachte, wurde es spürbar kühler, was er in der Wüste von Sandazaar nicht für möglich gehalten hätte. Doch kalte Winde, die sich an den steilen Felswänden entlang fauchend hinabschlängelten, kühlten die Luft um sie herum ab. Mit einem Blick auf seine Füße bemerkte Kupferbart, dass auch der Boden fester wurde. Erde und sporadische Steinplatten lösten den sandigen Untergrund ab. Damit fühlte sich das letzte Stück des Fußmarsches für ihn gleich angenehmer an, da die Sandhaufen nicht mehr unter seinen Schuhen zerflossen.

Je weiter sie sich dem bereits aufgebauten Festgelände näherten, desto mehr Einzelheiten ließen sich erkennen. Überall ragten große und kleine Zelte der Mentauren mit den typischen Fellen als Außenwand auf und viele Mentauren waren gerade dabei, weitere Zeltlager hochzuziehen. Nur ein paar abgesteckte Bereiche auf der weiten Ebene blieben frei, auf denen wohl die Bewerbe stattfanden. An allen Ecken und Enden herrschte emsiges Treiben, dabei den Überblick zu behalten war schier unmöglich.

»Sieht mir nach der Handwerkskunst der Cragolock aus«, meinte Dirty auf einmal und zeigte auf den Fuß des Randgebirges, das inzwischen nur noch wenige hundert Schritt von ihnen entfernt emporragte. Kupferbart folgte seinem Finger und verstand, worauf Dirty hinauswollte. Dort, wo der steinige Boden in die Felswand überging, waren anstelle einer zerklüfteten Wand viele lange, stufenförmige Reihen feinsäuberlich in den Stein gehauen worden. Das mussten die Sitzplätze für die Zuschauer sein, von dort oben hatte jeder einen hervorragenden Ausblick auf das Festgelände. Der Kapitän sah auch in den Stein geschlagene Höhleneingänge, sowohl am Boden als auch weiter oben, wo sich die letzten Sitzreihen befanden. In eine große Höhle unten wurden allerhand Kisten und Fässer transportiert, was Kupferbart die Vermutung anstellen ließ, dass die Höhle zur kühlen Lagerung der Lebensmittel verwendet wurde. Oben auf kleinen Plateaus in den Felswänden konnte er jetzt auch bewaffnete Mentauren ausmachen, die nicht das Festgelände unter ihnen, sondern die steilen Wände des Randgebirges oberhalb der Ebene beobachteten. Ihre Bögen und Speere lagen einsatzbereit in ihren Händen.

Maladin schien sie ebenfalls bemerkt zu haben. »Wonach halten die denn Ausschau?«, fragte er in die Runde.

»Nach allen möglichen Kreaturen und Bestien«, antwortete Dirty gelassen. »Würde die Feierstimmung wohl ordentlich runterziehen, wenn ein paar Felsechsen sich unter das Volk mischen und anfangen würden, die Gäste zu fressen.«

Maladin schluckte vernehmlich. »So etwas kann passieren?«

»So nah am Randgebirge kann alles Mögliche passieren«, lautete Dirtys lapidare Antwort.

»Ach was, Dirty veralbert dich doch nur«, mischte sich Instania ein. »Das macht er mit mir andauernd. Ich bin sicher, sie haben vor dem Fest alle Kreaturen verjagt, damit nichts passieren kann.« Instania warf Dirty einen vielsagenden Blick zu. Der jedoch grinste nur.

»Die Kreaturen sind nicht unser Problem«, beendete Kupferbart die Diskussion. »Wir suchen das Schlüsselteil. Irgendjemand eine Idee, wo wir anfangen sollen?«

Maladin zeigte auf ein Zelt, vor dem eine lange Schlange von Mentauren stand. »Vielleicht dort. Da drin scheint es zumindest irgendwas Interessantes zu geben, wenn es so viele Leute anlockt.«

Kupferbart war damit einverstanden, es bei besagtem Zelt als Erstes zu versuchen, also trotteten sie hin und beäugten die Wartenden. Es waren durchweg männliche Mentauren, die Mehrzahl von ihnen groß und athletisch gebaut. Kupferbart wandte sich an einen Mentauren in der Schlange und räusperte sich. »Scheint mir ein recht beliebtes Zelt zu sein. Was gibt es denn da drin zu sehen?«, fragte er interessiert.

Der Mentaure sah ihn an, als hätte er sich gerade danach erkundigt, ob es Sand in der Wüste gab. »Na, der Bürsthan natürlich.«

Kupferbart glotzte verwirrt. »Wer?«

»Der Bürsthan«, wiederholte der Mentaure und setzte einen geduldigen Blick auf, als wäre Kupferbart ein Kind, dem er etwas erklären musste. »Dort drin werden die Haare und Schwänze der Teilnehmer des Wettbewerbs seidig glänzend gemacht. Oder was glaubst du, warum alle Athleten hier anstehen?«

»Wir wollen schließlich umwerfend aussehen, wenn wir es morgen bei der Prüfung der Kraft ordentlich knacken lassen«, mischte sich der Mentaure hinter dem angesprochenen ein und grinste voller Vorfreude. »Und dieses Annular gibt es noch einen besonderen Preis obendrauf. Da will man sich logischerweise von seiner besten Seite zeigen.«

»Dieser Bürsthan wäre was für dich, Dirty«, meinte Instania süffisant und grinste Dirty an. »Vielleicht kommt dann unter all diesem Gestrüpp ein freundliches Wesen zum Vorschein.«

»Da kann er lange bürsten«, brummte Dirty nur und deutete auf ein anderes Zelt, vor dem ebenfalls eine Schlange stand. Diese war jedoch eine bunte Zusammenstellung aus Menschen, Cragolock und Mentauren jedweden Geschlechts und Alters. Das Zelt wurde von vier bewaffneten Mentauren bewacht, die jedoch mehr die hinaustretenden Leute musterten als jene, die im Zelt verschwanden. »Und was ist dort drin?«

Der Mentaure, der sie über den Bürsthan aufgeklärt hatte, folgte Dirtys Fingerzeig und über sein Gesicht stülpte sich ein sehnsüchtiger Ausdruck. »Dort drin steht die prächtige Trophäe, für die wir hier sind. Die Trophäe, die alle Athleten erringen wollen: der Wanderpokal für die Siegermannschaft.«

»Den will ich sehen!«, rief Instania und war schon dahin, um sich in der Schlange anzustellen.

Kupferbart verdrehte die Augen. War ja klar, dachte er sich im

Stillen. Er bedankte sich beim auskunftsfreudigen Mentauren und marschierte seiner Folterfrau zusammen mit den anderen hinterher.

Es dauerte eine ganze Weile, bis sie an die Reihe kamen und das aus dicken Lederhäuten gebaute Zelt betreten durften. Die Schlange kam nur langsam vorwärts und wurde hinter ihnen immer länger. In der Zwischenzeit war die Sonne verschwunden und an deren Stelle traten unzählige Lagerfeuer, die das gesamte Gelände hell erleuchteten. Eines davon brannte besonders hell und hoch, wo die Stammeshäuptlinge und der König der Mentauren Platz genommen hatten. Zumindest hatten die Mentauren vor ihnen in der Schlange davon gesprochen.

Dirty hob seinen Kopf schnüffelnd in die Luft und verzog angewidert die Nase. »War ja klar, dass sie Dung für die Feuer verwenden. Für vernünftiges Brennholz hätten sie wohl bis an die Küste laufen müssen und hoffen, dass die Flut was angespült hat.«

Von allen Seiten brandeten berauschtes Lachen und zotige Lieder an Kupferbarts Ohren. Die Besucher ließen es sich augenscheinlich nicht nehmen, die Feierlichkeiten schon vor dem Wettbewerb ordentlich zu begießen. Dann war es endlich soweit und Kupferbart schob die lederne Plane zur Seite, um dem Trupp den Weg ins Innere des Zeltes frei zu machen. Drinnen roch es nach Wüstenschaf und das lodernde Feuer der am Boden stehenden Feuerschalen intensivierte den Geruch nur noch. Abgesehen von zwei müde wirkenden Mentaurenwachen war das Zelt leer, nur ein Podest befand sich in der Mitte und darauf stand der Wanderpokal. Es war ein hübscher, zwei Fuß großer Kelch aus Aboradeem-Schwarzholz mit unzähligen bemalten Schnörkeln und Mustern außen herum. Oben war ein Deckel aus demselben Holz und aus dem Deckel ragte ein verziertes Metallteil nach oben.

Kupferbart hob überrascht die Augenbrauen. »Das ist doch …«

»Sieht genauso aus wie die Teile, die wir bereits gefunden haben«, merkte Maladin leise an und warf einen verstohlenen Seitenblick auf die Wachen.

»Verdammt«, entfuhr es dem Kapitän, woraufhin ihn die zwei Mentauren misstrauisch musterten.

»Wenn ihr fertig seid, verlasst das Zelt bitte wieder, es warten noch eine Menge Leute da draußen«, sprach eine Wache und deutete mit dem Kopf in Richtung Ausgang.

Kupferbart brummte und zeigte seinem Trupp an, mitzukommen. Gemeinsam schritten sie durch die Zeltplane nach draußen und versammelten sich ein Stück abseits vom Zelt an einer weniger beleuchteten Stelle, wo sie halbwegs ungestört waren. Sie benötigten einen Plan, wie sie an das Teil herankommen konnten, das war dem Kapitän klar.

»Und was jetzt?«, fragte Dirty missmutig. »Wir können den Pokal schlecht stehlen, die Wachen sahen nicht so aus, als hätten sie vor, das Ding unbewacht zu lassen.«

»Glaub ich auch nicht«, bestätigte Kupferbart Dirtys Vermutung und schürzte die Lippen. »Vor dem Zelt Wachen, im Zelt Wachen und mit Sicherheit werden sie regelmäßig abgelöst. Die ganze Veranstaltung hier dreht sich schließlich um dieses verdammte Ding im Zelt.«

»Wir könnten ja am Wettbewerb teilnehmen, vielleicht gewinnen wir ihn ja auf ehrliche Weise«, scherzte Maladin, doch Kupferbarts Kopf drehte sich ruckartig zu ihm hin. Nachdenklich sah er ihn an und Maladins Augen wurden groß. »Du willst doch nicht wirklich …?«

Der Kapitän zuckte mit den Schultern. »Was haben wir schon zu verlieren? Nur rumsitzen und zuschauen bringt uns nicht weiter, also können wir es zumindest versuchen. Und nebenbei haben wir immer noch zwei Tage Zeit, um uns einen Alternativplan zu überlegen.«

Instania klatschte in die Hände. »Das wird ein Spaß, so viele Leute werden mich dabei verfolgen können, wie ich alles gebe, um den Preis zu gewinnen.«

»Soll ja eine Prüfung der Kraft geben, das klingt nach Spaß«, fügte Dirty verschmitzt grinsend hinzu und teilte damit überraschenderweise einmal Instanias Meinung.

»Dürfen Nicht-Mentauren überhaupt teilnehmen?«, bremste Maladin ihren Enthusiasmus. »Ich habe bisher keine Athleten gesehen, die keine Mentauren gewesen wären, wenn ich an die Schlange vor dem Bürsthan denke.«

»Menschen und Cragolock haben auch keine Schwänze, die sie sich bürsten lassen müssten«, antwortete Dirty und schickte ein anzügliches Lachen hinterher.

Kupferbart hatte sich gleichermaßen Gedanken über dieses mögliche Hindernis gemacht. Doch versuchen mussten sie es jedenfalls, dachte er sich und legte Maladins Bedenken im Geiste beiseite. »Na schön, damit haben wir einen Plan«, fasste er zusammen. »Melden wir uns an.« Kupferbart schaute sich um, entdeckte einen unsicher vorbeitrabenden Mentauren und ging ihm schnurstracks nach. »He du!«, rief er ihm hinterher.

Der Mentaure schwankte schon leicht, doch blieb er stehen und drehte sich um. Er versuchte, Kupferbart mit seinen Blicken zu fixieren, was ihm nicht leicht zu fallen schien. Seine Augen wanderten unstet umher. »Hä?«

»Wo können wir uns für den Wettbewerb anmelden?«, fragte Kupferbart.

Die Augen des Mentauren wurden groß und hielten kurz inne. »Ihr? Menschen?« Dann gab er einen Laut von sich, der wohl ein Lachen darstellen sollte, jedoch genauso gut ein Wiehern hätte sein können.

Porky wachte bei dem Lärm auf und versuchte, in das Gewieher einzustimmen, doch außer einigen hämischen Grunzlauten kam nichts heraus, das den pferdeähnlichen Geräuschen nahekam.

Dirty grummelte angesichts der Reaktion des Mentauren. »Was ist daran komisch?« Sein wütender Blick wanderte abschätzig von oben bis unten über den Mentauren hinweg.

Der Mentaure ignorierte die unterschwellige Herausforderung Dirtys und musterte sie mit glasigen Augen. »Ihr seid doch so schwach und so langsam. Was wollt ihr denn beim Wettbewerb erreichen?«

»Na, gewinnen natürlich«, erklärte Instania fröhlich, dabei die offenkundige Beleidigung nicht bemerkend.

Der Mentaure wieherte ein weiteres Mal.

Kupferbart verzog verärgert den Mund, doch ließ er sich davon nicht einschüchtern. »Schon gut. Also, wo können wir uns anmelden?«, wiederholte der Kapitän geduldig seine Frage.

Der Mentaure blinzelte langsam und sah ihn an. »Du meinst das ernst, oder? Hm, normalerweise meldet man sich beim Meister der Prüfungen an, aber Außenstehende haben bisher noch nie am Wettbewerb teilgenommen.« Er kratzte sich am Kinn und rülpste vernehmlich. »Du wirst wohl mit dem König reden und ihn um Erlaubnis fragen müssen.«

»Lass mich raten, er sitzt beim großen Feuer, oder?«

Der Mentaure nickte, ließ einen letzten belustigten Blick über die Truppe schweifen und torkelte davon.

Kupferbart sah ihm nach, schüttelte den Kopf und dann machten sie sich auf den Weg, den König der Mentauren aufzusuchen. Das Lagerfeuer brannte nicht nur am höchsten von allen, die es umgebende Gesellschaft verursachte auch den meisten Lärm von allen. Beim Großteil davon schien es sich um Stammeshäuptlinge zu handeln, zumindest, wenn man die Menge an rituellem Schmuck berücksichtigte, die sie trugen. Viele von ihnen waren Männer, aber auch einige Frauen waren darunter, und alle saßen sie in einem Halbkreis um das Lagerfeuer herum. Der Schmuck war zumeist aus Knochen gefertigt, von Halsketten über Armreifen und Hufschmuck war alles dabei. Sie schrien und höhnten und prahlten allesamt in wildem Rausch, dass ihre Mannschaften dieses Annular den Sieg davontragen würden. Jedes Mal, wenn einer der Häuptlinge mit seiner Ansprache fertig war, lachte die Runde und ein anderer stand auf und versuchte, seinen Vorredner mit Übertreibungen zu übertreffen. Über alledem ragte ein riesiger Mentaure auf einem schlichten Thron aus Leder, Knochen und Fellen. Graue Strähnen hatten sich schon auf Brust und Haupt des Königs geschlichen, doch bezweifelte Kupferbart, dass in ihm auch nur eine Spur weniger Kraft steckte als in den jüngeren Häuptlingen am Feuer. Der König nickte allen Rednern anerkennend zu, lachte mit den anderen mit und schien bester Laune zu sein.

»Scheint, wir kommen zu einem günstigen Zeitpunkt«, schrie Maladin beinahe, um das Lachen der Mentauren zu übertönen.

»Mhmh«, brummte Kupferbart zustimmend und bahnte sich zusammen mit seinem Trupp einen Weg zum König. Viele misstrauische Blicke folgten ihnen und die ausgelassene Stimmung verdampfte allmählich ob dieser Störung. Schließlich standen sie vor dem König, während die Häuptlinge sie schweigend beobachteten.

»Menschen, hm?«, verkündete der König mit herablassender Stimme. »Seid wohl gekommen, um eure Ehrerbietung zu zeigen, was? Dann küsst meine Hufe und trollt euch wieder, wir haben hier eine wichtige Besprechung.« Die Häuptlinge lachten und begannen untereinander zu reden. Der König ließ sie eine Zeit lang gewähren, ehe er sie mit einer Geste zum Schweigen brachte.

»Ja, nein, ich meine, so ähnlich«, stammelte Kupferbart, dem die vielen arroganten Blicke gar nicht behagten. Doch er riss sich zusammen, sammelte so viel Selbstvertrauen, wie er vermochte, und richtete sich auf. Stärke zählte viel bei den Mentauren, also hatte er vor, ihnen Stärke zu bieten. Er setzte einen stolzen Blick auf, ließ ihn über die Häuptlinge schweifen und beim König enden. Laut erklärte er: »Wir sind gekommen, um am Wettbewerb teilzunehmen.«

Das Tuscheln endete abrupt und die herablassenden Blicke verwandelten sich in Staunen. Dann brachen die Häuptlinge in lautes Gelächter aus. Der König dagegen starrte ihn an, bis er wieder mit einer Geste für Ruhe sorgte. »Beim Wettbewerb mitmachen?« Er klang ungläubig, beugte sich nach vorne und starrte erst Kupferbart an, dann seine Begleiter. Daraufhin lachte auch er. »Ha ha, ha ha. Menschen beim Wettbewerb. Ihr Kümmerlinge habt weder die Kraft noch die Ausdauer, um auch nur annähernd an den Schwächsten von uns Mentauren heranzureichen. Ich tue euch einen Gefallen, wenn ich deine Anfrage ablehne, ihr würdet nur das Gespött des ganzen Festes werden.« Er lachte noch mal und winkte sie weg. Für ihn war die Angelegenheit wohl entschieden.

Kupferbart verzog enttäuscht den Mund und überlegte, welche Worte den König umzustimmen vermochten, da trat Dirty nach vorne.

»Klingt ganz so, als hättet ihr Mentauren Angst, von Menschen geschlagen zu werden. Ihr traut euch ja nicht mal, euch mit uns zu messen!«, rief er laut in die Runde. Damit hatte er nun alle Blicke auf sich gezogen.

Der König fixierte ihn mit starrem Blick, dann stand er ruckartig auf. »Angst?«, fragte er und seine Brauen zogen sich bedrohlich zusammen. »Angst?«, wiederholte er lauter und stieg von seinem Thron herab, marschierte auf Dirty zu. »Angst?«, schrie er, als er direkt vor Dirty stand und ihn um gut zwei Köpfe überragte.

Kupferbart beobachtete, wie sich die Blicke von Dirty und dem König genau in der Mitte trafen und versuchten, sich gegenseitig mit eindringlicher Intensität niederzuringen. Doch keiner von beiden war gewillt, auch nur einen Fingerbreit nachzugeben. Die Luft zwischen ihnen knisterte förmlich, es herrschte ein Moment angespannter Stille. Selbst die Häuptlinge schienen sich wegzuducken, um nicht von einem abprallenden Seitenblick erfasst zu werden, der ein Loch in ihre Haare gebrannt hätte.

Plötzlich legte der König den Kopf in den Nacken und lachte lauthals auf. »Ha ha. Mutig bist du, das muss ich dir lassen. Ihr beide«, sagte der König und klopfte erst Dirty, dann Kupferbart auf die Schulter. Er stampfte zurück zu seinem Thron und setzte sich wieder. »Aber es gilt als Tradition, dass nur Mentauren am Wettbewerb teilnehmen. Mein Volk wäre nicht glücklich darüber, wenn auf einmal Vertreter anderer Völker mitmischten.«

Der Kapitän zuckte beiläufig mit den Schultern. »Traditionen kann man brechen oder modernisieren. Es kann ja auch was Gutes dabei rauskommen.«

Ein verschmitztes Lächeln schlich sich um den Mund des Königs, während er ihn musterte. »Was Gutes rauskommen sollte dabei in der Tat. Und wenn ich schon derjenige König sein soll, der mit der althergebrachten Tradition bricht, dann soll es sich für mich auch lohnen.« Er lehnte sich zurück. »Was hast du also anzubieten?« Erwartungsvoll schaute er Kupferbart an.

»Äh«, gab er als Antwort und wandte sich seiner Mannschaft zu. »Haben wir irgendwas Wertvolles geladen, das wir ihm anbieten könnten?«, fragte er leise.

»Nichts, von dem ich wüsste«, antwortete Maladin mit gedämpfter Stimme.

»Unser Ziel ist es doch, zu gewinnen, soweit ich das verstanden habe, oder?«, fragte Instania flüsternd und beugte sich vor.

Kupferbart nickte vorsichtig.

»Na bitte«, erklärte sie, richtete sich auf und marschierte an ihm vorbei auf den König zu.

Der Kapitän spürte plötzlich ein mieses Gefühl wie ein Gewitter in sich heraufziehen.

»Was wir anbieten, ist eine Überraschung für alle Mentauren, denn wir werden mit Sicherheit gewinnen«, verkündete Instania vor dem König.

Der lachte nur, während er Instania ins Auge fasste. »Ganz schön viel Selbstvertrauen«, sagte er anerkennend. »Da du so sicher zu sein scheinst, könnten wir doch gleich eine Wette eingehen. Wenn ihr gewinnt, ist der Wanderpokal der eure, und die Mentauren werden sehen, dass gesunder Wettbewerb mit anderen Völkern die Prüfungen noch spannender gestalten kann. Das bedeutet, ich werde bei allen zukünftigen Wettbewerben Außenstehenden den Zugang gewähren. Doch was bietet ihr, wenn ihr verliert?« Der Blick wanderte wieder zum Kapitän.

Er wand sich und versuchte, Zeit zu gewinnen. »Ich müsste zuerst nachsehen, was wir alles auf dem Schiff geladen haben, da findet sich bestimmt …«, begann Kupferbart.

»Genau, wir setzen das Schiff«, unterbrach ihn Instania siegessicher. »Es ist ein schnelles und wendiges Pir…«

Der Kapitän sprang beherzt neben sie, was sogar Porky aus seinem Schlaf aufschreckte, und hielt ihr den Mund zu. »Äh, prächtiges Schiff, ja, aber ich werde nicht die …«

»Abgemacht«, verkündete der König, ohne ihn ausreden zu lassen, und stand auf. »Euer Sieg oder euer Schiff, die Wette gilt.«

Kupferbarts Blick war nicht der einzige, der sich zornig auf Instania heftete. Er schnaubte heftig, während er nachzuvollziehen versuchte, was da gerade passiert war. Wo hatte Instania sie bloß wieder hineingeritten?

Prüfung der Kraft

Der Tag der ersten Prüfung war angebrochen. Kupferbart trat alleine aus dem Zelt, das erbärmlich nach den unfreiwilligen Spendern der Häute und Felle stank, aus denen es gebaut war. Wie vielen anderen Gästen war auch ihnen eine solche Unterkunft zur Verfügung gestellt worden. Das Licht des Tages hatte schon seine erste Stunde hinter sich gebracht, schätzte er nach einem Rundumblick. Grüppchen von Mentauren, die der Kapitän dabei sah, liefen bereits emsig umher. Sie mussten schon eine ganze Weile früher aufgestanden sein, denn die Ebene zeigte sich gut vorbereitet für einen Wettkampf. Vor den steinernen Tribünen, die von der Sonne langsam erwärmt wurden, um später die Zuschauer zu beherbergen, war ein großer Kreis mit Steinen ausgelegt worden. Er würde wohl als Austragungsort des ersten Wettbewerbs dienen, doch noch war es nicht so weit.

Kupferbart streckte sich und besah sich alles mit müden Augen, während er darüber nachdachte, was auf dem Spiel stand. Die Flautilus als Wetteinsatz ... Sein Groll über den übermütigen Vorschlag Instanias war noch nicht vollständig verklungen, doch jetzt hieß es, sich auf die Prüfung zu konzentrieren.

Der Rest des Trupps kroch langsam aus dem Zelt und gesellte sich zu ihm.

»Prüfung der Kraft, das ist genau mein Ding«, posaunte Dirty neben ihm lautstark, um keinen Zweifel aufkommen zu lassen, wer von ihnen diesen Teil der Prüfungen übernehmen würde. Einhelliges Nicken machte die Entscheidung leicht, daher begaben sie sich auf die Suche nach dem Meister der Prüfungen. Dieser, der ebenso die Wettkampfleitung überhatte, war ihnen als zuständiger Mentaure genannt worden, um ihre Teilnahme bestätigen zu lassen.

Sie schritten auf den Steinkreis zu, den ein grauhaariger Mentaure gerade mit abmessenden Blicken umkreiste, um jeden der kopfgroßen Steine einzeln zu überprüfen. Bei jedem dritten Stein schalt er die zwei jüngeren Mentauren an seiner Seite, wenn dieser nicht ordnungsgemäß dalag. Als Bestrafung ließ er sie den Stein ein paar Mal im Kreis tragen, bis er sich für die richtige Stelle entschieden hatte. Die beiden jüngeren Mentauren waren nicht gerade begeistert über diese Arbeit, mutmaßte der Kapitän nach einem Blick in ihre Gesichter.

»Sieht ganz nach dem Meister aus«, meinte Maladin und deutete mit dem Kopf in Richtung des grauhaarigen Mentauren. »Auf jeden Fall scheint er hier das Sagen zu haben.«

»Dann gehen wir mal hin und stellen uns vor«, erwiderte Kupferbart schulterzuckend und sie brachten den Rest des Weges zum Steinkreis hinter sich.

Kurz darauf standen sie bei der kleinen Gruppe, die allerdings keine Notiz von ihnen nahm. Mit strenger Stimme dirigierte der Grauhaarige seine beiden Untergebenen, die es nicht wagten, von ihrer Arbeit aufzusehen.

Kupferbart räusperte sich und erst jetzt warf ihm der Grauhaarige einen Blick zu.

Kurz angebunden brummte er: »Gäste die Tribünen rauf.«

»Wir sind keine Gäste, wir sind Teilnehmer«, antwortete der Kapitän entschlossen und errang damit plötzlich die ungeteilte Aufmerksamkeit des Mentauren.

»Ihr seid was?«, fuhr er ihn an und in seinen Augen loderte Verachtung auf. »Menschen und andere Völker dürfen nicht teilnehmen, das ist Tradition!«

Kupferbart vermutete, wenn er eine Steintafel vor das Gesicht des Mentauren gehalten hätte, so hätte sein Blick die Worte als ewiges Gebot in den Stein gebrannt.

Der Kapitän schluckte. »Wir besitzen die Erlaubnis des Königs«, versuchte er zu beschwichtigen, doch diese Worte bewirkten das glatte Gegenteil. Das Gesicht des Mentauren wurde rot vor Zorn und er schnaubte mehrmals vernehmlich, bevor er im Eiltempo in Richtung der Zelte davontrabte.

»Wie läuft das hier eigentlich ab?«, fragte Dirty unterdessen die zwei Gehilfen, die unschlüssig darüber wirkten, ob diese unerwartete Pause etwas Gutes oder unvorstellbar Übles für sie nach sich ziehen würde.

Einer von ihnen zuckte mit den Schultern und begann zu erklären: »Das ist im Grunde recht einfach. Das Innere dieses Kreises hier ist das Kampffeld. Es sind um die neunzig teilnehmende Mannschaften angemeldet, somit grob neunzig Kämpfer. Also wird es drei Vorrunden mit jeweils gleich großen Gruppen geben. Ziel in den Vorrunden ist es, zu den Letzten zu gehören, die am Ende noch stehen. Wer einmal umgefallen ist, umgeworfen oder aus dem Kreis gedrängt wurde, ist ausgeschieden. Von den Vorrunden steigen die letzten Zehn pro Gruppe auf und im finalen Kampf gewinnt der Mann, der am Ende als Letztes aufrecht steht.«

»Klingt nicht sonderlich schwierig«, befand Dirty und nickte, während er den Steinkreis mit den Augen abmaß.

»Die Regeln sind nicht schwierig, aufrecht stehen zu bleiben dagegen schon«, meinte der zweite Gehilfe grinsend. »Vor allem, wenn du gegen Bort Mustang antreten musst. Er wird als Favorit dieser Prüfung gehandelt und hat eine unglaubliche Pferdestärke.«

»Genau«, ergänzte der erste Gehilfe. »Seine Mannschaft vom Stamm der Starkhufe hat die letzten fünf Spiele hintereinander gewonnen. Stam Borgini, der schnellste Läufer von allen, ist ebenfalls Teil seiner Mannschaft. Nur bei der Prüfung des Geschicks schnitten sie bisher eher enttäuschend ab.«

Sie verstummten, als ein wütendes Brüllen über die weite Ebene hallte und vom nackten Fels des Randgebirges zurückgeworfen wurde.

»Eine Bestie kommt vom Randgebirge herunter!«, rief Instania erschrocken aus.

»Glaub eher, der Meister hat den König gefunden«, merkte Maladin an und verzog seinen Mund zu einem schiefen Lächeln. »Der Grauhaarige war doch der Meister der Prüfungen, oder?«

Der erste Gehilfe schluckte und nickte. »Ja, war er, sein Name ist Rulo, auch genannt der Unnachgiebige. Und wir werden wohl in der verbleibenden Zeit für die Vorbereitungen keine Freude mehr mit ihm haben.« Er blickte unglücklich zu Boden.

»Hm«, machte Kupferbart, der über die Erklärungen des Gehilfen nachgedacht hatte. »Klingt so, als wäre die Prüfung der Ausdauer ein Laufwettbewerb«, mutmaßte er, und die Gehilfen bestätigten seine Vermutung mit einem Nicken. »Dort werden wir kaum Chancen gegen die laufstarken Mentauren haben, doch wenn wir zwei von drei Prüfungen gewinnen, sollten wir im Wettbewerb insgesamt als Sieger hervorgehen, oder?«

Die Gehilfen nickten abermals zustimmend. »Damit wird es sich ausgehen, selbst wenn ihr bei der dritten Prüfung den letzten Platz belegt«, erklärte der zweite Gehilfe. »Im Hintergrund läuft ein Punktesystem. Der Sieger einer Prüfung bekommt sechzehn Punkte, der Zweite acht Punkte, dann vier, dann zwei und der Rest bekommt einen Punkt. Ein Unentschieden ist mit dieser Zählweise bisher noch nie vorgekommen.«

Der Kapitän bedankte sich für die Ausführungen, dann kam auch schon der Meister der Prüfungen mit steinerner Miene zurückgestapft.

»Wer von euch nimmt teil?«, fragte er, ohne in seiner Stimme irgendwelche Gefühle mitschwingen zu lassen.

»Ich natürlich«, erklärte Dirty entschlossen.

»Ich auch«, sage Kupferbart. »Und dann noch …«

»Und ich!«, rief Instania begeistert, bevor der Kapitän ausreden konnte.

Kupferbarts Gesicht nahm einen verzweifelten Ausdruck an, doch als er einen Einwand erheben wollte, brummte Rulo: »Also ihr drei. Die erste Prüfung beginnt in zwei Stunden. Wenn euer Kämpfer nicht pünktlich ist, so ist das euer Problem und er ist nicht für die Teilnahme an der ersten Prüfung berechtigt.«

Damit waren sie offensichtlich entlassen, der Meister wandte sich, ohne sie eines weiteren Blickes zu würdigen, seinen Gehilfen zu. Mit monotoner Stimme befahl er ihnen, einen besonders schwer aussehenden Stein zurechtzurücken.

Die zwei Gehilfen warfen Kupferbart einen letzten verzweifelten Blick zu, bevor sie sich ächzend mit dem Stein abzumühen begannen.

Der Kapitän winkte seiner Mannschaft zu, ihm zu folgen, und als sie ein paar Schritte vom Meister der Prüfungen entfernt standen, sagte er: »Also gut, bald ist es soweit, hoffen wir auf das Beste.« Und an Dirty gewandt fügte er hinzu. »Wir zählen auf dich. Bei dieser Prüfung brauchen wir unter allen Umständen den Sieg.« Aufmunternd klopfte er ihm auf die Schulter.

Dirty grinste voller Vorfreude. »Klar doch, ich werf sie alle um.«

Dirty Hairy stand zusammen mit den anderen Athleten am Rande des Steinkreises und wartete auf den Beginn der Prüfung. Er war gleich der ersten Gruppe zugewiesen worden und der boshafte Blick Rulos ließ ihn erahnen, dass dies mit voller Absicht geschah. Zu gerne hätte er eine Runde lang zugesehen, um zu kapieren, was da so abging, doch war ihm das damit nicht beschieden.

Er zuckte nur die Achseln. »Ich werde es eben am eigenen Leib erfahren«, murmelte er unverständlich vor sich hin. Es wehte eine sanfte, kühle Brise vom Randgebirge herab über die Ebene, trotz des wolken-losen Himmels. Perfektes Wetter für einen schweißtreibenden Kampf.

»Umwerfen und nicht umfallen«, wiederholte Dirty leise, doch ent-schlossen die Erklärungen der Gehilfen, rollte seine Schultern und ließ seine Nackenwirbel knacken. Dann rückte er unbehaglich den an allen Stellen kneifenden Lendenschurz zurecht, der ihm für den Wett-kampf zu Tragen befohlen worden war. Keiner der Kämpfer durfte Vor- oder Nachteile durch die Kleidung erringen. In dieser Hinsicht hatte sich der Meister der Prüfungen als unnachgiebig erwiesen und damit seinem Beinamen alle Ehre gemacht.

»Genau«, stimmte der Mentaure neben ihm grinsend zu, der seine Worte vernommen haben musste. »Zum Glück ist Bort Mustang nicht in unserer Gruppe, damit könnte es halbwegs ausgeglichen sein.«

»Ist der wirklich so stark?«, fragte ihn Dirty argwöhnisch und zog eine Braue hoch.

Der Mentaure nickte. »Der ist ein Bulle von einem Mann von einem Mentauren. Beinahe gleich breit wie hoch, den wirft man schwer um.« Er musterte Dirty abschätzend von oben bis unten. »Du besitzt augen-scheinlich ebenfalls Vorteile, was deine Größe angeht.«

Dirty schaute hoch in das von einer dichten Mähne umrahmte Ge-sicht des Mentauren. Dieser war so wie alle anderen gut zwei Köpfe größer als er, selbst die eine weibliche Teilnehmerin, die wegen der den Frauen vorbehaltenen Lederkluft hervorstach. Er grinste. »Kann schon sein. Passt lieber auf eure Kniescheiben auf.«

Daraufhin wanderte sein Blick hoch zu den Rängen, die inzwischen berstend voll waren. Die anderen hatten irgendwo auf den unteren Rängen Platz genommen, Dirty konnte sie in der glotzenden und wie Meeresrauschen plappernden Menge allerdings nicht ausmachen. Die Reihen weiter oben schienen den wohlhabenden und wichtigen Leu-ten vorbehalten zu sein, wenn es nach der Anhäufung von Wachen aus unterschiedlichsten Staaten ging, die dort Aufstellung genommen hatten. Einige der Reichen mussten sich Höhlen dort oben gemietet haben, damit sie mit dem gemeinen Pöbel weiter unten nicht in Be-rührung kommen mussten. Ein paar Mentauren brachten Speisen und Getränke nach oben und die Leute dort schienen sich eher für die Gesellschaft als für den Bewerb zu interessieren. Dirty spuckte bei diesem Anblick verächtlich auf den Boden. Schade, dass sie sich hier in der Wüste und nicht auf hoher See befanden, ein Raubzug durch die oberen Ränge wäre einträglich gewesen.

Dirtys Aufmerksamkeit wurde auf den Meister der Prüfungen gelenkt, der stolz in die Mitte des Steinkreises schritt. Auf den Rängen verklang das Gemurmel allmählich. Nachdem Rulo der Unnachgiebige sich der ungeteilten Aufmerksamkeit der Gäste und Athleten sicher war, hob er seine Stimme: »Verehrte Zuschauer, geschätzte Athleten. Heute, an diesem erinnerungswürdigen Tag, an diesem schicksalsträchtigen Ort, erleben wir den ersten Tag der Prüfungen der Stärke, des Geschicks und der Ausdauer. Es geht um nichts weniger als die Ehre, am Ende siegreich den Wanderpokal in Händen zu halten und sich für alle Zeiten in die Chronik der Sieger einzutragen. Und wie alle Mentauren wissen, geht es in diesem Annular auch um einen besonderen Preis, wie unser König seit geraumer Zeit kundmachen ließ.«

Dirty runzelte die Stirn. »Hä? Welcher besondere Preis?«

Doch ehe der Mentaure neben ihm antworten konnte, sprach der Meister weiter. »Der Sieg wird nicht von einer einzigen Person errungen, nein, es Bedarf der Aufopferungsbereitschaft der gesamten Mannschaft, um am Ende zu gewinnen. Annular für Annular haben die Mannschaften der Mentaurenstämme bewiesen, dass sie bereit sind, alles für den Erfolg zu geben.«

Dirty bemerkte, wie ein schneller Seitenblick Rulos ihn streifte.

»In diesem Annular wird den verehrten Zusehern noch eine weitere Besonderheit geboten. Eine Mannschaft, bestehend aus Menschen, wird an den Prüfungen teilnehmen.«

Ein erstauntes Raunen ging durch die Menge, Köpfe wurden gedreht und gereckt. Von dort, wo große Gruppen von Mentauren zusammensaßen, schwang im Gemurmel auch ein verärgerter Unterton mit.

Dirty sah an sich herab und wunderte sich, warum die Zuseher nicht schon eher bemerkt hatten, dass nicht nur Mentauren kampfbereit auf dem Feld warteten. Nach einem Vergleich seiner Körperbehaarung mit der seiner Mitstreiter erahnte er den Grund. Als er wieder den

Kopf hob, konnte er gerade noch das schmale Lächeln Rulos sehen, das ihm gegolten hatte.

Dann ging die Ansprache weiter. »Soll die Mannschaft der Menschen beweisen, dass sie würdig ist, sich mit den Mentauren messen zu dürfen. Wir alle werden Zeugen ihrer Kraft, ihres Geschicks und ihrer Ausdauer sein.«

Dirty brummte und verzog den Mund. Sollten sie nur genau zuschauen, er würde es ihnen schon zeigen.

Eine Fanfare wurde irgendwo geblasen.

»Gehts los?«, fragte er neugierig und machte sich bereit. Doch keiner der Kämpfer bewegte sich.

»Nein«, antwortete der Mentaure neben ihm. »Erst wird die Fackel der Prüfungen über die Ebene getragen.«

Er zeigte in die Richtung, in die auch die Tribünen ausgerichtet waren, und Dirtys Blicke folgten dem Finger. Ein Mentaure mit einem brennenden Schwanz lief mit gehetztem Gesichtsausdruck quer über die Ebene und versuchte, so gut es ging, allen Umstehenden auszuweichen. Ein paar im Weg stehende Mentauren stieß er rücksichtslos beiseite, um nicht an Schwung zu verlieren.

»Hat der sich freiwillig dafür gemeldet?«, fragte Dirty belustigt, während er das Schauspiel beobachtete.

»Nicht unbedingt. Er hat im letzten Annular bei der Prüfung der Ausdauer den letzten Platz belegt.« Der Mentaure blickte nachdenklich in Richtung des Fackelläufers. »Muss wohl trainiert haben, er sieht heute schneller aus als damals. Bis da rüber zum Wassertrog muss er es noch schaffen.«

»Und wenn er es nicht schafft?«

»Dann wird ihm die nächsten Tage ganz schön der Hintern brennen.« Der Mentaure kicherte wiehernd.

Doch der Mentaure mit dem brennenden Schweif schaffte es knapp. Mit einem weiten Satz und dem Hintern voraus landete er platschend im Trog und stieß einen erleichterten Seufzer aus, der bis zu Dirty herüberdrang.

»Schade«, meinte er schulterzuckend.

Im Anschluss an das Spektakel machte der Meister eine

ausschweifende Geste, die sowohl die Zuschauer als auch die Kämpfer umfasste. »Und jetzt, verehrte Gäste, beginnt die erste Runde der Prüfung der Stärke. Viel Glück allen Athleten.« Er verließ den Ring und klatschte in die Hände.

Alle Teilnehmer stiegen in den Kreis aus Steinen, also tat Dirty es ihnen gleich.

Eine weitere Fanfare erklang und der Kampf begann.

Ein Großteil der Mentauren stürmte in die Mitte und krachte mit dem Pulk aus Köpfen, Händen und Hufen zusammen, der sich dort ansammelte. Ein paar andere wandten sich dem danebenstehenden Kontrahenten zu und versuchten, ihn zu überraschen.

Dirty ging bei diesem Durcheinander fürs Erste leer aus, doch er beabsichtigte, dies schleunigst zu ändern. »Lasst mir auch was übrig«, knurrte er kampflustig in Richtung Feldmitte, zog den Kopf zwischen die Schultern und rannte geradewegs in den Haufen Mentauren hinein. Seine Größe gereichte ihm tatsächlich zum Vorteil, wie er sofort bemerkte. Dirtys Schwung traf einige Mentauren in Hüfthöhe, sie flogen über ihn hinweg und landeten krachend auf dem Boden. Eine Welle der Begeisterung brandete durch die Zuschauerreihen.

Er grinste berauscht und drehte sich um, um noch einmal hindurchzustürmen, als ein Mentaure ihn von der Seite rammte. Dirty taumelte bedenklich, doch gelang es ihm, auf den Beinen zu bleiben, und stemmte sich mit aller Kraft gegen den Mentauren. Der riss überrascht die Augen auf, als Dirty ihn langsam in Richtung des Kreises aus Steinen zu schieben begann. Verzweifelt versuchte der Mentaure, sich aus der misslichen Lage zu befreien, doch Dirty hatte ihn jetzt fest im Griff. Am Rande des Kreises stolperte sein Gegner über einen Begrenzungsstein und flog aus dem Ring.

Dirty schnaufte kräftig durch, drehte sich um und verschaffte sich einen Überblick. Knapp die Hälfte der Kämpfer lag bereits am Boden oder außerhalb des Ringes, einzelne Paare rangen noch miteinander im Versuch, den Gegner auf den Boden zu bringen. Er machte ein paar Schritte in die Ringmitte und wollte sich gerade zwei Mentauren widmen, die sich gegenseitig schallend auf die Brust klatschten, da stapften zwei Mentauren bedrohlich auf ihn zu. Schulter an Schulter näherten sie sich in geduckter Haltung und nagelten ihn mit ihren Blicken fest.

»Zwei gegen einen, wie? Dann fängt jetzt wohl endlich der Spaß an.« Dirty grinste sie herausfordernd an, was die beiden veranlasste, unsichere Blicke auszutauschen. Wenige Schritte später waren sie bei ihm. Sie nahmen ihn in die Zange, packten ihn an den Armen und stemmten sich gegen seinen Körper. Es waren kräftige Burschen, das merkte Dirty angespannt, während er langsam den Halt unter seinen Füßen verlor. Er rammte einen Stiefel in den Boden, um sich festzukeilen, doch schoben sie ihn unaufhaltsam weiter in Richtung Rand. Dirtys Stiefel zog dabei eine tiefe Furche in den erdigen Untergrund. Er schluckte und schätzte mit einem schnellen Blick zur Seite den Abstand ein. Zwei, bestenfalls drei Schritte trennten ihn noch von der steinigen Eingrenzung.

»Na schön«, knurrte er angestrengt, duckte sich tiefer und umfasste die Beine der Mentauren. Mit einer gewaltigen Kraftanstrengung hob er sie hoch und warf die Kämpfer über seinen Kopf hinweg in Richtung Außenseite des Kreises. Doch selbst beim Überschlag ließen ihn die Kerle nicht los, krallten sich an ihm fest. Seine beiden Arme immer noch umklammernd, zogen sie ihn unerbittlich mit. Dirty stöhnte auf und verlor den Kontakt zum Boden. Er kippte mit durchgestrecktem Körper nach hinten und sein oberer Rücken und der Hinterkopf hämmerten dabei gegen einen der Begrenzungssteine, ehe er einknickte und krachend mit dem Hintern auf dem Boden landete. Unmittelbar darauf ertönte eine Fanfare.

Dirty stand auf und rieb sich den brummenden Kopf: »Was ist jetzt los?«, fragte er verwirrt niemanden im Besonderen.

Rulo, der Meister der Prüfungen, trat in den Ring und ging auf die noch stehenden Kämpfer zu. »Die erste Runde ist vorbei und dies sind die Sieger«, verkündete er lautstark und hob nacheinander die Hand jedes Mentauren, der es geschafft hatte, nicht umgeworfen zu werden. Dirty zählte mit und kam auf neun Teilnehmer. Er sah sich um, entdeckte jedoch niemanden mehr, der noch aufrecht stand. Dann bemerkte er den Blick des Meisters, der ihn unbestimmt anstarrte.

Langsam kam er auf Dirty zu und als er bei ihm stand, erhob Rulo

die Stimme: »Der Kampf um den letzten der zehn Plätze für die Finalrunde war ein außergewöhnlich knappes Rennen und eine Demonst-
ration großer Kraft.« Daraufhin nahm er Dirtys Hand und stemmte
sie in die Höhe. »Der Körper des Menschen berührte noch nicht den
Boden, als seine beiden Gegner aus dem Ring fielen. Der Mensch ist
in der Finalrunde.«

Die nicht einheimischen Gäste erhoben sich begeistert, jubelten und
klatschten Beifall. Der Applaus der Mentauren hingegen klang zöger-
lich, doch zumindest respektvoll.

Rulo beugte sich zu Dirty herab und flüsterte ihm zu: »Glück gehabt. Mal sehen, wie du dich in der letzten Runde schlägst.«

Dirty meinte, in den Augen des Meisters der Prüfungen einen winzigen Funken von Anerkennung aufflackern zu sehen, der umgehend
verschwand, als er genauer hinsah.

Rulo der Unnachgiebige wandte sich wieder ab. »Kämpfer, macht
den Ring frei für die nächste Runde«, brüllte er über die Ebene und
ließ Dirty alleine stehen.

»Das war unglaublich!«, rief Maladin, nachdem Dirty aus dem Ring
gestiegen war und der Trupp ihn ein Stück entfernt vom Steinkreis
auf einer Holzkiste sitzend vorgefunden hatte. Sie hatten vereinbart,
sich nach dem Kampf abgelegen von den Tribünen zu treffen.

»Weiter so, du schaffst das, Dirty«, stimmte Instania in den Jubel
ein und formte ihr Fingerrechteck. Kupferbart konnte sich vor Freude
ebenfalls nicht einkriegen. Er grinste und schlug Dirty auf den Rücken. »Wenn du die nächste Runde gewinnst, dann bekommst du auf
der Flautilus ein Fass Rum ganz für dich alleine.«

»Klingt nett«, antwortete Dirty gelassen und griff sich an den Rücken. »Und was soll ich am nächsten Tag trinken?«

Sie lachten und unterhielten sich eine Weile, während die verbliebenen zwei Vorrunden der Prüfung der Stärke ausgefochten wurden.
Die dritte Runde wurde dabei auffallend lautstark von den Mentauren
begleitet, deshalb gönnten sie sich die letzten Momente des Kampfes.
Der Grund für den frenetischen Jubel der Mentauren lag im Auftritt
von Bort Mustang, der die Kämpfer der Runde aus dem Ring fegte wie

eine Naturgewalt. Die fröhliche Stimmung der Gruppe schwand mit jedem Mentauren, der in hohem Bogen aus dem Ring befördert wurde.

Als der Kampf zu Ende war, blickte Kupferbart besorgt zu Dirty, der sich nachdenklich durch die Barthaare strich. Auch Maladin und Instania waren schweigsam geworden. Der Kapitän gab ihnen ein Zeichen und klopfte Dirty auf die Schultern. »Wir lassen dich dann mal in Ruhe, damit du dich auf die Finalrunde vorbereiten kannst. Viel Glück.«

Als sie die Stufen zu ihren Plätzen auf den Tribünen emporstiegen, drehte sich Kupferbart noch einmal um. Dirty stand immer noch an der Stelle, wo sie ihn verlassen hatten. Sein Blick war weiterhin konzentriert auf Bort Mustang gerichtet, der sich im Ring feiern ließ, als hätte er die Prüfung der Stärke bereits gewonnen. Der Kapitän schluckte. Einen Alternativplan, um sich das Schlüsselteil zu holen, hatte er bisher noch nicht auszuarbeiten vermocht. Falls es überhaupt eine Alternative zum Sieg beim Bewerb gab. Er biss sich auf die Lippen, begab sich zu seinem Platz und hoffte auf das Beste.

Die Finalrunde stand unmittelbar bevor. Dirty stand wieder am Rand des Steinkreises, während der Meister der Prüfungen seine feierliche Ansprache hielt. Der Nachmittag war bereits angebrochen und die Luft fühlte sich wärmer an als noch im ersten Kampf. Trotzdem wehte weiterhin ein kühles Lüftchen über die Ebene, wodurch die von oben herunterbrennende Sonne nicht weiter störte. Dirtys Kopf war kein Problem mehr, doch ein leichtes Ziehen zwischen den Schulterblättern plagte ihn noch. Er bewegte seinen Oberkörper, um die Steifheit aus seinem Rücken zu bekommen.

Nachdem Rulo geendet hatte, klatschte er in die Hände und stieg aus dem Kreis, während die Kämpfer ihn betraten. Dann ertönte die Fanfare, um den Beginn des Kampfes zu verkünden. Diesmal stürmten die Kämpfer nicht wild drauf los. Abschätzend sahen sie sich an und wählten ihre Gegner mit Bedacht aus. Was Dirty jedoch sofort auffiel, war der ehrfürchtige Abstand um Bort Mustang herum, der ihm geradewegs gegenüberstand. Niemand wagte es, sich mit ihm anzulegen, genauso wie die Mentauren Dirty zu meiden schienen. Borts

Erscheinungsbild unterschied sich von den übrigen Mentauren. Zwar war er immer noch einen Kopf größer als Dirty, dafür um dieselbe Länge kleiner als alle übrigen Teilnehmer. Der breite Brustkorb und die muskelbepackten Schultern vermittelten den Eindruck, als hätte eine riesige Hand ihn zusammengestaucht, was ihn im Gegenzug in die Breite hatte wachsen lassen. Seine langen Haare hatte er zu dicken Zöpfen gebunden und sich schwarze Streifen auf Körper und Gesicht gemalt, um ein noch grimmigeres Erscheinungsbild abzugeben. Sofern das überhaupt notwendig war. Dirty starrte ihn an und Bort starrte zurück. Ihr Starren hielt eine Weile an, bis es sich bei beiden in ein breites Grinsen verwandelte, und sie traten aufeinander zu.

»Menschen zu verprügeln wird bei uns normalerweise ja bestraft«, höhnte Bort, als er direkt vor Dirty stand. »Daher will ich mir diese Gelegenheit hier nicht entgehen lassen.«

»Da hast du aber Glück«, erwiderte Dirty mit einem bösen Lächeln. »Ich mach keinen Unterschied bei den Völkern und verprügle jeden, der es nötig hat.«

Bort lachte dröhnend auf, dann gingen sie aufeinander los. Sie krachten zusammen, verkeilten sich ineinander und schoben, was das Zeug hielt. Gelegentlich schlug Bort auf Dirtys Rücken ein und er revanchierte sich mit einem Schlag in die Magengrube des Mentauren. Sie rangen, schoben, schlugen, doch keinem von ihnen gelang es, die Oberhand zu gewinnen. Ein anderes Kämpferpaar stieß mit ihnen zusammen und unterbrach für einen Moment ihren Ringkampf. Bort nahm den einen Mentauren und warf ihn ein paar Schritte weit durch die Luft, bis er mit einem Aufstöhnen auf den Boden knallte. Dirty krallte sich den Fuß vom zweiten und riss ihn hoch, sodass dieser mit dem Gesicht voran in den Dreck flog. Nachdem die lästige Störung aus dem Weg geschafft war, widmeten sie sich wieder ihrem persönlichen Kampf. Dirty schob verbissen, versuchte einen besseren Griff zu bekommen, und Bort tat dasselbe. Abermals schaffte keiner von ihnen, den anderen aus dem Gleichgewicht zu bringen.

Die Kampfgeräusche um sie herum verklangen mehr und mehr, das Teilnehmerfeld schien langsam auszudünnen. Doch Dirty blieb keine Gelegenheit, sich umzusehen, denn an der Situation zwischen ihm und Bort änderte sich auch mit Fortdauer des Kampfes nichts. Keiner von ihnen konnte einen Vorteil erringen und beide wurden immer wütender darüber.

»Ich seh schon, mit Kraft allein werde ich dich nicht bezwingen«, knurrte Dirty nach einem weiteren vergeblichen Versuch, Bort auch nur einen Schritt von sich wegzuschieben. »Hier ist Köpfchen gefragt.« Dirty holte mit dem Kopf aus und schlug seine Stirn wuchtig gegen Borts Schädel.

Der Kopf des Mentauren kippte nach hinten und kreiste einen Moment lang taumelnd, dann schüttelte er die Schmerzen weg und antwortete gepresst: »Ich werd dir deine dummen Sprüche aus dem Kopf schlagen.« Er holte aus und donnerte seinen Kopf gegen den von Dirty.

Dirty grunzte und sein Kopf wackelte. »Ich werd deine Kopfnuss schon noch knacken.« Bumm, der nächste Kopfstoß traf sein Ziel.

»Du bist eindeutig zu verkopft,« kam die Antwort. Bumm.

»Du wirst gleich kopfüber im Dreck liegen.« Bumm.

»Und du wirst bald kopflos herumlaufen.« Bumm.

So ging es eine ganze Weile hin und her, Kopfstoß folgte auf Beleidigung und Beleidigung auf Kopfstoß. Dirty hatte das Gefühl, als würde sein Schädelknochen mit jedem Stoß weicher werden und langsam nachgeben. Sterne begannen vor seinen Augen zu tanzen, der Aufprall des gegnerischen Kopfes fühlte sich mit der Zeit nur noch dumpf an, fernab jeden Schmerzempfindens. Am Rande bemerkte Dirty, dass sich zwischenzeitlich zwei andere Mentauren in ihren Kampf einzumischen versuchten. Je ein Kopfstoß von Dirty und Bort setzte sie umgehend außer Gefecht. Die Zeit verrann, oder auch nicht. Dirty besaß kein Gefühl mehr für solche Dinge, seine Konzentration ließ Stoß um Stoß nach. Bort schien es nicht besser zu ergehen, soweit Dirty das noch durch seinen sternenverhagelten Blick zu erkennen vermochte. Die Beleidigungen drangen immer schleppender und stockender an sein Ohr, genauso wie sie seine Lippen immer zögerlicher und undeutlicher verließen.

»Du … Holzkopf.« Bumm.

»Du … Weichkopf.« Bumm.

»Das ist kein … Wort, du … Dummkopf.« Bumm.

Dirty taumelte zurück und wirbelte einmal um die eigene Achse. Sein vernebelter Blick bemerkte am Rande, dass außer ihnen beiden niemand mehr zu stehen schien. »Du großkopfiger … Schrumpfkopf«, lallte Dirty und schlug mit dem Kopf zu. Bumm.

»Du …« Bort schien über die nächste Beleidigung nachzudenken, blickte dabei verträumt in den Himmel … und kippte nach hinten.

Dirty drehte sich im Kreis, während seine Augen versuchten, die entgegengesetzte Richtung einzuschlagen. »Wo isser hin?« Dann kippte auch er um und die Welt wurde finster.

Als Dirty stöhnend erwachte, war es dunkel geworden. Seine schweren Lider schlugen ein paar Mal auf und ab, und er bemerkte, dass die Dunkelheit an den Köpfen lag, die sich über ihn beugten. Mentauren blickten mit einer Mischung aus Besorgnis und Bewunderung auf ihn herab, außer dem Gesicht Rulos, in dem sich ein ungeduldiger Ausdruck zeigte.

»Gut, du lebst«, stellte der Meister der Prüfungen nüchtern fest. »Kannst du aufstehen?«

Dirty ächzte, als er versuchte, seinen Kopf zu heben. »Ein paar Schluck Rum, dann gehts wieder«, murmelte er leise, trotzdem dröhnten seine eigenen Worte schmerzhaft durch den ganzen Kopf.

»Dafür ist keine Zeit«, erklärte der Meister ungeduldig und zog ihn hoch. Dirty unterstützte ihn nicht dabei, dennoch vollbrachte es der grauhaarige Meister problemlos, ihn wieder auf die schwankenden Beine zu wuchten. Die anderen Mentauren verließen den Steinkreis, in dem sich Dirty immer noch befand, wie er nach einem Rundumblick feststellte. Die Zuschauer waren noch alle da, nur die wohlhabenden Gäste oben hatten sich schon den Tischen mit Verpflegung zugewandt.

»Verehrte Zuschauer!«, rief der Meister der Prüfungen neben ihm mit zeremonieller Stimme und hob Dirtys Hand in die Höhe.

Er griff sich mit der anderen an den Kopf und wünschte sich, Rulo würde leiser schreien. Wenigstens ein kleines bisschen.

»Der Gewinner der Prüfung der Stärke steht fest. Es ist ein überraschender Ausgang für uns alle, doch hat er sich als würdiger Sieger der Prüfung erwiesen. Lasst ihn uns nun feiern und hochleben. Ein Hoch auf ...«, der Meister stockte und wandte sich ansatzweise an Dirty. »Dein Name?«, fragte er leise.

»Dirty.«

»Das sehe ich, aber wie lautet dein Name?«, wiederholte Rulo ungeduldig die Frage.

»Dirty Hairy. Das ist mein Name.«

Dirty spürte, wie sich der Griff des Meisters um seine Hand lockerte. Er hatte den Verdacht, Rulo wünschte sich in diesem Moment nichts sehnlicher, als einen anderen Teilnehmer herbeizuholen, um dessen Namen anstelle von seinem verkünden zu können.

Dann festigte sich der Griff wieder und der Meister der Prüfungen rief mit sicherer Stimme: »Ein Hoch auf Dirty Hairy!«

Die teils fragenden, teils verwirrten Blicke der Zuschauer verschwanden rasch und wurden durch tosenden Applaus ersetzt. Selbst die Mentauren nickten und klatschten anerkennend.

Dirty zeigte der Menge ein breites Grinsen und fühlte sich dabei wie im Rausch. Ein nicht unerheblicher Teil des Gefühls stammte vom Schwindel und den Kopfschmerzen, die nur langsam nachließen. Nachdem der Jubel langsam abebbte, entwand sich Dirty dem Griff des Meisters. Dieser ließ ihn gewähren und er bewegte sich mit unsicheren Schritten auf den Rand der Kampfarena zu. Seine Begleiter erwarteten ihn dort bereits mit strahlenden Gesichtern.

»Du hast es tatsächlich geschafft«, sagte Maladin lachend. »Und dabei hervorragende Kopfarbeit geleistet.« Der Schalk blitzte in seinen Augen auf.

»Ja, ja«, stöhnte Dirty. »Jedem, der in nächster Zeit das Wort *Kopf* in den Mund nimmt, werd ich eins über die Rübe ziehen, nur so als Warnung.«

»Gut gemacht«, lobte Kupferbart und klopfte ihm sachte auf den Rücken. »Heute Abend werden wir ausgiebig feiern und kräftig auf deinen Sieg anstoßen.«

Dirty blickte erfreut auf. Die Aussicht auf ein ordentliches Besäufnis verbesserte seine Laune umgehend, und so machten sie sich auf zu den Zelten.

Der Abend war angebrochen und Kupferbart sowie seine Begleiter saßen um eines der Lagerfeuer, die auch für diesen Abend aufgebaut und angezündet worden waren. Sie aßen und tranken so wie alle anderen Gäste und Teilnehmer von den reichhaltigen Speisen und Getränken, welche die Mentauren auftischten. Es gab nicht nur lokale Spezialitäten von Sandazaar, auch landestypische Speisen von Zentralika und Metedon waren herangeschafft worden. Damit blieben keine kulinarischen Wünsche unerfüllt, egal woher die Gäste auch stammen mochten. Dirty ließ es sich dabei richtig gut gehen und das hatte er sich auch redlich verdient. Seinen Teil der Prüfung erfolgreich zu absolvieren, brachte Kupferbart und die gesamte Besatzung der Flautilus ein gutes Stück näher an den Schatz. Der Kapitän sah zu, wie er einen Becher nach dem anderen hinunterkippte. Falls sich dazwischen Gelegenheit fand, stopfte er sich Essen in den Mund.

Instania dagegen hielt sich so wie er selbst zurück, denn der folgende Tag würde entscheidend sein. Kupferbart streichelte Porky geistesabwesend, der wie üblich auf seiner Schulter saß. Der Kleine hatte in den letzten Dekanden einiges an Gewicht verloren, er spürte den Druck auf seiner Schulter nur mehr so, als ob ein Vogel darauf sitzen würde. Ein großer, gut genährter Vogel, musste Kupferbart zugeben, doch auf jeden Fall war er nicht mehr so gewichtig wie früher. Seine Gedanken kehrten bald wieder zurück zum Lagerfeuer und laut sprach er in die Runde: »Den halben Weg haben wir bereits geschafft, noch ein Sieg, dann kann uns niemand mehr den Pokal wegnehmen.«

»Und danach müssen wir nur noch ein einziges Teil des Schlüssels finden«, verkündete Maladin fröhlich und trank einen Schluck der vergorenen Schafsmilch, die es hier im Übermaß gab.

Kupferbart nickte. »Ja, doch zuerst gilt es noch, eine von zwei Prüfungen zu gewinnen.« Er sah seine Begleiter der Reihe nach an. »In der ersten Tageshälfte steht die Prüfung des Geschicks an. Ich kann von mir behaupten, recht geschickt mit meinen Händen zu sein, daher werde ich diesen Teil übernehmen. Bei der Prüfung der Ausdauer würde ich nur kläglich versagen.« Was Kupferbart nicht erwähnte, war seine Hoffnung, auf Instanias Beitrag bei den Prüfungen nicht angewiesen zu sein. Er bezweifelte, dass sie auch nur eine der Prüfungen bestehen würde. Unauffällig schielte er in ihre Richtung, doch seine Folterfrau wirkte unbekümmert und voller Tatendrang. Sie plapperte mit den Mentauren, die zusammen mit ihnen am Feuer saßen oder an ihr vorbeigingen. Dabei bemerkte sie anscheinend nicht, dass die Gesprächspartner neben ihr regelmäßig durchwechselten, sobald sie mal in die entgegengesetzte Richtung blickte. Die Mentauren waren ein höfliches Volk, doch niemand war resistent gegenüber Instanias Redeschwall.

Da ihm niemand seiner Begleiter widersprach, widmete sich Kupferbart wieder dem Fest. Er beobachtete einige Mentauren, die in einem freien Bereich, ein Stück weit von ihrem Lagerfeuer entfernt, einige dicke runde Baumstämme neben- und hintereinander auf den Boden legten. Jeder Stamm besaß die gleiche Länge, um die dreißig Fuß, und wirkte breit genug, um darauf stehen zu können, sofern man noch nicht zu betrunken dafür war. Nachdem die Arbeit getan war, begannen sich Mentauren, Männer wie Frauen, bei den Stämmen zu versammeln. Grüppchen wurden gebildet und stellten sich in Reihen hinter den Stämmen auf.

»Was wird das denn?«, fragte Instania in die Runde, der der Aufmarsch ebenfalls aufgefallen war, und machte ihr Fingerrechteck.

»Ein traditioneller Tanz des Mentaurenvolkes«, antwortete der Mentaure, der kurz zuvor von einem seiner Artgenossen unfreiwillig zum Platz neben ihr hingeschoben worden war. »Das ist der Hufstepp, er wird nur einmal im Annular während der Zeit der Prüfungen aufgeführt.«

Kupferbart und seine Begleiter beobachteten interessiert das Geschehen. Die Gespräche und Gesänge an den Lagerfeuern ringsum verklangen allmählich, da sich niemand die Aufführung entgehen lassen wollte. Auch die Gäste der ferner gelegenen Feuer näherten sich, um einen weiten Kreis um die Tänzer herum zu bilden.

Auf einen Befehl hin sprangen die Mentauren, die hinter den Stämmen gewartet hatten, auf das runde Holz vor ihnen. In der Nähe begann ein Saiteninstrument temperamentvoll zu erklingen und die Mentauren legten mit ihrem Tanz los. Sie hüpften, trampelten, klatschten und drehten sich im Gleichklang auf den Stämmen, ohne dass auch nur einer das Gleichgewicht dabei verlor. Ein »Hey!« und ein »Ha!« hier und da mischten sich in die Musik des Saiteninstruments, die sie mit ihren Hufen und Händen auf wundersame Weise begleiteten.

Kupferbart verfolgte den Tanz stumm und lächelte verträumt. Dabei sah er, dass seine Mannschaft auf ähnliche Weise dem Geschehen erlag. Es war ein glücklicher, ein fröhlicher Moment, der ihn für einen Moment lang ihre Suche vergessen ließ.

So ging es eine ganze Weile dahin, bis das Saiteninstrument verklang und die Mentauren auf den Stämmen auf einen letzten Klatscher hin zugleich innehielten und sich verbeugten. Die Menge raste und jubelte, und nach diesen Beifallsbekundungen schien der offizielle Teil des Tanzes vorbei zu sein. Die Tänzer schufen Platz für weitere Tanzlustige, und Mentauren wie Gäste versuchten sich daran, auf die runden Stämme zu steigen und zur Musik, die abermals erklang, zu tanzen. Je nach Fähigkeiten und Menge an konsumiertem Alkohol zeigten sie sich mehr oder minder erfolgreich darin.

»Ich will auch!«, rief Instania begeistert, sprang auf und zog Maladin mit, der nur scheinbaren Widerstand leistete.

Die Mentauren, die an ihrer Seite gesessen hatten, atmeten erleichtert auf.

Kupferbart und Dirty saßen da und sahen ihnen zu. Instania schlug sich gar nicht mal schlecht, wobei Maladin sie gelegentlich festhalten musste, damit sie nicht vom Stamm fiel.

Dirty kippte sein Getränk hinunter und stand wackelig auf. »Ich will auch mal«, erklärte er den Umstehenden mit beschwipster Stimme und wollte sich zu den Baumstämmen begeben. Da trat Bort Mustang an ihr Lagerfeuer. Dirty blieb stehen und starrte ihn an, Bort starrte zurück, wie sie es tagsüber schon auf dem Kampfplatz getan hatten.

Doch anstatt eine Rauferei zu beginnen, setzte der bullige Mentaure ein Lächeln auf, das man sogar als halbwegs freundlich durchgehen lassen konnte. »Gut gekämpft heute«, sagte er anerkennend. »Aber den Pokal werdet ihr trotzdem nicht gewinnen.«

»Das werden wir erst sehen«, antwortete Dirty grimmig. »Ein Sieg noch und unsere Mannschaft ist uneinholbar.«

Bort lachte auf. »Den werdet ihr aber nicht bekommen«, erklärte er und blickte siegessicher auf Dirty und Kupferbart herab. »Der Laufwettbewerb gehört auf jeden Fall uns und in diesem Annular haben wir auch ein fähiges Mitglied für die Prüfung des Geschicks in die Mannschaft geholt. Nach dem morgigen Tag ist euer Sieg heute nichts mehr wert, denn wir werden am Ende mehr Punkte haben als ihr.« Mit diesen Worten drehte er sich um und verließ sie wieder.

Dirty schien die Lust am Tanzen vergangen zu sein, denn er schnappte sich noch einen Becher, der auf einem Tablett von umherwandernden Mentauren serviert wurde, und setzte sich mit missmutigem Blick wieder.

Kupferbart schaute Bort hinterher. Ein fähiges Mitglied für die Prüfung des Geschicks? Er fragte sich, welche Fähigkeiten für diese Prüfung wohl erforderlich sein mochten, verzog den Mund und hoffte auf das Beste für den morgigen Tag.

Prüfung des Geschicks

»Klettern?«, rief Kupferbart überrascht aus, als er am nächsten Morgen am Steinkreis stand, in dem am Vortag die Prüfung der Kraft abgehalten worden war. Die Baumstämme, die in der Nacht zuvor noch als Tanzfläche herhalten mussten, lagen nun außen um den Steinkreis herum. Ein Ende hatte man angespitzt und sie somit zu Pfählen umfunktioniert. Die Ersten waren bereits hochgezogen und mit der Spitze senkrecht in den Boden gerammt worden, an Weiteren machten sich die Gehilfen des Meisters der Prüfungen gerade zu schaffen.

»Niemand hat mir etwas von Klettern gesagt«, wiederholte der Kapitän den Grund für seine Entrüstung und maß die Höhe eines Pfahles mit den Augen ab, der schon im Boden steckte. Er bezweifelte, es auch nur eine Mannlänge auf den Pfahl hinaufzuschaffen.

»Du hast auch niemanden gefragt«, antwortete Rulo, der Meister der Prüfungen abfällig, der zusammen mit Kupferbarts Mannschaft neben ihm stand. Dirty schwankte ein wenig, der Kapitän schob es zu gleichen Teilen auf die Kopfstöße und den Alkohol.

»Ich kann gut klettern, lass mich antreten«, meldete sich Instania zu Wort.

Doch der Meister schüttelte vehement den Kopf, was seine graue Mähne aufbauschen ließ. »Der Mann hier hat sich für die Prüfung gemeldet, also muss er auch antreten.« Er unterstrich seine Entscheidung mit einem vor- und zurückgeschwenkten Finger, bevor er Kupferbart abschätzend ansah. »Du kannst natürlich auch gleich aufgeben, zumindest einen Punkt wird deine Mannschaft damit trotzdem erhalten.«

»Aufgeben kommt nicht infrage«, knurrte der Kapitän und sah sich um. Es war ein weiterer sonniger Tag mit wolkenlosem Himmel, und ein paar Zuschauer hatten es sich schon vorne auf den Tribünen gemütlich gemacht, obwohl es noch zwei Stunden bis zur Prüfung hin waren. Er beobachtete die Gehilfen, die unweit von ihnen einen seltsam geformten Gegenstand am oberen Ende eines Pfahles befestigten, bevor sie ihn mit Seilen und Muskelkraft aufstellten. »Was nageln die da auf den Pfahl?«, wollte er von Rulo wissen.

»Das ist eine Sayhara, eine Knolle, die man tief unter dem Sand der Wüste finden kann. Sehr genügsam und noch dazu äußerst nahrhaft. Die Prüfung gilt als gewonnen, wenn jemand es schafft, sie loszulösen und mit ihr zusammen wieder mit beiden Beinen auf dem Boden zu stehen. Jeder, der es schafft, sie zumindest loszulösen, darf sie behalten – sozusagen als kleiner Bonus.«

»Mhm«, brummte Kupferbart nachdenklich. »Kann ich die mal sehen?«

Der Meister pfiff einen Gehilfen herbei, der einen Sack voller Sayharas umgebunden hatte. Eine holte Rulo daraus hervor und drückte sie Kupferbart in die Hand.

Sie passte gerade so in seine Handfläche, war kartoffelförmig, außen ledrig und braun, doch innen schien sie weich zu sein. Dem Kapitän kam eine Idee und ein Lächeln schlich sich in seinen Mundwinkel. »Kann ich meine ein wenig … sagen wir, verschönern, bevor sie festgenagelt wird?« Unschuldig schaute er den Meister der Prüfungen mit großen Augen an.

Dieser runzelte zwar verständnislos die Stirn, erteilte ihm dennoch schulterzuckend die Erlaubnis.

Kupferbart holte sein Messer hervor und schnitt zwei kleine Stücke Stoff von seinem Mantel ab. Dann ging er zum Haufen mit Holzresten, die vom Anspitzen der Pfähle übrig geblieben waren. Er suchte zwei Spieße in der passenden Größe heraus und befestigte die Stofffetzen oben links und rechts an der Knolle. Ein weiteres Holzstück steckte er vorne in die schmale Seite. Porky schien auf seiner Schulter aufgewacht zu sein und bewegte sich unruhig. Kupferbart strich ein paar Mal über das kupferfarbene Fell, murmelte dabei beruhigende Worte und sein Schultertier schlief wieder ein. Kurz darauf kehrte er wieder zur Gruppe zurück.

Maladin musterte die Knolle und grinste. »Ah, ich verstehe.« Der Rest blickte nur verwirrt drein.

»Ihr werdet schon sehen«, meinte Kupferbart geheimnisvoll mit einem zufriedenen Lächeln. An Rulo gewandt verkündete er: »Dieser Pfahl hier gehört mir. Und nagelt das da oben drauf.«

Nicht mehr lange und die Prüfung des Geschicks würde beginnen. Die Tribünen waren wieder randvoll besetzt, die Teilnehmer an der Prüfung hatten sich an den Pfählen postiert. Es waren genug davon hochgezogen worden, sodass nur eine Runde stattfinden würde. Der Kapitän hatte seinen vorbereiteten Pfahl während der Wartezeit nie aus den Augen gelassen und war sofort hingeeilt, als der Meister der Prüfungen in die Hände geklatscht hatte. Er zählte nicht annähernd so viele Pfähle, wie es Gruppen gab. Einige schienen schon davor aufgegeben zu haben oder hatten einfach keine Lust auf diese Prüfung. Kupferbart war bewusst, vor welchem Problem die Mentauren beim Erklimmen der Baumstämme standen. Die Hufe an den Beinen eigneten sich nicht gerade dafür, am Pfahl Halt zu finden. Damit Kletterversuche anzustellen bedeutete mehr als nur eine Herausforderung für sie.

Der Kapitän sah sich um. Die Teilnehmer an der Prüfung schienen zum größten Teil aus Frauen zu bestehen, viele davon recht jung. Er kam sich deplatziert vor und bereute seine voreilige Entscheidung, Instania die Teilnahme an dieser Prüfung verwehrt und sich selbst genannt zu haben. Doch zum mangelnden Vertrauen in Instanias

Fähigkeiten gesellte sich noch ein weiterer Grund hinzu, warum er an dieser und nicht an der Prüfung der Ausdauer teilnehmen wollte. Hätten ihn die Mentauren zu einer Teilnahme im nächsten Annular zwingen können, wenn er als Letzter durch das Ziel gelaufen wäre? Und wenn ja, was hätten sie *ihm* für die Fackelzeremonie wohl angezündet? Dieses grausame Schicksal hatte er abwenden können, doch stattdessen musste er hier jetzt durch. Er schluckte und hoffte inständig, dass sein Plan aufging. Wenigstens war ihm erlaubt worden, seine eigenen Kleider anzubehalten. In einem Lendenschurz oder dieser knappen Lederkluft der Mentauren hätte er reichlich albern ausgesehen.

Er bemerkte einen Blick von der Seite her und sah zur jungen Frau neben ihm. Sie grinste ihn an.

»Gefällt dir mein Schultertier?«, fragte er sie freundlich.

Sie schüttelte den Kopf. »Nein, aber ich soll dir von Bort Grüße ausrichten. Und dir sagen, dass deine Mannschaft heute nichts gewinnen wird.« Das Grinsen in ihrem Gesicht nahm hämische Züge an.

»Aha«, sagte Kupferbart und legte seine Stirn in Falten. »Danke. Und wer bist du?«

»Ich bin Una. Spitzname *Spalthuf*«, antwortete sie und sah nach unten.

Der Kapitän folgte ihrem Blick und grunzte verärgert. Der Spitzname passte, denn ihre beiden Hufe waren tatsächlich vorne in der Mitte gespalten. Doch auffälliger war, dass das Hufhorn links und rechts des Spalts spitz zugefeilt worden war. Mit einem kräftigen Tritt wäre es ihr sicher möglich, die Spitzen in den Pfahl zu treiben und somit Halt zu finden.

»So etwas ist erlaubt?«, fragte Kupferbart argwöhnisch.

»Klar, ist nur bis jetzt noch niemand auf die Idee gekommen«, erklärte sie mit durchtriebenem Blick, doch senkte sie ihre Stimme dabei.

Kupferbart stutzte. Möglicherweise bewegte sie sich mit dieser Hilfestellung doch mehr am Rande des Regelwerkes als mittendrin. Sollte er sie verraten? Doch dann dachte er an seinen eigenen Plan und ließ den Gedanken wieder fallen. Genau genommen kam ihm das sogar gelegen, denn es bedeutete, die Regeln konnten durchaus auf unterschiedliche Weise ausgelegt werden. Er hoffte, dass Rulo der Unnachgiebige es im Zweifelsfall genauso sah.

Also zuckte Kupferbart nur mit den Schultern, was Porky ein empörtes Grunzen entlockte. Doch sein Schultertier musste jetzt wach bleiben, er benötigte es für seinen Plan.

Die Ansprache des Meisters der Prüfungen war aufgrund der Unterhaltung mit dem Mädchen an Kupferbart vorbeigegangen, doch jetzt schien der Meister bereit, jederzeit das Signal zu geben. Und dann war es so weit. Rulo hob die Hand, senkte sie und eine Fanfare ertönte.

Rings um Kupferbart begannen die Teilnehmerinnen mit ihren Kletterversuchen, die meisten rutschen jedoch schon nach zwei Handgriffen ab. Einige wendeten Kraft an und klammerten sich an ihren Pfahl fest, doch auch diese Versuche scheiterten nach kurzer Zeit kläglich. Die Zuschauer lachten und johlten bei dem Anblick. Nur Una neben ihm schien mit ihrer Taktik Erfolg zu haben. Einen festen Tritt nach dem anderen verpasste sie dem Pfahl und jedes Mal blieb ihr Huf stecken.

Kupferbart durfte sich davon jetzt nicht nervös machen lassen. Es war an der Zeit, sich auf seinen eigenen Pfahl zu konzentrieren. Er nahm Porky von seiner Schulter und legte ihn sich auf den Arm. Dann sagte er leise zu ihm: »Schau mal Porky, da oben. Dort sitzt ein Vogel.« Kupferbart zeigte mit der anderen Hand nach oben.

Porky schaute schläfrig auf seine Hand.

»Da oben, hab ich gesagt.« Er deutete mehrmals eindringlich mit seinem Finger auf die Sayhara-Knolle am Ende des Pfahls.

Porky gähnte.

Una hatte inzwischen die Hälfte des Mastes hinter sich gebracht. Sie schaute ihn von oben herab an, grinste hämisch und streckte ihm die Zunge entgegen.

Kupferbart achtete nicht weiter darauf. »Na mach schon, Porky. Ein Vogel.« Er hob Porky in die Höhe und hielt dessen Gesicht in Richtung des oberen Pfahlendes.

Porky grunzte erst verärgert, dann begann er interessiert zu schnüffeln.

»Genau, da oben. Ein Vögelchen, das du fressen kannst.« Der Kapitän spürte, wie sein Flugmeerschwein sich anspannte. Porky war seit Annularen nicht mehr richtig geflogen, doch die Hopser, die er seit seinem Gewichtsverlust vollbrachte, hatten in Kupferbart Hoffnung geweckt und erst auf diesen Plan gebracht. »Du schaffst es, Porky. Hol ihn dir«, feuerte er sein Schultertier an.

Porky stellte sich auf die Beine und machte einen Hopser in seinen Händen.

»Ja, weiter so.«

Una war nur noch ein paar Tritte vom Ende des Pfahls entfernt.

»Hoch mit dir, Porky!«, rief Kupferbart und warf das Flugmeerschwein in die Luft.

Porkys Flügel flatterten wie wild und es fehlte nicht viel, dass er wieder herunterplumpste. Doch in diesem Moment erspähte Porky die vogelförmige Knolle am Ende des Pfahls. Ein gieriges Grunzen entschlüpfte seiner Kehle und die Flügelschläge wurden kräftiger. Er hob sich langsam, doch stetig in die Lüfte. »Ja!« Kupferbart konnte diesen Anblick nicht fassen. Porky vollbrachte das bislang Unmögliche und flog.

Una hatte inzwischen ihre Knolle erreicht. Sie riss sie aus dem Pfahl und hob sie siegessicher in die Luft. Die Menge jubelte, als wäre sie bereits die Gewinnerin, denn die meisten Teilnehmerinnen schienen in der Zwischenzeit aufgegeben zu haben, wie Kupferbart mit einem hastigen Rundumblick bemerkte. Nur ganz wenige hingen noch an den Pfählen. Doch noch wurde der Sieg Unas nicht verkündet, zuerst musste sie wieder den Pfahl hinabklettern und auf dem Boden stehen.

Porky hatte sich jetzt auf Höhe der Knolle geschraubt. Er riss an ihr und versuchte, sie vom Nagel zu lösen. Sein Kopf flog wie bei einem zubeißenden Hai hin und her, und tatsächlich, er schaffte es. Mit einem zufriedenen Grunzen hielt Porky den falschen Vogel in der Schnauze. Dabei vergaß er dummerweise zu flattern und aus dem zufriedenen Grunzen wurde eines, das sehr erschrocken klang. Porky fiel wie ein nasser Sack aus dem Himmel.

Kupferbart sprang am Boden in alle möglichen Richtungen und erwischte sein Schultertier gerade noch rechtzeitig, bevor es auf den

Boden platschen konnte. »Hab dich!«, rief er glücklich. »Und jetzt gib das Vögelchen her.«

Una war nur noch ein paar Schritte vom Boden entfernt und setzte zum Sprung an.

Porky verbiss sich mit den Zähnen in der Knolle, doch Kupferbart gab nicht nach, riss sie mit einem Ruck aus seinem Maul und streckte sie in die Höhe. Das war das Zeichen, mit dem man die Prüfung beendete. »Ich hab sie!«, rief er den Zuschauern im Allgemeinen und dem Meister der Prüfungen im Besonderen zu.

Nur einen hauchdünnen Moment später landete Una auf dem Boden und streckte ihre Knolle nach oben.

Porky kaute unterdessen schmatzend an den Resten der Knolle, die zwischen seinen Zähnen hängen geblieben waren. Das Stück Stoff daran verschlang er gleich mit.

Die Menge hatte bereits begonnen, Kupferbart zuzujubeln, doch der Meister der Prüfungen beendete den Beifall mit einer harschen Geste. Eiligen Schrittes kam er angestapft, direkt auf Kupferbart und Una zu.

Der Blick, den Rulo ihm zuwarf, stimmte Kupferbart nicht sonderlich optimistisch. »Was ist?«, fragte er unschuldig. »Ich habe doch gewonnen.«

Die zusammengekniffenen Augen des grauhaarigen Mentauren wanderten zwischen ihm und Porky hin und her. Dann schüttelte er entschlossen den Kopf. »Das Ergebnis ist ungültig. Du hast ein Hilfsmittel benutzt.«

Kupferbart machte große Augen. »Ein Hilfsmittel? Porky? Niemals, er ist mein … äh, magischer Begleiter. Porky ist ein Teil von mir, unser Geist ist verschmolzen.« Kupferbart lächelte den Meister einschmeichelnd an, während er Porky streichelte.

»Magischer Begleiter. Pah.« Rulo spuckte die Worte geradezu angewidert aus. »So etwas gibt es nicht. Das Ergebnis ist ungültig. Una ist die Siegerin der Prüfung.«

Kupferbart riss die Augen auf, doch sogleich verfinsterte sich seine Miene und er zeigte schmollend auf Unas Hufe. »Sie hat auch geschummelt. Schau hin, ihre Hufe sind angespitzt. So etwas ist mit Sicherheit nicht erlaubt.«

»So ein gemeiner Mann«, sagte Una mit großen, traurigen Augen. »Macht sich über meinen Geburtsfehler lustig.« Sie legte ihre Hände vors Gesicht und machte Geräusche, die nach bitterlichem Weinen klangen.

Doch der Kapitän sah keine Feuchtigkeit im Auge, das ihn zwischen zwei Finger hindurch beobachtete.

Rulo schaute ihn zornig und unnachgiebig an. »Ich wiederhole, das Ergebnis ist ungültig. Und lass das arme Mädchen in Ruhe. Du kannst froh sein, wenn ich deiner Mannschaft den einen Punkt lasse, den alle anderen ebenso bekommen.« Darauf wandte er sich demonstrativ ab, nahm Unas Hand und ging mit dem Mädchen in die Mitte des Ringes. Das Schluchzen war wie weggeblasen, als der Meister sie vor der Menge zur Siegerin bestimmte.

Kupferbart stand da wie ein ins Wasser gefallener Hund und blickte kummervoll abwechselnd zur Knolle und zu Porky, der ihn voller Mitgefühl mit seinen kleinen, runden Schweinsäuglein anblickte.

»Das Schlüsselteil ist verloren. Die Flautilus ist verloren. Alles ist verloren.« Der Kapitän saß mit Dirty und Maladin an einem der getrockneten Dunghaufen, die bereits für die Siegesfeier am Abend hergerichtet worden waren, und jammerte vor sich hin, während sie das Mittagsmahl einnahmen. Den Geruch, den der Haufen verströmte, blendete Kupferbart geflissentlich aus, zu groß waren seine anderen Sorgen. Instania hatte sich davor nur eine Scheibe Brot und ein Stück Käse geschnappt und machte eine Runde um das Festgelände. Um ihre verrückten Bilder zu machen, wie sie erklärt hatte.

»Kopf hoch, Kapitän, die letzte Prüfung ist noch nicht geschlagen«, versuchte Maladin ihn aufzumuntern.

Der Kapitän schaute wütend hoch. »Hast du Instania schon mal beim Laufen zugesehen?«

»Mhm«, brummte Dirty. »Kein schöner Anblick.«

»Genau. Und schnell ist sie ebenfalls nicht, schon gar nicht so schnell wie ein Mentaure. Wir können genauso gut jetzt schon aufgeben. Wenn wir uns ungesehen vom Festgelände schleichen, merkt der Mentaurenkönig es vielleicht nicht, und wir können uns still und heimlich mit der Flautilus davonmachen.« In Kupferbart stieg Hoffnung auf. »Das ist es. Findet Instania und dann hauen wir ab. Vergesst den Schlüssel, vergesst den Schatz. Die Flautilus ist wichtiger als alles andere.« Voller Tatendrang stand er auf.

»Klar, Kapitän, machen wir sofort. Und wer lenkt in der Zwischenzeit die Typen da drüben ab, während wir heimlich abhauen?«, fragte Dirty beiläufig und kippte sich einen Krug vergorene Schafsmilch hinunter.

»Was für Typen?«

Dirty zeigte auf eine Gruppe Mentauren mit Speeren und Bögen in der Hand, die sie beobachteten. Einer winkte ihnen freundlich zu.

»Der König hat wohl schon geahnt, dass wir so etwas im Sinn haben könnten, wenn es nicht gut für uns läuft«, sagte Maladin bedrückt, während er an einem Stück Brot knabberte. »Außerdem trifft die Flautilus erst gegen Abend ein, um uns abzuholen. Stundenlang durch die Wüste zu laufen ist eher das Ding der Mentauren, aber nichts für uns.«

»Mhm«, brummte der Kapitän enttäuscht. Es war zwar einiges los auf dem Festgelände, da die Vorbereitungen für die letzte Prüfung liefen, doch nicht genug, um einfach in der Menge untertauchen zu können. Für die Wächter wäre es ein Leichtes, sie aufzuspüren. Er strich sich durch seinen Bart. »Ich wünschte, wir könnten uns ...«, sagte er nachdenklich und sah Maladin dabei aus den Augenwinkeln an.

»So funktioniert es nicht«, antwortete Maladin, der schon erahnte, was Kupferbart versuchte. »Du weißt ja, nur unbewusst und ohne nachzudenken.«

»Ohne nachzudenken ...«, wiederholte Kupferbart und nickte bedächtig. Ein weiterer Plan reifte in seinem Kopf heran. »Ihr wisst ja, an der letzten Prüfung wird Instania teilnehmen.«

»Du meinst ...?«, fragte Dirty und hob die dichten Brauen.

Kupferbart zuckte mit den Schultern. »Das ist unsere einzige Chance.« Er stopfte die letzten Bissen in den Mund und stand auf. »Gehen wir und suchen Instania.«

Prüfung der Ausdauer

Es war nur noch eine knappe Stunde hin bis zum Beginn der letzten Prüfung. Kupferbart, Maladin und Dirty hatten Instania noch immer nicht gefunden und irrten suchend zwischen den Zelten und den herumstehenden Mentauren umher. Die Zuschauermassen bewegten sich bereits langsam in Richtung Tribünen, um einen guten Platz zu ergattern, von wo aus sie das finale Rennen mitverfolgen konnten. Der Steinkreis vor den Tribünen war in zwei gerade Linien umgewandelt worden, die parallel zu den Tribünen und darüber hinaus nach Süden verliefen. Die Pfähle waren entfernt worden und in der Nähe der Tribünen zu einem großen Haufen aufgeschichtet, der am Abend als riesiges Freudenfeuer entzündet werden würde. Kupferbart hatte im Vorbeigehen eine Gruppe von Teilnehmern belauscht, die sich über den letzten Bewerb unterhielten. Die Prüfung der Ausdauer umfasste deren Worte zufolge einen Lauf von fünftausend Schritten in eine Richtung und dann dieselbe Strecke wieder zurück. Bei der Umkehre mussten die Teilnehmer eine dieser Wüstenknollen, die dort abgelegt worden waren, packen und mitnehmen. Sie diente als Beweis, dass sie auch die gesamte Strecke abgelaufen waren. Es fand nur dieser eine Lauf statt, der über den Sieg bei der Prüfung entscheiden würde.

»Habt ihr das gehört?«, fragte Maladin erstaunt neben Kupferbart, während sie sich langsam dem Rand der Laufbahn näherten. »Die Mentauren haben sogar einen Pendologen herbeischaffen lassen, damit er mit seinem Zeitmess-O-Meter – oder wie das Ding heißt – genau die Zeiten nimmt. Der bisherige Rekord liegt bei knapp über zehn Minuten.«

»Mhm«, brummte Dirty. »Und nachdem, was die da hinten geredet haben, brüstet sich Stam Borgini schon jetzt damit, den Rekord in diesem Annular zu brechen.«

»Nicht, wenn wir Instania finden und der Plan aufgeht«, erklärte Kupferbart entschlossen und ließ sich seine eigene Unsicherheit darüber nicht anmerken. Er drehte sich um und bemerkte, dass ihre Aufpasser sich nicht einmal Mühe dabei gaben, sie unauffällig zu verfolgen. Der Kapitän brummte und reckte seinen Hals, um sich einen besseren Überblick zu verschaffen. Die Größe der Mentauren war dabei ein lästiges Hindernis, abgesehen von den Kindern waren so ziemlich alle ein gutes Stück größer als er. Kupferbart war schon kurz davor, die Suche aufzugeben, da schlenderte ihnen Instania aus Richtung der Zelte gemütlich entgegen. Ungeduldig zappelnd wartete er mit seinen Männern auf sie. »Wo warst du denn die ganze Zeit?«, rügte sie der Kapitän, sobald sie in Hörweite gelangte.

Die Rüge prallte wirkungslos an Instania ab, sie schritt unbekümmert in gleichmäßigem Tempo dahin, bis sie vor ihnen stand. »Ach, ich habe mich nur ein wenig aufgewärmt. Die Sonne ist herrlich, nur der kalte Wind hier ist wirklich lästig. Also habe ich mir ein windgeschütztes Plätzchen gesucht.«

»Du hast dich für die Prüfung aufgewärmt, indem du in der Sonne gelegen bist?«, fragte Maladin verwundert.

»Natürlich, wie soll mir denn sonst warm werden?«

Die Erklärung war absolut logisch. Wenn man Instania war. Kupferbart rollte mit den Augen, dann setzte er ein freundliches Gesicht auf. »Liebe Instania«, sagte er so unbestimmt wie möglich, damit sie nicht misstrauisch wurde, was seinen Plan scheitern lassen konnte.

Sie lächelte ihn hinreißend an.

»Du hast natürlich absolut recht, aufwärmen ist wichtig in der Wüste«, begann Kupferbart im Plauderton und fuhr fort, »und du hast doch so eine anstrengende Prüfung vor dir. Die Mentauren sind ja unglaublich schnell, wie jeder weiß. Alle bewundern sie geradezu aufgrund ihrer Schnelligkeit.« Er bemerkte ihre plötzliche Aufmerksamkeit. »Würdest du nicht gerne schneller laufen können als die Mentauren? Dann würden alle Zuschauer dich bewundern anstelle der Mentauren.«

»Alle bewundern mich, wenn ich schneller laufe als Mentauren?« Instania riss die Augen auf, doch daraufhin wurde sie nachdenklich und tippte sich mit einem Finger ans Kinn. »Damit könnte ich meine Verfolger verfolgen und sie könnten mir nicht mehr davonlaufen. Aber meine Füße würden sicher wehtun vom vielen Laufen. Anderseits würden mich alle wegen meiner Geschwindigkeit bewundern. Doch dann wiederum müsste ich jeden Tag neue Schuhe kaufen, da sie so schnell abgetragen wären. Doch im Gegenzug …«

So ging es eine Weile hin und her. Instania fielen unzählige Für und Wider ein, die keinem vernünftig denkenden Menschen je in den Sinn gekommen wären. In Kupferbart breitete sich Verzweiflung durch seinen gesamten Körper kriechend aus. Die Prüfung konnte jederzeit beginnen.

»Meine Haare würden vom Wind ganz zerzaust sein und ich müsste sie viel öfter bürsten. Aber andererseits wiederum ... ja, ich glaube, ich würde mir wünschen, schneller laufen zu können als Mentauren. Obwohl, wenn ich ...«

Der Kapitän riss die Augen auf und stieß Maladin von der Seite her an. »Hast du das gehört?«, flüsterte er ihm zu. »Sie hat es gesagt. Hat es geklappt?«

Maladin zuckte mit den Schultern. »Ich weiß nicht«, flüsterte der Achtel-Dschinn unsicher zurück. »Gespürt habe ich nichts, aber das muss nichts bedeuten.«

Plötzlich ertönte die Stimme von Rulo, dem Meister der Prüfungen, und rief die Teilnehmer auf, sich in den Startbereich zu begeben, während er durch die Menge schritt.

»Es ist so weit«, sagte Kupferbart zu Instania und schluckte. »Gib einfach dein Bestes.«

Instania grinste ihn an. »Das mache ich doch immer«, erklärte sie voller Selbstvertrauen, drehte sich um und flanierte gemütlich zum Bereich, wo sich die Teilnehmer versammelten.

Kupferbart blickte ihr verdrossen hinterher. »Diese Befürchtung habe ich auch.«

Instania stand zusammen mit den anderen Teilnehmern in einer Linie und wartete. Da gerade nichts Interessantes passierte, schaute sie zum Mentauren neben sich hoch. »Hii, ich bin Instania. Hübsche rote Bänder hast du da in den Haaren und am Schwanz.«

Der Mentaure schielte nur kurz in ihre Richtung. »Stam.« Dann legte er seinen Kopf tiefer.

»Stam?«, fragte sie verwirrt. »Ist das dein Name? Oh, etwa der Stam, von dem alle reden? Du sollst ja unheimlich schnell sein, hab ich gehört. Weißt du, ich bin ja so begeistert, hier teilnehmen zu ...«

Eine Fanfare ertönte.

»… dürfen, es war schon immer mein Traum … He, wo wollt ihr denn alle hin?«

Sie sah den Mentauren nach, die alle zielstrebig mit irrsinniger Geschwindigkeit in Richtung Süden davon trabten. Sie hustete, denn die Läufer hatten ordentlich Staub aufgewirbelt. »Wie unhöflich«, sagte sie sich, dann lief sie hinterher. Sofort merkte sie, dass etwas nicht stimmte. Sie blickte kurz nach unten und sah ihre Beine nur verschwommen durch die Luft fliegen. Doch viel schlimmer war die Tatsache, dass ihr wie aus dem Nichts ein kalter Wind entgegenzuwehen begann. Die ganze wärmende Wirkung der Sonnenstrahlen auf ihrer Haut wurde im wahrsten Sinne des Wortes weggeblasen. Sie rümpfte die Nase und verspürte das Bedürfnis, ihren Unmut darüber mit jemandem zu teilen. Also erhöhte sie ihr Tempo, um zu den Läufern vor ihr aufzuschließen. Bald schon hatte sie die Gruppe erreicht. Die Mentauren schnauften und blähten ihre Nasen, während sie donnernd über die Ebene dahin rasten. Instania fragte sich, ob sie wohl genauso fröstelten wie sie und das der Grund für ihr Hecheln war. Schnell hatte sie Stam entdeckt, der als Einziger der Läufer diese auffälligen Bändchen am Körper trug. Sie lief an seine Seite und stöhnte bemitleidenswert.

»Oje, hier ist es ja wirklich kalt, findest du nicht auch? Man hätte die Prüfung wirklich etwas weiter in die Wüste verlegen können, dort weht bestimmt kein so frostiger Wind.« Stams aufgerissenen Augen schwenkten in ihre Richtung und seine Augenbrauen zogen sich zusammen. Doch antwortete er nicht, sondern starrte wieder stur geradeaus. Also plapperte sie munter weiter, um ihre Beobachtungen über das Klima, die Beschaffenheit des Bodens und die sonderbaren Geräusche, die sie in der Nacht vom Randgebirge herab gehört hatte, kundzutun. Da Stam keine Reaktion zeigte, sprach sie etwas lauter, um das allgegenwärtige Geschnaube und Hufgetrappel zu übertönen. Wenn dieser bebänderte Mentaure schon nicht reden wollte, hatte vielleicht ein anderer Mentaure Lust, mit ihr ins Gespräch zu kommen. Doch alle hatten dasselbe verbissene Gesicht aufgesetzt und zeigten nur wenig Interesse an einer Unterhaltung. Daher wollte sie sich wieder Stam zuwenden, als dieser, so wie alle anderen Läufer, langsamer wurde, um gleich darauf stehen zu bleiben und eine dieser seltsamen Knollen vom Boden aufzuheben. Ohne weiter auf Instania zu achten, die stehen geblieben war, liefen alle an ihr vorbei und in die Richtung zurück, aus der sie gekommen waren. Sie starrte auf die letzte Knolle am Boden. »Das gehört wohl zur Prüfung dazu, scheint mir.« Sie machte ein schnelles Fingerrechteck, hob die Knolle im Anschluss auf und rannte den Mentauren hinterher. Bald war sie wieder bei Stam und versuchte eine erneute Unterhaltung anzuzetteln. Möglicherweise war er ja jetzt gesprächsbereiter, da es wieder zurück zum Festgelände ging.

»Weißt du, wer diese Knollen mitten in die Wüste gelegt hat? So was ist doch Verschwendung von Lebensmitteln. Ich würde …« Sie redete eine Zeit lang weiter, bis Stam sich endlich in das Gespräch einzubauen begann.

»Halt …«

»Was soll ich halten?«, fragte Instania ihn verwirrt. »Meine Knolle? Ich halte sie ja schon, oder soll ich deine etwa auch kurz halten? Musst du dich irgendwo kratzen?«

»Die …«

»Ja, die Knolle in deiner Hand meine ich. Oder trägst du noch irgendwo eine zweite mit dir?« Sie kicherte. »Hast du etwa die Knolle von einem der anderen Läufer eingesteckt und er muss sie jetzt suchen?«

»Klappe!« Stam schrie sie förmlich an, bevor er ein paar Mal angestrengt hechelte und seinen Kopf mit verbissenem Gesichtsausdruck nach vorne streckte.

Instania stutzte ob dieser Unhöflichkeit. »Pah«, sagte sie dann beleidigt. »Erst lauft ihr mir alle davon und jetzt werde ich auch noch angeschrien. Und da sagen die Leute, ihr Mentauren wärt freundliche Wesen.«

Sie hatte genug von diesen schnaufenden und wortkargen Mentauren hier, also beschleunigte sie und ließ die Meute hinter sich zurück. Kurz darauf zerriss sie aus Versehen ein schmales Band. Sie blieb stehen und sah sich schuldbewusst um. »Entschuldigung, das wollte ich nicht«, erklärte sie kleinlaut, doch die Menge auf der Tribüne und die Mentauren auf der Ebene starrten sie nur entsetzt an. Instania hatte ein furchtbar schlechtes Gewissen. Es war wohl ein sehr wertvolles Band gewesen.

»Sie hat es geschafft.« Dirtys Stimme klang nach einer Mischung aus Unglauben, Bestürzung und Begeisterung.

Es entsprach ungefähr den Gefühlen, die gerade in Kupferbart um die Vorherrschaft wetteiferten. Er schüttelte ein paar Mal den Kopf und fasste sich wieder.

»Der Plan hat tatsächlich funktioniert!«, rief er begeistert und klopfte Maladin kräftig auf den Rücken, sodass dieser einen Satz nach vorne machen musste, um das Gleichgewicht zu halten.

Die Zuschauer, die einen schockierten Moment benötigt hatten, um das Gesehene zu begreifen, applaudierten jetzt tosend der Siegerin der Prüfung der Ausdauer zu. Der Meister der Prüfungen hatte der Menge zuvor zweimal bestätigen müssen, dass Instania gewonnen hatte, bis es in die Köpfe eingedrungen war. Instania selbst, die davor noch dagestanden war, als hätte sie gerade die Welt aus Versehen ins Verderben gestürzt, grinste jetzt bis über beide Ohren. Die anderen Läufer standen oder hockten gekrümmt und schnaufend herum, der Mentaure mit den roten Bändern am Körper schaffte es trotz sichtlicher Erschöpfung noch, Instania wütend anzustarren.

»Freunde haben wir uns hier wohl nicht viele gemacht«, merkte Dirty an, der den Mentauren ebenso mit nachdenklicher Miene musterte.

Kupferbarts Kopf bewegte sich zustimmend. »Das denk ich gerade auch. Und es werden noch weniger sein, wenn wir ihren Wanderpokal mitnehmen. Hoffen wir, dass die Siegerehrung baldigst stattfindet.« Er sah abschätzend hoch zum strahlend blauen Himmel. »Um die sechs Stunden wird es noch hell sein, das heißt, in fünf Stunden sollte die Flautilus bei den Landungsstegen sein, um uns abzuholen.«

Instania kam auf sie zugelaufen. Genauer gesagt, in dem einen Moment war sie noch bei den übrigen Läufern, im nächsten stand sie vor ihnen.

»Lässt das irgendwann nach?«, fragte Kupferbart leise in Maladins Richtung.

»Keine Ahnung. So ein Wunsch ist neu für mich.« Der Achtel-Dschinn zuckte mit den Schultern.

»Hab ich wirklich gewonnen?«, fragte Instania in die Runde und gluckste freudestrahlend.

»Das hast du. Gut gemacht«, lobte Kupferbart sie und meinte es ehrlich. »Du hast für uns das Schlüsselteil errungen und die Flautilus gerettet.«

Sie strahlte übers ganze Gesicht. »Danke. Und jetzt habe ich auch endlich verstanden, wie Maladins Fähigkeiten funktionieren. Deshalb hast du mich gefragt, ob ich schneller laufen können möchte als die Mentauren. Ich muss mir nebenbei etwas wünschen, ohne viel darüber nachzudenken, stimmts?« Sie sah Maladin an, der ihr lächelnd zustimmte. Instania klatschte in die Hände. »Perfekt. Dann wünsche ich mir, dass mir alle Leute hier folgen und mich als ihr großes Vorbild betrachten sollen.«

Kupferbart riss entsetzt die Augen auf. Hektisch um sich blickend suchte er nach einer wahnsinnigen Meute, die auf sie zugehetzt kam. Doch nach einem bangen Moment ließ das Entsetzen wieder nach. Nichts war geschehen. Die Zuschauer und Athleten gingen weiterhin ihren Beschäftigungen nach, ohne sich um Instania zu kümmern.

Sie schaute eine Zeit lang erwartungsvoll umher, doch als auch sie die Ergebnislosigkeit ihres Wunsches bemerkte, machte sich Enttäuschung in ihrem Gesicht breit. Wie bei Instania üblich, währte dieses Gefühl nur kurz und sie zuckte mit den Schultern. »Na ja, dann eben nicht. Aber alle Leute haben mich heute gesehen und eines Tages werden sie mir sicher folgen.« Sie hielt ihr Fingerrechteck in alle Richtungen.

Kupferbart verdrehte die Augen. »Mhm, genau so wird es sein.« Er beobachtete, wie die Gehilfen des Meisters damit begannen, die Steine von den Rändern der Laufbahn in eine rechteckige Form zu legen. Dort würde wohl die Siegerehrung stattfinden.

»He, Kapitän«, sagte Dirty plötzlich leise und stieß ihn mit dem Ellbogen von der Seite her an. »Wäre es nicht klüger gewesen, wenn

du den einen Versuch bei Instania genutzt hättest, um sie wünschen zu lassen, dass der geöffnete Schatz von El Materen vor ihr auftaucht?«
Dirty sah ihn mit großen Augen an.

Kupferbart starrte einen langen Moment unverwandt zurück, dann klatschte er sich die Hand vors Gesicht. »Ich muss was trinken gehen«, sagte er tonlos und setzte sich fluchend in Bewegung.

»Da bin ich dabei!«, rief Dirty fröhlich hinter ihm. »Ein paar Runden gehen sich mit Sicherheit aus, bevor der Spaß hier anfängt.«

Eine Stunde später war es dann so weit. Die Sonne schickte ausreichend Helligkeit in alle Richtungen, doch die noch nicht entzündeten Lagerfeuer waren schon alle rundherum mit Fässern und geschlossenen Kisten für die spätere Siegesfeier bestückt worden. Die Gäste saßen auf den Tribünen, die Athleten standen alle auf der Ebene um das steinerne Rechteck herum. In der Mitte hatten sich Rulo und der Mentaurenkönig eingefunden und blickten wohlwollend umher. Immer, wenn ihre Blicke Kupferbart und seine Mannschaft streiften, verfinsterten sie sich kurz.

Nur Instania bemerkte dies nicht, sie hüpfte und winkte jedes Mal. »Hii, hier bin ich.«

Bort Mustang und seine Mannschaft standen neben ihnen, sie wechselten jedoch kein Wort miteinander. Nur einmal gab Stam einen Kommentar in ihre Richtung ab: »Viel Spaß mit dem *besonderen* Preis.« Dabei hatte er hämisch gegrinst, Bort hingegen hatte sie wütend angestarrt. Selbst auf Dirtys Drängen hin rückten sie jedoch nicht mit der Sprache heraus, was dieser besondere Preis darstellen sollte.

Momente später hob der König die Stimme und begann mit seiner Ansprache, gefolgt von ein paar bedeutungsvollen Worten des Meisters der Prüfungen, der seine Rolle äußerst ernst nahm. Gleich darauf ging es mit der Siegerehrung weiter. Den dritten Platz belegte eine Mannschaft vom Stamm der Wasserhufe, die an der nördlichen Küste von Sandazaar ihre Zelte aufgeschlagen hatten. Zwei Männer und eine Frau traten vor und Rulo überreichte ihnen eine Kiste voller Sayhara-Knollen. Die Menge jubelte und applaudierte. Danach folgte der zweite Platz.

»Auf dem zweiten Platz, mit einem Sieg und zwei zweiten Plätzen, was in Summe zweiunddreißig Punkte bedeutet«, intonierte der Meister mit ausgebreiteten Armen. »Die Mannschaft vom Stamm der Starkhufe, dem auch unser edler König entstammt: Bort Mustang, Una, genannt Spalthuf, und Stam Borgini.«

Die Genannten schritten an Kupferbart vorbei, Una stieg ihm dabei auf den Fuß. »Entschuldigung«, sagte sie mit zuckersüßem Lächeln und mit einem boshaften Blick fügte sie hinzu: »Du Betrüger.« Porky grunzte empört, dann eilte sie den anderen hinterher. Auch die Mannschaft um Bort erhielt Sayhara-Knollen als Preis, diesmal zwei Kisten davon. Die Menge tobte und johlte, vor allem die Mentauren bejubelten ihre Favoriten.

»Vom Stamm des Königs«, meinte Dirty neben Kupferbart und grinste. »Dem haben wir wohl die Tour vermasselt.«

»Nur bezweifle ich gehörig, dass diese Tatsache gut für uns ist«, antwortete der Kapitän mit mulmigem Gefühl. Vom selben Stamm … Ob es etwas mit diesem *besonderen* Preis zu tun hatte? Was für Pläne hatte der König wohl für den Ausgang des Wettbewerbes geschmiedet, der ohne ihre Beteiligung eindeutig gewesen wäre?

»Und der erste Platz, zu unser aller Überraschung«, tönte der Meister weiter, diesmal mit gezügelter Euphorie, »mit zwei Siegen und … einem weit unten gelegenen Platz in der Rangliste, doch insgesamt trotz alledem dreiunddreißig Punkten, eine besondere Mannschaft. Es ist das erste Mal in der traditionsreichen Geschichte des Wettbewerbes, dass eine Mannschaft daran teilnahm, die nicht von den Stämmen der Mentauren gestellt wurde. Und diese Mannschaft hat es auf Anhieb geschafft, alle Teilnehmer unseres Volkes zu bezwingen.«

Kupferbart konnte das zornige Knurren aus den Reihen der Mentauren beinahe spüren, das sich bebend über den harten Boden ausbreitete.

»Doch es ist geschehen, die Teilnahme wurde ihnen gestattet und sie haben sich bewährt. Die Sieger der diesannularigen Prüfung der Stärke, des Geschicks und der Ausdauer lauten Kapitän Kupferbart, Instania und … Dirty Hairy, vom Stamm der Menschen.«

Cragolock, Menschen und auch die wenigen Aboradeem klatschten und jubelten frenetisch, die Beifallsbekundungen der Mentauren dagegen waren eher höflicher als begeisterter Natur.

Kupferbart konnte sie verstehen, niemand hatte trotz einzelner Erfolge erwartet, dass sie den Wettbewerb auch tatsächlich gewinnen würden. Doch jetzt mussten sie vortreten, was sie auch erhobenen Hauptes und mit stolzgeschwellter Brust taten.

Als Kupferbarts Wettkampfmannschaft bei Rulo ankam, drückte er jedem von ihnen ohne weitere Worte eine Kiste mit Knollen in die Hand. Der Kapitän hob seine in Brusthöhe, was Porky dazu veranlasste, grunzend zu schnuppern. Daraufhin krabbelte sein Schultertier ein Stück über seine Schulter und schnappte sich eine Knolle aus seiner Kiste.

Währenddessen trat der König einen Schritt näher in Richtung Tribünen und hob seine Stimme. »Der Wettkampf ist entschieden und diese Menschen hier haben gewonnen.« Eine Hand deutete in die ungefähre Richtung, wo Kupferbart zusammen mit Dirty und Instania stand. »Daher gebührt ihnen auch das unumstößliche Recht, den Wanderpokal in Besitz zu nehmen.« Er ließ sich den Pokal von Rulo überreichen, der ihn neben sich auf dem Boden stehen hatte, und präsentierte ihn der Menge. Aus jeder Richtung, in die ihn der König gerade entgegenstreckte, brandete der Beifall besonders laut zu ihnen herüber. Nach dieser Zurschaustellung des begehrten Preises begab er sich zu Kupferbart und überreichte ihm den Pokal mit undeutbarem Blick. Da der Kapitän wegen der Knollenkiste gerade keine Hand frei hatte, stellte ihn der König einfach auf die Kiste. Porky grunzte verärgert, da ihm die Sicht auf die offensichtlich leckeren Knollen genommen wurde. Der Kapitän dagegen starrte kurz auf das Schlüsselteil, das nun in seinen Händen lag – mehr oder weniger.

Der Mentaurenkönig wandte sich nach einem abschätzenden Blick auf Kupferbart und Dirty wieder den Zuschauern zu und redete weiter: »Wie alle Mentauren wissen, habe ich für dieses Annular eine besondere Belohnung für die Sieger der Prüfungen angekündigt.« Er stockte kurz. »Mit diesem Ausgang habe selbst ich nicht gerechnet, doch stehe ich zu meinem Wort. Die Belohnung bestand, wie jeder weiß, aus der Hand einer meiner Töchter, um sie zur Frau zu nehmen.«

Der unwissende Teil der Menge jubelte, doch die Mentauren auf den Rängen warfen einander unglückliche Blicke zu.

»Verdammt.« Kupferbart schluckte entsetzt.

»Bei Blobos und Wavolon«, fluchte Dirty bestürzt.

»Uiih«, gluckste Instania vergnügt.

Der König hob eine Hand und die Menge verstummte wieder. »Ursprünglich lautete mein Plan, die Hand meiner erstgeborenen Tochter Inka Belle darzubieten, doch sei es mir gestattet, mein Vorhaben den besonderen Umständen entsprechend anzupassen. Daher habe ich mich entschieden, eine meiner anderen Töchter anzubieten, die anscheinend besonderen Gefallen an einem der Menschen gefunden hat.«

Kupferbart und Dirty sahen sich an und schluckten beide vernehmlich.

Der König streckte seinen Arm aus und deutete vage auf die herumstehenden Teilnehmer außerhalb des steinernen Rechtecks.

»Tritt hervor, meine Tochter, tritt hervor, Ari Belle, aufgrund deines Liebreizes auch bekannt als die Bärjungfrau.«

»Warum Ari Belle die Bärjung ... oh.« Dirty verstummte, als Ari Belle sich zwischen die Athleten durchzwängte und zum Vorschein kam.

»Wie süß«, sagte Instania verzückt, während Kupferbart und Dirty die herannahende Ari Belle fassungslos anstarrten.

Der menschliche Teil der Menge schien vom Anblick genauso gelähmt zu sein, Kupferbart wusste nicht, ob es wegen der Spannung war oder ... Einige Mentauren auf den Rängen applaudierten höflich, doch mit wenig Begeisterung.

Der Kapitän spürte den Blick des Königs, der sich ihnen wieder zugewandt hatte. »Meine Tochter Ari Belle. Nehmt ihr diesen unschätzbar wertvollen Preis für den Sieg bei den Prüfungen an?«

»Äh«, begann Dirty stotternd. »Sie ist haar... genauso, wie ich sie mir vorgestellt hatte.«

»Haar... genau genommen«, redete Kupferbart ausweichend weiter und drängte sein Hirn zu einer raschen Lüge, »bin ich schon vergeben.«

»Haar... scharf wäre mir das entfallen«, fügte Dirty schnell hinzu. »Ich auch.«

»Außerdem üben wir einen gefährlichen Beruf auf hoher See aus«, versuchte es der Kapitän mit einer glaubwürdigeren Ausrede. »Wir wollen nicht, dass Eurer Tochter ein ... äh, Haar ... gekrümmt wird.« Ari Belle blickte traurig und schmachtete zugleich Dirty an.

Kupferbart atmete leise auf, doch Dirty sog die Luft scharf ein, als er den Blick bemerkte.

Dem König stand die Verärgerung über ihre Reaktion ins Gesicht geschrieben, doch er bemühte sich, höflich zu klingen. »Sie kann auch bezaubernd singen. Wollt ihr eine Kostprobe hören?«

»Äh, nein danke«, antwortete Kupferbart hastig. »Auf unserem Schiff wird nicht gesungen. Das würde nur die Fische auf dem Meer verscheuchen.« Er grinste verlegen, denn er hatte selbst bemerkt, wie lahm diese Ausrede klang.

Dirty stupste ihn von der Seite her an. »Oder unter dem Meer«, meinte er leise. »Wir könnten sie ja um des Friedens willen mit an Bord nehmen und an einer tiefen Stelle einfach über ...«

Kupferbart bedeutete ihm, zu schweigen. »Doch jetzt müssen wir leider los«, erklärte er dem König nervös zappelnd. »Wir sind da einer ... äh, haarigen ... Sache auf der Spur, die keinen Aufschub duldet.« Er setzte ein paar vorsichtige Schritte rückwärts zum Rand des Rechtecks hin.

»Könnte haar... äh, knapp werden, wir haben keine Zeit zu verlieren«, bestätigte Dirty unsicher. Nach einem Wink Kupferbarts krallte er sich Instanias Hand, die ihren Blick nicht von Ari Belle loszureißen vermochte, und folgte Kupferbart so unauffällig wie möglich.

»Verschmäht ihr etwa die Hand meiner Tochter?«, rief ihnen der König erbost hinterher. Sein Finger streckte sich ihnen anklagend entgegen.

»Natürlich nicht«, entrüstete sich der Kapitän. »Doch unsere Braut ist die haarige ... ich meine, raue See und sie kann ganz schön ungemütlich werden, wenn wir eine Zweitfrau anschleppen.«

Schon hatten sie den Rand des steinernen Rechtecks erreicht, wo Maladin auf sie wartete. Schleunigst machten sich Kupferbart und sein Trupp daran, in der Menge unterzutauchen, um aus dem Sichtfeld des Königs zu gelangen. Die Mentauren gaben ihnen nur widerwillig den Weg frei, einige murrten empört auf, als sie sich an ihnen vorbei zwängten. Nachdem sie die Mauer aus behaarten Leibern endlich hinter sich gelassen hatten, nahmen sie, ohne einen Blick zurückzuwerfen, den direktesten Weg in Richtung der Landungsstege. Wo ihr Schiff hoffentlich schon auf sie wartete, dachte der Kapitän besorgt.

»Wo bleibt die Flautilus nur?«, fragte Kupferbart und schielte zum gefühlt hundertsten Mal auf das in den letzten zwei Tagen angewachsene Rinnsal im Flussbett. Er bezweifelte, dass es schon für sein Schiff reichen würde, um hier verkehren zu können, doch er wollte den schmalen Strohhalm nicht loslassen, auf dem das Wort Hoffnung geschrieben stand. Sie folgten dem Flusslauf mit schnellen Schritten seit inzwischen zwei oder drei Stunden in Richtung Osten. Die Sonne war kurz davor zu verschwinden, was kein Nachteil war. Je weiter sie sich vom Randgebirge entfernten, desto heißer wurde die Wüste trotz langsam einsetzender Dunkelheit wieder. Ein paar Pflanzen waren über das Ufer geklettert und begleiteten den Lauf des Mantoran mit einem schmalen, grünbraunen Streifen auf beiden Seiten, doch die flimmernde Hitze konnten sie nicht lindern.

»Was genau hast du denn mit Brenden vereinbart?«, fragte Maladin ihn unterwegs und veränderte seinen Griff um die Kiste mit den Sayhara-Knollen. Sie hatten es zwar eilig, doch wenn ein Pirat einmal Beute gemacht hatte, gab er sie nicht mehr aus der Hand.

»Eine Stunde vor Sonnenuntergang an den Landungsstegen da vor uns, doch ich sehe dort kein Schiff«, antwortete der Kapitän besorgt. Er hielt den Pokal mit dem Schlüsselteil darauf in der Hand und betrachtete ihn. Seine Kiste mit Knollen hatte er Dirty gegeben. Porky schien das Gewicht, das er in den letzten Dekanden verloren hatte, in Form der Knollen wiedergefunden zu haben, und war nun offensichtlich bereit und willens, es wieder in seinen Körper zu integrieren. Nachdem Kupferbart sich versichert hatte, dass das Schlüsselteil noch immer am Pokal fixiert war, wandte er sich ein weiteres Mal um und prüfte, ob sie verfolgt wurden. Zu ihrem Glück war kein Staub am Horizont zu sehen. Doch er setzte nicht darauf, dass es noch lange so bleiben würde. Der Blick des Mentaurenkönigs hatte sich wie ein stummes Versprechen in sein Gedächtnis gebrannt.

»Das da könnte die Flautilus sein«, sagte Maladin auf einmal und zeigte mit zusammengekniffenen Augen zum bereits in trübe Dunkelheit gehüllten Horizont.

Der Kapitän blickte angestrengt in die angezeigte Richtung. Tatsächlich, da vorne schälten sich langsam die Umrisse eines Schiffes aus dem düsteren Hintergrund. »Dann nichts wie hin!«, befahl Kupferbart erleichtert, doch genau in diesem Moment vernahm und spürte er ein dumpfes Trommeln, das bedrohlich vom Wüstenboden aufstieg. Er blieb stehen und drehte sich noch mal um. »Verdammt!«, fluchte er. Die Staubwolke, von der er gehofft hatte, sie nicht mehr erblicken zu müssen, war schlussendlich doch noch aufgetaucht. Darin befanden sich die Umrisse einer Horde von bewaffneten Mentauren.

»Hätte mich auch gewundert, wenn uns der König so einfach hätte davonkommen lassen«, knurrte Dirty und verfiel in einen gehetzten Trab.

»Lauft! Wir können es vor ihnen zur Flautilus schaffen!«, rief Kupferbart und stapfte mit weiten Schritten los.

Maladin war schon nach kurzer Zeit ein Stück voraus, Instania lief ungeduldig mit irrsinniger Geschwindigkeit zum Schiff vor ihnen und kehrte alsbald wieder zurück. »Wo bleibt ihr denn? Das da vorne ist wirklich die Flautilus, also macht schon«, sagte sie ungeduldig und ohne eine Spur von Erschöpfung in der Stimme. Ohne eine Antwort abzuwarten, war sie wieder dahin. So ging es eine Weile hin und her, jedes Mal wirbelte dabei ein Wall aus Sand hoch in die Luft.

Dirty brummte nur und stapfte mühsam dahin, Kupferbart tat es ihm wenige Schritte dahinter gleich. Ihre Körper waren nicht zum Laufen geschaffen worden und der weiche Sand, der ihnen unter den Füßen davonglitt, bremste sie obendrein. Die Staubwolke hinter ihnen kam viel zu rasch näher, erkannte Kupferbart mit jedem Mal, wenn er sich besorgt danach umdrehte.

»Wir schaffen es doch nicht«, schnaufte Kupferbart und keuchte dabei wie ein klappriger, alter Hund.

»Dann kämpfen wir eben«, knurrte Dirty angestrengt, dessen Atemzüge nicht minder geräuschvolle Nebentöne von sich gaben.

Ein Kampf gegen eine Horde Mentauren? Der Kapitän glaubte nicht daran, dass sie lange durchhalten würden. Dafür waren sie zu wenige und bereits zu erschöpft.

»Ach«, stöhnte Instania resigniert, die wieder einmal zu ihnen zurückgekehrt war, um ihre Fortschritte zu begutachten. »Dann schleppe ich euch eben mit.« Sie griff nach Maladins Hand und ein Ruck ging durch den Achtel-Dschinn, seine Kiste mit den Sayharas flog dabei in die Luft.

Dirty fing die Kiste elegant auf, indem er sie auf den in seinen Händen befindlichen Stapel fallen ließ. »Schmeckt ganz gut, das Zeug. Sollte man nicht verschwenden«, erklärte er achselzuckend. Der Stapel mit den drei Kisten überragte ihn jetzt um einen Kopf, sodass er dran vorbeiblicken musste.

Schon waren Maladin und Instania ein gutes Stück entfernt. Es hatte den Anschein, als würde Maladin einfach über den Sand gleiten, bemerkte Kupferbart staunend.

Für einen Moment verschwand Instania mitsamt ihrem Anhängsel in der Dunkelheit, da tauchte sie auch schon wieder auf und war kurze Zeit später bei ihnen. »Hm«, meinte sie nachdenklich, während sie Dirty und Kupferbart abwechselnd von oben bis unten musterte. »Ihr seid um einiges schwerer als Maladin. Erst mal nehm ich eure Kisten mit.« Sie packte eine von Dirtys Kisten und war schon wieder weg. Nur kurz darauf kam sie ihnen wieder entgegen und wiederholte die Prozedur.

Kupferbart drehte sich um. Die Staubwolke war bereits dermaßen nahe, dass er die wütenden Gesichter der Mentauren darin erkennen konnte. Eines davon gehörte zum König. »Instania sollte ihre Prioritäten neu überdenken«, hechelte der Kapitän besorgt, als Instania sich die letzte Kiste geschnappt hatte und wieder verschwunden war.

Dirty brummte zustimmend neben ihm.

Es dauerte nicht lange, da war sie wieder bei ihnen und ihr Blick wanderte unschlüssig zwischen Dirty und Kupferbart hin und her.

»Nimm Dirty als Erstes!«, befahl ihr Kupferbart. Sie nickte, packte Dirty mit beiden Händen und zog. »Urgh«, stöhnte Instania, während sie Dirty mit gequältem Gesichtsausdruck mitschleppte. Doch sie kamen immer noch schneller voran, als Dirty es in seinem eigenen Lauftempo zustande gebracht hätte.

Kupferbart sah ihnen nach. Er war jetzt allein mit den Verfolgern, die er trotz der drückenden Dunkelheit bereits aus den Augenwinkeln erspähen konnte. Nur noch einen Moment und sie würden ihn eingekreist haben. Da er keinen Sinn mehr darin sah, sich dagegen zu wehren, blieb er stehen und stellte sich ihnen. Zumindest hatte er so Gelegenheit, kräftig durchzuschnaufen, während die Mentauren ihn mit wütenden Blicken umstellten.

Die Umzingelung war rasch abgeschlossen, woraufhin der König der Mentauren aus dem zornigen Ring aus Leibern hervorschritt und sich direkt vor ihm aufbaute.

»Hört mal«, begann Kupferbart und versuchte diplomatisch zu klingen. »Eure Tochter ist ja recht nett, aber …«

»Pah«, unterbrach ihn der Mentaurenkönig harsch. »Glaubst du wirklich, ich hätte einem von euch Menschen die Hand meiner Tochter gegeben? Diese Worte waren nur das, was die Gäste von außerhalb unseres Reiches hören wollten. Doch das Fest hätte nicht ewig gewährt und irgendwann wären sie alle wieder aufgebrochen. Alle außer euch.« Er hob eine Hand und zeigte mit dem Finger auf Kupferbart. »Ich will den Pokal. Er wird mein Reich nicht verlassen. Und obendrein deinen Kopf, weil du versucht hast, ihn zu entführen und noch dazu meine Tochter gedemütigt hast.« Der König lachte boshaft.

Kupferbarts Augen machten eine Runde, suchten nach einem Schlupfloch.

Plötzlich stand Instania direkt neben ihm. »Hii«, grüßte sie den König freundlich und winkte. »Ihr habt eine wirklich reizende Tochter, muss ich sagen. Sie müsste nur mal kräftig durchgebürstet werden. Oder besser gleich …«

»Psst«, flüsterte ihr der Kapitän zu und sie verstummte. Daraufhin blickte er erst auf den Pokal in seiner Hand, dann zum König. »Ach, Ihr wollt den Pokal? Na wenn das so ist …« Kupferbart streckte ihn mit einer Hand dem König entgegen, während er mit der anderen am Schlüsselteil rüttelte. Es dauerte einen bangen Moment, bis es sich löste. Rasch steckte er das Teil ein und warf den Pokal vor die Füße des Königs.

Der König schnaubte wütend und stapfte mit dem Huf auf, was eine kleine Sandfontäne auslöste. »Du hast ihn beschädigt!«, schrie er den Kapitän an. »Dafür wirst du bezahlen!«

»Los jetzt, gehen wir«, raunte Kupferbart Instania zu. Sie nahm seine Hände und zog. Er fühlte, wie er fortgerissen wurde und sehr schnell auf eine Lücke im Ring der Mentauren zusteuerte. Sie war zwar breit genug für Instania, jedoch nicht für ihn. Die zwei Mentauren prallten beim Durchmarsch zum Glück von seinen Schultern ab und wurden einfach zur Seite gestoßen. Porky gab dabei ein erschrecktes Quieken von sich, als er den Aufprall spürte. Dann waren sie auch schon hindurch. Der Kapitän sah nach unten und beobachtete staunend, wie seine Schuhe über den Sand schlitterten. Gleich darauf wandte er sein Gesicht ab, da Instanias rotierende Füße ihm Ladungen voll Sand ins Gesicht schaufelten. Er spuckte ein paar Mal aus, um den Mund freizubekommen.

»Zum Glück ist der Sand so glatt«, meinte Instania schnaufend vor ihm. »Du bist ganz schön schwer.«

Kupferbart brummte verlegen. »Ähm, daran ist Porky schuld. Er hat eine Menge von diesen Knollen verputzt«, erklärte er ausweichend. Porky grunzte verdrossen und drehte sich auf Kupferbarts Schulter um. Auch er hatte ein paar Maul voll Sand abbekommen und gemerkt, dass dieser nicht zum Verzehr geeignet war. Sein dünnes Schwänzchen kitzelte jetzt Kupferbarts Ohr.

»Aha«, sagte Instania wenig überzeugt, doch zog sie weiter, und bald darauf hatten sie den Flussabschnitt erreicht, an dem die Flautilus ankerte. Brenden, Dirty und Maladin saßen bereits im Ruderboot, das am Ufer auf ihn und Instania wartete.

»Habt ihr gewonnen oder dauert die Prüfung der Ausdauer noch an?«, fragte Brenden interessiert und mit einem Hauch von Spott in der Stimme. Maladin und Dirty mussten ihm bereits ein paar der Geschehnisse mitgeteilt haben.

»Wir haben gewonnen, und zwar mehr, als uns lieb gewesen wäre«, knurrte Kupferbart. »Und jetzt nichts wie weg.«

Brenden und Dirty ruderten, was das Zeug hielt. Bald darauf glitt das Ruderboot sanft an die Seite der Flautilus und sie gingen an Bord. Kupferbart stampfte ein paar Mal auf. Einerseits, um den Sand aus der Hose und den Schuhen zu schütteln. Andererseits, um das vertraute Gefühl der Planken unter seinen Füßen zu spüren. Er war endlich wieder an Deck seines Schiffes.

Als er sich ausreichend sauber fühlte, drehte er sich an der Reling zum Ufer hin um, wo die Mentauren wie an einem Faden aufgefädelt standen. Wütend schwenkten sie ihre Waffen und riefen unflätige Beschimpfungen zum Schiff herüber. Ein paar Pfeile wurden abgeschossen, einer davon blieb zitternd im Rumpf der Flautilus stecken.

Kupferbart schluckte. »Wendet das Schiff und dann raus aufs Meer!«, rief er seiner Mannschaft zu. Leise ergänzte er: »Auf Sandazaar sollten wir uns in nächster Zeit nicht mehr blicken lassen.« Leise genug, damit die Worte nicht bis an die Ohren seiner Mannschaft gelangten.

Er beobachtete, wie die Flautilus sich behäbig im Flusslauf drehte, die Segel sich im Wind zu blähen begannen und das Schiff Fahrt in Richtung Meer aufnahm. Mit jeder verrinnenden Stunde ließen sie den sandigen Kontinent weiter hinter sich zurück.

7 - WAS DEIN IST, IST MEIN

Aufeinandertreffen im Gelben Meer

Kupferbart stand in seinem Quartier auf der Flautilus und betrachtete die vier Schlüsselteile auf dem Tisch vor sich. Er hatte zwei Schiffslaternen angezündet, um die Gravuren auf den Teilen besser studieren zu können. Es war schon später Nachmittag und die Mannschaft hatte ein weiteres Fass vom Alkohol der Mentauren angeschlagen. Warum auch nicht, dachte er sich. Die Vorräte waren aufgefüllt worden und der Kapitän war zufrieden mit der Ausbeute ihrer bisherigen Suche. Neben ihm auf dem Tisch stand ebenfalls ein tönerner Krug voll vergorener Schafsmilch, um auf den Erfolg zu trinken. Vier von fünf Schlüsselteilen hatten sie bereits in der Tasche und das fünfte lag nur noch eine Weltdurchquerung entfernt auf Metedon, im Reich der Cragolock. Mit dem kleinen Volk würde es einfacher werden, ins Geschäft zu kommen als mit den Mentauren. Sie waren Fremden gegenüber zwar weniger aufgeschlossen, dafür von weltlichen Besitztümern wesentlich mehr angetan. Sollte sich das Teil in Händen der Crags befinden, würde die richtige Menge an Goldstücken zusammen mit ein paar Fässern Rum genügen, um sie zum Handel zu überreden. Sofern nicht bereits ein anderer Piratenkapitän das grabende Volk aufgesucht und ihnen das Teil abgeschwatzt hatte. Dies war die letzte potenzielle Gefahr, die noch auf ihrem Weg zum Schatz liegen mochte.

Nachdem die Flautilus in die Gewässer des Gelben Meeres eingefahren war, hatte Kupferbart Brenden einen Kurs Richtung Südost einschlagen lassen. Er gedachte, den Langwasser zu nehmen, um zurück ins Rote Meer zu gelangen, obschon der Sheapard, der durch Sheagranor führte, näher lag. Doch Kupferbart zahlte lieber Hafengebühren und Handelsabgaben, als zu riskieren, sein ganzes Schiff zu verlieren. In Sheagranor reagierte man weniger verständnisvoll gegenüber Piraterie, freundlicher Pirat hin oder her.

Wenn sie erst den Schatz gefunden hatten, würden seine Abenteuer auf dem Meer wohl enden und er musste solche Risiken nicht mehr eingehen. Entweder wäre er dann der Piratenkönig mit einer eigenen Insel, von wo aus er über die anderen Kapitäne herrschen würde, oder er setzte sich zur Ruhe. Diese zweite Überlegung begleitete ihn bereits seit einigen Annularen. Er war schließlich nicht mehr der Jüngste. Weißbart lieferte zwar den lebenden Beweis, dass man auch als alter Pirat noch erfolgreich sein konnte, doch mit jedem verstreichenden Annular auf rauer See klang ein ruhiges Leben in Bequemlichkeit vielversprechender. Klar, ein Leben als Piratenkönig beinhaltete viele Annehmlichkeiten, doch war es auch mit Gefahren verbunden. Er würde sich ständig umdrehen müssen, denn es würde immer irgendeinen aufstrebenden Kapitän geben, der es sich zum Ziel setzte, sich zum Herrscher über alle Pendelpiraten aufzuschwingen. Damenbart war klug, umsichtig und verstand sich gut mit allen Kapitänen, daher war sie überhaupt so lange an der Macht geblieben. Möglicherweise half dabei mit, dass sie eine Frau war. Sie wusste mit den Männern umzugehen, die richtigen Knöpfe zu drücken, und mit den wenigen weiblichen Kapitänen hatte sie ein blendendes Auskommen. Schwestern im Geiste oder was immer die Frauen verbinden mochte.

Kupferbart blieb unschlüssig, ob ihm nach solchen Machtspielchen zumute war. Es mochte genauso gut sein, dass er einfach auf das Amt des Königs verzichten und auf seine Heimatinsel zurückkehren würde. Secrookla war keine wohlhabende Insel, besaß keine nennenswerten Bodenschätze oder andere Reichtümer. Es konnte ihm ja gelingen, alle Grundstücke der Insel mit seinem Anteil am Schatz aufzukaufen, und damit würde er zum Herrscher über Secrookla werden. Er würde ein gütiger Herrscher sein, der nur geringe Abgaben von seinen Untertanen verlangte. Er würde sie auch nur notwendige Arbeiten verrichten lassen, die für die Aufrechterhaltung des Betriebes auf der Insel benötigt wurden. Und vielleicht noch einige wenige Dinge verlangen, um sein eigenes Leben angenehmer zu gestalten. Einen annehmbaren Landsitz, einen gepflegten Garten, dazu noch eine Rumplantage und eine Destillerie, doch mehr nicht. Außer ihm fielen bis dahin noch ein paar Dinge ein, auf die ein gütiger Herrscher ein Anrecht besaß.

Diener, zum Beispiel. Oder eine Schatulle voller Goldmünzen. Oder Kunstgegenstände. Doch sonst nichts. Ja, so ein Leben klang eindeutig besser, als auf einem begehrten Thron zu sitzen, umringt von gierigen Piraten.

Er hoffte, dass der Schatz ihnen wahrhaftig den erhofften Wohlstand einbringen würde, den diese Suche versprach. Der Schatz von El Materen. Die Worte des Ixe'Dirab drangen ihm wieder in den Sinn. Warum sollte man mit einem Schatz nichts anfangen können? Ein Schatz war ein Schatz, und ein derart berühmter versprach noch dazu Reichtum im Übermaß. Kupferbart schüttelte den Kopf. Nein, der Dirab musste verrückt gewesen sein, seine unheimlichen roten Augen lieferten dafür eindeutige Hinweise.

Die Tür sprang krachend auf und Brenden stürzte in die Kajüte. »Kapitän, Segel am Horizont«, stieß er atemlos hervor, als ob er gerade Dutzende Runden auf dem Deck gelaufen wäre.

Kupferbart sah fragend von seinem Tisch auf. »Ist es eine überladene Handelsgaleere? Es muss schon eine fette Prise sein, wenn wir unsere Suche nach den Schlüsselteilen dafür unterbrechen sollen.«

»Nein, Kapitän«, antwortete Brenden besorgt. »Es sind Piraten. Die Wellenbrecher, das Schiff von Silberbart.«

»Bei Blobos und Wavolon!«, fluchte Kupferbart, dann eilte er Brenden hinterher aufs Deck. Die Mannschaft lief bereits alarmiert umher und bereitete alles auf ein Gefecht vor. Es war ein trüber Tag mit geringer Sichtweite, wie geschaffen für Hinterhalte. Der Kapitän marschierte eiligen Schrittes mit Brenden im Schlepptau zum Bug, wo ihm sein Quartiermeister die Segel zeigte.

»Als ob er wusste, wohin wir wollen«, knurrte der Kapitän beim Anblick des ihnen entgegenkommenden Schiffes. »Er will wohl sein Versprechen einlösen und mir die Teile wegnehmen.« Kupferbart überlegte nur einen Moment, bevor er zu Brenden sagte: »Wir nehmen den Sheapard. Silberbart ist stärker bewaffnet, doch er ist noch ein gutes Stück entfernt und wir sind schneller. Wenn wir erst auf dem Fluss sind, kann er sich mit seinem schweren Schiff nur noch im Schleichtempo vorwärtsbewegen, um nicht auf Grund zu laufen. Spätestens dort hängen wir ihn ab.« Er drehte sich um und rief: »Hart

Backbord!« Dann machte er sich auf den Weg zum Heck, wo Dirty am Ruder stand und das Steuerrad auf seinen Befehl hin herumriss. Die Flautilus bekam bei der plötzlichen Wende ordentlich Schlagseite und Kupferbart musste sich am Hauptmast festhalten. Doch alsbald waren sie wieder voll im Wind, die Segel blähten sich und sie nahmen kräftig Fahrt auf. Beim Blick nach hinten sah Kupferbart, dass die Wellenbrecher während des Manövers aufgeschlossen hatte und ihnen gefährlich nahegekommen war, doch nicht nah genug, um die Speerwerfer einsetzen zu können. Und jetzt vergrößerte sich der Abstand wieder mit jeder Welle, die die Flautilus schaukelnd nahm.

»Gut so!«, rief der Kapitän Dirty zu. »Kurs Nordost halten und immer hart am Wind bleiben. Wir brauchen einen ordentlichen Vorsprung, mit voller Fahrt ist selbst die Flautilus nicht in der Lage, in die Mündung des Sheapard hineinzusegeln. Es ist zwar noch eine halbe Tagesreise bis dahin, doch bei diesen Bedingungen wird uns Silberbarts Schiff niemals einholen.«

Kupferbarts Blick wanderte abermals zur Wellenbrecher. Er konnte die zwei Flaggen am Hauptmast, den Affenkopf mit dem silbernen Bart und den wütenden Piraten, auf dem verfolgenden Schiff deutlich ausmachen. Silberbart hatte sich seine persönliche Flagge anfertigen lassen, um überall sofort erkannt zu werden. Sein Name war berüchtigt. Die Menschen auf dem verfolgenden Schiff formten auf diese Entfernung winzige Gestalten, ihre Gesichter konnte Kupferbart nicht unterscheiden. Doch gab es keinen Zweifel, dass Silberbart dort am Bug seines Schiffes stand und genau in seine Richtung starrte.

»Eines Tages vielleicht«, murmelte Kupferbart. »Doch nicht heute. Ich habe Besseres vor, als mich mit dir zu messen.« Ein angedeutetes Lächeln umschlich seinen Mund.

»Piraten voraus!«, rief Maladin plötzlich vom Ausguck herab.

»Was?« Kupferbart fluchte und rannte wieder zum Bug.

»Die Dreadboot. Das Schiff von Flaumbart!«, rief Maladin mit besorgter Stimme.

»Es ist eine Falle«, sagte Brenden entsetzt, als der Kapitän am Bug angekommen war.

»Scheint, sie machen gemeinsame Sache«, brummte Kupferbart und ließ sich den Sturm der Verzweiflung, der in seinem Inneren aufzog, nicht anmerken. »Glaubt Flaumbart etwa, Silberbart würde ihm auch nur eine einzige Münze überlassen, wenn alle übrigen Kontrahenten erst mal ausgeschaltet sind?«

»Vielleicht hat Flaumbart ähnliche Pläne?«, mutmaßte Brenden und starrte das Schiff vor ihnen an. Es kam schnell näher, direkt auf die Flautilus zu. »Will der uns etwa rammen?«

Kupferbart reckte seinen Kopf über die Reling und maß die Distanz sowie die Geschwindigkeit des sich nähernden Piratenschiffs. Etwas Glänzendes vorne am Bug durchbrach immer wieder für einen kurzen Moment die Wasseroberfläche und erregte seine Aufmerksamkeit. Er kniff die Augen zusammen und entdeckte den metallenen Rammsporn, der an der Dreadboot befestigt war.

»Bei Blobos und Wavolon«, stieß er aus, drehte sich um und rief Dirty zu: »Sofort beidrehen, Richtung Nordwest!«

Dirty kurbelte wie verrückt am Steuerrad, die Flautilus drehte schwerfällig bei, bekam abermals Schlagseite. Kupferbart hielt sich fest, ließ dabei jedoch das herannahende Schiff nicht aus den Augen. Flaumbart kam immer näher. Nahe genug, um den Jungen mit seinem Schwimmreifen am Bug stehen und irre lachen zu sehen.

»Schneller!«, rief Kupferbart, der sich immer mehr gewahr wurde, dass sie der Dreadboot möglicherweise nicht mehr zu entrinnen vermochten.

»Speerwerfer!«, rief der Kapitän. »Zielt auf die Segel. Wenn sie reißen, verliert die Dreadboot vielleicht genügend Fahrt, um uns zu verfehlen!«

Speere flogen in Richtung des angreifenden Schiffes, einige trafen sogar die Segel und durchbohrten sie. Doch es war bereits zu spät. Ehe die Flautilus vollends beidrehen konnte, rammte die Dreadboot sie am Heck. Eine heftige Erschütterung erfasste das gesamte Schiff, Männer flogen umher, Holz stöhnte auf und barst in unzählige Splitter.

Auch Kupferbart war vom Aufprall zu Fall gebracht worden. Ächzend stemmte er sich wieder hoch und versuchte, sich einen Überblick zu verschaffen. Er sah Brenden, der sich unweit von ihm ebenfalls gerade wieder hochhievte und den Kopf hin und her warf, um die Lage einzuschätzen.

»Wir haben ein Leck!«, rief Brenden und versuchte im Anschluss, ein paar Männer zusammenzutrommeln, die sich um das Problem kümmern sollten.

Doch Kupferbart machte sich weniger Sorgen um das Leck als um das Schiff, das sich ihnen von achtern näherte, wie er entsetzt feststellen musste. »Silberbart.«

Die Flautilus war durch den Zusammenstoß ins Trudeln geraten, hatte allen Antrieb verloren und lag nun träge und verletzlich im Wasser. Damit war sie beiden Piratenschiffen hilflos ausgeliefert.

»Bereitmachen zum Kampf!«, schrie Dirty und holte seine Axt hervor.

Kupferbart nickte nur wie betäubt, er konnte die Situation noch nicht so recht erfassen. Ein Kampf gegen Silberbart und Flaumbart zugleich? Das war aussichtslos.

Die Wellenbrecher drehte bei und erste Enterhaken flogen in Richtung Flautilus, hakten sich an Masten und in der Takelage fest. Dann folgten die Entermannschaften.

Kupferbart schüttelte seinen Kopf, kam wieder zu sich und zog die Brauen zusammen. Dann zückte er seinen Säbel. Den Säbel aus Shan Lon, gefertigt vom berühmten Waffenschmied Mattori Mando, dessen Waffen für die Rache bestimmt waren. Gleich würde Kupferbart dazu Gelegenheit bekommen, falls Silberbart sich an Bord der Flautilus wagte.

Unzählige Piraten von Silberbarts Mannschaft enterten das Schiff, fielen vom Himmel wie ein tödlicher Steinhagel. Sie schwangen sich mit Seilen an Deck, weitere stürmten über ausgelegte Planken an Bord. Seine Mannschaft versuchte tapfer, sich zu wehren, doch waren sie jetzt schon in der Unterzahl. Und Flaumbart hatte seine Mannschaft bisher noch zurückgehalten.

Dirty wütete wie ein Berserker und hieb mit der Axt in alle Richtungen. Drei Angreifer waren ihm bereits zum Opfer gefallen. Da wurde ein Fangnetz über ihn geworfen. Er tobte und schlug um sich, verhedderte sich dabei jedoch immer mehr im Netz.

Kupferbart kämpfte entschlossen, doch nachdem er seinen zweiten Gegner niedergestreckt hatte, lagen schon fünf seiner Besatzungsmitglieder tot am Boden. Verzweiflung überkam ihn, während er sich suchend umblickte. Silberbart war noch immer nirgends zu sehen. Ein Duell mit ihm hätte der ganzen Sache hier noch einen Sinn gegeben. Doch wie es schien, würde seine gesamte Mannschaft davor mit dem Leben bezahlen müssen, bevor er Gelegenheit zur Rache erhielt. Also fasste Kupferbart schweren Herzens einen Entschluss. »Wir ergeben uns!«, rief er laut und deutlich über das Deck hinweg, damit alle es hören konnten. Ein paar seiner Männer starrten ihn für einen Moment an, dann legten alle die Waffen gehorsam, doch widerwillig nieder. Die Kämpfe wurden umgehend beendet und die Angreifer begannen, die Mannschaft der Flautilus zu entwaffnen und sie in der Mitte des Schiffes zusammenzutreiben.

Kupferbart steckte seinen Säbel weg, begab sich zu ihnen und die hämisch grinsenden und überheblich lachenden Männer von Silberbart zwangen alle, sich hinzuknien. Diejenigen, die der Aufforderung nicht rasch genug nachkamen, wurden mit Tritten zu Boden befördert. Dirty, der aus dem Fangnetz befreit worden war, hockte neben ihm auf seiner linken Seite, so wie Brenden auf der rechten.

»Und was jetzt?«, fragte Brenden leise.

Die Piraten Silberbarts standen um sie herum und beobachteten ihre Gefangenen, doch achteten sie mehr auf verdächtige Bewegungen als auf heimliche Gespräche.

»Wir kooperieren, was haben wir auch für eine Wahl?«, brummte der Kapitän entmutigt. »Sie haben uns in der Hand.«

»Wenn wir sie lange genug hinhalten, gehen sie vielleicht alle mit uns unter, hinab zum Grund des Meeres, wo sie hingehören«, murmelte Dirty und grinste sarkastisch.

Es stimmte, Kupferbart spürte beinahe, wie das Wasser in den Rumpf der Flautilus lief und sein Schiff langsam, aber sicher in die Tiefe gezogen wurde. Es würde nicht lange dauern, bis sie vollständig gesunken war, wenn das Leck nicht schleunigst gestopft wurde.

Als Erstes betrat Flaumbart das Deck der Flautilus und sah sich mit einer Arroganz um, als ob er allein den Sieg errungen hätte. Danach kam Silberbart an Deck und die Haltung Flaumbarts wurde etwas geduckter, sein Ausdruck dafür trotziger.

Polternd umkreiste Silberbart den am Boden knienden Haufen und sah mit strenger Miene in jedes Gesicht.

Kupferbart beobachtete aus den Augenwinkeln angespannt jeden seiner Schritte.

Dann blieb Silberbart vor ihm stehen und starrte ihn von oben herab an. »Und wieder einmal hast du den Schwanz eingezogen. So wie jedes Mal, wenn wir uns treffen. Diese Eigenschaft an dir fängt mir an zu gefallen«, sagte er und lachte böse. Einige aus der Mannschaft Silberbarts fielen in das Gelächter ein. Der kostete den Moment aus, ehe er hinzufügte: »Ich habe gehört, du bist fleißig gewesen und hast bereits einige Teile meines Schlüssels für mich gefunden.«

Seine hämisch grinsende Visage machte Kupferbart nur noch wütender, doch gab es nichts, was er im Moment dagegen unternehmen konnte. Also hielt er sich bedeckt.

»Unseres Schlüssels«, merkte Flaumbart trotzig an und zog einen Schmollmund.

Silberbart warf ihm einen undeutbaren Seitenblick zu und nickte nach einem kurzen Moment. »Natürlich, unseres Schlüssels.« Dann widmete sich seine volle Konzentration wieder Kupferbart. »Also, wo sind sie?«

Der Kapitän überlegte nur für einen bedeutungslosen Moment, ehe er sich fügte. »In meiner Kajüte«, brummte er niedergeschlagen.

»Braver Kapitän«, sagte Silberbart spöttisch. »Du wirst sicher ein folgsamer Untertan, wenn ich erst mal der König der Pendelpiraten bin.« Sein Silberkopfäffchen schrie wie verrückt und machte einen Salto in der Luft.

»Und ich dein Stellvertreter, vergiss das nicht«, maulte Flaumbart im Hintergrund.

Eine Braue Kupferbarts wanderte nach oben. Das war also der Handel zwischen den beiden. Und wahrscheinlich hatte der mächtige Piratenkapitän dem blutrünstigen Knirps dazu einen Teil des Schatzes versprochen. Doch ob der heranreifende Piratenkapitän lange genug leben würde, um seinen Anteil verprassen zu können, wagte Kupferbart zu bezweifeln. Silberbart war nicht dafür bekannt, gerne zu teilen.

Der Mann, den Silberbart in seine Kajüte geschickt hatte, kehrte alsbald mit den Teilen zurück. Er hatte sicher nicht lange suchen müssen, Kupferbart hatte vergessen, sie wegzupacken, nachdem Brenden in die Kajüte geplatzt war.

Silberbart betrachtete sie. »Vier Stück, sehr gut.« Dann löste sich sein Blick von den Schlüsselteilen, um sich an Kupferbart zu heften. Begleitet von einem widerwärtigen Grinsen. »Blaubart soll es mittlerweile gelungen sein, ein weiteres Teil zu bergen. Ist nur noch eine Frage der Zeit, bis wir den Trunkenbold gefunden haben, der kann keinen geraden Kurs beibehalten. Doch danach steht nichts mehr zwischen mir und dem Schatz.«

»Zwischen uns und dem Schatz«, korrigierte Flaumbart und schaute Silberbart böse an.

Der verdrehte die Augen, brummte und nickte knapp, dann fiel sein Blick ein weiteres Mal auf Kupferbart. »Was soll ich nur mit dir machen?«, überlegte er betont nachdenklich und strich sich über seinen Bart. »Umbringen will ich dich nicht, ich brauche Untertanen wie dich, die meinen Befehlen ohne zu zögern gehorchen.« Er lachte und vollführte eine Runde um die knienden Männer, verschwand dabei für einen Moment aus Kupferbarts Blickfeld, bis er wieder vor ihm stand. »Ich weiß, du gibst mir die Schuld daran, deine Familie verloren zu haben, doch der Groll ist schon alt. Ein Wunder, dass du immer noch so nachtragend bist. In letzter Zeit habe ich dir schließlich nichts getan.« Silberbarts Augen fixierten für eine Weile erst Dirty, danach Brenden. Dann galt seine Aufmerksamkeit wieder Kupferbart, der mit einem beklemmenden Gefühl ein böses Funkeln in dessen Augen wahrnahm. »Vielleicht ist es an der Zeit, dir einen neuen Grund zu geben, mir zu grollen. Damit du mit deinen Rachegelüsten nicht so weit in der Vergangenheit rumhängen musst.« Er stellte sich vor Dirty. »Du bist Dirty, stimmts? Ein kleiner, grummeliger Mann, der niemanden leiden kann.«

Dirty spuckte ihm vor die Füße und Silberbart trat ihm in die Magengrube. Dirty bog sich unter dem Tritt und schnaufte schmerzerfüllt durch. Dann richtete er sich wieder auf und starrte Silberbart hasserfüllt an.

Danach ging Silberbart zu Brenden. »Und du bist Brenden, der Quartiermeister der Flautilus. Ein fähiger Mann, zu dem die Mannschaft aufsieht.« Er lachte abfällig. »Damit passt du so gar nicht auf das Schiff Kupferbarts.«

Brenden sah ihn ohne Furcht an. »Der Kapitän ist ein guter Mann, der jeden in seiner Mannschaft …«

»Hab ich dir befohlen zu reden?«, schnitt ihm Silberbart brüllend das Wort ab. Dann kniff er seine Brauen zusammen.

Sein Lächeln gefiel Kupferbart überhaupt nicht.

Silberbart zog Brenden hoch und stellte ihn direkt vor Kupferbart hin, sodass er ihm in die furchtlosen Augen blicken konnte.

Brenden nickte ihm unmerklich zu.

»Hier, eine neue Erinnerung für dich«, verkündete Silberbart mit kalter Stimme hinter Brendens Rücken, zog ein Messer aus einer Seitentasche und schnitt ihm die Kehle durch. Brenden griff sich röchelnd an den Hals, brach zusammen und blieb zuckend vor Kupferbart liegen. Der Kapitän sah dem grausigen Schauspiel mit aufgerissenen Augen zu. Bis das Zucken aufhörte. Kupferbart starrte auf seinen toten Quartiermeister, erwiderte seinen leeren Blick mit traurigen Augen.

»Du Hurensohn!«, schrie Dirty und schnellte in die Höhe. Ehe er Silberbart erreicht hatte, zeigten zwei Säbelspitzen auf seinen Hals.

Silberbart lachte nur geringschätzig und sagte: »Mag sein, doch meine Mutter war wenigstens ein Mensch.«

Dirty knurrte und fletschte die Zähne wie ein tollwütiger Hund, doch war er klug genug, sein Glück nicht herauszufordern.

»Knie dich wieder hin, Dirty«, murmelte Kupferbart tonlos, der seinen Blick nicht von Brendens Leichnam abwenden konnte. »Heute nicht.«

Widerwillig gehorchte Dirty.

»Ich will auch einen«, mischte sich Flaumbart in die deprimierende Szene ein. »Schließlich sind wir Partner und teilen alles.«

Silberbart sah ihn nicht an, verzog stattdessen nur seinen Mund. »Wenn es sein muss. Du hast die freie Wahl. Nur nicht Kupferbart.«

Flaumbart ahmte Silberbart nach und stolzierte eine Runde um die Mannschaft Kupferbarts. Dabei versuchte er, genauso bedrohlich dreinzuschauen, doch mit seinem Schwimmreifen um die Hüfte sah es eher lächerlich aus. Dann blieb er zwischen Maladin und Tubthul, einem dunkelhäutigen, jungen Mann aus Kumbukti, stehen und sah sie abwechselnd an. »Hm, hm«, machte er, als würde es ihm schwerfallen, sich für einen der beiden zu entscheiden. Kupferbart verdrehte seinen Kopf und sah Maladins verängstigten, zu Boden gerichteten Blick, während Tubthul Flaumbart trotzig anstarrte.

»Ja, du«, sagte Flaumbart mit einem boshaften Grinsen. Er zog Tubthul hoch und trieb ihn mit seinem Säbel vor sich her, bis zur Reling. »Zeit, die Fische zu füttern«, tönte Flaumbart und stieß Tubthul den Säbel in den Rücken, der qualvoll aufstöhnte. Dann verpasste er ihm einen Tritt und beförderte ihn ins Meer. Flaumbart drehte sich kichernd um. »Das war lustig!«, rief er und trommelte auf seinem Schwimmreifen herum. »Ich will noch einen.« Er ging auf Maladin zu und zog ihn hoch, der ein verängstigtes Wimmern ausstieß. Flaumbart trieb ihn wie zuvor Tubthul mit dem Säbel zur Reling. Er holte mit seiner Waffe aus.

»Das genügt für heute«, mischte sich Silberbart mit befehlsgewohnter Stimme ein, der Flaumbart bisher teilnahmslos zugesehen hatte. »Ein paar Männer braucht Kupferbart ja noch, wenn er es lebend in einen Hafen schaffen möchte, bevor sein Schiff sinkt.«

Flaumbart drehte sich zu Silberbart um und stampfte zornig auf. Ein finsterer Blick des Kapitäns der Wellenbrecher ließ ihn jedoch gehorchen, er senkte seinen Säbel und stieß Maladin beleidigt zurück an seinen Platz.

Silberbart kümmerte sich nicht weiter um den frechen, kleinen Kapitän und sah auf Kupferbart herab. »Doch damit du Zeit hast, um dein Gemüt zu beruhigen, und mir nicht mehr in die Quere kommst, bevor ich den Schatz gefunden habe ...« Er drehte sich zu ein paar seiner Männer um und ignorierte das Fauchen Flaumbarts, der wohl vorhatte, ein weiteres Mal auf ihre Partnerschaft hinzuweisen. »Kappt die Masten und zerstört das Ruder!«, befahl Silberbart den Männern, bevor er sich ein letztes Mal Kupferbart zuwandte. »Bis zur Flut ist es noch lange hin, aber vielleicht werdet ihr ja schon vorher irgendwo an Land gespült. Ich hoffe, du schaffst es rechtzeitig zu meiner Krönung.« Silberbart lachte, dann machten sich seine Männer an die Arbeit. Sie hieben und hackten mit Äxten auf die zwei Masten der Flautilus ein, bis sie krachend ins Meer stürzten. Ein Mann zertrümmerte das Steuerrad, wodurch es unbrauchbar wurde. Nach getaner Arbeit befahl Silberbart seine Mannschaft zurück auf sein Schiff. Flaumbart hielt es ebenso und kurze Zeit später drehten die zwei Piratenschiffe ab. Sie ließen die leckgeschlagene und manövrierunfähige Flautilus allein auf hoher See zurück.

Die mysteriöse Insel

Die Flautilus trieb viele Tage mit zerstörtem Ruder und ohne Masten ziellos dahin, wurde von der Strömung ohne Gegenwehr hin und her gerissen. Eines der Tretbeiboote war ebenfalls beschädigt worden, sodass es ihnen nicht einmal vergönnt war, einfach nur geradeaus zu fahren. Stattdessen wurden sie immer weiter nach Norden abgetrieben, in Richtung Randgebirge. Das Leck und das eingedrungene Wasser konnten dank Instanias neu gewonnener Fähigkeiten rasch beseitigt werden. Danach hatte sie sich tagelang über schmerzende Arme aufgrund der unzähligen Eimer voll Wasser beklagt. Emotional herausfordernder gestaltete sich dagegen die Seemannsbestattung von Brenden und den gefallenen Besatzungsmitgliedern, die alle betroffen gemacht hatte. Kupferbart hatte ein paar Worte gesagt, danach wurden zwei Fässer Rum angeschlagen. Es waren die letzten beiden gewesen, doch die Mannschaft hatte die Ablenkung gebraucht. Instania hatte es dank ihrer vergleichsweise kurzen Aufmerksamkeitsspanne als Erste vollbracht, wieder ein fröhliches Gesicht zu zeigen. Ihre belanglosen Erzählungen taten der Mannschaft in dieser Situation ausnahmsweise mal gut, viele wurden damit von den ausweglosen Umständen abgelenkt, in denen sie sich befanden. Trotzdem herrschte weiter eine bedrückte Stimmung, die sich nicht so bald würde abschütteln lassen. Kapitän Kupferbart konnte mit der

Mannschaft mitfühlen, seine eigene Laune hatte mehr Tiefgang als ein überladenes Frachtschiff. Der Verlust von Brenden machte auch ihm schwer zu schaffen. Und dazu kam, dass trotz strenger Rationierung die Lebensmittel knapp wurden, was sich nicht mehr verheimlichen ließ. Die Sayhara-Knollen der Mentauren hatten sich als überraschend haltbar und sättigend erwiesen, doch waren sie nach wenigen Tagen aufgebraucht gewesen. Und so nah am Randgebirge waren auch die Fischbestände im Meer stark ausgedünnt, denn sie stellten die bevorzugte Nahrungsquelle von räuberischen Kreaturen dar, die weit unten im Randgebirge lebten.

Kupferbart zeigte es nicht, doch die Schmach der fatalen Niederlage gegen Silberbart und Flaumbart saß ihm gehörig im Nacken. Und als ob es nicht noch schlimmer werden konnte, standen sie mit leeren Händen da. Die dekandenlange Jagd nach den Schlüsselteilen war umsonst gewesen, kein Schatz mehr, keine Belohnung für die Mannschaft. Keiner sagte etwas, doch sah er es in ihren Gesichtern. Sie erwarteten eine Gegenleistung für all die entbehrungsreiche Zeit und die Mühen, die sie ohne einträgliche Prise auf sich nehmen hatten müssen.

Wieder einmal, so wie jeden Morgen seit dem Überfall, stand er kurz nach Sonnenaufgang stumm und nachdenklich an der Reling, als ein Krachen vom Randgebirge zu ihm herüberdrang.

Porky grunzte verärgert ob dieser Störung seines überfälligen Nickerchens.

Kupferbart konnte die steilen Gebirgsmassive noch nicht ausmachen, da sich Nebel über das Wasser gelegt und die Flautilus zur Gänze eingehüllt hatte. Doch irgendwo dahinter lagen steile Klippen und gefährliche Felsen, die als Ausläufer des Randgebirges weit ins Meer ragten und Schiffen rasch zum Verhängnis werden konnten.

»Was war das, Kapitän?«, fragte Maladin hinter ihm. Er trat näher und stellte sich neben Kupferbart an die Reling.

»Steinscheißer«, erklärte der Kapitän teilnahmslos. »Auf pendokryptisch auch Magmam Rockackus genannt. Leben in der Nähe des Randgebirges. Sie fressen allen möglichen Mist, der im Meer herumschwimmt, und klettern zum Kacken die Berge hoch. Sind harmlose Viecher und sogar nützlich, wenn man es genau nimmt. Halten die

Meere sauber und wirken mit ihren Ausscheidungen der Erosion entgegen. Können aber bis zu dreihundert Fuß lang werden und machen bei dem, was sie fressen, keinen Unterschied. Daher sollten wir ihnen nicht zu nahe kommen.«

»Oh, ich verstehe«, sagte Maladin leise und blickte besorgt in Richtung Randgebirge. Nach einem Moment des Schweigens fuhr Maladin fort. »Woher kennst du den pendokryptischen Begriff der Tiere?«

Kupferbart drehte den Kopf in seine Richtung. »Ich hab früher mal eine Ausgabe von ›Das Randgebirge und seine Kreaturen und Fabelwesen‹ besessen. War sogar eine Sonderedition, mit zehn Prozent mehr unglaubwürdigen Kreaturen. Meine Frau hat damals immer abends daraus vorgelesen, wenn … ach, nicht so wichtig.«

Maladin nickte, dann senkte er den Blick. »Es tut mir leid, Kapitän, dass ich mich beim Kampf so feige und schwach verhalten habe. Ich wollte ein furchtloser und wilder Pirat sein, stattdessen habe ich mir vor Angst fast in die Hose gemacht.«

Kupferbart zog Maladins Kopf hoch und sah ihm fest in die Augen, zeigte dabei ein kleines Lächeln. »Nicht jeder ist zum Kämpfen geboren. Ich habe dich aufs Schiff geholt, um den Ausguck zu besetzen, nicht, um unzählige Piraten niederzumähen. Dafür haben wir Dirty.« Er klopfte dem Achtel-Dschinn auf die Schulter. »Du hast alles richtig gemacht. Wir hatten in dieser Situation sowieso keine andere Wahl. Manchmal ist es klüger, sich ruhig zu verhalten und auf eine passendere Gelegenheit zu warten. Und deine besonderen Fähigkeiten haben uns ja schon das eine oder andere Mal aus der Patsche geholfen. Na ja, zumindest bei jedem fünften Mal.« Kupferbart grinste.

Maladin lächelte und nickte dankbar.

»Apropos Ausguck«, fügte Kupferbart mit gespielter strenger Miene hinzu. »Da uns gerade keiner zur Verfügung steht, solltest du dich zurück aufs Vorderschiff bewegen. Mir gefällt der Nebel nicht.«

»Mach ich, Kapitän«, bestätigte ihm Maladin und setzte an, sich zum Bug zu begeben. Er hielt inne und drehte sich noch einmal um. »Danke«, sagte er, bevor er sich zu seinem Posten aufmachte.

Kupferbart stand wieder allein an der Reling und lauschte dem fernen Krachen, das von oben herab zu dringen schien. Doch sie mussten noch zu weit vom Randgebirge entfernt sein, um der Gefahr von verdauungsverursachten Steinschlägen ausgesetzt zu sein, daher machte er sich noch keine Sorgen darüber. Doch dieser Nebel war merkwürdig. Er hob eine Hand und fuhr durch eine hartnäckige Schwade, die sich vor seinem Gesicht festgesetzt hatte. Sie ließ sich nur widerwillig vertreiben, fast so, als würde sie sich dagegen wehren, ihren angestammten Platz zu verlassen.

»Irgendwas stimmt mit dem Nebel nicht«, bestätigte ihm Dirty, der sich jetzt an seine Seite gesellte. »Ich hab so ein Jucken in der Nase.« Daraufhin nieste er herzhaft.

»Denk ich auch«, bestätigte der Kapitän besorgt und konzentrierte sich auf die Umgebung. Je dichter der Nebel wurde, desto dumpfer und leiser erklang das Krachen vom Randgebirge, bis es vollends verschluckt wurde. Und das war merkwürdig, denn sie bewegten sich ja darauf zu. Oder etwa doch nicht mehr? Er schüttelte den Kopf und widmete sich Dirty, der unbestimmt neben ihm in den Nebel starrte und zuweilen schniefte.

»Wegen dem, was Silberbart zu dir gesagt hat ...«, begann Kupferbart zaghaft. Er war nicht gut in solchen Dingen.

»Wegen meiner Mutter? Oder dass ich keinen mag?«, brummte Dirty, ohne ihn anzuschauen.

»Irgendwie beides«, bemühte sich Kupferbart mit verzwickter Miene.

»Na und? Ist halt so«, antwortete Dirty schulterzuckend, doch der Kapitän starrte ihn unvermindert an. Ein wenig mehr wollte er dann doch aus Dirty herauslocken. Diese ereignislosen Tage boten eine gute Möglichkeit, sich tiefergehender mit seiner Mannschaft auseinanderzusetzen. Es gab schließlich nichts anderes zu tun.

»Na ja«, gab Dirty seinem Starren am Ende seufzend nach und wandte sich ihm zu. »Als Mischling hat man es eben nicht leicht. Meine Eltern wurden schon immer schief angeschaut, weil meine Mutter eine Cragolock war. Hat ihre Lehrreise abgebrochen, als sie meinen Vater kennengelernt hat.«

»Ungewöhnlich, dass ein Cragolock-Mädchen eine Lehrreise unternimmt, oder?«, unterbrach Kupferbart ihn neugierig

Dirty lachte bitter. »Kann man wohl sagen. Sie war damals eine kämpferische, junge Frau und hat hartnäckig dafür gerackert, die Erlaubnis zu erhalten, wie sie mir mal erzählt hat. Doch mit dem Abbruch ihrer Reise hat sie es sich bei den älteren Crags ordentlich verscherzt. Und wegen der Verbindung mit einem Menschen hat sie es auch bei allen anderen nicht mehr leicht gehabt. Die Crags sind zwar nicht ganz so schlimm wie die Dirabs, wenn es um Fremde geht, aber eine Liebesbeziehung mit einem Menschen … so was geht gar nicht. Ein paar Annulare lang haben es meine Eltern auf Metedon versucht, dann sind sie wieder zurück nach Elosundra, wo mein Vater herstammt.«

Kupferbart nickte und hörte weiter schweigend zu.

»Und dann haben sie mich bekommen«, fuhr Dirty fort, nieste ein weiteres Mal und schniefte. »Kannst dir ja vorstellen, wie die Menschenkinder auf Zentralika auf mich reagiert haben. Haben mich gehänselt, wo immer sich eine Möglichkeit dazu bot. Nur bin ich irgendwann älter und vor allem stärker geworden als sie.« Er lachte gehässig. »Dann war das Gehänsel mit einem Schlag vorbei – und das mein ich nicht im übertragenen Sinn. Nur haben meine Eltern damit ordentlich Probleme bekommen, wie du dir denken kannst. Als ich alt genug war, bin ich abgehauen, damit wenigstens meine Eltern in Ruhe gelassen werden. Hat ein bisschen geholfen. Alle paar Annulare besuch ich sie mal, scheint ihnen ganz gut zu gehen. Leben jetzt in einem kleinen Dorf, in dem die Leute keine Probleme mit ihrer Verbindung haben.« Dirty schniefte wieder und verzog die Nase.

Kupferbart schob es ihm zuliebe auf den Nebel. »Ich verstehe«, meinte er nur und nickte verständnisvoll. Anders zu sein, war nirgendwo einfach. Da war Dirtys Entscheidung, ein Pendelpirat zu werden, nur vernünftig. Bei diesem Beruf wusste jeder gleich von Anfang an, dass er auf wenig Gegenliebe stoßen würde, egal wo man herkam und wohin es einen verschlug.

Dirty kratzte sich an der Nase und schüttelte sich. »So, das reicht jetzt mit der Gefühlsduselei, davon wird man nur verweichlicht«, erklärte er brummend, ging wieder seiner Wege und nieste dabei lautstark.

Kupferbart sah ihm nach, doch schon nach wenigen Schritten verschwand er in der trüben Nebelsuppe, wo er noch einmal nieste. Es klang unnatürlich fern. Besorgt runzelte der Kapitän die Stirn. Der Nebel verschlang nicht nur die Sicht, sondern auch alle Geräusche, unterdrückte sie wie eine dicke Decke, die man sich über den Kopf gezogen hatte. Dann fiel ihm etwas auf, genauer gesagt, dass etwas fehlte. Angestrengt lauschte er, doch er konnte auch das Meer nicht mehr vernehmen. Kein Plätschern vom Bug, kein Brechen von Wellen, nichts. Ihn überkam ein banges Gefühl.

»Tiefe messen!«, rief er laut in den Nebel hinein, der sich auf dem Deck breit gemacht hatte.

Die Gestalt von Hazel, dem Kupferbart die Aufgabe des neuen Quartiermeisters übertragen hatte, schälte sich daraus hervor. Er schnappte sich das Lot und hielt es neben ihm über die Reling. Dann ließ er es nach unten gleiten und zählte stumm, nur seine Lippen bewegten sich. Unglauben schlich sich in seine Miene und er sah den Kapitän an. »Äh, minus ein Viertel Faden …«, berichtete er verwirrt.

Kupferbarts Kopf ruckte nach hinten. »Was redest du da?« Er beugte sich über die Reling und versuchte zu erkennen, was sich da unten befand. Fast wie zum Hohn lichtete sich der Nebel unter ihm ein wenig und gab einen bedenklichen Anblick frei. Der Rumpf war von hellem Sand umspült und bewegte sich keine Elle. Die Flautilus war auf Grund gelaufen. Er drehte sich verärgert um. »Wir sind gestrandet. Und so was fällt niemandem auf?«, fragte er mit lauter Stimme das verhüllte Deck vor sich. Als Kapitän besaß er das Recht, die nebensächliche Information, dass es ihm selbst genauso wenig aufgefallen war, für sich zu behalten.

»Der Nebel, Kapitän. Er scheint Geräusche zu schlucken und bewegt haben wir uns davor schon kaum«, kam eine dumpfe Erklärung vom Bug. Sie mochte zu Maladin gehören, doch der Nebel verzerrte alles.

Kupferbart wollte eine Antwort auf diese ungewöhnliche Erscheinung. »Stellt einen Trupp zusammen, wir erkunden das Gebiet!«, befahl er, denn das beklemmende Gefühl wurde stärker. Er hatte vor langer Zeit einer Geschichte gelauscht, von einer verzauberten Insel im Nebel, die ihren Standort wechselte und von der noch kein Seemann jemals wieder zurückgekehrt war. Seemannsgarn wurde viel erzählt, und auch, wenn er sich an keine Details der Geschichte mehr erinnern konnte, waren sie nun hier, inmitten dieses Nebels …

Der Trupp, bestehend aus Kupferbart, Maladin, Dirty Hairy und Instania, tastete sich behutsam Schritt für Schritt durch den Sand voran. Der Nebel war zum Schneiden dick, Dirty ging voran und Kupferbart legte eine Hand auf seine Schulter, um ihn nicht zu verlieren. Hinter ihm machte Instania dasselbe und Maladin bildete den Abschluss der Menschenkette. Im Grunde hätte es auch genügt, Dirtys Niesen zu folgen, das regelmäßig den Nebel vor seinem Gesicht verwirbelte. Zum Glück dauerte die blinde Wanderung nicht lange an und sie durchbrachen nach kurzer Zeit die wabernde Mauer. Greller Sonnenschein prallte unvermittelt auf sie herab, als die Nebelwand wie abgeschnitten endete. Kupferbart blinzelte ein paar Mal, da er seinen Augen nicht traute. Eine helle, freundliche Insel war vor ihnen aus dem Nebel gewachsen, die zusammen mit dem blauen Himmel über ihnen dazu einlud, ein paar gemütliche Tage am Strand zu verbringen. Kurz nach dem schmalen Sandstreifen am Ufer sprossen breitfächrige Palmen und hochgewachsene Sträucher aus dem Boden, die den Blick tiefer ins Innere der Insel verwehrten. Doch inmitten dieser idyllischen Aussicht störten einige unpassende Figuren die friedvolle Stimmung. Ein mächtiger Löwe lag gemeinsam mit einem großen Wolf am Rande der Grünfläche und beide wirkten äußerst entspannt.

»Oh, ist das nicht süß?«, begann Instania trällernd und ohne Rücksicht auf mögliche Gefahren oder Verhaltensauffälligkeiten zu schwärmen. »Wie sie da liegen und sich faul in der Sonne aalen. Da bekommt man doch gleich Lust, sich dazuzulegen und so richtig ranzukuscheln.«

»Kannst du gerne machen, wir holen dich später wieder ab. Falls sie dich in der Zwischenzeit nicht gefressen haben«, meinte Dirty und grinste dabei hämisch.

Instania überhörte wie üblich die Hinweise und wollte schon davoneilen, doch der Kapitän fing ihren Arm noch rechtzeitig ein. Soweit er Bescheid wusste, waren Löwen und Wölfe nicht für einen hohen

Kuschelfaktor bekannt, auch wenn diesen Exemplaren jegliche aggressiven Verhaltensweisen zu fehlen schienen. Sie traten langsam näher und Kupferbart ließ die Tiere mit keinem Schritt aus den Augen. Seine Hand ruhte auf dem Säbelgriff, jederzeit bereit, die Waffe bei der kleinsten Bewegung der Tiere zu ziehen.

Doch deren einzige Reaktion bestand aus einem freundlichen, für Kupferbart zu intelligent wirkenden Blick.

»Ich glaub, mit den Tieren stimmt was nicht«, meinte auch Maladin leise, der sie aufmerksam musterte.

»Magie?«

»Vielleicht.« Er wackelte abwägend mit dem Kopf.

Dirty nieste wieder. »Wahrscheinlich.«

Sie schlichen vorsichtig an den zwei Tieren vorbei, die ihre Bewegungen mit müdem Blick und heraushängenden Zungen verfolgten, und betraten den Wald. Er war nicht sonderlich dicht, mehr Gestrüpp als Gehölz begrenzte den schmalen, weißkiesigen Weg, der sanft schlängelnd bergan führte. Freie, satte Grünflächen dazwischen luden zum Verweilen ein. Immer mehr Tiere tauchten dort am Rand des Weges auf und beobachteten sie interessiert. Schweine, Ziegen, Schafe und weitere Tiere verschiedenster Rassen säumten ihren Weg.

Instania erblickte die Tiere und kannte kein Halten mehr. Wie von Sinnen schoss sie mit ihrer unheimlichen Geschwindigkeit zwischen den Tieren hin und her, um ihre Köpfe zu streicheln. »Der ist so flauschig … der ist auch so flauschig … das gibts nicht, ist der flauschig …«

Kapitän Kupferbart schüttelte darüber den Kopf und blickte rätselnd den Pfad entlang, wo er sie hinführen mochte. Die Antwort tauchte nach einer leichten Biegung sogleich auf. Er endete an einem hübschen, weißen Häuschen mit rotem Ziegeldach, das oben an der Kuppe des flachen Hügels stand. Wenige Schritte danach ließen sie den lichten Wald auch schon hinter sich und betraten eine große Fläche mit kurz geschnittenem Gras, die das Haus umgab.

»Offensichtlich ist die Insel bewohnt«, sagte Dirty mit schmalen Augen.

»Dieser Jemand will wohl nicht gestört werden, wenn ich an den Nebel um die Insel herum denke«, ergänzte Maladin bedächtig.

»Und betreibt dazu noch eine merkwürdige Form von Viehzucht«, fügte Kupferbart misstrauisch hinzu.

»Vielleicht sollten wir uns von hinten anschleichen …«, begann Dirty, doch da öffnete sich unvermittelt die Tür des Häuschens.

»Ah, Besucher«, krächzte eine weibliche Stimme. Sie stammte von einem weiblichen Wesen, das seine Weiblichkeit gekonnt unter einer schrumpeligen, ledrigen Haut zu verbergen wusste. Es trat mit einem langen weißen Gewand bekleidet aus dem Haus und starrte ihnen mit abschätzenden Blicken entgegen.

»Äh, guten Tag«, sagte der Kapitän vorsichtig und trat ein paar Schritte näher, bevor er stehen blieb. »Wir sind hier mit unserem … ähm, Boot gestrandet, beim Fischen vom Kurs abgekommen und so weiter.« Kupferbart beabsichtigte nicht, dieser merkwürdigen Frau von seinem havarierten Schiff und der halb verhungerten Besatzung zu erzählen, auch wenn sie auf den ersten Blick harmlos wirkte.

»So weit draußen auf dem Meer wart ihr fischen?«, fragte die alte Frau erstaunt und hob die Brauen. Sie ließ den Blick über die kleine Gruppe wandern, bis er bei Kupferbart stehen blieb. Ein Schauer lief über seinen Rücken, dieser Blick wirkte viel zu wissend. Er bekam den Eindruck, bei allem durchschaut zu werden, egal was er ihr erzählte.

»Nein«, antwortete Instania für ihn, die plötzlich neben ihm stand. »Wir waren auf der Suche nach dem Schatz von El Materen, aber … mhm.«

Kupferbart hielt ihr den Mund zu. »Äh, vergesst, was sie gesagt hat, sie ist noch ganz verwirrt von den vielen Tieren, denen wir auf dem Weg begegnet sind.« Er grinste, doch die alte Frau nickte nur wissend. Auch wenn es zwecklos war, versuchte er, seine Lüge zu Ende zu bringen. »Es gibt da einen Fischer, sein Name lautet Elmar Terren. Alter Mann, sieht nicht mehr gut. Soll hier in der Nähe mit seinem Boot verschwunden sein. Wir sind auf der Suche nach ihm, vielleicht hat er dasselbe Schicksal erlitten wie wir.«

Der Blick der Frau durchdrang ihn förmlich, bevor sich die ledrige Haut um ihren Mund herum zu einem strahlenden Lächeln verzog. »Ach, vor mir braucht ihr doch keine Geheimnisse zu haben«, sagte sie. Dann schien ihr etwas einzufallen. »Wie unhöflich, ich habe mich noch gar nicht vorgestellt. Doch möglicherweise habt ihr ja schon von mir gehört.« Sie hob ihre Hände unheilvoll auf Höhe ihrer langen, weißen Haare und lachte ein erhabenes Lachen. »Ich bin Krücke, die Zauberin.« Eine kleine Strähne in ihren Haaren zuckte und sie senkte die Arme enttäuscht. »Na ja, meine Macht hat sich zusammen mit meiner Jugend vom Acker gemacht. Jetzt bin ich nur noch eine alte Frau.«

»Krücke? Hm«, sagte Kupferbart nachdenklich. »Kann sein, dass ich den Namen schon mal irgendwo gehört habe.«

»Ach, dafür seid ihr alle wohl zu jung«, meinte die alte Frau kummervoll. Sie musterte jeden von ihnen von oben bis unten. Bei Instania verzog sie für einen Moment den Mund, doch dann lächelte sie mit ihren blitzend weißen Zähnen. »Ihr seht müde und hungrig aus, und das seid ihr wohl auch, nicht wahr?« Sie kicherte. »Dagegen lässt sich etwas unternehmen. Kommt in meinen Garten, seid meine Gäste.« Dann marschierte sie mit – für ihr Alter – kräftigen Schritten los und verschwand hinter der Hausecke.

Maladin und Dirty sahen Kupferbart erwartungsvoll und mit hungrigen Augen an. Er jedoch starrte auf die Stelle, wo die alte Frau verschwunden war. Krücke … dieser Name. Der Kapitän schürzte die Lippen, doch da ihm keine Gegenargumente zum Vorschlag der Zauberin einfielen, deutete er ein Nicken an.

Rasch liefen die beiden Krücke hinterher.

Kupferbarts Gang fiel bedächtiger aus, als er ihnen zusammen mit Instania folgte, da seine Gedanken immer noch mit dem Namen der alten Frau beschäftigt waren. Nachdem er um die Hausecke schritt, offenbarte sich vor ihm ein hervorragend gepflegter Garten. Eine kunstvoll geschnittene Hecke umrahmte die grüne Fläche, der von Rosenbüschen verschiedenster Farben ansehnliche Farbtupfer verpasst wurden. Aus Marmor gehauene, lebensgroße Figuren von Menschen und Tieren rundeten das edle Ambiente ab. Und direkt vor ihnen stand ein großer Tisch, angefüllt mit Speisen aller Art. Bloß auf Stühle hatte die Zauberin verzichtet.

Das Misstrauen im Kapitän wuchs, während er alles in sich aufnahm. »Du hast wohl schon Gäste erwartet«, kommentierte er den Anblick unbestimmt. »Krücke, Krücke«, murmelte er lautlos vor sich hin und dachte angestrengt nach, doch wollte ihm nicht mehr zu diesem Namen einfallen.

Die alte Zauberin legte ihren Kopf schief und lächelte. »Ich bin immer vorbereitet auf Gäste. Damals, als ich noch jung und wunderschön war, suchten mich viele Männer auf, um ihre Aufwartung zu machen. Heutzutage verirren sich höchstens noch Schiffbrüchige wie ihr auf meine Insel.« Sie sah ihn berechnend an. »Aber esst erst mal, dann reden wir weiter.«

Dirty und Maladin ließen sich das nicht zweimal sagen und langten sofort zu. Kupferbart dagegen trat vorsichtig zum Tisch und stöberte eine Weile mit seinen Augen herum, gab vor, noch zu überlegen, mit welcher Speise er beginnen wollte.

Instania meinte nur: »Danke, ich hab heute schon gegessen.«

Die alte Frau sah mit Befriedigung zu, wie die zwei sich über die Mahlzeit hermachten. Dann legte sie einen Finger auf den Mund. »Wie war der Name dieses Fischers noch gleich?«

»Elmat Eren, so lautet der Name des *Fischers*«, antwortete Instania betont, drehte sich zu Kupferbart und wackelte vielsagend mit den Brauen.

Der Kapitän rollte mit den Augen.

Die Zauberin kratzte sich am Kinn. »Hm, Elmat Eren. Ich glaube, da klingelt was bei mir.« Doch ausführlich dachte sie nicht darüber nach, denn sie widmete sich sogleich wieder den schmatzenden und kauenden Männern am Tisch.

»Und ein paar Teile knacksen wahrscheinlich auch schon heftig bei ihr«, sagte Dirty leise zu Maladin und stieß ihn mit dem Ellbogen an. Gleich darauf nieste er kräftig und hätte um Haaresbreite den vollbeladenen Tisch verunstaltet.

Das Gehör der alten Frau schien noch tadellos zu funktionieren, denn sie funkelte Dirty von der Seite her böse an. Daraufhin blickte sie mit einem breiten Lächeln zu Kupferbart. »Iss nur, es ist reichlich da.«

Er nahm sich eine Geflügelkeule, tat so, als würde er abbeißen, schmatzte ein paar Mal und ließ sie unauffällig unter dem Tisch verschwinden. Gleich darauf hatte er alle Mühe, Porky – der zur perfekten Zeit aufgewacht war – daran zu hindern, ihr nachzuspringen.

Krücke bemerkte nichts, denn sie beobachtete Maladin und Dirty mit gerunzelter Stirn.

»Also, weißt du jetzt was über den Schatz von El Materen?«, fragte Instania, die Krücke fixierte. »Ich meine, den Fischer Elm Ateren? Und ich meinte natürlich nicht Schatz, sondern … äh, Kleidertruhe. Wir hatten schon fast alle Teile des Schlüssels zu seiner Truhe beisammen, doch gemeine Piraten haben sie uns wieder abgenommen.«

Kupferbart blickte verzweifelt, doch konnte er Instanias Redefluss nicht stoppen, da er zu beschäftigt damit war, Porky im Zaum zu halten. Er hoffte, dass Krücke tatsächlich höchst selten Besuch bekam und vom legendären Piraten noch nichts gehört hatte.

Die Zauberin wurde durch die Frage Instanias in ihren Beobachtungen gestört. »Was? Den Schatz? Von El Materen? Und einen Schlüssel zu …?« Sie wölbte die faltige Stirn, ihre Augen flogen hin und her. »Hm, El Mat…, Elm At…« Dann lachte sie belustigt auf. »Ach, das meint ihr. Wenn euch der Schlüssel gestohlen wurde, es gibt einen zweiten in der Allgemeinuniversität, zusammen mit der Karte zum Versteck, doch haben sie alles sicher weggeschlossen seit dem Unfall.« Wiederum beobachtete sie Maladin und Dirty misstrauisch, die es sich weiterhin schmecken ließen.

»In der Allgemeinuniversität?« Kupferbart riss die Augen auf. »Warum sollte dort ein Zweitschlüssel vom Schatz eines …« Er biss sich auf die Lippen, beinahe hätte er jetzt selbst etwas verraten.

Krücke riss sich von den am Tisch stehenden Männern los und starrte ihn an. »Warum nicht? Die Zauberer vom Institut für Elementarmagie haben damals von allem, das sie zwischen die Finger bekamen, eine Kopie gemacht. Zu Studienzwecken, wie sie immer betonten.«

»Das Institut für Elementarmagie? Das existiert doch gar nicht mehr!«, rief Kupferbart sorgenvoll aus. Er war vertraut mit der Geschichte beziehungsweise dem schrecklichen Schicksal des Instituts.

»Zumindest nicht mehr viel davon. Doch niemand darf mehr hinein, der Zugang wurde verborgen«, antwortete Krücke abwesend und hatte ihre Aufmerksamkeit schon wieder Dirty und Maladin zugewandt. Mit einem verärgerten Schnauben verkündete sie ihren Unmut. »Irgendwas stimmt mit dem Essen nicht.«

»Was soll damit nicht stimmen?«, fragte Dirty mit vollem Mund. »Schmeckt hervorragend.« Wieder nieste er und spuckte dabei Stückchen von halbzerkautem Essen auf einen durchsichtigen, roten Pudding, in dem sie langsam versanken. »Ups.«

Krücke sah ihn böse an. »Es soll euch nicht schmecken, sondern verwandeln in … ich meine, es ist magisch, es soll ein Lächeln in eure Gesichter zaubern.« Abermals zeigte sie ihre weißen Zähne, doch das Lächeln wirkte verkrampft.

Krücke. Plötzlich fiel Kupferbart die Geschichte wieder ein. Erschrocken wischte er seine Finger am Tischtuch ab und trat einen Schritt vom Tisch weg.

»Magisch? Ich bin selbst ein teilmagisches Wesen«, erklärte Maladin nur schulterzuckend und aß weiter.

»Und ich hab eine Magieintoleranz«, meinte Dirty und wischte sich mit dem Ellbogen über die Nase. »Auf meinen Körper wirkt die nicht so richtig.«

»Magisches Wesen? Magieintoleranz?« Krücke brüllte vor Zorn. »Da hol mich doch der Geier, so etwas gibt es doch gar … ahhhh!«

Kein Geräusch war im Garten der Zauberin zu vernehmen, nicht einmal mehr Schmatzgeräusche.

»Entschuldigung, Kapitän«, durchbrach Maladin nach einer Weile kleinlaut die Stille.

»Passt schon«, murmelte Kupferbart und beobachtete weiter den riesigen Geier, wie er mit der kreischenden Zauberin Krücke in seinen Krallen die Insel in Richtung Meer verließ. Porky, der dem Vogel unruhig zappelnd nachstarrte, hielt er dabei fest in den Armen. Seit er seine Flugfähigkeiten wiederentdeckt hatte, musste Kupferbart verstärkt auf ihn aufpassen.

Nachdem der Geier aus dem Blickfeld verschwunden war, drehte er sich um. »Wenn ihr fertig seid, packt das Essen vom Tisch in ein Tuch und vergrabt es oder versteckt es gut in einem Gebüsch!«, befahl der Kapitän seinen Begleitern.

»Warum das?« Dirty sah ihn verständnislos an und wischte sich über den Mund.

Kupferbart biss die Zähne zusammen und überlegte, wie viel von der Geschichte er den beiden erzählen sollte. »Kennt ihr die Mär von der wunderschönen Zauberin, die auf einer einsamen Insel lebte und von unzähligen Männern besucht und umgarnt wurde? Doch keiner der Männer verließ die Insel jemals wieder, denn die Zauberin hatte das Essen verzaubert, und jeder, der davon aß, wurde in ein Tier verwandelt.«

»Du meinst …«, sagte Maladin langsam und blickte bestürzt auf den Tisch. Dann wanderte sein Blick zu dem kleinen Rudel Tiere, das von Instania gerade fröhlich singend gebürstet wurde.

Kupferbart hatte keine Ahnung, wo sie die Bürste aufgetrieben hatte.

»Kenn ich nicht«, sagte Dirty achselzuckend und schluckte die letzten Essenreste hinunter. »Aber die Männer auf dem Schiff sind hungrig. Das Essen auf dem Tisch sollten sie damit wohl nicht anrühren, das ist mal klar. Doch wenn sie die vielen Tiere hier sehen …« Er beendete den Gedanken nicht.

Kupferbart nickte nachdenklich, während er die gut genährten und von Instania umsorgten Tiere beobachtete. »Tja, dann hoffen wir mal, dass die Männer die Geschichte ebenso nicht kennen«, meinte er mit verzagter Miene.

Nach Sheagranor

Die Insel der Zauberin hatte sich als Segen für die Flautilus und ihre Mannschaft erwiesen. Wenn Kupferbart dabei ein Auge zudrückte. Es hatte genug Holz gegeben, um einen provisorischen Mast anzufertigen und das Ruder zu reparieren. Sie waren auch in der Lage gewesen, ein halbwegs brauchbares Segel zusammenzuflicken. Zum einen aus allerlei Gewändern der Zauberin, deren bevorzugte Kleidungsstücke aus weißen, langen Kleidern bestanden. Zum anderen aus Tierhäuten, die sie – Kupferbart verzog bei dem Gedanken den

Mund – den geschlachteten Tieren abgezogen und danach getrocknet hatten. Der Kapitän hatte Maladin und Dirty verboten, irgendjemandem von den Geschehnissen auf der Insel zu berichten, daher war auch kein Besatzungsmitglied argwöhnisch geworden. Und zum Glück war niemandem die Geschichte über eine Zauberin auf der Nebelinsel geläufig gewesen, sodass keine gefährlichen Fragen gestellt wurden. Instania hatte sowieso nur die Hälfte mitbekommen und jeder, auf den sie zuschritt, um ihre Erlebnisse zu schildern, blickte schon nach kurzer Zeit sehnsüchtig in die entgegengesetzte Richtung.

Durch die Geheimniskrämerei war es schwieriger gewesen, der Mannschaft klarzumachen, nur so viele Tiere zu schlachten, wie sie für die Reise bis nach Sheagranor benötigten. Sie wollten den offensichtlichen Überfluss auskosten, doch Kupferbart ließ es nicht zu. Den … na ja, Tieren zuliebe.

Sie hatten vier arbeitsreiche Tage auf der Insel benötigt, um die Flautilus wieder seetüchtig zu machen. Und jetzt, nach dieser entbehrungsreichen Zeit, waren sie wieder auf hoher See, zwar langsam, doch stetig und dazu manövrierfähig. Kupferbart machte sich keine Hoffnungen, Silberbart einzuholen, doch der Hinweis der Zauberin auf die Allgemeinuniversität und das Institut für Elementarmagie war auf jeden Fall verfolgenswert. Krücke hatte auch eine Karte erwähnt, die dort zu finden sein sollte. Das konnte Kupferbart und seiner Mannschaft am Ende noch zum entscheidenden Vorteil gereichen. Im besten Fall würde Silberbart zusammen mit seinem halbwüchsigen Gehilfen noch Tage, wenn nicht Dekanden, benötigen, um Blaubart zu finden. Und danach musste er erst zurück zur Pirateninsel, damit Damenbart ihm den Standort des Schatzes verriet. Wertvolle Zeit, die ihm und der Flautilus in die Hände spielen konnte. Vielleicht würde es doch noch ein knappes Rennen werden. Kupferbart klammerte sich an diesen Gedanken fest.

Ein paar Tage später erreichten sie die Mündung des Sheapard. Es war noch früher Morgen und ein paar dünne Nebelschleier hingen über dem Wasser. Kupferbart machte sich bei dem traurigen Zustand der Flautilus wenig Sorgen, dass irgendjemand auf die Idee kam, sie für Pendelpiraten zu halten. Sie hätten sich nicht mal als

Piraten ausweisen können, denn ihre Flaggen waren zusammen mit den Masten über Bord gegangen. Es dauerte nur eine kurze Fahrt auf dem breiten Fluss, ehe ihnen nach einer scharfen Biegung eine schwere Eisenkette den Weg versperrte. Quer über den Sheapard gespannt, endete sie an jeder Seite in einem steinernen Türmchen mit Zinnen, auf dem Bogenschützen mit der typischen, grün gefärbten Rüstung Sheagranors Posten bezogen hatten. Die Bögen waren gesenkt, also waren sie ob des Erscheinens der Flautilus nicht alarmiert. Ein gutes Zeichen. Trotzdem waren alle Augen aufmerksam auf sie gerichtet.

»Wer seid ihr und was wollt ihr in Sheagranor?«, rief einer der Bogenschützen, als sie in Hörweite gelangten.

»Wir sind Händler«, gab Kupferbart mit lauter Stimme eine unwahre, doch friedensbewahrende Antwort. »Wir sind unterwegs, um eine Werft zu finden, wo wir unser Schiff reparieren lassen können.« Er vollführte eine Geste, um auf den erbärmlichen Zustand der Flautilus hinzuweisen. »Wir sind von Piraten überfallen worden«, ergänzte er zur Sicherheit, diesmal der Wahrheit entsprechend.

Der Bogenschütze spuckte ins Wasser. »Piraten«, sagte er und es klang, als würde er das Wort ebenfalls ausspucken. »Elendes Pack. Wenn ich einen von denen in die Finger bekomme, knüpfe ich ihn sofort am Turm auf. Als Warnung für andere Piraten, die glauben, auch nur einen Fuß auf die Ländereien des Königreiches setzen zu können. Und aus Prinzip.«

Kupferbart grinste betreten und nickte, um dem Soldaten seine Zustimmung vorzutäuschen. Er drehte sich ein Stück zur Seite, damit Porky aus dessen Blickfeld verschwand.

»Und bestohlen haben sie uns auch, diese gemeinen Piraten!«, rief Instania plötzlich protestierend hinter seinem Rücken. Kupferbart drehte sich erschrocken um und war schon im Begriff, zu ihr zu eilen, um ihr den vorlauten Mund zuzuhalten. Doch zu seiner Erleichterung kümmerte sie sich nicht länger um die Soldaten und verschwand unter Deck. Sie hatte anscheinend die Konversation vernommen und wollte darin nicht fehlen.

»Tut mir leid, das zu hören!«, rief der Soldat etwas leiser, da sie nun schon nahe an den Türmen heran waren. Die Flautilus war während des Gesprächs im Schritttempo dahingeglitten und hatte sich der Kette genähert. Der Soldat, der auch der Befehlshaber der Garnison zu sein schien, gab einen Befehl und die Kette über dem Fluss begann sich rasselnd zu senken. »Da fällt mir noch was ein!«, rief er Kupferbart zu, drehte sich um und sprach mit einem anderen Soldaten. Dieser wandte sich ab und schien nach etwas zu kramen. Auf einmal hob der Untergebene seinen Bogen und schoss einen Pfeil in Richtung Flautilus ab.

»Was zur …«, fluchte Kupferbart und duckte sich, doch der Pfeil traf zielgenau eine freie Fläche auf dem Deck der Flautilus. Er hob seine Faust drohend in Richtung des Schützen. »Was soll das?«

»Entschuldigung, ich hätte dich wohl vorwarnen sollen«, grinste der Befehlshaber von oben herab und zuckte mit den Schultern. »Am Pfeil hängt ein Zettel dran. Das ist eine Bescheinigung des Königs. Mit der könnt ihr in der nächsten größeren Stadt in Sheagranor Waren im Wert von fünfzig Goldstücken kostenlos erwerben. Uns wurde aufgetragen, diese Bescheinigung jedem Händler zu überreichen, der das Königreich betritt.«

»Äh, danke«, sagte Kupferbart verwirrt und deutete einem Mannschaftsmitglied, ihm den Zettel zu bringen. Dann überflog er ihn hastig, während sie in gemächlichem Tempo den Turm passierten, und es schien zu stimmen. Das Siegel des Königs von Sheagranor war unten auf der Bescheinigung angebracht.

»Und noch was sollen wir jedem Händler ausrichten. Wenn ihr mit Waffen, Leder, Rüstzeug oder Ähnlichem handelt, was eine Armee so brauchen kann, dann bietet euch der König einen besonders guten Preis dafür. Jetzt wisst ihr alles, ich wünsche euch eine angenehme Reise!«, rief ihnen der Befehlshaber nach.

Kupferbart drehte sich um. »Wir werden es uns merken!«, rief er zurück und winkte zum Zeichen des Einverständnisses.

Als sie die nächste Biegung hinter sich brachten und damit außer Sichtweite der Türme kamen, schüttelte der Kapitän den Kopf. »Merkwürdige Begegnung«, murmelte er vor sich hin. Sein Blick richtete sich wieder nach Osten und beobachtete die grünen und mit Gestrüpp bewachsenen Ufer des Sheapard. Das Meer hatten sie hinter sich gelassen und jetzt stand ihnen die Durchquerung des Kontinents Zentralika bevor. Bislang war er nicht oft in Sheagranor gewesen, doch wusste er genug über das Königreich, um nicht unvorbereitet zu sein. Auch wenn das Interesse des Königs an Rüstungsgütern neu und vor allem bedenklich war. Doch das war nicht sein Problem, denn ihr nächstes Ziel war die Allgemeinuniversität, eine friedliche Bildungseinrichtung. Was sollte ihnen dort schon passieren?

»Brücke voraus!«, rief Maladin ein paar Tage nach der Begegnung mit den sheagrischen Wachen von seinem provisorischen Ausguck herab. Es war nur ein schmales Brett, auf dem er gerade so Platz fand, doch genügte es dem hageren, jungen Mann. Er saß darauf und hielt sich an der Mastspitze fest.

Kupferbart stand am Vorderschiff und blinzelte ein paar Mal in die angegebene Richtung, da das sanfte, wellige Wasser die Mittagssonne reflektierte. Die Männer in den Tretbeibooten wirbelten das Wasser nur hinten am Heck schäumend auf, vor der Flautilus floss es ruhig und friedlich dahin.

»Was für eine Art von Brücke?«, fragte er, da er noch nichts sehen konnte. Sie mussten seiner Einschätzung nach inzwischen ein Drittel des Kontinents durchquert haben und sich gerade in Midringham befinden. Die Landschaft selbst gab wenig Hinweise darauf, Sheagranor war mit grünen Wiesen und sanften Hügeln überzogen. Das war es für den größten Teil des Königreiches auch schon mit der Landschaftsbeschreibung.

»Keine Zugbrücke, wie es aussieht«, kam die Antwort von oben. »Scheint eine massive, steinerne Brücke zu sein. Liegt recht tief.«

»Hm«, brummte Kupferbart. Er konnte sich an keine Erzählungen von einer Steinbrücke in dieser Gegend erinnern. Üblicherweise wurden hölzerne Zugbrücken über die großen Flüsse Zentralikas gebaut, mit kleinen Häuschen für die Brückenwächter und Signallaternen für die Schiffe. Niedrig gebaute Steinbrücken behinderten nur den Schiffsverkehr, so wie die Flautilus im Moment. Laut sagte er zu Dirty und den zwei Männern, die abgesehen von Maladin und Hazel am Steuerrad noch an Deck waren: »Macht euch bereit, den Mast umzulegen.« Maladin signalisierte er, den Ausguck zu verlassen.

Schließlich konnte auch Kupferbart die Brücke ausmachen. Sie war merkwürdig geformt, doch reichte die Höhe des Brückenbogens nicht aus, um die Flautilus mit aufgestelltem Mast durchzumanövrieren. Gerade wollte er den Männern beim Mast das Signal geben, da hörte er ein Rumpeln, dessen Ursprung in der Brücke vor ihnen lag. Ungläubig sah er zu, wie die Brücke sich in der Mitte hob. Der Bogen wölbte sich immer weiter, wurde immer höher, bis er genug Platz für die Flautilus samt Mast bot. Staunende Geräusche drangen von den Männern zu ihm. Der Kapitän hob die Hand. »Befehl zurück«, sagte er verwirrt. »Wir können den Mast stehen lassen.«

Dirty trat neben ihn. »Was war denn da los?«, fragte er und klang nicht minder verwirrt.

Kupferbart schüttelte den Kopf. »Keine Ahnung. Aber wir sind in Sheagranor, wo das Zauberei-Institut steht. Vielleicht haben die was mit der Brücke angestellt.«

»Pah«, spuckte Dirty abschätzig aus. »Die Zauberer heutzutage bringen doch nur noch blinkende Lichter und kleine Gegenstandsverzauberungen zustande. Die wären mit Sicherheit nicht in der Lage, eine ganze Brücke zu verzaubern.«

Der Kapitän zuckte mit den Schultern. »Vielleicht ist die Brücke ja schon uralt. Aber was es auch war, es hat uns Arbeit erspart«, antwortete er lapidar. So standen sie am Bug der Flautilus, während sie unter der Steinbrücke hindurchfuhren.

Dirty blickte hoch zum Mast, um sicherzustellen, dass er auch tatsächlich unter der Brücke hindurchpasste.

Kupferbart bewegte seinen Kopf, um sich die Beschaffenheit der Brücke anzusehen. Natürlich wirkende Steinformationen zeigten sich an der Unterseite der Brücke, mit zwei dicken Pfeilern an jedem Ende. Er betrachtete gerade die Pfeiler an Steuerbord genauer, als er etwas bemerkte. Überrascht riss er die Augen auf. Dann zuckte Kupferbarts Kopf ungläubig zum Fluss vor ihnen, er blinzelte ein paar Mal und blickte abermals nach rechts. Konnte er seinen Augen trauen? Langsam drehte er den Kopf wieder nach vorne und schüttelte ihn kräftig.

Nein, das konnte nicht möglich sein, dachte er sich. Er musste es sich eingebildet haben. Genau, das musste es gewesen sein.

Dann waren sie auch schon unter der Brücke durch und wieder unter freiem Himmel unterwegs.

»Was ist los?«, fragte Dirty, dem seine Verwirrung aufgefallen war.

»Ähm, nichts«, stotterte der Kapitän.

»Klar ist was, das sehe ich doch«, bohrte Dirty nach. »Also rück schon raus mit der Sprache.«

»Es ist nur, wie soll ich sagen.« Er wandte sich Dirty zu und verzog unsicher den Mund. »Es hat so gewirkt, als hätte mich die Brücke gerade angegrinst.«

Dirty hob die Brauen, starrte ihn eine Weile abschätzend an, dann nickte er wissend. »Ja, so was kommt vor, wenn man zu lange auf hoher See war«, meinte er verständnisvoll und klopfte Kupferbart auf den Rücken. »Ich lass dich mal allein mit deinen Fantasien«, fügte er schelmisch grinsend hinzu und ging seiner Wege.

Kupferbart brummte und starrte wieder geradeaus, auf die Büsche und Bäume am Ufer. Auf das Wasser und auf die Wiesen. Egal worauf, Hauptsache, es war nicht in der Lage, ein breites Grinsen zu zeigen.

Am nächsten Morgen stand Kupferbart wieder am Bug und sah den Nebelschwaden zu, wie sie vom angenehm frischen Wind behutsam hinweggefegt wurden. Sein Kopf brummte ordentlich, denn nach der unheimlichen Begegnung mit einer grinsenden Brücke hatte er sich letzten Abend einer medizinischen Behandlung unterzogen. Doch fünf schnell hinuntergekippte Krüge vergorener Schafsmilch beinhalteten nun mal erwartbare Nebenwirkungen, die er am nächsten Tag durchzustehen hatte. Daher hatte er beschlossen, für ein paar Stunden die Welt um sich herum auszublenden und seinen Blick nur auf Dinge, die sich langsam bewegten, zu richten, bis der Schmerz nachließ.

Der Kapitän schüttelte ein weiteres Mal den Kopf und verzog den Mund aufgrund des Stechens in seinen Schläfen. »Eine grinsende Brücke.« Er wartete noch kurz, dann fühlte er sich ausreichend erholt, um seine Aufmerksamkeit wieder der Mannschaft widmen zu können. Behutsam wandte er seinen Körper um und setzte sich in Bewegung, in Richtung Heck. Ein letztes Mal noch dachte er an das steinerne Grinsen, das ihm sein Verstand vorgegaukelt hatte. »Da schieß mir doch einer einen Vogel ab, was habe ich mir da bloß eingeb … uaahh!« Mit einem beherzten Sprung nach hinten entkam er dem herunterfallenden Vogel, der vor ihm auf dem Deck landete. Porky grunzte, machte einen Satz und landete platschend auf dem fetten, gefiederten Tier.

»Entschuldigung, Kapitän, hab dich gehört«, drang Maladins Stimme von oben zu ihm herab.

Kupferbart knurrte und bückte sich. »Weg da, Porky, das ist nichts für dich.« Er klemmte sich sein Schultertier unter den Arm, richtete sich auf und betrachtete die tote Taube, in der ein Pfeil steckte. Dann kniff er die Augen zusammen und bückte sich noch mal. Mit der freien Hand fummelte der Kapitän an der am Bein der Taube befestigten Halterung herum, bis er es geschafft hatte, die dicke Schriftrolle herauszuziehen. »Benutzen sie in Sheagranor keine Meisen mehr für ihre Nachrichten?«, brummte er nachdenklich. »Diese fetten Viecher hier kann man ja schon aus zweihundert Schritt Entfernung sehen.« Doch nur Porky antwortete mit einem hungrigen und fordernden Grunzen auf seine Frage. Dann entrollte Kupferbart die Schriftrolle.

»Was ist los, Kapitän?«, fragte Dirty, der herangetreten war und nun neben ihm stand.

Der Kapitän erhob sich wieder und zeigte ihm die Schriftrolle.

»Dieses Federvieh hatte eine Schriftrolle bei sich?« Dirty blickte erst verwundert auf die Taube am Boden, bevor er sie mit einem satten Tritt über Bord kickte.

Porky blickte sehnsüchtig hinterher.

»Was steht da drin?«, wollte Dirty wissen und reckte neugierig seinen Hals, um einen Blick auf den Inhalt zu erhaschen.

Kupferbart überflog die Schriftrolle und murmelte dabei unverständlich. »Irgendwas passiert in Sheagranor«, fasste er für Dirty zusammen. »Der Herzog von Midringham ist vor rund einem Annular eingesperrt und seitdem nicht mehr gesehen worden. Die Herzogin von Shoreside Meadows hat sich vor drei Dekanden die Klippe hinuntergestürzt und keine Erben hinterlassen. Und vor zwei Tagen wurde die Kutsche des Herzogs von Grealund Shire mitsamt Familie von Wegelagerern überfallen und alle wurden dabei getötet. In jedem der verwaisten Herzogtümer hat der dort ansässige Meister der Landwirtschaftszunft die Staatsgeschäfte übernommen.«

Dirty brummte. »Klingt nicht gerade, als wären das zufällige Ereignisse gewesen, so kurz hintereinander. Die Herzöge von North und Sud Apsbean sollten sich wohl warm anziehen. Sie sind, abgesehen vom König, die letzten herrschenden Adelshäuser im Königreich, die bisher von der brutalen Landwirtschaft verschont geblieben sind.« Er gluckste.

»Ob der König etwas damit zu tun hat? Er und diese Minister sind ja auf irgendeine Weise miteinander verbunden, hab ich mal gehört.« Kupferbart wackelte missmutig mit dem Kopf. »Wir haben wohl einen schlechten Zeitpunkt erwischt, um dem Königreich einen Besuch abzustatten. Das bedeutet, wir sollten uns unauffällig verhalten, solange wir hier sind. Und vor allem auf der Allgemeinuniversität, die sich ja im nördlichen Teil von Kingsland befindet. Ganz in der Nähe des Königs ...« Er führte den Gedanken nicht weiter aus.

»Glaubst du etwa nicht, dass ich mich wie ein braver Student benehmen kann?« Dirty stemmte in gespielter Empörung seine Hände in die Hüften.

»Nein, natürlich nicht«, gab Kupferbart mit genauso gespielter Beteuerung zurück. »Du wirst sicher ein Vorbild für alle Studenten sein. Womöglich nehmen sie dich sogar in eine ihrer Rammball-Mannschaften auf.«

Dirty nickte nachdenklich. »Kopf zwischen die Schultern und mit dem Ball in der Hand durch die Gegner rennen, bis man die Linie am Ende des Feldes erreicht hat. Und wenn man die Gegner beim Spielzug zu Fall bringt, gibts noch Extrapunkte. Hab davon gehört, das wär genau mein Ding. Ich glaube, ich sollte gleich mal üben gehen.« Er wandte sich ab und ging davon. »Instania, wo bist du?«, rief er dabei, doch nicht laut genug, als dass sie es tatsächlich hören würde.

Kupferbart schüttelte schmunzelnd den Kopf und ging an die Reling. Nach einem letzten Blick auf die Schriftrolle warf er sie in hohem

Bogen in den Fluss. Damit wollte er in Sheagranor auf keinen Fall gefasst werden.

Kurz darauf überquerten sie die Grenze des Herzogtums Midringham und erreichten drei Tage später Reignstown an einem frühen Nachmittag. Die Hauptstadt von Sheagranor lag an der Flussgabelung des Sheapard mit einem kleinen Fluss, der sie in Richtung Norden zu einem See führen würde. Dort in unmittelbarer Nähe befand sich die Allgemeinuniversität, die einige Tagesmärsche vom Randgebirge entfernt lag. Reignstown war gleichzeitig die Residenz des Königs, dessen Schloss auf einem Hügel inmitten der Stadt thronte. Das eindrucksvolle Gemäuer war gesäumt von Türmen und Wehrgängen, die vergitterten Fenster und die Zugbrücke am Eingang sorgten für größtmögliche Sicherheit für König Shargor und seine Tochter. Seine Frau war vor drei oder vier Annularen gestorben, genau wusste es Kupferbart nicht. Er rümpfte die Nase. Möglicherweise war das ja der Grund für die unheimlichen Begebenheiten in Sheagranor, überlegte der Kapitän. Einsamkeit und Trauer konnte Männer auf die sonderbarsten Gedanken kommen lassen. Er selbst konnte ein Lied davon singen.

Viel mehr als das Schloss bekam er trotz des herrlichen und klaren Wetters von Reignstown nicht zu sehen, denn eine hohe Mauer umgab die Stadt. Der Hafen lag außerhalb der Mauern und das Stadttor mit dem hochgezogenen Fallgitter war nicht groß genug, um einen tieferen Blick in die Stadt zu erlauben. Doch es war ordentlich Betrieb im Hafen, der ausreichend viele Anlegeplätze für die von überall herstammenden Handelsschiffe bot. Auch ein paar prächtige königliche Galeonen lagen gerade vor Anker. Kupferbart grummelte und machte bei dem Anblick ein finsteres Gesicht. Ihm war nur einmal das unfreiwillige Vergnügen widerfahren, auf einer dieser Galeonen mitfahren zu müssen, und diesen Umstand hatte er Silberbart zu verdanken. An die Stadtmauer schmiegten sich allerlei Fischhändler und andere Marktstände, die ausnahmslos gut besucht waren. Der Kapitän bildete sich ein, selbst vom Schiff aus schon die mehr oder weniger frischen Lebensmittel riechen zu können. Menschentrauben standen überall herum und gafften, tratschten oder kauften ein.

Kupferbart entschied sich für den am weitesten abseits gelegenen Anleger, und nachdem die Flautilus fest vertäut war, übergab Kupferbart das Schiff an Hazel.

»Sieh zu, dass du das Schiff wieder auf Vordermann bringst, während wir weg sind«, trug er ihm auf. »Masten und Segel erneuern, Löcher stopfen und Vorräte besorgen. Du kannst auch diesen Wisch vom König hier verwenden.« Der Kapitän überreichte ihm die Bescheinigung. »Aber kein Wort über Piraten. Auch keine Versuche, Ersatzleute für die Mannschaft in den Tavernen anzuheuern. Männer und eine neue Piratenflagge werden wir uns bei einer anderen Gelegenheit besorgen.«

»Aye, Kapitän, wird gemacht«, antwortete Hazel. Er war ein Mann mittleren Alters und weniger Worte, diente schon lange auf der Flautilus. Die raue Luft auf hoher See und die Sonne hatten sein Gesicht gezeichnet, doch war er immer ein guter Pirat gewesen.

Kupferbart vertraute ihm, deshalb fragte er auch nach, als er Hazels nachdenklichen Blick bemerkte. »Was ist los, Hazel?«

Der neue Quartiermeister verzog den Mund. »Die Männer, Kapitän. Wir haben schon lange keine Prise mehr eingefahren, das Geld wird bei allen knapp. Wenn wir hier ein paar Tage rumsitzen müssen und niemand Geld hat, um sich zu beschäftigen, könnte es passieren, dass du nach deiner Rückkehr nur mehr die halbe Mannschaft vorfindest. Wenn überhaupt.«

Kupferbart nickte verständnisvoll. Es war ihm ebenfalls aufgefallen, dass die Mannschaft immer unruhiger wurde. Der Schatz war noch nicht in Sicht-, geschweige denn in Griffweite, und es wirkte nicht so, als würden sie ihm näherkommen. Und in letzter Zeit hatte er ihnen, wenn auch aus guten Gründen, immer wieder befohlen, sich ruhig zu verhalten und nicht wie … Piraten, die sie nun mal waren.

»Warte hier«, sagte Kupferbart zu Hazel und stapfte in seine Kajüte. Dort entfernte er einen Holzbalken hinter seiner Schlafmatte und holte eine kleine Kiste hervor. Seine letzten Ersparnisse. Es würde ausreichen, um die Männer eine Zeit lang bei Laune zu halten, doch danach … Ein Piratenkapitän konnte nur so lang seine Pläne verfolgen, solange die Mannschaft dahinterstand. Die Absetzung eines unbeliebten Kapitäns erfolgte bei Piraten meist recht unbürokratisch und ohne den Kapitän vorher einzubeziehen. Tiefes Wasser, eine Planke und ein Gewicht, das man ans Bein binden konnte, mehr war üblicherweise nicht notwendig. Er seufzte. Sie mussten den Schatz von El Materen unbedingt finden. Nicht nur um seinetwillen, was sollte Porky sonst bloß ohne ihn machen? Abwesend streichelte er über das kupferfarbene Fell seines Schultertieres und Porky grunzte zufrieden und schläfrig.

Kupferbart verließ seine Kajüte mit der Kiste und marschierte zu Hazel. »Nimm dir aus der Kiste, was du für die Reparaturen brauchst. Teile den Rest gut unter der Mannschaft auf und halte noch ein paar Münzen zurück, wenn möglich. Als goldene Reserve, sozusagen.« Er überlegte kurz, hockte sich hin und stellte die Kiste auf den Boden. Mit geübtem Griff öffnete Kupferbart das Behältnis und nahm sich einen der Säcke voll Goldmünzen heraus. »Wir werden auf unserer Reise nach Norden ebenfalls Geld benötigen, doch wenn wir zurückkehren, haben wir den Schlüssel und die Karte zum großen Schatz von El Materen im Gepäck.« Zuversichtlich blickte er hoch zu Hazel und lächelte.

Hazel nickte nur. »Hoffen wir es. Für uns alle.«

8 - DIE ALLGEMEINUNIVERSITÄT

Anmeldung

Kupferbart saß gemeinsam mit Instania, Dirty und Maladin in einem langen Ruderboot, das von einigen jungen Männern rasant vorwärtsbewegt wurde. Der Transport hatte den Kapitän zwei Goldstücke gekostet, Zahlung im Voraus, doch den langen Marsch zu Fuß hinter sich zu bringen hätte ihnen zu viel Zeit gestohlen. Zeit, die sie womöglich nicht hatten. Ihre Reisesäcke hatten sie am Bug verstaut, während sie selbst wie die paar übrigen Fahrgäste im hinteren Teil des Bootes Platz genommen hatten. Sie waren am Vortag im Hafen von Reignstown eingestiegen und hatten die Nacht zusammen mit den anderen Passagieren in einem netten Gasthof verbracht. Eine weitere Unterbringung für die Nacht würden sie auf ihrer Reiseroute noch benötigen, bevor sie am Tag darauf die Allgemeinuniversität erreichten.

Für Kupferbart war es ungewohnt, in einem Boot zu sitzen, über das er nicht den Befehl hatte, doch genoss er die Ruhe und lehnte sich gemütlich zurück. Die beschauliche Landschaft mit den grünen Weiden und sporadisch in der Ferne auftauchenden Dörfern ließ ihn für den Moment vergessen, dass sie auf einer entscheidenden Mission waren. Entweder würden sie den Schlüssel und die Karte finden oder sie konnten den Schatz für sich endgültig abschreiben. Und seine Karriere als Piratenkapitän würde er wohl auch an den Nagel hängen. Unter keinen Umständen war Kupferbart bereit, den Befehlen eines zukünftigen Königs Silberbart Folge zu leisten.

Auch seine Begleiter wirkten entspannt. Dirty und Instania lieferten sich in regelmäßigen Abständen einen verbalen Schlagabtausch, oft mit dem Ergebnis, dass Instania beleidigt von Bord gehen wollte. Ein schwieriges Unterfangen, da sie sich die meiste Zeit über auf dem kleinen Fluss befanden. Dreimal hatte Kupferbart sie bereits zurückhalten müssen. Maladin saß die meiste Zeit still da und beobachtete sowohl die Landschaft als auch die Leute im Boot. Einige junge Menschen, wahrscheinlich Studenten, begleiteten sie auf ihrer Reise. Porky dagegen lugte immer wieder unruhig ins Wasser, das ihm in diesem Boot viel näher war als üblicherweise auf der Flautilus. Kupferbart spürte seine Krallen fester als sonst auf der Schulter, die Porky zu keiner Zeit verließ.

»Die Burschen sind ziemlich flott und ausdauernd beim Rudern«, meinte Maladin irgendwann, nachdem er sich neben den Kapitän gesetzt hatte. »Bei normalem Tempo hätten wir für die Fahrt sicher zwei Tage länger gebraucht.«

Kupferbart nickte. Würde die Flautilus nicht Tretbeiboote besitzen, hätte er sich überlegt, bei der Rückfahrt einen oder zwei der Burschen anzuheuern.

»Wir trainieren für die Rudermeisterschaften, die jedes Annular auf dem See nahe der Allgemeinuniversität stattfinden«, erklärte einer der Ruderer, der Maladin gehört haben musste. »Und da wir dafür auch noch Geld bekommen, schlagen wir gleich zwei Fliegen mit einer Klappe.« Ein breites Grinsen schlich sich in sein Gesicht, während er weiter kraftvoll das Ruder bediente. Keine Spur von Erschöpfung war ihm anzusehen.

Dirty, von dem sich Instania gerade wieder beleidigt abgewandt hatte, schüttelte den Kopf. »Rudermeisterschaften, Rammball und was weiß ich noch alles. Habt ihr Studenten bei den vielen Nebenbeschäftigungen überhaupt noch Zeit zum Lernen?«, fragte er und zog die Brauen hoch.

»Diejenigen, die sich nicht in die Universität eingekauft haben, nur wenig, da sie nebenbei ihren Lebensunterhalt verdienen müssen«, warf ein anderer Ruderer ein. Doch leise genug, damit es nur die in der Nähe sitzenden jungen Ruderer mitbekamen.

Kupferbart wurde hellhörig und wandte seine Aufmerksamkeit dem Jungen zu. »Man kann sich in die Universität einkaufen?«

Der Ruderer zuckte mit den Schultern. »Normalerweise gibt es einen Aufnahmetest, um die Befähigung für einen Studienplatz zu überprüfen. Und für adelige und wohlhabende Leute gilt es als gute Sitte, ihre Kinder auf die Universität zu schicken. Doch einige von ihnen, äh, wie soll ich sagen …«

»… tragen nur deshalb einen Kopf, damit sie beim Rammball mitspielen können«, beendete Dirty für ihn den Satz, grinste und stupste Instania an, die nicht zugehört hatte und sich mit fragendem Blick zu ihm umdrehte.

Der Ruderer nickte unauffällig und lächelte verlegen.

Kupferbart runzelte die Stirn. Er hatte schon befürchtet, dass ihnen Hindernisse bei der Aufnahme in die Universität im Wege stehen könnten. Die Vorstellung, einfach so hineinzuspazieren und als Studenten herumzulaufen, wäre zu schön gewesen. Doch allem Anschein nach gab es eine – wenn auch schmerzhafte – Alternative. Nachdenklich befühlte er den Beutel mit Goldstücken in seiner Tasche. Er würde wohl schneller schrumpfen, als ihm lieb war.

Am nächsten Tag erreichten sie wenige Stunden nach dem einfachen Mittagsmahl, das sie im Boot zu sich genommen hatten, den großen See. Doch schon bevor sie ihn durchquert hatten, ragte an dessen gegenüberliegendem Ende ein durchaus imposanter Gebäudekomplex auf, die Allgemeinuniversität. Sie stand auf einer weitläufigen Ebene mit nur wenigen nicht erwähnenswerten Hügeln und kleinen Baumgrüppchen im näheren Umfeld. Weniger als fünfhundert Schritte Fußmarsch trennte die breite, viergeschossige Front des zentralen Gebäudes vom See. Links und rechts vom mittleren Gebäude standen weitere zwei- bis dreigeschossige Häuser, unterschiedlich groß und breit, doch alle in einem einheitlichen Weiß gehalten. Dezente, grüne Linien und Muster, die Kupferbart selbst aus dieser Entfernung sah, bedeckten deren Fassaden, genauso wie auf dem Gebäude in der Mitte. Von hier aus betrachtet wirkte es, als wären die Gebäude von Ranken umschlungen. Die dunkelgrauen Spitz- und Giebeldächer streckten sich in unterschiedlicher Form und Höhe dem Himmel entgegen. Weiter hinten konnte Kupferbart zwei breite Türme ausmachen, die noch mal zwei Stockwerke höher sein mussten als die mutmaßliche Eingangshalle vorne. Der rechte Turm besaß ein rundes Dach, das des anderen war spitz. Über alledem thronte im Hintergrund das mächtige Randgebirge, doch weit genug entfernt, um sich keine Sorgen über mögliche Überfälle von Bestien machen zu müssen.

Es musste bereits unterrichtsfrei sein, denn am und im See tummelte sich eine Menschenmenge und schien das sonnige Wetter zu genießen. Nur einzelne Schäfchenwolken marschierten am blauen Himmel vorbei, um mal nach dem Rechten zu sehen. Die Studenten lagen auf dem grünen Streifen faul in der Sonne oder im Schatten unter den vereinzelten Bäumen, andere planschten vergnügt im Wasser. Einige junge Frauen saßen auf den Schultern von durchtrainierten Jungs und versuchten, sich gegenseitig ins Wasser zu stoßen.

»Ich hätte auch studieren sollen«, seufzte Maladin mit einer Spur von Neid in der Stimme, während er dem Treiben zusah.

»Die meisten von denen sind die, die ich gemeint habe«, erklärte der Ruderer, der ihnen die Vermögenslage der betuchteren Studenten beschrieben hatte. »Sie können es sich leisten, in einem der Häuser auf dem Campus zu wohnen. Die Ärmeren wohnen in den umliegenden Dörfern bei Familien oder in Schlafstätten für Studenten und müssen jeden Tag hin- und herreisen. Ein paar wohnen auch in der kleinen Stadt in der Nähe, manche arbeiten dort als Kellner oder gehen anderen Nebenbeschäftigungen nach.«

»Könnte ein Vorteil sein, hier zu wohnen«, meinte der Kapitän nachdenklich. Keine weiten Anreisen hinter sich bringen zu müssen, würde ihnen mehr Zeit und Gelegenheiten verschaffen, um nach dem Schlüssel und der Karte zu suchen.

Der Ruderer musterte Kupferbart und seine Begleiter abschätzend von oben bis unten. »Wenn du meinst«, sagte er nur.

Der Kapitän blickte an sich herab und musste dem Jungen zustimmen. Er hatte nicht daran gedacht, andere Kleidung als Tarnung zu besorgen, um unauffälliger zu wirken. Mit dem, was sie am Leib trugen, vermittelten sie nicht gerade den Eindruck von typischen und vor allem wohlhabenden Studenten. Doch Gold konnte die Meinung vieler Menschen umstimmen, sollte es erforderlich sein. Sofern sie nach der ersten Hürde, der Anmeldung, noch genügend davon besaßen. Er seufzte und schon bald hatten sie das Ufer erreicht, an dem das Boot sie absetzte. Sie schnappten sich ihre Reisesäcke, verabschiedeten sich von den Ruderern und machten sich auf den Weg ins zentrale Gebäude der Allgemeinuniversität.

Sie reckten die Hälse und sahen sich um. Das mittlere der dem See am nächsten gelegenen Gebäude erwies sich, wie Kupferbart vermutet hatte, tatsächlich als Empfangshalle und zugleich als Raum für die Aufnahmeprüfung. Sie hatten es nach kurzem Zögern betreten und standen nun inmitten der hohen, lichtdurchfluteten Halle. Rechts von ihnen befanden sich einige Tische und Stühle, die von Studienanwärtern mit eifrigem oder verzweifeltem Gesichtsausdruck besetzt waren. Ihre Schreibgeräte, die sie über die vor ihnen liegenden Zettel sausen ließen, gaben kratzende und quietschende Geräusche von sich.

Der Kapitän hob seinen Blick, um die Ausmaße der Halle in sich aufzunehmen. Sie umfasste drei der vier Geschosse des Gebäudes, die weißen Wände waren mit kunstvoll geschnitztem Aboradeem-Schwarzholz verkleidet, genauso die Decke und die überall herumstehenden Säulen. Die grünen Flaggen der Herzogtümer Sheagranors hingen straff an den Wänden und präsentierten stolz die unterschiedlichen Wappentiere darauf. Doch jede zweite Flagge, die zu sehen war, zeigte das Zeichen von Kingsland: ein goldener Königsgreif, auf dessen Haupt eine schwarze Krone ruhte. In der Halle ging es geschäftig zu. Viele junge Menschen, einige in normaler Straßenkleidung, die meisten jedoch in langen Kutten im Grasgrün von Sheagranor, eilten umher oder standen herum und unterhielten sich murmelnd. Denen mit edleren Gewändern folgte oftmals ein Diener, der ihre schweren Taschen schleppte. Endlich erblickte der Kapitän in all dem Trubel ihre nächste Anlaufstelle. Gegenüber dem Eingang, auf der anderen Seite der Halle, stand ein breiter, hölzerner Schalter nahe der Wand, über dem ein Schild hing: »Anmeldung und Information«. Davor befand sich eine kurze Menschenschlange, die darauf wartete, sich mit dem kleinen Mann, der geduldig und unerschütterlich hinter dem Schalter saß, zu unterhalten.

»Da müssen wir hin«, erklärte Kupferbart seinen Begleitern und zeigte in die entsprechende Richtung. Gleich darauf setzten sie sich in Bewegung und stellten sich brav in die Reihe der Wartenden.

Nach einer halben Stunde waren sie endlich an der Reihe. Es hätte wohl noch länger gedauert, doch Instania kam mit einigen der jungen Menschen vor ihnen ins Gespräch und nach kurzer Zeit fiel allen ein, noch dringendere Dinge erledigen zu müssen. Kupferbart stand nun am Schalter und blickte darüber hinweg auf den kleinen, in einen dunklen Anzug gekleideten Mann. Dessen Gesicht wurde von einem säuberlich gestutzten Schnurrbart und einer runden Brille verziert. Sein stoischer Blick fixierte den Kapitän.

»Wir würden hier gerne ... ähm, anheuern«, erklärte Kupferbart unsicher. Er fühlte sein Herz aufgeregt schlagen, denn es war immerhin sein erster Tag an der Universität, oder an einer Schule im Allgemeinen, wie er sich nebenbei erinnerte. Lesen und Schreiben war ihm als Junge von seiner Großmutter beigebracht worden und ihre Lehrmethoden waren einprägsam gewesen, vor allem auf den Fingern. Diese Erinnerungen drängten sich nun wieder – begleitet von im Inneren des Kopfes hallenden, schnalzenden Geräuschen – ins Gedächtnis.

Der kleine Mann verzog keine Miene, als er antworte: »Ich würde eher meinen, Ihr wollt hier immatrikulieren.« Die papiertrockenen Worte klangen von oben herab, obwohl er stocksteif auf seinem Stuhl saß.

Kupferbart wich zurück und hob abwehrend die Hände. »Was? Natürlich nicht, doch nicht hier vor all den Leuten.« Sogleich fasste er sich wieder. »Was ich meinte, war, wir wollen Studenten werden. Wo müssen wir uns eintragen?«

Der Mann blickte ihn über den Rand der Brille hinweg an und Kupferbart fühlte sich plötzlich kleiner als der Mann vor ihm. »Ich verstehe«, sagte dieser gedehnt. »Nun, da drüben auf den Tischen habt Ihr die Möglichkeit, den Aufnahmetest auszufüllen. Damit wird sich die Angelegenheit wohl von selbst erledigen.« Sein Tonfall und der verächtlich zuckende Kopf in Richtung der Tische ließ Kupferbart vermuten, dass der kleine Mann nicht davon ausging, sich nach dem Test nochmals mit ihnen befassen zu müssen. Doch zum Glück wusste der Kapitän über die Alternative Bescheid, mit der sie in die Universität hineingelangen konnten. Er lehnte sich an den Schalter und sah dem Mann mit gönnerhaftem Blick in die Augen. »Unter uns gesprochen, ich weiß von der zweiten Möglichkeit, wie man hier reinkommt, und ich – sagen wir mal – besitze die notwendigen Mittel dazu. Ihr versteht sicher.« Kupferbart blickte ihn mit vielsagendem Lächeln an und wackelte mit seinen Augenbrauen.

Der kleine Mann musterte sie alle von oben bis unten, wobei sich Kupferbart fragte, wie er das zustande brachte, da er doch hinter dem Schalter saß. Schließlich schniefte der Mann. »Ich verstehe, adelig oder wohlhabend, auch wenn das äußere Erscheinungsbild keinerlei Schlüsse darauf ziehen lässt. Ich hoffe für Euch, Ihr verfügt tatsächlich über ausreichend finanzielle Mittel für das beschleunigte Aufnahmeverfahren. Dort gleich rechts von mir findet Ihr den Spezialschalter.« Daraufhin fiel sein Blick auf Porky und seine Brauen senkten sich. »Tiere sind auf dem Universitätsgelände verboten.«

Kupferbart riss die Augen auf, hob instinktiv seine Hand und streichelte Porky, während er nachdachte. Porky zurücklassen? Niemals, er würde verrückt vor Sorge werden, wenn er sein Schultertier nicht bei sich wusste. Hm, verrückt … Kupferbart beugte sich nach vorne. »Das ist mein, äh, Therapietier. Es muss bei mir bleiben«, erklärte er dem kleinen Mann und versuchte dabei, nicht zu blinzeln.

Der blieb unbeeindruckt, nur eine Braue zuckte nach oben und ließ das Gesicht damit weniger verärgert erscheinen. »Therapietier? Gegen welche Krankheit?«

Der Kapitän überlegte rasch, kniff die Augen zusammen und machte ein bedrohliches Gesicht. »Gegen Wutanfälle. Ohne ihn werde ich grün vor Zorn und schlage alles kurz und klein«, knurrte er und legte seine Fäuste zur Veranschaulichung auf den Schalter.

Ungerührt starrte ihm der kleine Mann in die Augen, nur die hochgezogene Braue wanderte langsam nach unten und veränderte zusammen mit der zweiten ihren Winkel. Misstrauisch studierte er Kupferbart, doch schlussendlich zuckte er mit den Schultern.

Der Kapitän atmete erleichtert aus.

»Aha. Wenn dem so ist, füllt bitte das Formular 26A aus, hier, das blaue.« Der kleine Mann überreichte Kupferbart das Formular und betrachtete seine Begleiter. »Sonst noch jemand mit erwähnenswerten Gebrechen oder Unpässlichkeiten?«

»Das ist so lieb, dass Ihr fragt«, antwortete Instania und stürmte zum Schalter, Kupferbart musste zur Seite weichen. »Da gibt es ein paar merkwürdige Dinge, die ich habe, zumindest wenn es nach Dirty geht.« Sie drehte sich für einen Moment um und starrte ihren haarigen

Begleiter finster an, bevor sie sich wieder dem kleinen Mann zuwandte. »Ich soll eine gefährliche Ansammlung von Luft zwischen meinen Ohren haben. Dann gibt es da ein unheimliches Hohlraumsausen im Kopf, auch irgendwas mit Tassen im Schrank, dabei besitze ich doch gar keinen Schrank. Und dann noch …«

Während Instania den Mann weiter mit ihren kuriosen Leiden beschäftigte, ging Kupferbart mit Maladin und Dirty in die Richtung, die ihnen der Mann gewiesen hatte. Der Gang führte weg von der Halle und endete nach ein paar Biegungen an einem Schalter mit einer dicken Glaswand, hinter dem ein weiterer kleiner Mann saß. Kupferbart musste ein paar Mal blinzeln, um zu erkennen, dass es nicht derselbe Mann vom Anmeldeschalter war. Der Schnurrbart besaß eine andere Form, die Enden waren nach oben gekräuselt anstatt nach unten. Der Kapitän benötigte nicht lange, um dem Mann sein Ansinnen zu erklären, und rasch war die Transaktion getätigt. Darauf wog er seinen schmal gewordenen Geldbeutel in der Hand. Er war beinahe leer. Es schien, vier Studenten an die Universität zu bringen, kostete ein Vermögen. Als Gegenleistung drückte ihm der Mann vier Zettel in die Hand.

Dirty nahm einen, drehte ihn ein paar Mal in der Hand. »Kapier ich nicht«, schloss er seine Untersuchung ab.

»Ist das die Anmeldung?«, fragte Maladin, der sich ebenfalls einen Zettel geschnappt hatte und ihn mit gerunzelter Stirn studierte.

»Das sind die Antworten für den Aufnahmetest«, erklärte der kleine Mann mit ruhiger Stimme. »Jeder, der auf die Universität möchte, muss ihn bestehen, doch bei manchen Studenten liegen die Begabungen in – sagen wir – anderen Bereichen.«

»Wie in reichen Eltern und Verwandten?«, fragte Dirty hämisch.

Der Mann lächelte nur und fügte hinzu: »Nach der Absolvierung des Aufnahmetests gebt die Lösungszettel bitte zusammen mit dem Test ab. Wir wollen doch nicht, dass sie in falsche Hände gelangen.«

Kupferbart brummte zustimmend und zusammen marschierten sie wieder zurück zur Haupthalle. Instania befand sich noch immer am Schalter angelehnt und schien dem kleinen Mann verschiedenste Dinge aufzuzählen. Die ungeduldige Schlange hinter ihr war beträchtlich angewachsen. Als der Mann im Anzug Kupferbart erblickte, zeigte sich augenblicklich Erleichterung in seinem Gesicht und er winkte ihn ungeduldig herbei.

»Gratuliere, Ihr alle habt den Aufnahmetest bestanden«, verkündete der Mann hastig, als Kupferbart den Schalter erreicht hatte.

»Hä? Wir haben doch noch gar nicht …«

»Doch, doch, alle Formalitäten sind erledigt, Ihr könnt die Universität betreten und braucht mich nicht mehr aufzusuchen.« Der kleine Mann schielte kurz zu Instania, bevor er ihn hoffnungsvoll anblickte.

Kupferbart hatte jedoch gerade eine Menge Geld für den Aufnahmetest liegen gelassen, also knurrte er wütend: »Und was ist mit dem Geld? Wir haben schließlich für das hier bezahlt.« Er wedelte mit den zwei Lösungszetteln in seiner Hand.

»Stimmt, stimmt. Nun, als Gegenleistung übergebe ich Euch den Schlüssel für ein Studentenhaus hier an der Universität.« Er kramte in einem der Fächer des Schalters herum und fand alsbald den gesuchten Gegenstand. Es war ein kleiner Messingschlüssel, den er Kupferbart überreichte. »Das Haus ist nicht sonderlich groß oder adäquat ausgestattet, steht im Moment allerdings leer und ist nur für Euch alleine bestimmt. So ist es wohl besser für alle Beteiligten«, fügte er hinzu und schielte ein weiteres Mal in Richtung Instania.

Der Kapitän brummte, betrachtete den Schlüssel in seiner Hand und war damit so halbwegs besänftigt. Damit war zumindest ihr Problem mit einer nahegelegenen Unterkunft gelöst. Er sammelte die Lösungszettel seiner Begleiter ein und warf sie über den Schalter. Retour bekam er vier Aufnahmeurkunden. Nachdem die Formalitäten erledigt zu sein schienen, wandte er sich vom kleinen Mann ab und wollte schon losmarschieren. Da entdeckte er einen schäbig aussehenden Mann, der an eine Säule gelehnt auf dem Boden saß. Vor sich auf dem Boden hatte er ein Schild aufgestellt und darauf stand: »Das Pendelende ist nahe«.

Kupferbart runzelte die Stirn. »Was ist denn mit dem los? Kann er sich die Gebühr nicht leisten?«, fragte er den kleinen Mann nochmals und zeigte auf den am Boden Sitzenden.

Der Empfangsherr schüttelte den Kopf und wirkte wieder gefasster, da sich Instania von ihm abgewandt hatte, um den Mann am Boden zu studieren. »Nein, das ist ein ehemaliger Professor der Pendologie. Er befand sich ein paar Annulare in Gefangenschaft und wurde dabei offensichtlich verrückt. Aus Rücksicht auf seine Verdienste an der Universität belassen wir ihm seinen Platz hier in der Halle.«

»Ein paar Annulare Gefängnis?« Kupferbart schüttelte den Kopf. »Davon wird man vielleicht griesgrämig, aber doch nicht verrückt.«

»Nun«, sagte der kleine Mann mitfühlend, »es lag auch nicht unbedingt am Gefängnis, das ihn um seinen halben Verstand brachte. Vielmehr lag die Ursache an seinem Zellennachbarn, offenbarte er mir in einem wachen Moment.«

»Ach, der Arme«, seufzte Instania, die das Gespräch mitverfolgt hatte. Sie holte eine Münze aus ihrem eigenen Geldbeutel und ging zu dem Mann mit dem Schild. Instania schien unschlüssig, wie sie dem Mann die Münze überreichen sollte. Einen Hut oder eine Schale, wie andere Bettler sie benutzten, besaß er nicht. Kupferbart verfolgte, wie sie ihm die Münze nach einem Moment des Zögerns an den Kopf warf. Ob mit Absicht oder nicht, ließ sich nicht feststellen. Der Mann blinzelte nur und blickte verwirrt auf die Münze, ohne den Kopf zu heben.

Der kleine Mann räusperte sich und Kupferbart drehte sich zu ihm hin. »Links, das fünfte Haus in der zweiten Reihe. Das ist das Eure. Ich wäre Euch sehr verbunden, wenn Ihr und Eure ... Begleiter Euch umgehend auf den Weg dorthin machen würdet.« Ein Blick voller Hoffnung traf Kupferbart. Er nickte, versammelte seinen Trupp und gemeinsam machten sie sich auf die Suche nach ihrem Studentenheim.

»Nette Hütte«, kommentierte Dirty ihre Unterkunft für die nächsten paar Tage, als sie am beschriebenen Ort ankamen. Und das war sie fürwahr, fand Kupferbart, obschon der kleine Mann sie als nicht adäquat beschrieben hatte. Von außen betrachtet war es ein vergleichsweise schmales Haus, das ihnen überlassen worden war. Doch nachdem sie es betreten und inspiziert hatten, änderte sich seine Meinung dazu. Es bot genügend Platz für zwanzig Studenten, wenn er nach der Anzahl an Betten ging. Mit vier Schlafsälen im oberen Geschoss und

Gemeinschaftsräumen im unteren konnten sie sich bequem im ganzen Haus ausbreiten. Es war nicht übertrieben luxuriös ausgestattet, doch Kupferbart und die Mannschaft waren das Leben auf einem Schiff gewohnt. Im Vergleich dazu war dies hier eine schlichtweg königliche Unterkunft. Der Umstand, ein ansonsten leeres Haus zur Verfügung zu haben, erwies sich als Glücksfall, denn es gestattete ihnen, ohne lästige Lauscher ihre nächsten Schritte zu planen.

»Also«, begann Kupferbart, nachdem sie sich abends im Gemeinschaftsraum versammelt hatten. Alle Lampen waren entzündet worden, sodass sie einen gut beleuchteten Blick auf den Plan der Universität werfen konnten, der auf dem gedrungenen Holztisch lag. Einer der Bediensteten der Universität war für eine Silbermünze zu überreden gewesen, ihn für Kupferbart zu besorgen. »Wie sollen wir am besten vorgehen?« Er lehnte sich auf dem weichen Sofa mit grünem Stoffbezug zurück, das er mit Maladin teilte. Instania saß in einem bequemen, weichen Sessel.

»Wir nehmen uns die Professoren nacheinander vor und quetschen sie aus, damit sie uns verraten, wo der Schlüssel versteckt ist«, erklärte Dirty. Er lag auf der anderen Seite des Tisches mit ausgestreckten Beinen auf einem ähnlichen Sofa und grinste breit.

»Mein Befehl, was das unauffällige Vorgehen betrifft, gilt immer noch«, rügte ihn der Kapitän. »Dabei ist es nicht hilfreich, wenn wir herumlaufen, Leute in die Mangel nehmen und sie auch noch nach einem versteckten Schlüssel zu einem großen Schatz befragen.«

»Ich bezweifle, dass die Professoren etwas über den Schlüssel oder das Institut wissen«, meinte Maladin, der über den Plan gebeugt dasaß. »Der Mann hat uns extra einen alten Plan besorgt, doch auch darin ist das Institut für Elementarmagie nirgends vermerkt. Der Unfall ist aber auch schon ewig her. Und wenn sie den Eingang zum Institut verborgen haben, wie die alte Zauberin gemeint hat, wird es möglicherweise keinen einzigen Plan mehr geben, auf dem er eingezeichnet ist.«

»Wir könnten doch Dirty an die Leine nehmen und ihn herumführen. Wenn er anfängt zu niesen, sind wir auf etwas Magisches gestoßen«, schlug Instania vor und grinste Dirty hämisch an. Der erwiderte ihren Blick mit zusammengezogenen Brauen, gab jedoch keinen weiteren Kommentar dazu ab.

Kupferbart schmunzelte. Instania war zwar meistens das Opfer von Dirtys Scherzen, doch gelegentlich konnte auch sie kräftig austeilen. Dann konzentrierte er sich wieder auf ihr Vorhaben.

»Das hilft alles nichts«, sagte er nachdenklich. »Ich befürchte, wir müssen uns jedes Institut einzeln vornehmen.« Er schaute jeden nacheinander an. »Wir werden uns als das verhalten, was wir vorgeben, zu sein. Als Studenten. Geht in die Kurse, haltet die Augen offen, stellt unauffällige Fragen. Jeder noch so kleine Fetzen an Information kann uns weiterhelfen. Wir werden uns aufteilen, treffen uns zur Mittagsstunde und nach den Kursen am Nachmittag. Geht allein oder zu zweit, wie ihr wollt.« Er richtete seinen Blick auf den Plan. »Also, wer nimmt sich morgen welches Institut vor?«

Sie besprachen sich noch lange, bestimmten die Institute und Paarungen. Es dauerte bis spät in die Nacht und bedurfte einiger Diskussionen, doch am Ende hatten sie einen Plan entworfen, um in kürzester Zeit sämtliche Institute zu durchforsten. Kupferbart nickte zufrieden. Es würde vielleicht ein paar Tage dauern, doch am Ende würden sie den Schlüssel finden.

Unterricht, Tag eins

»Institut für Obologie«, las Kupferbart laut vor. »Klingt geheimnisvoll.« Dann zupfte er seinen grünen Umhang zurecht. Am Morgen war ein Paket mit vier Umhängen vor ihrer Unterkunft gelegen, zusammen mit einem Zettel. Auf diesem war der höfliche Hinweis vermerkt, sie mögen doch bitte die Umhänge am Universitätsgelände tragen, um sich als Studenten auszuweisen.

Instania, die ihn zu seinem ersten Kurs begleitete und einen ebensolchen Umhang trug, öffnete die Tür in den Raum, der sich unter dem Turm mit dem runden Dach befand.

Kupferbart ging voraus und Instania folgte ihm dichtauf. »Bücher«, seufzte sie enttäuscht hinter ihm, doch dann trat sie neben ihn und er sah, wie sich ihre Augen weiteten. »Was ist das?«

Der Kapitän wollte sich erst mal umsehen, bevor er seine Aufmerksamkeit dem Ding zuwandte, das Instania so faszinierte und nun aus unmittelbarer Nähe von ihr begutachtet wurde. Obwohl draußen heller Sonnenschein herrschte, drang kein Tageslicht in den Raum. Es gab keine Fenster, nur eine Luke im Dach, die einen winzigen Spalt breit geöffnet war, sodass er ihre Umrisse erspähen konnte. Entzündete Leuchter waren aufgestellt worden, um die Dunkelheit an den wenigen Tischen im Raum zu vertreiben. Die Bücher, die für Instanias anfängliche Enttäuschung gesorgt hatten, standen in Regalen entlang der gesamten Wand im runden Raum, einige lagen auch unordentlich hingeworfen auf dem Boden. Leitern führten zu einem schmalen Rundgang weiter oben, der auf ähnliche Weise mit Büchern vollgestopft war. Nachdem Kupferbart sich einen Überblick verschafft hatte, widmete er sich dem merkwürdigen, rohrförmigen Gerät, das sich mitten im Raum befand und dessen breiteres Ende auf die Dachluke zeigte. »Was das ist?«, versuchte er Instanias Frage zu beantworten. »Sieht aus wie ein riesiges …«

»Das, werter Herr, ist das Hubi-Teleskop«, antworte eine Stimme von irgendwo her. Kupferbart spähte an die Stelle, von der die Stimme gekommen war. Aus einem im Halbdunkel gelegenen Fleck an der Bücherwand trat ein alter Mann mit langem, grauem Bart hervor. Der obligatorische grüne Umhang, den er trug, war von einer Staubschicht durchzogen und wirkte dadurch mehr grau als grün. Er lüpfte die mit einer Kordel versehene flache Kappe, die sein kahles Haupt bedeckte. »Guten Tag, liebe Studenten. Ich bin Professor Hankins. Interessiert ihr euch für die geheimnisvolle Wissenschaft der Obologie?«

»Äh, klar«, antwortete Kupferbart und versuchte, überzeugend zu klingen. »Und vor allem würde mich interessieren, worum es dabei überhaupt geht?«

Der alte Mann lächelte nachsichtig. »Ganz einfach«, sagte er und streckte einen Finger in die Höhe. »Das ist die Wissenschaft des Nach-Oben-Sehens.«

Kupferbart folgte dem Fingerzeig mit seinem Blick und bemerkte erst jetzt, dass an der schwarzgestrichenen Decke des Instituts verschiedene Symbole und Formen aufgezeichnet waren. Sonnen und Sterne konnte er anhand der Umrisse erkennen, andere mysteriöse Zeichen wiederum sagten ihm nichts.

»Die Obologie hat sich vollends der Erforschung des unendlichen Hubiversums verschrieben«, erklärte Professor Hankins weiter und seine Augen leuchteten bei den Worten.

»Warum nennt man es Hubiversum?«, fragte Instania, die an den Wänden entlang spaziert war und einige Bücher in Augenschein genommen hatte. Eines davon, das ihr wohl nicht zusagte, stellte sie gerade wieder zurück ins Regal.

Der Professor ging ein paar Schritte durch den Raum, als ob er Anlauf nehmen wollte, um mit seiner Erklärung weit ausholen zu können. »Nun, in einer Wissenschaft wie der Obologie ist es schwierig, zu exakten Daten zu gelangen. Viele Unsicherheiten begleiten die Arbeit, die vollgefüllt ist mit Herleitungen, Hypothesen und Annäherungen. Man könnte einen Vergleich mit der Pendologie herstellen, denn auch in dieser Wissenschaft sind sich die Gelehrten uneins über Dinge, die weit in der Vergangenheit liegen. Wie zum Beispiel das Alter von Pendolumium oder dem Zeitraum bis zur Entstehung von intelligentem Leben, wie man es den menschlichen und menschenähnlichen Wesen zuordnet. Die Meinungen gehen dort stark auseinander, von wenigen Tagen bis zu Millionen von Annularen. Und genauso ist es in der Obologie.« Er blieb stehen und nickte bedächtig. »Die ersten Obologen haben vor langer Zeit den Versuch unternommen, alle Himmelsobjekte zu zählen, und sind dabei auf die Zahl 483 gekommen. Natürlich nicht, ohne zuvor restriktive Parameter zu definieren, die der Zählung ein genaues Datum sowie einen genauen Standort und erforderliche Witterungsbedingungen zugrunde legten. So soll die Zählung am nordöstlichen Rand Pendolumiums bei wolkenloser Nacht stattgefunden haben, und zwar genau am dritten Tag der sechzehnten Dekande.«

Kupferbart versuchte, aus den Worten schlau zu werden, doch Zeit- und Ortsangabe waren ihm vertraut, also rechnete er nach. »Das wäre dann kurz nach dem …«

»Na na«, ermahnte ihn Professor Hankins mit erhobenem Zeigefinger und einem schalkhaften Funkeln in den Augen, bevor er ausreden konnte. »Niemand von uns will den inzwischen verblichenen Kollegen – mögen sie in Frieden ruhen – unterstellen, dass Ort und Zeitpunkt der Zählung irgendetwas mit dem Pendelwendfest auf Metedon zu tun haben. Außerdem erfreut sich ihre Theorie auch heute noch großer Beliebtheit. Viele der Obologie-Studenten bieten sich immer wieder freiwillig und regelrecht frenetisch an, eine Kontrollzählung unter besagten Bedingungen durchzuführen.«

Der Kapitän verdrehte die Augen, doch der Professor beachtete ihn nicht und sprach nahtlos weiter. »Und dann wiederum gibt es jene Obologen, die der Meinung sind, dass es noch viel mehr Himmelskörper geben muss. Die sichtbaren Objekte sind gemäß ihrer Theorie nur jene, die uns nahestehen, weshalb wir sie mit unseren Möglichkeiten entdecken können. Doch aufgrund der Grenzenlosigkeit des Hubiversums muss es noch viel mehr da oben geben, beinahe unzählbar viel. Auf Basis von mathematischen Hochrechnungen gehen ihre Schätzungen in die Billionen. Und mit diesen zwei Theorien, meine lieben Studenten, besitzt ihr die Erklärung für das Wort Hubiversum.«

Instania brummte nur, nachdem sie bemerkt hatte, dass der Professor nicht mehr weiterreden würde. Sie wirkte nicht so, als hätte sie auch nur ein Wort verstanden, stattdessen bummelte sie wieder durch die Bücherreihen.

Kupferbart dagegen konnte sich nun ein Bild machen. »Hunderte … Billionen … Hu-Bi, leuchtet ein«, sagte er und nickte verstehend. Dann zeigte er auf das lange Rohr im Raum, das vom unteren schmalen Ende nach oben hin immer breiter wurde. »Und dieses Gerät verwenden die Obologen, um … äh, nach oben zu blicken?«

»So ist es. Willst du einen Blick hineinwerfen?«

Der Kapitän nickte und trat an das Rohr. Professor Hankins bewegte sich derweilen auf eine Kurbel an der Wand zu und öffnete damit die Luke im Dach. »So, jetzt kannst du hindurchsehen.«

Kupferbart hielt ein Auge ans Rohr, während er das andere mit seiner Hand zuhielt. Nach einem angespannten Moment runzelte er enttäuscht die Stirn. »Ich seh nichts.«

»Mit den kleinen Rädchen an der Seite kannst du Höhe und Ausrichtung verstellen«, hörte er den Obologen sagen. »Mit dem großen Rad hier wäre ich in der Lage, den gesamten Raum zu drehen, doch das heben wir uns für ein andermal auf.«

Kupferbart fummelte umständlich mit einer Hand an den Rädchen herum, während er weiter durch das Rohr blickte. Lichtblitze erschienen und verschwanden wieder in der Schwärze, die sich ihm offenbarte. Er drehte langsamer und staunte, als tatsächlich einige winzige Himmelskörper in sein Blickfeld gerieten. Runde Kugeln tauchten auf, mal gleißend hell, mal in Finsternis gehüllt. Er probierte ein weiteres Rädchen und hielt sich sofort fest. Beim Drehen überkam ihn das Gefühl, sich mit unglaublicher Geschwindigkeit vorwärts durch das Hubiversum zu bewegen. Nach drei weiteren Drehungen musste er für einen Moment innehalten und tief durchatmen, da ihm von der Bewegung übel wurde.

»Sachte drehen, dann gestaltet sich die Reise durch das Hubiversum viel angenehmer«, erklärte Professor Hankins mit verständnisvollem Blick.

Kupferbart nickte mit zusammengebissenen Zähnen, und nachdem sich das flaue Gefühl im Magen gelegt hatte, setzte er sein Auge wieder an die Öffnung. Kupferbart blinzelte verwirrt, als er wieder ins Hubiversum abtauchte. Das Teleskop war auf eine der im All herumfliegenden Kugeln gerichtet und es wirkte fast so, als würden darauf Bewegungen zu sehen sein. Behutsam drehte er das Rädchen ein winziges Stück, um die Kugel näher zu betrachten. Daraufhin blinzelte er noch mal ungläubig, bevor er auf das Gesehene starrte. Dort, auf dieser Kugel, die unvorstellbar weit von Pendolumium entfernt sein musste, befanden sich Ansammlungen von riesigen, rechteckigen Gebäuden, die wirkten, als würden sie die Wolken dieser Welt durchstoßen. Metallene Kreaturen bewegten sich fließend durch die Gassen und fraßen menschenähnliche Wesen. Sie schienen nicht zu schmecken, denn andere dieser Kreaturen spuckten sie wieder aus. So einen Anblick hatte Kupferbart noch nie in seinem Leben erlebt. Ein weiterer winziger Dreher und sein Blick war auf das Dach eines der Gebäude gerichtet. Dort oben sah er eines der Wesen stehen. Und es hatte den Anschein, als würde es ihm direkt entgegenblicken. »Was ist …«, begann er und wollte das Rädchen gerade noch mal drehen, da ging ein Ruck durch das Hubi-Teleskop. Dessen Ende stieß an seine Stirn und er zuckte schmerzerfüllt zurück. Porky gab ein erschrockenes Grunzen von sich, da die abrupte Bewegung ihn aus dem Schlaf gerissen hatte.

»Meine Dame, so etwas tut man nicht«, erklang die mahnende Stimme des Obologen. Der Kapitän hielt sich den Kopf, blickte blinzelnd auf und entdeckte Instania, die auf das obere Ende des Teleskops gesprungen war und versuchte, einen Blick vorne hineinzuwerfen.

»Ich möchte nur wissen, ob man mit dem Ding auch Bilder machen kann«, erklärte sie schnaufend und klammerte sich am Teleskop fest. Sie rutschte ein kleines Stück nach vor, um sich weiter über den Rand beugen zu können.

»Geh da runter!«, befahl Kupferbart zornig und winkte ihr ungehalten zu.

Widerwillig gehorchte Instania und sprang nach einem bangen Moment, in dem sie herunterzufallen drohte, vom Teleskop ab. Darauf verschränkte sie beleidigt ihre Arme und beachtete ihn nicht weiter.

Kupferbart schüttelte den Kopf und blickte wieder durch die Öffnung, doch der seltsame Anblick war verschwunden. Das Teleskop war jetzt auf einen roten Himmelskörper gerichtet, der einen langen, ebenso roten Schweif nach sich zu ziehen schien. Enttäuscht setzte er sein Auge ab und wandte sich dem Professor zu, der ihn interessiert beobachtete.

»Was hast du gesehen?«, fragte Hankins, der Obologe.

Kupferbart schüttelte den Kopf. »Ich hab keine Ahnung«, antwortete er ehrlich. Nach mehrmaliger Aufforderung begab sich Instania schmollend zu ihm und sie verließen mit einer höflichen Verabschiedung das Institut für Obologie.

Der Meister des Hubiversums stand auf seiner Dachterrasse und schaute in den Himmel. Sein Blick war auf nichts Bestimmtes gerichtet, und doch sah er alles. »Was für Idioten«, brummte er kopfschüttelnd. Ein Fingerschnippen genügte und alle dämlichen Wesen würden für immer aus dem Hubiversum verbannt werden. Seine Hand war schon erhoben, doch dann hielt er inne und überlegte. Trotz der Einschränkung auf dämliche Wesen bestand die Gefahr, damit womöglich alles Leben im Hubiversum auszulöschen. Er dachte nach und entschied sich dagegen, einzugreifen. Langsam hob er seinen Kopf und beobachtete mit wissendem Blick weiter die Dinge, wie sie ihren Lauf nahmen.

In der Mittagspause trafen sie sich auf dem rechteckigen, freien Platz, der sich hinter der Empfangshalle zwischen den Häusern befand. Die meist dreistöckigen Gebäude darum herum besaßen Übergänge in den oberen Stockwerken, darunter konnte man zwischen ihnen hindurchgehen. Der Platz selbst war eine weitläufige Grünfläche, durch die kreuz und quer angelegte Schotterwege führten und kleine Baumgruppen Schatten spendeten. Sitzmöglichkeiten gab es zuhauf, unter anderem neben dem Springbrunnen, der sich im Zentrum des Platzes befand und in dessen Mitte eine marmorne Statue von König Sheanannigor aufragte. Die kleinen Königsgreife zu Füßen des ersten Königs von Sheagranor spien Wasser in den Brunnen.

»Habt ihr etwas herausgefunden?«, fragte der Kapitän seinen Trupp, nachdem sich alle eingefunden hatten. Doch jeder von ihnen schüttelte den Kopf.

»Nur eine Menge eklige Dinge«, berichtete Dirty und schüttelte sich. Gleich darauf rieb er sich über den Bauch. »Ich hab Hunger. Dort drüben ist der Speisesaal, lasst uns hingehen.«

»Woher weißt du das?«, fragte Maladin verwundert.

»Na, weil alle da gerade hinlaufen.« Dirty grinste bis über beide Ohren.

Kupferbart brummte. »Na schön, essen wir etwas und dann geht es ab in den Nachmittagsunterricht.«

Instania saß gelangweilt da und hielt ihren Kopf in beiden Händen. Sie hatte gedacht, im Institut für angewandte Glaubenschaft würde es um Götter und schöne Musik gehen. Stattdessen wurden elendslange Vorträge über Dinge gehalten, die sie nicht verstand. Es saßen um die fünfzig Studenten im Hörsaal hinter in mattem Dunkelgrau gefärbten

Pulten. Die dazugehörigen Sitzbänke waren in einem Halbrund angeordnet. Sie bildeten mehrere Reihen, jede davon etwas tiefer gelegen als die dahinter. Unten in der Mitte war ein Rednerpult aufgestellt, hinter dem ein graubärtiger Professor darauf wartete, dass die Menge sich nach dem letzten Vortrag wieder beruhigte. Instania blickte mit müden Augen durch den Saal. Es sah alles harmlos aus, keine Spur von Magie oder einem Schlüssel.

»Nun, hat noch jemand eine These vorbereitet, die er den Anwesenden vortragen möchte?«, fragte der Professor, als es ruhig im Saal war. Eine junge Frau hob energisch ihre Hand. »Ah ja, Fräulein Brieson. Komm bitte nach vorne«, sagte er und trat vom Rednerpult weg, um der Studentin den Platz zu überlassen.

Die junge Frau stapfte erhobenen Hauptes auf das Pult zu und stellte sich entschlossen dahinter auf. »Mein Name lautet Piper Brieson und meine heutige These soll beweisen, dass die Farbe Schwarz nicht existiert, sondern in Wahrheit orange ist«, verkündete sie selbstsicher.

Hä? Instania hob die müden Brauen. Warum sollte Schwarz nicht existieren? Sie bemalte sich regelmäßig ihre Wimpern mit schwarzer Rußfarbe und sie war gewiss, sich das nicht nur einzubilden. Zur Sicherheit strich sie mit einem Finger über ihre Wimpern. Auf dem Finger war ein schwarzer Streifen zu sehen. Na bitte, schwarz. Sie schüttelte den Kopf.

»Jeder von euch schließt regelmäßig die Augen, so will es die Natur. Stimmts?«, begann Piper und viele der Anwesenden bestätigten es ihr mit einem Nicken. »Doch was seht ihr, wenn die Augen geschlossen sind? Wird euch etwa schwarz vor den Augen?« Sie schüttelte heftig den Kopf. »Nein, wenn ihr genau hinseht, erkennt ihr, dass eure Sicht trotz geschlossener Augen nicht schwarz wird, sondern ein je nach Umgebungslicht mehr oder weniger helles Orange annimmt.« Ein paar weitere verwirrende Begründungen folgten, bevor sie zum nächsten Argument überging. »Und wenn ihr eine entzündete Fackel in einem *angeblich* pechschwarzen Raum hochhaltet, dann färben sich alle Dinge orange, ist es nicht so?« Piper verwendete ihre Finger, um die Worte hervorzuheben. Instanias Aufmerksamkeit war für einen kurzen Moment geweckt. Wenigstens etwas, das sie von hier mitnehmen konnte. Doch die verrückten Erklärungen hielten unvermindert an und ihr Kopf fiel wieder in ihre Hände.

»Wenn sich der Himmel in der Abenddämmerung und in der Morgendämmerung orange färbt, warum sollte er dann dazwischen schwarz sein? Oh nein, die Nacht ist nicht schwarz, es ist nur ein sehr dunkles Orange. Ihr seht, was ich meine. Alles deutet darauf hin, dass Schwarz nur eine optische Täuschung darstellt und die wahre Farbe dahinter eine ganz andere ist.«

Als Piper mit ihrer Argumentation fertig war, hielt sich Instania stöhnend den schmerzenden Kopf. Es war schon der dritte Vortrag dieser Art gewesen.

Die junge Studentin machte sich auf den Weg zurück zu ihrem Platz. Und der Professor übernahm wieder das Rednerpult.

»Ein sehr schöner Vortrag, geistreich und exzellent argumentiert«, sagte er wohlwollend zu Piper und ließ daraufhin seinen Blick über die Studenten im Saal schweifen. »Und nun beginnt die Abstimmung. Wie üblich benötigt die These die Zustimmung von zwei Dritteln der Zuhörer, um anerkannt zu werden. Wer glaubt jetzt also, dass die Farbe Schwarz nicht existiert und durch Orange ersetzt werden soll?«

Viele Hände hoben sich um Instania herum, doch war sie zu erschöpft, um sie zu zählen.

»Mhm … mhm … ja, das sind offensichtlich mehr als zwei Drittel. Damit ist die These bestätigt. Orange ist das neue Schwarz. Gehet hinaus und verbreitet das neue Wissen unter den Menschen. Das ist eure Hausaufgabe bis zur nächsten Dekande.«

Instanias Hand erkannte, dass ihr Gehirn vom Vortrag heillos überfordert war und hob sich von selbst.

»Ja, Fräulein? Die Abstimmung ist bereits vorbei.«

Instania blickte erst verwundert auf ihre Hand, bevor sie sich dem Professor zuwandte. »Ich kapiers nicht.«

»Ich erkläre es dir gerne noch einmal in Kurzform. Schließe bitte deine Augen. Sehr gut. Wie du siehst, ist dein Blickfeld nicht schwarz geworden, sondern … Fräulein? Fräulein!«

Die Rufe des Professors schwappten über die Oberfläche von

Instanias Bewusstsein, das bereits in einen schützenden Schlaf hinüberglitt und sie behutsam wegdämmern ließ.

»Und nun, meine verehrten Studenten, haben wir die Ehre, noch einem letzten Vortrag lauschen zu dürfen. Dieser stammt ein weiteres Mal von unserem geschätzten ehemaligen Kollegen, Professor Dinkladge.«

»Dinkladamus«, berichtigte ihn Dinkladamus.

»Verzeihung, ich vergaß, dass Ihr einen neuen Namen angenommen habt. Mit diesem abschließenden Vortrag kommen auch etwaige Neuzugänge in den Genuss der hervorragenden Argumentationen des Professors. Nun denn, darf ich bitten?« Der Professor überließ Dinkladamus das Rednerpult und warf einen kurzen Blick auf den blonden Haarschopf, der in der obersten Reihe auf dem Pult lag.

Dinkladamus folgte seinem Blick nach oben und meinte, in dem Haarschopf die junge Dame wiederzuerkennen, die ihn mit ihrer dahingeworfenen Münze, wenn auch unbeabsichtigt, auf weitere Ideen gebracht hatte. Er blickte auf das Pult, das ihm inzwischen bedrückend vertraut war. Schon so einige Male hatte er hier gestanden, doch bisher waren die Studenten nicht von der erleuchtenden Wahrheit, die während seiner Gefangenschaft über ihn gekommen war, zu überzeugen gewesen. Vielleicht würde es ihm ja diesmal gelingen.

»Das Pendelende ist nahe«, begann er seine Rede mit unheilvoller Stimme und hob dramatisch die Hände. Als er sich der Aufmerksamkeit der Studenten gewiss war, fuhr er fort. Er erzählte ihnen vom spezifischen Gewicht von Metallen, von Wasser als Schwungmasse, vom geringen Gewicht des Sandes auf Sandazaar und von vielem mehr. Er warnte sie vor dem Ungleichgewicht der Welt, denn seinen Berechnungen zufolge konnte Pendolumium einfach nicht für alle Zeiten stetig hin- und herpendeln. Keine seiner Berechnungen ergab ein Gleichgewicht. Es würde unweigerlich zu einem Ende der Pendelbewegung, zu einem Stillstand kommen, und das schon bald. Das Klima würde sich verändern, riesige Landstriche würden austrocknen oder in den Fluten versinken. Die ganze Welt würde zugrunde gehen und alle würden sterben. »Und aus diesen verheerenden Gründen«, beschloss er seine Rede mit erhobenen Händen, »bereitet euch vor und schließt Frieden mit euren Lieben und euch selbst, denn das Pendelende ist nahe.«

Im Saal war es ruhig geworden. Ein junger Student mit lockigen, dunklen Haaren sprang plötzlich von seinem Platz auf und verließ schreiend den Saal, woraufhin die Frau mit dem blonden Haarschopf hochschreckte und verwirrt umherblickte.

»Sehr gute Rede, mein lieber Kollege«, lobte ihn der Professor für angewandte Glaubenschaft. »Eure Argumente werden von Mal zu Mal eindringlicher. Sehen wir, ob Ihr die Studenten diesmal überzeugt habt. Abstimmung bitte.«

Hände hoben sich, manche zaghaft, andere schossen wie ein Pfeil nach oben. Doch blieben auch viele unten, die zu Studenten mit zweifelnden Gesichtern gehörten.

»Mhm ... mhm ... ja ... nein ... doch ... oh, wie schade. Dieses Mal war es außergewöhnlich knapp. Doch ich bin guter Hoffnung, mein geschätzter Kollege, dass Ihr die Menschen schon bald vom Ende der Welt überzeugt habt. Nur weiter so.«

»Ja, bald«, murmelte Dinkladamus entmutigt. Doch möglicherweise würde es bis dahin schon zu spät sein.

Abends saßen sie alle erschöpft im Gemeinschaftsraum ihrer Unterkunft. Sie hatten nur einen Leuchter angezündet, der auf dem Tisch vor sich hin flackerte.

»Noch so ein Tag und ich brauche – wie nennen die das – Ferien«, stöhnte Instania, die sich ein feuchtes Tuch auf die Stirn gelegt hatte. »Ich habe heute gelernt: Wenn genug Menschen an Schwachsinn glauben, wird er plötzlich wahr. Was bringen die den armen, jungen Leuten hier bloß bei?«

»Ein weiterer Unterrichtstag wird sich nicht vermeiden lassen«, entgegnete Kupferbart missmutig und rutschte auf dem Sessel umher. Dirty und Instania hatten beide Sofas für sich beansprucht. »Wir haben heute gar nichts herausgefunden. Ich hab mich nach dem Unterricht noch etwas umgesehen, ein paar Münzen springen lassen. Doch keiner konnte mir sagen, wo sich das Institut für Elementarmagie befunden hat. Niemand.« Er verzog den Mund. »Und die Goldvorräte schwinden nur so dahin. Morgen müssen wir neben unserer Suche auch eine Gelegenheit finden, um was zu verdienen. Die ärmeren Studenten wissen da vielleicht etwas, sie müssen ja arbeiten, um über die Runden zu kommen.«

Sie befassten sich noch eine Zeit lang mit beiläufigem Gerede. Doch da keinem von ihnen der Sinn nach einer geistreichen Unterhaltung stand, gingen sie schlussendlich zeitig zu Bett. Denn es wartete ein weiterer, anstrengender Tag an der Allgemeinuniversität auf sie.

Unterricht, Tag zwei

Dirty stand gemeinsam mit Instania vor dem Institut für experimentelle Alchemie. Der Name allein hatte schon nach Spaß geklungen und nach schwierigen Überredungsversuchen hatte er sein Lieblingsopfer schlussendlich davon überzeugen können, ihn hierher zu begleiten. Nachdem sie die Tür durchschritten, bot sich ihnen ein heller Raum mit einer Fensterreihe dar, die strahlend sauber und wie frisch geputzt wirkte. Wände und Decke dagegen waren verunstaltet mit Ruß und anderen schmierigen Substanzen, deren Zusammensetzung Dirty nicht ansatzweise zu erraten vermochte. Im Raum standen zwanzig Tische mit darauf montierten polierten Metallplatten und je zwei Hocker vor jedem Tisch. Sie wählten einen Tisch neben den Fenstern, und als alle Studenten Platz genommen hatten, begann der Professor vorne am großen Tisch mit der Begrüßung.

»Hallo, meine lieben Studenten«, sagte der groß gewachsene, dünne Mann mittleren Alters fröhlich. Er hatte dunkle, kurze Haare auf dem Kopf, die jedoch an einigen Stellen Lücken aufwiesen.

Dirty mutmaßte bei näherer Betrachtung der kahlen Stellen, dass der Grund dafür keine natürliche Ursache hatte.

»Es freut mich, dass wieder so viele Studenten hier hergefunden haben, trotz der merkwürdigen Gerüche und Geräusche, die gelegentlich aus dem Institut dringen.« Er lachte und ein paar der Studenten stimmten ein.

Ein Student vorne rechts von Dirty, der einen Verband an der Hand trug, verzog jedoch nur das Gesicht, bemerkte er. Merkwürdige Geräusche und Gerüche? Er schnupperte, doch konnte er nichts Auffälliges riechen, abgesehen von einem beißenden Brennen im Hintergrund, das von den Wänden auszugehen schien. Jucken in der Nase verursachte nichts davon, also war hier keine Magie am Werk, die auf das Institut für Elementarmagie hingewiesen hätte.

»Für die neuen Studenten unter euch eine kleine Einführung«, begann der Professor zu erklären. »Als Erstes mein Name: Ich bin Professor Bunabelsus und stamme, wie der Name vermuten lässt, nicht aus Sheagranor.« Da keiner der Studenten weiter nachfragte, fuhr er fort: »Und nun zum Ablauf des Unterrichts. Jeder nimmt sich vier der Zutaten, die hier auf meinem Tisch bereitstehen.« Er vollführte eine Handbewegung, um die unzähligen Pulverchen, Flüssigkeiten und Substanzen auf seinem Tisch zu präsentieren, die in Schüsseln, Phiolen, Mörsern und anderen tönernen und gläsernen Aufbewahrungsgefäßen auf die Studenten warteten. »Worum es sich handelt, ist auf den Tafeln vor den Stoffen vermerkt. Prägt euch gut ein, welche vier ihr genommen habt, und keine Scheu beim Experimentieren. Die Arbeitsfläche auf den Tischen ist von einer Stahlplatte geschützt, um Schäden aufgrund von sporadisch auftretenden Bränden oder Säureunfällen zu minimieren. Für jene, die besonders wagemutige Versuche im Sinn haben, gibt es Schutzausrüstung bei mir abzuholen.« Dann klatschte er in die Hände. »Und damit wäre alles gesagt, ich wünsche frohes Schaffen.«

Die Studenten nahmen die eisernen Teller mit jeweils vier Mulden von ihren Tischen, die neben Mörser, Stößel, Destillierkolben und anderen Werkzeugen der Alchemie bereitstanden und setzten sich in Bewegung.

Dirty machte sich mit Instania im Schlepptau ebenfalls auf, um die Stoffe am Tisch des Professors zu inspizieren. Nachdem er die Beschriftungen überflogen hatte, nahm er sich etwas Salpeter, Schwefel und noch zwei andere gemahlene Substanzen. Er schielte zur Seite, um einen Blick auf Instanias Teller zu werfen, in dem nur buntes Zeug zu finden war. Sie hatte geriebenen Rosenquarz, Aquamarin und noch zwei grell leuchtende Pulverchen auf dem Teller angehäuft.

Dirty kam zu den Gestellen, wo die Schutzausrüstung aufbewahrt war. Eiserne Handschuhe, Brustplatten sowie ein gebogener Gesichtsschutz, ebenfalls aus Eisen, standen dort zur Verfügung. Einige der Studenten schnappten sich das eine oder andere Teil, bevor sie sich wieder zu ihren Plätzen aufmachten.

»Pah, Schutzausrüstung«, murmelte Dirty jedoch nur abfällig in sich hinein und folgte Instania zurück zu ihrem Tisch.

»Vielleicht kann ich mir daraus eine neue Gesichtsfarbe mischen«, erklärte Instania eifrig und fing munter damit an, alles kunterbunt in einen Mörser zu kippen.

Dirty sah ihrem Treiben einen Moment lang zu, bevor er den Kopf schüttelte und selbst vorsichtiger zu Werke ging. Er schaufelte zwei kleine Häufchen seiner Stoffe auf den Tisch, in dem er sich selbst sehen konnte, derart blank poliert war dieser. Er hatte keinen Plan, was genau er sich da zusammenmischte, doch hoffte Dirty auf ein übel riechendes Ergebnis, mit dem er Instania ärgern konnte.

Sie hatte inzwischen all ihre Stoffe aufgebraucht, die entstandene rosarote Masse zufrieden begutachtet und saß nun gelangweilt da, während sie ihm zusah. »Deine Mittelchen sehen alle so trist und uninteressant aus, du brauchst ein bisschen Farbe«, sagte sie plötzlich und nahm eine Handvoll von ihrem rosa Zeug.

»Lass das, das ist mein Experiment«, knurrte Dirty und wehrte Instanias Hand mit dem rosa Pulver ab, die seinen beiden Haufen bedrohlich nahekam.

»Ich will doch nur …«, begann sie und kämpfte gegen ihn an. Es begann ein Handgemenge, in dem Dirty zwar kräftemäßig die Oberhand hatte, Instania aber die Flinkere von ihnen beiden war. Nun packte sie auch in ihre andere Hand eine Ladung vom rosa Pulver und versuchte damit, Dirtys Verteidigung zu umgehen. Er griff nach der Hand, jedoch täuschte sie die Bewegung nur an. Mit der zweiten gelang es ihr, das rosa Pulver auf Dirtys Haufen zu kippen, die sich während des Kampfes nun zu einem Gemisch vermengt hatten.

»Ha, so ist es schöner, sieht jetzt aus wie meins!«, rief sie triumphierend und machte ihr Fingerrechteck.

»Sieh nur, was du angerichtet hast«, fluchte Dirty und starrte zornig auf den verunstalteten Haufen. Da er damit nichts mehr anzufangen wusste, nahm er sich einen metallenen Schaber, um das Pulver in einen am Tisch befestigten Behälter zu kehren. Dabei drückte er vor Wut kraftvoll auf die metallene Platte und Funken sprühten über den Tisch.

Bäng!

Dirty blinzelte und wischte sich mit der Hand über die Augen, um wieder etwas sehen zu können. Dann richtete er seinen Blick auf eine wie durch ein Wunder sauber gebliebene Stelle der Metallplatte, um sich zu betrachten. Sein Gesicht war über und über mit rosa Pulver bedeckt, er sah aus wie ein rosa Wollschwein. Den einzigen Kontrast bildeten seine weißen Zähne, die ein breites Grinsen offenbarten. Er drehte seinen Kopf zu Instania. Ein fingerbreites Rechteck in ihrem Gesicht war die einzige sauber gebliebene Stelle, ansonsten war sie von Kopf bis Hals in Rosa gehüllt, passend zu ihrem Gewand, das sich unter dem Studentenumhang verbarg.

»Eine herrliche Explosion!«, rief Professor Bunabelsus hinter seinem Tisch begeistert. »Ich hoffe, ihr habt euch die Bestandteile gemerkt, das Ergebnis soll schließlich reproduzierbar sein.«

»Ex-plo-si-on«, wiederholte Dirty langsam und ließ jede Silbe wie eine süße Köstlichkeit auf seiner Zunge zergehen. Er hatte ein neues Lieblingswort.

»Und, meine lieben Studenten, wie wollt ihr das Werk benennen, welches euch da gelungen ist?«, fragte der Professor interessiert.

»Pinkpulver«, antwortete Instania hustend an Dirtys statt und spuckte rosa Farbe aus. »Eindeutig Pinkpulver.«

Maladin nahm sich am Nachmittag das Institut für vollkommen harmlose Zauberei vor. Er hatte sich bisher nur langweilige Institute wie Pendologie und Pendohistorie angesehen, wo die Wahrscheinlichkeit eines unachtsam ausgesprochenen Wunsches gering war. Seine Idee war dergestalt, dass bei der Zauberei, soweit er wusste, ebenfalls nur wenige Worte verwendet wurden, daher sollte nichts Unvorhergesehenes passieren. Und da er so wie Dirty empfänglich für Magie war, nur nicht so stark und mit so auffälligen Nebenwirkungen wie dieser, war er die logischste Wahl gewesen. Um zum Institut zu gelangen, hatte Maladin einige Stufen überwinden müssen, denn es befand sich im oberen Bereich des Turms mit dem Spitzdach. Diese abseits gelegene Örtlichkeit war wohl bewusst gewählt worden, nachdem das Institut für Elementarmagie damals einen beträchtlichen Teil der Universität zerstört hatte. Hier konnte bei einem Missgeschick höchstens der Turm einstürzen. Oder wie eine Schraubschwalbe senkrecht abheben und in den Himmel steigen, je nachdem, um welche Art von Missgeschick es sich handeln würde.

Maladin schüttelte sich bei dieser Vorstellung, um sie wieder loszuwerden, und sah sich zur Ablenkung im Raum um, in dem er jetzt saß. Er war karg eingerichtet, knapp zwanzig Studenten hatten wie er auf den Stühlen hinter den kleinen Holztischen Platz genommen. Vor den Tischen stand eine Dame mittleren Alters mit streng nach hinten gebundener Frisur und ebenso strengem Blick. Sie hatte einen langen Stab in der Hand, doch wirkte er äußerlich nicht wie ein Zauberstab. Keine Runen oder andere magischen Symbole waren darauf zu sehen. Nachdem sie sich als Professorin Macmerva vorgestellt hatte, begann sie mit theoretischen Grundlagen sowie der Geschichte der Magie und dozierte darüber eine beträchtliche Weile. Bei einem vorsichtigen Rundumblick bemerkte Maladin, dass der Vortrag die Aufmerksamkeit der Studenten auf eine harte Probe stellte.

»*Konzentration*, meine Damen und Herren«, sagte die Professorin und betonte jede Silbe des Wortes. »Konzentration ist das Um und Auf in der Zauberei. Daher ist dieser Raum auch frei von jeglichen Ablenkungen. Ein unkonzentrierter Geist kann zu schlampig ausgeführten Zaubern führen. Und diese wiederum können unvorhergesehene und schreckliche Folgen haben.«

»Wie im Institut für Elementarmagier?«, fragte der Junge vor ihm und Maladin spitzte die Ohren.

Die Professorin musterte ihn mit zusammengekniffenen Augen. »Darüber wird nicht gesprochen«, antwortete sie schroff. »Doch wenn wir darüber reden würden, so wüsste jeder, wessen Schuld dieser Unfall war.« Sie hob die freie Hand an den Mund und es klang, als würde sie das Wort »Cragolock« aushusten. Dem Raunen im Saal nach hatten es einige Studenten verstanden.

Maladin verzog den Mund. Diese Informationen halfen ihm nicht, so viel wusste er auch selbst über den damaligen Unfall. Doch schien hier im Raum keine Magie zu schwingen, sogar, wenn Übungen angesagt waren. Er war höchstens von schwacher Magie erfüllt, die sich seinen Sinnen entzog.

»Heute üben wir die Anwendung eines Zaubers der Stufe zwei«, erklärte Professorin Macmerva und riss ihn damit aus seinen Gedanken. »Schlagt die Zauberbücher auf, die vor euch auf dem Tisch liegen, Seite fünfundzwanzig.«

Maladin tat wie geheißen und starrte auf eine Seite mit geometrischen Mustern und Formen. Es waren die Bilder, die sich jeder Zauberer im Geiste vorstellen musste, um einen Zauber zu wirken. Auf der Seite daneben war eine elendslange Beschreibung des Zaubers zu finden. Dass der Zauber dem Element Wasser zuzuordnen wäre und auf welche Weise er in die Realität eingreift und diese verändert und so weiter.

»Warum können wir nicht mal einen höherstufigen Zauber ausprobieren?«, fragte der Junge schräg vor Maladin. »Vielleicht Stufe sieben oder so.« Er grinste dabei voller Vorfreude.

Maladin beschlich der Verdacht, dass der Junge mit so einem mächtigen Zauber nur irgendwelche Dummheiten im Sinn hatte. Er selbst hatte gelernt, dass die Menschen selten über die Konsequenzen nachdachten, bevor sie sich etwas wünschten. Geschweige denn, was sie sich eigentlich wünschten. So mancher litt noch heute unter den Nebenwirkungen, da er das Pech gehabt hatte, den unbedarften Wunsch im Beisein von Maladin auszusprechen.

Die Professorin schüttelte auf die Frage des Jungen hin mit ernster Miene den Kopf. »Auf dem Institut für vollkommen harmlose Zauberei werden nur Zauber bis zur Stufe fünf gelehrt. Alles darüber hinaus ist nicht erlaubt, denn mit den entsprechenden Büchern könnten selbst unerfahrene Studenten, wie ihr es seid, großen Schaden anrichten. Also versucht gar nicht erst, höherstufige Zauberbücher aufzutreiben, ihr werdet keine finden.« Ihr Blick fügte den Worten die nötige

Strenge hinzu, um alle Gedanken an eine Suche sofort abschütteln zu wollen.

Der Junge brummte nur leise, und als die Professorin ihre Aufmerksamkeit einer anderen Studentin widmete, beugte er sich zu seinem Sitznachbarn, dem Jungen vor Maladin hin. »Wahrscheinlich beherrscht sie selbst keine stärkeren Sprüche«, flüsterte er und beide kicherten.

Maladin sah, wie die Professorin festen Schrittes, doch überraschend lautlos angeflogen kam und verstand nun den Verwendungszweck des langen Stabes.

»Au!«, riefen beide Jungen beinahe gleichzeitig und hielten sich die Finger.

»Konzentration«, sagte sie und starrte beide an, bis diese ihre Köpfe schuldbehaftet senkten. Die Professorin quittierte das Eingeständnis mit einem knappen Nicken und kehrte zurück auf ihren Platz.

Bevor sie dort ankam, murrte einer der Jungen beleidigt im Flüsterton: »Ich wünschte, die alte Schachtel würde in die Luft fliegen, so wie das Zeug heute …«

Maladin riss erschrocken die Augen auf und legte die Hände an seine Ohren. Doch es war schon zu spät.

Während die Professorin dahinschritt, verloren ihre Füße langsam den Kontakt zum Boden. Sie machte noch ein paar Schritte in der Luft, bevor sie die abhanden gekommene Bodenhaftung bemerkte. »Was ist denn jetzt los?«, rief sie verwundert aus und blickte auf ihre Füße. Doch sie konnte sich nicht dagegen wehren, langsam stieg sie immer weiter in Richtung Zimmerdecke. Als sie mit dem Kopf dagegen stieß, kippte sie langsam um, mit dem Gesicht nach unten. Doch dieses zeigte keine furchtsamen Züge, wie Maladin erwartet hätte, sondern außerordentlich wütende.

»Wer war das?«, fauchte sie und schwebte über ihnen wie ein Rachegeist, der dabei war, sich sein nächstes Opfer auszuwählen. »Das ist ein Zauber der Stufe neun, niemand von euch darf ihn beherrschen, geschweige denn anwenden.«

Die Studenten blickten fragend umher, während Maladin sich klein machte und verzweifelt versuchte, so zu wirken, als hätte er keine

Ahnung, was vor sich ging. Erste Kicherlaute erklangen, doch der Stab der Professorin war zum Glück nicht lang genug. Er strich über den Haarschopf eines vorlauten Studenten, ohne eine schmerzhafte Spur zu hinterlassen.

»Der Unterricht ist für heute beendet!«, rief die Professorin mit gefasster Stimme, als wäre nichts geschehen. »Verlasst den Raum, geht raus und … spielt, oder was auch immer. Aber geht.«

Maladin und die anderen Studenten erhoben sich und folgten der Aufforderung mit mehr oder minder belustigten Blicken. Er selbst wagte es nicht, sich noch einmal zu Professorin Macmerva umzudrehen, und eilte stattdessen stumm die Stufen hinunter, bis er den Turm und das Institut weit hinter sich gebracht hatte.

»Wieder nichts?«, fragte Kupferbart nach dem Nachmittagsunterricht seine Begleiter. Sie hatten sich abermals am Springbrunnen auf dem Gemeinschaftsplatz getroffen, um ihre Erkenntnisse auszutauschen. Ein paar ebenfalls grün gewandete Studenten spazierten oder saßen herum, manche hielten dabei ein Buch in der Hand, in das sie vertieft waren. Die meisten von ihnen befanden sich jedoch schon auf dem Nachhauseweg oder waren zum See spaziert, da ein weiterer sonniger Tag die Temperatur unter den Umhängen wie in einem Schwitzzelt steigen ließ.

»Das heutige Zaubereiinstitut befindet sich definitiv nicht dort, wo früher das Institut für Elementarmagie stand. Keine Rückstände magischer Natur«, erklärte Maladin und zuckte mit den Schultern.

Auch die anderen beiden schüttelten den Kopf. Das Gesicht von Instania war gerötet und mit kleinen Kratzern überzogen, als ob sie sich mit einer groben Bürste viele Male über die Haut gefahren wäre. Bei Dirty dagegen wirkte es, als hätte er ein paar Haare im Gesicht verloren, da an einigen lichten Stellen die hellbraune, mit grauen Furchen durchzogene Haut durchschimmerte.

»Hm«, brummte Kupferbart enttäuscht und überlegte. »Lasst uns erst mal zur Unterkunft zurückkehren, wir müssen über unsere finanzielle Situation sprechen und eine Lösung dafür finden.«

Sie wanderten gemächlichen Schrittes dahin und gingen zwischen den Gebäuden hindurch in Richtung ihres Studentenhauses. Da kein anderer Student in der Nähe zu sehen war, dachte Kupferbart laut nach. »Die Spuren zum Institut für Elementarmagie scheinen alle verwischt worden zu sein, bekomme ich langsam das Gefühl.«

»Möglicherweise, weil dort noch andere magische Schätze vergraben liegen«, sinnierte Maladin. »Wenn die Zauberer damals eine Kopie unseres Schlüssels gemacht haben, wer weiß, was noch alles kopiert wurde.«

»Wenn es gefährliche Dinge sind, würde ich sie auch vor den Studenten hier wegsperren«, ergänzte Dirty nachdenklich. »Die könnten nur auf dumme Gedanken kommen und damit herumexperimentieren.«

Kupferbart entging das schmallippige Grinsen Dirtys nicht, das er Instania zuwarf, doch sie brummte nur und erwiderte nichts.

»Ich kann nicht glauben, dass sie es für alle Zeiten versiegelt haben«, entgegnete Kupferbart und strich sich über den Bart. »Auf wertvolle oder mächtige Dinge verzichtet niemand einfach so. Es muss so etwas wie eine geheime Verbindung geben, die dorthin führt.«

»Geheime Verbindung?« Die Stimme gehörte zu einem Studenten, der gerade um die Ecke ihrer Unterkunft gelaufen kam und dabei mit zerstreutem Gesicht fast in sie hineingerannt wäre. Er besaß rotbraune Haare und ein pausbäckiges Gesicht, der Rest des Körpers verbarg sich unter seinem grünen Umhang. »Hast du etwas von einer geheimen Verbindung gesagt?« Der Junge starrte Kupferbart mit großen Augen an.

»Das geht dich nichts an«, antwortete er brüsk, um ihn rasch abzuwimmeln. »Diese Dinge sind geheim.«

Doch seine Worte schienen das Interesse des Jungen nur noch anzufachen. »Wusste ich es doch. Ich hab Gerüchte und Geschichten gehört, doch niemand konnte mir bisher mehr darüber erzählen.«

»Du suchst nach der geheimen Verbindung?«, fragte Maladin den Jungen verwirrt.

Der Junge nickte ihm eifrig zu. »Klar, ich wollte schon immer einer geheimen Studentenverbindung angehören. Das klingt so unglaublich spannend. Seid ihr etwa Mitglieder so einer Verbindung? Ich würde alles dafür geben, um mitmachen zu dürfen.« Er hüpfte vor Aufregung und seine bittenden Augen saugten sich an Kupferbart fest.

Der Kapitän rollte mit den Augen, doch sogleich ließ er sich die Worte durch den Kopf gehen. »Du würdest alles dafür geben?«, fragte er mit einem herausfordernden Lächeln. Vielleicht konnte der Junge ja von Nutzen sein.

Heftiges Nicken kam als Antwort. »Alles. Ich bin übrigens Shawn Widhar. Nenn mich Shawn.«

Kupferbart ging einen Schritt auf den Jungen zu und beugte sich verschwörerisch zu ihm hin. »Vielleicht können wir da etwas machen. Aber zuerst musst du uns ein paar Dinge verraten und du darfst niemandem davon erzählen.«

Shawn grinste bereitwillig und konnte sich kaum beherrschen.

»Gut. Als Erstes: Weißt du etwas über das Institut für Elementarmagie?«

Shawn nickte und Hoffnung stieg im Kapitän auf.

»Es ist vor ungefähr achtzig Annularen in die Luft geflogen, vielleicht auch schon länger. Danach wurden alle Pläne der Universität, auf denen sie eingezeichnet war, überarbeitet. Niemand weiß mehr, wo sie gelegen hat. Ist aber auch niemand so dumm, danach zu suchen, bei dem Unglück, das damals geschah.«

Kupferbart verzog enttäuscht den Mund. »Verdammt. Das war nicht wirklich hilfreich.«

»Aber ich hab dir alles gesagt, was ich weiß. Erzählst du mir jetzt von der geheimen Studentenverbindung? Irgendeiner von euch?« Shawn sah sie nacheinander an. »Gebt es zu, ihr gehört zur Verbindung, oder? Ich will bei euch mitmachen. Unbedingt.«

Der Kapitän überlegte noch, was er aus dem Jungen an weiteren Informationen herausholen konnte, als Dirty sich einmischte.

»Weißt du, wo wir hier schnelles Geld machen können?«, fragte er Shawn. »Muss nicht zwingend legal sein, wenn du verstehst, was ich meine.« Er zwinkerte dem Jungen verschwörerisch zu.

Shawn setzte ein spitzbübisches Gesicht auf. »Ich weiß da was.« Er lächelte überlegen. »Doch als Gegenleistung müsst ihr mich aufnehmen. Abgemacht?«

»Abgemacht, wenn du die Aufnahmeprüfung bestehst«, bestätigte Dirty schelmisch grinsend.

»Au ja!« Shawn sprang vor Freude in die Luft. »Die werde ich mit Sicherheit bestehen. Also, in der kleinen Stadt, ungefähr eine Wegstunde östlich von hier, zwischen den niedrigen Hügeln, gibt es viele Wirtshäuser und andere Orte, um sich auf verschiedenste Art zu vergnügen. Wenn ihr versteht, was ich meine.« Er wackelte zweideutig mit seinen Brauen. »In ein paar davon werden auch Glücksspiele veranstaltet, wo die reichen Studenten ordentlich Geld einsetzen und oftmals auch ordentlich verlieren.« Er beugte sich vor und senkte die Stimme. »Eines davon heißt *Zu den gleichschenkeligen Weibern*. Dort gibt es Unterhaltung für Geist und Körper.« Shawn grinste wie ein Lausebengel.

Für Kupferbart wirkte er nicht alt genug, um sich solche Unterhaltung zu Gemüte führen zu dürfen. Doch war er froh über die Informationen des Jungen. Diese waren Gold wert, und wenn es gut für sie lief, nicht nur im übertragenen Sinn.

Instania stöhnte genervt auf und erhielt dafür die Aufmerksamkeit aller Anwesenden. »Und was soll ich dort machen?«, fragte sie und machte ein langes Gesicht. »Von Glücksspielen halte ich nichts und gleichschenkelige Weiber will ich mir gar nicht erst ansehen, die armen Frauen müssen doch die ganze Zeit umfallen.«

»Äh«, sagte Shawn verwirrt, doch Kupferbart warf ihm bedeutungsvolle Blicke zu. Der Junge nickte und schien zu verstehen. »Also«, versuchte er es, »wenn du Vergnügen für das weibliche Geschlecht suchst, gleich gegenüber steht *Das Dreibein*.« Shawn wackelte erneut vielsagend mit seinen Brauen.

»Du willst mich in eine Schreinerei schicken?«, empörte sich Instania und stampfte mit dem Fuß auf den Boden. Shawn riss überrascht die Augen auf, doch Instania war bereits im Redefluss. »Das ist wirklich eine Frechheit, wie ich heute behandelt werde. Erst bewirft mich Dirty mit seiner Ex-plo-si-on«, sie verwendete ihre Finger zur Betonung des Wortes, »und jetzt soll ich einem Schreiner dabei zusehen, wie er einen Stuhl schnitzt, während ihr euch mit Würfel- und Kartenspielen vergnügt und nebenbei bemitleidenswerte Frauen mit Gehproblemen begafft? Ich hab genug von euch Männern, ich such mir meine eigene Beschäftigung.« Sie warf ihren Zopf energisch über die Schulter und stapfte wütend davon.

»Äh …«

»Denk dir nichts dabei. Ihre Worte nehmen immer den direkten Weg zum Mund und vergessen dabei, beim Hirn haltzumachen, um dort den Sinn dahinter mitzunehmen«, sagte Kupferbart zum sehr verwirrt dreinblickenden Shawn.

Der schüttelte nur den Kopf, doch erholte er sich rasch und sah den Kapitän erwartungsvoll an. »Ich habe alles getan, was ihr von mir wolltet. Jetzt bin ich bereit für die Aufnahmeprüfung.«

»Ich mach das schon«, warf Dirty ein und verschwand für einen Moment in ihrer Unterkunft. Kurz darauf kam er mit einem kleinen Fässchen zurück. Kupferbart runzelte die Stirn und verfolgte gespannt, was Dirty damit vorhatte.

»Wenn du es vollbringst, dieses Fässchen bis morgen früh auszutrinken, dann bist du bei unserer geheimen Studentenverbindung dabei«, erklärte Dirty mit andächtiger Miene und überreichte Shawn das Fass.

Der schluckte vernehmlich, doch sogleich nahm er eine stramme Haltung an. »Ich werde mein Bestes geben und euch nicht enttäuschen, das schwöre ich«, verkündete er feierlich.

Als Shawns Aufmerksamkeit sich dem Fass zuwandte, er es dabei abschätzend in Händen wog und von allen Seiten betrachtete, holte Kupferbart Dirty zu sich.

»Meinst du, das ist eine gute Idee?«, fragte er ihn leise. »Und wo hast du das überhaupt her?«

»Was glaubst du, ist in meinem Reisesack drin? Ich geh doch nicht ohne Reiseproviant von Bord«, flüsterte Dirty und grinste breit. Dann klopfte er Kupferbart auf die Schulter. »Keine Sorge, das Fässchen ist nur halbvoll, er wird es schon überleben. Und falls er es tatsächlich schaffen sollte, hat er morgen mit Sicherheit alles wieder vergessen.«

Der Kapitän verzog zweifelnd den Mund, doch da ihm keine bessere Lösung einfiel und er gedachte, besagter Stadt noch am selben Abend einen Besuch abzustatten, nickte er und überließ Shawn seiner Aufgabe.

So legten sie die Umhänge in ihrer Unterkunft ab und verließen das Universitätsgelände zu dritt nach Osten, in Richtung der kleinen Stadt.

Instania stapfte zornig über das Universitätsgelände und grummelte dabei vor sich hin. Sie begann ihre Sätze mit »Diese …« und »Solche …«, den Rest ergänzte ihr Mund von selbst, ohne dass sie sich weiter darüber den Kopf zerbrechen musste. Ein Schnauben schaffte es, sich regelmäßig zwischen die Worte zu drängen. Immer wurde sie von Dirty und den anderen geärgert. Diese eingebildeten Männer dachten wohl, dass man mit ihr alles machen konnte und man sie nicht ernst zu nehmen brauchte. Doch eines Tages würde sie es allen zeigen, sie würde wunderbare Dinge vollbringen, wie den Sieg beim Wettrennen. Sie würde zu einem Vorbild für alle Menschen werden. Alle würden so sein wollen wie sie, würden ihrem Beispiel folgen wollen und ihre Taten bejubeln. Von solchen Gedanken beherrscht, irrte sie zwischen den Gebäuden hindurch oder an ihnen vorbei, während sich langsam Dunkelheit über die Universität herabsenkte. Studenten, die ihr über den Weg liefen, wurden entweder ignoriert oder wütend angestarrt, je nachdem, was gerade zu ihrer momentanen Stimmung passte. Doch plötzlich musste sie abrupt stehen bleiben, als eine hölzerne Doppeltür ihren Weg versperrte.

»Nanu, wo bin ich hier?« Instania blickte sich verwundert um. Sie war ein gutes Stück von den Institutsgebäuden weggewandert, an diesem Ort befanden sich nur noch wenige niedrige Wohnunterkünfte, allesamt kleiner als die im Kern der Universität. Und dieses große Gebäude da vor ihr. War das ein riesiger Schlafsaal? Doch nach eingehender Betrachtung schüttelte sie den Gedanken ab. Da drin musste sich etwas anderes befinden, also schob sie einen Türflügel auf, dessen Scharniere wie ein wütender Bär grollten, und betrat neugierig das Gebäude.

»Schon wieder Bücher«, murmelte sie vor sich hin, während sie ihren Blick über den Raum schweifen ließ. Ihr präsentierte sich ein weiter, düsterer Saal, in dem acht Tische mit je zwei Stühlen rechts von ihr im vorderen Bereich standen. Links davon konnte sie unzählige Reihen von Bücherregalen erblicken, zweieinhalbmal so hoch wie sie und bis obenhin vollgestopft mit Büchern. An den Wänden spendeten verglaste Laternen ein mattes Licht, doch zum Lesen war es zu düster. Die paar winzigen Fenster oben entlang der Wände hätten selbst tagsüber nicht ausgereicht, um diesem Umstand entgegenzuwirken.

Sie setzte einige hallende Schritte über den marmorierten Boden in den Saal hinein und sah sich um. Auf einmal rollte ein kugelförmiges Gestrüpp an ihr vorbei und verschwand zwischen den Bücherregalen. Sie riss die Augen auf und sah zur Regalecke, wo es verschwunden war. Daraufhin folgte sie dem Weg des Gestrüpps zurück zu seinem Ursprungsort. Dort an der Wand hockte neben einem kleinen Tisch mit einer Laterne darauf ein alter, weißhaariger Mann auf einem Holzstuhl und lächelte sie müde an.

»Hallo«, sagte er mit freundlicher Stimme und betrachtete sie unter halb geöffneten Augen.

»Hii«, antworte Instania und glotzte ihn ohne Scheu oder Zurückhaltung an. »Wer bist du?«

»Ich bin der Bibliothekar und nebenbei verantwortlich für die Effekte«, erklärte er lächelnd. »Du hast das Gestrüpp doch bemerkt, oder?«

Sie nickte mit großen Augen.

»Es soll als Allegorie dienen, zur Veranschaulichung der weiten Leere dieser Hallen, in denen nur einsamer Wind, doch keine gelehrsamen Füße den Staub zerfallenen Wissens aufwirbelt.« Er sah sich demonstrativ um.

»Ich verstehe«, sagte Instania gedehnt und verstand nichts. Nachdem keine weitere Erklärung folgte, zuckte sie mit den Schultern und marschierte auf eines der Regale zu, um die Bücherrücken zu betrachten. Sie zog ein paar der verstaubten Bücher heraus und klopfte auf die Umschläge, damit die Titel lesbar wurden. Langweilige Schinken über Pendologie und Mathematik. Sie sah sich nach bunteren Exemplaren um, als plötzlich das Gestrüpp raschelnd hinter ihr vorbeirollte und zu seinem Besitzer zurückkehrte.

Instania blickte in den dunklen Gang zwischen den zwei Regalreihen, doch war dort keine Antwort auf die Frage zu finden, wer oder was das Gestrüpp angestupst hatte.

»Ist noch jemand hier?«, fragte sie daher den Bibliothekar über ihren Rücken hinweg und versuchte weiter, etwas am Ende des Ganges zu erkennen.

»Nein, nicht dass ich wüsste«, gab dieser unaufgeregt zur Antwort. »Wir sind hier allein, soweit ich mich erinnere.«

Instania drehte sich langsam um, starrte auf das Gestrüpp und es überkam sie ein Zustand, von dem sie nie gedacht hätte, ihn jemals erleben zu müssen. Auf keinen Fall würde sie den anderen auf dem Schiff davon erzählen. Niemals. Sie war sprachlos.

Der alte Mann betrachtete sie amüsiert. »Ich sehe, du bist verwundert, warum sich das Gestrüpp von alleine bewegen konnte, nicht? Nun, das liegt daran, dass hier noch gelegentlich Reste alter Magie durch die Gänge flackern. An dieser Stelle stand einst ein anderes Gebäude, bevor es auf magische Weise in der Erde versenkt wurde.«

Der Zustand fehlender Worte verließ sie zur ihrer Erleichterung rasch wieder, daher fragte sie: »Meinst du etwa das Institut für Elementarmagie?«

»Psst, darüber redet niemand gerne«, antwortete der Bibliothekar und legte einen Finger auf den Mund. Doch er nickte und die Lippen hinter dem Finger zeigten ein verschmitztes Lächeln.

Instania traf diese Offenbarung mit der Wucht eines Hammers, doch unmittelbar darauf rauschte ein triumphales Gefühl in ihr nach oben. Ha! Sie hatte als Erste vom Standort des verlorenen Instituts erfahren. Diese Tatsache musste sie den anderen so bald wie möglich unter die Nase reiben. Trotzdem verwirrte sie der Umstand, dass sich das Institut genau hier befunden haben soll. Soweit sie wusste, benötigten Studenten Bücher, um zu lernen.

»Aber das hier ist doch die Bibliothek«, meinte Instania daher und trat zugleich einen Schritt zur Seite in Richtung des Ausganges, um keine Zeit zu verlieren. »In diesem Saal sollten doch täglich Studenten herumlaufen und Bücher lesen oder ausleihen. Ist es denn nicht gefährlich, die Bibliothek gerade hier hinzubauen, über die Ruinen des alten Zaubereiinstituts?«

Der Mann machte eine ausschweifende Geste mit der Hand. »Sieht es für dich so aus, als würden hier viele Studenten durch die Gänge wandeln?« Er lachte leise. »Nein, die Bibliothek wurde bewusst an diesem Ort errichtet, da die meisten Studenten einen großen Bogen um das Gebäude herum machen. Vor allem die wohlhabenden, und die sind mittlerweile in der Überzahl, seitdem der Aufnahmetest derart schwierig gestaltet wurde, dass er zu einem veritablen Hindernis geworden ist. Reichtum zählt heutzutage offenbar mehr als kluge Köpfe.« Er verzog bei diesen Worten verächtlich den Mund.

Instania machte weitere unauffällige Schritte schräg nach hinten, wo sie die Tür vermutete. »Vielen Dank für die Auskunft, aber ich muss jetzt … ugghh.« Sie stieß mit dem Rücken gegen den Türrahmen. »Ich meine, ich muss … ugghh.« Beim Umdrehen war sie jetzt mit der Nase gegen die Tür geknallt. »Äh, du weißt schon.« Darauf tastete sie sich mit den Händen an der Tür entlang, bis sie die offene Hälfte erreichte. Sie warf dem Bibliothekar noch ein letztes Grinsen zu und verließ darauf das Gebäude. Ohne sich noch mal umzudrehen, marschierte sie los in Richtung ihrer Unterkunft. Doch ohne zu laufen, denn sie wollte diesen Moment des Triumphes gehörig auskosten, bevor der Rest der Truppe sie anflehen durfte, ihr Wissen preiszugeben. Zuvor jedoch mussten sie Instania anerkennen und eingestehen, dass sie unersetzlich und bewundernswert war. Ha!

Nachtleben als Studenten

Die Sonne hatte inzwischen die Form eines schmalen Schlitzes angenommen und tauchte die Landschaft in ein dahinsiechendes Licht, als sie die kleine, auf einem flach abfallenden Hang gebaute Stadt erreichten. Es hatte den Anschein, als würde jede der gerade angezündeten Straßenlaternen mehr Leute aus den Häusern und Nebenstraßen hervorlocken. Das Nachtleben schien in die Gänge zu kommen. Überall in den gepflasterten, engen Gassen tummelten sich – der Kleidung nach zu urteilen – wohlhabende Studenten und eilten nach einer ansprechenden Bleibe für die nächsten paar Stunden suchend umher. Die abgenutzt erscheinenden, mehrstöckigen Fachwerkhäuser aus Stein und Holz hätten bei einem Verkauf wohl keinen hohen Preis erzielt, trotzdem ließ es sich hier eine Weile aushalten. Der Lärm von den besetzten Bänken und Tischen, die vor den Wirtshäusern aufgestellt waren und an so manchen Stellen nur noch einen schmalen Gehweg dazwischen übrig ließen, hallte von den Fassaden wider. Dem angeheiterten Klang nach hatten einige der Studenten wohl nicht bis

Sonnenuntergang mit der feuchtfröhlichen Ablenkung vom anstrengenden Universitätsleben warten können.

Kupferbart durchquerte zusammen mit Dirty und Maladin einige der Gassen, doch boten sie alle einen ähnlichen Anblick. Überall gab es Wirtshäuser und Sitzgelegenheiten, das gesuchte Etablissement hatte darunter bisweilen jedoch keiner vom Trupp erspäht.

»Wir sollten jemanden nach dem Weg fragen«, schlug Maladin vor. »Die Stadt ist doch nicht so unscheinbar, wie es geklungen hat.«

Kupferbart nickte nachdenklich, während er sich umsah. Da vernahmen sie eine junge Frau in einem hübschen, gerüschten Kleid, die unterhalb eines hölzernen Balkons stand und schmachtend nach oben blickte.

»Homeo, o Homeo, steig herab, so werd ich froh. Mit einem Blick, das tät ich glauben, könntest du mein Herz mir rauben. Deine Nähe möcht ich spüren, will mich ganz in ihr verlieren. Mein ganzer Körper wär entzückt, würde ich von dir ... äh, begleitet. Ich möchte durch die Stadt flanieren.«

»Ne, lass mal, Schätzchen«, antwortete der Mann auf dem Balkon, während er sich die schulterlangen, goldenen Haare kämmte. »Dich täts wohl freuen, würd ich meinen, nur fehlt dir was zwischen den Beinen. Drum wird es mit uns zwei nichts sein, den Spaß hol ich mir im Dreibein.«

Die Dame schnaubte und stampfte enttäuscht mit ihrem Fuß auf, doch der Mann am Balkon würdigte sie keines weiteren Blickes, also zog sie schmollend von dannen.

»Dreibein?«, fragte der Kapitän mit gesenkter Stimme seine Begleiter. »Das liegt doch gegenüber von den gleichschenkeligen Weibern.«

Maladin nickte, also blieb er stehen, hob den Kopf und rief: »He, Jungchen, kannst du uns den Weg zum Dreibein beschreiben? Wir sind neu hier!«

Der junge Mann schob den Kopf über das Geländer, um sie zu studieren, und sein goldenes Haar fiel dabei nach vorne. »Ah, Frischfleisch. Geht vier Gassen weiter und dann nach li-hinks.« Sein Finger zuckte mehrmals in die entsprechende Richtung. »Könnt ihr gar nicht verfehlen, bei dem Glitter, der dort auf der Straße herumliegt. Und richtet Fasselin dem Türsteher aus, ich werde heut noch in sein Reich eindringen.«

»Äh, ja, genau. Danke«, entgegnete Kupferbart leicht verwirrt und setzte sich in die angegebene Richtung in Bewegung. Dirty und Maladin schlossen sogleich auf.

»Wir sehen uns dort!«, rief ihnen der Mann nach. »Und auf dich freue ich mich ganz besonders, mein Bärchen.«

Dirtys Kopf zuckte kurz, doch drehte er sich nicht um und starrte stattdessen mit zusammengekniffenem Gesicht nach vorne.

»Wen von uns wird er wohl gemeint haben?«, fragte Maladin unschuldig und grinste ansatzweise.

»Schnauze«, knurrte Dirty und ließ sie mit ein paar flotten Schritten hinter sich zurück.

Der Wegbeschreibung folgend hatten sie schon bald die beschriebene Gasse gefunden, die so wie alle anderen gut besucht war. Sie zügelten ihr Tempo, um die Häuserfassaden zu begutachten, ob es Hinweise auf den Namen des gesuchten Etablissements gab. Auf dem Boden mehrten sich herumliegende, bunte Papierschnipsel, also mussten sie dem Dreibein näherkommen. Da entdeckten sie vor einem der Gebäude einen riesenhaften Mann, dessen Gesichtszüge von einer Unmenge kreuz und quer abstehender schwarzer Haare verdeckt waren. Dort, wo Kupferbart die Augen vermutete, war eine Brille mit dickem, schwarzem Rahmen an den Haaren angebracht.

»Ob das Fasselin ist?«, fragte Maladin neben ihm verwundert. »Das würde die Vorliebe für Haare dieses Mannes vorhin erklären.«

Dirty konnte das breit grinsende Gesicht Maladins zum Glück nicht sehen, da er vor ihnen herlief. Stattdessen hörte Kupferbart ihn knurren, bevor er stutzte und langsam auf den behaarten Türsteher zuging.

»Hairy?«, fragte Dirty Hairy verdutzt, als sie drei Schritte vom behaarten Riesen entfernt anhielten.

Der Mann drehte den Kopf in ihre Richtung und erblickte Dirty. »Onkel Hairy!«, rief er erfreut.

Für Kupferbart war es nicht erforderlich, die beiden erst gegenüberzustellen, die Verwandtschaft war offensichtlich.

»Das ist mein Neffe väterlicherseits, Hairy Klopper«, erklärte Dirty und stellte sich stolz neben seinen Neffen, der etwa doppelt so groß war wie er selbst.

»Ja, eindeutig dieselben Gesichtszüge«, meinte Kupferbart unbestimmt.

Maladin kämpfte neben ihm gegen ein hochschäumendes Prusten an.

»Was machst du denn hier?«, fragte Hairy Klopper seinen Onkel interessiert und musste dafür den Kopf nach unten kippen.

»Wir wollen ein bisschen Geld verdienen«, erklärte Dirty mit in den Nacken gelegtem Kopf und stieß seinen Neffen mit der Schulter an, dabei traf er ihn knapp oberhalb der Hüfte. »In den gleichschenkeligen Weibern soll um gutes Geld gespielt werden, hat uns jemand erzählt. Weißt du, wo die sind?«

»Das stimmt auch«, bestätigte Hairy Klopper. »Und klar weiß ich, wo die sind, ich bin schließlich der Türsteher der Nachttaverne *Zu den gleichschenkeligen Weibern*. Ein bisschen was neben dem Studium dazu verdienen, du verstehst schon.« Er grinste.

Der Kapitän trat einen Schritt nach hinten und entdeckte jetzt auch den in roten Buchstaben auf die Fassade über der Tür gepinselten Namen des Etablissements. »Sehr schön, dann haben wir unser Ziel wohl erreicht.«

Hairy Klopper nickte. »Das habt ihr, wenn ihr diese Tür hinter mir durchschreitet. Der Spielsaal, wo um Geld gespielt wird, befindet sich jedoch im hinteren Teil des Lokals. Wenn ihr den Türstehern dort ausrichtet, dass ihr meine Erlaubnis habt, sollte es keine Probleme mit dem Eintritt geben. Sind immerhin meine Arbeitskollegen.«

Bevor er eintrat, drehte sich Kupferbart interessehalber noch einmal um zum gegenüberliegenden Gebäude. Dort stand an den Türrahmen gelehnt ein Mann in einem goldenen Anzug, der den Passanten weniger abschreckende, sondern mehr anzügliche Blicke zuwarf, begleitet von schlüpfrigen Sprüchen. Einige lachten amüsiert, andere beschleunigten unangenehm berührt ihren Schritt. Dies musste der Türsteher des Dreibein sein. Der Kapitän verzichtete darauf, ihm die Worte des Mannes am Balkon auszurichten.

Dann trat er zusammen mit Maladin durch die Tür der

Nachttaverne, während Dirty sich noch ein wenig mit seinem Neffen unterhielt. Drinnen war es weniger schmuddelig, als Kupferbart es erwartet hätte. Im großen, mit einem roten, weichen Teppichboden ausgelegten Raum standen etliche Tische mit dunklen, stoffbezogenen Bänken und Stühlen, von denen die meisten mit vorwiegend männlichen jungen Leuten besetzt waren. Glitzernde Deckenleuchter aus geschliffenem Glas waren wohl bewusst nur in der Mitte des Raums montiert worden, um den dortigen Bereich zu erhellen, während die Tische an den Wänden in ein anrüchiges Dämmerlicht gehüllt blieben. Ein paar Podeste mit Metallstangen waren an freien Stellen zwischen den Tischen platziert und eine lange, hölzerne Bar mit unzähligen Flaschen und Gläsern an der Rückwand verhieß am hinteren Ende einen spaßigen Abend. Auf ein paar nebeneinandergereihten, hüfthohen Holzkästen in einer Ecke des Raums waren seltsame Geräte montiert, an denen sich je zwei Studenten gegenübersaßen und darauf herumdrückten. Kellner und hübsch gekleidete Damen liefen mit unterschiedlicher Geschwindigkeit zwischen den Tischen umher.

»Setzen wir uns erst mal hin«, meinte Kupferbart zu Maladin und suchte ihnen einen freien Tisch, wo sie es sich gemütlich machten – ein gutes Stück entfernt von den zwei jungen Musikern, die in einer anderen Ecke auf Zupfinstrumenten eine sanfte, beruhigende Melodie spielten. Kupferbart wollte sich in Ruhe unterhalten können. Dem süßlichen Duft in der Luft konnten sie jedoch nirgendwo entkommen.

Kurz darauf stieß auch Dirty zu ihnen. »Dort hinten, gleich um die Ecke, befindet sich der Spielsaal«, erklärte er Kupferbart und zeigte auf einen Durchgang neben der Bar. »Wir scheinen einen profitablen Abend erwischt zu haben, heute sind einige gut betuchte und spielfreudige Studenten hier, hat mein Neffe gemeint. Aber vorher möchte ich was trinken.« Dirty hob die Hand und ein Kellner eilte umgehend herbei. »Dreimal das Stärkste, das ihr habt«, verkündete Dirty und grinste. Maladin winkte jedoch dankend ab und bestellte nur einen Krug Rum für sich.

Der Kellner musterte sie mit einem merkwürdigen Blick, nickte jedoch mit einem unbestimmten Lächeln im Gesicht und eilte davon. Gleich darauf kam er mit einem hölzernen Krug für Maladin und zwei golden schimmernden Kelchen zurück. In den Kelchen befand sich ein auf einen Holzstab gestecktes winziges Wagenrad, das mit einem bunten Stofftuch überzogen war. »Hier, zweimal *Burning Askabora*, wie bestellt«, erklärte der Kellner und grinste.

»Kenn ich nicht«, sagte Dirty, runzelte die Stirn und starrte auf die honigfarbene Flüssigkeit in seinem Kelch. »Was ist da drin?«

»Zutaten, die einem alle Geister austreiben. Doppelt Gebrannter, dazu ein halber Blutstropfen eines vermeintlichen Prinzen und ein Fingerhut voll vom Speichel eines gefangenen, giftigen Askaba-Randgebirgs-Wolfs. Das Ganze wird vermengt mit getrockneten Kräutern und Pilzen aus dem Reich der Aboradeem«, erklärte der Kellner mit mysteriösen Handbewegungen, bevor er wieder ernst wurde. »Es gibt da ein paar Lieferanten von weit aus dem Süden, die uns zwei- bis dreimal im Annular ein Päckchen dieser Kräuter schicken. Zum Glück hält es sehr lange, denn ich habe noch keinen erlebt, der das Zeug hier ein zweites Mal bestellt hat. Die Wirkung ist – wie soll ich sagen – je nach Person unterschiedlich.« Er warf einen letzten Blick auf sie, als wollte er sich vergewissern, dass sie sich nicht doch noch umentschieden, dann marschierte er davon zu einem anderen Tisch.

Dirty zuckte mit den Schultern und hob seinen Kelch. »Wer nicht wagt, der nicht gewinnt. Und wir wollen heute doch ordentlich was gewinnen, oder?«

Kupferbart untersuchte den Inhalt seines Kelches immer noch misstrauisch, doch als auch Maladin mit erhobenem Krug auf ihn wartete, ließ er sich überzeugen. Sie stießen an und tranken gemeinsam einen ordentlichen Schluck.

»Hui, das knallt rein«, keuchte Dirty begeistert und hustete gleich darauf.

»Bei Blobos und Wavolon«, stöhnte Kupferbart, als er seine Stimme wiedergefunden hatte. »Das Zeug im Kelch brennt wie Feuer.«

Während Kupferbart vorsichtig nach seiner Zunge tastete, ob sie noch dran war, trat eine mandelhäutige, glänzende Schönheit mit langen, dunklen Haaren auf sie zu und versuchte, sich auf Maladins Schoß zu setzen. Sie rutschte ab und landete auf dem Boden, doch schnellte sie sogleich wieder hoch. »Zu viel Stangenöl«, erklärte sie entschuldigend und setzte sich behutsamer auf Maladins Oberschenkel.

Sie verströmte einen ähnlich süßlichen Duft nach Blumen und Früchten, wie Kupferbart schon beim Eintreten in der Luft erschnuppert hatte.

Mit zärtlichen Fingern strich die elegante Frau über Maladins Kopf und der Kapitän vernahm beiläufig, wie sie dem verlegenen Jungen zuraunte: »Ich kann dir alle deine Wünsche erfüllen, wenn du möchtest.« Maladin lachte kurz auf. »Ha, in diese Richtung wäre das mal was Neues.« Sie stutzte kurz, danach sah sie erst Dirty an, bevor ihre Augen an Kupferbart hängen blieben. »Was ist mit dir? Du siehst nicht gut aus«, urteilte die Schönheit besorgt.

Und so fühlte sich Kupferbart auch. »In meiner Magenkammer geht etwas Schreckliches vor sich«, presste er hervor und hielt sich den Bauch. »Die Flüssigkeit brennt sich durch meine Gedärme wie ein Phönix, der Ordnung schaffen will. Urghh.« Seine zweite Hand schoss hoch zum Mund. Verzweifelt fragte er die Frau: »Wo gehts hier zu den Latrinen?«

Sie blickte auf seinen Kelch, den er kaum angerührt auf den Tisch zurückgestellt hatte. »Ein *Burning Askabora*, ich verstehe. Beim Eingang raus und dann nach links durch das Tor bis hinters Haus. Aber zuvor musst du beim Türsteher vorbeischauen, er hat den Stein«, erklärte die Frau mitfühlend.

»Welchen Stein? Urghh«, fragte Kupferbart drängend, der es kaum noch aushielt und sich hochquälte.

»Der Stein, an dem der Schlüssel hängt, um das Tor zu den Latrinen aufzusperren.«

»Hairy Klopper hat den Stein zum Schei ... Urghh?«, fragte der Kapitän, doch wartete er die Antwort nicht mehr ab. Schon war er auf dem Weg. Nach draußen. Die Zeit rannte ihm davon.

Nachdem der Kapitän immer noch seinem Geschäft nachging und Maladin erfolglos versuchte, sich der aalglatten Frau zu entwinden, beschloss Dirty, die komischen Geräte zu inspizieren, mit denen die Studenten in der Ecke des Raums spielten. Den an den Geräten sitzenden jungen Leuten entlockten sie jedenfalls eine Menge Emotionen. Jubelte der eine, fluchte der andere und umgekehrt. Daher trat er neben einen der Holzkästen, auf dem zwei junge Männer gerade lautstark das darauf liegende Gerät bedienten. Es war ein gebogenes Brett in der Form eines abgerundeten Daches, auf dem allerlei Mulden, metallene Federn, Rampen und Schienen montiert waren. Über der Mitte, dem höchsten Punkt, war eine dicke, milchige Glasplatte montiert, ebenso gebogen wie das Brett. »Was ist das?«, fragte er einen der umstehenden Zuschauer, die das Geschehen gebannt verfolgten, und deutete mit dem Kinn auf das Gerät.

»Das ist Stippitsch«, erklärte der junge Mann, ohne sein Gesicht vom Gerät abzuwenden.

»Aha. Und wie wird das gespielt?«

Endlich wandte sich der mutmaßliche Student ihm zu und musterte ihn. »Neu hier, was?« Er grinste wissend. Dann zeigte er auf das Gerät. »Stippitsch ist ein recht einfaches Spiel. Dort unten am Ende des Brettes rechts ist eine Feder eingebaut, die du mit dem Knopf da aufziehst, siehst du? Wenn du ihn loslässt, so wie der Spieler jetzt gerade, stippst du die kleine Bleikugel über die Bahn da nach oben auf das Spielfeld. Mit den beiden Schnappern unten in der Mitte, die du mit den Knöpfen seitlich bedienst, hältst du den Ball im Spiel. Die vielen Rampen, Federn und Gummibänder sollen das Spiel unberechenbarer machen. Ziel des Spiels ist es, die Kugel zwischen die Schnapper des Gegners zu befördern, sodass sie aus dem Spielfeld rollt. Die Lücke ist gerade breit genug, damit die Kugel durchpasst. Doch dafür musst du sie erst mal richtig treffen und über die Kuppe des Spielbretts befördern. Es wird üblicherweise auf drei gewonnene Runden gespielt.«

Dirty hatte den Ausführungen interessiert gelauscht. »Kann damit auch um Geld gespielt werden?« Es schien ein spaßiges Spiel zu sein, mit etwas Fingerspitzengefühl und Übung vermochte er sicher den einen oder anderen Spieler zu bezwingen.

»Ja, aber nicht hier vorne«, sagte der junge Mann leise und unterbrach seine Gedankengänge. »Im Hinterzimmer gibt es weitere Stippitsch-Geräte, bei denen die Leute um Geld spielen. Die Geräte dort sind robuster gebaut, da mit steigendem Einsatz auch Wut und

Enttäuschung gleichermaßen steigen. Manche Spieler können einfach nicht verlieren.« Er kicherte, als der Spieler vor ihnen gerade sein drittes Spiel verloren hatte und daraufhin seine flache Hand wutentbrannt auf das Gerät knallen ließ.

Dirty nickte und beobachtete, wie am Gerät vor sich nach Forderung einer Revanche das nächste Spiel begann. Vor allem interessierte er sich für die pendologischen Abläufe, die den verbauten Mechanismen auf dem Spielfeld zugrunde lagen. Hin und wieder versank die Kugel in einer flachen Mulde, wo sie erst verharrte und unmittelbar darauf durch eine Feder mit hoher Geschwindigkeit zurück aufs Spielfeld geschossen wurde. Sein Blick verlor den Fokus, während er in sich ging und so manche Idee durch seinen Kopf zu wandern begann. Erst ein Klopfen auf seiner Schulter holte ihn zurück in die Wirklichkeit. Dirty drehte sich um und sah den Kapitän, der mit blassem, doch erleichtertem Gesicht hinter ihm stand. Sein Nicken bedeutete, dass es Zeit für den Spielsaal war. Also gingen sie erst zurück zu ihrem Tisch, befreiten Maladin aus seiner schlüpfrigen Lage und machten sich anschließend auf den Weg in das Hinterzimmer. Erst mal musste Geld verdient werden, bevor der Spaß so richtig losgehen konnte.

Kupferbart torkelte spätnachts zusammen mit seinen Begleitern, die in keinem besseren Zustand waren, nach Hause. Er hatte fünf Beutel voller Goldmünzen in seiner Tasche und es hätten sechs sein können, wenn Dirty nicht vor Wut zwei der komischen Geräte zerstört und damit auch seinen Einsatz verloren hätte. Doch das machte nichts, dachte sich der Kapitän, während er versuchte, den Boden unter sich zu erkennen. Die Straße, die sich beim Weg in die Stadt noch als nahezu geradlinig präsentiert hatte, bot sich nun als zappelnde und sich windende Schlange dar, der nur schwer zu folgen war. Er drehte sich um, als Dirty laut über einen Scherz von Maladin lachte und dem Achtel-Dschinn einen Stupser auf die Schulter gab. Daraufhin verschwand Maladin für kurze Zeit im Gebüsch neben der Straße, bevor er wieder auftauchte, sich abklopfte und in Dirtys Lachen einstimmte.

Kupferbart grinste und marschierte wackeligen Schrittes weiter. Wo war er stehen geblieben? Ach ja, Geld. Die reichen Studenten besaßen viel Geld, doch wenig Erfahrung im Umgang mit professionellen Betrügern. Den Gewinn hatten sie danach ordentlich begossen, doch nicht mit dem ekligen, honigfarbenen Gesöff. Nein, dieses Zeug würde er nie wieder anrühren. Es hatte ihn viele Krüge Rum gekostet, um den Geschmack wieder aus dem Mund zu bekommen. Und irgendwann war unversehens Sperrstunde gewesen, Hairy Klopper hatte da selbst bei seinem Onkel kein Erbarmen gezeigt.

So unterhaltsam, wenn auch tückisch sich der Rückweg zur Allgemeinuniversität gestaltete, kam er doch irgendwann zu einem Ende. Nach unzähligen Häuserecken – die Universität musste über Nacht ein ganzes Stück angewachsen sein – fanden sie schließlich ihre Unterkunft.

Erschrocken blieb Kupferbart stehen und streckte die Arme aus, damit seine Begleiter seinem Beispiel folgten.

»Was ist?«, fragte Maladin undeutlich.

»Ich glaub, bei uns wird grade eingebrochen«, flüsterte er mit schwerer Zunge. Licht drang von innen aus den kleinen Fenstern neben der Eingangstür des Gebäudes.

»Den schnappen wir uns«, posaunte Dirty übermütig und stürmte los.

»Warte, wir müssen leise vorgehen«, gebot ihm Kupferbart mit gesenkter Stimme Einhalt.

Gebückt schlichen sie sich an und kamen dem Eingang immer näher.

»Seht nur, sie haben unseren Türsteher niedergeschlagen«, vermeldete da Maladin schwer verständlich.

»Wir haben einen Türsteher?« Dirty drehte seinen Kopf erstaunt zum Achtel-Dschinn.

Der zeigte mit wackligem Finger auf den Jungen, der an die Hauswand gelehnt am Boden lag und laut schnarchte. Ein kleines Fässchen lag in seinem Schoß.

»Schweinehunde.« Dirtys gedämpfte Stimme troff vor gerechtem Zorn, als er den Jungen sah. »Wir werden ihn rächen.«

»Vorsicht jetzt«, schimpfte Kupferbart flüsternd. »Ich gehe voraus, deckt meinen Rücken.«

Er fummelte mühsam an der Tür herum, bis er es schließlich

schaffte, sie zu öffnen. So leise es ihnen im gegenwärtigen Zustand möglich war, betraten sie die Unterkunft.

»Pssst«, machte Dirty.

Kupferbart blickte nach hinten und sah, wie dieser seinen Finger ans Ohr hielt. Der Kapitän lauschte, und tatsächlich, ein unheimliches, verstörendes Geräusch drang an seine Ohren. Es klang wie das Tappen von scharfen, kleinen Krallen auf festem Untergrund. Der Ursprung des Klapperns befand sich im in Dunkelheit getauchten Gemeinschaftsraum. Verstohlen tastete sich Kupferbart Schritt für Schritt vorwärts, da hörte er ein klapperndes Geräusch, wie zusammenstoßende Schuhe, hinter sich. Dem Geräusch folgte ein Ächzen von Dirty. Unmittelbar darauf drückte etwas Schweres gegen Kupferbarts Rücken. Er verlor das Gleichgewicht und flog der Länge nach in den Gemeinschaftsraum, Dirty landete auf seinem Rücken. Kupferbart versuchte vergeblich, sich in die Höhe zu stemmen, daher blieb ihm nur, den Kopf furchtsam zu heben. Das beängstigende Geräusch war mit einem Mal verstummt. Er sah, dass jemand dort im Sessel saß, am Kopf des Tisches. Blitzende Augen fixierten ihn.

»Ich habe auf euch gewartet.« Die Stimme klang verärgert. Es war die Stimme Instanias.

Kupferbart konnte es sich nicht erklären, immerhin war er der Kapitän der Flautilus. Doch aus irgendeinem Grund überkamen ihn gewaltige Gewissensbisse, so spät nach Hause gekommen zu sein.

Das Institut für Elementarmagie

Instania war gnadenlos gewesen und hatte sie schon früh am Morgen aus den Federn gescheucht, da sie ihnen etwas Wichtiges mitteilen wollte. Kupferbart hatte sich mit wackeligen Beinen auf den Weg nach unten in den Gemeinschaftsraum gemacht, wo er nun auf dem Sofa lag und mit der Schwerkraft kämpfte, die ihn noch immer von allen Seiten bedrängte. Porky schlief auf der Lehne des Sofas, da seine gewohnte Schulter gerade nicht zur Verfügung stand. Maladin hing in seinen Sessel versunken da und wirkte ungewöhnlich blass, während

Dirty frisch und munter auf dem zweiten Sofa saß und seine Beine baumeln ließ.

Instania stand vor ihnen und betrachtete jeden mit einer Miene, die Kupferbart vermuten ließ, dass sie ihnen all ihre Leiden von Herzen vergönnte.

»Ich habe das Institut für Elementarmagie gefunden«, verkündete sie laut und deutlich.

Der Kapitän hielt sich den Kopf und war sich sicher, dabei steckte reine Absicht dahinter.

»Unter der Bibliothek, die sich an einem abgelegenen Ort hier auf dem Universitätsgelände befindet. Irgendwo dort muss es einen Eingang geben.« Instania stand nach diesen Worten mit in die Hüften gestemmten Händen da und schien Applaus oder dergleichen zu erwarten.

Kupferbart tat ihr den Gefallen, hob schwerfällig eine Hand und zeigte einen nach oben gestreckten Daumen. »Gut gemacht. Lasst uns jetzt drei, besser vier Stunden Pause machen und darüber nachdenken, was die nächsten Schritte sein werden.«

»Ach was.« Dirty sprang auf und klatschte in die Hände, wofür Kupferbart ihn verfluchte. »Gehen wir frühstücken und danach suchen wir das verdammte Institut. Je früher wir den Schlüssel haben, desto früher können wir wieder weg von hier. Mir brummt schon der Schädel vom vielen Unterricht.«

»Ach davon, ja?« Eine Braue Instanias wanderte nach oben.

»Ist schon jemand auf den Gedanken gekommen, dass der Schlüssel und die Karte zusammen mit der Zerstörung des Institutes auch vernichtet worden sein könnten?« Maladins Stimme klang leise und zerbrechlich, als würde sie eine Kiste Rumflaschen durch eine Herde von schlafenden Grasbüffeln auf dem Kopf balancieren.

Kupferbart schüttelte langsam den Kopf. Diese Möglichkeit war ihm tatsächlich schon einmal in den Sinn gekommen, wenngleich er sie raschest wieder verworfen hatte, denn sie gefiel ihm überhaupt nicht.

»Ach was«, sagte er stattdessen. »Im Institut haben sich Zauberlehrlinge dekannularelang ausgetobt, die ausgebildeten Zauberer werden mit Sicherheit Schutzzauber oder Vorrichtungen entwickelt haben, um die wertvollen Gegenstände zu schützen.« Er versuchte, selbstbewusst zu lächeln, doch seine Mundwinkel bogen beim aufknospenden Schmerz in der Stirn scharf nach unten ab.

»Erst mal müssen wir den Eingang überhaupt finden. Nur zu wissen, wo das Institut vor langer Zeit mal war, genügt nicht«, sagte Dirty bestimmt. Daraufhin zog er Maladin hoch, der dabei wimmerte, bevor er auf Kupferbart zutrat und mit ihm dasselbe machte.

Dagegen anzukämpfen funktionierte bei Dirty nicht, also ließ der Kapitän es bereitwillig geschehen.

»Los jetzt, gehen wir«, erklärte der haarige, kleine Mann nach getaner Arbeit.

Es dauerte eine Weile, bis sich alle abmarschbereit vor der Eingangstür zusammengefunden hatten.

»Das Institut wurde magisch versenkt, hat der Bibliothekar fallengelassen«, meinte Instania und öffnete nebenbei die Haustür.

»Also liegt das Institut unterirdisch begraben«, sagte Kupferbart nachdenklich und trat nach draußen. »Das bedeutet, wir müssen den Abstieg zum magischen Gewölbe finden, eine Treppe, einen Geheimgang, irgendetwas in der ...«

»Magisches Gewölbe?«, erklang eine gequälte Stimme neben der Tür. »Ihr wollt ein magisches Gewölbe erkunden?«

»Mhm, du schon wieder«, brummte Kupferbart und erkannte den Jungen beim Blick zur Seite wieder, der sich langsam an der Wand hochzog.

»Man spricht es Shawn Widhar aus«, korrigierte ihn Shawn und rollte beim letzten Buchstaben sichtbar die Zunge ein. »Und nebenbei bemerkt, ich gehöre jetzt eurer geheimen Studentenverbindung an.« Er hob das kleine Fässchen und schüttelte es. Keine Flüssigkeit schien sich mehr darin zu befinden. Dann verzog er den Mund, setzte sich wieder hin und nahm seinen Kopf in die Hände. »Tolle Aufnahmeprüfung, aber der nächste Tag lässt einen die Freude darüber schwerlich genießen.« Mit angestrengtem Blick sah er Kupferbart wieder an. »Wenn ihr in ein magisches Gewölbe wollt, müsst ihr entsprechende Vorkehrungen treffen. Da spaziert man nicht einfach so hinein.«

»Woher willst du denn über so etwas Bescheid wissen?«, fragte Dirty und blickte dabei enttäuscht auf das leere Rumfässchen.

»Ich spiele gelegentlich mit ein paar Freunden ein Spiel, es nennt sich *Höhlen und Drachen* und beruht auf wahren Begebenheiten.«

»Drachen? Was sind denn Drachen?« Instania hob verwundert die Brauen.

»Du kannst dir Drachen als riesige Echsen mit Flügeln vorstellen.«

»Und warum sagst du dann nicht Echsen mit Flügeln?«

»Weil *Drachen* nun mal bedrohlicher klingt. Aber zurück zu eurem Gewölbe. Ihr benötigt spezielle Kleidung und Ausrüstung, um in ein magisches Gewölbe einzudringen. Leider seid ihr schon zu viert, sonst hätte ich euch gerne begleitet. Außer jemand von euch will dort nicht hinein.« Der letzte Satz klang mehr nach einer Frage als nach einer Feststellung, und Shawns hoffnungsvoller Blick bestätigte Kupferbarts Vermutung.

»Nein, alle von uns gehen mit«, kam der Kapitän etwaiger gegenläufiger Meinungen zuvor und blickte jeden streng an, bevor er sich wieder Shawn fragend zuwandte. »Was für Kleidung soll das denn sein, die wir deiner Meinung nach benötigen?«

»Ich kann euch welche leihen, sie müsste passen. Es sind keine Maßanfertigungen, meine Freunde und ich haben sie aus einem Laden in der Stadt besorgt.« Erneut versuchte Shawn, sich zu erheben, diesmal mit zittrigem Erfolg. »Doch ich kann sie euch erst am Nachmittag nach dem Unterricht besorgen, davor muss ich zu meinen Kursen. Meine Unterkunft liegt nicht weit entfernt von der Bibliothek, trefft mich später am Brunnen.« Er drehte sich erst nach links, darauf nach rechts, dann dachte er nach. »Ah ja, da lang«, murmelte er und ging mit vorsichtigen Schritten davon.

»Tja, da bleibt uns wohl nichts anderes übrig, als bis zum Nachmittag zu warten.« Kupferbart zuckte mit geheuchelter Enttäuschung mit den Schultern und wandte sich der Tür zu. »Wenn mich jemand sucht, ich bin in meinem Zimmer. Doch wehe, jemand wagt es, mich zu suchen.« Unsicheren Schrittes machte er sich daran, die steile Treppe zu erklimmen, das letzte zu überwindende Hindernis zwischen ihm und seinem weichen Bett.

»Das zieh ich nicht an«, knurrte Dirty Shawn an und schickte einen bösen Blick hinterher. Der Junge hatte sie wie vereinbart am Brunnen abgeholt und in seine Unterkunft gebracht, wo sie nun mehr oder weniger erfreut herumstanden. Shawn hatte es vollbracht, all seinen Freunden die Kleider und Ausrüstung abzuschwatzen, die für einen Besuch eines magischen Gewölbes unerlässlich sein sollten.

Zumindest was Shawns Meinung anging, Kupferbart hegte da starke Zweifel. Er betrachtete die Stücke mit nachdenklicher Miene, während der junge Student mit Dirty stritt.

»Aber Zwerge brauchen einen langen Bart«, protestierte der Junge und hielt den buschigen Bart in die Höhe, der zu Dirtys Rolle gehörte.

»Ich bin keiner von diesen komischen Zwergen. Und hab ich nicht schon genug Haare im Gesicht?« Er hielt Shawn mit grimmigem Blick seinen behaarten Kopf vor die Nase.

»Doch, nur sind die irgendwie … falsch verteilt.«

Beim Rest der Ausrüstung hatte sich Dirty weniger geziert: eine Nachbildung eines silbernen Kettenhemds, das ihm nun hölzern klappernd gegen die Knie klopfte, und ein gehörnter Helm. Die Axt aus Holz hatte er abgelehnt und Shawn stattdessen seine echte vors Gesicht gehalten, woraufhin der Junge mit einem Quieken einen Satz nach hinten gesprungen war.

Maladin hatte rasch etwas Passendes gefunden. Eine braune Lederhose und ein blaues Wams über einem dunklen Hemd. Ein dunkelgrauer Umhang mit Kapuze und zwei hölzerne Dolche vollendeten die Verwandlung in einen Dieb. Instania hatte sich ein hautenges, blaues Kleid, das fast bis zum Boden reichte, geschnappt. Shawn hatte entschuldigend erklärt, dass seine Studienkollegin das Zauberinnenkostüm nur in Kindergröße erstehen konnte, doch war sie auch nicht sonderlich groß gewachsen. Instania störte das nicht. Erhobenen Hauptes stolzierte sie nun mit winzigen Schritten durch das kleine Zimmer und suchte mit ihrem falschen Zauberstab fuchtelnd in allen Ecken und Fächern nach einem Spiegel.

Shawn gab es schließlich auf, Dirty von der Notwendigkeit eines ordentlichen Bartes zu überzeugen, und wandte sich Kupferbart zu. »In deiner Größe habe ich nur noch das Barbarenkostüm«, erklärte er und grinste verlegen, nachdem er den Kapitän abschätzend gemustert hatte.

»Ist doch in Ordnung, gib her«, meinte er kurzerhand und streckte den Arm aus. Shawn legte ihm ein Stück weiches Leder auf die Hand. Kupferbart wartete. »Und wo ist der Rest?«, fragte er nach einer Weile.

»Das ist alles, nur ein Lendenschurz.« Shawn zuckte mit den Schultern.

»He he he«, erklang Dirtys hämisches Lachen im Hintergrund.

Kupferbart schnaubte. »Soll das ein Witz sein? Ich werd doch nicht so gut wie nackt durch die Universität laufen.« Er betrachtete den Lederfetzen und überprüfte seine Dehnbarkeit mit einem kräftigen Zerren. Er riss nicht, also zog er ihn über seine Hose. »Das muss genügen«, erklärte er mit erhobenem Kinn und betrachtete jeden mit strenger Miene, auf der Suche nach irgendwelchen Einwänden, die es zu unterdrücken galt.

Shawn wackelte mit dem Kopf und überreichte ihm das hölzerne Breitschwert, der letzte Teil seiner Ausrüstung. »Damit solltet ihr für das magische Gewölbe gerüstet sein. Es wird euch als Abenteurer erkennen und seine Schätze und Gefahren preisgeben.«

»Was für Gefahren?«, Maladin sprang vom Stuhl auf, auf dem er zwischenzeitlich Platz genommen hatte.

Shawn zuckte mit den Schultern. »Keine Ahnung. Das hängt vom Gewölbe, vom Schwierigkeitsgrad und so weiter ab. Haltet einfach die Augen offen, dann werdet ihr sie schon bemerken. Es befindet sich ja ein Dieb unter euch.« Er grinste Maladin an, der jedoch nur bekümmert dreinblickte.

»Na schön, dank Shawn haben wir alles, was wir brauchen. Gehen wir.« Kupferbart nickte dem Jungen zu und scheuchte seinen Trupp daraufhin aus dem Zimmer, damit sie sich endlich zur Bibliothek aufmachen konnten. So Blobos und Wavolon es wollten, ihre letzte Station, bevor sie die Reise zum Schatz von El Materen antreten würden, wo auch immer er sich verborgen hielt.

Die Dämmerung legte sich gerade über die Landschaft, als sie bei der Bibliothek eintrafen und sich vor der Tür versammelten. Sie waren alleine in diesem Teil des Universitätsgeländes, worüber Kupferbart nicht unglücklich war. Je weniger Zeugen, desto weniger Probleme würde ihnen das anstehende Vorhaben bereiten.

»Ich hab mich mal in der Bibliothek umgesehen, während ihr geschlafen habt«, erklärte Dirty. »Da drin gibt es tatsächlich Spuren von Magie. Sie werden stärker, je tiefer man in den Raum eindringt.«

Der Kapitän nickte. »Gut, dann wissen wir, wo wir mit der Suche beginnen werden.«

Dirty hob die Hand. »Aber ein alter Mann sitzt da drin, neben dem Eingang. Er ist der Bibliothekar, hat er erklärt und mir dann ein Gestrüpp zugeworfen.«

Kupferbarts Kopf ruckte verwirrt nach hinten, doch hatte er rasch eine Lösung parat. »Instania, du lenkst ihn ab, während wir nach dem Eingang suchen. Wir geben dir ein Zeichen, sobald wir ihn gefunden haben.«

»Ich könnte ihn auch durch moderate Zuführung pendologischer Kräfte auf seinen Schädulus reversis in einen alternativen Bewusstseinszustand versetzen«, schlug Dirty mit unschuldiger Miene vor.

»Hä?«, fragte Instania und Maladin guckte Dirty mit offenem Mund an.

Kupferbart jedoch musterte ihn, während er über die Worte nachdachte. Er kannte einige pendokryptische Bezeichnungen, daher gelang es ihm mit Mühe, Dirtys Aussage zu übersetzen. »Du willst ihn bewusstlos schlagen?« Als Dirty begierig nickte, schüttelte der Kapitän den Kopf. »Nein, wir gehen nach meinem Plan vor. Und wo nimmst du plötzlich solche Ausdrücke her?«

Dirty zuckte mit den Schultern und grinste breit. »Ich hab nun mal aufgepasst im Unterricht.«

Kupferbart verdrehte die Augen, dann stieß er die Tür auf und sie betraten die Bibliothek.

Sogleich wurden sie mit freundlichen und überraschten Worten vom alten Bibliothekar begrüßt. Er war es augenscheinlich nicht gewohnt, so viele Menschen auf einmal in seinem Zuständigkeitsbereich zu sehen und legte das Gestrüpp in seinen Händen unentschlossen zur Seite.

Doch Instania stiefelte mit tapsigen kleinen Schritten – größere ließ das enge Kleid nicht zu – zu ihm hin und schon bald blinzelte der arme Mann nur noch verwirrt.

Kupferbart gab dem Rest ein verdecktes Zeichen und sie verteilten sich im Saal. Kupferbart schaute sich suchend um, während Maladin und Dirty ein paar Regalreihen entlangwanderten und vorgaben, die Bücherrücken zu inspizieren. Langsam bewegten sie sich auf diese Weise auf die hinteren Bereiche zu. Der Bibliothekar und Instania waren hinter den unzähligen Regalen schon bald außer Sicht- und Hörweite, und das düstere Licht in diesem Bereich der Bibliothek kam ihnen bei ihrem verdeckten Vormarsch zugute. Schlussendlich erreichten sie das Ende des Saales, wo – so wie überall – Regale voller Bücher herumstanden, auch an den Wänden.

»Gut, da sind wir also. Hier muss es irgendwo sein«, flüsterte Kupferbart und schaute nach Bestätigung suchend zu Dirty, der knapp nickte und sich die Nase rieb. »Sucht alles ab. Geheimschalter, Knöpfe, Bücher, irgendeinen Weg muss es geben, um eine Tür oder was auch immer sich dahinter verbirgt, zu öffnen.«

Sie begannen mit der Suche, Dirty fing links an der Wand an, Maladin rechts, Kupferbart blieb in der Mitte. Er zog an allem, was sich bewegen zu lassen schien, berührte jede Holzverkleidung der langen Regalreihe, holte Bücher heraus und sah durch die Lücken, ob sich dort ein Hohlraum oder Zeichen verbargen. Der Kapitän hatte keine Eile bei der Suche, denn Instania wusste mit Sicherheit genug zu erzählen, um den Bibliothekar lange Zeit zu beschäftigen.

»Ein paar von den Büchern zerfallen schon, wenn man sie nur berührt«, meinte Dirty nach einer Weile leise und hielt sich die Nase zu, um ein Niesen zu unterdrücken.

»Das sind wirklich alte Bücher«, stimmte ihm Maladin auf der anderen Seite mit gedämpfter Stimme zu. Er zeigte auf einen der verstaubten Wälzer weiter oben im Regal. »Das sieht aus wie eines der Bücher, die am Institut für Pendologie verwendet werden. Scheint nur eine viel ältere Ausgabe zu sein.« Er stellte sich auf die Zehenspitzen und wollte danach greifen, doch plötzlich verschwand seine Hand im

Bücherregal. Erschrocken zog er sie wieder zurück und hielt sich am Regal daneben fest, um nicht nach vorne zu kippen.

»Ich glaube, da ist was«, murmelte Maladin überrascht und Kupferbart gab Dirty ein Zeichen, bevor er an Maladins Seite trat.

Der Achtel-Dschinn wagte einen neuen Versuch, streckte seine Hand langsam aus und sie verschwand abermals. Er tauchte tiefer hinein. »Hinter der Illusion ist eine Wand«, sagte er, und mit der Zunge im Mundwinkel begann er, herumzutasten. »Vielleicht finde ich einen Hebel oder einen Schalter.«

Dirty war mittlerweile zu ihnen gestoßen und nieste ein paar Mal.

Plötzlich näherten sich Schritte, doch aufgrund des stakkatoartigen Intervalls war Kupferbart sofort klar, dass es sich um Instania handeln musste.

Bald darauf tauchte sie auch schon neben ihnen auf. »Der alte Mann ist eingeschlafen«, erklärte sie schulterzuckend, bevor sie ihre Augen aufriss und rief: »Was ist mit Maladins Arm passiert? Er ist weg!«

Kupferbarts Hand zuckte nach oben und legte sich auf ihren Mund, dann erklärte er es ihr mit wenigen Worten. Als Verständnis in ihren Augen aufglomm, nahm er die Hand wieder weg und sie atmete erleichtert darüber aus, dass Maladins Gliedmaßen noch alle vorhanden waren.

Daraufhin begannen auch er und Dirty, ihre Hände in die Illusion zu tauchen und an der unsichtbaren Wand dahinter herumzufummeln.

Irgendwann machte es Klick und ein kratzendes Geräusch erklang hinter der falschen Bücherwand. Sie sahen einander an, zuckten mit den Schultern und Maladin steckte seinen Kopf vorsichtig durch das Regal, der gleich darauf wieder zum Vorschein kam. »Eine Treppe führt da hinunter, aber es ist stockdunkel.«

Dirty brummte, verschwand für einen Moment und tauchte mit der Laterne des Bibliothekars wieder auf.

Kupferbart atmete tief durch, bevor er zuversichtlich in die Runde blickte. »Also los«, sagte er und durchschritt mit der Laterne, die Dirty ihm gegeben hatte, als Erster die Wand. Erst nach einer Weile erklangen Schritte hinter ihm und er drehte sich mit zusammengezogenen Brauen um.

»Wenn du laut aufgeschrien hättest, wären wir dir ohne zu zögern zu Hilfe geeilt«, erklärte Dirty und grinste breit.

Der Kapitän brummte nur und ging weiter. Die steinerne Treppe führte im Kreis verlaufend immer tiefer in die Erde, bis sie in einem schmalen Gang endete. Sie folgten ihm ein Stück und landeten alsbald in einem weitläufigen Raum, wo sie staunend stehen blieben. Das Ausmaß der Zerstörung, die über das Institut für Elementarmagie hereingebrochen war, ließ sich hier an jeder sichtbaren Stelle erahnen. Überall lagen zerstörte Möbel und Regale, zerfetzte Bücher und zertrümmerte Statuen herum. Die Überreste einiger Regale an eingefallenen Wänden standen noch, doch die Bücher darin waren allesamt verbrannt. Kupferbart stutzte und bemerkte erst jetzt, dass er ohne Schwierigkeiten den gesamten Raum einsehen konnte.

»Sie haben wohl vergessen, das Licht auszumachen«, grinste Dirty, der seine Reaktion beobachtet haben musste.

Es stimmte, im Raum schwebte ein sanfter roter Schimmer, der keinen sichtbaren Ursprung zu haben schien. Kupferbart machte ein paar Schritte in den Raum, da riss ihn Dirty zurück.

»Vorsicht!«, rief er und nieste.

»Es schwebt Magie in der Luft«, sagte Maladin mit ernstem Blick. »Ich kann es auch spüren. Sie ist stark, eine Art magische Anomalie, wie Risse in der Realität.«

Dirty schnupperte erst witternd, dann nahm er ein zerfleddertes Buch vom Boden, betrachtete es kurz und warf es vor ihnen in den Raum. Ein saugendes Geräusch erklang, als das Buch durch eine Luftverzerrung hindurch flog und verschwand. Ein Stück hinter der Stelle, wo sich das Buch in Luft aufgelöst hatte, fiel eine hölzerne Figur eines Tigerkatzenfellhirsches auf den Boden.

»Hm«, machte Dirty. »Das Buch handelte von der Schnitzkunst Zentralikas. Wir sollten achtgeben, was wir durch diese Anomalien werfen, und auf keinen Fall selbst hineinlaufen.«

Der Kapitän nickte besorgt und blickte zu Porky auf seiner Schulter, der zum Glück tief und fest schlief. Er fragte sich, als was er wohl auftauchen würde, wenn er zusammen mit Porky aus Versehen durch so eine Anomalie lief. Er schüttelte sich und verdrängte den Gedanken rasch wieder.

Dirty hob ein weiteres Buch auf, das weniger beschädigt wirkte, und schaute auf seinen Einband. »Das werfe ich mit Sicherheit nicht weg«, murmelte er so leise, dass Kupferbart die Worte nur schwer verstand, und steckte das Buch unter seine Rüstung.

»Was war das?« Maladin reckte den Hals.

Dirty zuckte nur mit den Schultern. »Ach, nichts Wichtiges. Kann ich vielleicht später mal für gutes Geld verkaufen.« Dann setzte er sich wieder schnuppernd und schniefend in Bewegung.

So bewegten sie sich langsam vorwärts, Dirty und Maladin gaben ihnen dabei immer wieder den Weg vor, hielten sie zurück, leiteten sie um.

»Es sieht nicht so aus, als hätte hier irgendetwas den Unfall heil überstanden«, merkte Instania nachdenklich an.

»Dann versuchen wir es einen Stock tiefer«, sagte Dirty, nieste und zeigte auf die rückwärtige Wand, an der eine dunkle Öffnung aufgetaucht war.

Sie durchquerten den Raum weiter mit behutsamen Schritten und mussten dabei aufgeschütteten Geröllhaufen, halbverbrannten Regalen und weiteren magischen Anomalien aus dem Weg gehen. Schließlich erreichten sie die Öffnung, wo sie die nächste Wendeltreppe erwarteten, die sie sogleich hinabstiegen. So wie die erste führte sie tiefer nach unten, vorbei an verschütteten Durchgängen, die wohl zu anderen Ebenen geführt hatten, offensichtlich ebenfalls zerstört. Schließlich endete die Treppe in einem Raum, der um vieles tiefer unter der ersten zerstörten Institutsebene liegen musste.

Kupferbarts Hoffnung stieg, denn was sich vor ihm auftat, wirkte noch annähernd unbeschädigt und höchstens leicht angekokelt, doch keinesfalls verbrannt. Ein breiter Gang mit steinernen Wänden, nur sporadisch von säulenartigen Ausbuchtungen unterbrochen, führte sie in einen von ihrem Platz aus betrachtet riesigen Raum. Der rote Schimmer aus dem oberen Stockwerk war einem bläulichen Licht gewichen, das aus leuchtenden Stäben an der Wand austrat. Unzählige hohe Regale säumten ihren Weg, fast so wie in der Bibliothek über ihnen. Doch hier lagen anstelle von Büchern Kästchen, Schachteln und andere Aufbewahrungsbehälter in den Regalfächern. Nach jeweils zwei nebeneinanderstehenden Regalen, zwischen denen sich eine breite Steinsäule befand, gelangten sie an eine Kreuzung, die zu weiteren Reihen mit Regalen führte. Dieses Muster schien sich zu wiederholen, egal in welche Richtung Kupferbart seinen Kopf drehte. Es sah nach einem Irrgarten aus. Die meisten der Behälter waren zumindest beschriftet, auch wenn manche Aufschriften bereits verblasst waren, doch die schiere Anzahl war überwältigend.

»Hier werden wir Tage oder länger mit der Suche verbringen«, meinte Maladin, und die Verzweiflung in seiner Stimme war unüberhörbar.

»Sie hätten Wegweiser oder wenigstens einen Plan am Eingang hinterlegen können«, brummte Dirty zustimmend, dann kratzte er sich an der Nase. »Zumindest schwirrt hier bedeutend weniger Magie durch die Luft.«

»Bäh, was ist denn das?« Instania marschierte mit angewidertem Blick an ihnen vorbei auf ein niedriges Podest zu, das in der Mitte der nächsten Kreuzung vor ihnen aufgebaut war.

Und darauf lag – Kupferbart musste blinzeln, um sicherzugehen – eine verdorrte Hand. Sie wirkte, als hätte sie vor langer Zeit tatsächlich zu einem Menschen gehört. Er ließ seinen Blick einen Gang tiefer hinein folgen und sah, dass an einigen weiteren Kreuzungen mehr dieser Podeste standen.

»Früher mal wurde Dieben in Sheagranor die Hand abgeschlagen, wenn sie beim Stehlen erwischt wurden«, erklärte Dirty auf die Hand deutend und grinste Maladin an, der sich unbehaglich in seiner Diebeskluft rührte.

»Und was geschieht heutzutage mit Dieben?«, erkundigte sich Instania.

»Kommt auf die Schwere des Diebstahls an«, antwortete Dirty achselzuckend. »Je wertvoller das Diebesgut, desto größer das Teil, das abgehackt wird. Richtig schwere Diebstähle verübst du damit nur einmal im Leben, für einen zweiten Versuch fehlen dir danach die nötigen Körperteile.«

Maladin schüttelte sich. »Sind wir denn nicht hier, um etwas zu stehlen?«, fragte er und blickte nervös auf eine der Schachteln.

»Hier unten wird uns wohl kaum jemand dabei ertappen«, tat Kupferbart die Ängste seines Begleiters ab und näherte sich dem Podest. »Da steht was geschrieben«, sagte er und beugte sich vor. Im schwachen Licht war die Inschrift schwer auszumachen, doch er schaffte es, die Worte zu entziffern: »Sprich zu der Hand.«

»Wir sollen mit einer toten Hand reden?« Instania riss ihre Augen auf.

»So ein Blödsinn«, brummte Dirty und trat zum Podest vor. »Eine tote Hand kann nicht sprechen, hat ja nicht mal einen Mund. Du bist nur eine schrumpelige alte Hand, nicht wahr, du unnützes, hässliches Ding?« Er streckte dem verdorrten Körperteil seine Zunge entgegen.

Plötzlich begann die Hand zu zucken und Instania sprang mit einem Aufschrei zurück. Die Finger streckten und beugten sich einer nach dem anderen, dann erhob sie sich und drehte sich im Kreis. Mit einem Ruck warf sie sich wie eine tote Spinne auf den Rücken und ballte die Finger zu einer Faust. Nach einem bangen Moment, in dem Kupferbart dachte, sie hätte jetzt endgültig alles Leben ausgehaucht, streckte sie Dirty den Mittelfinger entgegen.

Instania kicherte, doch Dirty reagierte mit einem Knurren. »Na warte, du vorlautes Ding, du wirst gleich keine Finger mehr haben, um jemals wieder irgendwas zeigen zu können.« Er holte seine Axt hervor.

»Lass das, Dirty«, mischte sich Kupferbart ein und zog ihn zurück. »Wir brauchen sie.« Die Reaktion der Hand hatte ihn auf eine Idee gebracht, also beugte er sich zur Hand vor und sagte laut: »Wo ist der Schlüssel zum Schatz von El Materen?«

Der Kapitän wartete, doch die Hand rührte sich nicht, lag unbeweglich da. Er wiederholte die Frage, diesmal noch lauter.

»Sag ich doch, ist zu nichts nütze«, brummte Dirty im Hintergrund beleidigt.

»Hm«, machte Maladin und trat neben die Säule. »Wo ist der Weg zum Ausgang?« Die Hand bewegte sich unversehens wieder, drehte sich um und zeigte nach einem Moment in die Richtung, aus der sie gekommen waren. »Scheint zu funktionieren«, meinte Maladin daraufhin zu Kupferbart. »Vielleicht musst du deine Frage nur eindeutiger formulieren, Kapitän. Du weißt schon, so wie bei unserem selbstfahrenden Steuermann.«

Kupferbart seufzte. Wenn das hier so ähnlich abliefe wie bei Nelon Mast, würde es wohl eine ganze Weile dauern, bis er die richtigen Worte gefunden hatte. Und so war es dann auch. Er probierte unterschiedliche Angaben, Wortkombinationen, erzählte der Hand eine Geschichte über El Materen, doch nichts funktionierte. Er fluchte und beschimpfte die Hand, die darauf überraschend fingerfertig reagierte und ihn damit nur noch zorniger machte.

Seine Sätze wurden immer länger, schlossen jeden noch so kleinen wichtigen und unwichtigen Hinweis ein. »Zeige mir den Weg zu dem Schlüssel, der vor ungefähr achtzig Annularen hergestellt wurde, und dessen Kopie …«, und so weiter. Kupferbart war der Mund trocken geworden, als er den letzten Satz beendete. Doch plötzlich regte sich die Hand, drehte sich einmal und zeigte daraufhin in den Gang rechts von ihnen.

»Ha!«, rief er triumphierend aus, doch klang es heiser, also schmatzte er ein paar Mal, um seine Mundhöhle zu befeuchten. »Ha«, versuchte er es erneut und nickte zufrieden, diesmal klang es besser.

Seine Begleiter, die sich inzwischen gelangweilt hingesetzt hatten, erhoben sich seufzend und gemeinsam gingen sie in die angezeigte Richtung. Es dauerte nicht lange, da standen sie vor der nächsten Hand.

»Ich hoffe, du hast dir den Satz gemerkt«, brummte Dirty ungeduldig.

»Natürlich.« Der Kapitän rümpfte die Nase, doch nach einem zögerlichen Versuch, in dem er mehrmals innehalten musste, um zu überlegen, reagierte auch die nächste Hand. Zum Glück hatte er sich den richtigen Satz gemerkt. So tasteten sie sich immer weiter, von einer Hand zur nächsten. Nach einer ganzen Weile kamen sie an eine Hand, die sie wieder in die Richtung schicken wollte, aus der sie gerade hergekommen waren. »Aha«, sagte Kupferbart. »Der Schlüssel muss sich in den Regalen zwischen dieser und der letzten Hand befinden. Durchsucht die Behälter, wir sind jetzt ganz nahe dran.«

»Es muss einer der kleinen sein, so ein Schlüssel und eine Karte benötigen nicht viel Platz«, fügte Maladin hinzu und sie machten sich auf die Suche. Jeder nahm sich eines der Regale vor und Kupferbart begann, die Aufschriften auf den Kästchen zu lesen. »Realitätsverzerrungswürfel«, las er auf einem und runzelte verwirrt die Stirn. »Brille der Durchsicht«, stand auf einem anderen. »Scherzbox – zum Erschrecken von vier bis sechs Zauberern. Nach dem Öffnen einen Schritt zurücktreten«, war auf einem dritten Behälter geschrieben.

»Ich glaube, ich habe hier etwas!«, rief Maladin da aus dem Nebengang.

Kupferbart traf nur einen Moment nach Dirty und Instania bei ihm ein.

»Hier«, sagte Maladin dann und zeigte auf einen Behälter, der noch im Regal lag. »Zweitschlüssel zu den Kisten mit dem …«, las er vor, dann stockte er. »Der Rest ist verschwommen. Darunter steht noch: ›Darf nicht in unbefugte Hände oder sonstige Gliedmaßen gelangen.‹«

»Sehen wir nach«, drängte Dirty und sah Maladin erwartungsvoll an.

Der Achtel-Dschinn benötigte eine Weile, bis er merkte, dass auch Kupferbart und Instania ihn anstarrten. »Warum ich?«, fragte er und riss die Augen auf.

»Weil du der Dieb bist«, erklärte Instania und verschränkte die Arme.

Dirty pflichtete ihr stumm bei.

»Mach schon, was soll schon passieren?« Der Kapitän klopfte ihm kumpelhaft auf die Schulter.

Maladin schluckte und sah Kupferbart misstrauisch an. »Das erinnert mich an die Katakomben von Pendropolis.« Doch als der Kapitän mit keiner Wimper zuckte, verschränkte er seine Finger, sodass es knackste, und bewegte seine Hände vorsichtig auf das Kästchen zu. Es war trotz der deutlichen Warnung nur ein einfacher Verschluss angebracht und Maladin betätigte den Mechanismus, von allen beobachtet. Der Verschluss schnappte auf und er zuckte zusammen, doch nichts geschah.

»Siehst du, nichts ist passiert«, sagte Kupferbart entspannt, doch wischte er sich eine Schweißperle von der Stirn, als niemand hinsah.

Maladin hob vorsichtig den Deckel des Kästchens, ohne es an seinem Lagerplatz zu verrücken, und daraufhin kam der Inhalt zum Vorschein: ein Schlüssel, unter dem sich eine zusammengelegte Stoffkarte befand.

»Er ist es tatsächlich«, raunte der Kapitän und atmete laut aus. »Wir haben ihn gefunden, und dazu gleich eine Karte, die uns den Weg zum Versteck des Schatzes weisen wird.« Er blickte in jedes der Gesichter, die sowohl andächtig als auch höchst erfreut wirkten. »Kommt jetzt, nehmen wir das Kästchen und dann ab nach oben. Mit dem nächsten Boot kehren wir zur Flautilus zurück.« Kupferbart klappte den Deckel zu, schnappte sich das Kästchen und klemmte es sich unter den Arm. Plötzlich änderte das blaue Licht im Raum seine Farbe und schwenkte um auf ein bedrohliches Rot.

»Oh, oh.« Instania blickte sich ängstlich um.

Kupferbart lauschte, doch abgesehen von den angespannten Atemgeräuschen seiner Begleiter lag der Raum in Stille gehüllt. Doch dann zerstörte ein leises Geräusch aus unmittelbarer Nähe seine Hoffnungen, dass dieses Licht keinerlei Bedeutung hatte. Schwer und kratzend klang es, wie eine Steinplatte, die sich langsam bewegte. Doch wodurch?

»Die Säule öffnet sich.« Maladin zeigte mit schreckgeweiteten Augen auf etwas hinter Kupferbart. Er drehte sich um und verfolgte mit entsetztem Blick, wie ein schwebendes, metallenes Ding sich aus der Öffnung der Säule bewegte. Es bestand aus dem oberen Teil einer vollständigen Plattenrüstung, nur mit vier statt zwei Armen. Und jeder Arm hielt eine Waffe in Händen: ein Schwert, eine Axt, ein Streitkolben und ein Hammer. Das Ding schien sie noch nicht bemerkt zu haben.

»Das sieht aus wie eine der Wächterrüstungen aus den Geschichten«, meinte Dirty leise und der nervöse Klang in seinen Worten war nicht zu überhören.

»Instania, bring uns hier raus«, flüstere Kupferbart aus dem Mundwinkel seiner Foltermeisterin zu.

»Geht nicht«, gab sie mit gedämpfter Stimme zurück. »In dem Kleid kann ich meine Beine nicht bewegen.

»Ich kann es dir aufreißen«, bot sich Dirty flüsternd an. »Dann hast du mehr …«

»Wage es nicht, einer Dame das Kleid zu ruinieren«, erboste sich Instania lauthals und winkte mit einem drohenden Finger in Richtung Dirty.

Zu laut, wie sich sogleich herausstellte. Die Wächterrüstung drehte sich langsam in ihre Richtung und begann scheppernd, die Waffen zu schwingen.

Kupferbart fluchte innerlich. Wenn Instania die Wahl zwischen Leben und Eleganz gelassen wurde, entschied sie sich offensichtlich für Letzteres. Doch Kupferbart beabsichtigte nicht, in Schönheit zu sterben. »Lauft!«, brüllte er und stieß seine Gefährten an, die nichts lieber taten, als seinem Befehl Folge zu leisten. Dirty lief vorne weg, dicht gefolgt von Instania und Maladin. Kupferbart, der das Ende der Kette bildete, hörte hinter sich metallische Geräusche. Damit war klar, die Rüstung verfolgte sie. Als sie sich einer Kreuzung mit einer Hand näherten, rief der Kapitän ihr zu: »Wo ist der Ausgang?« Die Hand wies ihnen den Weg.

»Die Säulen!«, rief Maladin vor ihm und deutete auf eine davon. »Sie beginnen sich zu öffnen.«

Kupferbart sah es kurz darauf ebenfalls. Überall in diesem Irrgarten waren sie an steinernen Säulen vorbeigekommen. War etwa in jeder von ihnen eine dieser Rüstungen versteckt? Wieder fluchte er, diesmal lautstark, als sich die nächste Säule öffnete. Noch waren sie schnell genug, um an den Säulen vorbei zu sein, bevor die Rüstungen daraus hervor schwebten. Doch es wurde mit jeder Säule knapper und die Geräusche hinter ihnen wurden immer lauter. Die ersten Rüstungen drängten vor ihnen bereits aus ihren steinernen Gefängnissen, während Kupferbart jeder der Podesthände die Frage nach dem Ausgang zubrüllte. Dirty stieß die Wächterrüstungen, die sich daranmachten, ihren Weg zu versperren, mit seiner Schulter aus dem Weg. Sein Glück – ihr Glück – bestand darin, dass die Rüstungen eine kurze Zeitspanne benötigten, um ihre Waffen zu aktivieren. Sie liefen um eine weitere Ecke und dort vorne tat sich endlich der rettende Gang zur Treppe auf. Kupferbart wollte schon aufjubeln, als ein Stück vor ihnen eine weitere Wächterrüstung aus einer Säule schwebte und sich mitten im Weg aufbaute. Dieser dort würden sie nicht mehr entkommen.

»Hä?«, machte Dirty, während er heftig schnaufte, und Kupferbart teilte seine Verwirrung. Die Rüstung vor ihnen besaß zwar dieselbe Plattenpanzerung wie ihre Verfolger und schwebte genauso bedrohlich in der Luft. Doch etwas an ihr war anders …

»Eine Putzrüstung?«

Maladin klang außer Atem, doch nicht so sehr, wie der Kapitän sich vermutlich angehört hätte. Er blinzelte erst, bevor er ihm stumm zustimmte. Diese Rüstung hier hielt anstelle von Waffen einen kurzen Besen, eine kleine Schaufel, einen Staubwedel und ein Stofftuch in Händen. Doch dann begann sie, die Reinigungsutensilien in bedrohlichem Tempo kreisen zu lassen.

»Keine scharfen Kanten«, brachte Dirty mühsam hervor und beschleunigte trotz sichtlicher Erschöpfung das Tempo. Er lief der Rüstung mit eingezogenem Kopf entgegen und wuchtete sich mit der Schulter gegen sie. Die Rüstung hatte seiner Wucht nichts entgegenzusetzen, scheppernd fiel sie auf den Boden und Dirty landete obendrauf. Maladin und Instania rannten nach einem hastigen Befehl Kupferbarts an ihm vorbei die Treppe hoch. Er selbst blieb stehen und half Dirty auf die Beine, dann liefen sie zusammen die sich windende Treppe hinauf.

Im oberen Stockwerk warteten bereits Instania und Maladin. Sie sammelten sich und verschnauften für einen kurzen, doch notwendigen Augenblick.

»Schaffen es die Rüstungen auch die Treppen hoch?«, fragte Instania mit nervösem Blick auf die Öffnung, wo die Wendeltreppe begann. Sie schien überhaupt nicht außer Atem zu sein. Für einen Moment hielten alle die Luft an und quietschende Geräusche vom Treppenaufgang herauf beantworteten ihre Frage.

»Weiter, Dirty und Maladin, lauft voraus!«, rief Kupferbart schnaufend und setzte sich selbst trotz immer noch brennender Lungen in Bewegung.

Im Zickzack liefen sie durch den Raum, Dirtys Nase und Maladins Gespür nach. Die Rüstungen hatten sich dem Klang nach inzwischen alle in den oberen Raum gedrängt und verfolgten sie unablässig. Grässlich quietschende Geräusche, die nach zusammengepresstem Metall klangen, ließen den Kapitän vermuten, dass in den Rüstungen kein Magiewarngerät verbaut war. Doch er drehte sich nicht um, sondern heftete seinen Blick weiterhin auf die Füße von Dirty und Maladin, um ihrem Weg genauestens zu folgen. Auch nicht, als ein gelegentliches *Plopp* oder *Boioioing* die Quietschgeräusche unterbrach. Schwer schnaufend – abgesehen von Instania – erreichten sie schlussendlich die zweite Treppe und rannten mit müden Beinen die Stufen hinauf. Beinahe fielen sie durch die magische Illusion, die den Gang dahinter verbarg.

Instania lugte mit sorgenvollem Blick zum illusorischen Regal, während Maladin an die Wand gelehnt wieder zu Atem zu kommen versuchte. Dirty und Kupferbart hatten sich an einem Regal entlangrutschend auf den Boden gesetzt. Porky war beim Aufprall aufgewacht und hatte verärgert gequiekt. Er schien das ganze Abenteuer verschlafen zu haben.

»Und wenn sie auch hier hochkommen?«, fragte Instania wieder. »Wir können den armen, alten Mann doch nicht mit diesen Dingern alleine lassen.«

»Ich stell mich ihnen in den Weg, an mir kommen sie nicht vorbei«, knurrte Dirty zwischen tiefen Atemzügen hindurch, zog sich ans Regal geklammert auf die Beine und holte seine Axt hervor.

Kupferbart erhob sich ebenfalls mühsam. »Dann warten wir hier«, verkündete er und hob sein Holzschwert. Maladin zückte seine Holzdolche und Instania wedelte mit ihrem Holzstab.

Sie warteten und lauschten auf sich nähernde Geräusche von unten, während bange Momente vergingen.

Kupferbart spitzte angespannt seine Ohren, doch nichts rührte sich mehr. Nach einer weiteren ereignislosen Weile meinte er: »Sie scheinen auf das Institut eingeschränkt zu sein. Ich glaube nicht, dass dem Bibliothekar Gefahr droht.«

Erleichtert steckten sie ihre falschen und echten Waffen weg und machten sich auf leisen Sohlen auf den Weg nach draußen. Als sie am Bibliothekar vorbeihuschten, schlief dieser immer noch tief und fest.

Kupferbart fühlte Zufriedenheit in sich aufsteigen, als sie so durch die nächtliche Universität zurück zu ihrer Unterkunft schlichen. Die Aktion war zwar riskant gewesen, doch war sie ein voller Erfolg und der Weg zum ersehnten Schatz lag so gut wie offen vor ihnen.

Der Bibliothekar schreckte hoch, als sich die Tür geräuschvoll schloss. Die gesprächige Dame war verschwunden und, wie es schien, ebenso ihre Begleiter. Er schüttelte den Kopf, streckte sich und sah sich um. Die Nacht musste inzwischen hereingebrochen sein, daher erhob er sich bedächtig und wollte gerade zur Tür schreiten, als er ein merkwürdiges Geräusch in der Stille der Bibliothek vernahm. Er blieb stehen und horchte auf. Es war ein beständiges, leises Quietschen und Klopfen, das nicht zur Ruhe kommen wollte. Beunruhigt drehte er sich in Richtung der Geräusche und machte sich auf, der Sache nachzugehen. Ob die Besucher doch noch nicht gegangen waren? Was veranstalteten sie dann dort hinten in der Bibliothek, das solche Töne verursachte? Mit langsamen Schritten – denn schnelle waren ihm in seinem Alter nicht mehr vergönnt – näherte er sich den letzten Bücherregalen im hinteren Bereich der Bibliothek, wo die Geräusche ihren Ursprung zu haben schienen. Vorsichtig spähte er um die Ecke und blinzelte dann, obschon seine Augen trotz seines Alters noch vollkommen in Ordnung waren. Doch so einen verwirrenden Anblick hatte er zu Lebzeiten bisher noch nicht zu Gesicht bekommen. Dort am Boden schwebte ein flaches, rundliches Gerät aus Metall knapp über dem Boden. Es wirkte, als wäre es zusammengepresst worden, nur zwei kurze Arme ragten an den Seiten weg. In diesen hielt es einen kleinen Besen und eine ebenso kleine Schaufel, mit denen es offensichtlich versuchte, den Boden zu säubern. Man musste ihm die Augen entfernt haben, denn immer wieder stieß es bei seinen Bemühungen unbeholfen gegen die Bücherregale. Der Bibliothekar schlurfte um die Ecke und stellte sich vor das Gerät. »Du armes, kleines Ding«, sagte er voller Mitgefühl. »Was hat man dir bloß angetan?«

»Wir haben es geschafft!«, jubelte Instania im Gemeinschaftsraum ihrer Unterkunft. »Der Schatz gehört uns. Die Kostüme haben funktioniert.«

Kupferbart verdrehte die Augen. »Ich glaube kaum, dass es an den Verkleidungen gelegen hat«, merkte er an, doch Instania ließ sich nicht aus ihrer Euphorie bringen. Daher fügte er noch hinzu: »Noch haben wir es nicht geschafft, zuvor brauchen wir den Standort des Schatzes. Und dann wird es sich erst erweisen, ob wir richtig gelegen haben …«

Er selbst war nicht minder aufgeregt, doch wollte er es nicht zugeben und gab sich gelassen. Sie hatten sich alle zusammengefunden, um auf ihren Erfolg zu trinken und ihren Fund zu begutachten. Von der Bibliothek waren sie ohne Umwege mit ihrer Beute zurückgekehrt und hatten sich nur die Zeit genommen, um die Verkleidungen abzulegen. Abgesehen von Instania, ihr gefiel das Kleid.

Der Kapitän beugte sich in seinem Sessel vor und breitete die Stoffkarte auf dem niedrigen Tisch im Gemeinschaftsraum aus. Maladin hatte in der Zwischenzeit alle Leuchter im Raum entzündet, damit ihnen kein Detail darauf entging. Der zusammengesetzte Schlüssel lag daneben. Es handelte sich eindeutig um jenen, dessen Teile der Erstausführung der verfluchte Silberbart ihnen gestohlen hatte.

Kupferbarts Begleiter rutschten auf ihren Sitzgelegenheiten nach vorne, um besser sehen zu können. Und was sie da betrachteten, war eine Karte, die Pendolumium in stilisierter Form darstellte.

»Hier ist gar nichts eingezeichnet«, stellte Dirty enttäuscht nach einer Weile fest. »Kein X, kein Schatz.« Dann kratzte er sich an der Nase.

Kupferbart flog mit seinen Augen über die Karte, suchte nach unscheinbaren Markierungen, nach eingeritzten Zeichen. Doch da war nichts, was auf einen Schatz hinwies.

»Hm«, machte Maladin, der Dirty aufmerksam beobachtete. »Juckt deine Nase?«, fragte er ihn.

Dirty hörte auf zu kratzen und hob die Brauen. »Stimmt, hab ich gar nicht bemerkt. Ist nur ein schwaches Prickeln.«

»Dann muss ein Zauber auf der Karte liegen«, schlussfolgerte der Kapitän daraufhin. »Bei Blobos und Wavolon, wie sollen wir herausfinden, um welchen Zauber es sich handeln könnte?«

»Wir könnten einen der Studenten am Institut für vollkommen

harmlose Zauberei befragen«, schlug Instania vor. »Da lernen sie ja täglich solche Dinge.«

Maladin schüttelte den Kopf. »Dort werden nur die einfachsten Zauber gelehrt. Ich habe bei meiner Untersuchung des Instituts absolut nichts gespürt, doch wenn Dirtys Nase juckt, muss ein etwas stärkerer Zauber eingewoben sein. Ich bemerke jetzt, wo ich drauf achte, ebenfalls ein unscheinbares Kribbeln auf meiner Haut.«

Sie saßen ratlos da und überlegten eine Weile, bis Maladin mutmaßte: »Es hieß doch Institut für Elementarmagie, oder? Was, wenn es etwas mit den Elementen zu tun hat? Also Erde, Feuer, Wasser, Luft?«

Kupferbart nickte bedächtig. »Wäre möglich. Ich habe gehört, bei Namenszeremonien, die früher von Zauberern durchgeführt wurden, benutzten sie auch die Elemente. Lebt jetzt keiner mehr von denen, soweit ich weiß.«

»Dann probieren wir es doch aus«, meinte Instania, schnellte in die Höhe und holte eine Kerze aus einem Leuchter. Schon war sie wieder am Tisch und wollte die kleine Kerzenflamme an die Karte halten.

»Äh, warte.« Kupferbart hob eine Hand. »Feuer sollten wir als Letztes verwenden, das ist immerhin eine Stoffkarte.«

Instania machte einen Schmollmund, doch zuckte sie die Schultern und setzte sich wieder. Die Kerze hielt sie weiterhin fest umklammert.

»Als Erstes Luft.« Maladin pustete auf die Karte. Als nichts geschah, unterstützten ihn Kupferbart und Dirty, doch ebenfalls ohne Ergebnis.

»Wir brauchen wohl mehr als ein Element«, meinte Kupferbart mit geschürzten Lippen. »Na gut, als Nächstes kommt Wasser.« Er schielte auf sein Getränk. »Äh, hat jemand Wasser in seinem Becher?«

Maladin überreichte ihm den seinen und Kupferbart verteilte das Wasser vorsichtig über der Karte. Sie sog es auf, wie Stoff es nun mal macht, doch wiederum geschah nichts.

»Erde.« Dirty klopfte ein paar Mal mit seinen Stiefeln auf den Boden. Dann bückte er sich und hielt plötzlich ein Häufchen Erde in der Hand. »Hab vergessen, die Stiefel zu säubern«, erklärte er schulterzuckend und verteilte den Dreck auf der Karte. Die Erde wurde durch den feuchten Stoff zu einer schmierigen Masse und die Zeichen auf der Karte verschwammen, als Dirty mit der Hand darüberstrich.

»Ich glaube, wir haben sie unbrauchbar gemacht«, sagte Maladin und verzog den Mund. Auf der Karte war nichts mehr zu erkennen außer einer feuchten braunen Schicht.

»Darf ich jetzt?«, rief Instania mit leuchtenden Augen, in denen sich die Flamme ihrer Kerze widerspiegelte.

»Na schön«, brummte Kupferbart. »Viel schlimmer kann es nicht mehr werden. Aber vorsichtig, nicht zu nah.« Er nahm die feuchte und verdreckte Karte an einer Seite in die Hände, Maladin auf der anderen. Dann hoben sie den Stoff hoch.

»Feuer«, intonierte Instania wie bei einer Zeremonie und wedelte dabei mit ihrem Zauberstab. Gleich darauf hielt sie die Kerze unter die Karte.

Nichts geschah.

»Sie muss näher ran«, meinte sie und im selben Moment berührte die Flamme der Kerze auch schon den Stoff, bevor der Kapitän sie wegziehen konnte.

»Nicht so …«, begann er, dann ließen er und Maladin erschrocken die Karte los.

Mit einem Aufflammen geriet sie vollständig in Brand, fiel auf den Tisch und brannte lichterloh.

»Bei Blobos und Wavolon … pusten!«, rief Kupferbart außer sich und sie pusteten, was das Zeug hielt. Urplötzlich erloschen die Flammen genauso rasch, wie sie gekommen waren, als ob die Karte sie eingesaugt und verschluckt hätte. Und daraufhin lag sie wieder sauber und leserlich auf dem Tisch, so, als wäre nichts geschehen. Mit einem Unterschied …

»Da leuchtet was.« Maladin zeigte mit großen Augen auf den rechten Rand der Karte. »Sieht aus wie …«

»Eine Schatzkiste«, beendete Dirty nickend den Satz. »Und sie liegt …«

»In Crack Carock«, fügte Kupferbart grinsend hinzu. »Der Hauptstadt der Cragolock. Dort müssen wir …«

»Uns aufs Ohr hauen«, ergänzte Instania auf völlig falsche Weise.

»Es ist schon spät und ich will euch nicht noch mal in einem derart erbärmlichen Zustand wie heute Morgen sehen.«

»Die Tageszeit hatte damit nichts zu tun«, murmelte Maladin und blickte verzagt.

Doch Instania hatte recht. Kupferbart erhob sich voller Elan. »Gehen wir schlafen, morgen brechen wir zeitig auf. Wir haben ein neues Ziel.« Er ließ einen zuversichtlichen Blick über die Runde schweifen. »Der Schatz von El Materen wartet auf uns.«

Bevor sie am nächsten Tag zum See marschierten, hatten sie noch etwas zu erledigen. Kupferbart hatte Shawn versprochen, sich noch vor dem Unterricht mit ihm zu treffen, um die Kostüme zurückzugeben. Instania war nur schwer zu überzeugen gewesen, sich von ihrem blauen Kleid zu trennen, doch schlussendlich willigte sie schmollend ein. Also machten sie sich mit ihren über die Schultern geworfenen Reisesäcken auf den Weg zum Springbrunnen am Gemeinschaftsplatz, dem vereinbarten Treffpunkt. Als sie an diesem frühen Morgen den Platz betraten, bot sich ihnen ein merkwürdiges Bild. Überall lagen Studenten am Boden, auf den hölzernen Bänken oder an Bäume gelehnt. Manche schliefen geräuschvoll, andere stöhnten und hielten sich den Kopf.

»War gestern irgendwas mit dem Essen?« Dirty sah sich fragend um. »Also ich hab jedenfalls nichts gemerkt.«

»Keine Ahnung«, antwortete der Kapitän, dann erblickte er Shawn, der am Brunnen saß und ihnen zuwinkte. Sie gesellten sich zu ihm und Kupferbart fragte: »Stimmt etwas nicht mit den Studenten hier? Die sehen aus, als hätten sie entweder die ganze Nacht gelernt oder die ganze Nacht durchgezecht.« Nebenbei warf er ihm den Sack mit den Kostümen zu.

Shawn fing ihn auf und stellte ihn sogleich zur Seite. Dann blickte er verzagt auf. »Äh, Zweiteres trifft eher zu, und an dieser Misere könnte womöglich ich schuld sein.«

»Wie denn das?« Maladin sah ihn erstaunt an.

Shawn wand sich und druckste herum. »Nun ja, ich habe gestern in meiner überschwänglichen Freude womöglich unabsichtlich etwas über unsere geheime Studentenverbindung ausgeplaudert. Die

Studenten der Häuser neben eurem hielten das für eine fantastische Idee, vor allem den Teil mit der Aufnahmeprüfung.«

Kupferbart begann zu verstehen und rollte mit den Augen.

»Die haben alle einen Kater?«, fragte Dirty und seine Schadenfreude war unverkennbar.

»Das wäre möglich«, stimmte ihm Shawn zu. »Es wurden gestern viele Aufnahmeprüfungen positiv absolviert. Um die Geheimverbindungen voneinander zu unterscheiden, sind einige währenddessen noch auf die Idee gekommen, Namen für ihre Studentenunterkünfte zu finden. Das ist ja grundsätzlich nicht schlecht, nur hätten sie das wohl vor den Aufnahmeprüfungen machen sollen, oder noch besser an einem anderen Tag. Und schon gar nicht hätten sie die Namen mit großen Buchstaben über die Eingangstüren malen sollen.« Er grinste schief.

»Wie heißen denn die Häuser jetzt?«, fragte Instania interessiert.

»Äh, die Namen lauten *Griff-ins-Ohr*, *Schlaffes-Kaff*, *Bärenklo* und *Schlüpfer-Hin*. Schlüpfer-Hin ist eine reine Mädchenverbindung. Die haben sich die ganze Nacht in den Haaren gelegen, um sich für einen Namen zu entscheiden. Dort ging es richtig böse zu, zischelt man hinter vorgehaltener Hand.«

Dirty lachte. »So was passiert eben, wenn man nichts verträgt, nicht wahr, Jungs?« Er schaute Maladin und Kupferbart hämisch grinsend an, dann spazierte er fröhlich pfeifend in Richtung Empfangshalle.

Instania und Maladin verabschiedeten sich von Shawn und folgten ihm auf den Fuß.

Kupferbart jedoch kramte noch in seiner Tasche herum und holte den Schlüssel zu ihrer Unterkunft hervor. »Hier, damit übergebe ich dir die Verantwortung für unsere Unterkunft. Zusätzlich übertrage ich dir die Leitung über unsere geheime Studentenverbindung.« Er warf Shawn den Schlüssel zu, der ihn auffing und übers ganze Gesicht strahlte. Dann bemerkte Kupferbart eine Bewegung auf seiner Schulter. Porky grunzte und schnüffelte. »Das ist nur das Pfeifen von Dirty«, wollte ihn der Kapitän beruhigen, doch plötzlich sprang Porky mit einem Satz in die Luft und flog Dirty nach.

»Hat unser Haus eigentlich auch einen Namen?«, fragte ihn Shawn noch, doch der Kapitän war schon mit dem Kopf woanders. »Porky! Porky, Platz!«, rief er und eilte seinem Schultertier hinterher.

»Was hast du gesagt? Porky … was?«, rief Shawn ihm zu, doch Kupferbart war auf Porky konzentriert und schon einige schnelle Schritte entfernt. »Porky! Platz!« Während er das Flugmeerschwein verfolgte, hörte er Shawn noch ein letztes Mal rufen, bevor er die offene Tür zur Empfangshalle durchquerte, wohin Porky verschwunden war: »Hast du Porkwatz gesagt?«

9 - BEGEGNUNGEN

Begegnung mit der Vergangenheit

Das Schiff war wieder unterwegs auf hoher See. Den Weg von der Allgemeinuniversität nach Reignstown hatten sie dank einer engagierten Rudermannschaft rasch hinter sich gebracht, und in der Hauptstadt hatte eine runderneuerte Flautilus auf sie gewartet. Kupferbart hatte beim Anblick seines wiederhergestellten Schiffes ein kleines Tränchen verdrückt. Hazel war es gelungen, aus den Goldmünzen, die ihm zur Verfügung gestanden waren, das bestmögliche Ergebnis herauszuholen. Die Fahrt entlang des Sheapard war – nicht nur aufgrund der noch fehlenden Piratenflagge – ereignislos verlaufen, niemand hatte sie aufgehalten oder bedroht. Auch die schwere Eisenkette kurz vor der Mündung zum Roten Meer hinaus war von den Wachen ohne Fragen für sie gesenkt worden. Jedes Schiff, das sich innerhalb der Grenzen Sheagranors bewegte, musste über den Sheapard ins Königreich einreisen und daher zumindest einmal kontrolliert worden sein. Niemand war bisher auf die verrückte Idee gekommen, ein Schiff über Land zu tragen.

Und jetzt, zwei Tage später, stand Kupferbart am Bug seines Schiffes und blickte der Insel entgegen, die sie gerade anliefen. Lange Zeit war das da vorne seine Heimatinsel gewesen, bis er sie unfreiwillig für zehn Annulare hatte verlassen müssen. Als er nach dieser langen Zeit wieder zurückkehrte, hatte er nichts mehr vorgefunden, was ihn dort zum Bleiben bewegt hätte. Er seufzte auf, als diese vergrabenen Erinnerungen aus seinen hintersten Gedanken wieder nach vorne drängten.

Kupferbart blickte auf. Die Sonne war von ein paar Wolken verdeckt, doch würde sie noch lange genug am Himmel zu sehen sein, bis er mit seinen Erledigungen auf Secrookla fertig war. Trotzdem hatte er vor, erst am nächsten Tag wieder auszulaufen. Eine Nacht an Land war für die Mannschaft immer wieder eine angenehme Ablenkung, auch wenn ihr Halt in Reignstown erst wenige Tage her war. Doch

Secrookla war nicht Reignstown, hier gab es für Pendelpiraten angemessenere Unterhaltungsmöglichkeiten, auch wenn es nur wenige waren. Die Beutel voller Gold hatten die Stimmung zwar gehoben, nur benötigte die Mannschaft Gelegenheiten, es auch wieder auszugeben. Nach diesem letzten Zwischenstopp hatte Kupferbart vor, ohne Unterbrechung bis nach Crack Carock zu segeln. Den Ort, an dem sie entweder ein riesiger Schatz oder eine riesige Enttäuschung erwarten würde, wenn Silberbart vor ihnen dort vorbeigeschaut hatte.

Ein laues Lüftchen trieb sie in den unteren Hafen der kleinen Stadt, zu der eine breite, in den Stein geschlagene Treppe hochführte. Während der Flut würde der Meeresspiegel ein ganzes Stück höher sein und der untere Hafen unter Wasser liegen, der im Grunde nur aus zwei Anlegern und einem steinernen Lagergebäude bestand. Das Salzwasser konnte Stein nichts anhaben, daher musste nur das Dach mit Brettern und Stroh erneuert werden, wenn das Wasser wieder zurückgewichen war, so wie jetzt. Es war nur wenig los, passend für die dünn besiedelte Insel. Hier gab es nicht viel, doch in den Tavernen der Stadt würde sich die Möglichkeit ergeben, ihre Mannschaft zu vervollständigen. Gauner, Betrüger und abenteuerlustige Leute fanden sich immer wieder auf der Insel ein. Kupferbart blickte hoch zum Mast, wo Maladin Ausschau hielt, und saugte die Luft durch die Zähne ein. Neue Piratenflaggen mussten auch her, ohne den wütenden Piraten fühlte er sich regelrecht nackt.

Nachdem sie im Hafen eingelaufen waren, betraute der Kapitän Hazel mit seinen Aufgaben und gab dem Rest der Mannschaft bis zum nächsten Tag frei. Er selbst stieg die von der Gischt und der feuchten Luft glitschigen Stufen hoch zur Stadt, die er gut kannte. Die Gebäude waren einfache Holzhütten, die nie bessere Zeiten gesehen hatten. Sie waren schon immer hässlich gewesen, solange er sich erinnern konnte. Die Hütten waren dort hingebaut worden, wo Platz zur Verfügung stand, doch der leicht ansteigende steinige Hang bot nicht allzu viel davon. Die Straßen bestanden aus festgetretener Erde und verdienten nur aus dem Grund die Bezeichnung Straße, weil die Menschen dort stets denselben Weg entlangmarschierten. Kupferbart mietete sich eines der kleinen Fuhrwerke, die auf der Insel für Transporte genutzt wurden, und ratterte mit dem alten Klepper, der als Zugtier eingespannt war, in Richtung Norden. Nach einer Stunde erreichte er ein kleines Dorf, das, was die Baukunst betraf, große Ähnlichkeit mit der Stadt aufwies. Dort überbrachte er den Eltern von Brenden die traurige Nachricht über sein Ableben, tauschte ein paar Worte mit ihnen aus und übergab ihnen einen kleinen Beutel mit Münzen. Da er den Namen des Mädchens nicht kannte, von dem Brenden ihm erzählt hatte, ließ er ein paar weitere Münzen für sie da. Sie konnte nicht mehr darauf hoffen, dass sein verstorbener Quartiermeister sie von der Insel und in ein besseres Leben entführen würde. Danach fuhr er weiter nach Nordosten, bis zur Küste, wo auf einer sanft ansteigenden Klippe ein weiteres kleines Dorf stand.

Kupferbart stellte sein Fuhrwerk am Rand der Siedlung ab und streifte durch die erdige Gasse. Seine Stiefel hinterließen dabei Abdrücke im feuchten Boden. Es wohnten nur noch wenige Menschen hier, hauptsächlich Fischer, und ein paar der älteren Bewohner erinnerten sich sogar noch an ihn und grüßten freundlich. Er durchschritt das Dorf und näherte sich einer abgelegenen alten, morschen Hütte, die ein Stück außerhalb nahe der Küste stand. Es war einmal sein Haus gewesen und ein Wunder, dass es sich überhaupt noch aufrecht hielt. Einige Bretter waren über Löcher in den Wänden genagelt worden, möglicherweise hatten die Dorfbewohner versucht, es so gut sie es vermochten, in Schuss zu halten. Es wirkte regendicht und windfest, ein genügsamer und anspruchsloser Mensch würde es wohl schaffen, darin zu leben.

Doch Kupferbarts Weg führte ihn an der Hütte vorbei, hinter das Haus auf eine kleine Anhöhe, von der er den Strand und das Meer beobachten konnte. Dort auf dem Boden war ein zeremonieller Steinhaufen aufgeschichtet, unter dem jemand begraben lag. Seine Frau Annabelle. Er war zu jener Zeit nicht hier gewesen, als sie krank geworden und schlussendlich gestorben war. Es war ihm nicht möglich gewesen. Still stellte sich Kupferbart vor den Steinhaufen und ließ seine Gedanken in die Vergangenheit schweifen. Er war niemals oft oder lange hier gewesen, immer nur für ein paar Tage, vielleicht auch mal für eine Dekande. Das Leben auf dem Meer hatte einen Großteil seiner Zeit in Anspruch genommen. Doch alle Erinnerungen, die er mit diesem Ort verband, waren durchwegs schön. Fast alle. Zusammen mit seinen Gedanken ließ er jetzt den Blick schweifen. Es dämmerte bereits und der Himmel nahm unterschiedliche Abstufungen der Farbe Rot an, zeichnete die Landschaft und das Meer in ein idyllisches und friedliches Bild. Auch Porky auf seiner Schulter machte keinen Mucks, wobei das kein hinreichender Beweis für einen friedvollen Moment war. Porky besaß einen beneidenswert festen Schlaf, selbst wenn es um ihn herum drunter und drüber ging.

Plötzlich kniff Kupferbart die Augen zusammen. Dort unten am Strand saß jemand. Draußen am kleinen natürlichen Steg, der aus ein paar großen hintereinanderliegenden Steinen bestand, sodass man hüpfend ein paar Schritte hinaus aufs Meer gelangen konnte, ohne nass zu werden. Seine Brauen senkten sich. Wer war das und was hatte er hier, an diesem Ort, verloren? Er musste sich diesen Kerl, denn es war eindeutig ein Kerl, genauer ansehen. Also marschierte er los.

Percy saß auf dem Stein, den die Sonne tagsüber erwärmt hatte, und fischte sich sein Abendessen. Zwei lecker aussehende Fische hatte er bereits gefangen, doch man konnte nie wissen. Er hatte schließlich nicht vor, nachts für einen weiteren Fang auf den nassen Steinen herumzuhüpfen, falls ihn spätabends noch mal der Hunger übermannen sollte. Ein paar Tage zuvor war er wieder auf der Insel angekommen, nachdem er eine weitere erfolglose Reise durch die Häfen der Ostküste Zentralikas hinter sich gebracht hatte. Sein Vater war nirgends gesehen worden. Er hatte typische Tavernen besucht, in denen sich Piraten vorzugsweise aufhielten, und sich umgehört, doch der Name Kupferbart war nirgends gefallen. Die Leute hatten in dunklen Ecken etwas über eine große Schatzsuche gemunkelt, an der viele Piratenkapitäne teilnahmen, selbst der mächtige Silberbart. Doch darüber, wo und was gesucht wurde, war kein Wort gefallen. Währenddessen hatte er sich mit kleinen Trickbetrügereien ein paar Münzen verdient und jedes Mal, wenn er genug beisammen hatte, war er wieder nach Secrookla zurückgekehrt, um ein paar ruhige Tage zu verbringen. Hier in seinem alten Heim, der kleinen Hütte oben an der Klippe, genoss er die angenehm warmen Tage und den Anblick des weiten Meeres. Der Ausblick war, nun ja, nett und vor allem immer derselbe, daher ersparte er sich weitere gedankliche Ausführungen zur landschaftlichen Beschaffenheit.

Gerade spürte er einen leichten Widerstand an der Angelschnur, ein leichtes Zupfen. Ein weiterer Fisch musste sich an seinem Köder zu schaffen machen. Percys Zunge lag lauernd in seinem Mundwinkel. Er wartete noch eine Weile, bis sich die Rute abermals verbog. Gleich war es soweit, noch ein kräftiger Zupfer und dann …

»Percy?«

Percy zuckte zusammen und beinahe wäre ihm vor Schreck die Angel ins Wasser gefallen. Er packte seinen Knüppel, stand auf und drehte sich um in Richtung des Ursprungs der Stimme. Dann riss er die Augen auf, bevor er sie augenblicklich wieder zusammenkniff. Da stand er nun endlich. Der Mann, dem er bis vor einem halben Annular, wo es nur ging, aus dem Weg gegangen war, da er ihn niemals wiedersehen wollte. Der Mann, den er seit seinem Meinungsumschwung in jedem Hafen gesucht hatte. Sein Vater. Doch jetzt, wo er am Ende endlich vor ihm stand, wusste er nicht so recht, was er davon halten sollte.

»Percy? Bist du es wirklich?« Sein Vater blickte ihm mit großen Augen entgegen.

Percy nickte vorsichtig.

»Ich … dachte nicht, dass ich dich jemals wiederfinden würde«, begann sein Vater und machte einen Schritt nach vorne. Dann stockte er, als er Percys zusammengekniffene Augen sah. Percy hatte auch allen Grund für diesen Blick, immerhin hatte sein Vater ihn und seine Mutter im Stich gelassen, als er noch ein kleiner Junge gewesen war. Er hatte sich zwar entschieden, nach seinem Vater zu suchen, doch das bedeutete nicht, dass er sofort alles vergeben und vergessen würde.

Sein Vater sah betreten zu Boden und scharrte mit einem Fuß im von Steinen durchsetzten Sand. »Ich weiß, ich war nicht unbedingt ein guter Vater, war nicht gerade oft zu Hause und hatte nicht viel Zeit für dich übrig. Aber das tat ich nur für dich und deine Mutter. Ich wollte euch ein schönes Leben bieten, in Wohlstand. Genügend Geld zusammenkratzen, damit wir alle wegkommen von dieser Insel.«

Percy wackelte genervt mit dem Kopf. Die Worte »Ich tat es nur für dich« waren eine praktische Ausrede, um das eigene Handeln zu rechtfertigen, ohne zugeben zu müssen, dass man eigensinnig agiert hatte. Und vor allem, ohne zu fragen, was denn er oder seine Mutter davon gehalten hatten.

Ein paar kleine Steine flogen davon, als sein Vater sie verlegen wegkickte. »Weißt du, ich habe damals gesehen, wie du deine kleinen Gaunereien und Betrügereien durchgezogen hast, und war unheimlich stolz auf dich. Du warst sehr begabt darin, sagten auch die anderen Inselbewohner. Doch dann ... nur ein einziges Mal hast du den Falschen erwischt, hast Silberbart bestohlen. Der war ... ist ein fieser Bastard, ein bösartiger Piratenkapitän.«

Percys Brauen wanderten nach oben. Er hatte Silberbart bestohlen? Zwar kannte er den Namen des berüchtigten Piratenkapitäns, doch sein Aussehen war ihm nicht geläufig. Abgesehen vom Bart vielleicht ...

Sein Vater sprach weiter. »Er wollte dich auf sein Schiff mitnehmen und dann auf dem Meer ... ich habe ihn davon überzeugen können, dass du nur auf meine Anweisungen hin gehandelt hast. Ich hatte gehofft, das würde seinen Zorn auf mich lenken, und genauso hat es auch funktioniert.« Sein Vater kniff die Augen zusammen. »Ich wusste zwar damals schon, dass man sich besser nicht mit Silberbart anlegen sollte. Doch dass er ein derart rücksichtsloser Sack war ... Als das Piratenschiff, auf dem ich gedient hatte, wieder ablegte, hat er uns auf dem Meer aufgelauert und überfallen. Er hat mich und die gesamte Mannschaft gefangen genommen und einer sheagrischen Kriegsgaleone übergeben. Hat dann sogar noch das Kopfgeld für die Mannschaft kassiert. ›Als Entschädigung für das Geld, das du mir gestohlen hast‹, hat er es bezeichnet. Wegen ihm saß ich zehn Annulare in einem sheagrischen Gefängnis, und als ich wieder rauskam und umgehend nach Secrookla reiste, wart ihr weg. Besser gesagt du warst weg, Annabelle ... deine Mutter ... Die Leute im Dorf hatten mir erzählt, was passiert war. Eine Zeit lang habe ich nach dir gesucht, nur warst du wie vom Erdboden verschluckt. Fast so, als ob du dich vor mir verbergen würdest.« Sein Vater zuckte mit den Schultern.

»Irgendwann habe ich die Suche aufgegeben und mich nur noch auf den Gedanken gestürzt, es Silberbart eines Tages heimzuzahlen.« Percy sah seinen hoffnungsvollen Blick auf sich ruhen. »Ich hab dir das erzählt, weil ich möchte, dass du die wahre Geschichte kennst. Damit du nicht denkst, ich hätte euch einfach so im Stich gelassen.«

Percy hatte der Rede angespannt gelauscht. Die darin enthaltenen Offenbarungen hatten die Mauer, die er um sein Herz gebaut hatte, Stück für Stück zum Einsturz gebracht. Jetzt stand er einfach nur da und sah seinen Vater an. All diese Dinge hatte er nicht gewusst und nun musste er erst mal seine Gedanken und Gefühle neu ordnen. Er hatte angenommen, seine Wut und Enttäuschung nach so vielen Annularen im Griff zu haben, der Anblick seines Vaters hatte jedoch alles wieder hochkochen lassen. Doch dann diese Geschichte … Percy stand immer noch da, überlegte hin und her, wog alles ab, was in ihm vorging. Er wusste nicht so recht, wie er reagieren sollte, doch rückblickend betrachtet hatte er sich ja bereits entschieden. In dem Moment, wo er beschlossen hatte, nach seinem Vater zu suchen. Diese neuen Erkenntnisse machten es nur leichter. Percy sprang über ein paar rutschige Steine, ging erst langsam auf seinen Vater zu, dann lief er los und umarmte ihn.

Sein Vater wirkte erst verdutzt, bevor er seine Hände um Percy legte und ihn fest drückte. »Junge, bin ich froh …«, setzte sein Vater mit brechender Stimme an und schniefte. Dann grunzte er.

Percy blickte verwirrt auf und bemerkte erst jetzt das rostbraune Geschöpf, dessen Fell die gleiche Farbe wie die Haare seines Vaters besaß. Es starrte ihn erst mit aufmerksamen Augen an, bevor es langsam auf seine Schulter krabbelte, wo es ein paar Mal mit seinen Krallen an Percys Wams zupfte. Gleich darauf legte es sich hin und im nächsten Moment schien es eingeschlafen zu sein.

»Ha«, lachte sein Vater und wischte sich eine kleine Träne aus dem Auge. »Porky mag dich anscheinend. Weißt du, er ist ein Flugmeerschwein und mein Schultertier. Er hat mich irgendwie an … ach, vergiss es.« Dann klopfte er Percy freundschaftlich auf die Schulter. »Komm, lass uns die Nacht in unserer alten Hütte verbringen, ich habe dir so viele Geschichten zu erzählen.« Er blickte auf die Fische, die Percy am Steg zurückgelassen hatte. »Wie ich sehe, warst du gerade dabei, das Abendessen zu fangen. Vielleicht solltest du noch ein paar Fische drauflegen, Porky kann einen ordentlichen Appetit entwickeln.«

Percy grinste und nickte, er hatte Porky sofort ins Herz geschlossen.

Der weiße Aal

Es war inzwischen zwei Tage her, dass die Flautilus, das Piratenschiff seines Vaters, von Secrookla abgelegt hatte. Jetzt schaukelte das Schiff gemütlich in der kraftvollen Brise dahin in Richtung Osten, Kurs auf Crack Carock, der Hauptstadt der Cragolock. Percy und sein Vater waren nach einer langen Nacht voller Geschichten am nächsten Tag zum Hafen gefahren und dort hatte ihn Kupferbart, so der Piratenname seines Vaters, der Mannschaft vorgestellt. Alle hatten ihn willkommen geheißen, auf die Schulter geklopft oder die Hand gedrückt. Ein paar Scherze wurden gemacht, gerne auch mal über seinen Vater, der jedoch nur dagestanden und gestrahlt hatte wie ein stolzer ... nun ja, Vater eben. Eine junge Frau hatte ihn aufs Herzlichste begrüßt und ohne Umschweife begonnen, ihm alle möglichen Dinge zu erzählen. Nach einer anstrengenden Weile bemühten Zuhörens hatte Percy begonnen zu grinsen und gelegentlich zu nicken, während er gedanklich abgeschweift war und nach einem Ausweg aus der Situation gesucht hatte. Die Frau hatte nichts von seinen geistigen Fluchtversuchen bemerkt, Percy hatte ja schon aus früheren Zeiten, wo er als Begleitung gedient hatte, Übung darin gesammelt, Aufmerksamkeit vorzutäuschen. So ließ er sich geistesabwesend berieseln, während die Worte auf ihn herabregneten wie das Wasser eines Sturzbaches. Irgendwann war sein Vater aufgetaucht und hatte die Frau verscheucht.

Für einen Moment schweiften Percys Gedanken wehmütig zurück zu Secrookla. Er dachte an Brenden, den Jungen vom Nachbardorf, mit dem er zusammen aufgewachsen war. Sein Vater hatte ihm erzählt, was vorgefallen war, und das hatte Percy traurig gemacht. Er war ihm später nur noch bei wenigen Gelegenheiten begegnet, doch hatten sie davor einige Annulare ihrer Kindheit zusammen verbracht.

Eine Zeit lang blickte Percy auf den Horizont in der Ferne, bevor er sich wieder auf das schäumende Wasser hinter dem Heck der Flautilus konzentrierte.

Er stand an der Reling und angelte. Es war ein sonniger Tag mit wenigen Wolken, doch kräftigem Wind, wodurch ansehnliche Wellenhügel über die Wasseroberfläche wanderten. Es würden noch einige Tage verstreichen, bevor sie Metedon sowie den Fluss erreichten, der sie nach Crack Carock bringen würde. Die Mannschaft war vollzählig und alle wussten, was zu tun war, selbst die neuen Männer waren das Leben auf hoher See gewohnt. Über einige Seemannsknoten und Abläufe auf einem Schiff wusste auch Percy Bescheid, doch da die Fahrt ruhig verlief, gab es für ihn wenig zu tun. Sein Vater hatte ihm ein paar Zettel mit Buchstaben gegeben und ihm die Geschichte vom Schatz des El Materen erzählt. Doch Percy war nicht nach Wortspielen zumute gewesen, also hatte er die Zettel verstaut und seine Angelschnur ausgepackt. Daraufhin drückte ihm Kupferbart eine seiner Angeln in die Hand. »Die letzte aus Pendropolis, die ich noch habe«, hatte er erklärt.

Und diese hielt Percy nun in Händen, während er den hüpfenden Schwimmer aus Leichtholz auf dem Wasser beobachtete. Er hatte die Schnur weit ausgeworfen, um aus dem unmittelbaren Fahrwasser des Schiffes zu gelangen. Die Angel war ein robustes und zugleich biegsames Teil, mit einer dicken Schnur, die darauf ausgelegt war, auch größere Fische einzuholen, ohne zu zerreißen. Percy hatte einen seiner Spezialköder am Haken angebracht. Beim ersten Versuch war er überrascht gewesen, wie gierig vor allem große Fische auf die gerösteten Insekten der Aboradeem reagierten. Einen solchen hatte er jetzt hinter dem Schiff erspäht. Es war ein langer, silbrigweißer Rücken, der immer wieder für einen kurzen Moment knapp unter der Wasseroberfläche verschwommen auftauchte. Dieses Prachtexemplar wollte Percy sich nun schnappen.

Er musste nicht lange warten, bis er ein leichtes Zupfen an der Schnur verspürte. Zuerst zaghaft, dann immer fester. Zwei Zupfer später tauchte der Schwimmer schon bis zur Hälfte unter Wasser. Percy wartete noch ab, da der Fisch wieder losgelassen hatte. Mit einem Mal verschwand das Holzstück zur Gänze und Percy heftete an. Sofort spürte er die Kraft des Tieres, das sich mit vollem Körpereinsatz gegen ihn wehrte. Percy war sich sogleich bewusst, es würde eine ganze Weile dauern, bis der Fisch ermüdete, also stellte er sich auf einen langen Kampf ein. Immer wieder zog er die Schnur an und ließ wieder locker, wenn die Schnurspannung zu hoch wurde. Selbst bei dieser dicken Schnur war sich Percy nicht sicher, ob sein Fang nicht zu stark dafür war. Er stemmte sich mit einem Bein gegen das Holz der Reling, um einen sicheren Stand zu haben und nicht über Bord gezogen zu werden. So ging der Kampf hin und her, Einholen und Loslassen bestimmte das Geschehen. Es musste eine Stunde vergangen sein, bis der Widerstand des Fisches langsam nachließ. Percys Arme brannten wie Feuer, doch diese Mahlzeit würde er nicht mehr entkommen lassen.

Sein Vater trat plötzlich neben ihn. »Hast du was gefangen?«, fragte er freundlich und blickte über die Reling. Dann fluchte er. »Bei Blobos und Wavolon. Das gibts doch nicht, das ist …« Er wandte sich an Percy. »Soll ich dir helfen?«

Doch Percy schüttelte den Kopf. Geteilter Fang ist halber Fang, ging ihm durch den Kopf, und diesen Sieg wollte er für sich alleine beanspruchen. Immer näher zog er das Biest da unten im Meer zum Schiff hin. Immer geringer wurde der Widerstand. Percy beugte sich vor und sah den Fisch im Fahrwasser der Flautilus fügsam dahingleiten, also war es wohl so weit. Er zog, dann lehnte er sich wieder nach hinten, um das Gewicht des Fisches auszugleichen, das er nun in seiner Gesamtheit verspürte, jetzt, wo er zappelnd in der Luft hing. Stück für Stück holte er ihn zu sich, bis der schmale Kopf über der Reling auftauchte. Percy griff danach, dann ließ er die Angel los, um mit der zweiten Hand zuzupacken. Mit einer letzten Kraftanstrengung hievte er den Fisch an Bord. Als das Tier kraftlos zappelnd vor ihm am Boden lag, senkten sich Percys Mundwinkel nach unten. Ein Aal … Noch dazu einer, der schon ramponiert und alt aussah, mit einer Reihe abgerissener Haken um das Maul herum. Auch die weiße Haut lud nicht gerade zu einem Festschmaus ein. Er würde sich in der Kombüse ordentlich anstrengen müssen, damit es ihm gelang, aus dem Tier eine halbwegs genießbare Mahlzeit zuzubereiten.

Ein kleiner, breiter und behaarter Mann, ungefähr in Percys Größe – sein Name war Dirty Hairy – stapfte zum Heck und betrachtete den Aal. »He, Kapitän«, sagte dieser grinsend zu Percys Vater, der mit offenem Mund dastand. »Ist das nicht das Vieh, das du schon seit Ewigkeiten jagst?«

Kupferbart schüttelte den Kopf, verzog den Mund, doch dann blickte er stolz auf Percy. »Du hast es tatsächlich geschafft. Du hast Mofo Dynn erlegt. Dieser Bastard hat mich über alle Weltmeere verfolgt und mich schon unzählige Angeln und noch mehr Nerven gekostet.«

Percy zuckte ratlos mit den Schultern. Es war ihm neu, dass Fische einen Namen besaßen, und fragte sich, ob er womöglich magisch oder einfach nur bösartig war. Er hatte auch noch nie von kleinen Fischen gehört, die große Schiffe verfolgten, so etwas kannte er nur von kleinen Hunden und großen Kutschen. Wobei ... der Größenunterschied war ungefähr derselbe.

Weitere Besatzungsmitglieder kamen hinzu und sie begannen bereits, erste Meinungen auszutauschen, wie viele Portionen der Aal wohl hergeben würde. Da bemerkte Percy, dass hinter der Flautilus das Meer zu brodeln begann. Er stieß seinen Vater an und deutete mit dem Finger in die entsprechende Richtung. Sowohl Kupferbart als auch Dirty drehten sich um und beide runzelten im Gleichtakt die Stirn.

»Hat dein Erzfeind einen fischigen Freund, der jetzt sauer auf uns ist?«, fragte Dirty den Kapitän mit hochgezogenen Brauen.

Percys Vater zuckte mit den Schultern. »Würde zumindest erklären, warum mir der Mistkerl so lange entgehen konnte.« Laut rief er zur Besatzung: »Männer, holt Harpunen, da verfolgt uns was!«

Die Männer liefen umher und besorgten sich Harpunen aus Kisten und von Gestellen. Daraufhin versammelten sie sich wieder am Heck, wo alle gespannt beobachteten, was sich da hinter ihnen im Wasser zusammenbraute. Ein langer, dunkler Schatten bewegte sich knapp unter der Oberfläche.

»Ist das etwa ...«, begann Dirty.

»Bei Blobos und Wavolon«, raunte Kupferbart bestürzt. »Das ist ein ... Riesenkraken.«

Und dann brach das Monster auch schon durch die Wasseroberfläche. Dicke, dunkelblaue Tentakel schossen aus dem Wasser und schlugen auf das Heck der Flautilus.

»Holt mehr Waffen!«, rief Percys Vater und zückte seinen Säbel. Der kleine Mann neben ihm packte eine Axt aus.

Die Tentakel hielten das Schiff mit am Holz festgesaugten Saugnäpfen unerbittlich im Griff. Männer hackten mit Säbeln und Äxten darauf ein, doch die Fangarme zuckten nur kurz, bevor sie erneut auf die Flautilus einschlugen. Percy wich langsam zurück. Mit seinem Knüppel würde er gegen ein derart dickhäutiges Monster nur wenig ausrichten können. Weitere Tentakel tauchten auf, schlängelten sich über die Reling an Bord. Eines dieser glitschigen Dinger fegte über das Deck. Einer der Männer duckte sich nicht rasch genug und wurde mit einem wuchtigen Schlag von Bord geschleudert. Dirty und Percys Vater hackten gemeinsam auf einen der Tentakel ein. Sie schafften es tatsächlich, ihn zu durchtrennen, woraufhin ein grässliches und wütendes Geräusch von hinter der Flautilus erklang. Ein Ruck ging durch das Schiff, dann noch einer, und hinter dem Heck tauchte eine hässliche Öffnung voller Widerhaken auf. Darauf folgten kleine, gelbschwarze Augen, die an der Seite eines massigen, schwabbeligen Körpers angebracht waren. Sie huschten umher, betrachteten die Seeleute, die wie angewurzelt erstarrten und das Monster ungläubig anglotzten. Dann fiel der Blick der gelben Augen auf Percy, der als einziger an Bord keine Waffe in der Hand hielt, wie er plötzlich besorgt feststellte. Er fummelte an seiner Keule herum, da packte ihn etwas Dickes und Schleimiges.

»Percy, nein!«, schrie sein Vater, während er langsam hochgehoben wurde. Der Tentakel hatte sich um ihn gewickelt und drückte immer fester zu. Das Atmen fiel ihm immer schwerer. Er sah, wie sein Vater auf den Tentakelarm einschlug, auch Dirty hackte mit seiner Axt. Doch der Kraken hob seinen Arm höher und damit aus ihrer Reichweite. Percy wurde in Richtung des dunklen Loches geführt und er schloss die Augen. Schmatzende und saugende Geräusche drangen immer näher an sein Ohr. Er hatte schon viele Lebewesen verzehrt, doch selbst einmal als Mahlzeit zu enden, daran hätte er nie gedacht.

Seine Versuche, mit den Schultern zu zucken, wurden durch die erdrückende Umklammerung unterbunden. Dann eben ohne Abschied … Ein kurzer Besuch bei seinem Vater und ein schnelles Ende auf See, das waren wohl die letzten Stationen seines Lebens. Nicht mal eine letzte Mahlzeit war ihm vergönnt.

»Du böses Biest, lass ihn sofort runter«, ertönte da eine zornige Stimme. Es war die Stimme einer Frau, die er nur zu gut und ausführlich kannte. Die Frau, die ihn mit Worten zugeschüttet hatte. Percy öffnete die Augen und sah, wie die Frau sich vor das Auge des Kraken hinstellte. »So etwas tut man nicht, hast du gehört? Das ist doch kein Benehmen, einfach so an Bord zu kommen und Unheil zu stiften«, beschimpfte sie den Kraken, der sein Auge nun auf sie richtete. Sie redete noch weiter, erklärte ihm, dass man den Kapitän erst um Erlaubnis fragen musste, bevor man ein Schiff betrat, dass man seine Hände und Tentakel bei sich behalten sollte und nicht andere Leute damit befummelte, und so weiter. Die Stimme der Frau schien eine geradezu hypnotische Wirkung auf das Monster zu haben. Percy spürte, wie der Griff sich langsam lockerte und der Tentakel, der ihn umschlang, zu Boden sank. Ein Stück über dem Deck rutschte er aus der Umklammerung und fiel auf den Boden. Percy keuchte schwer, bis seine Lungen nicht mehr brannten, und schaute sich um. Niemand bewegte sich, alle beobachteten ungläubig, wie eine junge Frau einem Kraken Manieren beizubringen versuchte. Plötzlich zuckte einer der Tentakel, ergriff die Frau und hob sie in die Luft. Sie schien es nicht einmal zu bemerken, sondern redete unvermindert weiter auf ihn ein.

Dirty war der Erste, der reagierte. »Nein!«, rief er und hechtete mit erhobener Axt nach vorne. Er versuchte, eine tiefe Kerbe in den Tentakel, der die Frau festhielt, zu hacken, doch seine Axt ritzte nur die glitschige Oberfläche. Er fiel der Länge nach auf das Deck, ohne eine sichtbare Wirkung beim Kraken erzielt zu haben.

Bevor noch jemand eingreifen konnte, ließ sich der Kraken nach hinten fallen und verschwand aus dem Sichtfeld. Ein lautes Platschen kündete davon, dass das Monster ins Meer zurückgekehrt war. Erst jetzt erwachten die Männer aus ihrer Trance und rannten zum Heck. Einige riefen den Namen der Frau, doch Percy glaubte nicht, dass noch jemand an Bord ihr zu Hilfe zu eilen vermochte. Er seufzte. Instania, so lautete der Name der Frau, hatte ihr Leben für ihn geopfert.

Kupferbart stand an die Reling gelehnt da und beobachtete die Mannschaft. Es herrschte eine eigenartige Stimmung an Deck. Instania war zwar mehr gefürchtet als beliebt gewesen, dennoch wirkten die meisten Männer bedrückt und gingen wortlos ihrer Arbeit nach. Nachdem seine Folterfrau vom Kraken ins Meer gezogen und verschleppt worden war, war Kupferbart nichts Besseres eingefallen, als zu sagen: »Holt den Rum.« Sie hatten zwei Fässer angeschlagen und alle genehmigten sich einen oder zwei Becher, zum Gedenken an die nächsten Verluste in der Mannschaft. Einer der Neuen, die auf Secrookla angeheuert hatten, war auch nicht mehr gefunden worden, nachdem der Kraken ihn über Bord gestoßen hatte.

Der Kapitän sah zu Dirty, der einfach nur dahockte, ins Leere starrte und sich bisweilen mit dem Ellbogen übers Gesicht wischte. Kupferbart konnte es aufgrund der unzähligen Haare nicht erkennen, mutmaßte jedoch, dass er ein paar Tränen verdrückte. Instania und er waren zwar wie Pech und Schwefel gewesen – zumindest einer ging immer in die Luft, wenn sie aufeinandertrafen – gehörten jedoch auch genauso sehr zusammen, fast wie Bruder und Schwester. Der Kapitän konnte sich gar nicht vorstellen, wie es nun sein würde, wenn das tägliche Gehänsel der beiden nicht mehr zu hören war.

Auf jeden Fall wagte es niemand, sich Dirty zu nähern. Jedes Mal, wenn es einer von der Mannschaft versucht hatte, waren ein zorniger Blick und ein böses Knurren die Antwort gewesen. Seitdem war er sich selbst überlassen worden. Auch Kupferbart ließ ihn in Ruhe, denn er wusste, manche Dinge benötigten eben Zeit.

Percy war unter Deck und bereitete den weißen Aal zu. Jeder von der Mannschaft sollte ein Stück davon bekommen, als Andenken an Instania. So glücklich Kupferbart über die Zusammenführung mit seinem Sohn gewesen war, so schnell hatte ihn dieses Erlebnis wieder auf den Boden der Tatsachen zurückgeholt. Ihre Reise war gefährlich und weitere Verluste konnten an allen Ecken und Enden lauern, niemand war sicher. Sie benötigten noch ungefähr zwei Tage bis zum Fluss nach

Crack Carock und Kupferbart erwartete nicht unbedingt, dass ihnen bis dorthin noch weitere Gefahren drohten. Silberbart hatte ihnen die Teile abgenommen und war jetzt auf der Jagd nach Blaubart, oder ihnen schon voraus. Von Zentralika waren sie weit genug entfernt, um keine Strafexpeditionen befürchten zu müssen. Doch sie mussten die Augen weiterhin offen halten. Es würden Tage der Wachsamkeit, aber auch Tage der Besinnung und des Nachdenkens sein, bevor sie die hoffentlich letzte Station auf ihrer Reise erreichen würden, so die Götter es wollten.

10 - CRACK CAROCK

Unter der Erde

Die Flautilus war unterwegs auf dem Fluss, der sie in die Hauptstadt der Cragolock führen würde. Kupferbart blickte an den steinigen Wänden links und rechts von ihm empor. Genau genommen führte er sein Schiff durch eine tiefe Klamm, wo das Tageslicht sich nur mehr gebrochen von den Felswänden über ihnen widerspiegelte. Das kleine Volk hatte den Flusslauf entlang eine Furche in den Boden geschlagen, die umso tiefer in die Erde hineinführte, je weiter sie ins Landesinnere vordrangen. Damit sollten sowohl der Wasserweg als auch die Wasserversorgung der Stadt annähernd das ganze Annular aufrecht erhalten bleiben. Trotz der Bemühungen der Cragolock war nur noch wenig Wasser im Flussbett, ein schwaches Rinnsal, in dem die Flautilus sich vorerst noch gut über Wasser hielt, ohne aufzulaufen. Doch wenn sie mit dem Schiff den Kontinent wiederum verlassen wollten, ohne davor drei oder vier Dekanden festzusitzen, würden sie ihren Aufenthalt kurz gestalten müssen. Ein paar – wahrscheinlich mit Unmengen an Metall – beladene Transportschiffe waren ihnen kurz nach der Flussmündung ins Meer entgegengeschippert. Wohl die letzte Fuhre für einige Zeit.

Der Kapitän überließ Hazel das Ruder und machte sich auf den Weg zu seiner Kajüte. Sie hatten unterwegs einen Plan entwickelt, bei dem Dirty eine wichtige Rolle spielen würde. Doch er war nur unter größten Mühen davon zu überzeugen gewesen, denn zur Umsetzung war ihm ein großes Opfer abverlangt worden. Kupferbart öffnete ohne zu zögern die Tür und trat hindurch, auch wenn er die Stimmung im Raum schon von draußen vernommen hatte.

»Meine Haare, meine schönen Haare«, heulte Dirty und blickte dabei trübselig auf ein Büschel Haare in seiner Hand.

Maladin war dabei, ihm den Kopf zu rasieren. »Die wachsen doch wieder nach«, versuchte der Achtel-Dschinn ihn zu beruhigen, doch Dirty jammerte mit herzzerreißendem Blick weiter.

»Aber das sind dann andere Haare und nicht mehr die hier. Die sind für immer weg.« Er schniefte laut. »Erst Brenden, dann Instania, jetzt meine Haare. Nehmen die Verluste denn gar kein Ende?«

Kupferbart schüttelte den Kopf und sah Percy, der ebenfalls im Raum saß und schmunzelte – zu seinem Glück außerhalb von Dirtys Blickfeld. Ihm war wohl die Aufgabe übertragen worden, Dirtys Haare nach vollendeter Tat zusammenzufegen und in eine Schachtel zu werfen, die vor ihm auf dem Boden stand. Vielleicht wollte der grummelige, kleine Mann sie als Andenken behalten.

Kupferbart verdrehte die Augen und schnaubte. »Jammerst du deinen Fingernägeln auch so nach, wenn du sie schneidest?«, fragte er, da er es nicht über sich brachte, Mitleid für verlorene Haare zu empfinden.

Dirty starrte ihn böse an und streckte seine Hand aus.

Der Kapitän betrachtete sie und hob die Brauen. »Ach so«, murmelte er, »wenn deine Rationen zu klein sind, hättest du auch was sagen können. Du musst nicht extra deine …«

»Schnauze«, knurrte Dirty und lenkte seinen bekümmerten Blick wieder auf das Büschel Haare in seiner Hand. »Warum muss ich mich als Cragolock verkleiden. Kann das nicht Maladin machen?«

»Seh ich etwa aus wie ein Cragolock?«, entgegnete Maladin und rollte mit den Augen. »Und jetzt halt still, sonst schneide ich dich noch mit dem Messer.«

»Dann schneide ich dich mit meiner Axt.« Dirty hob demonstrativ seine Waffe vor das Gesicht des Achtel-Dschinns.

Kupferbart atmete einmal tief durch, um ruhiger zu klingen. »Weil du nun mal wie ein Cragolock aussiehst. Keinem sonst von uns würden sie das abkaufen.« Er suchte in der Kajüte nach seinem Handspiegel, den er zum Bartstutzen benutzte, und hielt ihn Dirty vors Gesicht. »Siehst du?«

Dirty kniff die Augenbrauen zusammen, während er missmutig in den Spiegel schaute. »Die Farbe passt nicht«, murmelte er und verzog die Nase.

»Da finden wir schon eine Ausrede, aber sonst hast du viel von deiner Mutter.« Der Kapitän betrachtete die grauen Furchen in Dirtys Gesicht, die denen erwachsener Cragolock auffällig ähnelten.

»Hätt ich dir das mal besser nicht erzählt«, murmelte Dirty, sah ihn dabei aber nicht an.

Kupferbart drehte sich um. »Macht weiter, wir sind bald da!«, befahl er noch über seinen Rücken hinweg und verließ die Kajüte.

Als der die Tür hinter sich geschlossen hatte, nickte er zufrieden. Es konnte funktionieren. Cragolock waren fremden Rassen gegenüber nicht offensichtlich abgeneigt, doch gab es genügend Bereiche in den Städten, in denen ihnen der Zugang nicht gestattet werden würde. Die Karte gab keinen exakten Hinweis darauf, wo in Crack Carock der Schatz von El Materen zu finden war. Das bedeutete, sie mussten mit großer Wahrscheinlichkeit jeden Winkel durchsuchen, und Dirty würde dafür die Erlaubnis bekommen. Eine letzte Suche noch und dann hieß es: auf zur Pirateninsel.

Kupferbart ging zurück zum Ruder und löste Hazel ab. Am Steuer stehend blickte er den glatten Felswänden vor ihm entlang. Viel war aufgrund der Windungen, die der Fluss nahm, nicht auszumachen, doch er war sicher, in wenigen Stunden würden sie die Hauptstadt der Cragolock erreichen.

Vor ihnen verbreitete sich die in schummriges Licht getauchte Klamm nach beiden Seiten, als sie den Flusslauf verließen und in einen kleinen See einfuhren. Hier drang ausreichend Tageslicht bis auf den Boden herab, um mehr von der Umgebung zu sehen als entlang des Weges. Die Mannschaft in den Tretbeibooten verlangsamte das Tempo, da sie nun vorsichtig manövrieren mussten. Der See war wie ein Halbrund geformt, so wie auch die von den Cragolock aus dem Stein gehauenen Wände drumherum. In der Mitte lag eine große, ebenso halbkreisförmige, dicke, metallene Plattform vor ihnen, die als Dock diente. Am Außenrand montiert ragten in Abständen massive, abgewinkelte Stahlstangen nach oben und über das Wasser, vorne schmäler als hinten. Zwei dicke Ketten baumelten von jeder Stange herab, weit genug auseinandergelegen, sodass selbst große Transportschiffe dazwischen passten. Die Enden der Ketten waren ins Wasser getaucht und reichten bis zum Grund des dunklen Sees, wie Kupferbart aufgrund des niedrigen Wasserstandes sehen konnte. Mit diesen

Hebevorrichtungen wurden die Schiffe aus dem Wasser gekrant, wenn der Pegel zu niedrig war, damit das Verladen auf einer Ebene mit dem Dock durchgeführt werden konnte. Außer ihnen waren noch drei weitere Schiffe angedockt, die einige Fuß in der Luft schwebten, vorne und hinten von Ketten gehalten. Unter den Schiffsrümpfen konnte Kupferbart so etwas wie vom Öl glänzende, schwarze, vielleicht lederne und an den Ketten befestigte Schlaufen sehen. Sie schmiegten sich an die Schiffe wie eine sanfte Umarmung, um damit Schäden beim Hochheben zu vermeiden.

Kupferbart ließ seinen Blick über das metallene Dock – das auch als Verladefläche diente – schweifen und betrachtete die große, offene Metalltür hinten an der Steinwand, durch die Waren von Cragolock hinein- und hinaustransportiert wurden. Er hob seinen Blick und entdeckte in regelmäßigen Abständen weitere solcher halbrunden Metallplatten, bis hin zum oberen Rand der Schlucht. Zu Zeiten der westlichen Pendelwende würde der See wohl bis zur Oberfläche reichen und dazwischen diente je nach Wasserstand eine andere Ebene als Anleger. Ein an der Oberfläche befindlicher Eingang in die Stadt existierte ebenfalls, wusste der Kapitän. In der Hauptstadt der Cragolock selbst war er noch nie gewesen, dafür in einer anderen, näher am Meer gelegenen Ortschaft. An der Oberfläche waren alle Ansiedelungen der Cragolock ähnlich simpel gebaut. Der Eingang dort bestand nur aus einem einfachen trapezförmigen Gebäude mit einer schweren Eisentür, hinter der eine Rampe hinunter in die Stadt führte. So gut wie alle Städte des kleinen Volkes waren unterirdisch gebaut, nur diejenigen, die nahe an der Küste lagen, besaßen zusätzlich vereinzelte Konstruktionen an der Oberfläche. Die meisten davon gehörten zum Hafen, um den Schiffshandel zu vereinfachen.

»Tretbeiboote verlassen und einklappen!«, rief Kupferbart der Mannschaft zu und alle gehorchten unverzüglich. Sie kletterten an den Netzen an Deck, und als alle an Bord waren, zogen sie an den dicken Riemen, um die Beiboote einzuholen. In der Zwischenzeit nutzte der Kapitän den verbliebenen Schwung, um die Flautilus vorsichtig unter zwei dieser Kranarme und zwischen deren Ketten zu manövrieren. Als sie sich genau zwischen den Armen befand, machte das Schiff einen kleinen Ruck und daraufhin stand es still. Der Kapitän sah, wie zwei Cragolock am Dock – je einer von ihnen saß am Ende eines Krans – Kurbeln betätigten. Es ruckte noch ein paar Mal und das ganze Schiff stöhnte mit hölzernem Seufzen auf, dann war die Flautilus in den Lederschlaufen festgezurrt. Weitere Kurbeln wurden betätigt und Kupferbart spürte, wie sich das Schiff langsam hob. Percy und der Rest der Mannschaft schauten dem Vorgang mit teils staunenden und teils besorgten Blicken zu. Bisher war die Flautilus immer nur Hafenstädte angefahren, dieser Ablauf hier war für viele neu. Er selbst hatte es bereits zweimal miterlebt, als er noch auf einem anderen Schiff als Quartiermeister diente.

Da es am Ruder nichts mehr zu tun gab, schritt Kupferbart zur Reling in der Mitte des Schiffes. Dort blickte er hoch und sah, wie die dicken Metallarme Zug um Zug kürzer wurden. Die vorderen dünnen Enden verschwanden langsam im dicken hinteren Teil. Sie wurden zum Anleger hingezogen. Aufgrund der kriechenden Geschwindigkeit dauerte es eine Weile, bis der Vorgang abgeschlossen war. Doch schlussendlich befand sich das Dock auf gleicher Höhe wie das Deck der Flautilus. Der Kapitän klappte das Querholz an der Reling hoch und machte einen langen Schritt. Begleitet von einem metallischen Geräusch betrat er das Dock.

»Seid gegrüßt!«, rief er freundlich den beiden Cragolock zu, die sein Schiff eingeholt hatten, und sie nickten höflich. Dann drehte er sich um und winkte seine Begleiter zu sich. Wie zuvor besprochen marschierten Dirty, Maladin und Percy auf das Dock und gesellten sich an seine Seite.

Als Dirty auf den metallenen Boden hüpfte, hob einer der Cragolock verwundert den Kopf. »Na so was, einer von uns.« Daraufhin kratzte er sich am nackten Kinn. »Was haste du denn für ne Farbe? Warste zu lange in der Sonne?« Der andere Cragolock kicherte. Beide besaßen die typische steingraue Hautfarbe der Cragolock mit zahlreichen zackigen Furchen darin, was bedeutete, dass sie schon ältere Exemplare ihres Volkes sein mussten.

Dirty brummte und erwiderte: »Ne, ich hab nen Sandstein im Stammbaum, deswegen bin ich so braun.« Die beiden Cragolock rissen überrascht die Augen auf, doch Dirty kümmerte sich nicht weiter darum und marschierte in Richtung des Tores.

Kupferbart schüttelte den Kopf. Dank der Folterinstrumente Instanias, dieses ... Make-ups, war es ihnen möglich gewesen, auf Dirtys Haut einige der typischen Tätowierungen aufzutragen, um ihn mehr wie einen Cragolock erscheinen zu lassen. Er hatte sich an ein paar der Muster erinnert, die seine Mutter getragen hatte, doch die graue Hautfärbung eines Cragolock nachzuahmen, war ihnen nicht gelungen.

Der Kapitän nickte den zwei Crags, die Dirty nachstarrten, zu und folgte ihm zusammen mit Maladin und Percy. Sein Sohn stopfte sich gerade irgendwas Essbares in den Mund, und Porky mit seinem untrüglichen Gespür hatte sofort überrissen, dass es dort möglicherweise etwas zu holen gab. Daher hockte er jetzt brav und lauernd auf Percys Schulter und blickte konzentriert jedem Bissen hinterher. Der Kapitän sah sich noch einmal um, doch es war recht wenig los auf der Verladeplattform. Ein paar Menschen standen herum und warteten, bis die Cragolock mit dem Entladen der Schiffe fertig waren, ansonsten war es auffällig ruhig.

Als Kupferbart und sein Trupp auf das Tor zumarschierten, kreuzte sich ihr Weg mit einem Cragolock, der gerade dabei war, eine Kiste ins Innere zu tragen. »Ein ruhiger Tag heute, wie es aussieht«, sagte der Kapitän beiläufig zu ihm, während sie zusammen durchs Tor schritten.

Der Crag hob den Kopf und schaute ihn verdutzt an, dann nickte er. »Klar, die meisten sind ja schon dabei, die Feier vorzubereiten. Nichts davon gehört?«

Der Kapitän stutzte. »Feier? Das Pendelwendfest ist doch erst in anderthalb Dekanden, außerdem findet es ja gar nicht hier in Crack Carock statt.«

Ein Lachen war die Antwort des Crags. »Das Pendelwendfest is was für Besucher und Reisende«, erklärte er. »Wir feiern was anderes. Heut is der hundertste Tag ohne ein Gefecht mit den Unterlingen.«

»Unterlinge?«, fragte Maladin verwundert.

»Fiese Wesen, die in der Erde leben. Nich so wie wir, noch viel tiefer drin. Manchmal stoßen wir beim Graben auf Nester von denen, scheuchense auf. Oder sie fühlen sich einfach nur von unserm Hämmern und Klopfen gestört, was weiß ich. Aber jetzt siehts so aus, als wärense weg.«

»Und wohin?«, fragte Kupferbart. Er blickte zu Percy, der gespannt lauschte. Porky stibitzte ihm währenddessen ein Stück getrocknetes Fleisch aus der Hand.

Der Crag zuckte mit den Schultern. »Keine Ahnung, einfach weg. Und das feiern wir heut ordentlich. Mit nem Jeremiah-Shortsight-Gedächtnis-Saufen.« Er grinste bis über beide Ohren.

»Klingt vernünftig«, kommentierte Dirty und rieb sich die Hände. Nach einem Seitenblick zu Kupferbart fragte er unschuldig: »Kann da jeder mitmachen?«

Der Kapitän rollte mit den Augen, doch Dirty ließ sich nicht beirren und wartete konzentriert auf die Antwort.

»Klar kannste, deine Begleiter auch, wennse wollen. Aber den Wettbewerb würd ich, wenn ich ein Mensch wär, auslassen. Falls es einer von euch nich überlebt, braucht ihr uns nich die Schuld dafür geben.« Der Crag musterte Dirty von oben bis unten. »Biste stabil gebaut, kannste dann auch gleich morgen bei der Massenschlägerei mitmachen. Obwohl du irgendwie kränklich ausschaust, dein gesundes Grau is weg.«

»Sandstein«, murmelte Dirty ausweichend, doch sofort wechselte er das Thema. »Massenschlägerei? Was für eine Massenschlägerei?«

Für Kupferbart lag eindeutig zu viel Interesse in seiner Stimme.

»Haste schon richtig gehört, eine richtige Massenschlägerei. Wir haben uns ja seit hundert Tagen nich mehr mit den Unterlingen kloppen dürfen.« Das Gesicht des Crag blieb bei diesen Worten ernst, doch seine Augen blitzten auf. »Wer als Letzter steht, gewinnt. Aber es wird nur mit Fäusten gekämpft, das is die einzige Regel.«

Der Kapitän schüttelte auf Dirtys Blick hin energisch den Kopf, bevor er einen interessierten Blick vortäuschte. »Da sind wir ja gerade rechtzeitig eingetroffen«, sagte er zum Crag. »Aber jetzt müssen wir uns erst mal um unsere Geschäfte kümmern. Danke für die Informationen.«

Der Crag nickte und bog in eine andere Richtung ab, und erst jetzt bemerkte Kupferbart, dass sie sich schon mitten in der Stadt befanden. Genauer gesagt in der Höhle, in der die Stadt gebaut war. Sie marschierten noch ein Stück des breiten Weges entlang, der sich, als Kupferbart einen Blick über das steinerne Geländer am Rand wagte, als Brücke entpuppte. Er blieb stehen und sah sich um, was seine Begleiter dazu veranlasste, seinem Beispiel zu folgen. Links und rechts von ihnen breitete sich eine riesige Höhle nicht natürlichen Ursprungs aus, die bis knapp unterhalb der Oberfläche verlaufen musste und in eine flache felsige Kuppel überging. Die Höhle schien wie ein gigantisches Wagenrad um einen riesigen steinernen Zylinder herum zu verlaufen, wobei die Speichen in diesem Fall unzählige Brücken zur Außenwand der Höhle auf unterschiedlichsten Ebenen darstellten. Kupferbart schätzte, dass das Bauwerk in der Mitte gut 600 Schritt im Durchmesser umfassen musste, doch hier unter der Erde vertraute er seinem Gefühl für Maßstäbe nicht so recht. Ein breiter Weg, ähnlich dem unter ihren Füßen, wand sich schlangenförmig um den Zylinder herum, in den viele kleine Löcher hineingebohrt worden waren, wohl damit Licht in die Innenräume gelangte. Die Außenseite der Rundhöhle zeigte einige, mindestens zehn mannbreite, tief in den Fels reichende Spalten, die ein ganzes Stück unter ihrer Position begannen und beinahe bis zur Decke reichten.

»Ganz schön hell hier, nicht?«, fragte Dirty grinsend und sprach weiter, als Percy und Maladin verwundert nickten. »Das liegt an der hellen Flamme ganz oben auf dem Gemeinschaftsturm, diesem zylinderförmigen Gebäude, die aus dem riesigen Schmiedeofen auf der ersten Ebene brennt. Von hier aus sieht man es nur ansatzweise, aber oberhalb vom Turm gibt es einen großen Hohlraum, der bis zur Außenwand der Rundhöhle verläuft. Dicke Säulen um den Turm herum stützen die Decke, damit nichts einstürzt.«

»Warum haben die Cragolock sich die Arbeit gemacht, so einen gewaltigen Hohlraum in den Stein zu schlagen, wenn danach erst wieder alles abgestützt werden muss?«, fragte Maladin mit gerunzelter Stirn.

»Damit man den Lichtkristall aufhängen kann«, erklärte Dirty. »Der hängt direkt über dem nach oben hin offenen Schmiedeofen.

Das Licht vom Ofen trifft auf den riesigen Kristall und der verteilt es über die ganze Höhle. Polierte Metallplatten, so wie die, die ihr hier überall hängen seht, nur größer, sind um den Kristall herum montiert, um das Licht zu verstärken und weiterzuleiten. Sieht alles zusammen ein bisschen aus wie eine nach unten hängende Blume mit geöffneten Blütenblättern.«

»Und mit den Metallspiegeln wird das Licht überall dorthin geleitet, wo es gebraucht wird«, schloss Kupferbart aus den Erklärungen. Er drehte sich und betrachtete die äußere und innere Wand der Höhle. Metallplatten waren wie von Dirty angesprochen dort angebracht, doch auch leuchtende, milchigweiße Kugeln konnte er entdecken. »Diese weißen Dinger da an den Wänden, sind das auch Lichtkristalle?«

»Genau.« Dirty nickte. »Nur kleinere Exemplare und rundlich geschliffen. Wenn einer der Lichtstrahlen auf sie trifft, so leuchtet der ganze Kristall auf und taucht seine Umgebung in Helligkeit. In den Innenräumen der Behausungen und im Gemeinschaftsturm hängen Unzählige davon rum.«

»Hell ja, dafür recht kühl«, merkte Maladin an und rieb sich die Oberarme. Dann fragte er Dirty: »Was befindet sich denn alles in diesem Gemeinschaftsturm, den du schon ein paar Mal erwähnt hast? Und wo sind die Behausungen der Crags angesiedelt? Auf den ersten Blick sehe ich hier keine Unterkünfte.«

Dirty erklärte es ihm lächelnd. »Da vorne im Turm sind die Allgemeinflächen drin. Ganz oben in den ersten zwei Ebenen die Schmiede und Handwerker, in den nächsten die Händler, dann kommt schon die Versammlungs- und die Festhalle. Darunter ist gleich die Arena und so weiter. Von der Rundhöhle ausgehend wurden diese Spalten dort in den Stein getrieben, und da drin sind die Behausungen der Cragolock. Direkt in die Wände gehauen. Die Brücken, die ihr überall seht, gibt es auch in großer Zahl in den Spalten. Treppen gibt es obendrein, um auf alle Ebenen zu gelangen. Nicht jede dieser Spalten ist bewohnt, ein paar sind auch nur zum Erzabbau da. Wäre ja lästig, wenn man schlafen möchte und nebenan gerade jemand nach einer Erzader schürft.« Er breitete die Arme aus. »Könnte man sich die Stadt von oben anschauen, würden die Spalten wie gezeichnete Sonnenstrahlen aussehen. Und der Gemeinschaftsturm steht als Sonne in der Mitte.«

»Du weißt viel über Crack Carock«, merkte Maladin bewundernd an. »Warst du schon öfters hier?«

Dirty schüttelte den Kopf. »Nein, aber meine Mutter hat mir oft von dem Ort erzählt. Wurde dabei immer recht rührselig. Hm, kann ich irgendwie verstehen.« Er verstummte und ließ seine Blicke gedankenverloren durch die Höhle schweifen.

Percy begab sich zum niedrigen Geländer der Brücke und blickte nach unten, unmittelbar darauf wich er mit einem hastigen Schritt zurück. Porky grunzte nervös.

Dirty kicherte, als er Percys Gesicht sah. »Ja, da gehts ordentlich tief hinunter. Frag nicht wie tief. Meine Mutter hat gemeint, sie haben unten absichtlich keine Metallspiegel und Lichtkristalle mehr aufgehängt. Damit man den Boden nicht sieht und Besucher es mit der Angst zu tun bekommen sollen. Aber irgendwo da unten ist auf jeden Fall Schluss.«

»Na schön«, beendete Kupferbart den Städtekunde-Unterricht und nahm Porky von Percys Schulter. »Lasst uns besprechen, wie wir uns aufteilen sollen.«

Sie steckten die Köpfe zusammen und hatten rasch einen Plan ausgearbeitet. Dirty würde, wie es von vornherein klar war, die für Menschen nicht zugänglichen Bereiche absuchen, während der Rest den Gemeinschaftsturm erkunden würde.

»Wie immer gilt, Augen und Ohren offen halten«, schloss Kupferbart die Besprechung ab. »So wenig mitteilsam, wie die Cragolock sind, was ihre Geheimnisse angeht, würde ich vermuten, der Schatz war all die Dekannulare über in ihrer Schatzkammer eingeschlossen. Wir müssen herauskriegen, wo sie ist, und danach einen Weg hinein finden. Los gehts.«

Maladin und Percy marschierten zusammen los und Kupferbart wollte sich gerade ebenfalls auf den Weg machen, da hielt ihn Dirty beim Arm fest. »Moment noch, Kapitän. Ich bräuchte noch ein bisschen Gold. Muss was in den oberen Ebenen erledigen und die Münzen, die ich dabei hab, könnten nicht ausreichen. Dafür übernehme ich die ersten zwei Ebenen vom Turm.«

»Wozu brauchst du das Gold?«, fragte der Kapitän und kniff die Augen zusammen.

»Wirst du dann sehen. Ist noch ein Geheimnis, da ich nicht weiß, ob was daraus wird.« Er grinste frech. »Aber wenn, wirst du dich sehr freuen, das versprech ich dir.«

Kupferbart forschte nach Hinweisen, was Dirty im Schilde führte, doch ließ er sich nichts anmerken. Also seufzte er, holte seinen Geldbeutel heraus und zählte die Hälfte der Münzen ab. Dann drückte er sie Dirty in die Hand. »Den Rest will ich wiederhaben«, erklärte er in forderndem Tonfall.

Dirty grinste, nahm die Münzen und verstaute sie in seinem eigenen Beutel. Danach zeigte er auf eine Stelle des Gemeinschaftsturms. »Wir gehen dorthin, dort gibt es Aufzüge. Plattformen, die mit Ketten hoch- und runtergezogen werden und auf jeder Ebene Halt machen. Dauert zwar eine Weile, aber immer noch besser, als zu Fuß da hochzusteigen.«

Kupferbart nickte erleichtert und gemeinsam machten sie sich auf den Weg zu den Aufzügen, um eine letzte Suche nach Hinweisen zu beginnen. Er blickte sich um und für einen Moment drängte sich der Gedanke an Silberbart seinem Geist auf. War er möglicherweise schon hier gewesen und hatte den Schatz geplündert? Sofern nicht, würde er mit seiner Wellenbrecher nicht mehr den Fluss befahren können, dafür hatte sie zu viel Tiefgang. Doch wenn er bereits hier gewesen wäre, hätten die Cragolock wohl empfindlicher auf Menschenbesuch reagiert, Silberbart hinterließ … Spuren. Das bedeutete, sie hatten Zeit, um sich umzusehen. Zeit, um ein letztes Mal einen Ort zu erforschen, bevor der Schatz in ihren Händen lag. Und dann … Er hatte sich bereits zurechtgelegt, was seine erste Amtshandlung sein würde, wenn er erst König der Pendelpiraten wäre. Sie hatte mit Silberbart zu tun, daran gab es keinen Zweifel. Kupferbart lächelte bei dem Gedanken.

Wo ist der Schatz?

Kupferbart hatte für sich diejenigen Ebenen zur Erkundung ausgewählt, in denen sich die Audienz- und Verwaltungsebenen sowie andere administrative Bereiche befanden. Dirtys Fähigkeit, die Sprache der Cragolock lesen zu können, hatte sich dabei als äußerst nützlich erwiesen. Vor den Aufzügen waren Tafeln angeschlagen, auf denen Erklärungen zu den einzelnen Ebenen des Gemeinschaftsturms geschrieben standen. Porky lag nun wieder schlafend auf seiner Schulter, da sein Flugmeerschwein dank wiedererworbener Flugfähigkeiten einer strengeren Hand und gelegentlicher Ermahnungen bedurfte. Nebenbei wäre er dort, wohin Percy und Maladin unterwegs waren, kaum zu bändigen gewesen.

Als Erstes suchte sich der Kapitän die hohe Audienzhalle aus, die jedoch so gut wie leer stand. Drei imposante und reich verzierte Throne standen in einem Bereich in der Mitte. Sie waren aus verschiedensten Metallen gefertigt und erstrahlten in hellem Glanz, was an einem direkt darüber hängenden Leuchtkristall lag, der von einem Strahl gelenkten Lichtes zum Glimmen gebracht wurde. An diesem Tag gewährten die Tridaktoren, die drei Herrscher, keine Audienz, da sie sich wie die meisten Crags auf das Fest vorbereiteten. Vor allem der Meisterbrauer, der neben dem Meisterschmied und dem Meistergräber die Cragolock anführte, würde bei der Organisation eines Trinkwettbewerbs kaum Zeit für andere Beschäftigungen finden.

Da er auf dieser Ebene keine beiläufige Unterhaltungsmöglichkeit entdecken konnte, wanderte Kupferbart zurück zu den Aufzügen und fuhr damit eine Ebene nach unten, in die Verwaltungsebene. Die Aufzugsplattform bestand, so wie die, mit der sie hochgefahren war, aus einer fünf Schritt breiten, metallenen Bodenplatte mit einer ebenso metallenen Stange als Geländer drumherum. An jeder Ecke war eine Kette angebracht, die alle über seinem Kopf zusammenliefen und in eine dickere Kette übergingen. Nur ein gelegentliches Schaukeln und Ruckeln störte die ansonsten sanfte und fließende Bewegung des Aufzugs.

Auf der nächsten Ebene angekommen, sah der Kapitän sogleich, dass hier schon mehr Betrieb herrschte, nachdem er den großen, runden Raum betrat. Er war niedriger als die Audienzhalle und beherbergte einen geschlossenen Bereich in der Mitte mit vielen Eingängen. Vor diesen standen in mehr oder weniger langen Schlangen Cragolock an, um ihre Ansuchen den Verwaltern vorzubringen. Es waren wohl auch weibliche Cragolock darunter, denn neben der typischen schwarzbraunen Lederkluft entdeckte er auch Lederschürzen, die einigen Crags bis zum Knie reichten. Bei den Jüngeren konnte er kaum Unterschiede zwischen den Geschlechtern ausmachen, sie alle besaßen ein glattes, graues Gesicht. Doch bei den älteren Crags zeigten sich bei so einigen feinere, geschwungene Furchen auf der Haut, die fast schon Mustern glichen und nichts mit dem Alter zu tun haben konnten. Der grimmige Ausdruck war jedoch allen gleichermaßen ins Gesicht geschrieben.

Kupferbart wandte seine Aufmerksamkeit von den Wartenden ab und begutachtete die Gehwege links und rechts von ihm. Dort entdeckte er einen kleinen, steingemeißelten Schalter an der Außenmauer, hinter dem ein älterer Cragolock saß. Da dieser gerade unbeschäftigt wirkte, schlenderte Kupferbart wie beiläufig auf ihn zu, in der Hoffnung, ein paar Informationen zu erhalten. Am Schalter angekommen, lehnte er sich dagegen und blickte sich erst eine Zeit lang demonstrativ um. »Ganz schön was los heute«, sagte er dann zum alten Cragolock, während er seinen Blick auf die Warteschlangen gerichtet hielt.

»Kannste wohl laut sagen«, antwortete ihm der Crag, als er merkte, dass Kupferbart ihn gemeint hatte. »Die Anfragen auf Grabungsbewilligungen und Lagerlizenzen halten sich im Rahmen, doch viele sind gekommen, um 'nen Lohnvorschuss zu beantragen.«

Kupferbart nickte. »Wegen des Festes, stimmts?«

»So isses. Die Speisen stehen allen frei, doch Getränke müssen die Leute selber bezahlen, außer jene, die man beim Trinkwettbewerb vorgesetzt bekommt.« Der Crag kicherte heiser. »Wenn die Getränke auch umsonst wären, würden die Schatzhallen wohl schon nach 'nem Tag leerstehn.«

Der Kopf von Kupferbart zuckte, doch versuchte er, seiner Stimme nichts anmerken zu lassen. »Ja, die legendären Schatzhallen der Cragolock«. Er nickte und tat so, als wüsste er Bescheid. »Hab schon einiges davon gehört. Sollen bis oben hin mit Reichtümern vollgestopft sein. Ist sicher ein prächtiger Anblick, könnte ich mir denken.« Er schielte in Richtung des Crags, ob seine Worte eine misstrauische Reaktion auslösten, doch der Alte nickte nur und blickte verträumt. »Ja, das isser wirklich«, sagte er und schnalzte mit der Zunge. Dann drehte er sich zu Kupferbart hin. »Haste sie wohl noch nie gesehen, was? Wennste willst, kannste gern 'nen Blick hineinwerfen.«

Der Kapitän riss überrascht die Augen auf und starrte den Crag an. »Ich kann da einfach so reinspazieren?«

Der Alte lächelte nachsichtig. »Na ja, die sind natürlich bewacht, aber hauptsächlich, um die andern Crags fernzuhalten. Ich denk mal, bei 'nem Menschen besteht weniger Gefahr. Also, was is jetzt? Willste die Schatzhallen sehen?«

Kupferbart vergaß auf sein beiläufiges Gehabe und stimmte begierig zu. Der Crag winkte einen jungen Cragolock herbei, der bisher teilnahmslos in der Nähe des Schalters gestanden hatte. Offensichtlich schien er ein Bediensteter zu sein und nicht nur einer der Besucher, wie der Kapitän bisher vermutet hatte. Der alte Crag trug dem Jungen auf, ihn zu den Schatzhallen zu begleiten, worauf sie sich unverzüglich auf den Weg zu den Aufzügen machten. Der Junge lief schweigend vor ihm einher, also prägte sich Kupferbart bereits im Geiste mögliche Routen, dunkler gelegene Schleichwege und Seitengänge ein. Der Aufzug zu den Schatzhallen lag, wie es schien, auf der gegenüberliegenden Seite zu jener, von der aus Kupferbart und seine Mannschaft die Stadt betreten hatten. Den Schatz unauffällig quer oder um den Gemeinschaftsturm herum auf das Schiff zu bringen, würde gute Planung voraussetzen. Doch immer noch besser, als ihn aus irgendeiner gut bewachten Höhle tief im Untergrund hinauszuschleppen. Eine frei zugängliche Schatzkammer war im Vergleich dazu dann doch wesentlich einfacher, als er vermutet hätte. Von solchen Gedanken beflügelt stiegen in Kupferbart Glücksgefühle hoch. Jetzt hieß es nur noch, den Schatz von El Materen zwischen all den Schätzen der Cragolock ausfindig zu machen. Er hatte keine Ahnung, wie dieser aussehen mochte.

Doch dann schürzte er die Lippen. Wenn vor ihm tatsächlich eine riesige Kammer voller Schätze wartete, warum sollte er überhaupt noch diesen umkämpften Schatz finden wollen? Er hatte ja immer noch seinen alternativen Plan: reich werden und Secrookla aufkaufen. Dazu wäre der Piratenschatz gar nicht mehr nötig, wenn ein anderer, mindestens ebenso wertvoller in Reichweite lag. Schon wollte er sich damit zufriedengeben, da kam ihm das Schicksal von Brenden in den Sinn. Und das Gesicht von dessen Eltern, als er ihnen die Nachricht seines Todes überbrachte. Sein Blick verfinsterte sich ... Nein, Silberbart musste bekommen, was er verdiente. Der Schatz von El Materen musste von ihm, Kupferbart, gefunden werden. Wenn genügend Zeit und Platz blieb, konnten sie ja immer noch ein paar Teile vom Schatz des kleinen Volkes mitgehen lassen.

Als er sich wieder auf sein Umfeld konzentrierte, bemerkte er, dass es schon an der Zeit war, den Aufzug zu verlassen. Sie hatten einige Stockwerke hinter sich gelassen und waren nun auf einer tief gelegenen Ebene des Gemeinschaftsturms. Nach einem kurzen Stück des Weges stießen sie auf zwei Wachen, die vor einer halbrunden, geschlossenen Metalltür standen.

»Der Mensch hier hat die Erlaubnis, die Schatzhallen zu sehen«, erklärte sein junger Begleiter den Wachen. Sie musterten ihn daraufhin mit einer Mischung aus Misstrauen und Eifersucht, doch öffneten sie ohne weitere Worte die schwere Tür.

Kupferbart unterdrückte das Bedürfnis, sich begierig die Hände zu reiben, und betrat zusammen mit seinem Begleiter die riesige Halle. Dort blieb er nach wenigen Schritten mit großen Augen stehen.

»Das is die Schatzhalle der Cragolock«, verkündete der Crag neben ihm stolz und machte eine ausschweifende Bewegung mit seiner Hand. »Von denen gibt es noch drei weitere unter uns. Unser ganzer Reichtum ist hier gelagert. Da staunste, was?«

»Äh«, machte der Kapitän. Es gelang ihm nicht, zu verhindern, dass sein zuversichtliches Gesicht dahinschmolz und sich in ein verzagtes verwandelte. Er blinzelte und sah sich konzentriert um, ob er etwas im Raum übersehen hatte, das seinem ersten Eindruck entgangen war. Doch nein, überall bot sich derselbe Anblick. Reihe um Reihe lagerten in der düsteren Halle übereinandergeschichtet riesige, beschlagene Holzfässer. Nichts glänzte, nichts funkelte.

Porky wachte kurz auf, schnüffelte und legte seinen Kopf wieder auf die Schulter. Selbst für ihn gab es hier nichts von Interesse.

»Das da ist der Schatz der Cragolock?«, fragte Kupferbart ungläubig und sah den jungen Crag an, um sicherzugehen, dass sie denn vom selben sprachen.

»Das isser«, antwortete der mit einem breiten Grinsen. »Ein herrlicher Anblick, nich?«

Der Kapitän hüstelte und räusperte sich, bevor er antwortete. »Äh, ja, herrlich, genau so ist es.« Fässer mit Alkohol, das konnte doch nicht der Schatz der Cragolock sein, oder? Er musste klug vorgehen, um mehr Informationen aus seinem Begleiter herauszukitzeln. Also zeigte er auf die Reihen und sagte beeindruckt: »Das muss sicher ein Vermögen gekostet haben. Kisten voller Gold sogar, würde ich meinen. Habt ihr die etwa auch einfach so in euren Schatzhallen stehen? Wie euer, äh, abgefülltes Vermögen?« Er setzte einen besorgten Blick auf.

Der Crag schüttelte verständnislos den Kopf. »Was sollen wir mit Gold? Gold besitzen wir nich viel, das is doch nur Mittel zum Zweck. Wir bevorzugen das flüssige Gold, das hier gelagert is.«

»Gar kein Gold?«, fragte Kupferbart ungläubig. »Kein Raum mit einem Berg voll glänzender Schätze? Keine Pokale, Kronen, Ketten oder sonst welchen Tand aus Gold und Edelsteinen?«

Der Crag starrte ihn verwundert an. »Was soll uns so ein Berg voll Gold und Edelsteine denn nützen? Der Großteil der Edelsteine wird auf Sandazaar gefunden und die behalten sich diese Dirabs. Und Trinkpokale aus Gold? Die verbeulen doch sofort, wenn manse aus einer beschwingten Laune heraus mal aufn Boden, gegen 'ne Wand oder 'nen Schädel knallt. Zeug aus Gold wär echt nich zu viel mehr nütze, als es in einen Raum auf einen Haufen zu werfen. Und dann? Sollen wir uns etwa draufsetzen, oder darin baden? Hab noch nie gehört, dass man mit Gold den Dreck unter seinen Nägeln rauskriegt.« Er verzog missbilligend das Gesicht. »Wenn dir unser Schatz nich gefällt, war der Weg für dich wohl umsonst.«

Der Kapitän hob beschwichtigend die Hände. »Nein, nein, euer

Schatz ist toll. Auf meinem Schiff habe ich auch Fässer voller Rum gelagert. Ich verstehe schon, wie das bei euch Crags funktioniert. Geld muss fließen und das am besten die Kehle hinunter.« Er grinste breit, um den Crag zu beschwichtigen. Das Letzte, was sie bei ihrer Suche brauchten, war ein aufgebrachter Crag, der überall herumerzählte, dass Menschen in ihrer Stadt nach einem Berg voll Gold forschten.

»Mhm«, machte der Junge nachdenklich, dann wurde sein Blick versöhnlicher. »Fässer voller Rum, sagtest? Klingt so, als besäßeste auch 'nen kleinen Schatz.«

»Haben wir, haben wir«, stimmte ihm der Kapitän sofort zu. »Und weißt du was? Als Dank für deine Führung lasse ich dir, sobald ich wieder auf dem Schiff bin, ein kleines Fässchen zukommen. Wie klingt das?«

Der Crag strahlte bis über beide Ohren. »Ausgezeichnet. Damit hat sich die Führung wohl doch ausgezahlt, vor allem für mich.« Er stieß Kupferbart freundschaftlich mit dem Ellbogen an.

Der Kapitän nickte und lächelte, doch als sie die Schatzhalle wieder verließen, warf er noch einen letzten verzweifelten Blick über die Schulter. Ohne Schatzhallen mit einem echten Schatz konnte sich die Suche verkomplizieren und in die Länge ziehen. Auch ohne Verfolger direkt im Nacken standen ihnen nicht Unmengen an Zeit zur Verfügung. Entweder würde der Fluss trockenlaufen und sie festsitzen – oder noch schlimmer – Silberbart würde irgendwann hier aufkreuzen. So hartnäckig wie er war, wäre er mit Sicherheit bereit, über den Landweg bis zur Hauptstadt der Cragolock zu marschieren. In diesem Moment wünschte sich Kupferbart Instania und ihre besonderen Befragungsmethoden herbei. Ihr wären sicher die besseren Chancen auf Informationen beschieden gewesen. Oder sie hätte mit ihrer magischen Geschwindigkeit die Stadt in kürzester Zeit absuchen können. Doch Instania war weg. Verloren. Kupferbart seufzte und hoffte inständig, dass seine Begleiter erfolgreicher waren als er.

Percy verließ zusammen mit Maladin wieder die Versammlungshalle. Der weitläufige Saal mit steinernen Sitzbänken war so gut wie leer gestanden, daher war Percys Blick beim Durchschreiten an der

Beleuchtung hängengeblieben. Die Leuchtkristalle in der Stadt der Cragolock waren für ihn neu, doch diese Metallspiegel hatte er schon einmal gesehen, wie er sich schmerzlich erinnerte. An einem anderen Ort, am anderen Ende der Welt, den er am liebsten vergessen wollte. Doch hatten sich die Ereignisse dort unlöschbar in seinen Schädel eingebrannt. Er schüttelte den Kopf, als würde das etwas nützen, und konzentrierte sich wieder auf den Weg.

»Hier hätten wir uns die Suche sparen können«, meinte Maladin neben ihm und warf noch einen letzten Blick über die Schulter. »Fahren wir zur nächsten Ebene. Als wir dort vorbeigefahren sind, hat es nach ordentlich Betrieb sowohl geklungen als auch ausgesehen.« Er grinste. »Der Crag unten am Eingang hat ja von einem Trinkwettbewerb heute erzählt. Wenn die Crags doppelt so viel trinken wie Dirty, der ja nur ein halber ist, werden sie das halbe Meer die Kehle hinunterstürzen. Nur wird es nicht Wasser sein, das sie sich zu Gemüte führen.«

Percy nickte zustimmend und sie näherten sich dem Aufzug. Auch er hatte beim Vorbeifahren an der Ebene darunter verheißungsvolle Dinge bemerkt, doch nicht mit Augen oder Ohren, sondern mit seiner Nase. Beinahe hätte er bei dem Gedanken gegrinst, doch dann standen sie auch schon vor dem unliebsamen Aufzug, von denen es vier Stück gab, an jeder Seite des Turms einen. Percy betrachtete mit mulmigem Gefühl die Plattform, die gerade von oben herabglitt und ein paar Momente anhielt, um einen der Crags aussteigen zu lassen. Mit vorsichtigen Schritten folgte er Maladin und stellte sich genau in die Mitte der Metallplatte. Er versuchte, seinen Blick geradeaus zu halten, doch büchste eine Pupille immer wieder aus und wanderte nach unten zur Metallstange, die er für ein ordentliches Geländer als viel zu dünn und brüchig erachtete. Dann unter die Stange hindurch, wo nichts als gähnende Leere begierig lauernd darauf wartete, nach ihm zu greifen und ihn in den Abgrund zu ziehen, sobald er sich auch nur einen Schritt bewegte. Doch Percy war nicht bereit, ihr den Gefallen zu tun. Ein paar Cragolock, die auf der Plattform standen, grinsten ihn auf – seiner Meinung nach – fiese Weise an.

»Höhenangst?«, fragte Maladin ihn und grinste ebenfalls.

Percy nickte verzagt blickend.

»Zum Glück ist es nicht weit und das Schaukeln hält sich auch in Grenzen. Die Crags scheinen technologisch weit fortgeschritten zu sein, auf so einem Ding bin ich noch nie gefahren. Ist irgendwie aufregend.« Er trat ans Geländer, umfasste die dünne Stange und streckte seinen Kopf darüber, um nach unten zu blicken.

Percy presste die Lippen zusammen. Er war sicher, eine unsichtbare Hand würde jeden Moment erscheinen, Maladin packen und ihn mit der geballten Macht der Schwerkraft nach unten ziehen. Diesen Anblick wollte er sich ersparen, daher richtete er seinen Blick wieder geradeaus auf den Spalt, der in die Außenwand der Rundhöhle gehauen worden war. Von hier aus hatte er einen guten Blick tief hinein, wo an jeder Seite in die Felswände gehauene Öffnungen zu sehen waren. Das mussten die Behausungen der Cragolock sein, genauer gesagt, deren Türen. Kleine Öffnungen über den Türen dienten wohl dazu, das von den unzähligen, kleinen Metallspiegeln reflektierte Licht in die Wohnräume zu leiten. Aus diesem Winkel betrachtet war es schwer auszumachen, doch die Felswände im Spalt wirkten aus dieser Nähe betrachtet nicht mehr so glatt, wie sie von der Brücke unten erschienen. Percy meinte, Muster und Reliefs zu entdecken, doch was sie darstellen sollten, konnte er jedoch nicht bestimmen. Auch in die Wände des Gemeinschaftsturms hatten die Crags Muster geschlagen, stellte Percy fest, als er sich umdrehte. Einige bildeten mysteriöse Zeichnungen ab, andere schienen dazu gedacht, Begebenheiten aus der Geschichte der Cragolock zu erzählen. Er betrachtete Schmiede, die mächtige Waffen anfertigten, Gelage mit unzähligen Crags, die auf Bänken saßen oder darunter lagen. Weiters sah er Bilder von Schlachten gegen Wesen, die Percy noch nie zuvor gesehen hatte. In alle Bilder war an passenden Stellen glänzendes und mattes Metall eingegossen worden, um Figuren oder Details hervorzuheben.

Entschlossen hielt Percy seinen Blick auf die Bilder gerichtet, die ihm als ausgezeichnete Ablenkung von der Fahrt über einem bodenlosen Abgrund dienten. Schließlich seufzte er erleichtert auf, als der Aufzug endlich anhielt. Eine schmale Metallplatte klappte nach unten, damit am Boden kein Spalt zwischen dem Aufzug und der Plattform entstand. Percy dankte den Cragolock im Stillen, dass sie zumindest bei dieser Konstruktion an ihn und solche wie ihn gedacht hatten.

Im Anschluß betraten sie die Halle, wodurch Percy seine Ängste augenblicklich vergaß. Er fühlte sich hier sofort wohl, denn seine Nase hatte ihn nicht betrogen. Es ging geschäftig zu, überall rannten Cragolock durch die Gegend und bereiteten die riesige Halle für das Fest her. An den Außenwänden entlang waren auf langen, steinernen Tischen schon Unmengen an Speisen aller Art aufgestapelt. In der Mitte hatte man runde Steintische hingestellt, die gerade mit dunklen, hölzernen Hockern bestückt wurden. An jedem Tisch zählte Percy genau zehn davon. Riesige Trinkfässer ragten bunt im Raum verteilt auf, mit einem kleinen Tisch davor, auf dem tönerne und metallene Krüge und Becher standen.

Sie durchwanderten mit langsamen Schritten den Raum und betrachteten alles staunend. Als sie an einer der Steinplatten vorbeikamen, ließ Percy unauffällig ein Stück Brot, Trockenwurst und einen Apfel mitgehen. Mit geübten Handgriffen verschwand alles in seiner Tasche, die er stets bei sich trug.

»Ein guter Platz zum Feiern, aber ein schlechter, um einen Schatz zu verstecken«, meinte Maladin nach einiger Zeit, nachdem sie den Saal zur Gänze umrundet hatten. Percy stimmte ihm nickend zu und zog Maladin mit in Richtung der Wand, wo sie alles im Blick behalten konnten. Auf dem Weg dorthin sprach sie ein junger Crag mit einer Kiste voller Becher an, der zwar kurz die Brauen hochzog, doch freundlich dreinblickte. »Menschen in Crack Carock? Kommt auch nicht oft vor. Seid ihr wegen des Festes hier?«

»Genau«, stimmte Maladin ihm zu, blieb stehen und grinste entwaffnend. »Wir haben zufällig davon erfahren. Vor allem interessiert uns der Trinkwettbewerb heute. Schließlich ist er ja nach einem berühmten Menschen benannt worden.«

Der Crag nickte anerkennend. »Ja, Jeremiah Shortsight. Hat das Trinkspiel zu uns Crags gebracht und es auch auf Anhieb als bisher einziger Mensch in die Finalrunde geschafft. Nich, dass es danach noch viele probiert hätten, nachdem, wie es für ihn ausgegangen is. Wisste schon.«

Percy nickte, er kannte die Geschichte, zumindest die wesentlichen Dinge darin. Vor allem das Ende.

»Wie läuft so ein Wettbewerb eigentlich ab?«, fragte Maladin interessiert.

Der Crag zeigte auf die runden Tische, die in der Mitte der Halle standen. »Der Bewerb wird dort ausgetragen. Auf jedem der zehn Tische hocken zehn Teilnehmer. Wenn der Gong ertönt, gehts los und jeder versucht, so viele Becher Bier zu kippen, wie er schafft. Wenn der erste am Tisch vom Hocker fällt, is der Bewerb für diesen Tisch vorbei und die Becher werden gezählt. Wer am meisten runtergekippt hat, kommt in die morgige Finalrunde.«

Maladin nickte. »Also trinken bis zum Umfallen, im wörtlichen Sinne. Und wenn jemand umgestoßen wird oder freiwillig aufsteht, weil er pinkeln muss?«

Der Crag grinste, dann schüttelte er den Kopf. »Keiner stößt 'nen anderen Trinker vom Tisch, da würde er sich doch selber um Freigetränke bringen. Und wer freiwillig aufsteht, hat in den folgenden Tagen ein hartes Leben. Immerhin hat er die anderen um Freigetränke gebracht. Das System is sozusagen selbstregulierend.«

Nachdem Maladin keine weiteren Fragen mehr hatte, ging der Crag wieder seiner Wege und sie machten sich auf zu ihrem Ziel an der Wand. Dort angekommen suchten sie sich einen Platz zwischen zwei Steinplatten, wo sie weder im Weg standen noch beachtet wurden. So verweilten sie dort und beobachteten die umherlaufenden Cragolock.

Nach einer Weile sagte Maladin zu Percy: »Du bist wohl ein recht schweigsamer Mensch, oder?« Er blickte ihn an. Percy verzog das Gesicht und wusste nicht recht, wie er darauf antworten sollte, doch verschaffte sich schon ein breites Grinsen in Maladins Gesicht Platz. »Keine Sorge, der Kapitän hat mir von deinem Problem erzählt. Kennst du auch meines?«

Percy sah ihn an und wackelte unschlüssig mit dem Kopf. Ihm war geläufig, dass Maladin ein Achtel-Dschinn war und dadurch gelegentlich ein sogenanntes Dschinn-Ding ausgelöst wurde, wenn jemand ohne nachzudenken einen Wunsch formulierte. Da Percy solche unbewussten Entgleisungen mit Sicherheit nicht passieren würden, hatte er nicht weiter darüber nachgedacht.

Maladin blickte wieder in die Menge und sprach weiter: »Ist auch besser so. Je weniger die Leute darüber wissen, desto weniger kann passieren. Aber mit dir als Begleitung ist es schwerlich möglich, dass du unbewusst einen Wunsch aussprichst und etwas Unerwartetes passiert.« Er hielt kurz inne, bevor er weitersprach. »Ich bin sowieso mehr der ruhige Typ, höre lieber zu, um aufmerksam zu bleiben, wann Gefahr droht und ich meine Ohren verschließen sollte. Als Instania noch unter uns weilte, war Reden im Grunde auch überflüssig, sie übernahm diesen Teil gerne für zwei oder drei Leute.« Er seufzte schwermütig. »Doch jetzt, wo sie weg ist, ist es irgendwie recht ruhig geworden auf dem Schiff. Ich bin froh, dass wir schon fast am Ende unserer Suche sind. Sobald der Kapitän Piratenkönig geworden ist, wird er wohl nicht mehr die See befahren. Dann wird es auch für mich Zeit, zu überlegen, ob ich mir etwas Ruhigeres suchen sollte. Auf der Pirateninsel scheint es genug Arbeit zu geben, vielleicht fange ich in einer Destillerie an. Jemand, der Rum herstellt, findet dort sicher viele Freunde.« Er grinste schief, dann schwieg er.

Percy hatte ihm aufmerksam zugehört und genickt. Er konnte sich nicht vorstellen, selbst einmal ein Leben als Pirat zu führen. Percy, der plündernde Pendelpirat. Das klang zwar furchterregend, doch nicht im zielführenden Sinne. Die Pirateninsel jedoch klang vielversprechend. Wo es Rum gab, gab es Zuckerrohr. Und wo es Zuckerrohr gab, gab es Zucker. Er konnte ja eine Konditorei auf der Insel eröffnen und damit sein Hobby und seine Leidenschaft mit dem Beruf verbinden. Wo Essen zubereitet wird, musste Essen verkostet und verzehrt werden. Er grinste, dann spürte er, dass sein Magen seinen Gedanken gelauscht haben musste und nun zu knurren begann. Also blickte er verstohlen umher, ob es Beobachter gab, und holte schließlich die Wurst und das Brot aus seiner Tasche. Percy lehnte sich an ein Metallrohr, das senkrecht an der Wand entlang verlief. Gerade wollte er genüsslich zubeißen, da sprang er wie von einer Sheagra-Hornisse gestochen wieder von der Wand weg. Er hielt sich den brennenden

Arm und blickte unglücklich auf den steinernen Boden. Vor Schreck und vor Schmerz hatte er sein Essen fallen lassen.

Maladin drehte sich überrascht zu ihm hin, musterte erst ihn, dann das Rohr. Vorsichtig hielt er seine Handfläche über das Metallrohr, ohne es zu berühren. »Scheint glühend heiß zu sein«, sagte er und runzelte die Stirn. Er hob und senkte den Kopf, um dem Verlauf des Rohres zu folgen, das in der Decke und im Boden verschwand. »Ach, daher ist es hier drin viel wärmer als draußen in der zugigen Rundhöhle«, meinte der Achtel-Dschinn und nickte verstehend.

Percy verzog nur das Gesicht und rieb sich den Arm. Diese Erkenntnis hätte gerne auf weniger schmerzvolle Art zu ihm gelangen dürfen.

»He, keiner greift das Essen an, solang das Fest noch nich begonnen hat!«, rief da eine zornige Stimme. Ein Crag mittleren Alters kam angestapft und zeigte auf das Essen am Boden. »Und Müll wird hier auch nich liegengelassen. Räumt das gefälligst weg.«

Percy grinste entschuldigend und Maladin versuchte, den Crag zu beschwichtigen. »Entschuldigung, das ist nicht mit Absicht passiert. Dieses Rohr hier ist verdammt heiß, wie mein Freund schmerzlich erfahren musste.«

Der Crag stand nun vor ihnen und der zornige Gesichtsausdruck ließ nur unmerklich nach. »Klar doch, das soll auch so sein. Da is heißes Wasser drin, mit dem die Räume beheizt werden. Oder wollt ihr euch lieber den Hintern inner kalten und feuchten Höhle abfrieren?«

»So etwas hab ich mir schon gedacht«, meinte Maladin nickend. »Die gesamte Höhle scheint aber nicht beheizt zu werden, oder? Draußen ist es um einiges kühler als in den Innenräumen.«

Der Crag zuckte mit den Schultern. »Reicht doch, wenns drinnen gemütlich is. Wobei, inner Höhle is es überall drinnen.« Er kicherte, dann zeigte er auf das Rohr. »Das Wasser wird oben am Schmiedefeuer vorbeigeleitet und erhitzt, danach durch solche Rohre überall hin gepumpt, wo man's warm haben will.« Nach dieser Erklärung wurde sein Gesicht wieder unfreundlicher. »Und jetzt räumt den Dreck da weg. Werft ihn in 'nen Behälter da drüben, der grüne is für Essensreste.«

Maladin hob verwundert die Brauen, bemerkte Percy noch, dann bückte er sich und hob sein Diebesgut auf.

»Ein Behälter für Essensreste? Gibt es hier so etwas wie ein Müllentsorgungssystem?«

Percy erhob sich wieder und sah, wie der Crag Maladin schief anschaute. »Na, stell dir mal vor, jeder wirft seinen Dreck aufn Boden und lässt ihn einfach so liegen. Wie würds hier wohl in kürzester Zeit ausschauen? Und vor allem riechen?« Er rümpfte angewidert die Nase, als ob der Geruch sich darin mit seinen Worten manifestiert hätte.

»So wie in jedem Dorf und fast jeder Stadt auf Zentralika«, murmelte Maladin gedankenverloren, doch so leise, dass es wohl nur Percy mitbekam. Dann richtete er seinen Blick wieder auf den Crag. »Du hast recht, hier ist es tatsächlich sehr sauber. Alle Cragolock halten sich daran und werfen ihre Essenreste in den Behälter?«

»Nich nur in den hier«, antwortete der Crag. »Der is nur für Lebensmittel. Erkennt man an der grünen Farbe. Gibt noch mehr Behälter wie den da. Die grauen sind für Metallabfälle, die braunen für Holzreste, die blauen für Stoff und die roten für alles Übrige. Stehen auf jeder Ebene welche rum, müsst nur eure Augen aufmachen.«

Percy staunte nicht schlecht über diese fortgeschrittenen Methoden und Maladins Stimme zufolge war auch er verblüfft. »Ihr trennt sogar den Müll? Faszinierend. Und die Behälter werden regelmäßig ausgeleert und der Müll aus der Höhle gebracht?«

Der Crag schüttelte den Kopf. »Nich notwendig, landet alles auf der untersten Ebene, was du da rein wirfst.« Dann nahm sein Gesicht freundliche, beinahe stolze Züge an. »Wird auch nichts verschwendet. Die Metallreste werden wieder eingeschmolzen, die Holzreste im Schmiedeofen verheizt und so weiter. Die Essensreste verschwinden einfach, nur mit dem übrigen Abfall können wir nichts anfangen. Der wird jedes Annular, wenn das Wasser zurückgeht, in den Fluss geworfen. Die Strömung erledigt den Rest.« Er grinste.

Percy marschierte brav zum grünen Behälter, öffnete ihn und warf das verschwendete Essen hinein. Neugierig blickte er ihm nach, wie es in der dunklen Öffnung nach unten verschwand. Auch wenn er nicht weit hineinzusehen vermochte, konnte er doch erkennen, dass das Rohr schon bald eine kleine Biegung machte und danach in Richtung Außenwand verschwand. Als er zurückkehrte, hörte er noch die

Antwort des Crags auf eine Frage, die Maladin wohl zuvor gestellt hatte.

»Keine Ahnung, wohin die Essensreste verschwinden. Wir müssense auf jeden Fall nich wegräumen. Muss aber so sein, sonst würde der Misthaufen sicher schon bis zur Decke hoch stinken. Der essbare Dreck landet sowieso ganz unten in einem separaten Bereich, wo niemand hingeht, wurden sogar Wachen dort aufgestellt. Und jetzt muss ich weiter, machts gut und bleibt sauber.«

Bald waren sie wieder alleine und ohne Beachtung, während um sie herum immer mehr Fässer und Kisten mit Lebensmitteln in die Halle gebracht wurden.

»Hm«, sagte Maladin nach einer Weile. »Ich glaube nicht, dass es hier noch mehr zu erfahren gibt. Und es müsste bald Zeit sein, um zum Treffpunkt zurückzukehren. Machen wir uns auf den Weg. Vielleicht hatten die anderen mehr Glück.«

Damit machten sie sich auf den Weg zurück zum Aufzug, um zur Brücke am Eingang zurückzukehren. Percy ging schweren Herzens an den vielen Köstlichkeiten vorbei, ohne jedoch eine Wegzehrung mitgehen zu lassen. Besser einen leeren Magen als die volle Aufmerksamkeit der Cragolock, dachte er sich und seufzte. Er warf Maladin einen raschen Seitenblick zu. Percys Magen übermittelte seinem Gehirn mit Sicherheit ohne Unterbrechung unbewusste Wünsche nach Essen. Ob Maladin auch Gedanken lesen konnte? Percy wünschte es sich innigst. Zumindest lenkte ihn das Magenknurren ein wenig von der bevorstehenden Fahrt in den düsteren, albtraumhaften Abgrund hinein ab. Er seufzte.

Die unterste Ebene

Kupferbart wartete schon eine geraume Weile, als Maladin und Percy endlich zu ihm stießen. Es musste bald Sonnenuntergang sein, überlegte er, obwohl es hier unter Tage keinen Unterschied machen würde. Der irgendwo da oben hängende Lichtkristall verbreitete unablässig seine Strahlen, die sich über die unzähligen großen und kleinen

Metallspiegel bis in die hintersten Winkel der Stadt verteilten. Und doch überkam ihn das Gefühl, dass die Sicht getrübter wurde. Nur ein wenig, doch bemerkbar.

»Irgendwelche Hinweise auf den Schatz gefunden?«, fragte der Kapitän die beiden, als sie bei ihm ankamen. Sie schüttelten den Kopf und Kupferbart verzog brummend den Mund.

Kurz darauf stapfte auch Dirty heran. »Hab meine Erledigungen gemacht und mich dann in den Privatbereichen der Stadt umgesehen und umgehört, aber keine Hinweise auf El Materen oder seinen Schatz«, erklärte Dirty den Wartenden schulterzuckend.

»Ja«, fügte Kupferbart missmutig hinzu. »Ich durfte sogar die Schatzkammer betreten, oder zumindest das, was die Cragolock sich darunter vorstellen. War enttäuschend.« Über seinen Bart streichend drehte er sich einmal im Kreis und ließ seine Augen durch die Höhle wandern. »Wo könnten die Crags hier einen Schatz verstecken? Wahrscheinlich überall, bei den unzähligen Spalten, Gängen und Kammern. So viel Zeit haben wir auch wieder nicht, um in den hintersten Winkeln der Stadt herumzustöbern. Irgendwelche Ideen?«

Maladin meldete sich. »Es gibt einen bewachten Bereich, weit unten«, erklärte er. »Dort könnte etwas verborgen liegen.«

Dirty lachte. »Ja, der Müll liegt dort verborgen. Ist wohl deshalb bewacht, damit niemand ins Kotzen kommt, wenn er da rein stiefelt.«

Maladin schüttelte den Kopf. »Ein Crag behauptete, dass der Müllhaufen, auf dem die Essensreste landen, einfach verschwindet. Und wenn etwas verschwindet, muss es doch irgendwo hin, oder? Vielleicht gibt es dort unten in der Stadt einen verborgenen Bereich. Einen, wo niemand hingeht.«

Kupferbart ließ sich die Worte durch den Kopf gehen, doch auf seinen fragenden Blick hin hatte niemand mehr brauchbare Alternativen. Also ließ er resigniert die Schultern hängen, wodurch Porky für einen Moment gestört wurde und ärgerlich grunzte. »Sich durch Müll zu wühlen, klingt beileibe nicht verlockend, aber andere Hinweise haben wir im Moment nicht. Dirty, geh nach unten und schau nach. Rede mit den Wachen, ob sie eine Ahnung haben, was es mit den Essensresten auf sich hat, oder wohin sie verschwinden.«

Dirty rümpfte die Nase und brummte Unverständliches, doch dann stimmte er widerwillig zu.

»Ich kehre kurz zurück zum Schiff und informiere Hazel, dass es noch länger dauern könnte«, fuhr der Kapitän fort. »Percy, Maladin, ihr könnt hierbleiben oder mich begleiten, wie ihr wollt. Treffpunkt ist wieder hier. Dann mal los.« Und ein weiteres Mal gingen sie auseinander, um nach dem kleinen Strohhalm zu greifen, der ihnen noch blieb. Kupferbart wollte nicht aufgeben. Nicht so kurz vor dem Ziel.

Dirty grummelte und knurrte, als er ohne weitere Mitfahrer auf der metallenen Plattform stand und abermals nach unten fuhr. Als wäre der Auftrag, sich durch eine Müllhalde zu wühlen, nicht schon genug gewesen, hatte er auch noch den falschen Aufzug genommen. Zum Sektor, wo die Essenreste landeten, gab es keinen direkten Weg über die Aufzüge, was bedeutete, er musste von der vorletzten Ebene zu Fuß nach unten gehen. Die paar Crags, die zuvor noch zusammen mit ihm auf der Plattform gestanden waren, hatten ihm den Weg netterweise erklärt. Doch hatten sie sich danach trotzdem von ihm ferngehalten, bis sie eine Ebene darüber ausgestiegen waren. Cragolock waren nicht gerade für ihr herzliches Gemüt verschrien, doch Dirty war auf jeden Fall weit mieser gelaunt als ein durchschnittlicher Crag. Zusätzlich würde da oben gleich ohne ihn eine Feier beginnen, bei der es Alkohol im Überfluss gab. Und von der feinen Keilerei in der Arena gar nicht erst zu reden.

Als der Aufzug anhielt, stapfte er auf den gewundenen Weg und machte sich auf die Suche nach der Rampe, die in den Bereich hinunter zu den Essensresten führte. Auf dieser Ebene war es noch ähnlich hell wie in der restlichen Höhle, doch wenn er über das niedrige Geländer schaute, wurde die Sicht schattenhaft. Die Nacht über wurde die Öffnung über dem Schmiedefeuer halb zugedreht, hatte seine Mutter damals erzählt. Um so etwas wie einen Tag-Nacht-Zyklus zu simulieren, doch vollkommen dunkel wurde es in der Stadt nie. Trotzdem war es ganz unten durchgängig düster, und sporadisch angebrachte, winzige Lichtkristalle erhellten nur noch ihre unmittelbare Umgebung. Es schien, niemand wollte von oben auf riesige Müllhaufen hinabstarren müssen. Für die Cragolock, die den brauchbaren Müll einsammelten, würde es dennoch genügen, und für Dirty genügte es ebenfalls. Bald hatte er die richtige Rampe entdeckt, die er vor allem an den zwei Wachen erkannte, die weiter unten herumstanden und sich unterhielten.

Gemütlich schlenderte Dirty auf sie zu, um kein Misstrauen zu erwecken, doch lange, bevor er sie erreichte, spürte er schon ihre Blicke auf sich ruhen.

»Halt«, sagte der eine Crag, als er nur noch wenige Schritte von ihnen entfernt war. Er hatte eine große, scharfe Doppelaxt vor sich auf den Boden gestellt, auf die er sich mit den Unterarmen stützte. Der zweite hatte es sich gleichermaßen auf seinem Kriegshammer bequem gemacht.

Dirty blieb stehen und grinste schief. »Ihr habt ja ziemliches Pech, hier unten Wache schieben zu müssen, während sich oben alle schon bald prächtig unterhalten werden.«

Die Wachen starrten ihn böse an. »Und du? Biste gekommen, um uns das auch noch unter die Nase zu reiben? Kannste dir sparen, wir ärgern uns auch ohne dich schon genug«, murrte der mit der Axt.

»Ach, nein«, antwortete Dirty und gähnte sichtbar. »Bin nur ein bisschen herumgewandert. Mir ist heut nicht so recht nach feiern.« Den letzten Satz brachte er nur mit Mühe hervor, denn die Worte wollten so gar nicht seine Lippen verlassen und klammerten sich hartnäckig daran fest. Dann setzte er ein fragendes Gesicht auf. »Was bewacht ihr da eigentlich?«

»Müll«, knurrte der mit dem Kriegshammer und verzog den Mund.

Dirty legte einen Finger ans Kinn. »Ja, aber der soll doch von selbst verschwinden, hab ich gehört.«

Der Axtträger zuckte mit den Schultern. »Wissen wir nich.«

Dirtys Brauen wanderten nach oben. »Ihr wisst nicht, ob er verschwindet oder wohin er verschwindet?«

»Beides«, sagte der mit dem Kriegshammer und blickte grimmig. »Wir sollen hier stehen und die Rampe bewachen, so lautet der Befehl.«

Die Unzufriedenheit stand beiden ins Gesicht geschrieben und Dirty erkannte eine Möglichkeit. Daher schüttelte er verständnislos den Kopf. »Klingt so, als stündet ihr womöglich vollkommen sinnlos hier herum, um gar nichts zu bewachen. Ja, da kann ich verstehen, warum ihr euch ärgert.« Darauf zuckte er mit den Schultern. »Aber ich will euch nicht weiter stören beim Bewachen von … nichts.« Er drehte sich um, um sein Grinsen zu verbergen, und machte ein paar Schritte. Dann blieb er stehen und hob einen Finger. »Ich hätte da eine Idee«, sagte er bedächtig und wandte sich wieder mit ernstem Blick den Wachen zu. »Wie wäre es, wenn ich statt euch für eine Weile Wache schiebe, damit ihr zur Feier gehen könnt?«

Die Wachen betrachteten ihn misstrauisch. »Und warum solltest das machen wollen? Haste ja selber gesagt, das hier is 'ne sinnlose Arbeit«, sagte der mit dem Hammer.

Dirty machte eine wegwerfende Handbewegung. »Ach, wie ich schon gesagt hab, mir ist nicht nach Feiern zumute, habs gestern wohl übertrieben. Außerdem könnt ihr mir im Gegenzug einen Gefallen tun. Na, was sagt ihr?«

»Hm«, sagte der mit der Axt und steckte seinen Kopf mit dem seines Kollegen zusammen. Sie tuschelten unverständlich, bevor sie sich wieder Dirty zuwandten. »Also schön, was soll das für ein Gefallen sein?« Beide Wachen kniffen die Augen zusammen.

»Nichts Kompliziertes«, beschwichtigte sie Dirty. »Ihr sollt nur etwas für mich von den Schmieden abholen und zum Zweimaster bringen, der draußen vor Anker liegt. Ich komme in – sagen wir – einer Stunde wieder und löse euch ab, bis dahin sollte der Auftrag fertig sein. Die Schmiede wollen die Feier sicher genauso wenig versäumen. Wenn ihr danach gleich loslegt, verpasst ihr höchstens den Beginn der Feier. Ich alleine würde sicher länger benötigen, aber da ihr zu zweit seid, habt ihr alles im Handumdrehen erledigt. Abgemacht?« Dirty versuchte zu wirken, als wäre ihm egal, wie die Antwort ausfiel.

Die Wachen sahen einander an und nickten, darauf wandten sie ihre Köpfe Dirty zu. »Abgemacht. In einer Stunde.«

Dirty nickte zufrieden, wandte sich um und marschierte die Rampe hinauf. Er war versucht, triumphierend zu lachen, doch unterließ er es vorerst, solange er noch in Hörweite der Wachen war. Dank seinem Einfall würde der Weg nach unten bald passierbar sein und zugleich hatte er noch Arbeit abgeschoben. Auch wenn sich der Schatz nicht da unten versteckte, hatte sich der Weg zumindest für ihn gelohnt. Vielleicht würde es doch noch ein guter Tag werden.

»Da seid ihr ja endlich!«, rief ihnen Dirty entgegen, als Kupferbart zusammen mit Maladin und Percy die Rampe nach unten wanderte. Der Halbcragolock war bereits vorausgeeilt, um seinen Posten anstelle der Wachen zu beziehen, die nun sicher freudestrahlend unterwegs zu den oberen Ebenen sein mussten.

»Hier unten ist es noch dunkler geworden als oben «, brummte der Kapitän. »Wir hätten die Rampe beinahe nicht gefunden.«

»Ach so«, sagte Dirty, nickte verstehend und erklärte ihnen den künstlich gesteuerten Tag-Nacht-Zyklus in der Höhle. »Damit weiß auch jeder Crag, wann der Morgen anbricht und es Zeit wird, nach einer durchzechten Nacht heimzugehen«, beschloss er grinsend seine Ausführungen.

Kupferbart wackelte mit dem Kopf. »Na schön. Ich hoffe, du siehst noch was, mehr als Umrisse kann ich hier kaum noch erkennen.«

»Geht schon«, erwiderte Dirty. »Das Gute ist, diese Lichtverhältnisse ändern sich die ganze Nacht über nicht mehr, nach einiger Zeit werdet ihr euch schon daran gewöhnen und mehr sehen. Aber jetzt sollten wir losmarschieren. Ich weiß nicht, was uns da unten erwartet, falls uns überhaupt was erwartet.«

Kupferbart verzog den Mund, doch gab er sogleich den Befehl zum Aufbruch. An eine Sackgasse wollte er erst denken, wenn es keinen Zweifel mehr daran gab. Doch noch bestand Hoffnung.

Mit vorsichtigen Schritten folgten sie Dirty die Rampe hinab in die Tiefe, die noch eine viertel Umdrehung um den Gemeinschaftsturm herumführte, bevor ihre Füße auf unebenen und staubigen Boden trafen. Das musste der tiefste Punkt der Höhle sein, selbst ihr Reiseführer, der besser mit der Dunkelheit umzugehen wusste, konnte auf Nachfrage hin keine weitere Abstiegsmöglichkeit erspähen.

»Hm«, machte Dirty und kniff die Augen zusammen. »Ich sehe da vorne einen großen Durchgang, der von der Höhle wegführt. Wohin, kann ich nicht sagen, er macht nach ein paar Schritten eine Biegung.«

Kupferbart schloss ein paar Mal die Augen, um seine Sicht an die Dunkelheit anzupassen. Damit wurde es tatsächlich ein wenig besser, wenn auch nicht viel. Zumindest genug, um nicht gegen die Felsen und herumliegenden Steine zu prallen, die überall am Boden verteilt waren.

»Hier liegt kein Müll und es riecht auch nicht so, als wäre das eine Halde für Essensreste«, meinte Maladin nach einer Weile, der den Boden absuchend umhergelaufen war.

An einer anderen Stelle sah der Kapitän, wie Percy nervös von einem Bein aufs andere trat und den Boden beobachtete. Porky hatte es sich wieder auf der Schulter seines Sohnes gemütlich gemacht und fühlte sich dort anscheinend wohl. Zumindest hatte er auf dem Weg hierher kein einziges Mal seine Augen geöffnet.

»Hoffen wir mal, dass die Cragolock hier keinen riesigen Ratten-schwarm herangezüchtet haben«, formte Kupferbart Percys möglichen Anlass für sein Gezappel in Worte. »Gehen wir weiter, vielleicht fin-den wir ja noch den Grund heraus, warum alles verschwindet.«

»Ich hätte kein Problem damit, wenn wir ihn nicht finden«, mur-melte Maladin in einiger Entfernung, doch die Dunkelheit schärfte Kupferbarts andere Sinne, und so entging ihm der Kommentar nicht.

Mit Dirty an der Spitze marschierten sie durch die große Öffnung in der Wand, die ein natürlicher Höhlengang zu sein schien, wie der Kapitän mit langsam wiederkehrender Sicht bemerkte. Sie änderten einige Male die Richtung, da der Weg sich gemächlich windend durch den Untergrund schlängelte, bis er nach ein paar hundert Schritten in einer großen Höhle endete. Kupferbart vermochte im dämmrigen Licht einiger winziger Lichtkristalle gerade noch die Decke auszuma-chen. Doch etwas anderes hatten seine Augen selbst in dieser Düster-nis erfasst, worauf er nun konzentriert starrte. Auf der anderen Seite der Höhle war ein großer Geröllhaufen auf dem Boden aufgeschichtet, schätzungsweise drei Mann hoch, und etwas Interessantes steckte in dem Haufen.

»Sind das etwa Diamanten?«, fragte Maladin erstaunt und näherte sich vorsichtig dem steinigen Berg.

»Aber ganz schön große«, antwortete Dirty, und der gierige Unterton in der Stimme durfte eine Entsprechung seines gierigen Blickes darstellen, den Kupferbart aufgrund der Dunkelheit jedoch nicht sah.

»Vorsicht«, sagte der Kapitän entschieden. »Edelsteine liegen nicht einfach so herum. Doch ich denke, wir sind auf der richtigen Spur.« Er näherte sich dem Steinhaufen, in dem zwei riesige Diamanten steckten, und schürzte die Lippen, während er die schwach funkelnden Edelsteine drei Armlängen über ihm musterte. »Das könnte eine Piratenfalle sein, so wie jene in den Katakomben von Pendropolis, nur waren es dort rote statt weißer Edelsteine.«

»El Materen wollte wohl nicht, dass es eine offensichtliche Verbindung zwischen ihm und dem hier gibt«, meinte Maladin nachdenklich.

Kupferbart spürte ein Zupfen an seinem Mantel und drehte sich um. »Nicht jetzt, Percy, ich muss überlegen.« Er scheuchte seinen Sohn weg, darauf stellte er sich direkt vor den Geröllhaufen, genau zwischen beide Edelsteine, und streckte die Arme aus. »Hm, zu weit auseinandergelegen, als dass eine Person beide gleichzeitig berühren könnte. Dazu noch muss man erst ein Stück hochklettern, um ranzukommen.« Wieder spürte er ein Zupfen an seinem Mantel, diesmal drängender. »Später Percy, siehst du nicht, dass ich nachdenke?« Er schob seinen Sohn beiseite und marschierte grübelnd zwischen den Diamanten hin und her, bis er mit einem Fingerschnippen stehen blieb. »Ich glaube, ich weiß, wie das hier funktioniert«, verkündete Kupferbart schließlich mit stolzer Stimme. »Dirty, klettere zu dem rechten Diamanten hoch, ich mache dasselbe beim linken. Auf mein Zeichen drücken wir beide die Diamanten fest in den Stein hinein. Ich bin sicher, daraufhin wird etwas geschehen.«

»Aber falls mein Diamant danach durch einen glücklichen Zufall aus dem Stein herausbricht, kann ich nichts dafür«, beschloss Dirty die Ausführungen mit unschuldiger Stimme und einem schwer sichtbaren Schulterzucken.

Kupferbart brummte und verdrehte die Augen, doch nickte er. Auf dem Weg zum linken Diamanten erhaschte er einen Blick auf Percy, der sich an die Wand gepresst hatte und ihn mit – selbst in dieser Dunkelheit erkennbaren – sorgenvollem Blick ansah. »Keine Sorge, mein Sohn«, beruhigte er ihn. »Ich kenne mich mit Piratenfallen aus,

das hier ist nicht die erste, die wir auf unserer Reise entschärfen.«
Percy bleckte die Zähne, doch Kupferbart war schon dabei, auf den
Geröllhaufen zu klettern. Als er oben angekommen war und ausreichenden Halt gefunden hatte, blickte er hinüber zu Dirty, der ihm ein
Zeichen gab, ebenfalls bereit zu sein.

»Also gut, auf drei«, sagte er laut. »Eins, zwei und drei.« Er drückte
den Diamanten mit aller Kraft in den Stein, und Dirtys Stöhnen nach
passierte mit dem zweiten dasselbe.

»Aauu!«, dröhnte es plötzlich durch die ganze Höhle. Der Steinhaufen erzitterte. Und dann begann er, zu Kupferbarts Entsetzen, sich zu
bewegen. Er verlor den Halt und fiel rücklings auf den Boden, der zwar
nur aus festgetretener Erde bestand, dennoch beim Aufprall schmerzhaft gegen seinen Rücken drückte. Am Boden liegend beobachtete er,
wie sich die Diamanten immer weiter von ihm wegbewegten, immer
höher zur Decke emporstiegen. Doch nicht nur sie, der gesamte Geröllhaufen wuchs polternd und ächzend in die Höhe. Knapp unterhalb
der Höhlendecke stoppte er und verharrte für einen Augenblick.

»Warum habt ihr das gemacht? Ich habe doch nur dagelegen und vor
mich hingeträumt!«, donnerte der Geröllhaufen. Die Worte kamen
schwerfällig, die Stimme klang tief, doch anklagend und mit einer
großen Portion Wut darin. Der Haufen hob etwas vor die Diamanten,
das wie eine Hand aussah, und das schwache Funkeln verschwand
dahinter.

»Ein Steintroll!«, rief Maladin entsetzt, lief zur Höhlenwand und
presste sich fest dagegen.

Der Kopf des Trolls folgte der Stimme, und sogleich bewegte sich
der ganze Körper polternd in Maladins Richtung. Steine prasselten
herab, als er die freie Hand hob und sie zur Faust ballte.

»Weg da!«, rief Dirty, der mitten in der Höhle stand, Maladin zu,
und der Achtel-Dschinn sprang gerade noch weit genug außer Reichweite, um nicht von der herabsinkenden Faust zermalmt zu werden.
Der Boden erbebte, als der Troll auf ihn einhämmerte.

»Da ist ein Durchgang, wo der Troll gelegen hat!«, rief Dirty, doch
dann musste auch er laufen, denn der Troll wandte sich nun ihm zu
und malträtierte die Stelle, wo er gerade noch gestanden hatte. Dirty

flog von der Wucht des Aufpralls nach vorne in den Staub, doch rappelte er sich sogleich wieder auf und blieb wie angewurzelt stehen.

»Wo seid ihr?« Die Stimme des Trolls klang zornig. Er fuchtelte mit der einen Hand durch die Luft, während die andere noch immer seine Augen bedeckte. »Sprecht mit mir, damit ich euch zermalmen kann!«

Nur das Tosen seiner wütenden, ziellosen Schritte drang durch die Stille, niemand sonst wagte es, auch nur einen Mucks von sich zu geben.

Als der Troll blindlings auf Dirty zustapfte, lief der wieder los und nur ein verzweifelter Sprung gegen die Höhlenwand rettete ihn vor der herabhämmernden Faust. Dort blieb er in die Ecke gekauert am Boden liegen und wagte es nicht mehr, sich zu erheben.

Der Troll setzte seine unbeholfene Wanderung durch die Höhle fort. Mal trat er gegen die Felswand, mal drosch er auf den Boden ein. Ein Schlag ging dicht neben Maladin nieder, den es von der Wucht umwarf. Kupferbart stand ein Stück neben Percy an die Höhlenwand gedrückt, die vom Troll bisher nicht beachtet worden war. Doch jetzt blieb das steinerne Ungetüm stehen und lauschte. Der Kapitän blickte in die Richtung, wo Dirty den Durchgang entdeckt hatte und maß die Distanz. Es war ein niedriges Loch, groß genug für Menschen, doch zu klein für den Troll. Dort wären sie in Sicherheit, aber der Weg dorthin war gefährlich und in dieser Situation maßlos weit. Kupferbart fasste sich ein Herz und lief los. Doch kaum hatte er ein paar Schritte gemacht, war der Troll auch schon bei ihm und stampfte mit den Fuß auf. Der Kapitän hechtete zur Seite, als der Fuß eine Handbreit neben ihm auf den Boden donnerte. Staub wirbelte hoch und er musste sich Mund und Nase zuhalten, um nicht zu husten oder zu niesen.

»Hab ich dich erwischt?«, fragte der Troll grollend mit hämischer Stimme und beugte sich herab. »Sag mir, ob du tot bist, sonst tret ich noch mal drauf.«

Da hörte Kupferbart ein leises Grunzen durch die Stille klingen. Es kam von Porky, der sich von Percys Schulter erhoben hatte und nun durch die Höhle flatterte und dabei grunzte.

»Hä? Schweinchen?« Der Steintroll klang verwirrt und richtete sich auf. »Fliegendes Schweinchen? Ich fang dich, bleib stehen.« Er drehte sich in Richtung des grunzenden Porky und stapfte, immer noch geblendet, los. Seine Hand fuchtelte wild durch die Luft, doch das kluge Schultertier grunzte immer nur einmal und flog daraufhin weiter, wo es an anderer Stelle abermals grunzte. Dabei hielt sich Porky stets den Höhlenwänden fern.

Das war ihre Gelegenheit. Kupferbart drehte sich mit vorsichtigen Bewegungen auf dem Boden, bis er auf allen vieren dahockte. Er bedeutete seinem Trupp, sich ebenfalls in Bewegung zu setzen, danach krabbelte er verstohlen dahin, bis er den schmalen Durchgang erreichte. Mühsam erhob er sich und drehte sich um, um die Fortschritte der anderen zu beobachten. Percy tastete sich langsam an der Wand entlang in seine Richtung und Dirty und Maladin suchten ebenfalls die Deckung der Wand, während sie sich Stück für Stück näher heranschoben. Kupferbart fixierte nun mit sorgenvollem Blick den Troll, der immer noch Porky jagte. Er konnte sein kleines Schultertier in der Dunkelheit nicht ausmachen, doch das Grunzen klang mit jedem Mal angestrengter. Porky wurde müde. Der Kapitän bedeutete seinen Begleitern, schneller zu machen, und als alle endlich den Durchgang erreicht hatten, rief Kupferbart: »Porky, zu mir!«

Der Steintroll drehte sich um und beugte sich nach vorne. »Da lebt ja noch jemand.« Er lief los, seine Hand immer noch vor den Augen, genau auf Kupferbart und seine Mannschaft zu. Sie machten einen Schritt zurück, tiefer in den schmalen Durchgang hinein. Der Troll jedoch lief geradewegs auf die Felswand zu. Dann donnerte es und kleine Steinsplitter polterten neben ihnen zu Boden. Der Aufprall des Trolls hatte die gesamte Höhle erschüttert. Nur seine Beine waren vor dem Durchgang zu sehen und genau durch diese flatterte plötzlich Porky und setzte sich erschöpft auf Kupferbarts Schulter. »Braver Porky, gut gemacht«, flüsterte ihm der Kapitän zu. Als er den Kopf hob, konnte er beobachten, wie die Beine des Steintrolls nach hinten kippten, und gleich darauf, wie der Rest des Körpers der Länge nach auf dem Boden aufprallte. Eine dichte Staubwolke nahm ihm für einen Moment die Sicht.

»Au«, drang die Stimme des Trolls durch die Staubwolke hindurch, doch diesmal klang es weinerlich und nicht mehr zornig. »Ihr seid gemein. Erst meine Augen, jetzt auch noch meine Nase.« Der Staub legte sich wieder und Kupferbart sah den Troll, wie er sich langsam aufrichtete. Dann senkte er die Hand, die bislang auf den Augen gelegen hatte, zur Nase. Er beugte sich nach vorne und diamantene Augen blitzten ihnen mit schwachem Funkeln entgegen. »Jetzt sehe ich euch. Hier kommt ihr nicht mehr raus.« Die Worte klangen nicht zornig, sondern wurden mit einer Sicherheit ausgesprochen, die Kupferbart einen sorgenvollen Ausdruck ins Gesicht trieb.

»Gehen wir weiter«, sagte er schwer schluckend, drehte sich um und ging tiefer in den schmalen Gang hinein.

Die anderen folgten ihm schweigend.

Die Barriere

»Selbst wenn wir den Schatz finden, wie sollen wir damit unbemerkt an einem Troll vorbeikommen?«

In der Stimme Maladins schwang eine Beklommenheit mit, die Kupferbart auch in seinem eigenen Inneren verspürte. Doch ließ er sich nichts anmerken, zu weit waren sie schon gekommen. »Darüber machen wir uns Gedanken, wenn es so weit ist«, antwortete er. »Im Moment bleibt uns nur der Blick nach vorne, weiterzugehen und zu hoffen, dass der Schatz sich hier unten befindet. Wenn wir ihn in dieser Dunkelheit überhaupt entdecken, ich sehe so gut wie gar nichts mehr in diesem Gang.« Der schmale, gewundene Durchgang, den sie entlangschritten, führte sie immer tiefer in die Erde hinein. Zwei, drei Lichtkristalle waren zu Beginn noch an den Wänden angebracht gewesen, doch nun, so tief drinnen im Schacht, blieb ihnen nur noch Dunkelheit als düsterer Begleiter.

»Folgt meinen Schritten, ein bisschen kann ich noch sehen«, meinte Dirty, der an der Spitze marschierte, und stapfte lautstark durch den Gang. »Ist Platz genug hier, dass man nirgendwo dagegen läuft. Aber die Wände sehen natürlich aus, nicht von Cragolock bearbeitet.«

Der Kapitän brummte nur und so hangelten sie sich eine Weile weiter den Schacht entlang, bis Dirty anmerkte: »Dort vorne sehe ich Licht. Schwach, aber vorhanden.«

Kupferbart, der Percys Hand an seinem Mantel spürte, der wiederum Maladin im Schlepptau hatte, reckte seinen Hals. »Ich seh noch gar nichts.«

»Ein Stück noch«, meinte Dirty und nach ein paar weiteren Schritten sah es auch er. Es war Licht, doch kein Tageslicht. Ein sanftes, kaum wahrnehmbares, blaues Schimmern breitete sich langsam vor ihnen aus. Der Gang, den sie entlangwanderten, führte sie geradewegs darauf zu.

Wenige Schritte später erreichten sie den Ursprung des Lichtes, der in einer niedrigen, doch weitläufigen Höhle lag. In dem Moment, in dem Dirty seinen Fuß in die Höhle setzte, musste er niesen.

»Meine Haut kribbelt«, bemerkte Maladin, rieb sich den Unterarm und bestätigte damit Kupferbarts Vermutung.

»Kein Wunder, hier sieht es aus wie im Institut für Elementarmagie. Alles voll von diesen merkwürdigen, leuchtenden Röhren.«

»Das ist es nicht«, sagte Dirty mit näselnder Stimme, während er sich seinen Riecher zuhielt. »In den Leuchten ist nur schwache Magie, im Gegensatz zu der, die von dort hinten kommt.« Er zeigte auf den ihnen gegenüberliegenden Bereich der Höhle, der trotz des schwachen Lichts für Kupferbart nur schwer auszumachen war.

Der Kapitän musste erst ein paar Schritte gehen, bis er erblickte, was Dirty meinte. Keuchend blieb er bei dem Anblick stehen, bevor er sich zu seiner Mannschaft umdrehte, die im Eingangsbereich stehengeblieben war. »Hier sind wir richtig. Männer, wir haben ihn gefunden. Wir haben den legendären Schatz von El Materen gefunden.« Er hatte sich vorgenommen, bei diesen Worten erhaben und andächtig zu klingen, doch das breite Grinsen eines Lausejungen sowie ein ungezügeltes Kichern verdarben den gefassten Eindruck.

»Der Schatz«, hauchte Maladin ehrfürchtig. Dirty nickte anerkennend und unterdrückte ein Niesen, Percy glotzte mit großen Augen auf das, was sie am anderen Ende dieser Höhle erwartete.

»Kommt schon, sehen wir uns das genauer an!«, rief der Kapitän und eilte auf die Entdeckung zu. Es waren zehn große Truhen aus Aboradeem-Schwarzholz, die von Beschlägen aus ebenso schwarzem Metall ummantelt waren. Die Oberfläche von Holz und Metall war nicht ebenmäßig, es schienen Symbole eingraviert worden zu sein. Alle waren mit einem Schloss versehen, in das nur ihr unter großen Mühen erworbene Schlüssel passen konnte.

Kupferbart zückte ihn und lief mit raschen Schritten freudig darauf zu, doch kurz vor den Truhen stieß er mit dem Gesicht voran gegen eine unsichtbare Wand. »Ahh, verdammt.« Er wich einen Schritt zurück und rieb sich die schmerzende Nase. »Bei Blobos und Wavolon, was ist denn das?«

»Ein magisches Kraftfeld wahrscheinlich«, erklang Dirtys gepresste Stimme hinter ihm. Der Kapitän drehte sich um und musterte den Halbcragolock, der nicht weit entfernt vom Eingang stand. Er schien sich in unsichtbaren Qualen zu winden, verzog das Gesicht und keuchte schwer, immer wieder durchschüttelte ihn ein Niesen.

»Weiter ran kann ich nicht, ich krieg hier schon kaum noch Luft. Das muss verdammt viel Magie sein.«

Maladin stand zwei Schritte daneben und zitterte am ganzen Körper. »Mir geht es auch nicht so gut, es kribbelt und juckt überall. Fast so, als würde meine Haut vibrieren.«

Kupferbart wandte sich Percy zu, der ein Stück vor Maladin stand. »Und wie sieht es bei dir aus? Spürst du irgendwas?« Sein Sohn schüttelte den Kopf und trat näher. Nachdem er sich neben ihn aufgestellt hatte, streckte Percy vorsichtig die Hand in Richtung der Schatztruhen aus. Auf selber Höhe, auf der Kupferbarts Nase schmerzhafte Bekanntschaft mit der unsichtbaren Wand gemacht hatte, blieb auch Percys Hand stecken. Er bewegte sie sachte über das Kraftfeld, hob daraufhin die zweite Hand und schien nach einer Lücke zu suchen. Dann presste er sein Gesicht gegen die Wand und seine Nase drückte sich wie von Geisterhand platt. Percy bewegte seinen Kopf hin und her, schielte dabei in Richtung Kupferbart und grinste.

»Lass den Unsinn«, brummte der Kapitän und rümpfte die Nase. Er schritt die gesamte Wand ab auf der Suche nach einer Lücke. Doch gab es keine, wie es den Anschein hatte. Dann holte er den Schlüssel hervor. »Damenbart hat doch gesagt, dass der Schatz magisch verschlossen ist und man den Schlüssel benötigt.« Langsam hob er ihn an und streckte seine Hand aus. Auf Höhe des Kraftfeldes spürte

Kupferbart den Widerstand. »Verdammt, so funktioniert es nicht.« Er wich von der Wand zurück, kratzte sich am Bart und begann rastlos vor seinen Begleitern auf und ab zu wandern. »Ein magisches Schloss hat es geheißen, von einer magischen Wand war nie die Rede. So nah am Ziel und doch kommen wir nicht hin. Das kann es doch nicht gewesen sein.« Er fluchte und begann leise murmelnd, mögliche Lösungen im Kopf durchzuspielen, doch jede verwarf er umgehend wieder. Es wollte ihm einfach nichts einfallen, das ihnen dabei helfen konnte, eine verfluchte magische Wand zu durchbrechen.

»Was hat El Materen eigentlich mit den Zauberern am Hut?«, fragte Maladin nach einer Weile, während die anderen sich auf den Boden gesetzt hatten. »Ich meine, erst liegen ein Zweitschlüssel und die Karte zum Schatz im Institut für Elementarmagie. Jetzt sind hier überall dieselben Leuchtstäbe aufgehängt. Und dann noch eine unsichtbare, magische Barriere. Das kommt mir alles immer seltsamer vor.«

»Keine Ahnung«, brummte Kupferbart, ohne innezuhalten. »Vielleicht hat er ja die Zauberer vom Institut bestohlen. Niemand weiß genau, woraus der Schatz eigentlich besteht. Möglich, dass hier ein Haufen verzauberter Gegenstände versteckt ist. Das würde wohl auch das Interesse dieses merkwürdigen Dirabs erklären. Nur, solange wir nicht durch die Barriere kommen, werden wir es nicht herausfinden.«

»Damals hat es mehr und mächtigere Zauberer gegeben. Kann sein, dass El Materen einen bei sich an Bord hatte, der die Barriere errichtet hat«, versuchte sich Dirty an einer Erklärung.

Kupferbart brummte wieder, während er immer zorniger dahinstapfte. »Verdammte Magie«, murmelte er und zog die Brauen zusammen. »Ich wünschte, wir hätten einen von diesen verfluchten Zauberern hier, der für uns diese verdammte Barriere entfernt. Mit einem von denen wäre …« Sein Murmeln und sein Wandern stoppten im Gleichklang, als er ein unnatürlich klingendes *Plopp* hinter sich vernahm.

»Äh, hallo?«, erklang da eine unbekannte Stimme.

Kupferbart schielte zu Maladin, der nicht weit von ihm entfernt stand. »Wie viel von meinen letzten Worten hast du gehört?«, fragte er ihn leise zwischen zusammengebissenen Zähnen hindurch.

»Ich befürchte alles, Kapitän. Entschuldigung, Kapitän.«

Der Kapitän presste die Lippen zusammen, zog seine Mundwinkel mit Gewalt zu einem Lächeln hoch und drehte sich um. »Sei gegrüßt, mein, äh, guter Zauberer«, sagte er mit ausgebreiteten Armen zu dem jungen Mann, der in der Höhle erschienen war und nun verwirrt umherblickte. Es musste ein Zauberer sein, denn sein himmelblauer, langer Mantel war von merkwürdigen Symbolen überzogen, von denen ihm einige vom Institut für Obologie bekannt vorkamen. Der spitze, ebenfalls blaue Hut passte farblich perfekt zu seinem Mantel, nur der verfilzte, graue Bart, der ihm bis zum Bauchnabel herabhing, zerstörte den beeindruckenden Anblick. Der Junge hatte Sommersprossen und ein roter Haarschopf quoll unter dem Hut hervor, der so gar nicht zum Bart passte. Noch verwirrender wirkte die hässliche Kröte, die der mutmaßliche Zauberer in der ausgestreckten Hand hielt. »Geht es dir gut?«, fragte Kupferbart freundlich mit bröckelndem Grinsen.

»Äh, abgesehen davon, dass ich nicht weiß, wo ich bin, wer ihr alle seid, wie ich hierhergekommen bin und was ich hier mache, ausgezeichnet, denke ich«, antwortete der Junge unsicher. Sein Blick deutete darauf hin, dass er zumindest einige Antworten auf seine Fragen erhoffte.

»Gut, gut«, antwortete Kupferbart abwesend, während er sich eine andere, viel wichtigere Frage im Kopf zurechtlegte. »Und sonst? Irgendwelche merkwürdigen Vorkommnisse in deinem Umfeld? Widernatürliche Vorlieben oder ... äh, fühlst du dich in irgendeiner Weise ... äh, verflucht oder auf sonstige Art ... äh, unbehaglich?« Er blickte auf die Kröte in der Hand des Jungen. »Bist du möglicherweise gar nicht der magisch Begabte, sondern nur sein Diener und die Kröte ist in Wahrheit der Zauberer?« Der Kapitän versuchte, bei diesen Fragen unbekümmert zu wirken.

»In der Kröte soll ein Zauberer stecken?«, fragte der graubärtige Rotschopf noch immer verwirrt und betrachtete das Tier mit großen Augen, als würde es ihm erst jetzt auffallen.

»Hm«, machte Dirty. »Es gibt nur eine Möglichkeit, das herauszufinden. Aufschneiden und nachschauen.« Er griff nach seiner Axt.

»Wage es nicht!«, rief da der Junge und zog die Hand mit der Kröte rasch zurück. »Ich brauche sie«, fügte er mit leiser Stimme hinzu. Behutsam steckte er die Kröte in eine der großen Taschen an seinem Mantel.

Dirty zuckte auf einen Blick Kupferbarts hin entschuldigend mit den Schultern. »Was denn? War nur eine Idee. Das hab ich am Institut für Heilkunst und innere Angelegenheiten gelernt. Nur hatten sie dort Frösche.«

»Na schön.« Der Kapitän konnte keine Anzeichen für gefährliche Flüche entdecken, über die sie sich vorerst Gedanken machen müssten, daher stellte er sich und seine Begleiter vor.

»Ich heiße Tibon«, erklärte der junge Zauberer im Anschluss schon etwas gefasster, »und habe erst vor Kurzem das Institut für vollkommen harmlose Zauberei verlassen … ich meine, mein Studium beendet.« Er grinste in die Runde.

»Also bist du ein echter Zauberer?«, bohrte Kupferbart zur Sicherheit nach. Der Umhang und der Bart waren zwar offensichtliche Hinweise, doch nach ihren Erlebnissen auf der Allgemeinuniversität konnten sie vieles bedeuten.

»Das bin ich«, verkündete Tibon feierlich und nickte, daraufhin folgte er dem Blick Kupferbarts und fuhr verlegen fort: »Ach ja, der Bart. Ich weiß, er passt nicht so recht zu den restlichen Haaren, doch der Händler hatte nichts anderes mehr in meiner Preisklasse auf Lager. Noch dazu bin ich zu einem ungünstigen Zeitpunkt gekommen. Die Spieler von Höhlen und Drachen veranstalteten gerade eine große Versammlung, die sie jedes Annular abhalten. Dafür wurden alle Läden mit Zubehör für Verkleidungen geplündert und leergekauft. Doch trotz alledem bin ich ein Zauberer.« Er plusterte sich auf, was nicht viel an seinem Erscheinungsbild änderte. Unter dem weiten Umhang schien sich ein schlaksiger Junge zu verbergen, der nur einen halben Kopf größer war als Percy.

»Wir müssen wohl nehmen, was wir kriegen«, murmelte Kupferbart und ignorierte den beleidigten Blick Tibons. Im Anschluss begann er dem Zauberer zu erklären, vor welchem Problem sie standen und warum er überhaupt hier war. Tibon hörte mit großen Augen zu und blickte bei der Erwähnung von Maladins Dschinn-Ding bewundernd in dessen Richtung. Als der Kapitän die Sprache auf die unsichtbare Barriere lenkte, nickte Tibon verzagt.

»Ich habe mir schon gedacht, dass in dieser Höhle starke Magie am Werke ist.« Er drehte sich zu den Truhen hin und konzentrierte sich. »Ich sehe die magischen Muster, doch sie übersteigen meine Kenntnisse um ein Vielfaches, ich kann sie nicht entschlüsseln. Auf dem Institut werden nur noch Zauber bis Stufe fünf gelehrt, alles darüber hinaus ist verboten.« Er schluckte. »Und aus gutem Grund, wie ich … egal. Ich befürchte, ich kann euch da nicht helfen. Ich weiß gar nicht, ob überhaupt noch Zauberer leben, die solche Zauber beherrschen.«

»Bei Blobos und Wavolon!«, fluchte Kupferbart. »Da sind wir jetzt durch einen Glücksfall zu einem Zauberer gekommen und dann ist er zu schwach. So kommen wir nie zu den Schatztruhen.« Er blickte finster drein.

»Ich bin nicht zu schwach«, protestierte Tibon der Zauberer. »Sie haben uns am Institut nur keine Bücher zur Verfügung gestellt, mit denen wir die Zauber hätten lernen können. Mir hat das genauso wenig gefallen, ich wollte doch noch so viel mehr wissen.« Er zog einen Schmollmund.

»Wenn du ein Buch hättest, könntest du uns helfen?«, fragte da Dirty und sah Tibon nachdenklich an. Seine Augen tränten noch immer, obwohl er sich weiter von der Zauberbarriere entfernt hatte.

Der Zauberer winkte ab. »Natürlich nicht mit irgendeinem Buch. Es müsste ein Zauberbuch sein, eines von denen, die man vor langer Zeit weggesperrt hat. Ich denke, das ›Zauberbuch für den beinahe mächtigen Zauberer‹ müsste genügen. Dort sind die Zauber der Stufe elf bis fünfzehn niedergeschrieben. Doch wie gesagt, ohne so ein Zauberbuch kann ich die Muster nicht enträtseln und damit auch nicht, welche Zauber hier gewirkt wurden.«

»Hm«, machte Dirty und kramte in seiner Kleidung herum. Dann zog er ein verstaubtes und fleckiges Buch daraus hervor.

»Du schleppst die ganze Zeit ein Buch mit dir herum?«, fragte Maladin überrascht, doch mit einem Grinsen im Gesicht. »Für belesen hätte ich dich nicht gehalten.«

»Ha ha«, knurrte Dirty und rümpfte die Nase, dann fuhr er fort.

»Ich habs im Institut für Elementarmagie gefunden. War eines der wenigen Bücher, die noch halbwegs intakt ausgesehen haben. Dachte mir, das könnte ordentlich was wert sein.«

»Du warst im Institut für Elementarmagie?«, fragte Tibon völlig außer sich. »Es existiert noch? Wie kommt man dorthin? Das musst du mir erzählen.« Der junge Zauberer starrte ganz versessen auf das Buch und trat ein paar Schritte auf Dirty zu.

»Sachte, Junge, erst mal hilfst du uns und dann sehen wir weiter«, meinte Dirty und bedeutete Tibon, näher zu kommen. Während der Junge auf ihn zuschritt, hob Dirty das Buch an und starrte mit zusammengekniffenen Augen auf den Einband. »Könnte das richtige Buch sein, ist schwer lesbar mit den Ascheflecken drauf.« Als der Zauberer schon mit ausgestreckten Armen vor ihm stand, klopfte er ein paar Mal auf den Einband und pustete einmal kräftig drauf. Staub und Asche wirbelten vom Buch auf.

Tibon zuckte erschrocken vor der Staubwolke zurück und hielt sich die Nase zu. »Oh nein!«, rief er mit unglücklicher Miene und lief in Richtung Höhlenausgang. »Oh nein, oh nein, oh nein«, hörte Kupferbart ihn noch sagen, darauf erklang ein Niesen und der Zauberer war verschwunden.

»Bei Blobos und Wavolon, was ist denn jetzt passiert?«, fragte der Kapitän ungläubig. Er marschierte zusammen mit den anderen zu der Stelle, wo Tibon verschwunden war. Alle Blicke wanderten zum Boden, als sie die Stelle erreicht hatten.

»Er hatte doch nur eine Kröte in der Hand, oder?«, fragte Maladin nachdenklich.

»Vielleicht hatte er noch eine zweite in einer seiner Taschen«, meinte Dirty achselzuckend. »Die alte Vettel auf der Insel hatte ja gemeint, Zauberer machen von allem eine Kopie, und mit Sicherheit haben sie alle zusammen absonderliche Angewohnheiten. Der hier sammelt womöglich Kröten.«

Percy kniete sich hin und betrachtete die zwei Kröten aus der Nähe, die nun auf dem Boden hockten und sich gegenseitig anstarrten.

»Vielleicht ist die zweite eine Ersatzkröte, falls die erste kaputt geht«, sagte Maladin und kicherte, Dirty fiel in das Lachen ein.

»Reißt euch zusammen«, schimpfte Kupferbart. »Wir brauchen den Zauberer noch, also macht euch nicht über ihn lustig.«

Sein Sohn schob die beiden Kröten vorsichtig zusammen, um seine Hände unter sie zu schieben und hochheben zu können. Kupferbart sah, wie die eine Kröte dabei ihre Zunge herausstreckte und über das Gesicht der zweiten leckte. Plötzlich zuckte Percy zurück und fiel auf den Hintern. Wo gerade noch zwei Kröten auf dem Boden hockten, saß nun wieder Tibon und blickte in die Runde. »Es ist schon wieder geschehen, nicht wahr?«, fragte er mit verzagtem Blick.

»Na ja«, entgegnete Kupferbart unsicher. »Für uns war es zumindest das erste Mal. Was auch immer da gerade passiert ist.«

Tibon stand auf, rückte seinen Hut zurecht und klopfte sich den Staub vom Mantel. Dann schaute er alle nacheinander an. »Nun, nachdem ihr schon meine … äh, Besonderheit gesehen habt, kann ich es euch auch gleich erklären. Aber es ist kein Fluch«, erklärte er an Kupferbart gewandt und hob einen Finger. Dann erzählte er weiter. »Wie ich ja schon erwähnt habe, war ich mit dem, was auf dem Institut für vollkommen harmlose Zauberei gelehrt wird, sehr unzufrieden. Mit Zaubern der Stufe fünf kann ein Zauberer gerade mal ein paar Verzauberungen und Effekte durchführen, doch Beeindruckendes ist da nicht dabei. Uns Studenten war klar, dass es noch irgendwo Bücher für höherstufige Zauber geben musste, schließlich kennen sich die Professoren damit aus und sie müssen das Wissen ja auch zuvor erlernt haben. Also machten wir uns auf die Suche und ich wurde am Ende fündig, als ich mich ins Zimmer von Professorin Macmerva hineingeschlichen hatte. In einer unzulänglich versperrten Tischlade hielt sie ein Exemplar des ›Zauberbuchs für den halbstarken Zauberer‹ versteckt, das Zauber bis zur Stufe zehn beinhaltete. Und natürlich habe ich es mir geschnappt.«

»Und gleich damit herumgespielt, könnte ich mir denken«, sagte Dirty und grinste schadenfroh.

Tibon kratze sich verlegen am roten Haarbüschel, das unter dem Hut hervorlugte. »Im Nachhinein betrachtet hätte ich wohl etwas mehr Vorsicht walten lassen sollen. Doch als Student kommt man auf die verwegensten Ideen. Eines Abends haben ich und ein paar

Kollegen uns zusammengesetzt und überlegt, welchen Zauber wir als Erstes versuchen sollten. Es war drei Tage vor dem Treffen der Spieler von Höhlen und Drachen, sie nennen es ›Versammlung aller Liebhaber von Verkleidungen‹, kurz VALV, und alle sprachen von Abenteuern. Äußerst beliebt ist dabei die Geschichte vom verzauberten Helden, der nur durch den Kuss einer holden Maid oder einer Prinzessin wieder zu seiner wahren Gestalt zurückfindet. Zumindest bei den männlichen Studenten, aber es erklärt vielleicht, warum nur wenige Studentinnen an solchen Treffen teilnehmen.« Tibon lächelte entschuldigend.

»Ich verstehe langsam, worauf das hinausläuft«, brummte Kupferbart, doch hörte er weiter zu.

»Ja«, sagte Tibon und grinste. »Wir wollten uns die Gelegenheit, von einem der wenigen Mädchen geküsst zu werden, natürlich nicht entgehen lassen. Und was macht mehr Eindruck, als nicht nur verkleidet, sondern richtig verzaubert auf dem Treffen zu erscheinen? Also suchten wir nach einem Verwandlungszauber im Buch und wollten ihn sogleich ausprobieren. Ich meldete mich freiwillig als Erstes und hatte die Gestalt eines verzauberten Frosches gewählt. Nur leider ging der Zauber schief.«

»Du wurdest kein Frosch, sondern eine warzige Kröte«, schlussfolgerte Maladin. »Kein Tier, das eine Frau gerne küssen würde.«

»Es kam noch schlimmer«, erklärte Tibon mit verzweifeltem Blick. »Nicht nur, dass die Verzauberung schief ging, auch die Entzauberung klappte nicht auf die vorgesehene Weise, da ich den Zauber irgendwie ... verdrehte. Die gestrenge Professorin Macmerva erklärte sich bereit, die Kröte, die ich zu der Zeit war, zu küssen. Auch als Amphibie bekomme ich alles mit, was mit mir geschieht ...« Er erschauderte bei der Erinnerung. »Doch ich verwandelte mich nicht zurück. Erst nach einigen Tagen fanden Professoren des Instituts heraus, was mit dem Zauber nicht stimmte. Er konnte zwar nicht mehr entfernt, doch zumindest die Verwandlung aufgehoben werden, indem sie einen weiteren Zauber darüberlegten. Und nicht der Kuss eines Mädchens war es, der mich in meine ursprüngliche Gestalt zurückverwandelte, sondern der Kuss einer weiblichen Kröte.« Er blickte zur Kröte, die noch immer auf dem Boden hockte. »Deshalb brauche ich sie. Jedes Mal, wenn ich niese, verwandle ich mich wieder in eine Kröte zurück. Man hat mich danach von der Universität geworfen, obwohl ich nur mehr ein Semester bis zur letzten Prüfung vor mir hatte.«

»Das heißt, du bist nicht mal ein richtiger Zauberer?«, fragte Dirty und legte die Stirn in Falten.

Tibon verzog beleidigt den Mund. »Natürlich bin ich einer, ich kenne alle Zauber, die erlaubt sind.« Doch dann senkte er den Blick. »Nur ohne offiziellen Abschluss stellt mich niemand für Verzauberungen ein. Ich schlage mich auf Jahrmärkten durch, um zumindest ein paar Münzen zu verdienen. Viel mehr als das, was ich am Leibe trage, besitze ich nicht.«

Kupferbart brummte. »Dann bist du bei uns wohl genau richtig. Pendelpiraten sind recht flexibel, was Qualifikation oder Herkunft angeht, und fordern auch keine Abschlusszeugnisse ein. Und wenn du uns beitrittst, dann steht dir ein Anteil vom Schatz zu.«

Tibon nahm vorsichtig das Buch von Dirty entgegen und betrachtete den Einband. Sofort war er davon eingenommen und konnte seine Augen nicht mehr vom Wälzer lösen.

»Was ist? Ist es das Richtige?«, erkundigte sich Dirty.

Der junge Zauberer schüttelte den Kopf, hob den Blick und nickte aufgeregt. »Es ist tatsächlich das richtige Buch. Aber es wird dauern. Ich muss die Muster analysieren und den richtigen Zauber finden, beziehungsweise einen Weg, wie man ihn entfernt.«

»Aber besser richtig«, sagte Dirty und verzog den Mund. »Von uns kann dir keiner helfen, falls du dich selbst in eine Steinmauer verwandelst.«

Tibon grinste schief und begann, das Zauberbuch mit konzentriertem Blick zu studieren.

Percy hatte sich bereits vor geraumer Zeit auf den Boden gesetzt. Der Zauberer benötigte Stunden, um die richtigen Zauber herauszufinden. Zusätzlich war nicht nur eine Barriere errichtet worden, die sie von den Schatztruhen fernhielten, sondern gleich mehrere hintereinander. Das erklärte die unverhältnismäßig starke magische Aura in der

Höhle, wie Tibon Dirty erklärt hatte, da sie aufeinander reagierten. Mit jeder unsichtbaren Mauer, die der Zauberer auf magische Weise einriss, wirkte er ausgelaugter. Zweimal musste er sich hinsetzen und sich für einen Moment ausruhen. Das Wirken der Zauber schien ihn geistig derart zu erschöpfen, dass Tibon schon die Augen zufielen, während er das Buch in Händen hielt. Doch Kupferbart drängte ihn, weiterzumachen, da er die Kisten noch vor dem Morgengrauen auf das Schiff transportieren wollte. Wenn die Cragolock entdeckten, was sie da aus ihrer Stadt schleppten, würden sie den Schatz nicht lange behalten, hatte sein Vater gemeint. Möglich, dass ihnen dank des Festes ein oder zwei Stunden mehr Zeit zur Verfügung stand, doch früher oder später würden die Wachen wieder ihre Posten beziehen. Wenn sie mit Schatztruhen aus dem verbotenen Bereich heraustraten, würden sie mit ziemlicher Sicherheit Alarm schlagen. Auf jeden Fall, wenn sie mit einem wütenden Steintroll im Gepäck auftauchten.

Maladin und Dirty hatten sich an die Höhlenwand gelehnt und dösten vor sich hin, während der Kapitän mit dem Zauberer beschäftigt war. Für zwei, drei Stunden hatte auch Percy die Augen geschlossen und zusammen mit Porky auf seiner Schulter geschlafen. Das arme Schultertier war nach der rettenden Aktion vor dem Steintroll völlig erschöpft gewesen und hatte seitdem kein Auge mehr aufgemacht. Nicht, dass er davor ein munteres Kerlchen gewesen wäre. Da Percy langweilig geworden war, hatte er die Zettel, die ihm sein Vater gegeben hatte, aus der Umhängetasche gekramt und begonnen, damit herumzuspielen. Diese Zettel waren der erste Hinweis auf den Piraten El Materen gewesen, hatte sein Vater ihm erklärt. Doch Percy hatte ein paar Buchstaben auf unterschiedliche Weise angeordnet und war damit auf ein anderes Wort gekommen. Ein Wort, das der verzauberten Höhle hier wohl besser entsprach als ein mythischer Piratenname.

Percy blickte auf, als er Tibon aufstöhnen hörte. »Eine Barriere steht noch«, sagte der mit schleppendem Ton und am Ende seiner Kräfte. »Doch ich kann sie nicht entschlüsseln, dieser Zauber ist noch komplizierter. Über Stufe fünfzehn auf jeden Fall.«

Sein Vater verzog missmutig das Gesicht. »Was soll das heißen?

Wir stehen zwei Schritte vor dem Schatz und scheitern jetzt an einer letzten unsichtbaren Wand?«

Der junge Zauberer setzte sich hin und nahm seinen Kopf in beide Hände. »Tut mir leid. Selbst wenn ich noch die Kraft zu zaubern hätte, könnte ich die Barriere nicht überwinden.« Sein Kopf kippte beinahe vorneüber, nur mit Mühe hielt er sich noch bei Bewusstsein.

Da hörte Percy von der Wand her ein Gemurmel und beobachtete, wie Dirty langsam erwachte. Der Halbcragolock öffnete die Augen und sah sich um, als wüsste er für einen Augenblick nicht, wo er gerade war. Dann kniff er die Augen zusammen. »Was habt ihr gemacht?«, fragte er und blickte in Richtung der Truhen.

»Was meinst du?«, fragte Kupferbart mit gerunzelter Stirn. »Wir haben, ich meine, Tibon hat die meisten Barrieren entfernt, nur eine letzte ist noch übrig. Doch er behauptet, durch diese schafft er es nicht hindurch.«

Dirty blickte auf den erschöpften Zauberer und stand daraufhin auf. Mit vorsichtigen Schritten näherte er sich der letzten Barriere. »Hm«, sagte er und machte noch ein paar langsame Schritte. Dann verzog er die Nase und nieste. »Ich spüre die Magie immer noch«, sagte er darauf nachdenklich. »Aber viel schwächer als vorhin. Die Magie im Raum hat auf jeden Fall nachgelassen.« Er starrte in Richtung der Truhen und griff ins Leere, als er versuchte, sich den nicht mehr vorhandenen Bart zu kratzen. »Verdammt, hab ich vergessen«, brummte er missgelaunt. »Tretet zurück, ich versuche etwas.«

Kupferbart schob seine Hände unter Tibons Arme und zog den halb schlafenden Jungen von der Barriere weg. Daraufhin trat Dirty einen weiteren Schritt vor. Abermals verzog er das Gesicht und nieste heftig. Doch er schüttelte den Kopf und machte den nächsten Schritt. Er war ungefähr fünfzehn Schritte von den Truhen entfernt und mit jedem weiteren Schritt sah Percy ihm an, wie viel Mühe es ihn kostete. Erst war es nur heftiges Niesen, dann begannen seine Augen zu tränen, sodass er sie zu Schlitzen verengte. Immer weiter kämpfte er sich nach vorne.

»Bei Blobos und Wavolon, Dirty, du schaffst es!«, rief Kupferbart erstaunt, der den Kampf Dirtys ebenso gebannt beobachtete. Durch den Ausruf wurde Maladin wach, der sich verblüfft erhob, um ebenfalls Zeuge der unmenschlichen Anstrengung zu werden.

Nur noch wenige Schritte trennten Dirty von der Barriere. Er hatte sich nach vorne gebeugt und der Halbcragolock schien gegen einen tosenden Sturm anzukämpfen, der ihn mit aller Gewalt vom Schatz fernhalten wollte. Dirty keuchte und nieste und stöhnte, doch er ging weiter. Ein Schritt, dann noch einer. Er stand nun kurz vor der Barriere. Mit Mühe hob er seine Hände, als wären schwere Bleigewichte daran befestigt. Erst streckte Dirty die eine, dann die andere Hand aus. Auf Höhe der Barriere begannen die Hände, durch unwirklich scheinende Verzerrungen zu wabern, so, als würden sie dahinschmelzen. Dirtys Brustkorb hob sich für einen tiefen Atemzug und mit einem Aufschrei tat er den letzten Schritt. Sein Körper stand inmitten der unsichtbaren Barriere, schien zu vibrieren. Und dann hörte Percy ein Klirren, wie zerspringendes Glas. Unmittelbar darauf wurde Dirty von einer unsichtbaren Kraft durch den halben Raum zurückgeschleudert. Benommen blieb er am Boden liegen und Percy lief zu ihm.

»Dirty! Geht es dir gut?« Kupferbart eilte ebenfalls herbei. Percy hatte sich neben dem am Boden liegenden Mann niedergekniet, dessen Brustkorb sich langsam und gequält hob und senkte. Doch er war bei Bewusstsein und murmelte unverständliche Worte. Percy und Kupferbart beugten sich vor, um mehr zu verstehen. Maladins Schritte waren dazwischen zu vernehmen, der sich ihnen leise näherte.

»Was hast du gesagt?«, fragte Kupferbart mit besorgter Miene. Dirty deutete ihm mit schwacher Hand, näher heranzukommen. Der Kapitän beugte sich noch weiter vor, bis sein Ohr direkt über Dirtys Mund verweilte. »Sag mir, was du brauchst«, sagte er sanft.

Percy beobachtete, wie Dirty schwer blinzelte und sein Begehr mit Mühen über die Lippen brachte: »Frag nicht so dämlich. Einen Schluck Rum natürlich.«

Kupferbarts Kopf zuckte zurück und seine Brauen hoben sich in umfassender Verwunderung. Dann lachte er laut auf. »Das war ja klar. Ohne einen Krug voll Rum in der Hand wirst du diese Welt auf keinen Fall verlassen.«

Dirty grinste und stemmte sich mühsam mit den Ellbogen hoch.

»Wenn ich mir aussuchen könnte, wie ich abtrete, würde ich Ertrinken in einem Teich voll Rum wählen, das ist mal klar.« Er blickte zu den Schatztruhen hinüber. »Hat sich der Mist wenigstens gelohnt?«

»Das werden wir gleich erfahren.« Kupferbart erhob sich und ging zum Ort, wo die Barriere stand. Er hob eine Hand und streckte sie vorsichtig aus. Dann trat er einen Schritt vor, bis er direkt vor den Truhen stand. Mit einem breiten Grinsen im Gesicht drehte er sich zu Percy und den anderen um. »Wir sind durch. Wir haben es geschafft«, verkündete er und hob triumphierend eine Hand. Dann zog er den Schlüssel von El Materen aus der Manteltasche und steckte ihn in das Schloss der ersten Truhe. Er passte. Langsam drehte Kupferbart ihn, bis ein Klicken zu hören war. »Und jetzt, meine Freunde«, sagte der Kapitän mit feierlicher Stimme, »kommt und bestaunt den legendären Schatz des Piratenkapitäns El Materen.« Er wartete, bis Maladin, Dirty und Percy sich zu ihm gesellten, was bei Dirty länger dauerte. Dann umfasste Kupferbart mit beiden Händen den Rand des Deckels. Ein leises Knarren ertönte, als er ihn hochhob. Percy riss sogleich erschrocken die Augen auf. Aus der Truhe strömte ihnen ein waberndes, rötliches Licht entgegen, das von verschiedensten – teilweise oder vollständig zerstörten – Gegenständen in der Truhe ausging. Percy kannte dieses Licht, hatte es schon einmal gesehen. An einem Amulett eines inzwischen toten Freundes. Mit dem Unterschied, dass dieses Licht hier noch bedrohlicher, noch intensiver strahlte. Mit einem Satz sprang er zur Truhe und stemmte den Deckel nach unten, ehe sein Vater reagieren konnte. Entsetzt blickte er auf die Worte, die er mit den Zetteln auf den Boden aneinandergereiht hatte. Dort war in fünf Reihen jedes Mal dasselbe Wort zu lesen: Elementar.

Kupferbart wartete in der Nähe des Eingangs auf die letzte Schatztruhe, die seine Männer an Bord der Flautilus brachten. Er hatte Tibon dem Zauberer noch eine allerletzte Aufgabe abringen können, bevor dieser endgültig in einen tiefen und festen Schlaf versunken war. Der Schlafzauber, den er auf den Steintroll wirkte, hatte ihn zwar die letzten Kräfte gekostet, doch der Troll war daraufhin umgekippt und hatte danach nur noch ein Schnarchen von sich gegeben, das wie eine Steinlawine klang. Die Höhle wurde passierbar und der Kapitän hatte Maladin vorausgeschickt, um die Mannschaft zu informieren. Nun lag der Zauberer in seiner Kajüte und erholte sich von seinen erschöpfenden Taten.

Kupferbart drehte sich kurz um und sah aufkommende Helligkeit, die den Verladebereich der metallenen Plattform in ein dunstiges Licht tauchte. Der Morgen brach mit einer Eile an, die ihn ungeduldig werden ließ, doch zum Glück war noch keiner der Cragolock aufgetaucht. Die Feier musste bis weit in die Nacht hinein angedauert haben, da selbst die Wachen noch schliefen. Doch es konnte nicht mehr lange hin sein, bis der erste erwachte und ihren Weg kreuzte. Der Kapitän blickte nach oben und sah einen der Aufzüge nach unten gleiten. Für einen Moment beschlich ihn ein mulmiges Gefühl, bis er Dirty darauf stehen sah. Als der Aufzug die Ebene der Brücke erreichte, trat Dirty heraus und marschierte mit zwei kleinen Fässern unter den Achseln auf ihn zu. Er grinste dabei wie ein kleines Kind.

Kupferbarts Blick verfinsterte sich. »Für diese winzigen Fässchen hast du das ganze Gold ausgegeben? Was soll das überhaupt sein, irgendein besonderes Gesöff der Cragolock?«, fragte er missmutig, während er nach oben starrte, ob sich weitere Aufzüge bewegten.

»Dafür nicht«, entgegnete Dirty grinsend. »Die hier haben mich nur eine Information für die Alchemisten der Crags gekostet. Das Gold hab ich für was anderes ausgegeben, das sich schon auf der Flautilus befinden sollte. Du wirst es zu gegebener Zeit sehen.« Dann marschierte er an ihm vorbei und weiter zum Schiff.

Nach einer Weile sah der Kapitän den letzten Trupp mit der zehnten Schatztruhe die Brücke entlangmarschieren. Percy war dabei, der sich seit dem Fund von diesem rotglühenden Zeug merkwürdig verhielt. Er hatte sich wie ein tollwütiger Hund aufgeregt und wollte sie vom Schatz fernhalten, doch Kupferbart zeigte sich nicht willens, das Ziel der langen und entbehrungsreichen Reise einfach so zurückzulassen. Er hatte zwar keine Ahnung, was der Fund überhaupt war und die Enttäuschung darüber, dass kein Gold in den Truhen gelegen hatte, saß immer noch in der Magengrube. Auch nachdem sie jede einzelne Schatztruhe geöffnet, doch immer nur dasselbe leuchtende Metall vorgefunden hatten. Dennoch war es der Schatz von El Materen, wie man es auch drehte und wendete. Der Beweis, den er erbringen musste, um zum König der Pendelpiraten aufzusteigen. Immerhin gab es bereits einen – wenn auch dubiosen – Interessenten, wenn sie keinen besseren Nutzen aus dem Schatz ziehen konnten.

Als der Trupp an ihm vorbeitrottete, hielt Percy seinen Kopf auf den Boden gerichtet, ohne ihn eines Blickes zu würdigen. Kupferbart zuckte nur die Achseln, wandte sich dem Ausgang zu und folgte den Männern.

Kurz darauf war alles verladen. Der Kapitän stand müde, doch zufrieden auf dem Deck seines Schiffes, das immer noch in den Schlaufen der Kranvorrichtung hing. Die Bedienmannschaft war nicht anwesend, also mussten sie es selbst zustande bringen, die Flautilus aus der Verankerung zu lösen.

»Kann ja nicht so schwer sein«, meinte Dirty und stellte sich vor die Kurbeln am Ende eines der Kräne.

Maladin versuchte sich am zweiten.

»Schön vorsichtig«, gab ihnen der Kapitän mit erhobenem Finger zu verstehen. »Wenn ihr mein Schiff beschädigt, bekommt ihr es mit mir zu tun. Abgesehen davon, dass wir dann mit dem Schatz festsitzen.«

Maladin und Dirty wechselten erst ein paar Worte miteinander, bevor sie sich an den Kurbeln zu schaffen machten. Es ruckte und die Flautilus kippte in einer gefährlichen Schräglage nach vorne.

»Vorsichtig, hab ich gesagt!«, rief Kupferbart ihnen von der Reling aus zu. Dirty zuckte mit den Schultern, dann betätigte er abermals die Kurbeln. Langsam senkte sich das Heck der Flautilus und Kupferbart stand wieder auf ebenem Boden. Danach schienen Dirty und Maladin den Dreh rauszuhaben. Das Schiff senkte sich, nur von ein paar harmlosen Stößen begleitet, in Richtung Wasseroberfläche. Es platschte leise, als der Rumpf ins Wasser eintauchte, und sie kurbelten weiter. Immer tiefer sank das Schiff ins Wasser, bis es plötzlich einen weiteren Ruck gab. Kupferbart streckte seinen Kopf über die Reling und versuchte, mit zusammengekniffenen Augen zu erkennen, was los war. »Verdammt, wir sitzen auf. Das Schiff ist zu schwer«, erklärte er Percy und Hazel, die neben ihn getreten waren.

Sein Quartiermeister kratzte sich am Kinn. »Wir könnten das Zeug von Dirty über Bord werfen. Das ist mindestens genauso schwer wie der Schatz. Und von dem wollen wir uns wahrlich nicht trennen, denke ich mir.«

Kupferbart dachte einen Moment lang darüber nach, daraufhin gab er den Vorschlag an Dirty weiter. Der Kapitän hatte das Gefühl, sein Knurren bis zum Schiff zu hören.

»Wenn du den Schatz mit derartiger Begeisterung an Silberbart übergeben willst, dann mach nur, wirf mein Zeug über Bord.«

Kupferbart runzelte die Stirn und schüttelte den Kopf. Da er noch immer nicht wusste, was es mit diesen schweren Metallteilen auf sich hatte, verstand er Dirtys Anspielung nicht. Doch wenn es ihnen gegen Silberbart helfen konnte, überlegte er noch mal und entschied sich dagegen, sich davon zu trennen.

»Ich hab eine Idee, wartet!«, rief Dirty und beratschlagte sich vom Schiff aus unhörbar mit Maladin. Danach bemannten sie wieder die Kurbeln. Ein weiterer Ruck ging durch das Schiff und die Flautilus wurde wieder hochgehoben. Die beiden tauschten Blicke aus, dann betätigten sie andere Kurbeln. Plötzlich begann das Schiff heftig seitwärts zu schaukeln.

»Was habt ihr vor?«, rief ihnen Kupferbart zu, während er sorgenvoll zum schwankenden Hauptmast hochblickte. Zu seiner Erleichterung stieß er nicht gegen die schweren Metallstangen.

»Das Schiff weiter draußen ins Wasser lassen, dort ist es etwas tiefer«, antwortete Maladin. »Die Stahlträger können ein Stück ausgefahren werden, mit ein wenig Glück genügt das.« Und dann machten sie sich an die Arbeit, wenngleich nicht gerade im Gleichklang. Das Schiff schaukelte und ächzte, als der Rumpf und das Heck auf unterschiedliche Weise bewegt wurden.

Kupferbart beschlich die Angst, dass sie die in den Schlaufen gefangene Flautilus noch zerreißen würden, wenn sie dem Ganzen nicht bald ein Ende setzten. Das Klagen der Planken und Stöhnen der Masten verstärkte seine Befürchtungen nur noch. Er blickte nach oben und sah, wie der dünne Stahlträger immer länger wurde. Eine Bewegung am Rande des Blickfelds ließ seinen Kopf flugs in Richtung Tor zucken.

»Was macht ihr da? Hört sofort auf damit!« Ein Cragolock aus einer gerade durch das Tor marschierenden Gruppe – einige davon Wachen – hatte Dirty und Maladin zugerufen und hob nun drohend seine Faust. Der alte Crag gehörte zur Bedienmannschaft vom Vortag, die das Schiff angedockt hatte. »Was ist da los? Wollt ihr etwa in aller Heimlichkeit abhauen?«, rief einer der bewaffneten Wachen und beschleunigte den Schritt. »Lasst die Kräne los, wir wollen das Schiff durchsuchen.«

»Lasst das Schiff runter!«, rief Kupferbart seinen Leuten an den Kränen zu und deutete aufgeregt in Richtung des Tores.

Dirty drehte sich ruckartig um, daraufhin sagte er etwas zu Maladin. »Festhalten!«, rief er laut.

Der Kapitän klammerte sich an die Reling fest, so wie seine Mannschaft sich ebenfalls befestigte Haltemöglichkeiten suchte. Es blieb ihnen nicht viel Zeit, denn kurz darauf senkte sich das Schiff wie im freien Fall der Wasseroberfläche zu. Das Wasser spritzte beim Eintauchen bis auf die Plattform und übergoss Dirty und Maladin mit einem feuchten Schwall. Gleich darauf hörte Kupferbart ein grässliches Knirschen vom Rumpf, als die Flautilus auf dem Grund aufsetzte. Ein kurzer Moment der Panik überkam ihn, doch wurde er rasch vom sanften Schaukeln seines Schiffes beruhigt, als es sich wieder hob.

»In die Tretbeiboote!«, rief er der Mannschaft zu und lief zum Ruder. Seine Männer setzten sich sofort in Bewegung und klappten die Beiboote mit einstudierten Bewegungen aus. Hazel warf Dirty und Maladin Seile zu und ehe die Wachen sie erreichten, sprangen sie ins kalte Nass. Die Cragolock auf der Plattform fluchten und schimpften, doch glitt das Schiff bereits aus ihrer Reichweite. Die Gefahr war noch nicht vorüber, denn ein Crag von der Bedienmannschaft versuchte, einen Stahlträger in die Höhe zu hieven. Das Heck der Flautilus befand sich noch ein kleines Stück in der dort angebrachten Lederschlaufe und kurzzeitig senkte sich der Bug des Schiffes gefährlich ins Wasser. Schließlich schlüpfte die Flautilus aus der Schlaufe, die über die Planken des Hecks schabte und am Ende ohne Beute in die Höhe gekurbelt wurde. Dann waren Mannschaft und Schiff auch schon bereit. Kupferbart wendete in engem Bogen und auf sein Zeichen hin traten die Männer in den Beibooten in die Pedale. Sie glitten in rasantem Tempo hinaus auf den Fluss, hinaus zum Roten Meer. Kupferbart sah noch einmal zurück und dachte ein weiteres Mal laut: »Bei den Crags sollten wir uns wohl eine Zeit lang nicht mehr blicken lassen.« Dirty, der klatschnass an seine Seite getreten war, brummte nur.

11 - DER LANGE WEG ZUR INSEL

Der Erzfeind

Die Flautilus war wieder auf dem Meer, unterwegs zu ihrem allerletzten Ziel. Zur Pirateninsel, mit dem Schatz von El Materen an Bord. Kupferbart blickte vom Deck seines Schiffes in den leicht bewölkten Himmel, der ihnen eine ordentliche Brise bescherte. Die Segel blähten sich im Wind, und er schätzte, dass es noch zwei, höchstens drei Tage dauern würde, bis sie die Insel erreichten. Die Flautilus war schwer beladen und machte trotz der guten Witterungsbedingungen wenig Fahrt, daher hatte der Kapitän den Ausguck zu jeder Tages- und Nachtzeit besetzen lassen. Dies hier war seine wichtigste Fahrt, seine letzte als einfacher Piratenkapitän, so denn alles gut ausging. Denn noch waren sie nicht in Sicherheit, noch konnte ihnen das Schlimmstmögliche widerfahren, das Kupferbart sich vorstellen konnte: eine Begegnung mit Silberbart. Das nagende Gefühl im Magen wollte nicht aufhören, dass ihnen am Ende eine Konfrontation bevorstand. Er zweifelte nicht daran, dass sein Erzfeind mittlerweile erfolgreich den letzten Teil des Schlüssels aufgetrieben hatte und damit wohl auch über das Wissen um den Standort des Schatzes verfügte. Daher hatte der Kapitän befohlen, nicht die direkte Route zur Pirateninsel zu nehmen, sondern weit westlich, nur ein Stück außer Sichtweite der Küste Zentralikas nach Süden zu fahren. Wenn er richtig lag, würde Silberbart zusammen mit Flaumbart entlang der Küste Metedons reisen, um keinen Umweg oder weitere Verzögerungen in Kauf zu nehmen. Wenn er richtig lag ... Kupferbart schluckte, dann blickte er nach Süden zum Horizont. Ein paar Schiffe waren ihnen auf dem Weg begegnet und jedes Mal war Kupferbart ein Schauer wie ein Schiffsrattenschwarm über den Rücken gelaufen. Doch waren es keine Pendelpiraten gewesen. Er blickte nach oben, um sich zu vergewissern, dass der freundliche Pirat immer noch gehisst war. Das

Letzte, was er brauchen konnte, war ein Seekampf mit einem Schiff, das sich womöglich bedroht fühlte, so kurz vor ihrem Ziel. Der Kapitän schnaufte durch und blickte zum leeren Horizont, um sich zu beruhigen. Vielleicht würde es ja doch klappen, entgegen dem Gefühl in seiner Magengrube.

Darauf drehte sich Kupferbart zu Dirty um. Dem Halbcragolock nach besaßen sie eine Waffe gegen Silberbart, auch wenn er nicht begriff, was Dirty da an Deck gebracht hatte. Der Kapitän schritt auf ihn zu und betrachtete das Gerät, an dem er gerade herumwerkelte.

»Ich verstehe immer noch nicht, wie uns diese Ofenrohre helfen sollen, einen Kampf gegen Silberbart zu bestehen«, meinte er mit gerunzelter Stirn.

Dirty blickte auf und grinste. »Wenn diese Dinger funktionieren, wie ich es mir vorstelle, dann können wir dem Schiff von Silberbart ein paar ordentliche Löcher verpassen.«

»Wenn?« Kupferbart riss die Augen auf. »Du weißt nicht mal, ob sie funktionieren? Das Metall bremst die Flautilus aus, wenn das Zeug nichts bringt, dann …«

»Vertrau mir«, sagte Dirty mit besänftigender Stimme. »Ich hab den Schmieden der Cragolock genau erklärt, was ich brauche, und sie haben mich rasch verstanden. Wir hatten zwar keine Zeit für einen Test, doch die Crags wissen, was sie tun. Es wird funktionieren.«

Kupferbart brummte, warf einen letzten Blick auf das fette Metallrohr und marschierte danach zum Schiffsheck, wo Percy an der Reling stand und auf das Meer hinausblickte. Dies war der Ort, der am weitesten von den Schatztruhen entfernt war, und Percy hielt sich vornehmlich hier auf, seit sie wieder an Bord waren. Er legte seinem Sohn die Hand auf die Schulter, der erschrocken zusammenzuckte, bevor er sich umdrehte und ihn anblickte. Dann verzog er den Mund und sah wieder den Wellen zu, die übers Meer glitten.

»Du hast so was schon mal gesehen, oder? Ich meine das, was da in den Truhen liegt.« Kupferbart versuchte, verständnisvoll zu klingen. Er stellte sich neben seinen Sohn an die Reling.

Percy nickte, ohne ihn anzusehen.

»Und dabei ist etwas Schlimmes geschehen?«

Percy wackelte mit dem Kopf, dann drehte er sich zu ihm hin und machte ein Zeichen zur Abwehr von Bösem.

Kupferbart runzelte die Stirn. Mit diesen Informationen konnte er nur wenig anfangen. »Du meinst, das Zeug ist böse? Es ist doch nur eine Art von Metall, soweit ich das beurteilen kann. Leuchtendes Metall, aber trotzdem nur Metall. Ich hab so was noch nie gesehen. Mir scheint, die randiumbeschlagenen Truhen sind mehr wert als der Inhalt. Ein sehr seltenes Erz, das nur auf Sandazaar geschürft werden kann. Dafür werden wir einen Batzen Gold bekommen.« Er schaute seinen Sohn von der Seite her an. »Die Kappe, die ich dir als Kind mitgebracht hatte, war ebenfalls mit Randium verstärkt. Du hast sie wohl verloren oder verkauft, könnte ich mir denken.« Er schwieg daraufhin. Es war ein Andenken an ihn gewesen, doch sein Sohn hatte es wohl schon vor langer Zeit loswerden wollen.

Percy sah ihn erst mit großen und gleich darauf mit rollenden Augen an. Schließlich nahm sein Blick flehende Züge an.

Kupferbart schluckte. Was auch immer Percy erlebt hatte, es schien mit dem leuchtenden Metall in Zusammenhang zu stehen, und es hatte wohl nicht im positiven Sinne geendet. Kupferbart klopfte ihm auf die Schulter. »Ich werde vorsichtig damit umgehen. Den Männern hab ich befohlen, es nicht anzufassen, nur zur Sicherheit. Noch habe ich keine Idee, was wir damit anstellen sollen. Vielleicht lasse ich es in ein Verlies auf der Pirateninsel sperren, sobald ich König bin. Wir werden sehen.« Er lächelte aufmunternd, dann überließ er Percy wieder sich selbst und marschierte zu seiner Kajüte. Dort schlief der Zauberer immer noch. Zwei, drei Mal war er taumelnd aufgewacht und hatte ein paar Bissen verschlungen, danach war er wieder ins Land der Träume eingetaucht. Kupferbart hatte gehofft, ihn bei einer Begegnung mit Silberbart zur Seite zu haben, doch in diesem Zustand war er nutzlos. Also musste der Kapitän im Anlassfall alle Hoffnungen in Dirtys Ofenrohre setzen. Zwei Tage noch, vielleicht auch drei. Diesen Zeitraum mussten sie noch überstehen.

»Da vorne ist etwas!«, rief Maladin vom Ausguck herab.

Kupferbart stürmte sofort zum Vorschiff. Es war noch früher

Morgen und Nebelschwaden waberten zerfetzten Segeln gleich über dem Wasser, was zusammen mit dem noch schwachen Licht der Sonne die Sichtweite einschränkte. Doch dauerte es nicht lange, bis er sah, was Maladin gemeint hatte. Trümmer, die auf dem Wasser dahintrieben. An dieser Stelle musste ein Schiff zerstört worden sein, nur eine halbe Tagesreise von der Pirateninsel entfernt.

»Blaubart?«, fragte Hazel neben ihm mit sorgenvollem Blick. »Silberbart hat ihn ja gesucht. Wäre möglich, dass er ihn hier gefunden hat.«

Kupferbart suchte das Trümmerfeld ab, durch das die Flautilus hindurch pflügte. Vorne an Backbord ragte eine zerrissene Piratenflagge zur Hälfte aus dem Wasser, also hatte es sich um ein Piratenschiff gehandelt. Sein Blick schwenkte nach Steuerbord, wo er etwas anderes im Wasser treiben sah, und eine Ahnung stieg in ihm hoch, wessen Schiff es gewesen sein musste. »Sieht mehr nach Weißbart aus. Dort drüben schwimmt ein verpacktes Geschenk.« Er zeigte in die entsprechende Richtung.

»Mann im Wasser«, erklang da Maladins Stimme von oben. Kupferbart blickte zum Ausguck und dann in die Richtung, wo Maladins Hand hindeutete. Tatsächlich, jemand klammerte sich weit vor ihnen mit letzter Kraft an eine zerborstene Planke. Der Kopf war noch geradeso über Wasser, daher konnte Kupferbart nicht bestimmen, wer dort überlebt hatte. »Holt ihn an Bord!«, rief er der Mannschaft zu und die Flautilus segelte langsam zum Überlebenden hin.

Bald schon hatten sie den Schiffbrüchigen erreicht und ein Mann sprang mit einem Tau in der Hand ins Wasser, um den dahintreibenden Mann daran festzumachen. Auf ein Zeichen hin holten sie das Tau mit den zwei Personen daran vorsichtig wieder ein, und als beide an Bord waren, identifizierte Kupferbart den Überlebenden sogleich.

»Kapitän Weißbart.«

Der alte, am Boden liegende Piratenkapitän stöhnte und spuckte einen Mund voll Wasser aus, dann machte er ein paar rasselnde Atemzüge. »Kupferbart«, sagte er mit schwacher Stimme. »Dich hätte ich hier nicht erwartet. Silberbart hat dich auf seiner Abschussliste.«

»Das ist mir klar«, antwortete Kupferbart und verzog den Mund.

»Aber warum treibst du da ohne Schiff und Mannschaft im Wasser? Was hast du angestellt, dass er es auch auf dich abgesehen hat? Es war doch Silberbart, hab ich recht?«

Weißbart nickte schief grinsend und ein feuchtes Husten verzögerte seine Antwort. »Nicht viel. Hat ihm nur nicht gefallen, was ich zu Blaubart gesagt hab.« Er setzte sich mit schmerzverzerrtem Gesicht auf und ein Schauer durchlief seinen triefnassen Körper.

»Hol dem Mann eine Decke und einen Krug Rum, damit er sich erwärmt!«, befahl Kupferbart einem seiner Männer, der nur einen Moment später zurückkehrte, und bald schon hatte Weißbart ein paar tiefe Schlucke zu sich genommen.

»Ja, so ist es besser«, sagte er mit kräftigerer Stimme, während er den Krug mit beiden Händen umklammerte. Die grobe Stoffdecke lag schwer auf seinen Schultern.

»Also, jetzt erzähl mir, was vorgefallen ist«, drängte ihn Kupferbart und suchte erst den Horizont ab, bevor er sich neben dem alten Piraten hinhockte. Silberbart konnte noch in der Nähe sein. Mit einer Geste schickte er den Rest der Mannschaft wieder an die Arbeit. Bis auf Dirty und Hazel begaben sich alle wieder zu ihren Posten.

»Silberbart, der ist vorgefallen«, begann Weißbart mit seiner Erzählung und spuckte auf das Deck. »Kurz bevor er dir die Schlüsselteile abgenommen hat, hat er allen Piratenkapitänen eine Nachricht zukommen lassen. Er bot jenem, der ihm den Aufenthaltsort von Blaubart verriet, eine Belohnung an sowie eine Sonderbehandlung, sobald er König der Pendelpiraten wäre. Woher er wusste, dass Blaubart ein Teil gefunden hat, kann ich nicht sagen. Auf jeden Fall wusste er, dass es das Bruchstück war, das sich im nördlichen Teil von Metedon versteckt hielt. Silberbart und andere Kapitäne suchten überall auf dem Meer nach Blaubart, nur war der alte Säufer entweder außerordentlich gerissen oder unglaublich dämlich. Er hatte die Cragolock gar nie verlassen, sondern saß dort in ihrer Stadt und ließ sich tagtäglich volllaufen. Zu trinken gibts beim kleinen Volk mehr als genug.«

Dirty brummte. »Und wenn wir es nicht so eilig gehabt hätten, würde ich nach dem Trinkwettbewerb wohl auch noch vollkommen blau bei denen herumliegen.«

Kupferbart hieß ihn, still zu sein, was Dirty mit einem weiteren Brummen quittierte.

»Auf jeden Fall«, erzählte Weißbart weiter, »bin ich Blaubart dort begegnet. Es war purer Zufall, denn ich hatte nur vor, Proviant aufzufüllen und den Crags ein paar Fässer ihres Bieres abzuschwatzen. Du weißt ja, vom Brauen verstehen sie was. Da sah ich sein Schiff am Dock hängen, also hab ich ihn aufgesucht und vor Silberbart gewarnt. Erst wollte er nicht auf mich hören, dann sah er doch ein, dass er sich in Gefahr befand. Also beschloss er, zur Pirateninsel zu segeln, auf der ihm Silberbart nichts anhaben konnte.« Er verzog das Gesicht. »Dort hat ihn Silberbart am Ende auch gefunden. Und zu meinem Leidwesen hat ihm der blaubärtige Säufer verraten, dass ich ihn gewarnt hatte. Ich wollte gerade zur Pirateninsel segeln, als mir Silberbart zusammen mit dem Rotzbengel Flaumbart entgegenschipperte. Sie haben mich in die Zange genommen und geentert. Der Mannschaft haben sie die Wahl gelassen, sich ihm anzuschließen oder zu sterben. Die meisten haben sein Angebot angenommen, wie du dir denken kannst. Kann ich ihnen auch nicht verübeln. Nur ein paar, die treu zu mir gestanden sind, haben das nasse Grab der Befehlshoheit von Silberbart vorgezogen. Mein erster Maat, mein Quartiermeister und der Schiffskoch.«

»Und warum hat er dich am Leben gelassen?«, fragte Hazel verwundert. »Wenn man mutterseelenallein auf dem Meer treiben so nennen kann«, fügte er leise hinzu.

Weißbart lachte verbittert. »Silberbart nannte es Gnade«, sagte er dann. »Hat gemeint, ich wäre zu alt und zu verweichlicht wegen der Geschenke, die ich den Kindern mache. Doch er hat mir eine Chance gegeben. Wenn ich es schaffe, zu überleben, würde ich damit beweisen, dass ich doch noch ein guter und fähiger Diener für ihn sein kann, wenn er den Thron bestiegen hat. Und so bin ich hier im Wasser gelandet, mich selbst überlassen und dem Tode nahe.«

Kupferbart dachte nach. »Das bedeutet, Silberbart war bereits auf der Pirateninsel und ist an uns vorbeigesegelt. Damit haben wir freie Bahn.« Er grinste, doch der Gesichtsausdruck Weißbarts wischte das Grinsen sogleich wieder aus dem Gesicht.

»Leider nicht«, sagte Weißbart bekümmert. »Sie haben noch mal umgedreht, wohl um die Neuzugänge auf der Pirateninsel abzuladen. Je weniger den Schatz zu sehen bekommen, desto weniger werden Anspruch auf ihren Anteil erheben, könnte ich mir denken. Er hat jetzt alles, was er benötigt, um den Schatz zu bergen, daher kann er sich die Zeit nehmen.«

»Verdammt«, brummte Kupferbart und schaute Weißbart unbestimmt an.

Der runzelte die Stirn, als er seinen Blick bemerkte. »Was ist? Hast du etwa irgendwas an Bord, an dem Silberbart interessiert sein könnte?«

Kupferbart antwortete nicht, stattdessen richtete er seinen verzagten Blick nach Süden. Dort, etwa eine halbe Tagesreise entfernt, wartete die Pirateninsel. Und dazwischen irgendwo warteten Silberbart und sein fieser Begleiter.

»Zwei Segel in Sicht!«, rief Maladin nur zwei Stunden später vom Ausguck herab.

Kupferbart seufzte laut. »Es ist so weit.« Dann machte er sich auf zum Vorschiff. Wie der Achtel-Dschinn angekündigt hatte, näherten sich zwei Schiffe von Süden her. Er konnte die Flaggen noch nicht bestimmen, doch sie kamen geradewegs von der Pirateninsel, was keinen Zweifel übrig ließ, um wen es sich handeln musste.

»Sie drehen ab«, meinte Hazel, der sich zu ihm gesellt hatte, doch Kupferbart schüttelte den Kopf. »Nein, sie beschreiben einen Bogen, damit sie uns von hinten in die Zange nehmen können. Sehen wohl selbst auf diese Distanz, wie viel Tiefgang wir haben, womit alle Chancen auf ein Entkommen dahin sind.«

»Ob sie wissen, was wir geladen haben?«

Der Kapitän zuckte mit den Schultern. »Möglich. Vielleicht haben sie eine Nachricht aus Crack Carock erhalten. Männer wie Silberbart haben überall ihre bezahlten Ohren. Kurs halten, wir segeln weiter zur Pirateninsel.«

Hazel nickte und machte sich auf, das Ruder zu übernehmen.

Kupferbart beobachtete die beiden Schiffe, wie sie sich trennten. Segel wurden gehisst, um maximale Fahrt für das Manöver aufzunehmen.

Die Luft war inzwischen aufgeklart und die Sonne kämpfte sich langsam durch ein dünnes Wolkenfeld. Dadurch war es Kupferbart möglich, jede Bewegung seiner Feinde mitzuverfolgen. Er riss seinen Blick von den Schiffen los und drehte sich um. »Dirty, alles bereit?«

Dirty hantierte immer noch an seinen Ofenrohren herum. Er hatte zehn Stück anfertigen lassen, auf jeder Seite des Schiffes waren fünf angebracht worden. Dafür waren extra Ausbuchtungen in das Holz der Reling gesägt worden, was der Kapitän mit leidendem Blick und blutendem Herzen verfolgt hatte. Löcher in der Flautilus sollten aus seiner Sicht nur von Feinden verursacht werden, und selbst denen grollte er deswegen noch lange danach. Gestützt wurden die Ofenrohre von stabilen, aber verschiebbaren Holzblöcken, sodass sie eben auflagen, dennoch in ausreichendem Maße beweglich blieben. Schwere Kisten enthielten die kopfgroßen Bleikugeln, die in die Ofenrohre gesteckt werden sollten. Doch für die erste Ladung hatte sich Dirty etwas Bösartigeres überlegt. Kupferbart betete zu Blobos und Wavolon, dass die Rohre vollbrachten, was auch immer Dirty von ihnen erwartete. Er griff sich aus Gewohnheit an die Schulter, doch Porky befand sich zusammen mit Percy, Weißbart und dem Zauberer zur Sicherheit in seiner Kajüte.

Die Wellenbrecher und die Dreadboot hatten sie derweilen in großer Distanz passiert. Der Kapitän war ihnen an Deck gefolgt und beobachtete nun vom Heck aus, wie sie hinter ihnen in weitem Bogen wendeten.

»Sie nehmen die Verfolgung auf. Nicht mehr lange und sie sind in unserem Kielwasser«, sagte Hazel hinter ihm am Ruder. »Ich sage den Männern, sie sollen ihre Waffen griffbereit halten. Nur für den Fall, dass die Stahlrohre versagen.« Kupferbart nickte beklommen beim Gedanken an diese Möglichkeit und übernahm für einen Moment das Ruder.

Daraufhin marschierte Hazel nach mittschiffs und sprach mit den Männern. Er schien genauso skeptisch zu sein wie Kupferbart, was Dirtys neue Waffen betraf.

Während er so am Ruder stand, ließ Kupferbart seinen Blick für eine letzte Musterung seiner Mannschaft über das Deck schweifen.

Sie alle wirkten nervös, doch zuversichtlich. Dirty hatte ihnen zauberhafte Dinge versprochen und die Besatzung wollte die Magie sehen. Hazel, der sich als guter Quartiermeister herausstellte, sprach jenen, die Angst im Gesicht zeigten, Mut zu und hieß alle an, bereit zu sein. Kurz darauf kehrte er wieder zurück und übernahm das Steuer.

Der Kapitän drehte sich um und umfasste das Holz der Reling mit beiden Händen. Die zwei Schiffe waren nun direkt hinter ihnen. Noch zu weit entfernt, um Gesichter auszumachen, doch stetig näher kommend. Wie zwei Mörderhaie, die ihre Beute gnadenlos und unerbittlich verfolgten. Sie wendeten dieselbe Taktik wie bei der Kaperung von Weißbarts Schiff an: in die Zange nehmen und von beiden Seiten entern, damit die Mannschaft der Flautilus sich nicht an einer Seite formieren konnte. Darauf baute Kupferbart.

»Hisst den wütenden Piraten!«, befahl er. Dieses Mal würde es keine Hinrichtung werden, dieses Mal würde es einen Kampf geben, von dem man sich noch in ferner Zukunft erzählen würde. Die schwarze Flagge mit dem weißen, zornigen Gesicht wurde hochgezogen und flatterte aufgeregt im Wind. Sie war ein Sinnbild dessen, wie sich Kupferbart im Inneren fühlte. Er blickte zur Wellenbrecher, dem Schiff von Silberbart. Ein Mann stand am Bug, mit einem silbrigen Bart, der sich im Wind nach hinten bog. Kupferbart kniff die Augen zusammen und meinte, ein grausames Lächeln im Gesicht des anderen Kapitäns zu erkennen. Möglicherweise bildete er es sich auch nur ein, die Entfernung war noch groß. Er schätzte die Distanz zwischen den Schiffen ein und die Geschwindigkeit, mit der sie sich verringerte. Dann rief er über seinen Rücken: »Haltet euch bereit, gleich ist es so weit!«

Augenblicke später waren die Schiffe nahe heran. Eine Enterharpune wurde vom Schiff Flaumbarts abgeschossen, doch das Geschoss bohrte sich ein kleines Stück hinter der Flautilus ins Wasser, Kupferbart zuckte nicht einmal. Stattdessen brummte er verärgert: »So so, du willst also noch ein Loch in mein schönes Schiff reißen, du kleiner Bastard.« Er wartete noch einen Moment, dann hob er die Hand und gab den Befehl: »Segel aus dem Wind nehmen!« Die Mannschaft lockerte die gestrafften Seile und unmittelbar darauf flatterten die Segel der Flautilus kraftlos im Wind. Das Schiff verlor umgehend an Fahrt und die beiden Verfolger rauschten heran. Kupferbart beobachtete, dass zumindest dieser Teil des Plans aufging. Es herrschte plötzlich rege Betriebsamkeit auf den beiden Schiffen, die nicht erwartet hatten, so bald auf selber Höhe wie die Flautilus zu sein. Er lächelte, dann drehte er sich zu Dirty um. »Du bist dran«, erklärte der Kapitän. Die Dreadboot von Flaumbart näherte sich von Steuerbord und Silberbart mit seiner Wellenbrecher von Backbord auf kurze Distanz für das Entermanöver. Enterspeere mit daran befestigten Seilen flogen, um die Geschwindigkeit der Schiffe an die Flautilus anzupassen. Kupferbart sah die Entermannschaften beider Schiffe bereits erwartungsvoll und mit blutrünstigen Blicken an der Reling stehen. Silberbart hatte seine härtesten und fiesesten Männer ausgewählt, womit er offensichtlich machte, dass er den Kampf schnell beenden wollte. Womöglich war er wegen der Unterbrechung, sich vor dem Heben des Schatzes ein weiteres Mal um ihn kümmern zu müssen, ungehalten. Dann war es so weit, die Enterhaken flogen.

»Feuer!«, rief Dirty. Zehn kurze Lunten, die hinten in die Ofenrohre hineingesteckt worden waren, wurden entzündet, eine an jedem Rohr. Es prasselte kurz – wie ein Ofenfeuer, in das Wasser hineingegossen wurde. Und darauf folgte der Donner. Kupferbart hielt sich bei dem überwältigenden Lärm erschrocken die Ohren zu. Die Ofenrohre ruckten nach hinten und rosaroter Rauch entstieg den Öffnungen, der das halbe Schiff einhüllte. Durch den Rauch hörte er Schreie. Sie kamen von den beiden gegnerischen Schiffen. Er sah weiter oben, wie einige der geworfenen Enterseile sich bewegten, und dann fielen Körper auf das Deck. Manche stöhnten beim Aufprall, andere machten keinen Mucks. Sie waren übersät mit blutenden Verletzungen, die von kleinen, scharfkantigen Metallteilen herrührten. Das war Dirtys Plan gewesen. Anstelle der schweren Kugeln hatte er die Ofenrohre mit Metallsplittern geladen, die sie vom Müllhaufen in Crack Carock zusammengesammelt hatten. Einige der Männer bewegten sich noch, über die nun Kupferbarts Mannschaft herfiel. Die erste Welle war geschlagen und Dirty gab bereits den Befehl, die Rohre mit den Kugeln nachzuladen. Nachdem der Rauch sich großteils verzogen hatte, sah Kupferbart zur Wellenbrecher, deren Seite über und über mit Metallsplittern perforiert war. Silberbart hatte sich anscheinend nicht an der Reling befunden, als der Angriff erfolgte, denn nun stand er dort, mit schockiertem Gesicht, doch ohne Verletzungen. Rasch schien er sich zu fangen, denn er drehte der Flautilus den Rücken zu und gab seiner Mannschaft hektische Befehle. Eine weitere Welle würde über sie hereinbrechen. Kupferbart wandte sich der Dreadboot zu, wo Flaumbart an der Reling stand. Er hatte, blutrünstig wie er war, den Entervorgang offensichtlich aus nächster Nähe beobachten wollen. Kupferbart entdeckte blutige Flecken auf seiner Kleidung. Sein Schwimmreifen war zerfetzt worden und verlor langsam seine gefiederte Füllung, die traurig ins Meer hinab schwebte. Der Kapitän konnte nicht sehen, wie die Reaktion Flaumbarts auf den fehlgeschlagenen Enterversuch war, denn der Junge hatte beide Hände vors Gesicht geschlagen. Doch Kupferbart war sicher, er heulte leise.

»Zielt auf den Rumpf, so dicht über der Wasseroberfläche, wie möglich!«, brüllte Dirty der Mannschaft zu und riss Kupferbarts Blick zurück auf die Flautilus. Dirty schüttete gerade aus einem der kleinen Fässchen rosarotes Pulver in die hintere Öffnung eines Rohres, Hazel tat es ihm auf der anderen Seite gleich. Die Männer richteten die Donnerrohre – denn genau das waren sie für Kupferbart – neu aus. Darauf entzündeten sie die Lunten, die sie hineingedreht hatten, nachdem Dirty und Hazel mit der Pulverbefüllung fertig waren. Abermals prasselte es und wieder kam der Donner. Diesmal war Kupferbart vorbereitet, trotzdem zuckte er zusammen. Die schweren Bleikugeln schossen aus den Rohren, und nachdem der Rauch sich gelegt hatte, sah Kupferbart, welch verheerenden Schaden sie an den feindlichen Schiffen angerichtet hatten. Planken waren mühelos durchschlagen und zerfetzt worden, große, hineingerissene Löcher klafften wie offene Wunden in den Rümpfen. In einige davon suchte sich jetzt Wasser seinen Weg in die Schiffsbäuche.

Doch Silberbart schien der Zustand seiner Wellenbrecher egal zu sein. Er stand an Deck und fuchtelte wütend mit den Armen. Eine weitere Entermannschaft hatte sich bereit gemacht und schwang sich nun zur Flautilus herüber. Planken wurden ausgelegt und mehr Männer stürmten heran.

»Angriff!«, schrie Kupferbart zornig. »Werft sie von unserem Schiff!« Daraufhin zog er seinen Säbel und das Gemetzel begann. Die Männer Silberbarts waren kräftiger und kampferprobter, doch in der Unterzahl, und von den magischen Waffen der Flautilus noch sichtlich erschüttert. Kupferbarts Mannschaft dagegen kämpfte mit einer Entschlossenheit und Hingabe, als würde ihr Leben davon abhängen, was zum größten Teil auch stimmte. Von oben ließ Maladin Eisenteile auf die Köpfe der Angreifer herabregnen. Sie verursachten keinen großen Schaden, doch genügte es, um immer wieder einen der Männer Silberbarts entscheidend abzulenken.

Ein Pirat kam Kupferbart in die Quere, doch mit präzisen Hieben und Stichen entledigte er sich des Angreifers. Er visierte ein anderes Ziel an, das gerade herrisch über die Enterplanke schritt und an Deck der Flautilus trat. Silberbart.

»Na endlich!«, rief er seinem Erzfeind zu. »Es wird Zeit, dass wir unseren Streit ein für alle Mal begraben. Und dich gleich mit.«

Silberbart warf den Kopf in den Nacken und lachte. »Glaubst du wirklich, du könntest mich besiegen? Am Ende wirst du wieder den Schwanz einziehen, sofern du dann noch einen hast.« Er grinste bösartig und sein Silberkopfäffchen kreischte schrill, dann griff er an.

Sein Erzfeind war der bessere Schwertkämpfer, doch Kupferbart war erfüllt von gerechtem Zorn und schwang das passende Rachewerkzeug in seiner Hand. Sie droschen aufeinander ein, parierten, täuschten an und gönnten sich keinen Moment zum Durchschnaufen. Die übrigen Männer hielten Abstand, denn das hier war Sache der Kapitäne. Sie prallten wieder aufeinander, Stahl blitzte, Funken sprühten auf und Fäuste wurden schmerzhaft geschwungen. Kupferbart traf seinen Kontrahenten am Kinn, Silberbart im Gegenzug rammte ihm die Faust in die Magengrube. Sie taumelten auseinander, um sich zu sammeln. Da bemerkte Kupferbart den Blick seines Erzfeindes, der nicht ihm galt, sondern auf etwas hinter ihm gerichtet war.

Zornesröte trat in Silberbarts Gesicht. »Du verdammter Feigling! Bleib hier und kämpfe!«

Kupferbart erlaubte sich einen raschen Blick über die Schulter und sah, wie sich die Dreadboot von der Flautilus löste und langsam abdrehte. Kupferbart schaute Silberbart ins Gesicht und grinste böse. »Hat wohl keine Lust, unter dir zu dienen«, höhnte er. »Kann ich verstehen, geht allen Piratenkapitänen so.«

Wutentbrannt stürmte Silberbart auf ihn zu, seinen Säbel nach vorne gestreckt. Kupferbart wich dem schwungvollen Angriff aus und verpasste ihm einen Hieb mit dem Säbel quer über den Oberarm. Sein Erzfeind knurrte wie ein Bär und griff wieder an. Kupferbart wurde von den zornigen Hieben zurückgedrängt, immer weiter nach Backbord, wo die Wellenbrecher anlag. Der Kapitän tauchte unter einem weiteren vernichtenden Hieb Silberbarts durch und zog seinen Säbel über den Oberschenkel seines Erzfeindes. Ein weiteres Mal standen sie sich gegenüber und starrten sich an.

»Ich hatte die nötige Geduld, auf den richtigen Augenblick zu warten, und jetzt wird mir die Rache gewährt, auf die ich so lange gewartet habe.« Kupferbarts Brauen senkten sich zornerfüllt. »Es wird Zeit, niederzuknien und dich zu ergeben.«

»Niemals!«, brüllte Silberbart und griff wieder an. Doch sein Angriff kam verzögert, denn er musste sein verletztes Bein mit einem hinkenden Schritt nachziehen. Der kurze Augenblick genügte und Kupferbart setzte einen fatalen Hieb auf den Kopf Silberbarts an. Der drehte sich im letzten Moment weg, doch nicht weit genug. Kupferbarts Säbel erwischte das Silberkopfäffchen am Rücken und hinterließ einen blutigen Striemen.

Das Schultertier kreischte verängstigt auf und krabbelte in Silberbarts Gesicht, wo es sich schreiend festklammerte.

Der Kapitän der Wellenbrecher taumelte nach hinten und versuchte, das Tier von seinem Gesicht zu ziehen. »Geh runter, du dämliches Biest«, hörte Kupferbart ihn knurren. Dann bekam Silberbart das Fell des Äffchens zu fassen. Mit einem Ruck riss er sich das Tier vom Gesicht und schleuderte es wütend über Bord. Daraufhin fuhr er sich mit der Hand übers Gesicht, wo sich blutige Kratzer zeigten, die rote Linien in seinen Bart zogen. Er ließ seinen Kopf kreisen. Der Kampfeslärm um sie herum hatte abgenommen, nur noch wenige Männer Silberbarts wehrten sich gegen die tapfere Besatzung der Flautilus. Ungläubig sah sich Silberbart um, ehe er Kupferbart mit funkelndem

Blick anstarrte. »Dafür wirst du bezahlen«, knurrte er und brüllte seiner Mannschaft zu: »Rückzug!« Der Kapitän der Wellenbrecher drehte sich um und kehrte hinkend wie ein alter, getretener Hund über die Planken zu seinem Schiff zurück. Seine wenigen verbliebenen Männer folgten ihm dichtauf, und als alle auf der Wellenbrecher versammelt waren, stießen sie die Planken ins Meer und hackten die Enterseile durch.

Silberbart stand an der Reling und schaute mit bitterbösem Blick auf Kupferbart herab. »Dieses Mal hast du gewonnen, doch meine Rache wird grausam und blutig sein. Ich werde jeden Einzelnen deiner Männer aufknüpfen, das verspreche ich dir.«

Ach ja, Rache, ein gutes Stichwort. Kupferbart suchte Dirty in der Menge der blutenden und erschöpften, aber mit stolzgeschwellter Brust dastehenden Mannschaft. Als er ihn fand, sagte er nur: »Nachladen.«

Dirty grinste und befahl ein paar Männern, ihm dabei zu helfen, die Donnerrohre an Backbord zu laden.

Als der Kapitän sich wieder Silberbart zuwandte, sah er dessen große Augen ungläubig auf die Donnerrohre gerichtet starren. Sein Erzfeind wirbelte herum und teilte wild gestikulierend Befehle aus.

»Fertig«, vermeldete Dirty und Kupferbart nickte.

»Auf die Mitte zielen«, gab er zurück.

Dort stand immer noch Silberbart, zu sehr damit beschäftigt, Distanz zwischen sich und die Flautilus zu bringen.

Kupferbart hob seinen Säbel, seine Waffe, geschaffen für die Rache. Silberbart drehte sich gerade rechtzeitig wieder um, um seinen Befehl mitzuverfolgen. Er rief ihn nicht laut hinaus, nein, er gab ihn ruhig und kalt, so, wie Rache am besten serviert wurde: »Feuer.« Kupferbart senkte seinen Säbel. Es prasselte und daraufhin donnerte es. Als die Sicht wieder klar genug war, um etwas durch den rosa Rauch zu erkennen, klaffte dort, wo Silberbart gestanden hatte, nur noch ein riesiges Loch in der Flanke der Wellenbrecher.

König der Pendelpiraten

»Du hast es also geschafft.« Damenbart saß auf ihrem Thron in der Versammlungshalle, von dem aus sie Kupferbart, Dirty und Hazel empfing. Sie lächelte breit und nahm einen Schluck aus einem Becher mit Rum.

Der Kapitän hörte, wie Dirty leise, doch sehnsüchtig seufzte.

»Bedient euch ruhig. Ihr wisst doch, auf der Pirateninsel geht der Rum nie zur Neige.« Damenbart deutete die Blicke Dirtys richtig und zeigte lächelnd auf den runden Versammlungstisch, auf dem ein großer Krug und ein paar Becher standen. Er war auch der Erste, der sich einen Becher schnappte und ordentlich einschenkte. Immerhin nahm sich der Halbcragolock danach die Zeit, zwei weitere Becher zu befüllen, bevor er sich einen großen Schluck aus seinem eigenen genehmigte. Dirty waren mittlerweile wieder Haare nachgewachsen, wenngleich sie immer noch sehr kurz waren. Er sah aus wie ein zu groß geratenes, graubraunes Stacheltier.

Kupferbart sah sich in der ansonsten leeren Halle um. Der Totenkopfkronleuchter war entzündet worden, das Licht der Kerzen flackerte und warf bewegliche Schatten an die Wände. Es bestand die Möglichkeit, dass es ihm hier doch noch zu gefallen begann. Zumindest für eine Weile. Dann wandte er sich an die Königin der Pendelpiraten.

»Das habe ich, haben wir tatsächlich«, erklärte er und hob stolz das Kinn. »Der legendäre Schatz des ebenso legendären Piraten El Materen befindet sich auf meinem Schiff.« Er blickte Damenbart erwartungsvoll an, wie sie darauf reagieren würde. Sie hatte vor den versammelten Kapitänen verlautbart, auf den Thron zu verzichten, wenn der Schatz gefunden wurde, doch bei Piraten war das so eine Sache.

Damenbart schloss die Augen und öffnete sie erst nach einer Weile langsam wieder. »Und jetzt bist du gekommen, um meinen Thron zu beanspruchen?« Die Frage war nicht unfreundlich gestellt, doch ihre Augen fixierten Kupferbart.

Er blieb standhaft und erwiderte entschlossen ihren Blick. »Na ja, er sieht zwar nicht sonderlich gemütlich aus, doch du hast deinen Thron als Belohnung angeboten. Darum ja, ich bin gekommen, um ihn zu beanspruchen.«

»Und Silberbart?«

»Liegt irgendwo auf dem Grund des Meeres. Wahrscheinlich sogar an mehreren Stellen des Meeresgrunds.« Kupferbart verkniff sich ein zufriedenes Lächeln. Die Jagd nach dem Schatz hatte ihn viel gekostet, doch hatte er sich auch seiner beiden Erzfeinde entledigt und zusätzlich hatte er seinen Sohn gewonnen. Percy war nicht zu überzeugen gewesen, ihm bei diesem Treffen zur Seite zu stehen. Stattdessen war er mit Maladin, nachdem sie Tibon den Zauberer zu Kupferbarts Haus gebracht hatten, in eine Taverne gegangen, um die Spezialitäten der Pirateninsel durchzuprobieren. Neben dem Rum gab es fürwahr noch einige empfehlenswerte Piratengerichte. Doch bevor es ans Feiern ging, wollte Kupferbart dieses Treffen hinter sich bringen.

Damenbart musterte ihn immer noch undeutbar. Doch dann lächelte sie und diesmal spürte er auch Wärme darin. »Dann ist es also gut für dich gelaufen«, sagte sie mit ihrem speziellen Akzent. »Arm an Feinden, doch reich an Schätzen. Der Thron wird in guten Händen sein.«

Sie erhob sich und Kupferbart machte einen Schritt auf den Thron zu.

Plötzlich hob Damenbart eine Hand. »Nein, so schnell nicht. Es bedarf davor noch einer Zeremonie. Jeder Piratenkapitän soll miterleben, wie du den Thron besteigst.«

Kupferbart rümpfte die Nase. »Muss das sein? Das kann ja ewig dauern, bis alle Kapitäne sich auf der Insel eingefunden haben.«

Doch Damenbart lächelte ihn nur an. »Dann bleibt dir genügend Zeit, dich an dein neues Zuhause zu gewöhnen. Außerdem habe ich die Nachricht schon per Meeresmöwensendung an alle Kapitäne gesandt. Ein Tag Frei-Rum für alle sollte die Kapitäne schnellstens herbeirufen.«

Kupferbart zog die Brauen hoch. »Du hast schon nach den Kapitänen schicken lassen? Ich habe dir doch gerade erst von meinem Erfolg erzählt.«

Damenbart lächelte auf mysteriöse Weise. »Du unterschätzt mich.

Silberbart ist nicht lange, bevor du ankamst, von hier losgesegelt. Du konntest nicht umhingekommen sein, ihm zu begegnen. Und da nur die Flautilus in den Hafen eingelaufen ist …« Sie sprach nicht weiter, sondern blickte ihn nur unter ihren langen Wimpern hervor an.

Kupferbart brummte, während sie zu ihm trat und ihre Hand auf seine Schulter legte. »Das lernst du schon noch, wenn du erst mal König bist. Lass uns etwas essen gehen, es wird bald dunkel. Ich bin sicher, deine Mannschaft findet in der Zwischenzeit eine Möglichkeit, sich zu beschäftigen.« Sie zwinkerte Dirty zu. »Ich habe den Tavernenwirten Bescheid gegeben, dass der Rum heute für die Mannschaft der Flautilus umsonst ist.«

Das war für Dirty und Hazel das Zeichen, den Raum zu verlassen, und Kupferbart folgte Damenbart zu einem Abendessen, von dem er sich als Hauptgericht viele Ratschläge für eine erfolgreiche Regentschaft erhoffte.

Eine gute Dekande später war es so weit. Alle Piratenkapitäne, die der Einladung folgen wollten oder es rechtzeitig geschafft hatten, waren auf der Insel eingetroffen und standen nun erwartungsvoll im Versammlungssaal herum. Kupferbart konnte Flaumbart unter den Wartenden nicht entdecken. Er hätte sich auch gewundert, wenn der kleine Fiesling es gewagt hätte, unter seine Augen zu treten, nach allem, was er sich zusammen mit Silberbart erlaubt hatte. Und das kam dem baldigen König der Pendelpiraten nicht ungelegen. Er war nicht sicher, was er sonst als erste Amtshandlung hätte befehlen sollen: Flaumbart zu bestrafen oder ihn zu begnadigen. Immerhin hatte er sich wie ein waschechter, wenn auch blutrünstiger Pirat verhalten. Doch das war ein Problem für später, vorerst war die Krönung angesagt.

Kupferbart stand neben dem Thron und blickte auf die versammelte Menge. Die Stühle waren aus dem Saal entfernt worden, um den knapp zwei Dutzend Piratenkapitänen den nötigen Platz zu verschaffen. Der Tisch durfte stehen bleiben, denn auf ihm warteten fein drapiert die Speisen für die Feier nach dem offiziellen Teil der Zeremonie. Dort, wo in den Ecken Platz war, hatten Diener Rumfässer aufgestellt. Es war hell im Raum, die Untergebenen der Königin – bald die seinen – hatten entlang der Wände weitere hohe Totenkopfkandelaber platziert, sodass sich kein noch so schmaler Winkel mehr im Schatten verbergen konnte. Damenbart war die Einzige, die saß. Auf dem Thron, in einer edlen, schwarzen Lederrüstung mit silbernen Beschlägen, die im Licht der Kerzen glitzerten. Der dunkelrote Umhang zusammen mit der Piratenkrone gab ihr ein wahrhaft majestätisches Aussehen. Die Krone war im Grunde nur das aufgerissene Gebiss eines Raubfisches, dessen Kiefer man in dieser Position festgenagelt hatte. Unzählige messerscharfe Zähne ragten in verschiedenen Längen nach oben, zwischen den zwei vorderen war eine silbrigweiße Plakette angebracht, auf der in schwarzer Farbe der wütende Pirat herabstierte. Kupferbart schielte auf die Zähne und hoffte inständig, die Krone niemals aus Versehen falsch herum aufzusetzen. Zum Glück wurde sie nur zu seltenen Anlässen hervorgeholt, er selbst konnte sich nur an ein einziges Mal erinnern, wo Damenbart sie auf dem Haupt getragen hatte.

Die noch amtierende Königin gab einem Diener ein Zeichen und er klopfte mit einem Totenkopfkandelaber auf den Boden, dass die Funken sprühten. Augenblicklich war es still im Raum. »Meine Kapitäne, liebe Freunde der freibeuterischen Beutezüge«, begann Damenbart und erntete damit zustimmendes Gemurmel. »Ihr wisst, warum wir uns heute versammelt haben. Ich habe geschworen, demjenigen meine Krone zu vermachen, dem es gelingt, den sagenumwobenen Schatz von El Materen vor allen anderen Kapitänen zu finden und zu mir zu bringen. Und hier steht er nun, derjenige, der diese herausragende Tat vollbracht hat. Kapitän Kupferbart.« Sie zeigte mit einer eleganten Geste auf ihn und die Kapitäne stampften anerkennend mit ihren Stiefeln auf den Boden. Einige warfen ihm ein »Aye« zu. Eine Handbewegung Damenbarts brachte die Menge wieder zum Verstummen.

Kupferbart fragte sich, ob er es jemals zustande bringen würde, eine derartige Autorität auszustrahlen wie Damenbart in diesem Moment.

»Und damit ist es so weit«, fuhr sie fort, erhob sich vom Thron und nahm die Krone vom Kopf. »Ich übergebe meine Krone an Kapitän Kupferbart und mit der Piratenkrone auf dem Haupt soll er fortan als König Kupferbart angesprochen werden.« Sie hielt inne und zwinkerte. »Zumindest von jenen, die das unbedingt möchten.«

Gelächter erklang und auch Kupferbart grinste schief. König Kupferbart klang doch reichlich albern. Als Nächstes hieß Damenbart ihn, auf dem Thron Platz zu nehmen. Er tat wie geheißen und einen kurzen Moment war er versucht, seine Füße auf den Tisch zu legen. Doch der war viel zu weit entfernt und so musste er sie auf dem Boden behalten. Damit blieb ihm nichts anderes übrig, als aufrecht und gerade auf dem Thron zu sitzen. Er versuchte dabei, erhaben zu wirken.

Daraufhin stellte sich Damenbart mit der Krone in den Händen vor ihn hin. »Zusammen mit dieser Krone übergebe ich dir das Amt, die Privilegien und die Pflichten eines Königs der Pendelpiraten«, sprach sie mit lauter und feierlicher Stimme. »Mögest du dich der Krone und des Thrones als würdig erweisen, sodass alle Piratenkapitäne voller Respekt von dir reden, jetzt und in Zukunft.« Nach diesen Worten setzte sie Kupferbart behutsam die Krone auf und trat beiseite.

Der neue König der Pendelpiraten blickte auf die erwartungsvolle Menge und überlegte, was er sagen sollte. Dann kam ihm eine Idee, mit der er die Kapitäne mit Sicherheit für sich gewinnen konnte. »Als erste Amtshandlung«, erklärte er der Menge, »verfüge ich, dass es einen weiteren Tag Frei-Rum gibt.« Die Kapitäne tobten und stampften. Kupferbart nickte zufrieden. Da spürte er, wie Damenbart sich von der Seite her zu ihm hinüberbeugte.

»Gute Entscheidung«, sagte sie mit gedämpfter Stimme. »Damit hast du dir schon mal die Zuneigung vieler Piraten erkauft. Doch Vorsicht, es sind eine Menge Schiffe im Hafen. Jeder Tag Frei-Rum beraubt die Insel ihrer Vorräte für viele Dekanden.«

Kupferbart hob die Brauen und drehte seinen Kopf. »Ich dachte, der Rum geht hier auf der Pirateninsel nie zur Neige?«

Damenbart sah ihn mit einem verschmitzten Lächeln an. »Nun, das war es doch, was ihr Kapitäne immer hören wolltet, oder?« Sie legte ihm eine Hand auf die Schulter. »Zu deinem Glück werde ich noch eine Zeit lang auf der Insel bleiben. Ich habe dir noch viel darüber beizubringen, wie man Pendelpiraten bei Laune hält.«

Kupferbart zeigte ein gequältes Grinsen, während er nervös

schluckte. Unheilvolle Gedanken stiegen in ihm auf, dass doch weit mehr dahintersteckte, der König der Pendelpiraten zu sein, als er gedacht hatte. In seinem Kopf drängte sich abermals die Idee nach vorne, einfach abzuhauen und sich auf Secrookla niederzulassen. Nachdenklich blieb er auf dem Thron sitzen und beobachtete die Kapitäne, wie sie sich über das Festmahl und vor allem über die Rumfässer hermachten.

Am nächsten Tag hielt König Kupferbart Audienz – oder Sprechstunde, oder wie auch immer das bei Piraten genannt wurde. Als Erstes hatte sich Kapitänin Vogelbart eingefunden. Ihm war tags zuvor bereits aufgefallen, dass sie ohne die Begleitung Baumbarts an der Zeremonie teilgenommen und dabei durchgehend bedrückt gewirkt hatte. Jetzt stand sie mit verzagtem Blick vor dem Thron im Versammlungssaal. Die Reste der Feier des Vortages waren bereits entfernt und die Stühle wieder um den Tisch herum aufgestellt worden. Die Lichtverhältnisse waren wieder angenehm düster, nachdem die zusätzlichen Kandelaber aus dem Saal geschafft worden waren.

Er musterte Vogelbart von seinem Thron aus. »Was ist dein Begehr, Kapitänin Vogelbart? Und ich hoffe, du bist nicht nachtragend wegen dem, was in Pendropolis geschehen ist. Wir waren alle auf der Jagd nach dem Schatz, da war jedes Mittel recht.«

Vogelbarts Mundwinkel zuckte kurz, doch dann winkte sie ab. »Wir wollten alle das Schlüsselteil und du hast gewonnen. Nein, das ist es nicht. Ich wollte dich fragen, ob du Baumbart nach unserem … Aufeinandertreffen noch einmal in den Katakomben oder außerhalb begegnet bist?« Sie sah ihn hoffnungsvoll an.

Kupferbart runzelte die Stirn, dann schüttelte er den Kopf. »Nein, bin ich nicht, auch die anderen haben nichts Derartiges erwähnt. Hast du die Katakomben etwa nicht zusammen mit ihm verlassen?«

Die Kapitänin blickte zu Boden. »Nein, habe ich nicht. Nach unserer Begegnung habe ich ihn aus den Augen verloren.« Sie schluckte und es sah aus, als würde die sonst so stolze und grimmige Kapitänin versuchen, ihre Tränen zu unterdrücken. »Etwas muss dort geschehen sein. Ich bin noch ein paar Mal hinein, habe Suchtrupps zusammengestellt.

Doch er war nirgends zu finden, keine einzige Spur von ihm. Ich weiß nicht, was ich noch machen soll.«

Kupferbart dachte nach, während er sie beklommen beobachtete. »Nun«, sagte er nach einer Weile mit Mitgefühl in seiner Stimme. »Ich kann da auch nicht viel unternehmen, was Baumbart angeht. Aber wenn du möchtest, schicke ich eine Meeresmöwensendung zu den Roten Rittern. Es ist schließlich deren Beruf, irgendwelchen unerklärlichen Dingen nachzujagen. Sollen sie die Katakomben untersuchen. Ich werde den Brief so formulieren, dass dieses Mal ein echter Roter erscheint, der Totengräber hatte ja bislang mit seiner Anfrage kein Glück, wie er uns erzählt hat.«

Vogelbart starrte ihn erst an, doch dann nickte sie dankbar. Sie drehte sich um und ging mit langsamen Schritten aus dem Saal.

Als Nächstes kam Weißbart an die Reihe. Der alte und nunmehr schiff- und mannschaftslose Kapitän stand leicht gebeugt vor ihm, sodass Kupferbart erst jetzt das hohe Alter auffiel, das Weißbart bereits auf dem Buckel haben musste. Er hatte vor dem Kampf mit der Wellenbrecher und der Dreadboot gebeten, sich zusammen mit Percy und dem Zauberer in der Kajüte auf der Flautilus verbarrikadieren zu dürfen. Weißbart hatte keine Lust verspürt, zweimal an einem Tag gegen Silberbart zu verlieren. Zum Glück für Kupferbart und seine Mannschaft nahm der Kampf einen anderen Ausgang, als Weißbart befürchtet hatte.

»Weißbart«, sagte Kupferbart freundlich und nickte dem Kapitän zu. »Kommst du etwa, um nach einem neuen Schiff zu fragen? Ich befürchte, damit kann ich dir nicht dienen.«

Der alte Kapitän schüttelte den Kopf. »Nein, deswegen bin ich nicht hier.« Er sah betreten zu Boden. »Ich bin nur gekommen, um dir mitzuteilen, dass ich meinen Beruf als Piratenkapitän an den Haken hängen werde.« Die kleine, weiße Beutelmaus, sein Schultertier, lugte für einen Moment aus seinem Bart hervor, bevor sie wieder darin verschwand.

Kupferbart hob die Brauen. »Du willst aufhören? Da werden viele Kinder auf den Schiffen sicher enttäuscht sein, wenn Kapitän Weißbart nicht mehr die Meere unsicher macht, um den Kindern Geschenke zu bringen.«

Doch Weißbart lächelte nur schief und hob den Blick. »Na ja, so ganz verschwinden werde ich wohl nicht von den Weltmeeren. Gestern hat mich ein junger Piratenkapitän aus Quantaquos auf der Feier angequatscht, Grünbart lautet sein Name. Hat mir erzählt, dass er dabei ist, in meine Fußstapfen zu treten, und hat auch schon im Roten Meer, in der Nähe seines Heimatlandes, damit angefangen. Er hat sich aber Sorgen gemacht, da bei den Kindern, die er bisher beschenkt hat, keine rechte Freude aufgekommen ist. Seiner Meinung nach liege es an seinem Aussehen, er denkt, er sieht zu harmlos oder zu jung aus. Also hat er mich gefragt, ob ich ihn nicht begleiten möchte, um ihm beizubringen, wie Kinder auf die richtige Weise beschenkt werden. Da hab ich einfach mal ja gesagt.«

Weißbarts Lächeln zeigte, dass er über diese Entscheidung glücklich war, also teilte Kupferbart seine Freude. »Na, dann wünsche ich dir alles Gute auf deinem neuen Schiff. Der Junge kann mit Sicherheit eine Menge von dir lernen.«

Der alte Kapitän nickte und schmunzelte. »Auf jeden Fall. Ein hübsches Schiffchen hat er aber schon mal, mit einem Hirsch als Gallionsfigur. Es heißt Santa Klausius. Kann ich mich daran gewöhnen.«

Bevor Weißbart den Saal verlassen konnte, erhob sich Kupferbart, trat auf ihn zu und zog ihn mit zum Tisch. Dort schenkte er zwei Becher Rum ein und sie stießen gemeinsam auf ihre neue Zukunft an. Sie unterhielten sich noch eine Weile und verspeisten nebenher einen Teller voll mit Keksen, den die Diener vom Vorabend stehengelassen hatten. Kupferbart ließ sich Zeit und erwies dem alten Kapitän den Respekt, den er verdiente. Schließlich verabschiedete sich Weißbart und Kupferbart kehrte auf seinen Thron zurück.

Als Letztes betrat Hazel, sein Quartiermeister, den Saal. Kupferbart wusste schon, worum es hierbei gehen würde.

»Es ist an der Zeit, darüber zu reden, was wir mit dem Schatz machen sollen«, begann Hazel, als er vor Kupferbarts Thron stand. »Die Männer wollen bezahlt werden, doch das rote Zeug will niemand anfassen. Nicht, nachdem dein Sohn so hysterisch darauf reagiert hat. Einige in der Mannschaft sind doch recht abergläubisch.«

Kupferbart nickte und verzog den Mund. »Ich weiß. Percy hatte wohl eine unangenehme Erfahrung damit in der Vergangenheit gemacht.«

»Der Dirab war scharf auf den Schatz, nachdem, was du erzählt hast ...«, sagte Hazel abschätzend und ließ das Ende seiner Gedankengänge offen.

Wieder nickte Kupferbart. »Ich weiß, doch was hat er mit dem Zeug vor? Er wirkte nicht sonderlich vertrauenswürdig. Und diese roten Augen erst ...« Kupferbart überlegte hin und her, doch blieb ihm wohl keine Wahl. »Mach dich mit der Flautilus auf den Weg nach Sandazaar!«, befahl er Hazel dann. »Doch nimm nur eine Truhe mit, die anderen bringst du zu meinem Haus hier auf der Insel. Dort gibt es einen versteckten Keller. Warten wir erst ab, was der Dirab für die eine Kiste zu zahlen bereit ist, bevor er mehr bekommt.«

Hazel nickte und wollte sich schon umdrehen, da hielt ihn Kupferbart noch einmal zurück. »Warte noch«, sagte er und senkte seine Stimme, obschon niemand sonst im Raum war. »Sieh zu, dass Percy nichts davon mitbekommt. Es ist besser, wenn er nicht weiß, was mit dem Schatz passiert, sonst spielt er womöglich noch vollkommen verrückt.«

Hazel nickte wieder, daraufhin verließ er den Saal.

Kupferbart blieb alleine zurück. Langsam stand er auf und schenkte sich einen weiteren Becher Rum ein. Er leerte ihn in einem Zug, dann begann er, seinen Thronsaal abzuschreiten. Der König der Pendelpiraten betrachtete die Schiffe und Säbel im Saal, ohne jedoch Notiz von ihnen zu nehmen. Seine Gedanken waren nach innen gekehrt, denn er ließ den ersten Tag als König vor seinem inneren Auge ablaufen. War es das gewesen, was die Piratenkapitäne von ihm erwarteten? Hatte er richtig reagiert, die richtigen Entscheidungen getroffen? Er wackelte mit dem Kopf, dann zuckte er mit den Schultern und verließ den Saal, um sich seinem Volk auf der Insel zu zeigen. Was seine Entscheidungen betraf, würde die Zukunft schon weisen, ob sie richtig gewesen waren. Das war eine Sorge für einen anderen Tag.

Xoratak stand am Hafen und blickte dem Piraten hinterher, der glücklich zu seinem Schiff zurückkehrte. Es war Nacht, denn Xoratak wollte bei dem Handel keine Beobachter aus seinem Volk. Zumindest nicht die Aufmerksamkeit jener, die noch nicht unter seinem Einfluss standen. Die Bezahlung, die er dem Piraten überreicht hatte, war beträchtlich gewesen, denn er vermutete, dass sie noch mehr von diesen Truhen besaßen, in denen das Objekt seiner Begierde lag. Aktiviertes Randium. Unmengen davon, zumindest im Vergleich zu dem, was er bisher besessen hatte.

Eines seiner rotäugigen Kinder, die ihn begleitet hatten – die ältesten hatten beinahe schon seine Größe erreicht – öffnete die Truhe. Es zögerte kurz, als es den Verschluss berührte, und Xoratak fühlte eine Störung in der Verbindung. Doch dann war der Deckel offen und die Finsternis um ihn herum wurde von einem roten Leuchten verdrängt. Er trat einen Schritt heran und blickte in die Truhe. Daraufhin kniff er die Augen zusammen, denn der Schein des glühenden Metalls blendete ihn in der Dunkelheit. Es war eindeutig kraftvoller als jenes, das er damals dem ahnungslosen Jungen abgenommen hatte. Vorsichtig streckte er seine Hand aus und legte sie auf das Metall. Trotz der bedrohlichen Erscheinung verströmte es nur eine sanfte Wärme, die sich in der Kälte der Nacht nahezu wohlig anfühlte. Er betastete ein paar der Metallteile. Viele davon wirkten beschädigt, annähernd bis zur Unkenntlichkeit zerstört. Doch das war ihm egal, er benötigte nur die Essenz des aktivierten Randiums.

Seine Hand schloss sich um ein Stück, er hob es aus der Truhe und betrachtete es, sowohl mit seinen roten Augen als auch mit seinen erweiterten Sinnen. Er ließ zu, dass auch das andere Bewusstsein, die unbekannte Entität in seinem Kopf in den Vordergrund trat, um sich ein Bild davon zu machen. Es wirkte begierig und gleichzeitig bestürzt über das, was es fühlte. Er nickte verdrossen und verdrängte das Bewusstsein wieder aus seinen Gedanken. Ja, das hatte er sich schon beim ersten Kontakt mit dem Metall aus der Truhe gedacht. Auch dieses hier war nicht rein, nicht unverfälscht. Es lag ein unterdrückender Zauber darauf, so wie auf dem Amulett einer gelegen hatte. Xoratak verzog den Mund. Das bedeutete, auch mit diesem riesigen Schatz an aktiviertem Randium würde er sich weiterhin anstrengen müssen, die Ixe'Dirab unter Kontrolle zu halten. Selbst, wenn er das Randium

zu Staub zermalmte, was er auch vorhatte, würde ein Rest von unterdrückender Magie haften bleiben. Er konnte das Randium weiterhin
dem Teich des Basiswissens zuführen, doch die Verbindung würde
immer noch nicht zu hundert Prozent stabil sein, würde Risse auf-
weisen. Xoratak schüttelte den Kopf. Es änderte nichts, er war stark
genug. Mit diesem Vorrat würde er genug Gelegenheiten bekommen,
seinen wachsenden Einfluss auf sein Volk immer mehr auszuweiten.

Mit einem Gedanken befahl er den umherstehenden, jungen Ixe'Dirab, die Truhe zu packen und fortzuschaffen zu seinem Unterschlupf.
Noch hielt er sich bedeckt, doch Pekputpuk, der Oberste Ignorant,
war inzwischen verzweifelt. Jeder sechste, wenn nicht jeder fünfte
Ixe'Dirab in Tak'Me'Hak zeigte mittlerweile die markanten roten
Augen, die sie als Neugeborene aus dem Teich mit dem aktivierten
Randium kennzeichneten. Der Oberste Ignorant hatte befohlen, dass
keiner der Rotaugen in andere Städte der Ixe'Dirab reisen durfte, um
die Seuche nicht auszuweiten, die sie seiner Meinung nach war.

Xoratak lächelte, während er durch die dunkle Gasse schritt. Pekputpuk irrte sich, es war keine Seuche. Es war eine neue Generation
von Ixe'Dirab. Eine Generation, die eines Tages die Welt beherrschen
würde. Und mit einem ausreichenden Vorrat an aktiviertem Randium
gab es kein Zurück mehr. In allen Brüterinnen hatte sich das Randium
bereits ausgebreitet, nachdem ihnen die Flüssigkeit aus dem Teich
dekandenlang verabreicht worden war. Es würde nicht mehr möglich
sein, neue Brüterinnen heranzuzüchten, für die man reines und un-
beeinflusstes genetisches Material benötigte. Schon bald war es an
der Zeit, dass er, Xoratak, den Thron als Oberster Ignorant in Anspruch nahm, und dann konnte sein Plan weiter reifen. Die rotäugigen
Ixe'Dirab würden in die anderen Städte strömen und sie übernehmen.
Und dann würden Experimente mit anderen Völkern beginnen. Denn
es interessierte ihn, ob sich auch Menschen, Mentauren und andere
Wesen vom aktivierten Randium beeinflussen ließen. Sich von ihm
kontrollieren ließen. Er hatte erfahren, dass das wandernde Volk auf
Sandazaar eine nützliche Begabung vorwies. Wenn er Macht über
diese erlangte, müsste er nicht mehr darauf hoffen, dass die Piraten
ihm weiteres aktiviertes Randium brachten. Nein, er würde es sich

einfach holen. Er lachte, und wenn es jemand vernommen hätte, so hätte dieser Jemand das Lachen womöglich als schaurig bezeichnet. Doch er war allein unterwegs, zumindest in der Gasse. In seinem Bewusstsein jedoch würde er nie mehr alleine sein.

Instanias Füße waren bedeckt vom heißen Sand, der am Strand der ehemaligen Insel von Zauberin Krücke herumlag. Der gestrandete Kraken hinter ihr fing langsam zu stinken an. Sie fand es ein bisschen schade um ihn, er war ein guter Zuhörer gewesen. Nachdem er sie vom Schiff gezogen hatte, war er nicht sofort ins Meer abgetaucht, und da sein Auge sie so aufmerksam beobachtet hatte, fing sie an zu erzählen. Ihre Ausführungen über korrektes Benehmen hatten wohl gefruchtet, daher war sie dazu übergegangen, ihm andere Dinge zu erzählen. Es schien, als würde ihre Stimme geradezu hypnotisierend auf ihn wirken. Sie redete und er bewegte sich rückwärts dahin, glitt sanft über die Wasseroberfläche. Einige Zeit später hatte er seinen Griff gelockert und seine Bewegungen vermittelten den Anschein, als versuchte er, sie wegzudrängen. Doch da ein geduldiger Zuhörer schwer zu finden war, hatte sie sich stattdessen auf einen Saugnapf gesetzt, es sich gemütlich gemacht und weitergeredet. Ein paar Abtauchversuchen des Kraken hatte sie Einhalt geboten, indem sie ihm die Hand so lange ins Auge drückte, bis er davon abgelassen hatte. Irgendwann war dann die mysteriöse Insel hinter dem Kopf des Kraken aufgetaucht. Doch ihr Zuhörer hatte sich davon nicht beirren lassen und war weiter genau darauf zugeschwommen. Selbst als sein weicher, massiger Körper schon auf dem Strand lag, hatte er nicht aufgehört, mit den Tentakeln zu strampeln. Irgendwann hatte er dann doch ruhig dagelegen, und als Instania dies bemerkte, war sie abgesprungen, um sich ein wenig auszuruhen.

Sie sah sich um und bemerkte, dass sie sowohl ins Landesinnere als auch auf das Meer hinausblicken konnte. Der verbergende Nebel, der die Insel umgeben hatte, schien verschwunden zu sein. Womöglich war die alte Zauberin deshalb so schwach gewesen, sie hatte die magische Barriere mit ihren Kräften permanent aufrechterhalten müssen. Nach einem Blick auf das Wasser, das an den Strand brandete, schlussfolgerte Instania, dass sich die Insel weiterhin bewegen musste, denn die Wellen kamen auf merkwürdige Weise schräg daher. Dieses Wissen half ihr im Augenblick jedoch nicht weiter, daher wandte sie sich der Insel zu und hob die Hände vor die Augen. Sie nahm die Landschaft mit ihrem Fingerrechteck auf.

»So, was mache ich jetzt hier?«, fragte sie sich unentschlossen. Ein paar der Tiere, die schon bei ihrem ersten Besuch die Insel bevölkert hatten, beobachteten sie freundlich vom Schatten unter den Bäumen aus. Nachdenklich betrachtete sie die Tiere, dann kam ihr eine Idee und schritt auf sie zu. »Liebe Tierchen, ihr seid jetzt mein Gefolge«, erklärte sie ihnen mit einem strahlenden Lächeln und es fühlte sich an, als würde ein Traum in Erfüllung gehen.

Sie marschierte vor sich hinsingend einen Weg entlang, der sich zwischen Bäumen und Sträuchern dahin wand, bis sie beim Haus der Zauberin anlangte. Die Tiere folgten ihr tatsächlich auf den Fuß, wie sie beglückt feststellte. Genau so musste sich ein Gefolge verhalten. Dann betrat sie das Haus, das Instania sofort zu ihrem eigenen erklärte, da die alte Zauberin es ja nicht mehr benötigte. Sie durchwühlte die Schränke und Kisten, fand darin allerhand Nahrungsmittel, aber auch Kleidung. Sie wirkte recht eintönig, meist handelte es sich um lange, weiße Einteiler, doch es fanden sich auch ein paar hübsche Sachen darunter. Vorerst beließ es Instania dabei und verschob die Kleideranprobe auf einen späteren Zeitpunkt. Denn etwas anderes hatte ihre Aufmerksamkeit erregt. Eine einladende Badewanne aus weißer Keramik stand in einem Seitenraum des Gebäudes, die förmlich danach rief, benutzt zu werden.

»Ein Bad wäre schön«, überlegte sie laut, auch wenn niemand es hörte. Dies war für Instania jedoch keine notwendige Entscheidungsgrundlage für ausgesprochene Worte. Während sie die Wanne betrachtete, dachte sie an eine Geschichte über eine Prinzessin, die regelmäßig in Milch und Honig badete. Diese Zutaten sollten besonders wohltuend auf der Haut wirken und einen verjüngenden Effekt erzielen. Honig hatte sie auf ihrer Erkundungstour bereits entdeckt, doch Milch würde schwieriger zu bekommen sein, da sie frisch sein sollte.

Instania trat aus dem Haus und betrachtete nachdenklich die unterschiedlichsten Tiere, die sich zu einem Rudel zusammengefunden hatten und sie aufmerksam beobachteten. Zu jenen Tieren vom Strand hatten sich noch weitere hinzugesellt, eine große Gefolgschaft hatte sich da vor ihr versammelt.

»Das ist es!«, rief Instania erfreut aus. Sie kannte sich mit Tieren zwar nicht aus, hatte höchstens mal auf einem gesessen, jedoch nie darunter geblickt. Doch Tiere gaben Milch, so viel wusste sie. Daher würde sie einfach an allem ziehen, was da herabhing, und irgendwann würde die Milch schon fließen.

»So, jetzt werdet ihr alle gemolken, Instania braucht ein Bad«, sagte sie fröhlich zu den Tieren und klatschte mit den Händen. »Doch davor, bitte lächeln.« Sie hob ihre Hände und machte ihr Fingerrechteck. Als sie hindurchblickte, war sie begeistert. Alle Tiere hatten ein wahrhaft breites Grinsen im Gesicht. Instania war endlich angekommen, sie war zu Hause. Auf ihrer Insel der Relevanz, auf der Instaninsula.

12 - PRE-CREDIT-SCENE

Das Erwachen

Papi, Papi, der Riese schnarcht!« Nadani rannte die Krabbenstufen hinauf in das Haus, wo Nadadud gerade dabei war, die Mahlzeit für das Abendessen zuzubereiten.

Er blickte von der zugegeben karg gewürzten Suppe hoch und schaute Nadani verwirrt an. Seine kleine Tochter hatte erst vor zwei Dekanden ihr sechstes Annularium gefeiert. Mit jedem Annular wurde sie aufgeweckter und forderte mehr und mehr Zuwendung, die ihr ihre Schwester nicht zuteilwerden lassen konnte. Tiwasi war vollends damit beschäftigt, die Fähigkeit des Wurmrufens zu erlernen, sodass sie für ihre kleine Schwester nur wenig Zeit übrighatte. Daher quälte Nadani Nadadud von früh bis spät mit Fragen zu den Geschichten, die sie von Reisenden gehört hatte oder die ihr Angehörige ihres Stammes erzählt hatten.

»Welcher Riese?«, fragte er seine kleine Tochter.

Nadani bedachte ihn mit einem Blick, wie ihn nur ein kleines Kind zustande brachte, das zu der Erkenntnis gekommen war, mehr zu wissen als die Erwachsenen. »Na, der Riese eben. Der, der unter Pendolumium wohnt. Der große, böse Riese, der vor Wut gegen die Welt getreten hat und wegen dem die Riesenzehen auf Zentralika gewachsen sind.« Sie sprach langsam, als ob ihr Vater schwer von Begriff wäre.

Nadadud blickte sie an und kapierte langsam, was sie meinte. Er schüttelte lächelnd den Kopf. »Das ist doch nur eine Geschichte. Und der Riese schnarcht nicht. Selbst wenn, würdest du es nicht hören.«

Nadani verdrehte die Augen. »Es gibt ihn wohl und ich höre ihn doch nicht. Ich kann sehen, wie er schnarcht.«

Jetzt war Nadadud vollkommen verwirrt. Ungläubig sah er seine Tochter an.

»Komm mit nach draußen, dann zeige ich es dir«, sagte Nadani, ergriff seine Hand und zog ihn mit.

Er gab dem Ziehen nach und begleitete sie aus dem Haus. Die Karawane hatte bereits das Lager für die Nacht aufgeschlagen und die Krabben mit den Häusern auf ihrem Rücken lagen ungeordnet auf dem sandigen Wüstenboden und ruhten sich aus.

Nadani zeigte mit dem Finger auf den Boden vor ihnen. »Da, siehst du?«, fragte sie und nach kurzer Zeit bemerkte es auch Nadadud.

Er runzelte die Stirn, dann kniff er die Brauen zusammen. »Tiwasi, wo bist du?«, rief er verärgert und blickte sich um.

Nur kurze Zeit später tauchte seine zweite Tochter auf. »Was ist los?«, fragte sie verwirrt und versteckte die Hände hinter ihrem Rücken.

Nadadud hob belehrend einen Finger. »Tiwasi, ich habe dir doch gesagt, du sollst das Wurmrufen nicht in der Nähe des Dorfes üben. Stell dir vor, der Wurm taucht inmitten des Dorfes auf. All die Wüstenkrabben würden eingesaugt und was weiß ich wo wieder ausgespuckt werden. Wir würden ewig nach ihnen suchen müssen, wenn du den Rhythmus nicht perfekt wiederholen kannst, den du gestampft hast.« Er hätte gerne noch weitere mahnende Worte an sie gerichtet, doch Tiwasis ratloser Blick ließ ihn innehalten.

»Ich habe nicht Wurmrufen geübt«, gab sie empört zurück, doch verbarg sie immer noch ihre Hände hinter dem Rücken.

»Und was hast du dann gemacht?«, fragte Nadadud misstrauisch.

Seine Tochter wand sich unter seinem strengen Blick, doch schlussendlich holte sie ihre Hände hervor. In einer davon lag das Messer, das ihr eine Reisende vor ungefähr zwei Annularen vermacht hatte. »Ich habe mit dem Messer geübt«, sagte Tiwasi kleinlaut. Selbstbewusster fügte sie hinzu: »Doch ich habe keinen Wurm gerufen. Das hat mir schon Mehalut eindrücklich erklärt, bevor er von der großen Krabbe geholt und vom letzten Wurm ins ewige Land gebracht wurde. Und du sagst es mir auch jedes Mal, bevor ich mich ans Üben mache.« Sie starrte ihn trotzig an, während Nadadud ihren Blick verständnislos erwiderte.

Er war sich sicher gewesen, dass Tiwasi der Grund für Nadanis Aufregung war. Besorgt wandte er seine Augen wieder dem sandigen Boden zu und Tiwasi folgte seinem Blick.

Nach einer Weile fragte sie mit einer Stimme, in der eine große Portion Angst mitschwang: »Was ist das?«

Nadadud hätte ihr zu gerne geantwortet, doch er hatte keine Erklärung für sie. Mit mulmigem Gefühl beobachtete er, wie unzählige kleine Sandkörner am Boden auf und ab sprangen, als ob sich etwas Riesiges unter der Erde bewegte. Er wandte seinen Blick in alle Himmelsrichtungen und betrachtete den sandigen Boden. Überall bot sich derselbe Anblick. Der Boden der Wüste bebte. Ganz Sandazaar erbebte in einem unheilvollen Rhythmus, der Schlimmes erahnen ließ.

Seine Gedanken erwachten nur langsam, wie ein Komet, der träge durch das Weltall dahinglitt. Er wusste, er war ein Sternendrache, und das Letzte, an das er sich erinnern konnte, war dieser merkwürdig gebogene, im All dahintreibende Gesteinsbrocken, auf den er zugerast war. Er hatte versucht, sich daran zu klammern. Ob es ihm gelungen war, entzog sich seiner Erinnerung. Hitze tropfte auf ihn herab, in seinen Mund, in seinen Geist. Sie half ihm, zu erwachen, half ihm, sich zu erinnern. Und doch fühlte er sich … zersplittert. Der größte Teil von ihm war hier, wo er glaubte, seinen Körper zu spüren. Doch winzige Gedankenfetzen wanderten über ihm herum. Sie waren er, und doch wiederum nicht. Es war verwirrend und gleichermaßen lästig.

Er fokussierte sich wieder auf seinen Körper. Ja, seine Krallen hielten den Gesteinsbrocken umklammert, es musste ihm gelungen sein, ihn zu fassen zu bekommen. Seine Schnauze stecke tief im Stein fest, hatte sich mit brutaler Gewalt durch das Gestein gebohrt. Die Hitze verbreitete sich nur langsam in seinem Körper, war kaum ausreichend, um ihn überhaupt wahrzunehmen. Er konzentrierte sich, maß in Gedanken ab, wo sich seine Arme und seine Beine befinden mussten. Unter unglaublicher geistiger Anstrengung versuchte er, seinen Körper zu bewegen. Er war nicht sicher, ob der Versuch von Erfolg gekrönt war, denn er spürte nichts. Doch er musste es weiter versuchen. Die Hitze breitete sich träge aus und es würde noch lange dauern, bis sie ihn völlig durchflutete. Doch mit jedem Tropfen wurde er seines Körpers, seiner selbst mehr und mehr gewahr. Es war noch zu früh, doch er gab nicht auf. Denn er war ein Sternendrache, das mächtigste Wesen, das existierte. Und bald schon würde er begreifen, was mit ihm geschehen war. Warum er zersplittert war. Und daraufhin würde er angemessen reagieren. Diese Gedanken trieben ihn an, wie ein drängender Impuls, der ihn Welle um Welle in die Gesamtheit seiner Existenz zurückführte.

13 - CREDITS

PERSONEN:

Kapitän Kupferbart ... als bärtiger Kapitän der Flautilus

Dirty Hairy ... als haariges Besatzungsmitglied der Flautilus

Maladin ... als wunscherfüllendes Besatzungsmitglied der Flautilus

Instania ... als sprachbegabte Folterin und Besatzungsmitglied der Flautilus

Brenden ... als Quartiermeister der Flautilus

Bronson ... als Kapitän eines Schoners

Xoratak ... als mysteriöser Ixe'Dirab

El Materen ... als sagenumwobener Piratenkapitän

Damenbart ... als Königin der Pendelpiraten

Silberbart ... als bösartiger Piratenkapitän und Erzfeind von Kupferbart

Rotbart ... als Piratenkapitän

Gelbbart ... als Piratenkapitän

Blaubart ... als betrunkener Piratenkapitän

Weißbart ... als alter Piratenkapitän

Baumbart ... als Piratenkapitän

Vogelbart ... als weiblicher Piratenkapitän

Vollbart ... als Piratenkapitän

Flaumbart ... als fieser, kleiner Piratenkapitän

Grünbart ... als junger Piratenkapitän

Nelon Mast ... als selbstfahrender Steuermann

Nomegusta ... als einer der besten Lutscher ... äh ... Lucha-Toreros

Waynesguard ... als Meister in landwirtschaftlichen Belangen

Pekputpuk	…	als Oberster Ignorant der Ixe'Dirab
Nilukwek	…	als höchster Wahrer der Ignoranz der Ixe'Dirab
Hazel	…	als Besatzungsmitglied der Flautilus
Tubthul	…	als Besatzungsmitglied der Flautilus
Bort Mustang	…	als pferdestarker Mentaure
Stam Borgini	…	als schnellster Mentaure
Rulo, der Un- nachgiebige	…	als strenger Meister der Prüfungen
Una Spalthuf	…	als kleine Mentaurin
Inka Belle	…	als hübsche Tochter des Königs der Mentauren
Ari Belle	…	als unbeschreibliche Tochter des Königs der Mentauren
Professor Hankins	…	als Professor am Institut für Obologie
Professor Bunabelsus	…	als Professor am Institut für experimen- telle Alchemie
Professorin Macmerva	…	als Professorin am Institut für vollkom- men harmlose Zauberei
Piper Brieson	…	als eifrige Studentin
Shawn Widhar	…	als hilfsbereiter Student
Homeo	…	als goldhaariger Mann auf einem Balkon
Fasselin	…	als Türsteher
Hairy Klopper	…	als Türsteher und Neffe von Dirty Hairy
Tibon	…	als Zauberer, der nicht niesen sollte

BESONDERE TIERE:

Porky	...	als übergewichtiges Schultertier von Kupferbart
Silberkopfäffchen	...	als bösartiges Schultertier von Silberbart
Blauspecht	...	als betrunkenes Schultertier von Blaubart
Beutelmaus	...	als scheues Schultertier von Weißbart
Fächerskorpion	...	als Skorpion, der seine Stacheln fächerförmig verschießt
Mofo Dynn	...	als der weiße Aal und Erzfeind von Kupferbart
Sägezahnhai	...	als Hai mit besonderen Zähnen
Pfeilfisch	...	als festnagelnder Meeresbewohner
Sandwal	...	als sandspeiender Meeresbewohner
Felsechse	...	als Echse, die auf Felsen lebt ... was habt ihr erwartet?
Magmam Rockackus	...	als geologisch wertvolle Bestie des Randgebirges
Mörderhai	...	als Hai, der Menschen zum Fressen gern hat
Der Kraken	...	als er selbst

ZEITRECHNUNG
für diejenigen, die im ersten Buch nicht aufgepasst haben:

Stunde	...	hat 2 x 30 Minuten
Tag	...	hat 30 Stunden
Dekande	...	hat 10 Tage
Annular	...	hat 30 Dekanden
Dekannular	...	hat 10 Annulare